*"dreams are nothing more than wishes and
a wish is just a dream that wish' to come through"*

(the puppy song / Harry Nilsson)

2

een dubbel roman
opgedragen aan mijn oudste zus
Céline Weise–Verplancke

Joris
een verhaal in acht etappen

Najaren
roman

Met dank aan Bert Kienjet voor het meelezen

V4 © 2010 D.F.Verplancke

Omslag ontwerp D.C.S. Leiden
ISBN 978-90-818898-1-0

Inhoudsopgave

Boek 1   **Joris**   **9**

Joost (Joris) 11

Boek 2   **Najaren**   **155**

Het boshuis..157
1000 en een verhalen...209
Memories..259
Ambities..296
Slot...341
Epiloog..357

Joris

Joris (Joost)

Ongeveer anderhalve week geleden werd ik opgebeld door een medewerker van de gemeente Leiden, mijn woonplaats. Hij bleek wat vragen te hebben naar aanleiding van het aanstaande huwelijk van een zekere Joris die een goede vriend van mij zou zijn.

Na enig heen en weer gepraat bleek hij het te hebben over mijn oude schoolvriend Joost. Die gaat binnenkort inderdaad trouwen. Hij heeft onlangs hier in de stad een huisje gekocht, daar gaan mijn vriend en zijn bruid ter zijner tijd, als al het opknap werk gereed is, wonen.

Het kostte me eerst wat moeite om de beambte die me hierover opbelde te begrijpen. Op het moment van zijn onderzoekje was ik met mijn werk bezig en daarom had ik bij aanvang van het gesprek niet zo heel erg goed naar hem geluisterd. Sommige mensen leggen tijdens het telefoneren een bepaalde intonatie in hun stem. Hierop afgaande en gezien het tijdstip waarop de man mij opbelde, was ik er vanuit gegaan dat het weer eens iemand moest zijn die de een of andere dienst, een waarschijnlijk 'uniek' product of zomaar een abonnement aan me wilde verkopen. Evengoed had het ook om een enquête kunnen gaan, bijna alle call-centre medewerkers spreken op hetzelfde toontje. Daarom had ik dus aanvankelijk maar met een half oor geluisterd. Het is intussen mijn gewoonte om dit soort gesprekken, die in mijn ogen een zakelijke terreur beginnen te vormen, zo snel mogelijk af te breken.

Om wie het in ons gesprekje precies ging werd me dus pas duidelijker toen de ambtenaar zijn vraag wat nader had toegelicht. Hij bleek me op te bellen omdat ik voor de ceremonie als getuige gevraagd ben en 't leek hem een goed idee om wat achtergrondinformatie bij me in te winnen. De toespraak die hij bij de gelegenheid wilde gaan houden, moest er volgens hem 'diepte' door krijgen.

Overigens kon hij me niet uitleggen waarom mijn vriend zich altijd en door iedereen Joost heeft laten noemen. Tot voor het gesprek met de beambte wist ik niet beter of zijn naam was gewoon Joost. Zo heette hij immers vroeger op de lagere school en zo noemden we hem op de middelbare school ook altijd. Toen ik nog studeerde noemde iedereen, de huisgenoten, alle vrienden en kennissen, onze vriend Joost "Joost".

11

Zo stelde hij zich altijd aan iedereen voor. Soms kort met alleen een handdruk en "Joost", maar als er een langere introductie nodig was dan wilde hij wel uitleggen "hallo ik ben Joost" en dan er achteraan een toevoeging om duidelijkheid te verschaffen, maar altijd bescheiden want dat is typerend voor hem als persoon.

Alleen bij hem thuis noemde zijn moeder hem wel eens Joris en ik ben er oprecht vanuit gedaan dat het daarbij om een persoonlijk toevoeging, een soort koos naampje van haar ging.

Hoewel de naam Joris dus weleens is gevallen, heb ik mijn vriend zelf nooit zo willen noemen. Niet eens als plagerijtje, studentengrap of om de speciale band tussen ons tweeën een keer te bevestigen binnen de kring van andere vrienden. Al had dat even goed best gekund. Bij nadere beschouwing is Joost of dus beter gezegd Joris, al zowat m'n hele leven, mijn allerbeste beste vriend. Maar voor mij heet hij Joost, dat lijkt me duidelijk.

Als persoon is hij in de vriendenkring trouwens een fenomeen. Laat iemand zijn naam vallen, zelfs onder kennissen die we minder regelmatig spreken of personen die hem slechts sporadisch hebben ontmoet, dan weet men meestal gelijk wie er wordt bedoeld. Met zijn kennelijk echte naam Joris is dat zeker niet het geval. Hoewel beide jongensnamen natuurlijk even zeldzaam zijn. Joost noch Joris is eigenlijk een naam die je overal hoort of op 'iedere straathoek' tegen zult komen.

Het spreekwoord 'Joost mag het weten' had in deze overigens niet beter gekozen kunnen zijn. Als graag geziene gast is onze vriend namelijk een prettige gesprekspartner. Juist in kwesties die niet zo alledaags of gemakkelijk bespreekbaar zijn, blijkt hij telkens weer over een geduldig oor te beschikken en wijze opmerkingen te kunnen maken. Naar ik aanneem komt dit vooral voort uit zijn altijd tamelijk rustige, afwachtende houding maar misschien spreekt het feit dat hij gedurende lange tijd 'niet gelijk naast de deur' heeft gewoond en daardoor wellicht goed afstand kan nemen, ook een niet onbelangrijke rol. Naar mijn weten heeft Joost het in hem gestelde vertrouwen overigens nooit uitgebuit of op wat voor moment dan ook, beschaamd. Als er een ding is waarop je hem namelijk nooit zult kunnen betrappen is het 'roddelen'. Mijn vriend zal achter niemand z'n rug om 'kletsen' of op wat voor 'praatjes' dan ook in gaan. Het spreekt voor zich dat hij zich met deze terughoudendheid, die op z'n minst gesteld afwijkt van

12

wat er tegenwoordig 'normaal' gevonden wordt, populair heeft gemaakt. Ook als hij niet persoonlijk aanwezig is op een feestje of receptie, is er altijd wel iemand die vraagt hoe het met hem gaat of ons op de hoogte brengt van zijn laatste wederwaardigheden indien hij of zij daarvan op de hoogte is.

Niet alleen op het persoonlijke vlak houdt Joost zich bij voorkeur bezig met 'interessante' zaken. Hij reist veel, komt daardoor vaak 'ergens' en hij maakt vrijwel altijd leuke dingen mee. Daar vertelt hij graag over zonder dat het aanmatigend wordt. Joost heeft over het algemeen trouwens een heel eigen visie op dingen en hij kan daarover vervolgens op een aangename manier met je van gedachten wisselen.

Als een echte vriend zal hij zijn mening echter, hoe uitgesproken en door ervaringen onderbouwd ook, niet aan je opdringen. Een argument beluistert hij met belangstelling en hij weet er altijd een eigen idee of inzicht tegenover te stellen. Omdat hij van consensus houdt lopen discussies met hem nooit uit op ruzie of oorlog, hooguit volgt er een 'onbeslist' en hij zal het je nooit nadragen dat je het niet met hem eens bent geworden. Kortom, Joost is een prettige persoon die altijd vriendelijk en voorkomend overkomt.

Als hij trouwens weer eens ergens in het buitenland verkeert, dan belt Joost toch regelmatig met 'het thuisfront'. Zo noemt hij ons namelijk.

En waar onze vriend zich ook bevindt een verjaardag gaat bij hem nooit onopgemerkt voorbij. De kinderen kijken uit naar zijn meestal prachtige kaarten en wij worden telkens weer verblijd met ten minste een vriendelijke, persoonlijke brief van minimaal een paar kantjes.

Dat onze vriend Joost gaat trouwen is binnen de hele vriendenkring overigens ingeslagen als een bom. Hij had regelmatig verkeringen en een aantal jaren geleden is hij zelfs een poosje verloofd geweest. Toch staat Joost bekend om de afstand die hij altijd heeft weten te bewaren tot het andere geslacht. Eigenlijk zelfs op het terughoudende af. Of dit uitsluitend toegeschreven kan worden aan verlegenheid, is meer dan eens ter sprake gekomen. Ook met hem zelf, want daar heeft Joost totaal geen moeite mee. Een echt antwoord heeft al dat onderlinge overleg overigens nooit opgeleverd. Feit is dat op de een of ander manier Joost nooit in staat is geweest om een relatie met een dame voor langere tijd vol te houden. In ieder geval nooit langer dan hooguit een paar avonden. Tot voor kort dus, want de verloving van een paar jaar geleden was vooral zijn Duitse vriendin Irmgard d'r idee. Dat was een tamelijk dominante tante. Zelf heeft hij deze verloving onlangs 'een vergissing' genoemd.

Gelijk na de grote vakantie, aan het begin van de tweede klas van de lagere school, kwam Joost bij me in de klas. Dat wil zeggen de parochieschool van de buurt waarin ik woonde. Joost z'n huis stond namelijk niet bij ons in dezelfde wijk. Hij was dus geen buurtgenoot en in onze ogen kwam hij 'van buiten'. Gezien het feit dat onze wijk aan de rand van de stad lag, kwam Joost dus 'van buiten de stad'.

Maar een enkeling van alle kinderen op onze school kwam uit een ander deel van onze woonplaats. Bijvoorbeeld uit het centrum of, waar Joost dus vandaan kwam, buiten de stad. In onze belevingswereld was waar hij woonde dus eigenlijk 'heel ver weg'. Omdat hij inderdaad letterlijk in een andere gemeente bleek te wonen werd ons idee erdoor onderbouwd. Al zal zijn woning hooguit drie kilometer vanaf de school gestaan hebben. Hemelsbreed gezien dan.

Het mooie statige gebouw waarin onze school gevestigd was stond, totdat het een aantal jaren geleden werd gesloopt voor een nieuw te bouwen appartementen flat, niet ver van de rand van de stad. Eigenlijk lag het vlakbij de hoofd route door de wijk, de Haagweg. Door zijn ligging was deze maar een rijtje bebouwing verwijderd van de Rijn, vanouds de hoofd water verbindingsweg van de omgeving. Deze Haagweg vormt nog steeds de ontsluiting van de stad in de richting van de zee, het westen, de kust. Wij dachten altijd dat de straatnaam voortkwam uit het feit dat de weg min of meer in de richting van de plaats Den Haag loopt, maar later werd het ons duidelijk dat er ooit een haag langs de weg heeft gestaan en dat daar de naam aan ontleend moest worden.

Vanuit de klaslokalen keken we uit op het goederen complex van de oude staatsspoorlijn tussen Utrecht en onze woonplaats. Voor ons boden de loodsen op het Van Gend en Loos terrein, als uitzicht vanuit de lokalen gedurende de lessen, een boeiende afleiding. Er reden vrijwel continu vrachtauto's heen weer. Vaak werden er aan het laad- en losperron trein wagons met dozen en kisten vol geladen. Of deze lading werd er juist uitgehaald. De bedrijvigheid was leuk om naar te kijken. Vooral als de lessen saai waren of als we door de warmte in het lokaal moeite hadden om ons op de leerstof van de juffrouw of meester te concentreren. Vooral de altijd in pastelkleuren gespoten DKW wagentjes, die er ten minste eenmaal per maand van de lange autotrein

14

gereden werden, boden ons veel ruimte voor fantasie. Natuurlijk noemden wij ze heel stoer als vertaling van de afkorting in hun merknaam, "Duitse Kinder Wagens".

Al wisten we feitelijk helemaal niets van auto's af. Onze ouders hadden er immers in die jaren nog vrijwel geen van allen een en ze waren duur. Alleen daarom al bleven ze voorbehouden aan de 'beter gestelden'. Daar behoorden wij in onze wijk geen van allen toe.

Van de beige, lichtblauwe en bijna roze karretjes die we buiten onze school van de treinen af zagen rollen, herkenden we alleen het logo met de vier in elkaar gehaakt cirkels. Uit overlevering wisten we hun Duitse oorsprong. Op straat kwamen we ze namelijk nog nauwelijks tegen. Tegenwoordig heten ze Audi en is dat een merk voor tamelijk luxe wagens, maar in die tijd konden we vanuit de klas alleen maar zien hoe de karretjes pruttelend met hun kleine 2 takt motors, van de lange transport trein gereden werden. Details moesten we er bij bedenken, al konden we met eigen ogen zien dat het ene exemplaar ergere rookpluimen presenteerde dan de andere.

Het ontdekken van ander onderscheid ging enkelen van ons al tamelijk goed af. Tijdens de acties buiten, dus voornamelijk onder saaie lessen of later op het speelplein, werden er rond de auto's allerlei wetenswaardigheden uitgewisseld. De klasgenoten met een oudere broer of een vader die van wanten wist, waren soms opvallend goed op de hoogte. Vooral zij konden ons gemakkelijk van allerlei belangrijk geachte zaken op de hoogte brengen, al werden die specificaties vaak ter plaatse door de spreker verzonnen of in onnozelheid doorgegeven.

Dit alles kwam, mede door zijn oncontroleerbaarheid de magie die er rond de autootjes en hun herkomst hing alleen maar ten goede.

Het jaar ervoor had Joost in de eerste klas op een andere school gezeten, een jongensschool in het centrum van de stad. Hij heeft me later wel eens verteld dat hij in zijn kleutertijd bij de nonnen op een gemengde bewaarschool aan de Haarlemmerstraat had doorgebracht en dat zijn oudere zus op de school voor meisjes daar naast gezeten heeft.

Ik kan het me vanzelfsprekend niet meer exact voor de geest halen hoe de introductie van mijn vriend op onze school en in mijn leven, indertijd is verlopen. Alleen de herinnering dat de meeste klasgenoten en ik al samen op de kleuterschool zaten, staat me nog bij. Die lokalen bevonden zich overigens direct naast de gymzaal, aan het hetzelfde

15

schoolplein van de lagere school. Van die hele periode kan ik me trouwens nauwelijks nog iets herinneren. 'Die nieuwe jongen' deed na verloop van tijd gewoon mee met onze spelletjes in de ochtend onderbreking tussen de lessen op het plein. Maar hij deed ook na de lunchpauze met ons mee of als de juf ons nog wat langer buiten liet spelen om te kunnen genieten van het mooie weer. Joost heeft er volgens mij dus geen moeite mee gehad om zich een plaats te veroveren in onze klas. In hoeverre de juf daar een actieve rol in heeft moeten spelen, is me ook volledig ontgaan.

Omdat hij tamelijk ver uit de buurt van onze school woonde ging Joost na de lessen altijd gelijk naar huis. Hij kon daardoor na schooltijd, nooit met ons blijven meespelen. Soms trapten we met een paar jongens uit de buurt namelijk nog een balletje op het veld aan de overkant van het gebouw. In de woensdagmiddag haalden we vaak kattenkwaad uit, bijvoorbeeld op het complex aan de andere kant van de sloot dat weer naast ons voetbal veldje lag. Daar bevond zich namelijk een strook tuinen.

Volgens onze ouders waren dat volks tuinen, maar wat daarmee precies bedoeld werd is me pas later duidelijk geworden. Een terrein met planten zoals groenten en sierbloemen, was voor ons een tuin. Daarmee was het al heel wat in vergelijking met de grotendeels betegelde binnenplaats achter onze eigen woning.

Het gebied van die volks tuinen stond in ieder geval vol met hekken en afscheidingen, het werd ook doorkruist met allerlei paden. Dat maakt het oponthoud daar, zeker als de planten weelderig groeiden en wij er dus heel goed verstoppertje tussen konden spelen, allemaal erg boeiend. Tegen de schemering werd het er zelfs weleens geheimzinnig spannend om er wat langer te blijven rondhangen.

We vonden het bijvoorbeeld een hele goede grap om de spullen vanuit het ene schuurtje, waar we dan vanzelfsprekend bij in moesten breken door het hangslot of de afgesloten knip te verbreken, te verhuizen naar een van de andere bouwsels. Alleen in het weekend werd er door de eigenaren op de tuinen gewerkt. Dat gaf ons de hele week de kans om over het gebied te struinen en er avonturen te beleven. Het tuin complex grensde echter direct aan de spoorlijn en alleen daarom al was het eigenlijk streng verboden terrein.

Na de ochtend lessen, tussen de middag, bleef vrijwel niemand lang bij de school hangen. Iedereen ging voor het opeten van zijn boterhammen of zoals bij sommigen het warme middageten, snel naar huis. Na de pauze moesten we immers, behalve dan op woensdag en zaterdag als we 's middags vrij waren, weer verder met de lessen.

Alleen de kinderen voor wie voor zo'n lunch te ver weg was om heen en weer te kunnen fietsen, of waarvan de moeder niet thuis was rond die tijd, mochten 'overblijven'. Zoals Joost dus, die zoals al opgemerkt 'helemaal van buiten de stad' kwam. Deze kinderen zaten dan bij elkaar in de klas van de juffrouw van de derde. Daar aten ze hun meegebrachte boterhammen op en kregen de gelegenheid om in het lokaal wat te spelen. Soms mochten de overblijvers die uit alle zes de verschillende klassen kwamen tot aan het hervatten van de lessen binnen blijven.

Zeker als het buiten slecht weer was mochten zij dan, ook als wij weer allemaal terug gekomen waren voor de lessen, zelf bepalen of ze alsnog naar buiten wilden om op het speelplein nog even met ons mee te doen. Het maakte ons, de buurkinderen van de school, weleens jaloers natuurlijk omdat het voor zich sprak dat wij gewoon op het plein of bij de poort moesten wachten op de hervatting van de lessen.

Dat ze de verplichte schoolmelk tot 'tussen de middag' mochten bewaren gaf eveneens scheve ogen. Wij moesten het drankje altijd meteen na de eerste pauze opdrinken, daar werd vreselijk streng op toegezien. Het flesje met de vaak lauw geworden drank leeg gieten in de gootsteen, was zodoende uit den boze. Dat Joost z'n melk in de lunchpauze intussen nog lauwer geworden was en de vettige room er bij hem dus zeker als dikke druppels op bleef drijven, deerde ons niet. De overblijvers maakten met de juf meestal knutsel werkjes of ze hadden leuke taakjes gekregen waarmee ze hun pauze hadden kunnen vullen. Dat ging allemaal aan onze neuzen voorbij.

Na school fietste Joost elke dag met een oudere jongen mee naar huis. Die jongen zat een aantal klassen hoger dan wij en woonde bij hem in de buurt. Hij bleef telkens netjes naast de fietsenstalling op zijn begeleider staan wachten. Hoewel hij van pal buiten de stad kwam en zijn ouders er zelfs lange tijd hadden gewoond, was Joost toch uit een heel andere wereld afkomstig, dan de mijne.

Na schooltijd of bijvoorbeeld in een vakantie eens een keer bij iemand thuis een spelletje doen kwam indertijd niet voor. Iedereen bleef gewoon buiten spelen in de buurt of zoals Joost dus, ging gelijk naar huis. Wat hij na school bij hem thuis uitspookte viel buiten mijn beeld en ik stond er niet voor open omdat het ver weg was. Bij mij on de buurt maakten we op een vanzelfsprekende manier kennis met elkaars' manier van leven. We leerden in de dagelijkse praktijk de onderlinge omstandigheden op z'n waarde te schatten. Tussen Joost en mij was dat vrijwel onmogelijk. De omstandigheid wekte nieuwsgierigheid op natuurlijk, want door de afstand tussen ons beiden werden de belevenissen van mijn vriend wat mysterieus.

Nog steeds op de lagere school maar wel een groep hoger, volgens het jargon van die tijd dus in de derde klas, werden Joost en ik door de nieuwe juf naast elkaar gezet. Volgens haar zouden we 'vrienden' zijn.

Nu hadden we in het voorafgaande jaar in de pauze inderdaad een aantal keren samen gespeeld en daardoor waren we dus in elkaars nabijheid gesignaleerd, maar in feite kenden Joost en ik elkaar nog ternauwernood. Zeker bij het begin van dat nieuwe schooljaar. We hadden net een hele lange zomervakantie achter de rug en ook die had het niet mogelijk gemaakt om in al 'nader' met elkaar kennis te maken.

De keuze van de voor mij nog helemaal nieuwe juf, zal wel ingegeven zijn door haar inzicht in onze kinderziel, want achteraf gezien heeft ze natuurlijk wel gelijk gekregen. Zij het dus pas op de lange duur want ook dat jaar is vrijwel onopgemerkt aan me voorbij gegaan. In welke mate een eventuele voorkeur van Joost hierin een rol heeft gespeeld doet er feitelijk niet toe, want daar werd indertijd nog geen rekening mee gehouden. Er gebeurde in die derde klas overigens niets dat een blijvende indruk heeft achtergelaten en ik kan me van deze juffrouw alleen herinneren dat ze mooi kon vertellen. Helaas is ook die waarneming gebaseerd uit de verhalen die ze pas in de hogere klassen zo nu en dan bij ons kwam doen en niet van het jaar waarin wij bij haar in de klas zaten.

In de vierde klas kregen we zwemles. Vanzelfsprekend beschikte onze school niet over de faciliteiten die daarvoor noodzakelijk zijn en we moesten er dus voor naar de stad. Het zwembad waar de lessen plaats vonden lag vlakbij de haven. Vanaf het schoolgebouw aan onze kant van de binnenstad moesten we er dwars voor door het centrum. Mijn vader had me ter voorbereiding verteld dat het bad was aangelegd in een voormalige Rooms Katholieke maar nu ontwijde kerk. Bij echte Leidenaren stond het bekend als 'de overdekte' maar hoe het in het echt heette of wat de naam van die kerk ooit geweest was, heeft me nooit geïnteresseerd. Ik vond het er vooral verschrikkelijk. Intussen is het gebouw trouwens gesloopt. Er is een blokje woningen voor in de plaats gekomen en alleen een plaquette die daar in een muur gemetseld zit herinnert nog aan de eerdere bestemming. Ik woonde indertijd in

Utrecht, maar had ik geweten dat het gebouw gesloopt werd dan had ik beslist even aan de kant willen staan om te genieten als de gevel en muren neergingen.

Met de klas moesten we er om de week naartoe voor het gemeentelijke zwem onderricht te kunnen volgen. Dat was verplicht. Keurig in de rij liepen we met de klas vanaf de school, via het Noordeinde, Prinsessekade en vervolgens de hele Haarlemmerstraat naar het zwembad toe. Onderweg moesten we twee aan twee blijven lopen en mochten persé niet van de stoep af omdat dat met alle langsrijdende auto's, fietsen en de blauwe tram te gevaarlijk was. Doordat de straat intussen een winkelpromenade is, is het nu onvoorstelbaar dat al dit verkeer en nog in twee richtingen ook, gebruik maakte van de straat. In verband met de tijd die de hele wandeling kostte, vertrokken we meteen aan het begin van de pauze.

De meester, meneer van der Drift die zijn naam eer aan kon doen als hij zich boos maakte, liep meestal voor de stoet uit. Moest hij op de stukken waar we overstaken wachten tot we allemaal behouden aan de andere kant gekomen waren, dan haastte hij zich daarna weer naar de kop van de groep om de richting aan te geven. De hele tocht nam iets meer dan een halfuur in beslag. De zwemles begon exact om tien voor elf en duurde een uur. Omdat we ons na de eveneens verplichte tien minuten 'vrij zwemmen' en het douchen nog moesten verkleden was op die manier de middagpauze al begonnen als de hele les eindelijk was afgelopen. Daarom mochten we tegen de voorzorgsmaatregelen op de heenweg in, op eigen gelegenheid naar de school terug gaan.

Er waren jongens die de tram daarvoor een stukje namen, maar de meesten gingen lopen. Alleen of in kleine groepjes, we waren met vrienden onder elkaar.

Schuin tegenover de kerk bevond zich een bakkerswinkel. Ik kreeg van mijn moeder vaak wat geld mee om er een broodje te kunnen halen. Dat at ik dan onderweg op. Andere kinderen kregen weleens iets meer geld mee, die konden daarvan dan een portie patat halen in de snackbar van de drie vissers recht tegenover het toch wel imposante gebouw van de overdekte. Zij bleven dat op de hoge krukken achter de ramen opeten.

Gelijk als we in het zwembad waren aangekomen, werden we vlug, vlug, vlug naar de kleedhokjes gestuurd. Iedere keer had de meester zich weer vergist in de duur van de wandeling of hadden we onderweg te lang getreuzeld in de drukte van de stad. De jongens moesten links en de meisjes aan de andere kant van de gang boven aan trap een hokje opzoeken. De kleedruimtes bevonden zich namelijk op het voormalige koor. De hokken waren nog geen meter breed en ternauwernood een meter lang waardoor het er erg benauwd was.

De indringende lucht van chloor sloeg vrijwel meteen op mijn ogen als we door de smalle gang op zoek moesten naar een plekje om onze zwemkleding aan te trekken. Alleen al dat branderige gevoel, waardoor ik rode ogen kreeg die ook langzaam begonnen te tranen, vormde voor mij het begin van de verschrikking.

Aan de ene kant van de smalle gang zat een hele rij deuren waardoor je dus telkens een eigen hokje kon betreden, deze deur moest je achter je op slot doen met het de sluiting die er aan de binnenkant tegenaan geschroefd zat. Niet meer dan een eenvoudig schuifhaakje eigenlijk.

Dan zat er aan de zijkant een brede plank waarop je kon zitten om bijvoorbeeld je schoenen of je onderbroek uit te doen. Erboven zaten een paar haakjes voor je kleren. De andere kant van het hok werd vanzelfsprekend eveneens afgesloten door nog een deur. Deze werd eveneens afgesloten en je kwam er door uit op de gang die naar de douches leidde. Het zag er in al z'n grauwheid uit als een doolhof en alles had dezelfde vaalbleke kleur.

Terwijl wij ons aan het verkleden waren werden de hokjes op de verdieping onder ons met een brandspuit schoongemaakt. Het was zaak om goed te onthouden welk nummer jouw hokje had, want daar lagen dus je kleren. Door het kale beton op de vloer en de schaarse verlichting die ver boven de gangen hing, waren de kleedkamers in een soort schemer gehuld. Er waren klasgenoten die er een spel van maakten om boven over de rand van de hokjes heen naar een volgende te klauteren. Anderen probeerden je daarlangs stiekem te begluren. De jongens en de meisjes waren strikt gescheiden dus daar eens een blik werpen was zonder er halsbrekende toeren voor uit te halen of een zware straf te riskeren, onmogelijk. Aan het einde van de les was er nog de toegevoegde sport van het elkaar met een natte zwembroek bekogelen of over de boven kant van de hokjes heen met de handdoek proberen te slaan.

Het was sowieso verstandig om je natte zwembroek niet te lang op de grond te laten liggen. Het werd namelijk als een goede grap gezien om deze onder de scheidingswand door beet te pakken en dan zo ver mogelijk weg te werpen. Het slachtoffer was dan immers verplicht om er minstens voor de helft aangekleed, achteraan te hollen. De schande was compleet als hij aan iedereen moest vragen of ze 'm al gevonden hadden, Intussen bleef de rest van de kleding onbeheerd in het hokje achter. Het leverde lange zoek tochten op want iedereen deed mee aan de grap. Het maakte het omkleden ook voor Joost en mij, telkens weer een tamelijk angstig avontuur want sullig genoeg behoorden we bij de vaste slachtoffers van al dit onheil.

In de enorm grote badruimte, eigenlijk het centrum van het voormalige gebedshuis, hing een enigszins dof klinkende echo. Deze maakte dat iedere spetter en kreet lange tijd zeer luid tussen de wanden bleef naklinken. De akoestiek maakte dat het, als je eenmaal binnen in het gebouw was aangekomen leek alsof het reusachtige bassin zich ten allen tijde vlak in je nabijheid bevond. Enkele van de klasgenoten waren hier nogal van onder de indruk en konden het niet nalaten om meteen na binnenkomst een flinke schreeuw te geven of ijselijke kreten te slaken. Die geluiden werden dan vanzelfsprekend per omgaande ergens anders in het gebouw beantwoord. Het leverde samen met het roepen en fluiten van de badmeesters vlakbij het bad, een hels kabaal op.

Ik moet toegeven dat de hele atmosfeer nogal een flinke indruk op me maakte. Voor mijn gevoel scholen er in de bruine vlekken op de wanden of achter de gaten in het hoge plafond allerlei angstwekkende zaken. Ronduit bang was ik voor de nog duidelijk herkenbare resten van het sacrale verleden van het bouwwerk. Op de meest vreemde plaatsen waarde die, voor mij nog duidelijk zichtbaar, rond in het gebouw. In de nissen waar vroeger de heiligenbeelden gestaan moesten hebben lagen allerlei 'onterende' zaken die er kennelijk door 'opgeschoten jongens' in waren gegooid. Voornamelijk handdoeken en badmutsen, maar ook dingen die vanaf de begane grond toch echt op kledingstukken leken. We moesten dus goed oppassen dat die van ons niet door deze onverlaten konden worden buitgemaakt. Anders kon je na de les alleen nog maar in je blote zwembroek naar huis.

Ook Joost had het niet voorzien op de zwemlessen en daarom behoorden wij altijd bij het groepje 'treuzelaars'. We deden iedere keer lang over het omkleden en mede door de vele voorzorgsmaatregelen die we moesten treffen duurde het douchen en vervolgens naar het pierenbadje lopen ook tamelijk lang. Hoewel we bij het aankleden wel redelijk het tempo konden volgen als we maar niet gepest werden.

Veel klasgenoten vonden het echter prachtig in het gebouw en we konden vanuit onze hokjes goed waarnemen hoe die zich krijsend naar beneden naar de douches en de hal met het grote bad verplaatsten. Het loonde de moeite om daar even op te wachten, zodat je in de redelijke rust van hun afwezigheid snel, ongestoord en zonder het risico om beslopen te worden, je zwembroek aan kon trekken.

De uitgang van de douches lag meteen naast de springplank aan het diepe deel van het bassin. Dat maakte de entree tamelijk riskant. Je zou vanzelfsprekend verdrinken als je daar in het water viel en omdat er altijd kinderen aan het hollen waren was het risico daarop niet onaanzienlijk. Hoewel er altijd een aantal badmeester rondliep was het niet geheel zeker of die zouden ingrijpen als iemand in het water viel. Spartelen en onder water zwemmen behoorden bij de les en het was de vraag of ik tijdens het zinken zou worden opgemerkt en dat dit geen onderdeel van de lessen van een collega was.

Om bij het kikkerbadje, waarin wij het grootste deel van het schooljaar les kregen, te komen moest je langs de volle lengte van het grote bad lopen. Dat maakte het dus verstandig om op die tocht zo dicht mogelijk bij de muur te blijven en omzichtig langs de radiators van de verwarming te lopen. Als ze niet te heet waren kon je je er zelfs aan vast houden onder het langsgaan. Het ondiepste deel van het bad lag op de plek waar ooit het altaar gestaan moet hebben. Het bevond zich in een smalle uitbouw aan de andere, meest verre kant van het gebouw. Mede door dit soort uitbouwen en de nissen waarin bijvoorbeeld de biechtstoelen of de gereserveerde zitbanken van de voormalige notabelen ooit stonden, was de ruimte nog steeds duidelijk als kerk herkenbaar. Door de halfronde muur achter het kikkerbad, kon deze nog steeds goed doorgaan als kapelletje.

De duisternis in de gang tussen de kleedhokjes, boven op het koor, zorgde ervoor dat er altijd een onheilspellende atmosfeer hing. Daartegenover was het schelle licht in de hoge hal, waarmee je dus als je de douches uitkwam plotseling geconfronteerd werd, ronduit overweldigend. Voor onze les was er altijd een andere die net afliep. De kinderen van die school deden natuurlijk altijd zo stoer mogelijk. Vooral tegen ons, het kleine groepje dat zich opgehouden door tegenzin, angst en schroom, als laatsten naar de groep moesten haasten. Omdat die kinderen weer terug naar de lessen op school moesten, werden ze door hun juf of meester letterlijk opgejaagd naar de kleedkamers. Zij gebruikten de kleedhokjes die beneden in de voormalige zijbeuken aan weerszijden van het bassin lagen. Overigens deden die kinderen in het joelen en schreeuwen niet onder voor onze eigen klasgenoten. Joost en ik probeerden ons dus zoveel mogelijk aan de zwemlessen te onttrekken en alleen al vanwege mijn hoogtevrees durfde ik niet vanaf de kant in het bad te springen. Ondanks dat dit helemaal links 'maar' 80 en aan de andere kant helemaal rechts 'hooguit' 100 centimeter diep zou zijn. De vaalgele tegels maakten dat het toch aanzienlijk dieper leek. Ook door de zwarte strepen op de bodem en de golfslag raakte het beeld flink vertekend, zodat het er veel dieper uit zag. Zelfs aan de hand van de meester kon ik er mezelf aan allebei de kanten niet staande houden en dat maakte het blindelings er in springen dus onmogelijk voor me. Het heeft overigens lang geduurd voordat ik er aan toe was naar dat 'ondiepe deel' van het zwembad te promoveren.

Het merendeel van de klas zwom al vrij in het diepe of oefende moeilijke dingen, zoals gekleed zwemmen of tegeltjes opduiken voor het diploma B in hetzelfde ondiepe deel. Joost en ik vonden het allebei al vanaf het begin van de lessen eng om over de betonnen rand tussen het diepe en ons kleine pierenbadje heen te lopen. Het grote bassin lag namelijk ongeveer een meter lager dan de plek waar ons badje zich bevond. Dat kwam omdat deze dus op de hoger gesitueerde plek van het voormalige altaar was aangelegd. Het was oorspronkelijk een kerk tenslotte en daarbij zijn verschillen in niveau noodzakelijk. Onderling op elkaar neerkijken is binnen zo'n organisatie essentieel tenslotte, al zagen wij dat indertijd nog meer als opkijken tegen de pastoor of kapelaan. Bij voorkeur ging dat gepaard met een zeker ontzag.

Vaak probeerden we met lange smeekbeden voor elkaar te krijgen dat we niet over dat smalle strookje beton tussen het immense bad en ons kikkerbad heen hoefden te lopen. Soms, als de badmeester een goede bui had, mochten we inderdaad achter het aquarium langs naar de andere kant lopen. Het bracht het voordeel met zich mee dat je daar 'buiten beeld' was en dus even een rondje door het bad kon overslaan.

In het kikkerbad was het de bedoeling dat je aan de ondiepste kant in het water sprong en je dan half wadend, half zwemmend naar het diepere deel richting het grote bad verplaatste. Vanzelfsprekend moest deze oefening ertoe leiden dat het waden op den duur overging in zwemmen en als je flink je best deed mocht je naar het grote bad.

Bij het einde aangekomen moest je met behulp van een trapje uit het water klauteren om dan aan de andere kant van het bad nogmaals deze manoeuvre maar dan van diep naar ondiep uit te voeren. In het begin van het jaar mocht je er een riem met kurken bij omdoen.

23

Op de tegels aan de zijkant van het bad stond de diepte van het water aangegeven. Bij het ondiepste deel zou dat 60 centimeter zijn en aan de kant van de trapjes bedroegen het er 80. De overgang van het kikkerbad naar het ondiep bleef dus min of meer gelijk, al moest je dan wel dichtbij de kant blijven want de vloer liep er al snel steil omlaag naar het echte diepe bad waar het wel 3 meter diep was. Voor kleine jongens veel te diep, dat zou voor zich moeten spreken.

Ons werd, naast het waden geleerd hoe je je moest laten drijven. Eerst met een plankje achter je hoofd, maar later moesten we elkaar erbij helpen door het hoofd van je partner boven water te houden. De kinderen die al deze basisvaardigheden onder de knie hadden mochten naar het 80 centimeter deel van het grote bad om daar het echte zwemmen onder de knie te krijgen. Het maakte dat het groepje in het kikkerbad langzamerhand steeds kleiner werd en helaas kon de badmeester hierdoor steeds beter op Joost, mij en een meisje dat net zo bang was als wij, letten.

Van onder het grote aquarium aan de ronde kant van het kapelletje stroomde een brede strook water het bad in. Eerst dus in het kikkerbad en omdat dat maar zo'n 5 à 6 meter lang was stroomde het water daarin dus flink. In ieder geval kostte het moeite om tegen de stroom op te waden en was je met de stroom mee snel aan de andere kant. Vandaar liep het water over de rand naar het eigenlijke bad een kleine meter lager. Het water liep dus onder die betonnen plaat door waar we overheen zouden moeten lopen om terug te komen op de plek waar de badmeester meestal stond.

Het kapelletje waarin wij onze beginners lessen volgden was nog grotendeels intact. Hoog in de muur, rondom het hele bad zaten gebrandschilderde ramen die net zoals de galmende akoestiek van de eerdere bestemming, vrijwel ongewijzigd gebleven waren.

Als we goed ons best deden dan mochten we ook naar het grote bad of daarna misschien zelf naar het diepe, maar het spreekt voor zich dat ik daarvoor hoegenaamd geen belangstelling had. Na het doorlopen van alle gewenning vond ik die 80 centimeter à 1 meter al diep genoeg.

Langzamerhand werd het groepje toch steeds kleiner. Hierdoor hield de badmeester, omdat zijn inspanningen wat mij, dat ene meisje en Joost betreft vergeefs bleken, veel meer aandacht over voor onze verrichtingen. Dat maakte hem echter extra streng en nog meer kortaangebonden dan hij normaal al was. Zelfs met de hulp van onze meester, kreeg hij ons namelijk niet enthousiast.

Ik nam mij heilig voor om nooit voor mijn plezier te gaan zwemmen.

Terwijl onze zwemlessen oorspronkelijk dus iets kerkelijks hadden, zelfs wat sacraal leken en ik me daardoor had laten intimideren, vond ik ze in de loop van dat jaar steeds vreselijker worden. Ik wendde vaak pijn in mijn buik, hoofdpijn of misselijkheid voor om er, al was het maar een enkele keer, niet aan mee te hoeven doen. Toen ik op een dag merkte dat een klasgenoot vanwege een open wondje vrijgesteld werd van deelname en zij aan de kant van het bad mocht blijven zitten, heb ik mijzelf vlak voor de volgende les moedwillig gestoten. Helaas leverde het me alleen een flinke blauwe plek op en dus werd ik door de meester alsnog naar de kleedkamers gestuurd om daar snel mijn zwembroek aan te trekken. Overmoedig door mijn heldendaad had ik mezelf namelijk alvast op een bankje in een van de nissen naast het bad, zo'n vroegere biechtstoel, genesteld. Maar de vlieger bleek dus niet voor me op te gaan.

De terugweg naar school voerde nogmaals langs de Haarlemmerstraat. Er was ons op het hart gedrukt dat we op de stoep moesten blijven, maar de bedrijvigheid ter hoogte van de winkels liet dat niet altijd toe. De blauwe tram reed er indertijd nog, maar die gaf door zijn eigen lawaai aan dat ie eraan kwam. Je moest vooral op de fietsers letten, die vielen door de stadsgeluiden bijna niet op. Meestal liepen we met een klein groepje gezamenlijk op, maar omdat ik naarmate het jaar vorderde tot de sukkels begon te horen, wilde vrijwel niemand meer met me meelopen. De anderen waren trouwens veel vlugger klaar met aankleden omdat zij vrij zwemmen hadden aan het einde van de les. Ik had dan nog een paar extra rondjes achter een plankje mijn 'zwemkunst' moeten vertonen. Meestal omdat ik eerder zo traag omgelopen was of op de een of andere manier had geprobeerd om mijn snor te drukken. Eerder dan de meester had ik immers de conclusie getrokken dat ik me de zwemkunst nooit eigen zou maken.

Ik deed er vaak lang over om bij de school terug te komen en niet alleen omdat ik me liet afleiden door van alles wat er op straat gebeurde. Zo keek ik vooral mijn ogen uit naar de bedrijvigheid die de winkeliers tentoon spreidden en het kwam mij al snel voor dat ik later als ik groot was ook een winkel zou beginnen. Op de wandeling naar school deed ik al doende vakkennis op, weliswaar leerde ik dus niet zwemmen, maar ik werd er op een ander vlak wel wijzer van.

Het achterblijven kwam namelijk ook doordat ik een meer boeiende weg door de stad probeerde te vinden. Natuurlijk ben ik daarbij een paar keer verdwaald en moest dan teruglopen om uit te vinden waar ik me eigenlijk bevond. Dat mijn klasgenoten tot twee keer toe mijn broodje hadden afgepakt sprak daarbij geen onbelangrijke rol.

Een lagere school is geen goede bodem onder het ontstaan van een hechte vriendschap. We waren allemaal nog jong en onze opvoeding verliep in die tijd voornamelijk langs beschermde paden. Zo hadden mijn ouders het boek van Doctor Benjamin Spock altijd in de aanslag. Het naslagwerk bood een antwoord op al hun vragen. Wat deze man stelde werd door hen voor zoete koek aangenomen, hij was tenslotte naast dr, Amerikaan en volgens het idee van mijn ouders kwam daar de bevrijding vandaan. Alleen daarom al moesten de waarheid en het modernste inzicht er hun oorsprong vinden, maar het was nog niet helemaal tot ze doorgedrongen dat een Doctor geen arts is. Ik heb me er gedurende mijn studie wel eens over verbaasd hoe sterk de invloed van het werkje op mijn generatie is geweest. Ook in de vakliteratuur wordt er namelijk naar verwezen hoe hij als gedragskundige bij van alles en nog wat een oplossing aanbood. Niet alleen op het gebied van kinderziektes of jeugdkwalen, maar juist op het vlak van andere meer algemene problemen, bleken er voor eenieder begrijpelijke en toepasbare aanwijzingen in te staan. Vooral zijn ideeën rond het omgaan met puberteit en de eerste stappen op het vlak van seksualiteit hebben lange tijd aan veel ouders een onmisbare steun geboden.

Over mijn vroege jeugd laat zich voornamelijk opmerken dat die ronduit onopvallend is verlopen. Zeker in vergelijking met de spannende verhalen die op school werden voorgelezen of de 'realiteit' die ik leerde kennen uit de jeugdboeken van de bibliotheek. Wekelijks mocht ik die gaan halen. Ik verslond de boeken over Pietje Bell en las vele verhalen over cowboys en indianen. Het maakte Leiden en mijn buurt een beetje miezerig in vergelijking met de grote wereld. In het bijzonder de wereldstad Rotterdam leek heel wat. In de omgeving van mijn held gebeurde het 'allemaal' toch maar. Het was een diepe teleurstelling toen me duidelijk werd dat die mooie stad met al z'n nauwe straatjes en de grootste haven van de hele wereld, helemaal niet meer bestond. Die hele omgeving was immers tijdens het bombardement van 1940 verloren gegaan. In mijn ogen werden 'Duitsers' er nog grotere schurken door, dan ze uit de verhalen van mijn ouders over de bezetting en oorlog, al waren. Wel bleef het me gelukkig mogelijk om Old Shatterhand, Witte Veder, Arendsoog of Winnetou te zijn naar het me uitkwam.

II

De vriendschap tussen Joost en mij, zoals we die intussen al vele jaren onderhouden, begon pas goed toen we al lang en breed op de middelbare school zaten. Om precies te zijn toen Joost en ik nogmaals bij elkaar in de tweede klas kwamen. Ik moest dat jaar namelijk nog eens overdoen. Mijn vriend haalde me toen zogezegd weer in.

Hoewel we namelijk tot aan de zesde klas van de lagere school bij elkaar in de klas hebben gezeten en we daar, zowel in de derde alsook meer dan de helft van het vierde schooljaar naast elkaar zaten, was ik hem voorop geraakt toen hij de laatste klas van de lagers school nog eens over moest doen van zijn ouders. In die tijd moet het verhaal waarover mijn vriend me onlangs verteld heeft, min of meer zijn begonnen. Vanzelfsprekend heeft Joost me in de loop der jaren wel eens iets verteld over het wel en wee bij hem thuis. Maar de omvang van de situatie rond zijn jongere zusje Ria (Rietje) en hun vriend Sjeffie, is me dus pas sinds kort duidelijker geworden.

Hoewel de term 'vriend' in deze context wellicht niet helemaal de juiste is. Hier gaat het namelijk over de zoon van hele goede vrienden van Joost z'n ouders en voor zover ik uit de verhalen over de omstandigheden bij hem thuis heb begrepen, was de familie de Woerd er meer dan kind aan huis. Ik ging er oorspronkelijk van uit dat het er bij hun thuis net zo aan toe zou gaan als bij ons, maar daarin bleek ik me te vergissen.

Bij ons was het geen uitzondering als de buren of kennissen bij mooi weer of een verjaardag eens een kopje thee, koffie of een glaasje bier kwamen drinken op de binnenplaats achter ons huis. Dat ging over en weer zo en ik vond het dus heel normaal dat zo nu en dan een van de buren bij ons op bezoek was. Buren die elkaar een handje hielpen bij het opnieuw behangen van de huiskamer. Of een andere die vanwege zijn vak een klusje deed waar mijn vader niet handig genoeg voor was. Ik verwachtte dat het er bij Joost thuis net zo aan toeging als ik het in mijn eigen omgeving mee maakte. Het was in onze hele buurt trouwens 'heel gewoon' om zo met elkaar om te gaan.

Vanaf het begin van het jaar maakte hij me echter duidelijk dat dan weer ome Anton, dan weer zijn vrouw tante Lowiese en heel vaak allebei de 'de Woerden' bij hun thuis op de bank hadden gezeten. Hij legde er de nadruk op dat dit 'zeker de laatste tijd zowat iedere middag' het geval was. Klaarblijkelijk beheersten ze op zulke momenten het leven binnen het gezin zodanig dat mijn vriend het 'dominant' durfde te noemen. Natuurlijk heb ik daar mijn twijfel over uitgesproken, maar Joost drukte me nadrukkelijk op het hart dat dit toch echt 'heel vaak' voorkwam en dat ze dan 'de hele normale gang van zaken' ondersteboven haalden. Volgens hem mocht 'tenminste driemaal per week' vaak genoemd worden en dat was in zijn geval een minimum. "De witte auto stond er gistermiddag weer".

Als 'ze' er waren kreeg hij geen aandacht en omdat er door de 'volwassenen' gepraat werd, moest hij zijn mond houden. Mij restte slechts verbazing want wij spraken thuis overal over. Mijn ouders maakten geen onderscheid tussen henzelf en mij. Weliswaar werd ik niet bij alles wat er in huis gebeurde betrokken, maar ik werd zeker nooit zo buitengesloten als mijn vriend het in geuren en kleuren aan me beschreef. Ik herinner me nog goed dat hij me indertijd weleens toe gesist heeft dat ze er 'gisteren al weer waren'.

De vriendschap met die Sjeffie was hem min of meer opgelegd. Vooral omdat de jongen er het laatste jaar van onze lagere schooltijd vrijwel ieder weekend, door bleek te brengen. Wellicht werd hij daarom door Joost meestal 'Sjeffiedewoerd' genoemd. Zijn hele naam alsof het een woord is, uitgesproken dus. Als hij op die manier over dat vriendje spreekt klinkt het als een snauw.

In de loop der tijd heeft Joost het wel eens gehad over 'een voorval' en later 'dat gevalletje met Sjeffie en Ria'. Nu pas is het me duidelijk geworden hoeveel indruk de omstandigheden op hem gemaakt moeten hebben. In ieder geval stellen de zaken die hij me de afgelopen nacht heeft verteld, het oorspronkelijke beeld dat ik van mijn vriend had opgebouwd in een ander daglicht. Soms lopen de dingen kennelijk zo. Als je ergens rustig een tijdje over hebt kunnen nadenken of de afzonderlijke delen van een geheel zich laten samenvoegen, vormt zich langzamerhand het begrip. De verschillende episodes die Joost mij gedurende onze vriendschap heeft verteld vormen dus de afleveringen van dit uiteindelijk grotere verhaal. Dat hij daar al heel lang mee rond moet hebben gelopen lijkt me klaar. Kennelijk heeft hij er echter nooit de vorm voor gevonden om er eens grondig genoeg met iemand over te spreken. Dat hij die nu wel gevonden heeft is niet verwonderlijk, we zijn we al een poosje bezig met de voorbereidingen voor z'n huwelijk.

Helaas is het nu pas tot me doorgedrongen dat hij eerder al, reeds op de middelbare school en later nog eens toen ik nog studeerde, een poging heeft gedaan om mij het een en ander te vertellen. Op die momenten beschikte ik helaas niet over voldoende inzicht en kennis om de impact die de gebeurtenissen op hem hebben gehad, te herkennen. Ik heb niet aan zien komen waar hij op aanstuurde en heb hem daarom niet de ruimte kunnen geven die hij op die momenten klaarblijkelijk zocht om zijn frustratie kwijt te raken.

Achteraf gezien vervult het me met een zekere vorm van leegte dat ik dat toen niet begrepen heb. Gevoelsmatig komt het me voor dat ik tekort geschoten ben in mijn aandeel van onze vriendschap. Ter verdediging van dit tekortschieten kan ik alleen maar opmerken dat hij mij eigenlijk in al die jaren, telkens slechts een summier deel van zijn verhaal heeft verteld. Dat is echter de manier van spreken van mijn vriend en daarom had ik moeten zien dat er iets bij hem speelde. Hij heeft stukje bij beetje, hooguit maar een kleine tip van de sluier opgelicht. Het grote geheel is me door allerlei beslommeringen dus ontgaan en pas gisteravond kon ik hem naar de hoed en de rand vragen. Toen heeft hij de laatste stukjes van de puzzel uiteindelijk op hun plaats gelegd en eerlijk gezegd blijft het verhaal voor mij nog steeds tamelijk onvoorstelbaar.

Opeens komen er 'anekdotes', die hij vroeger verteld heeft, in een heel ander daglicht te staan. Met het completeren van de puzzel is er een achtergrond van mijn vriend naar voren gekomen die ik eerder nog nooit eerder bij hem had waargenomen. Ik merk overigens op dat hetgeen Joost mij heeft verteld, eenzijdig is. Zijn zusje of die Sjef de Woerd kunnen immers hun lezing van de gebeurtenissen niet geven.

Voor mij is het hierbij dus alleen maar mogelijk om mijn 'hoor' weer te geven. Ik kan daar geen 'wederhoor' tegenover stellen. Of dat er ooit van komt lijkt me niet voor de hand liggend en ik verwacht trouwens dat er niet zoveel door zal veranderen aan de inhoud van mijn vriend z'n verhaal. Langzaamaan kan ik mij er een soort inkleuring bij voorstellen en ik meen te kunnen inschatten waar het eventuele overdrijven ophoudt en de realiteit begint.

Daar ken ik Joost lang genoeg voor en mij gaat het erom dat mijn vriend de knoop heeft doorgehakt. Dat hij zijn hart eindelijk heeft willen luchten. De feitelijke omstandigheden doen er niets aan toe of af. Overigens heeft Joost bij nader inzien weleens een opmerkingen gemaakt die een aanwijzing had kunnen vormen voor 'meer'. En hij heeft me onmiskenbaar, in een al dan niet aangeschoten toestand of vertrouwelijke bui, al eens iets geprobeerd te vertellen. Maar op die momenten is me de juiste, of liever gezegd meer gedetailleerde toedracht, nooit duidelijk geworden. Dat ik zijn ontboezemingen onder de hiervoor geschetste omstandigheden niet helemaal op waarde heb kunnen inschatten was natuurlijk ook te wijten aan de alcoholische staat waarin ik dan zelf eveneens verkeerde. Naast vrienden zijn we tenslotte drinkebroers.

Het is me kortom 'weleens opgevallen' dat er iets speelde waar Joost zich dan gereserveerder dan normaal, over opstelde. Dan werd hij bijvoorbeeld opeens stil of was aanzienlijk rustiger dan ik gewend ben of op dat moment van hem verwachtte. Joost is doorgaans immers een enthousiaste deelnemer aan gesprekken of discussies. Hij kan het hoogste woord voeren als een onderwerp hem treft. Hoewel niet alles wat ons zo boeit, hem altijd evenzeer raakt. Er zijn bepaalde onderwerpen waarover Joost ronduit terughoudend kan doen. Dan 'klapt hij dicht', zoals hij dat zelf noemt. Hij kan ergens zijn mening niet over geven of wil zich om de een of andere reden niet uitspreken over het onderwerp van ons gesprek. Stoere verhalen bijvoorbeeld daar doet Joost niet aan.

Het is geen kwestie van desinteresse of arrogantie, maar Joost houdt gewoon niet van 'macho' en 'jongens praatjes' of 'haantjes gedrag'. Zijn in dit opzicht geheel eigen opstelling heeft bij mij en de maten regelmatig tot vraagtekens geleid, maar hoe begin je met een vriend een gesprek over een kennelijk beladen onderwerp, als hij er zelf liever niet over blijkt te willen praten? Ik heb echter meermaals, vooral tijdens mijn studie, geprobeerd om deze terughoudendheid bij hem ter sprake te brengen. Ik bood hem de mogelijkheid om hierover zelf een opening te maken, toch is Joost daar tot gisteravond nooit op ingegaan. Verder dan eens een opmerking in de trant van "dat vertel ik je nog wel eens" of "nu wil ik daar niet over spreken" zijn we dus nooit gekomen.

Over onze respectievelijke thuissituatie hebben Joost en ik zo nu en dan natuurlijk gesproken. We vertelden elkaar tenslotte regelmatig anekdotes of deelden onze wederwaardigheden. Zaken zoals thuis en het gezin vormden terugkerende onderwerpen in onze gesprekken, maar Joost voegde over zijn eigen omstandigheden slechts sporadisch meer dan de voor het verhaal noodzakelijke details toe. De grote lijn wilde hij ons bij gelegenheid wel vertellen, maar de invulling van de diverse rollen werd vrijwel nooit nader door hem belicht. Dat hij thuis niet gelukkig was, werd allengs duidelijker.

Vaak liep hij gewoon weg als we onder elkaar familieverhalen aan het uitwisselen waren. Vooral als ze neerkwamen op genegenheid en warmte onttrok hij zich opvallend vaak aan een gesprek. Hij bespaarde zichzelf er op de moeite mee om eventuele gevoelens te delen. Daarom brachten we dit soort verhalen later zo min mogelijk ter sprake in zijn nabijheid. We wilden onze vriend geen pijn doen tenslotte.

Maar in de vriendenkring kwam zo en passant wel eens ter sprake dat er bij Joost iets 'zou spelen'. Dan was het ook bij de anderen opgevallen dat hij stiller was dan anders. Kennelijk liep hij ergens over te piekeren of er was iets voorgevallen dat hij niet met ons kon delen.

Iets dat hem kennelijk niet losliet, verontrustte of waar hij geen 'draai' aan kon geven. Ter illustratie wil ik vertellen dat wij gedurende onze studietijd wel eens van vriendin wisselden. Het viel op als zo'n nieuw gezicht dan een opmerking maakte over Joost z'n eigenaardige manier van doen. Het bleek eigenlijk opvallend vaak voor te komen dat zo'n nieuwe dame vroeg 'wat is er met Joost aan de hand' was. Al kan ik me niet herinneren of die vraag ooit afdoende beantwoord is. We stelden ons allemaal tamelijk onbevangen op of kwamen er niet aan toe ooit verder bij hem door te vragen. Joost is er zelf vanzelfsprekend nooit over begonnen. Voor hem was het normaal, hij zag geen afwijking.

Ik wil nu, zonder verder op mijn verhaal vooruit te lopen, over Joost vertellen dat hij meestal erg charmant wordt gevonden. In ieder geval 'doet hij 't goed' in de vriendenkring bij onze vrouwen en vriendinnen. Dat heeft hij eigenlijk altijd gedaan. Zijn manier van doen wordt, zeker in gezelschap, meestal 'voorbeeldig' genoemd. Zij het dus vooral door onze respectievelijk dames.

Zo vindt mijn echtgenote hem zo aardig dat ze hem regelmatig aan mij ten voorbeeld stelt. Als ik me in haar ogen weer eens 'te macho' heb gedragen samen met mijn collega's of team genoten bijvoorbeeld. Of als ik mij 'best een beetje eleganter' had mogen opstellen. Ik schijn in het gezelschap van bepaalde kennissen zelfs 'horkerig' te zijn. Dit zijn haar termen overigens, want ik zie dat uiteraard heel anders.

Gelukkig sta ik er niet alleen in dat Joost z'n 'aardigheid' een gegeven is waar we in de loop van de tijd aan hebben moeten wennen. Vriend Gert bijvoorbeeld heeft ooit opgemerkt dat Joost zo aardig wordt gevonden omdat hij "iedereen altijd met een soort vanzelfsprekend ontzag bejegent". Volgens hem zit het blijkbaar in zijn genen, aard of karakter ingebakken en hij slaat met deze weergave de spijker op de kop. Het klopt volledig met wat we allemaal in meer of mindere mate over Joost opmerken, al wil ik hierbij wel aantekenen dat deze opstelling hem geenszins onderdanig maakt. Eerder schept Joost met zijn houding een afstand tot de omgeving, zonder dat hij er arrogant door lijkt. In de praktijk dwingt hij er een wederkerig respect mee af en uiteindelijk heb ik dus nog nooit iemand gesproken die hem niet op zijn minst "een aardig vent" vindt.

Het viel op dat Joost op een klassenavond gedurende onze schooltijd en later op allerlei studentenfeesten altijd meteen de leukste meisjes bij hem had staan. Hoe hij dat klaarspeelde was in de vriendenkring vaak het onderwerp van gesprek, want deze 'populariteit' stak ons natuurlijk weleens. Het is meerdere keren voorgekomen dat een zeer begeerd, aantrekkelijk meisje zwijmelend aan zijn arm bleek te hangen en dat zij daardoor voor geen van ons ook maar de minste aandacht over bleek te hebben.

We vergaven het hem echter moeiteloos omdat ie ook voor ons altijd erg aardig was en hij er bij de betreffende dame geen moeite voor had hoeven doen. Niet zichtbaar voor ons in ieder geval. Haar aandacht was hem gewoonweg aan komen waaien en er kwam bij dat wij wisten dat hij er nooit op uit was om 'verkering' te hebben.

Dit dus in tegenstelling tot een aantal anderen in ons kringetje, maar wie weet voelden die meisjes dat feilloos aan en lag juist daarin zijn aantrekkingskracht. Laat ik besluiten met de opmerking dat je op Joost gewoon niet kwaad kunt worden, laat staan dat lange tijd kunt blijven.

Alle positieve kwaliteiten waren niet van meet af aan aanwezig, we moesten ons ontwikkelen en dat geldt vanzelfsprekend ook voor hem. Toen we nog op de lagere school zaten waren we gewoon vriendjes, klasgenoten. Niet meer dan dat. We hebben pas later, toen we gedurende de middelbare school en onze studententijd de meer persoonlijke ontwikkelingen konden laten tellen, invulling aan onszelf en onze vriendschap kunnen geven.

III

Joost z'n vader werkte bij een groot bedrijf dat aan de dijk vlak bij hun woning gevestigd was. Zijn ouders waren voor deze baan, van een boven woning in de binnenstad naar het twee onder een kap huis aan de dijk verhuisd. De Rijndijk hoorde eerst bij de gemeente Voorschoten, maar werd later door de stad Leiden geannexeerd in verband met een nieuw te bouwen woonwijk waarvan de weg deel uit moest gaan maken. Joost heeft me over de perikelen rond deze gemeentelijke overgang, die speelde gedurende onze derde en vierde klas van de lagere school, regelmatig verslag gedaan. Voor kinderen was het dan ook een spannend gegeven natuurlijk.

Tegen de annexatie hadden de bewoners zicht blijkbaar nog flink verzet want de meesten wilden trouw bij het oorspronkelijke dorp blijven horen. Indertijd was de dijk nog een 'afgelegen' deel van zowel Voorschoten als Leiden en het lag beiderzijds buiten wat tot 'de gemeente' gerekend kon worden.

Hoewel allemaal op nogal kleine schaal was er kennelijk sprake van een verdeling in twee elkaar bestrijdende kampen. Enerzijds was er sprake van de mensen die uitgesproken tegen de annexatie waren en anderzijds waren er die minder bezwaar tegen de overname hadden of er zelfs voordelen van inzagen. Volgens Joost waren de tegenstanders voornamelijk bang voor de invloed van de stad. Hij gebruikte daar andere termen voor, maar de invloed van de verstedelijking werd onmiskenbaar gedemoniseerd. De strijd tussen de twee kampen kreeg er in zijn verslaggeving soms de proporties van een echte oorlog door.

Dat het vooral de 'oud Leidenaren' zoals zijn ouders waren, die de minste tegenwerpingen hadden spreekt voor zich. Deze voorstanders van 'de stad' werden vervolgens als vanzelfsprekend bij de categorie van 'verraders' en 'heulers' gerekend.

Opvallend genoeg zo vlak na de oorlog waren het termen die iedereen nog eenvoudig van stal wist te halen al was de lading natuurlijk niet even zwaar als indertijd. Voor ons viel de strijd het eenvoudigst te vergelijken met de verhalen uit onze cowboy boeken. De meeste dijk bewoners zagen kennelijk de noodzaak van het volbouwen van de polder aan de overkant wel in. Zonder enige daadwerkelijk gevallen

33

slag of stoot is de dijk dus door de stad Leiden geannexeerd. We spreken van de jaren en de wederopbouw tenslotte. Al rezen er wel al twijfels, de mensen waren nog tamelijk gezagsgetrouw.

Gedurende onze hele lagere en middelbare schooltijd kwam de te verrijzen nieuwbouwwijk bij Joost aan de overkant van de weg regelmatig aan de orde. Vlak na de annexatie maakte hij trouwens graag het grapje dat ze waren verhuisd. Daar voegde hij dan lachend aan toe dat ze er hun huis niet voor hadden hoeven te verlaten. Doordat hij nu ook 'in de stad' was komen wonen, waren we dus eindelijk plaatsgenoten geworden. Maar hun huis was zeker de eerste jaren nog te ver weg om eens bij hem op bezoek te gaan.

In de polder zouden flats verrijzen en er stond ook een winkelcentrum gepland, maar pas nadat we onze middelbare school helemaal af hadden gemaakt is de eerste paal voor alle nieuwigheid daadwerkelijk de grond ingeslagen. De dijk waaraan hun ouderlijk huis stond was feitelijk maar aan een kant bebouwd. Aan de andere kant bevonden zich namelijk weilanden. Daar liep het vee van de drie boerderijen die er lagen. Hoewel er, verder van de bestrating af, ook een paar percelen waren waar kassen op waren gebouwd. Overeenkomstig alle bewoners noemde hij de overkant van de weg "de polder". Daarachter waren bij helder weer, aan de horizon en met wat fantasie, de contouren van Den Haag te ontwaren. De vuurtoren van Scheveningen trok in een donkere nacht zichtbare lichtstrepen over de wolken.

Het merendeel van de dijk bewoners was werkzaam bij of verbonden aan een van de twee bedrijven die er gevestigd waren. Zo ze er niet werkten, leverden de meeste mensen er hun diensten aan of namen de producten af als boer. Joost z'n vader zat op kantoor van de grootste om de administratieve gang van zaken in de gaten te houden. Door zijn functie genoot hij wat aanzien in het buurtje.

Verder was er nog de kruidenier en een slager, maar dat spreekt voor zich. Het maakte allemaal dat Joost en ik ons konden verliezen in de avonturen waarover we lazen. Zowel het dorpse bij hem, als het kleinstedelijke in mijn geval maakte het trouwens gemakkelijk om ons volledig in te leven in de avonturen van onze helden.

Het kleine aantal bewoners dat niets of vrijwel niets met de bedrijven te maken had toonde hun afkeer of affectie trouwens openlijk. Tot in het extreme toe leek het wel, afgaande op de verhalen die Joost er incidenteel over kon vertellen. Klaarblijkelijk waren er mensen die de stank van de dieselmotoren van de vrachtauto's die kwamen laden of lossen, of de verkeersopstoppingen die ze bij tijd en wijle veroorzaakten op de dijk, voor lief namen. Terwijl er anderen waren die er juist meteen de politie en 'hogerhand' bij haalden om hun beklag te doen. Omdat de vader van Joost daar dan als vertegenwoordiger van het bedrijf bij werd gehaald, was hij degene die de grote monden ontving en de lieve vrede moest zien te herstellen. Joost had het daar moeilijk mee omdat zijn vader een hele rustige, zachtaardige man was die zich door alle commotie eenvoudig liet intimideren. Hij was niet tegen extreme situaties opgewassen.

De ontstane escalaties werden door hem meestal serieus opgevat en hij was voor zowel de politie als de direct betrokken omwonenden of chauffeurs, een speelbal in de verwikkelingen. De lieve vrede was hem erg veel waard, maar soms liepen de gemoederen hoog op. Joost nam het de directieleden van het bedrijf kwalijk dat ze zijn vader niet wat openlijker steunden. Ze waren als medebewoner van de dijk op meerdere fronten betrokken tenslotte en zouden de autoriteit van zijn vader best wat beter kunnen bevestigen. Het speet mijn vriend wel eens dat hij niet voldoende stem had om de betrokkenen de les te lezen of te corrigeren.

Hij besprak deze onmacht soms met ons en samen namen we ons dan voor om een bende op te richten en de 'ergste lastposten' aan te pakken. Dit natuurlijk omdat onze jeugd helden op diezelfde manier hun problemen bleken op te kunnen lossen. Nooit is de noodzaak hoog genoeg opgelopen, dus het kwam er niet van.

De moeder van Joost scheen te genieten van het sociale onderscheid dat er op de dijk heerste. Ze rekende zich als dochter van een middenstander, tot de 'betere klasse' en stond er op dat haar kinderen zich altijd netjes zouden gedragen. Aan de hand van een koffie blik van Douwe Egberts heeft Joost me wel eens aangewezen hoe de verhoudingen lagen. Hij legde er de nadruk op dat zijn moeder zichzelf zeker geen landman of veldwachter voelde.

Dat waren de 'andere' mensen. Natuurlijk was zij ook geen boven-meester, maar hij ging er vanuit dat 'de notabele' een omschrijving was waarin zij zich het beste kon vinden. Zijn moeder vond het vreselijk als 'de mensen' zich aan haar of een van de andere gezinsleden zouden kunnen ergeren. Vooral aan Joost die als oudste zoon de 'goede naam' van het gezin hoog diende te houden, werden dus erg hoge eisen gesteld. Het kwam later tijdens onze middelbare schooltijd een aantal keren tot uiting, omdat we in haar ogen met onze 'ordinaire haren' en vreemde 'hippie gedrag' aanstoot zouden geven. Tijdens het laatste jaar op de middelbare school, het eindexamenjaar, werd mijn aanwezigheid een poos lang, niet op prijs gesteld.

In de wat grotere huizen aan het begin van de bebouwing, die het dichtst bij de spoorlijn stonden, woonden een aantal leden van de familie die het bedrijf waar Joost z'n vader werkte, bestierden.
Allemaal hadden ze binnen de organisatie een functie. De ouders van Joost gingen regelmatig ook privé met de leden van de familie om. Voornamelijk met de directeur omdat zijn kinderen ongeveer hun leeftijd hadden en hij naast hen woonde. Joost en zijn zusjes moesten deze mensen oom en tante noemen. Meneer en mevrouw zou te onderdanig zijn, onderscheid maken en, omdat ze allemaal dezelfde achternaam hadden, verwarring scheppen.
De kerk speelde in de onderlinge omgang van de bewoners een niet onbelangrijke rol. Ofwel was men op dijk namelijk Katholiek en behoorde tot de kerk die aan het einde van de weg stond of men was protestant en ging ter kerke aan de andere kant van het water dat achter de huizen liep. De Rijn, ofwel de oude Rijn of het laatste stukje van de kromme Rijn genoemd.
De niet Katholieke kinderen gingen veelal aan de ander kant van de Rijn op school, naar de "School met den Bijbel". Ze werden daarvoor met een pontje, dat aanlegde achter het huis van de slager, overgezet.
Een aantal van de Katholieke kinderen ging in Voorschoten op school. Dat was vanouds zo gegroeid natuurlijk. Er reed een houten schoolbus die getrokken werd door een paard, tussen het dorp en de dijk op en neer. Met deze bus ging Joost z'n jongere zus mee.
De ander kinderen, zoals Joost, zijn oudere zus en een aantal buurjongens, gingen in de stad naar school. Volgens de verhalen werd er regelmatig gevochten tussen de Paapse en Protestanse jongens. De situatie die er op de dijk door heerste heeft Joost wel eens vergeleken met de troubles in Noord Ierland. Maar dat was nadat hij er allang niet meer tussen woonde en op zichzelf was gegaan. Hij zei het trouwens op een avond waarin we niet helemaal nuchter waren, dus helemaal helder kan dat beeld niet zijn geweest.
Terugkijkend moeten we aannemen dat tussen de bewoners van de dijk toch erg nauwe banden waren. Het bedrijf en de kerk domineerden de kleine gemeenschap waar Joost en z'n familie deel van uit maakten weliswaar, maar iedereen kende iedereen. Alle bewoners waren

daardoor een buur van iedereen en dat maakte dat niets onopgemerkt bleef. De enigszins afgelegen ligging van de woonwijk, die voornamelijk uit de hiervoor beschreven dijk bestond met een klein hofje halverwege en de drie boerderijen aan de polder zijde, alles moet onmiskenbaar hebben bijgedragen aan een dorpse sfeer.

Voor mijn vriend zat daar een zekere beklemming aan vast. Als ik af ga op de manier waarover hij altijd over zijn jeugd spreekt, dan moet het hem nog lange tijd hebben gehinderd. Niet voor niets komt hij er telkens met enige bitterheid op terug.

Uit de verhalen van zijn oudere zus heb ik begrepen dat de standing die hun moeder zich had aangemeten, haar op de dijk de bijnaam 'barones' had opgeleverd. Ook haar is trouwens altijd op het hart gedrukt dat zij zich netjes moest gedragen. Hoewel ik haar nauwelijks heb leren kennen durf ik te concluderen dat zij dit eveneens als beklemmend ervaren heeft. Bij hun thuis moet het dus al heel vroeg 'keurig' geweest zijn.

Helaas kan ik me niet beroepen op eigen waarnemingen, want het heeft tot op de middelbare school geduurd voordat ik de eerste keer bij hem thuis kwam. Pas daarna kon ik mezelf een beter beeld vormen van de omstandigheden, maar ik heb er nooit de deur plat gelopen. Het bleef toch een heel eind buiten de stad.

Naar ik begrepen heb, had Joost maar twee vriendjes bij hem in de buurt wonen. Dat waren zoontjes van de groenteboer en de jongens zaten ook bij ons op de lagere school. Ze vormden gedurende de eerste jaren de begeleiding waarmee hij op en neer moest fietsen. Later, in de vierde klas pas, mocht Joost voor het eerst alleen reizen. Toen was de oudste van de twee naar de Mulo en zat de andere in de hoogste klas bij de hoofdmeester.

De omstandigheden omtrent de achteraf vreemde gang van zaken rond het 'zitten blijven' van Joost in de zesde klas, heeft hij me pas veel later uitgelegd. Ik had hem gevraagd naar de reden waarom hij niet met 'ons groepje' mee over was gegaan naar de eerste klas van het Lyceum.

Joost gold bij ons in de klas als een van de betere leerlingen. Altijd had hij zijn huiswerk keurig voor elkaar en meestal scoorde hij goede, vaak zelfs hoge cijfers. Volgens de juffen en meesters zou hij zijn spullen altijd op orde hebben en verzorgde hij zijn schriften en boeken altijd voorbeeldig. Zelf deed hij daar wel luchtig over en liet hij zich er niet op voorstaan, maar dat het hem met trots vervulde was duidelijk. Tot halverwege de zesde klas stond het vast dat hij naar het Gymnasium zou gaan. Dat was immers uit de testen die er in de vijfde bij ons afgenomen waren, duidelijk naar voren gekomen. In de klas waren er nog twee andere klasgenoten aan wie dat voorrecht was voorbehouden. De meester stelde hen alle drie regelmatig aan ons als voorbeeld en was degene die zo nu en dan de term 'briljant' voor hen gebruikte. Omdat de hoofdmeester verder niet veel complimenten rondstrooide, was het een uitgemaakte zaak dat mijn vriend tot de uitverkorenen behoorde. Totdat hij dus opeens niet meer in het rijtje genoemd werd.

Voor hem leek het vooruitzicht van die kennelijk heel speciale, nieuwe school plotseling voorbij. Zijn kerst rapport moet trouwens nog in orde zijn geweest want ik kan me nog goed herinneren hoe die ons nog wèl als voorbeeld werd gehouden. Joost had gemiddeld meer dan een zeven en daarom zou hij geen toelatingsexamen hoeven af te leggen.

Als hij het niveau volhield.

Tot onze grote verbazing hoefde Joost kort na die vakantie niet meer mee te doen met de oefeningen die we met de klas iedere donderdagmiddag na schooltijd deden voor het toelatingsexamen. Als voorbereiding op het toelatingsexamen maakten we dan braaf allerlei sommen en namen de plaatsnamen op de wereldkaart nog eens door. Eerst gingen we er klakkeloos van uit dat dat kwam omdat hij het hoge gemiddelde waarschijnlijk wel kon handhaven, maar waarom hij niet meer met ons mee hoefde te doen nadat zijn cijfers minder werden, is ons nooit duidelijk gemaakt. De hoofdmeester volstond met de mededeling dat Joost het komende jaar niet meer met ons naar het lyceum zou gaan.

Wel mocht hij in onze middelste rij, bij de 'betere' klasgenoten blijven zitten. De meisjes die naar de nonnen van de MMS en de jongens die naar de paters van het Lyceum en dus ook de drie anderen die naar het Gymnasium zouden gaan zaten er bij elkaar. Aan de andere kant van het lokaal, waar de ramen zaten, was de rij met de kinderen die naar de Katholieke MULO gingen. Die school stond trouwens een eindje verderop langs de straat. In de eerste rij, meteen bij de deur zaten de jongens en meisjes die respectievelijk naar de LTS of de "spinazie academie" moesten.

Alle drie de rijen kregen een eigen, aan de eisen van de vervolgopleiding aangepast lesprogramma. Onze rij kreeg na schooltijd op dinsdagmiddag ook nog een lesje Frans. Er werd echt alles aan gedaan om ons zo grondig mogelijk op de middelbare school voor te bereiden. Joost zat halverwege onze rij. Voor zover ik me herinner zat er naast hem tot aan de herfstvakantie een meisje, Margreet. Daarna zat hij als enige in onze rij helemaal alleen. Zijn voormalige buurvrouw was door een verhuizing van school gegaan en alleen Leentje heeft ook nog een paar weken naast hem gezeten.

Ik zat eerst samen met Leen in de voorste bank, maar toen onze klasgenoot Arthur zijn been had gebroken moest die daar zitten om zijn gipsbeen op een stoeltje te kunnen leggen. Daar was verderop in de klas geen ruimte meer voor over, dus moest dat noodgedwongen op de voorste rij. Hij nam er twee plaatsen achter elkaar mee in en alleen naast Joost was er nog een lege plek beschikbaar.

Later nadat Arthur z'n been weer hersteld was, is de oude situatie hersteld, maar het moet wel een aantal weken geduurd hebben voordat het zover was. In die periode zat Leen, die inderdaad een kop kleiner was dan iedereen in de klas, tijdelijk daar.

Joost was er trots op dat zijn ouders allebei oorspronkelijk uit Leiden afkomstig waren. Zijn moeder had er als meisje zelfs zowat midden in het centrum gewoond. Voordat zijn vader bij de firma aan de dijk was gaan werken had hij eerst bij een grote fabriek, die aan een van de singels rond het centrum stond, op kantoor gezeten. Met zijn oud collega's, maar ook met veel andere kennissen van vroeger gingen zijn ouders nog regelmatig om. Verspreid over de binnenstad hadden ze ook een aantal familieleden van beider zijde wonen. Joost had het daar wel eens over.

Hij vertelde dan bijvoorbeeld over een bezoek aan zijn oma van moederskant. Hij had dan in het 'van der Werfpark' dat vlakbij haar huis lag, samen met zijn nichtjes en neefjes met een bal gespeeld.

Ook sprak hij er graag over dat zijn ouders veel optrokken met vrienden die in het centrum van de stad een groot restaurant zouden hebben. Als er bijvoorbeeld iets te vieren was, gingen ze daar uit eten. Hij sprak daar met een zekere trots over, kwam er kennelijk graag en had er af te lezen aan zijn enthousiasme, van genoten. Deze familie de Woerd kwam indertijd blijkbaar ook wel eens bij hem thuis.

Bij ons thuis gingen we vrijwel nooit uit eten. Heel af en toe haalde mijn vader bij de chinees op de hoek van de Breestraat een portie nasi, bami of een rijsttafel maar dat gold dan als iets heel uitzonderlijks en er moest echt iets te vieren zijn. Hetzelfde ging feitelijk op voor de rest van onze klasgenoten, de meesten waren dus wel een beetje jaloers op

Joost met zijn kennissen die een heel restaurant voor zichzelf hadden. Hij zou best wel eens bij die mensen in huis komen of er misschien zelfs mogen logeren. Er waren klasgenoten die immers ook wel eens nar een een tante of oom gingen om dat daar te doen.

Mij leek het trouwens erg leuk om ook eens bij mijn neefjes of nichtjes te kunnen logeren. Als mijn ouders eens op vakantie zouden gaan bijvoorbeeld, maar kwam dat bij mij nooit voor omdat ik de enige thuis was en altijd overal mee naartoe mocht. Al zijn we nooit met z'n drieën op een vakantie geweest zoals ze in mijn boeken deden.

Veel verschil met thuis zouden volgens zeggen, zulke logeerpartijen overigens niet maken. Maar een hotel, dat moest in mijn ogen heel opwindend zijn. De ouders van die Sjeffie hadden dat er namelijk op de verdiepingen boven hun café-restaurant ook nog bij. Er waren in dat hotel een stuk of tien kamers en de gasten kwamen wel eens uit het buitenland. Dat vond ik toen nog heel bijzonder.

Joost heeft zich eens laten ontvallen dat de zoon van de familie de Woerd een handicap had. Daarom zat die Sjeffie ergens op de Veluwe, bij een plaats in de omgeving bij Zeist op een internaat voor slecht ziende mensen. Na het weekend, als we op maandagmorgen op het plein of voor de lessen wachtten tot de nieuwe schoolweek begon, zei hij soms dat ze hem daar met hun gezin waren gaan ophalen of ze hadden hem er de avond ervoor naar toe weg gebracht. Bij hem thuis hadden ze namelijk al een auto en daarin maakten ze op zondagmiddag regelmatig een ritje. Dat ophalen vond dan plaats aan het begin van een vakantie bijvoorbeeld en Sjeffie werd weggebracht als hij weer een lang weekend thuis was geweest.

Joost liet altijd merken dat hij het prettig vond om naar de Veluwe te gaan. Enthousiast kon hij vertellen over de bossen en de wandelingen die ze er met z'n allen maakten Als Sjef bij hun het weekend had doorgebracht dan brachten ze hem soms alleen maar naar het station en reisde hij dus zonder verdere begeleiding terug naar het instituut. Afgaande op de verhalen van mijn vriend hadden de ouders van Sjef dan vanwege de drukte in hun restaurant, geen tijd genoeg voor hem en namen de ouders van Joost voor hen waar. Met de feestdagen en in het vakantieseizoen was het vanzelfsprekend drukker in de zaak dan op doordeweekse dagen.

Allengs werd het duidelijk dat Sjef eigenlijk heel vaak, maar in ieder geval steeds vaker toen we in de zesde zaten bij Joost thuis opgevangen. Hij bleef dan ook regelmatig bij hem logeren. Of mijn vriend dat leuk of vervelend vond is me nooit gebleken. Hij verteld er wel over, maar deed alleen verslag van wat ze gespeeld hadden of waar ze waren geweest. Maar het moet ook achteraf gezien duidelijk zijn voordelen hebben gehad als Sjef bij Joost thuis te gast was.

Zijn ouders hadden op een bepaald moment besloten dat het beter voor Sjef zou zijn als hij op een 'normale' school verder kon leren. De sfeer op het internaat sloot in feite niet zo goed aan bij hun situatie. De afstand was te groot voor allemaal en de resultaten die Sjeffie op de speciale school zou kunnen behalen, boden geen uitzicht op een functie buiten de 'blindenwereld' die er direct omheen hing. De school bood voornamelijk bescherming.

Zowel voor zijn ouders, zijn oudere broer Antoine junior, als voor Sjeffie zelf bleek er onder de geldende omstandigheden geen echt 'thuis' te bestaan. In ieder geval niet zoals hem die bij Joost wel werd geboden. Mijn vriend woonde immers in een gewoon gezin met zijn zusjes en hij had een vader die op regelmatige, normale tijden werkte en weer thuis kwam. Daar hadden ze echte weekenden waarin iets ondernomen kon worden, zonder dat er verplichtingen waren zoals in het hotel, café, restaurant van de familie de Woerd.

Alleen al het op vaste tijden eten en dus het gezellig met zijn allen aan tafel gaan in de beslotenheid van een gezin, in plaats van in een openbare ruimte, bood voor de jongen de huiselijkheid die hij anders moest ontberen. Dat Sjeffie ruim twee jaar ouder was dan Joost en op het moment dat wij nog in de zesde klas zaten al ruimschoots in het eerste jaar van de Mulo zat, leek er niet aan af te doen.

De ouders hadden met elkaar afgesproken dat de mogelijkheid bestond om de jongens samen de zesde klas over te laten doen. Het ging er daarbij om, de overgang voor Sjef niet te groot te maken. Van het speciale naar het reguliere onderwijs leek hen alle vier een enorme, voor Sjeffie waarschijnlijk te grote stap.

De ouders van Joost gingen er vanuit dat hun zoon nog 'erg jong' was en zij vonden de overgang voor hem, in zijn geval dus naar de middelbare school, te groot om alleen te maken. Vanwege zijn intelligentie zou Joost overigens met gemak naar het Gymnasium door kunnen stromen en hij zou deze dan in een ruk kunnen doorlopen.

Daarom verwachtten ze alle vier dat hij het jaar dat met de doublure 'verloren zou gaan' eenvoudig in zou gaan halen. De jongens zouden samen naar de middelbare school gaan en de tijd zou wel leren hoe het een en ander zijn beslag zou vinden.

Toen hij al lang en breed in Duitsland studeerde heeft Joost me eens verteld, dat hij bij de hoofdmeester van onze oude zesde klas op bezoek is geweest. Daar verbaasde ik me helemaal niet over. Op de een of andere manier liep hij in de stad altijd oud leraren of leraressen tegen het lijf. Terwijl ik er notabene veel vaker kwam omdat mijn ouders er woonden en nooit eens iemand tegen kwam.

Eenmaal nadat hij naar Duitsland was verhuisd had hij, als hij terug in Nederland was, wel vaker de aandrang om zoals hij dat zelf noemde "oude koeien uit de sloot te halen". Hij ging zo nu en dan dus op bezoek bij leraren, leraressen of paters van onze de middelbare school en was kennelijk ook bij onze vroegere onderwijzer geweest.

Hij had van de hoofdmeester de geschiedenis rond het zitten blijven en het leveren van zijn bijdrage aan de voorbereidingen voor Sjef zijn terugkeer in de maatschappij, tot in detail te horen gekregen. Ervoor had hij er naar zijn zeggen nooit echt bij stil gestaan, maar nadat hij intussen wat beter op de hoogte was gesteld kon dat dus opeens wel.

Opmerkelijk genoeg bleek hij nog merkbaar onder de indruk van hetgeen hem door meneer van Oudenhoven verteld was. Toen hij me er later over in vertrouwen nam leek het er zelfs op dat hij een beetje ontdaan was.

Uit het verslag rond de gebeurtenissen was na al die jaren nog eens naar voren gekomen dat de meester het er niet mee eens was geweest dat 'briljante' Joost zou doubleren. Hij was echter gezwicht voor de argumenten van de ouders. Onder kennelijk protest had hij zich neergelegd bij het 'offer' dat er van Joost gevraagd werd. Hoewel Joost maar kort bij hem op bezoek was gebleven, had de hoofdmeester hem toch duidelijk weten te maken dat hij het nog steeds 'doodzonde' vond. De goede man hield van sterke termen, dat waren we van hem gewend en we konden ze dus van hem herkennen.

Joost voegde er nog aan toe dat de onderwijzer een uitgesproken hekel aan Sjeffie gehad zou hebben, maar ik kan me niet voorstellen dat hij dat echt zo tegen hem gezegd heeft. Het zal meer een indruk geweest zijn die mijn vriend er bij heeft opgedaan, als bevestiging van zijn eigen afkeer wellicht. Hoewel ik me ternauwernood kan voorstellen dat de meestal enthousiaste verhalen over de vriendschap met die Sjeffie, indertijd gespeeld waren.

Ik heb altijd begrepen dat ze bij hem thuis erg veel om de familie de Woerd gaven. De verhalen over een logeerpartij bij hun in het hotel of over het op een zondagmiddag een keertje eten in hun restaurant bijvoorbeeld, hadden me altijd zeer oprecht geleken en me, zoals reeds opgemerkt tamelijk jaloers gemaakt. Wellicht speelt het een rol dat ik nog nooit in een hotel had geslapen toen en daar kwamen dan de vakanties naar het buitenland die hun ouders samen met elkaar maakten nog bij. Zoals gezegd gingen wij nooit in een echt restaurant uit eten en op vakantie met een vliegtuig ben ik tot op heden zelfs nog nooit geweest. Ik mocht zo nu en dan met de padvinders mee op kamp. Overigens weet ik niet of Joost ooit met zijn ouders over deze kwestie heeft gesproken. Noch dat hij ze ooit verteld heeft van zijn bevindingen bij onze hoofdmeester?

Nadat me eenmaal duidelijk was hoe de toedracht rond zijn achterop raken en het zitten blijven in elkaar stak, kon ik begrijpen dat het mijn vriend dwars moest zitten. Het is natuurlijk nogal een kwestie hoe er met zijn belangen is omgesprongen. Maar zoals altijd met Joost heeft het erg lang geduurd voordat hij me exact op de hoogte bracht van de hoed en de rand. Ik begrijp dat hij zich door zijn ouders ingewisseld voelt voor Sjef en dat ze in zijn beleving eenvoudig het belang van hun zoon hebben achtergesteld bij de wens van hun vrienden.

Terwijl die Sjef al gelijk na het eerste jaar wegens zijn gedrag van het lyceum werd weg gestuurd. Joost en hij hebben zodoende dus nooit 'samen' verder kunnen of hoeven studeren. Uiteindelijk bleek het mijn vriend een jaar te hebben gekost, maar ik ga ervan uit dat hij er misschien ook positieve dingen aan heeft overgehouden. Al weet ik dus niet welke. Tot gisteravond bood het gegeven een plausibele verklaring waarom Joost weleens een beetje bitter deed als hij over de familie de Woerd of over Sjeffie sprak. Pas vannacht is me de diepere oorzaak van zijn verbittering echt duidelijk geworden.

Toen Joost en ik weer bij elkaar in de klas kwamen was de afstand tussen ons in eerste instantie natuurlijk groot. Hij was net door het eerste schooljaar gerold en ik zat intussen alweer twee jaar op het lyceum. Voor mij was het nieuwe, het overweldigende eraf. De school was namelijk met veel prestige omgeven. Het werd als echt een hele eer beschouwd, om er op te worden toegelaten. Niet alleen binnen de Roomse kringen, maar in de hele stad gold de school als een bolwerk en was het een geaccepteerd 'instituut'. Als leerling werd je dat vaak voorgehouden en het was een belangrijk argument voor correct gedrag en bijsturingen die daarbij noodzakelijk leken. Men diende zich ten allen tijde 'voorbeeldig' te gedragen.

Voor mij was de keuze intussen op de Hogere Burger School gevallen. Ik voelde me er heel erg thuis. Langzamerhand had ik kennis gemaakt met de diverse gebruiken en protocollen. Ik kon mijn vriend dus op sleeptouw nemen toen hij ook op die opleiding terecht kwam.

De meeste jongens gingen trouwens naar de HBS, zodoende bleef het Gymnasium voorbehouden aan de buitenbeentjes en echte bollebozen. Bij nader inzien hoorde Joost daar niet meer bij. Voor mij was het overigens een flinke tegenvaller dat ik dat jaar bleef zitten. Ik had halverwege de tweede immers nog een redelijk kerstrapport gehad em aan het einde van de eerste was ik trouwens met glans overgaan. Wellicht had ik mezelf daarom, mede door dat mooie rapport, de vrijheid gegund om de teugels na de kerstvakantie een beetje te laten vieren. Teveel helaas, bleek bij het aanbreken van de grote vakantie.

Ik had erg veel belangstelling voor popmuziek gekregen en hing dus vaak in de platenzaak op de Haarlemmerstraat rond. Je kon er namelijk zonder er noemenswaardig bij gestoord te worden door de verkopers, in kleine cabines naar de nieuwste elpees luisteren. Overbodig om te vertellen dat ik in die tijd niet zoveel met Joost omging. Hij was toen immers maar een 'eerste klasser' en had ook zijn handen vol aan die vriend Sjeffie waar hij veel mee optrok.

Om kort te gaan, ik had niet zo heel erg hard gestudeerd in de periode tussen de kerst en paasvakantie. Ik was er met mijn klasgenoten uit de polder op uitgetrokken om tochtjes te maken over het ijs. Hele lange sloten en vaarten om als oefening overheen te schaatsen. We kregen er niet genoeg van en besteedden er hele middagen aan. Alleen moest ik later weer terug naar Leiden en dan was ik er meestal aan toe om meteen te gaan slapen. Voor een meren- of molentocht draaiden we echter onze hand niet meer om toen het later begon te dooien.

Door een tussentijdse onvoldoende kaart vlak voor de lentevakantie was ik wel gewaarschuwd. Maar ondanks dat had ik, in de korte tijd die het schooljaar nog duurde, mijn cijfers niet meer naar een acceptabel niveau weten op te halen. Ook niet gemiddeld met het eerste deel van het jaar. Het lukte me, zelfs met behulp van de huiswerk klas waar ik door mijn ouders in allerijl op was gedaan en de bijlessen voor zowel Duits als Frans, niet meer. Hoe 'eenvoudig' de leerstof door iedereen in mijn directe omgeving ook werd gevonden. Mijn ouders, de buren links en ook mijn opa vonden me een enorme sufferd dat ik het zo ver had laten komen. Daar hadden ze natuurlijk niet helemaal ongelijk in en ter verdediging kan ik alleen opvoeren dat

44

ook mijn oude klasgenoot Hans, uit dezelfde klas waar Joost en ik eerder in gezeten hadden, dat jaar eveneens bleef zitten. Zo heel erg dom kon ik dus niet zijn, want Hans had deel uitgemaakt van het 'briljante drietal' waarop onze hoofdmeester indertijd zo trots was geweest! Hij had overigens de overstap naar het Gymnasium ook niet mogen maken.

Meteen nadat het duidelijk was dat we in dezelfde klas waren ingedeeld zijn Joost en ik naast elkaar gaan zitten. Op de tweede bank van voren, in de rij het dichtste bij het raam. Zo konden we als de les vervelend werd naar buiten kijken en zaten we dicht genoeg bij de tafel van de leraar om goed op te kunnen letten. Uit ervaring wist ik dat het zo'n beetje de beste plek in de klas was en Joost legde zich gelijk bij mijn voorstel neer.

Uit de hele regio, die van de Bollenstreek ten Noorden van de stad tot ver in het veen en klei gebied in het Oosten liep, gingen de Rooms Katholieke leerlingen vanzelfsprekend naar het middelbare Lyceum in Leiden. Ten Zuiden van de streek ligt Den Haag waar ook een aantal scholen gevestigd waren. De onze werd geleid door de paters.

In het Westen werd de regio begrensd door de kust, maar in die dorpen woonden voornamelijk Christelijke mensen. Die gingen naar andere scholen zoals die die aan de ander kant van de sloot achter ons hoofdgebouw stond bijvoorbeeld.

Vlak voor de oorlog had de gemeente Leiden een aantal middelbare scholen bij elkaar neergezet in de Kikkerpolder achter het station. De verschillende gebouwen stonden verspreid in de polder, die allengs steeds verder is vol gebouwd.

Overigens werd er strikt op gelet dat de verschillende nominaties zich niet konden mengen. Daarom waren de pauzes zorgvuldig op elkaar afgestemd. Ze vielen dus nooit samen of overlapten elkaar met slechts een paar minuten, zodat er nooit genoeg tijd was om met elkaar kennis te maken. Al kon dat wel gewoon in de streek bussen waarmee de leerlingen op en neer moesten reizen, die vielen vanzelfsprekend niet onder de verantwoording van de schoolleiding en dan kon het dus geen kwaad. De R.K. Meisjes uit de regio gingen naar het Lyceum van de de nonnen. Allebei de scholen volgden in groten lijnen een overeenkomstig les programma. Het betekende in de eerste klas een paar uur per week Latijn en opvallend veel Frans. Het oude gebouw van de nonnenschool stond overigens, veel leuker dan die van ons, zowat in het midden van de binnenstad.

45

In de loop van de tijd is ook het Agnes echter naar de Kikkerpolder verhuisd. Bij de Pelikaanstraat op de plaats waar het oude gebouw eerst stond, is onder andere een enorme studentenflat neergezet. Door de sloop van het klooster, een voormalig bedrijf en een groot deel van de omringende huizen kwam er voldoende plaats voor vrij. Indertijd werd zoiets 'saneren' ofwel vooruitgang genoemd.

Op het lyceum werd bij aanvang van het tweede jaar onderscheid gemaakt tussen het Gymnasium en de HBS. Alleen het eerste jaar was dus strikt genomen een Lyceum te noemen. De keuze gold voor de jongens, de meisjes kregen daarnaast namelijk nog de keuze voor een MMS. Deze Middelbare Meisjes School was in feite de voortzetting van het lyceum.

Als extra konden de meisjes bij hun Gymnasium optie ervoor kiezen om bij de nonnen te blijven of naar onze school te verhuizen. De meisjes die de HBS richting wilden volgen kwamen sowieso bij ons op school terecht. In tegenstelling tot de zes Gymnasium klassen bij onze vestiging had de meisjesschool er jaarlijks hooguit twee of drie. Maar die waren dan ook uitsluitend bevolkt door vrouwelijke leerlingen. Net zoals de MMS die alleen al door haar naam, exclusief voor de dames bedoeld was. Feitelijk was de schoolkeuze dus niet zo'n moeilijke.

Onze school was na het eerste jaar immers officieel gemengd.

In het eerste gezamenlijke jaar van Joost en mij zaten er geen meisjes in onze klas. Van de zeven parallelklassen van de tweede waren er namelijk slechts vier waar er een aantal in zaten. De dames werden door de gehanteerde selectiemethode zoveel mogelijk in de minderheid gehouden en werden meestal bij elkaar in dezelfde klas ingedeeld. Met als strikte grens dat er maximaal een derde aan meisjes in een groep mocht zitten. Beslist geen meerderheid of overwicht voor de dames. Daar zagen de paters wel op toe, al zaten ook daarbij een aantal liefhebbers.

Het jaar ervoor, toen ik voor de eerste keer in de tweede klas zat werd ook deze uitsluitend door jongens bevolkt. Helaas zijn de meeste details van dat en het volgende schooljaar mij grotendeels ontschoten. Zowel Joost als ik kunnen ons allebei erg weinig van de tweede en derde klas herinneren. Deze jaren zijn klaarblijkelijk onopvallend aan ons voorbij gegaan. In ieder geval is er niets voorgevallen dat bij ons een onuitwisbare indruk achter heeft gelaten. De oorzaak zal 'm er wel in zitten dat we gedurende die jaren goede resultaten behaalden door er hard voor te werken. We maakten braaf ons huiswerk en leerden de rijtjes, tabellen of woordenlijsten om er wijzer van de worden. Om eerlijk te zijn was de leerstof niet al te ingewikkeld en er werd in een rustig tempo onderwezen. We konden redelijke cijfers halen als we gewoon ons best deden. Er viel weinig op ons, de sfeer op school of onze gedragingen aan te merken.

Het is een gegeven dat, als een leerling om wat voor reden dan ook moeite heeft gedurende een schooljaar, bijvoorbeeld met de leraren, zijn studie of de leiding, het hem of haar bij zal blijven. Vanwege het gebrek aan dat soort redenen zijn deze jaren dus onopgemerkt aan ons voorbij gegaan. In de vierde klas raakten Joost en ik weer gescheiden. Mijn vriend ging naar klas 4b en ik kwam terecht in 4c.

De samenstelling van de parallel klassen op onze school verliep op een tamelijk doorzichtige manier. In de eerste klas konden we de combinatie tussen de woonplaats en de afkomst uit de doorlopen lagere school, nog zeer duidelijk herkennen. Het maakte de selectie tamelijk voor de hand liggend en ondersteunde het vermoeden van overleg tussen de hoofdmeesters en de schoolpaters. Op deze manier kwamen namelijk vooral de jongens uit de dorpen in de ruime omgeving van de stad bij elkaar in de klas terecht. De streek functie van de school werd er door ondersteund en bevestigd.

De paters gaven desgevraagd aan dat de gehanteerde indeling vooral erg gemakkelijk was in verband met de afhankelijkheid van de diverse verbindingen met de streekbus. Als er eens een vertraging optrad of er een lijn door pech uitviel, dan ondervonden daar niet meerdere klassen tegelijk 'last' van. De met het onheil getroffen groep kon dan immers eenvoudig en gezamenlijk de verloren uren inhalen. Naar ons idee kwam het echter vooral de achterklap met de respectievelijke pastoors en kapelaans van de oorspronkelijke parochies ten goede.

In de tweede klas werd de indeling grotendeels gehandhaafd, al maakte de keuze voor het Gym of de HBS richting en de komst van de meisjes dat sommige klassen aangevuld of verdeeld moesten worden. De indeling verliep tamelijk willekeurig. Zo waren er klassen die plotseling voor bijna de helft aangevuld werden met die nieuwe meisjes en andere klassen die opgedeeld werden. Dat kon toch wel een beetje 'eerlijker'.

In de hoogste twee klassen werd het onderscheid voornamelijk bepaald door de in het voorgaande jaar behaalde cijfers. Die van Joost maakten dat hij gepromoveerd kon worden naar een klas met betere leerlingen. De echte bollebozen kwamen namelijk in 4a en 4b terecht en Joost had zich weer eens onderscheiden door extreem hoge cijfers te halen. Bijkomend voordeel was dat er bij ons allebei in de klas nu ook meisjes zaten. Zij het dat ik dus opgescheept werd met de wat 'dommere' exemplaren dan bij hem, maar dat deed er niet zoveel toe.

Vanaf het begin van het vierde schooljaar werd er elke twee weken in de kantine boven de gymzaal een 'soos avond' georganiseerd. Joost en ik hadden ons, na een oproep in de schoolkrant, verkiesbaar gesteld voor het "organisatie comité". Het betekende weliswaar dat je geacht werd de stoelen en tafels te herschikken en na afloop weer terug te zetten, maar daar stonden gratis toegang en inspraak bij het samenstellen van het programma tegenover. Iedere keer was er namelijk een verplicht "thema" en daar werd door het comité met de leraar die toezicht moest houden over vergaderd.
Door een gebrek aan kandidaten werd iedereen die zich had opgegeven overigens automatisch 'gekozen'. De diverse taken konden we dus in overleg onder elkaar verdelen, al hadden de paters gerekend op een echte verkiezing. Zo hadden ze het aangekondigd en het leek hun een hele eer om op die manier een van de functies te verwerven.
Het doel van de vrijdagse soos avond was dat er een gelegenheid kwam om elkaar buiten schooltijd te ontmoeten. Dat hield in, de klassen hoger dan de eerste, tweede en derde. Al mochten we na de kerstvakantie ook de leerlingen van deze laatste klas toelaten.
Voornamelijk om ze te laten wennen aan hun latere schoolleven, want vanaf dat moment hoorden ze toch bij ons de 'oudere leerlingen'. In het bestuur hadden we er twee keer over vergaderd. Dat het er vooral om draaide dat er dan meer meisjes op de avonden zouden kunnen komen was geen van de paters opgevallen. Voor ons telde dat je als leerling van een hogere klas, eenvoudiger indruk op ze kon maken en het was onder andere Joost en mij opgevallen dat er hele leuke tussen zaten.
De kantinejuffrouw verkocht hetzelfde assortiment frisdrank, penny wafels, gevulde koeken en spritsen als in de lunchpauze overdag. Pas na de onderbreking van half negen, als het 'thema' afgelopen was, werden er ook flesjes bier en zakjes chips verkocht. Juffrouw Annie hield er nauwgezet toezicht op dat er niet teveel werd gedronken of gesnoept. Als ze vond dat je genoeg besteed had, kreeg je niets meer. Voor de jongens uit het zogenaamde arbeidersmilieu betekende dat dan helaas wel eens dat ze al een paar consumpties op een 'droogje' werden gezet.

Er was iedere keer een andere leraar of lerares aanwezig om haar bij het controleren terzijde te staan of de gang van zaken in goede banen te leiden. Sommige leerkrachten vonden dat leuk en ondervonden er zichtbaar plezier aan om mee te discussiëren of later op de avond samen met ons een dansje te wagen. Anderen zagen het als een corvee en deden alle moeite om 'er onderuit te komen'. Dat kwam, ook bij de paters, hun populariteit niet ten goede.

Deelname aan soosavonden was overigens uitsluitend voorbehouden aan de leerlingen van onze school. Introducés waren uitdrukkelijk verboden en zelfs de meisjes van de nonnenschool werden niet toegelaten. Ongeacht het thema, dat in onze ogen ook voor hen soms reuze interessant moest zijn.

Op een van de avonden, het thema had in verband met het recente overlijden van een leerkracht over begraven en nazorg bij de overlevenden gehandeld, zaten we met een aantal deelnemers na te praten. Zoals iedere keer waren we met een aantal klasgenoten aan de lange tafels gaan zitten en volgens de gewoonte kwamen de belevenissen uit onze jeugd ter sprake. Zoveel meer hadden we nog niet op ons repertoire tenslotte.

Joost had eerst een tijdje belangstellend zitten luisteren naar de verhalen van de anderen. Precies zoals hij altijd een wat afwachtende houding aanneemt als hij zich in een groepje bevindt. Opeens boog hij naar voren en mengde zich in het gesprek.

"Het was vlak na het overlijden van de oude koningin. Mijn zusje en ik hadden op de televisie naar de begrafenis zitten kijken.

Omdat er niet zoveel anders te vertonen was op het apparaat werd de gebeurtenis een paar keer herhaald.

Ik denk dat we tenminste een keer of drie, vier de stoet paarden in lange witte jurken en die witte koets met de kist erin, hebben zien langstrekken. Vooral mijn zusje vond het allemaal heel spannend.

Ik zal een jaar of negen, tien zijn geweest. Mijn zusje is twee jaar jonger dan ik. Nog een kleuter eigenlijk".

Niet omdat hij hard sprak maar voornamelijk door de toon waarop hij zijn verhaal begonnen was, had hij ons groepje meteen in zijn ban. Hij sprak voor zich uit maar wist door oogcontact te leggen de aandacht te vangen. Het was alsof we door hem in vertrouwen genomen werden.

"Het was toen erg koud buiten. Niet lang erna vroor het dat het kraakte".

Met een tevreden blik in zijn ogen keek hij naar de luisteraars die hem omringden. Er waren er nog een paar bij komen staan toen hij zijn verhaal begon te vertellen.

"In de kerstvakantie speelden mijn zusje en ik die begrafenis nog eens na bij ons op zolder. Ria werd dan door mij en mijn vriend Sjef op een plank omzwachteld met witte doeken.

Die Sjef heeft hier een paar jaar geleden ook nog op school gezeten.

Dus wie weet kennen jullie hem wel".

Joost keek rond in de kring, maar ook de leraar gaf geen teken dat hij wist over wie mijn vriend het had.

"Maar goed. Zo baarden we haar op, alsof ze een mummie was. Daarna moesten we haar voorzichtig en met eerbied een keer rondsjouwen alsof zij de gestorven prinses was. We speelden zo de bijzetting van Wilhelmina dus na".

Hij liet ons even een beeld opbouwen van de vertoning die hij zojuist beschreven had. Dat kostte overigens weinig moeite, want de meesten van ons hadden die ceremonie ook bekeken.

Inderdaad was er toen nog niet zoveel variatie in de tv verslagen en werd veel van het beeldmateriaal meerdere keren achter elkaar en verdeeld over de dag uitgezonden.

Door zijn woordkeus en manier van spreken maakte Joost het verhaal tegelijkertijd spannend en luchtig. We wisten geen van allen waar het over zou gaan of hoe het af zou lopen, daarom schaarde de kring zich dichter om hem heen en viel stil.

We wilden niets van zijn verhaal missen.

"Nou moet je weten dat ik daar op zolder ooit een grote tafel had.

Daar liet ik mijn treintjes op rijden. De plank waar we mijn zusje op vast moesten binden had daar oorspronkelijk deel van uitgemaakt.

We hadden er een uitgezocht waar ze precies op paste".

Weer even een pauze, maar we konden het ons eenvoudig voorstellen dus werden ongeduldig.

"De doeken waarmee we haar omzwachtelden waren stroken lakens die mijn moeder daar over oude meubels had liggen. We hadden er een aan smalle repen gescheurd.

Waarom ze er lagen was trouwens een raadsel. Alsof er door het kleine zolder raampje, genoeg zonlicht naar binnen zou kunnen schijnen om het trijp van die stoelen te laten verkleuren.

Maar ja, zo zijn moeders natuurlijk".

Door het uitgestreken smoelwerk dat hij er tijdens het vertellen bij trok kreeg het verhaal langzamerhand een kolderiek karakter. Een beetje stijf hield hij zijn rug en schouders recht. Door zijn bovenarmen strak tegen zijn zij aangedrukt te houden deed hij voor hoe 'plechtig' ze zijn zusje over de zolder hadden vervoerd in hun spel.

Twee van onze klasgenoten boden enthousiast aan om zijn verhaal even na te spelen. Ze wilden graag een paar rondjes met een van de meisjes rond de kantine tafel gaan lopen en hadden er zelfs al een passende plank voor zien staan. Het was er een waarop juffrouw Annie normaal de kratten waar we de lege flesjes in moesten doen, neerzette. Normaal lagen die planken op een paar schragen naast de deur zodat we er vanzelf langs liepen bij het naar buiten gaan. Het was de bedoeling dat je dan je lege flesje in de krat deed.

Geen van de meisjes bood helaas uit zichzelf aan om even tijdelijk voor lijk te spelen. Toen we er daarna bij Elize, veruit de zwaarste van ons allemaal, op aandrongen om op het voorstel in te gaan. Weigerde zij tot aller teleurstelling. Het had vast en zeker een hilarische sjouw partij opgeleverd, maar zelfs na enig aandringen wou ze persé niet. We hadden trouwens niet eens lappen, dus helemaal overeenkomstig het verhaal van mijn vriend kon de scène niet nagespeeld worden.

De groep viel uit elkaar. Het was tien uur geweest en dus de hoogste tijd om op te ruimen. Omdat het onze ervaring was dat de aanwezigen best een handje wilde helpen als je het maar even vroeg, maakten we als comité aanstalten om ermee te beginnen. De tafels moesten weer netjes in gelid gezet worden, zodat ze maandag weer gereed stonden om er aan te kunnen eten.

Het verhaal van Joost deed er verder niet meer toe. We hadden een taak want om ten hoogste half elf moest de deur weer op slot en daar werd niet van afgeweken. Het comité kon het niet nog eens aan de paters verkopen om het later te maken.

Een aantal weken ervoor was het daadwerkelijk voorgekomen dat de soosavond te laat was afgelopen. Op die avond was er een spreker uitgenodigd die iets kwam vertellen over het leger en de dienstplicht. Hoewel een flink aantal jongens broederdienst hadden of zich heel stoer voorgenomen hadden om afgekeurd te worden, waren er toch een flink aantal die met vragen rond bleken te lopen.

Het duurde dus lang voordat alle de vragen waren beantwoord en het was maar goed dat een van de paters om elf uur een einde aan de samenkomst maakte door zich luid in zijn handen klappend tussen de

51

deelnemers door te gaan lopen. Hij riep intussen dat het de hoogste tijd was om er "een einde aan te maken".

Gezien in het licht van het thema van de avond en vooral de gruwelen van de oorlog die diverse keren ter sprake waren gekomen, niet een fijne opmerking. Maar het werd wel zo duidelijk natuurlijk dat er een tijd van komen is en een tijd van gaan.

Het is de enige keer geweest dat we als comité ook niet nog de hele kantine op hoefden te ruimen en schoonmaken. De pater stuurde ons al tijdens het terugschuiven van de tafels en stoelen naar buiten.

"Dat kwam maandag wel".

IV

Al vanaf zowat de eerste schooldag dat ik op de middelbare school zat, was het me opgevallen dat de meisjes er heel anders waren. Hoewel we toch op een gemengde lagere school hadden gezeten viel het me op dat de meisjes op mijn nieuwe school onvergelijkbaar waren met de kinderen die vroeger bij me in klas zaten. Een aantal van ze had in het laatste jaar al wat meer vorm gekregen, zoals borstjes en een enkeling was er zelfs al toe geweest aan een BH, maar dat had ze niet veel vrouwelijker gemaakt. Er werd eigenlijk vooral giechelig over gedaan en wat er de grap van was ontging me volledig.

Mijn nieuwe medeleerlingen bewogen zich opvallend anders en zagen er ook lang niet zo gewoontjes uit. Ze leken volwassen, maar vielen niet in dezelfde categorie als mijn moeder, tante of de buurvrouwen. Deze meisjes waren even oud of hooguit een paar jaar ouder als ik. Dat maakte dat ze dichter bij me stonden dan de grote mensen, maar ze waren hierdoor nog steeds vrijwel onaanraakbaar. Waar het precies door kwam kon ik niet beredeneren, maar er zaten een aantal dames tussen die ik de moeite waard vond om nog eens nader naar te kijken. Ik gebruik nu overigens een term die we er later pas voor leerden gebruiken, maar hoe we er toen over dachten kan ik me niet meer zo heel erg goed herinneren. Het kwam allemaal een beetje abrupt. Dat meisjes opeens aantrekkelijk konden zijn of dat er 'meer' met ze te doen was dan meevoetballen, tikkertje doen of verstoppertje spelen, werd me langzamerhand duidelijk.

Natuurlijk hadden de leukste meisjes, die allemaal in de hoogste klassen bleken te zitten, totaal geen belangstelling voor eersteklassers zoals ik. Ook niet als we luid pratend lang ze liepen of op een andere manier probeerden om hun aandacht te trekken. Zelfs toen ik eenmaal in de tweede klas zat zagen ze me ternauwernood staan. Ik kan me herinneren dat ik weleens over de gang boven omliep naar de volgende les, om tussen de wachtende hogereklassers bij de practicum lokalen door te kunnen schuifelen. Ik verschafte me zo de gelegenheid om eens dicht langs de meisjes te lopen waar ik beter naar wilde kijken.

Het maakte deel uit van een nieuwe ervaring waarvan het allengs tot me doordrong dat die samenhing met de uitwisseling van blikken of het mogelijkerwijs stelen van een glimlach bij de dames. Al legde ik zo'n lachje voornamelijk uit als schamper uitgelachen worden, omdat ik dat beter overeen vond komen met mijn vreemde gedrag. Ik snapte er zelf namelijk ook niet zoveel van dat ik alleen maar voor de aanblik van een bepaald meisje, bereid was zo ver om te lopen en het risico te lopen om te laat in de volgende les te komen. Ik kon dan wel zeggen dat ik even naar het toilet was geweest, maar het leek me dat dit niet zo heel vaak als smoesje gebruikt mocht worden.

In de derde klas hadden zowel Joost als ik, ons oog laten vallen op een meisje uit een van de parallelklassen. Ik was vooral in haar geïnteresseerd geraakt omdat ze mij zo speciaal leek. Ze had lange donkere haren die ze als twee gordijntjes langs haar ogen omlaag liet vallen. Meestal had ze haar blik naar beneden gericht zodat het lastig was om haar recht in de ogen te kijken maar het maakte haar wel heel mysterieus. Ik vond haar uitermate knap en was vooral ondersteboven van haar mooie ogen en 'figuurtje'. Joost zei haar mager en een beetje spichtig te vinden en begreep aanvankelijk dus niet wat ik zo prachtig aan haar vond.

Kort na mijn ontboezeming vertelde hij me dat hij haar had ontmoet op een concert in de stad. Nadat hij er een tijdje met haar had zitten praten was hij eveneens in haar geïnteresseerd geraakt. Volgens hem was ze erg vriendelijk tegen hem geweest en was hij voor haar gevallen omdat ze met erg veel belangstelling had geïnformeerd naar zijn familie en vrienden. Haar interesse had hem zeer oprecht geleken, maar helaas hadden ze niemand specifiek, geen van zijn vrienden zoals ik bijvoorbeeld, met elkaar besproken.

Mijn vriend was daarna ook door haar ingenomen geraakt. Als echte mannen werden we het er al snel over eens dat we haar een 'betoverende verschijning' vonden. Joost opperde de kwalificatie nadat we er op een middag over hadden zitten discussiëren hoe we het beste, haar toch onmiskenbare schoonheid, konden omschrijven. De andere jongens hadden het vaak over 'een stuk' of zelfs 'stoot' en we begrepen wat zij ermee bedoelden. Als er details besproken werden dat ging dat in termen als 'een bos hout voor de deur' dan meestal 'flink' en ook de andere vormen zoals 'lekkere kontjes' kwamen in zulke, helaas vaak grove bewoordingen, aan de orde.

Maar dat soort boerse begrippen konden niet bij een beschrijving van Amanda gebezigd worden. Ze voldeed er ruimschoots aan, dat zagen wij ook wel, maar zij was te bijzonder en viel buiten iedere categorie.

We bespraken alle meisjes op school regelmatig maar over Amanda waren Joost en ik het snel eens. Iedere keer bleek weer dat zij vreselijk anders was dan alle andere meisjes. We besloten dat ze eigenlijk niet tussen al die Assepoetsters zoals er bij ons op school zaten, thuis hoorde. Zij moest vast en zeker uit een hele andere wereld komen.

We verbaasden ons er over dat we haar het jaar ervoor nooit hadden opgemerkt. We kenden niemand die bij haar in de klas zat, zodat we nog een tijdje moesten gissen naar haar naam. Voor het moment kozen we ervoor om haar Amanda te noemen omdat die naam onmiskenbaar iets 'vorstelijks' in zich droeg en daarom dus goed bij haar paste.

Amanda had oorspronkelijk mijn aandacht getrokken omdat ze altijd zo leuk gekleed ging. Ze had meestal tamelijk korte rokjes aan en gebruikte een klein beetje make-up rond haar ogen. Opmaken was bij ons op school een unicum en eigenlijk verboden. Meisjes moesten weliswaar een rok aan, en bijvoorbeeld een ski- of spijkerbroek was dus verboden, maar in de praktijk hield vrijwel niemand zich daaraan. Als het koud was liep iedereen, op uitzondering van Hans een trotse padvinder die zelfs tot halverwege de vierde klas een korte broek is blijven dragen, in een lange broek of moderne jeans.

Veel meisjes voldeden echter aan de voorschriften en droegen dus een rok of jurk, zij het dus voornamelijk als het weer het toestond. Dat de meesten er dan uitzagen alsof ze de een of andere zak over hun hoofd hadden getrokken ontging onze kritische blik niet. Vormeloos was de omschrijving waarmee we de dames eigenlijk het beste konden beschrijven. Als ze al eens een minirok droegen, of een strak truitje, dan zag het er snel nogal ordinair uit. Hun eventuele figuur werd er namelijk op de verkeerde plaatsen door benadrukt. Het ontbrak de dames aan het raffinement waarmee de zangers en zangeressen zich in onze tijdschriften hadden laten fotograferen. Samengevat zagen ze er meestal tamelijk plompverloren, ronduit slordig uit. Hoewel we inzagen dat de door ons aanbeden sterren natuurlijk in een zo voordelig mogelijke pose vastgelegd werden en dat de meisjes op school gewoon bewogen.

Bij Amanda lag het echter allemaal anders, zij droeg altijd leuke, kokette rokjes of had een flatteus jurkje aan. Het viel bij haar niet op dat die kort waren omdat deze kleding bij haar natuurlijke, charmante uitstraling paste. Zij had een perfect figuur en beschikte over hele mooie benen die er niet meteen bloot uitzagen onder 'n rokje. Amanda mocht ten allen tijde gezien worden en haar kleding maakte haar nooit gewoontjes. Als iemand op haar voorkomen afgaf, was dat uit jaloezie. Zoveel aantrekkelijke meisjes zaten er uiteindelijk niet bij ons op school en het sprak voor zich dat ik alleen daarom al mijn ogen niet van haar af kon houden.

Het kleine beetje make-up dat ze gebruikte, smeerde ze in dunne lijntjes rond haar ogen. Zo benadrukte ze alleen maar hoe sprekend, lief en vriendelijk die waren als ze je aankeek. Toen Joost haar dus betoverend noemde begreep ik hem meteen. Ze sprak mij immers ook nogal aan en ik had al eens een poging gewaagd om met haar in kontakt te komen, die was uitgelopen op een teleurstelling.

Vlak na de kerstvakantie regende het al een paar dagen achter elkaar vreselijk, het was hondenweer zogezegd. Ik wist dat Amanda, wiens echte naam ik toen overigens nog steeds niet kende, met de bus naar haar woonplaats Noordwijk op en neer reisde. Om haar aandacht te winnen en te tonen wat een voorkomende persoon ik feitelijk ben, wilde ik haar aanbieden om samen naar de bushalte te lopen.

Een paar dagen eerder, op een van mijn tochten langs de practicum lokalen, was ik erachter gekomen dat haar laatste les op dinsdag in een lokaal op die verdieping viel. Die dag na de les ben ik dus hard door de gang gehold om bij de uitgang van het lokaal waar ze les had, te kunnen klaarstaan.

Ik wilde haar daar, zogenaamd terloops maar in alle ridderlijkheid, mijn voorgenomen dienst aanbieden. De paraplu hield ik er al voor klaar. We hoefden alleen maar de uitgang uit te lopen en dan kon ik 'm voor ons samen uitklappen. Volgens mij was het een waterdicht plan waar ze geen afwijzing tegenover kon stellen. Ik had de paraplu er speciaal voor mee naar school genomen en verwachtte niet anders dan dat ze zeker droog naar de bus gebracht wilde worden. Zelfs door mij!

Toen ik haar dus aansprak op het moment dat ze haar felrode lakjas aan stond te trekken was ik ervan overtuigd dat ze me dankbaar aan zou kijken. Als vervolg zou ze vanzelfsprekend mijn arm pakken en samen met me naar buiten lopen. Zo ging dat in de film ook altijd.

Mijn actie kwam echter nogal onverwacht zodat ze van me schrok toen ik haar er opeens mee overviel. Ik struikelde namelijk over haar tas die ze onder het aantrekken van haar jas op de grond had gezet. Omdat ik daarop nogal schrok van haar reactie kwam de rest van mijn voorstel niet helemaal volgens plan over mijn lippen. Ik stelde voor dat ik samen met haar naar de bus wilde lopen en hield ter illustratie mijn paraplu een stukje omhoog. Het moet er aarzelend uitgekomen zijn en ik verdenk mezelf ervan dat ik ook een beetje heb gestameld. Mijn actie miste dus waarschijnlijk de zwierigheid die ik me er van tevoren bij had voorgenomen. Mijn ervaring met het aanspreken van meisjes was nihil en zeker zo dicht in de nabijheid van Amanda's uitgesproken schoonheid, werden mijn zenuwen vreselijk op de proef gesteld.

Ze keek me met de schrik nog duidelijk in haar ogen aan en vroeg of ik dan ook naar Noordwijk moest, ik ging toch immers altijd "met de fiets" naar huis. Ronduit dodelijk voor mijn actie was haar verbaasde toevoeging dat ik toch "in de stad woonde". Het verwaterde mijn poging om eens charmant uit de hoek te komen aanzienlijk en maakte mijn intenties qua kennismaking wel heel erg doorzichtig. Al had ze dus tot mijn verwondering wel iets opgestoken van mij en mijn omstandigheden. Dat viel op zich weer mee. Ze begreep echter niets van mijn voornemen om charmant te doen en omdat ik niet gelijk in staat was om haar van repliek te dienen liet ze me staan. Ik had, om het ijs te breken, haar een complimentje kunnen maken maar de ervaring voor zoiets aardigs ontbrak me.

Voordat het goed en wel tot me doorgedrongen was dat ze niet op mijn avances inging, zag ik haar door de dubbele deuren naar buiten trippelen. Ze keek niet eens even over haar schouder om te controleren of ik haar nu wel of niet naar de bushalte volgde, maar stak eenmaal buiten gekomen snel een uitvouwbaar parapluutje op. Ze had het ding onder het lopen uit haar tas gehaald en hoefde er alleen maar even voor stil te blijven staan. Het beeld van de gracieus weg wandelende godin kon zich zodoende grondig op mijn netvlies branden.

Toen ik in Utrecht woonde, heeft Joost me het verhaal over het na spelen van de begrafenis van de overleden prinses nog eens verteld. Zij het dat hij er toen een uitgebreidere versie van maakte dan eerder na de soos avond in de kantine op school. Hij logeerde op dat moment een paar dagen bij me op de bank. Zo deden we dat wel vaker omdat we intussen niet meer bij elkaar 'om de hoek' woonden.

Joost was voor zijn studie verhuisd naar Düsseldorf. Daar woonde hij in een flat en omdat we ons indertijd meestal liftend verplaatsten was het voor de hand liggend dat we, eenmaal bij elkaar op bezoek, in een slaapzak op de bank bleven slapen. Als het even kon bleef ik minstens een paar dagen achter elkaar bij hem logeren. Mijn studie stond dat met gemak toe. Colleges werden bij ons op de Universiteit vaak een aantal keren herhaald zodat ik 'een paar dagen ertussenuit' eenvoudig in mijn agenda kon schikken. Op de faculteit stemden we ons programma van studeren en ontspannen af op de tentamens die we moesten afleggen. Deze werden doorgaans een keer per kwartaal gehouden of incidenteel konden ze op verzoek worden afgelegd bij de professor op de kamer. We hoefden daar niet eens speciale motieven voor aan te dragen. Weliswaar waren de tentamens die we in grote groepen deden meestal een stuk eenvoudiger, maar de studie ging me goed genoeg af om zo nu en dan voor de solo versie te kunnen kiezen. Vooral bij een onderwerp dat me erg trof vond ik het zelfs te prefereren boven de vaak toch wat massale bijeenkomsten in de examenzaal. Als bijkomend voordeel bood het namelijk een uitgelezen gelegenheid om met de prof in kwestie wat beter kennis te maken en dieper, grondiger met hem op het onderwerp in te gaan. Het tentamen moest toen alsnog over worden gedaan, maar de onderhavige stof werd er een flink stuk duidelijker door en het schiep een band omdat ik erover met hem van gedachten had gewisseld.

Het rooster van Joost was een aanzienlijk stuk zwaarder. Zijn agenda was sowieso veel drukker volgepland dan die van mij. Bij hem in de opleiding ging het danook om Duitse grondigheid en verliepen de onderlinge verstandhoudingen een stuk strikter. Over het algemeen ging het studeren ons allebei echter gemakkelijk af.

Ik vond dat er bij Joost in de stad meer aardige dingen gebeurde dan bij mij in Utrecht en kan me een aantal hele leuke bezoekjes herinneren, maar bij Joost op de studie mochten er persé geen lessen gemist worden.

Weliswaar moest hij dus harder studeren, maar in zijn nieuwe vaderland hadden ze beduidend meer feestdagen waarop de lessen uitvielen. Als hij college had, vermaakte ik me echter best.

Bijvoorbeeld in de Altstadt, in de Bolkestrasse of in de buurt van het haventje aan de Rhein. Overal heerste iedere keer weer een gezellige drukte. Ik keek er mijn ogen uit en genoot van de grandeur die er van de stad uitging. Overal werd er gebouwd, verbouwd, gesloopt, opgebouwd en herbouwd. Düsseldorf was in mijn ogen een wereldstad waar de Kultur er op iedere straathoek af droop. Ik was vooral gecharmeerd van de allure die de mensen er hadden en was onder de indruk van de winkels aan de Köningsallee. Alleen al de prachtige etalages maakten veel indruk want de prijzen logen er niet om, ik kon me er dus zeker niets veroorloven.

Joost woonde een paar minuten lopen van de Altstadt aan de andere kant van het park 'Hofgarten' in een hoge flat. Met nog drie andere Nederlandse studiegenoten deelde hij daar een appartement. Ze hadden er alle vier een eigen kamer waar ze konden slapen en studeren. De huiskamer en keuken gebruikten ze met z'n vieren. De aparte studenten kamers, ook de kleinste waar hij eerst woonde, waren ruim genoeg om er naast het bed minimaal nog een bureau en een stoel in neer te zetten. Later zat hij op een van de wat grotere kamers en daar bleek nog gemakkelijk een kompleet bankstel in te passen. Dat had hij bij een wat we nu kringloop winkel noemen, gehaald. Het appartement waarop Joost, de twee andere jongens en een meisje woonden, had een heel groot balkon. Ze gebruikten het onder andere als terras. De dame uit het gezelschap was de dochter van de eigenaar van hun flat. De heren moesten aan haar dus de huur en de verantwoording afdragen, dat kwam de anarchie in huis zeker ten goede.

Een van de huisgenoten kweekte er in een kasje cannabis, maar daar deed het gezelschap nogal geheimzinnig over. Vanzelfsprekend omdat het nog heel erg illegaal was en het stond een stuk interessanter. Voor zover ik me kan herinneren lag het appartement op de vijfde of zesde verdieping. Vanuit de huiskamer keken ze in ieder geval tot ver uit over het park en de overkant van de Rijn. Vanwege die hoogte kon je op het balkon heerlijk ontbijten. Vooral als de ochtendzon om een uur of half twaalf om de hoek kwam schijnen was het er aangenaam vertoeven. Ik vond sowieso al dat je er op de bank bij Joost op z'n kamer, riant wakker kon worden. Daar waren helemaal geen gordijnen bij nodig.

Ik reken erop dat Joost zich tijdens zijn diverse keren verblijf bij mij ook niet heeft hoeven te vervelen. Al geef ik toe dat het studentenhuis zich in een nogal saaie buurt op tamelijk grote afstand van het centrum van de stad bevond. Het enige vertier dat ik hem in mijn directe woonomgeving te bieden had was in feite niets meer dan een grote supermarkt en een paar kleine winkels verderop in de straat. Onze enig serieuze uitgaansgelegenheid was de buurt snackbar die tot halfeen 's nachts open bleef. Heel anders dan bij Joost dus, maar evengoed ook wel gezellig omdat er in huis meestal wel een medebewoner aanwezig was waar een bezoekje bij af te leggen viel. Als ik naar college moest en mijn vriend alleen achter moest blijven, hoefde hij zich niet eenzaam of verlaten te voelen.

Bij mij in huis gingen we nogal intensief met elkaar om. De keuken was de ruimte waar we elkaar regelmatig tegen kwamen en een kopje koffie was er telkens zo gezet. We hadden meestal wel even de tijd om er daarna samen van te genieten. De centrale koelkast stond er ook, dat was de enige plaats waar we ons bier koud konden houden, want de meest kamers boden niet genoeg plaats voor een eigen exemplaar.

In Duitsland werkten alle vier de huisgenoten vrijwel altijd aan hun werkstukken of ze moesten naar hun baantjes. Ze waren daarom meestal gehaast. In de huiskamer hadden ze langs een van de muren een lange werktafel neergezet. Daar lagen diverse stukken gereedschap over verspreid en er stonden vaak half of bijna afgemaakt creaties van de bewoners op. Zoals ik een keer aan den lijve ondervond, werd het niet op prijs gesteld als het bezoek zich daarmee bemoeide.

Joost en ik zaten op mijn kamer. Het zal in het tweede of derde jaar van mijn studie geweest zijn, want ik woonde nog op de kleine zolderkamer op de derde verdieping. We dronken een biertje.

"Als we Ria hadden bijgezet en ze lang genoeg op haar plank overleden had liggen wezen, maakten we haar weer los.

Als we ons verveelden, herhaalde het ritueel zich dan een uurtje later nog eens. Ze wilde altijd dat we haar stevig vastknoopten. Maar we zorgden ervoor dat ze zichzelf eenvoudig los kon maken.

Een keer hebben we haar echter heel erg strak op de plank vastgebonden. Toen lukte het losmaken dus niet".

Joost zat achterover geleund op de bank en kennelijk op zijn praatstoel. Hij was zomaar begonnen met vertellen, pardoes midden in het verhaal alsof we het er pas een half uurtje ervoor nog over hadden gehad en niet alweer een aantal jaren geleden.

"Alleen, ze speelde zo graag het begrafenis spel dat ze zich braaf, ook als ze in feite nauwelijks vastgebonden was, op de plank voor dood hield. Ze genoot er kennelijk nogal van om voor lijk te spelen.

Een keer hebben we haar ruim een uur lang laten liggen".

Ik kon uit zijn manier van vertellen niet opmaken wie het idee daarachter had geopperd. Toen ik hem er dus naar vroeg, ging hij er niet meteen op in. Na enig aarzelen gaf hij een toelichting.

Het was vooral zijn vriendje Sjeffie geweest die zijn zusje steeds strakker was gaan vastbinden. Hij had ook het initiatief genomen om haar een hele lange tijd alleen op de zolder achter te laten.

"We zullen toen een jaar of negen en elf geweest zijn. Sjeffiedewoerd logeerde bij ons omdat het kerstvakantie was".

60

Voor zover ik me uit zijn verhalen kon herinneren was die Sjeffie minstens een paar jaar ouder dan hijzelf. Wie er dus elf en negen jaar oud waren ten tijde van het verhaal, was me niet helemaal duidelijk.

Toen ik hem erom vroeg zei hij kortaf, "Rietje en ik natuurlijk".

In een adem en eigenlijk op een beetje snauwerige toon voegde hij er "Sjef was een stuk ouder dan wij hoor" aan toe.

"Die moet toen veertien of al vijftien geweest zijn".

Zijn irritatie kon ik op dat moment niet goed plaatsen, maar ik had geen zin om er op in te gaan. Op dat moment had ik het onderwerp liever willen laten rusten, buiten scheen de zon. Op mijn kamer was het broeierig warm. Eigenlijk vond ik het de hoogste tijd voor een biertje ergens op een terrasje in de stad. We konden ook naar het park een paar straten van het huis vandaan gaan. Daar zouden we op een bank in de frisse lucht van het mooie weer kunnen genieten.

Om me een goede gastheer te tonen, stelde ik dus voor om naar buiten te gaan. Joost had zich intussen hernomen. Zijn nukkigheid leek, even snel als ie was opgekomen, weer over.

"Vlak voor de kerstvakantie hadden Ria en ik dat spel voor de eerste keer gespeeld. Het was onze manier om het televisie verhaal te verwerken. In november was Wilhelmina overleden.

Dus de winter was net begonnen toen ze begraven werd. Buiten was het koud en daarom konden we daar niet spelen.

Niemand speelde buiten".

Ik begreep hem volkomen. Ikzelf had me tijdens diverse strenge winters in mijn jeugd ook stierlijk moeten vervelen omdat buiten spelen niet kon. Schaatsen was nog niet mogelijk omdat de brede sloot nog niet was dichtgevroren en voor andere dingen was het juist weer te koud.

"We moeten van onze ouders begrepen hebben dat die overleden prinses in haar tijd een populaire koningin geweest was. Zij vonden het duidelijk een verlies. Daarom hadden we die uitvaart nog eens nagespeeld. Op onze manier, op zolder.

Daar zat verder niks achter, het was een spel".

Ik wachtte op het antwoord op mijn voorstel. Misschien wilde hij niet naar het centrum, maar zag hij er meer in om naar buiten het stadsgewoel te gaan. Ergens op de weg naar Bunnik, waar we al eens eerder een middag op een terras hadden doorgebracht, konden we ook heel goed een biertje gaan innemen.

"Toen Sjef bij ons kwam logeren hebben we het spel nog eens voor hem overgedaan. We dachten dat hij bij hem op de kostschool niets van de hele toestand rond die begrafenis en al die paarden, had mee gekregen. Mijn zusje en ik gingen er gewoon van uit dat hij er niks vanaf wist. We dachten dat ze op dat instituut geen tv zouden hebben. Het was immers voor 'slecht zienden'".

Hij moest glimlachen om zijn eigen woordspeling.

"Omdat hij wel eens verteld had over de prinses van Oranje die bij hem op school zat, had ik bedacht dat er misschien daarom geen aandacht aan was geschonken. We vonden het jammer voor hem. Het was dus vooral uit vriendelijkheid van mijn zusje en mij, dat we het nog eens voor hem wilden naspeelden. Omdat ze in verband met die familie misschien de tv niet hadden ingeschakeld".

Joost zat op zijn praatstoel, dus ik begreep dat we niet naar een terrasje zouden gaan. Ik wipte daarom even snel op en neer naar de keuken om daar een paar verse pilsjes uit de koelkast te halen. Toen ik in de kamer terugkwam was mijn vriend nergens te bekennen.

Hij kon onmogelijk naar het toilet zijn. Dan had hij langs me moeten lopen. Ik zette de flesjes op tafel en liep naar de kast om er glazen bij te pakken. De vorige biertjes hadden we rechtstreeks uit de fles leeg gedronken, maar nu ik de kans had kon ik er evengoed glazen bij pakken. Joost bleek op de grond achter mijn bank ik een jaarboek van onze school te zitten bladeren. Ik schrok er een beetje van, maar hij leek het niet op te merken. Duidelijk zichtbaar zat hij iets op te zoeken, want gejaagd bladerde hij door de pagina's.

Nadat ik de glazen had gepakt, ging ik weer in mijn stoel zitten. Ik wilde net die van mij vol schenken toen hij opeens opstond. Hij kwam met het boek opengeslagen op mij af gelopen.

"Kijk hier is een oude foto waar Sjef en ik allebei opstaan. Dan kun je zelf zien dat hij veel ouder is dan de rest van de klas".

Hij duwde het boek onder mijn neus. Op de foto herkende ik het standbeeld dat naast de hoofdingang stond. Het beeld diende altijd als achtergrond voor de foto's die pater Blub van de klassen maakte. Zonder moeite herkende ik er mijn vriend op.

Hij stond aan de linkerkant. Allemaal keurige jongens met een colbertje en 'n stropdas. Ik kon me niet voorstellen dat ik er vroeger zelf ook zo bij had gelopen.

"Zie maar, hij was eigenlijk veel ouder dan wij allemaal".

Hij wees me een inderdaad zichtbaar oudere jongen aan.

Die droeg een bril en viel door de dikke glazen duidelijk op tussen de rest van de jongens op de foto. De anderen waren hooguit twaalf, dertien jaar en echte eersteklassers. Ik had het jaarboek intussen van hem aangepakt. Hij ging weer op de bank zitten, pakte het glas op dat voor hem had klaargezet en schonk zich eveneens 'n biertje in.

"Ria vond het erg leuk als Sjeffie haar vastbond. Het was me eerst niet zo opgevallen, maar ik zag opeens dat hij haar steeds eventjes aanraakte. Dan haalde hij het laken bijvoorbeeld tussen haar benen door. Steeds aaide hij haar dan voorzichtig over haar dijbeen.

Of hij duwde zijn vingers in haar zij of kneep zachtjes in haar bovenarm. Van die kleine porretjes waar ze dan een klein beetje tegenin ging leunen. Juist genoeg om hem aan te sporen het vaker te doen, leek wel. Ze liet het allemaal heel gewillig toe. Het zag er nog het meest uit alsof ze, net zoals de poes deed, kopjes aan hem lag te geven. Je kent het wel. Van dat behaagzieke gedrag. Het leek wel of ze zijn aanrakingen erg prettig vond".

Ik boog vooover om mijn glas van de tafel te pakken. Wat moest ik hier voor reactie op geven? Onze poes vond het inderdaad heerlijk om over haar buikje geaaid te worden en draaide zich dan zo, dat je er goed bij kon. Ik begreep mijn vriend z'n verhaal, maar kon me er geen voorstelling van maken dat zijn zusje zich net zo gedragen zou hebben. Zou ze er inderdaad bij hebben liggen spinnen?

Ik verkoos er het zwijgen toe te doen. Als Joost iets wilde vertellen dat hem kennelijk hoog zat, dan moest ik hem daar de ruimte toe geven.

Het verhaal zelf deed er voor mij niet zo toe want ik had zijn zusje hooguit een of twee keer gezien. Ik ben maar een paar keer huiswerk bij hem gaan maken. Ze was me eigenlijk nergens om opgevallen.

Gewoon een jonger zusje van een vriend. Een kind en ze zat niet bij ons op school of was er ooit geweest. Voor zover ik het me kon herinneren.

"We hadden een van de lakens van mijn moeder aan repen gescheurd. Omdat we die repen in de lengte opgerold hadden, waren er stevige banden door ontstaan. Toen Sjeffie voorstelde om beneden een colaatje te gaan drinken, ging ik er eigenlijk vanuit dat Ria zich zelf wel los zou weten te maken. Ik dacht dat ze zich gewoontegetrouw na verloop van tijd wel weer bij ons zou voegen".

Hij pakte het jaarboek op van tafel, woog het even op zijn hand en liet zich weer achterover tegen rugleuning zakken. Zonder er nog verder naar te kijken legde hij met een grote zwaai van zijn arm het boekje terug op een van de stapels achter de bank. Mijn boeken stonden daar uit het zicht en ik wist er de meesten feilloos te vinden.

"Mijn moeder was boodschappen gaan doen met de moeder van Sjef. Iedere vrijdagmiddag vaste prik. Dan gingen ze naar de supermarkt in Oegstgeest om te winkelen".

Met een soort triomfantelijke blik in zijn ogen keek hij me aan. Ik wist niet welke overwinning hij geboekt dacht te hebben. Mijn moeder ging altijd naar de winkel in de buurt voor haar boodschappen. De dichtstbijzijnde moderne supermarkt was de Albert Heijn in het nieuwe winkelcentrum aan het Bevrijdingsplein. Die was volgens haar veel duurder dan onze eigen winkel. Al hadden ze er meer keuze.

"Sjefffie was met z'n moeder meegereden naar ons toe trouwens. Voordat ze samen in haar autootje naar Oegstgeest gingen".

Hij nam een flinke slok uit zijn glas en kwam iets voorover zitten. Op een vertrouwelijke manier boog hij zich naar me toe.

"Sjeffie zou weer eens komen logeren dat weekend. Er was een partij bij hun thuis in de zaak".

Hij voegde de laatste informatie er zuchtend aan toe. Daarna liet hij zich weer terugzakken tegen de rugleuning.

"Omdat hij zich anders zo zou vervelen, kwam hij dan bij ons".

Hoewel ik het vermoeden had dat hij zijn verhaal af wilde maken en ik niet met alleen een half oor naar hem wilde luisteren, kostte het me moeite om mijn gedachten bij ons gesprek te houden. Ondanks dat ik zojuist een foto van hem had gezien kende ik die Sjef helemaal niet. De verhalen die mijn vriend in de loop van de tijd over hun vriendschap en de familie omstandigheden had verteld waren niet altijd even positief geweest. Ik had er een beeld aan overgehouden dat het midden hield tussen afgunst op dat hotel, restaurant en de invloed die de familie op het gezin van mijn vriend had uitgeoefend.

Die invloed had Joost meestal tamelijk negatief afgeschilderd. Toen ik zag hoe hij het flesje verder leegschonk in zijn glas en er het schuim zorgvuldig uit schudde, stond ik op om er nog een paar voor ons te gaan halen in de keuken. Het mijne had ik even ervoor al helemaal leeg geschonken. Ik wilde even tijd winnen om me een beeld te vormen bij zijn nogal bizarre verhaal.

Voor zover ik me kon herinneren zouden er nog minstens drie of vier flesjes in de koelkast liggen. Het waren er inderdaad nog drie. Ik pakte er dus twee en liep ermee terug naar de kamer. Werktuiglijk maakt ik de flesjes open en zette ze op tafel. Terwijl ik er mee bezig was stak Joost weer gelijk van wal.

"Toen we weer op zolder kwamen lag mijn zusje te huilen. Sjef was me voorgegaan op de ladder. Hij zat toen ik boven kwam, al over haar heen gebogen. Zo te zien om haar te troosten".

Ik dronk intussen mijn glas leeg, pakte het verse flesje van tafel en schonk 'm weer vol.

"Toen ze losgemaakt was, ging ze op de plank zitten en zei helemaal niets tegen ons. Het drong tot me door dat het inderdaad een gemene streek was die we haar hadden geleverd. Maar voelde me niet schuldig. Sjeffie had haar zo stevig vastgebonden.

En hij had ook erg lang over het drinken van zijn cola gedaan".

Joost had een melancholieke blik in zijn ogen gekregen. Doordringend keek hij me aan.

"Hij wist zich trouwens met de situatie ook geen raad, leek me. Hij bleef tussen ons in staan en zei ook niets".

Joost zette zijn glas terug op de tafel. Hij bleef voorover, op de rand van de bank, rechtop zitten.

"Sjeffie wilde ons kennelijk opvrolijken, want opeens deed hij zijn gulp open en haalde zijn lul eruit. 'Hebben jullie wel eens zo'n grote gezien'? Dat vroeg hij. Ik zie 'm nog zo voor me. Met zijn handen in zijn zij, bleef hij tussen ons in staan".

Joost bleef rechtop zitten, keek me aan en ik wist niet ik wat voor reactie ik op zijn verhaal moest geven. Het leek me dat de situatie er nogal belachelijk uit moest hebben gezien.

Kon ik in lachen uitbarsten?

Joost liet zich in de kussens terugzakken en ging recht voor zich uit zitten kijken. De lange stilte die hij liet vallen, maakte dat ik me ongemakkelijk begon te voelen. Pas toen hij merkte dat ik op hem zat te letten, draaide hij zich weer naar me toe.

"Ik had nog nooit een stijve gezien. Ik was elf en wist niet eens dat een pik zo groot kon worden. Waarschijnlijk dachten we allebei we dat Sjeffie altijd met dat dikke ding rond moest lopen. Dat hij niet alleen een beetje slechter zag dan wij, maar ook altijd met zo'n flinke lul opgescheept zat".

Hij lachte smalend, maar ik kon geen oogcontact meer met hem krijgen. Om zijn glas op te pakken kwam hij weer naar voren, terug op de rand van de bank zitten.

"Ik dacht eerst dat ie ons in de maling nam. Dat het een van zijn grappen was. Hij haalde wel vaker rare dingen uit tenslotte.

Dan had hij een plastic drol aan zijn schoen geplakt bijvoorbeeld of een soort rookbom onderin de asbak gelegd. Dan stond opeens de hele kamer blauw als iemand zijn sigaret uit maakte. Hij deed dat om onze ouders te laten schrikken. Dat was dan leuk".

Ronduit smalend, sprak mijn vriend de opmerkingen voor zich uit. Het verhaal dreigde een verkeerde wending te krijgen als ik hem toestond om bitter te worden.

"Het werd bij ons thuis altijd als 'kostschool gedrag' afgedaan".

Joost liet zich achterover in de kussens zakken, richtte zich gelijk weer op om zijn glas van de rand van de tafel te pakken en liet zich vervolgens weer terug vallen.

"Vooral Ria keek haar ogen uit en ze wilde er, toen Sjef dat aanbood inderdaad wel even in knijpen om te voelen hoe hard en stevig het ding was. Ze heeft 'm zelfs in haar handje gewogen. Het ding even omlaag geprobeerd te duwen, omdat Sjeffiedewoerd zei dat ie toch stevig omhoog zou blijven staan. Zelf heb ik voor de eer gepast, geloof ik. Sjeffie was er echt reuze trots op.

Dat kan ik me nog wel herinneren.

Ik zie ze nog zo voor me staan, hij met die bleke slurf uit z'n broek en mijn zusje die 'm vol bewondering zit te betasten".

Huisgenoot Johan stak zijn kop om de deur om te melden dat hij het laatste koude biertje ingepikt had. Het laatste biertje sowieso. Johan woonde op een van kamers een verdieping lager, dus het lag voor de hand dat er nu helemaal niks te drinken meer in huis zou zijn. Kennelijk was hij naar boven gekomen omdat de koelkast bij hun in de keuken ook al leeg was.

Bij mij op de verdieping was de kleinste keuken van de drie die we in huis hadden. Meestal kookten we op de eerste. Daar stonden dus de meeste spullen en voorraad. Het bier was dus op, terwijl ik nota bene visite had!

Ik had dat laatste flesje graag met mijn gast willen delen. Het was bij ons in huis toch een ongeschreven regel dat een gast het laatste drankje op mocht drinken?

Misschien hoorde Joost in de ogen van mijn buurman intussen bij de inboedel en mocht er daarom van deze wet worden afgeweken.

Ik stelde voor om nu maar eens naar dat terrasje op zoek te gaan. Voor het avondeten moesten we ook nog boodschappen doen. En een vers kratje bier halen natuurlijk. Terwijl Johan de deur weer achter zich dicht deed, dronken we ons glas leeg. Voordat Joost verder kon gaan met zijn verhaal stond ik op en maande hem hetzelfde te doen.

Ik wilde het niet verder horen. Voor mij was het welletjes zo. Ik houd er niet van om mijn vriend somber te zien en hij was duidelijk steeds neerslachtiger geworden van het verhaal.

Joost volgde in Düsseldorf een opleiding aan de Hochschule für Form und Entwurf. Zeg maar de hogeschool voor 'design'. Hij specialiseerde zich daar in het inrichten van tentoonstellingen en het organiseren van presentaties. Het ging er op zijn opleiding voornamelijk heel artistiek aan toe en ik vond het allemaal erg interessant als hij over de lessen en stages verslag uitbracht. Het leek me dat het er bij zijn studie, tijdens de vele practica en in diverse werkgroepen, veel levendiger aan toeging dan die bij mij. Bij ons op de universiteit werden de 'mensen studies' nogal massaal bezocht. Wij hadden dat jaar iets meer dan driehonderd ingeschreven studenten. Dat maakte de colleges en practica vaak erg druk, soms was het vechten om een zitplaats.

Joost zat normaal in groepjes die niet groter waren dan hooguit twaalf tot vijftien personen. Bij ons op de faculteit was de kleinste werkgroep al minstens tweemaal zo groot. Op het vormgevers instituut stonden studenten van allerlei verschillende nationaliteiten ingeschreven, al was het merendeel van hen natuurlijk Duits. Bij hem werd er dus voornamelijk in die taal les gegeven, maar soms kwam er een beroemdheid een lezing geven of workshop begeleiden en dan was de voertaal ook wel eens Engels of Frans.

Aan de Universiteit was er hooguit eenmaal per jaar een werkcollege in een buitenlandse taal, meestal Engels. Er was bij ons zegge en schrijve één niet Nederlandse student op de faculteit psychologie. Die kwam uit Senegal en was de zoon van een diplomaat uit Den Haag. Eigenlijk telde dat dus niet echt als buitenlands, al sprak hij dan geen Nederlands en een nauwelijks verstaanbare vorm van Engels.

Bij ons kwam er soms een Amerikaanse professor langs om zo'n 'special college' te verzorgen, maar dan was er steevast een tolk aanwezig om het een en ander voor de studenten en medewerkers te vertalen. Het maakte de internationale atmosfeer van onze opleiding allemaal erg klein.

Aan het einde van de derde klas was tijdens een van de wiskunde lessen de tweede wereldoorlog weer eens ter sprake gekomen. We hadden grappen zitten maken over de oorlog in Vietnam en de leraar had zich vreselijk kwaad gemaakt over onze 'onwetendheid'.

Onze hoofdmeester van de lagere school had altijd boeiend kunnen vertellen over het bombardement op Rotterdam. Tot mei 1940 zijn woonplaats en oorspronkelijke geboortestad. Tussen de leraren op de middelbare school zaten er eveneens een aantal die graag en vaak over de periode 40/45 vertelden. Bijvoorbeeld over hoe het schoolgebouw door de 'moffen' misbruikt was als kazerne. Telkens konden ze zich over al die opgedane ervaringen nog zichtbaar opwinden.

Deze man stond te vertellen hoe er tijdens de bezetting bij toerbeurt aan huis bij de 'goede leraren', les werd gegeven. Dat moest voornamelijk in het geniep plaats vinden in verband met onderduikers en 'de verraders' die overal op de loer hadden gelegen. Wij namen onmiddellijk aan dat het allemaal erg gevaarlijk geweest was en deden er wat lacherig over. Het werd ons immers iedere keer zo verteld.

Het soort 'enthousiasme' waarmee de oorlogsverhalen werden verteld maakte dat we naast het onmiskenbare gevaar ook inzagen dat de leraren het allemaal erg spannend hadden gevonden.

De saamhorigheid tegenover de nare, gemeenschappelijke vijand had merkbaar een band gesmeed. Iedere keer kwam naar voren dat ze aan de opwinding die uit het door hen geleverde verzet sprak, een soort autoriteit verbonden. Zij waren altijd weer de 'goeden' tussen de vele meelopers die er klaarblijkelijk in de laatste jaren van die oorlog geweest waren. Nooit gaf er eens iemand toe dat ze een verkeerde schaats bereden hadden of dat er sprake was geweest van toegeven aan zwakheid. Bijvoorbeeld zoals mijn vader verteld had over het illegaal omzagen van een boom in hun straat tijdens de hongerwinter.

De toon refereerden we voornamelijk aan de periode waarin wij zelf cowboy en indianen spelletjes gespeeld hadden. Dan was het onderscheid tussen 'goed en kwaad' of 'helden en lafaards' ook eenvoudig aan te wijzen. Maar wij zagen in dat we indertijd een spel speelden. Wij moesten als we ermee klaar waren weer samen terug naar de klas en van blijvende vijandschappen kon geen sprake zijn.

Mijn ouders hadden 'de oorlog' ook mee gemaakt, maar afgaande op hun verhalen was het me vooral voorgekomen dat het dagelijkse leven min of meer 'gewoon' door was gegaan. Naast verslagen over ontberingen en de grimmige sfeer die uit het gedrag van sommige onderdrukkers voortvloeide, vertelden ze ook van fiets tochtjes en een kano trip over de slootjes in de polders rond Zoeterwoude. Voor mij leek het dat die oorlog dus niet voor iedereen zo vreselijk was geweest. Ik nam daardoor de verhalen met een flinke korrel zout. In mijn ogen was het met die hele onderdrukking hier en daar best meegevallen. Pa had gedurende de oorlog bij de broodfabriek gewerkt. Daarom waren ze bij mijn moeder thuis, met mijn ooms ondergedoken voor de Arbeitseinzats op zolder, de hele hongerwinter zonder problemen doorgekomen. Bij hem thuis was hetzelfde opgegaan natuurlijk.

Hij had het vooral vreselijk spannend gevonden om met de broodbonnen die de bakkers en bezorgers bij zich hadden, om te gaan. Als goede boekhouder moest hij alles keurig netjes aan de directie en dus de bezetter kunnen verantwoorden. Dat viel met al het gesjoemel rond voorraden en rantsoenen natuurlijk niet mee. Maar hij sprak er vrijwel nooit over, voor hem was de oorlog afgelopen. We mochten alleen nooit zeggen dat we honger hadden, want daar wisten we 'niets' vanaf. Hooguit hadden we trek, maar dat werd dan door mijn moeder 'lekkere trek' genoemd.

Ook buiten ons gezin kwam het regelmatig voor dat er verhalen over die tijd werden verteld. Meestal om aan ons duidelijk te maken hoe goed we het op dat moment hadden in vergelijking met 'toen'. Of om te vertellen hoe gevaarlijk die tijden waren geweest en dat we nu toch maar dankbaar moesten zijn voor de vrede die we hadden.

Dat wij dat na al die jaren intussen wel begrepen, kwam meestal niet bij de vertellers op. Vaak verloren ze zich liever in details en konden eindeloos blijven uitweiden over in onze ogen intussen onbelangrijke futiliteiten. De meesten van ons lieten de anekdoten en 'helden' verhalen wat gelaten over zich heen komen. In de klas was het stil geworden. De wiskundeleraar stond midden voor het schoolbord te vertellen over de lafheid van de mensen die niet tegen de overheersers in verzet hadden durven komen. Het was 't vaste thema rond de 'goeden' en het afzetten tegen de meelopers of collaborateurs. Toen hij even een stilte liet vallen om zijn woorden goed op ons in te laten werken stak Joost plotseling zijn hand op.

Omdat we vrijwel alle leraren een bijnaam hadden gegeven werd meneer Strik 'Piet Pythagoras' genoemd. Natuurlijk een beetje flauw bij een wiskunde leraar, maar ach het was de gewoonte. Piet keek mijn vriend verstoord aan en vroeg een beetje bits wat hij wilde weten.

Ik kan me de vraag van mijn vriend nog letterlijk herinneren.

"Meneer, wat is nou eigenlijk een Jood"?

Joost keek hem er vragend bij aan en scheen oprecht te verwachten dat onze leraar daar een antwoord op zou kunnen geven. Maar de man ontplofte bijna van woede. Joost werd de klas uit gestuurd en moest zich bij de rector gaan melden. Zoiets "ongehoords" had meneer Strik nog nooit gehoord en Joost "hoefde er niet op te rekenen ooit nog bij hem in de klas terug te mogen komen".

De stilte in de klas was daarna om te snijden. We waren verbijsterd over deze reactie. Wat had onze vriend verkeerd gedaan?

Hij had een vraag gesteld die wij ons allemaal wel eens gesteld hadden. Uit alle verhalen van de oorlog kwam het onrecht dat de Joden was aangedaan iedere keer in geuren en kleuren naar voren, maar wat iemand nou tot een Jood maakte en waarom ze door de Nazi's zo verachtelijk gevonden werden, kwam nooit duidelijk uit de verf. In de verhalen van mijn ouders ging dat al net zo.

Mijn moeder vertelde vaak dat het allemaal vreselijk voor 'die mensen' was geweest, maar wij wisten niet beter dan dat je net zo goed een Jood als een Katholiek of Protestant kon zijn. Het was immers een geloof en er werd op school ook als zodanig over gesproken in de godsdienstlessen. Vooral in de verhalen uit het oude testament waarin er toch nog helemaal geen onderscheid tussen 'christenen' en 'joden' bestond, werd niets duidelijker gemaakt. In onze ogen zat het enige speciale hem er misschien in dat ze niet ingezien hadden dat Jezus, toch eveneens een man van Joodse komaf, 'onze' uitverkorene was. Wij moesten ons, onder aanvoering en aansporingen van de paters, achter hem aan reppen.

Misschien was dat de fout die de Joden gemaakt hadden?

Maar het kon toch onmogelijk de enige reden zijn waarom de Nazi's zich zo vreselijk en onchristelijk tegen de Joden hadden gedragen?

Zou overigens daardoor de indertijd welwillende opstelling van de Paus ten opzichte van de Nazi's verklaard kunnen worden?

Soms sloegen we daar namelijk, om hem te provoceren, Pater Prefect mee om de oren. Als hij bijvoorbeeld weer eens 'doorsloeg' in al zijn verhalen tijdens de godsdienstles.

Om heel eerlijk te zijn kon ik de vraag van mijn vriend heel goed begrijpen. We hadden ons allemaal immers wel eens afgevraagd hoe een jood er uitzag en waar je er een aan kon herkennen. In het geschiedenisboek stond een plaatje dat indertijd door de nazi's als spotprent was gebruikt, maar op straat kwamen we mensen met zulke gezichten natuurlijk nooit tegen. Joodse handelaren die op hun kennelijk verachtelijke manier handel dreven, kenden we ook niet. Dus afgaan op eigen informatie was voor ons onmogelijk. Vooral omdat onze ouders daar ook weinig over konden of wilden vertellen.

Het onderwerp was gewoonweg taboe en werd weggewuifd.

Deze leraar was er echter uit zichzelf over begonnen. Het stond mijn vriend dus vrij om de vraag naar wat een mens nou exact tot een Jood maakte, te stellen. Uit de moppen van Max Tailleur, toch een Jiddische man, wisten we dat ze Sam en Moos heetten. Dat waren de namen die hij altijd voor de hoofdpersonen van zijn moppen gebruikte. Voor vrouwen was Sara of nog korter Saar kennelijk een algemene Joodse naam. Verder kenden we alleen Anne, zoals in Anne Frank en Marga Minco. Verplichte kost voor de boekenlijst.

Het leek overigens heel legitiem om joden moppen of witzen, zoals ze dan opeens moesten heten, te vertellen. Kennelijk was dat niet voorbehouden aan de slachtoffers van die vreselijke gaskamers of concentratiekampen en omdat al onze ouders het deden school er klaarblijkelijk geen kwaad in. Maar het bevreemde ons wel omdat het afdeed aan de exclusiviteit van die mensen. Overigens was het ook op de radio en tv heel gebruikelijk om dit soort grappen te vertellen.

Wij deden het op het schoolplein ook regelmatig.

"Ken je deze al?

Sam komt Moos tegen in de Kalverstraat".

En dan een verhaal over wat de twee zoal tegen elkaar gezegd of samen beleefd zouden hebben. Het sprak trouwens voor zich dat Joden uit Amsterdam kwamen, daar was immers een ghetto geweest. Mijn moeder had het wel eens over de Joodse slager of groentenman die vroeger een winkeltje hadden gehad. Maar waar precies en hoe dat er aan toe was gegaan heeft ze nooit uitgelegd. De belevenissen en uitspraken van Sam en Moos waren altijd reuze komisch, dat moesten we begrijpen. Het was de bittere kant van hun humor die zo leuk was.

Ik had bijvoorbeeld ontdekt dat de zanger Leonard Cohen van Joodse afkomst moest zijn. Van mijn ouders wist ik namelijk dat zijn naam een veel gehoorde, specifiek Joodse familienaam was. Sam of Moos heette ook zo van achteren tenslotte. Wie precies en hoe, dat wisselde per grap, maar Cohen was onmiskenbaar een Joodse naam. Ik zag niets bijzonders aan hem en kon aan zijn liedjes niet horen waar hij qua geloofsovertuiging precies stond. Volgens mij gingen ze over leuke meisjes of de liefde en daar zongen meer mensen over.

71

Naar mijn idee konden dat onmogelijk allemaal Joden zijn en van mijn grote voorbeeld the Beatles wist ik dat sowieso zeker. Die hadden nota bene nog een tijdlang in Hamburg gewoond. Uit zichzelf zouden joden zoiets niet doen, leek me. In ieder geval niet al zo vlak na de oorlog en zeker niet omdat ze ook Engels waren. In al mijn onwetendheid leek het me dat ze erbij door hun ouders tegengehouden zouden zijn.

De vragen die mij nogal bezig hielden, hingen samen met de twee kwesties die ik in de verhalen rond de oorlog altijd terug zag keren. Enerzijds ging het om de 'zekerheden' rond wie er aan de goede of foute kant hadden gestaan. Steevast rekende de vertellers zichzelf tot de goede kant en alleen al daarom werd alles wat er door deze goede mensen gedaan was, veel beter. Ook als deze mensen een oordeel geveld hadden over de tegenpartij dat, bij nader inzien wellicht niet helemaal rechtvaardig te noemen was. Uit naam van het goede was er toch evengoed moord en doodslag gepleegd?

Anderzijds lag er altijd erg veel nadruk op 'het lijden' dat er aan een oorlog verbonden was. Voor mij maakte het de vraag waarom de mensen nooit opgehouden waren met oorlog voeren een logisch vervolg. Vooral omdat door alle kennis uit de geschiedenis al bekend was, hoe vreselijk een oorlog telkens uitpakte. Het was op voorhand toch al bekend hoe de volgende zou gaan verlopen?

De oorlogsverhalen hielden ons trouwens niet de hele tijd bezig, maar vanzelfsprekend spraken we er onderling wel eens over. We werden er zoals gezegd, tamelijk vaak mee om de oren geslagen. Daar hielden de ouderen het vuur mee brandend. Rond Bevrijdingsdag en de doden herdenking op de 4e mei werd de oorlogstijd telkens dunnetjes over gedaan. Jaarlijks worden er in die periode immers allerlei heldhaftige films over de oorlog op tv getoond en anekdotes opgehaald over de vele heldendaden tegen de vijand.

Wij hadden het indertijd meer over de oorlog in Vietnam.

Hoe de Amerikanen daar huis hielden konden we dagelijks op het journaal zien. Het verbaasde mij iedere dag opnieuw dat juist de mensen die daar zo tekeer gingen, hier als zogenaamde bevrijders werden gezien. Om eerlijk te zijn kon ik het verschil niet uitmaken tussen de wandaden van die zogenaamde moffen hier in Europa en het fanatieke, ongegeneerde geweld in de oerwouden daar.

Mijn ouders konden verhalen vertellen hoe vervelend de bezetting was geweest. Ik had daaruit opgemaakt wat het betekende om onderdrukt te worden en als persoon niet vrij te kunnen bewegen. In mijn beleving betekende het voornamelijk het loslaten van je eigen identiteit en als puber was ik daar vanzelfsprekend gevoelig voor. Daarom vond ik de wandaden van welke bezetter danook niet te verklaren en kon ik niet begrijpen waarom de daden van die Amerikanen wel konden en die van de moffen niet. Ik vond het nogal verwarrend.

Ook in de Verenigde Staten zelf bleek er weerstand tegen de oorlog in Vietnam te bestaan, maar het werd onbetamelijk gevonden als we ons, ondanks de mooie liedjes, achter de protesterende artiesten schaarden. Om de een of andere reden waren dat maar zangers en die zouden er net zoals wij niets van begrijpen of zelfs zelf communist zijn. Artiesten waren kennelijk ook niet te vertrouwen. Al snel was iemand een 'communist' en alleen al de manier waarop dat woord uitgesproken werd, gaf aan dat je niet aan veel lager wal kon geraken.

Joost was na de uitval van meneer Strik meteen opgestaan en pakte bedeesd zijn tas van de grond. Hij deed er zijn boek en schrift in en liep naar de deur. De leraar had hem tijdens deze handelingen in stilte gadegeslagen. Toen alles was ingepakt, deed hij een stap naar voren, greep Joost bij zijn arm en hoewel hij qua postuur geen flinke vent was, duwde Piet Pythagoras mijn vriend met gestrekte arm voor zich uit langs het boord en naar de deur. Daar smeet hij hem met een zwaai open en met een flinke duw gooide hij onze klasgenoot letterlijk de gang in.

Volgens mij probeerde hij Joost, die zich door de duw met moeite staande kon houden en dus struikelend weg liep, nog een trap na te geven toen hij de deur weer met een klap achter hem dicht trok. Even bleef onze leraar met zijn gezicht naar de deur en dus met zijn rug naar de klas, staan. Toen draaide hij zich naar ons om, liep naar zijn tafel en ging zonder nog een woord aan de oorlog te wijden verder met de les.

We hielden ons stil. Niemand wist wat hij moest of kon zeggen, maar uit de bedrukte stilte sprak voor zich dat vrijwel iedereen het er over eens was dat meneer Strik een grens had overschreden. Toch durfden we elkaar niet aan te kijken. We hebben nooit meer zo'n lange, in stilte vervolgde les gehad.

Vanzelfsprekend mocht Joost later weer terugkomen. Meteen toen hij zich bij de rector had gemeld, kon hij zijn vraag uitleggen. Een paar avonden erna heeft hij samen met hem en zijn ouders erbij een gesprek met meneer Strik gevoerd. Een antwoord op zijn vraag hebben we nooit gekregen en goede vrienden zijn hij en de wiskundeleraar ook niet meer geworden. Joost zelf deed het voorval, toen ik er jaren later eens toevallig op terugkwam, af als onbelangrijk.

Zich een beetje verontschuldigend vertelde hij dat hij het voorval met meneer Strik had uitgepraat. Hij schaamde zich er voor dat hij zijn vraag juist aan hem gesteld had, maar zei niet geweten te hebben dat meneer Strik zelf Joods was. Dat had de rector hem verteld en toen het hem duidelijk was geworden waarom de leraar zo kwaad was geworden, heeft hij gelijk het initiatief genomen om zijn vraag aan hem uit te leggen. Op zijn eigen verzoek is hij met de wiskunde leraar gaan praten. Zijn ouders waren meegegaan omdat meneer Strik daarop had aangedrongen.

Gedurende de laatste jaren van onze middelbare schooltijd is de oorlog nog diverse keren ter sprake gekomen. Tijdens de geschiedenislessen in de vierde klas brak de periode van de twintigste eeuw aan en daarom alleen al kwamen beide wereldoorlogen diverse keren ter sprake. Afhankelijk van welke leraar we hadden werden de Duitsers dan afgespiegeld als vreselijke onmensen of slechts als bewoners van ons buurland met een invloed op moderne of klassieke cultuur en wetenschap. We leerden schilders, componisten en dichters kennen en dat stelde die onmenselijkheid ook in een ander daglicht.

Omdat de welvaart steeds meer zijn kop op stak en onder andere de E.E.G. opgericht was, werd Duitsland steeds minder taboe. Een enkeling ging er zelfs wel eens naar toe op vakantie en diverse zaken hadden er economische betrekkingen mee aangeknoopt. We hadden aan de autootjes uit onze jeugd al kunnen zien dat de ergste vijandigheden en pijnpunten grotendeels bijgelegd moesten zijn, maar het heeft hier en daar nog erg lang geduurd voordat het mogelijk was om wat genuanceerder over Duitsers te mogen of kunnen praten.

Onze klasgenoten uit de kuststrook hadden bijvoorbeeld een ander belang. Of ze hadden namelijk te maken met toerisme en spraken de halve zomer Duits om iets bij te verdienen in die nog opkomende markt of ze ergerden zich aan de kuilengraverij op het strand.

Zo hadden we een aantal jongen uit Katwijk in de klas die zich er niet voor schaamden dat hun gezin gedurende de zomermaanden in het schuurtje sliep. Zo konden ze hun woonhuis verhuren. Als mijn ouders en ik op zondagmiddag door de duinen gingen fietsen kwamen we er wel eens terecht en dan hing het halve dorp inderdaad vol met witte bordjes waar "Zimmer frei" op stond.

V

In het laatste jaar van de middelbare school viel het me na verloop van tijd op dat Joost zich meer en meer op de achtergrond begon te houden. Om eerlijk te zijn drong het vlak na de kerstvakantie pas goed tot me door. We zouden in samenwerking met de andere klassen een toneelstuk gaan opvoeren en Joost speelde een van de hoofdrollen. Op het einde van de vierde klas waren daar in grote lijnen de plannen voor gesmeed en hoewel de opvoering in eerste instantie gepland stond voor het einde van dat voorlaatste jaar, werd de definitieve uitvoering over de grote vakantie heen getild. Als teken van afscheid aan de school en de HBS als opleiding zouden we een stuk opvoeren, maar vlak voor de kerstvakantie zegde Joost zijn rol dus af.

Al dan niet op verzoek van de regisseur waren er intussen al meer acteurs van rol gewisseld, dus de afwezigheid van mijn vriend viel me tijdens de repetities niet meteen op. Mijn eigen rol van assistent regisseur was voornamelijk beperkt tot het besturen en uitvoeren van de techniek. Ik mocht me uitleven op 'het licht' en besteedde veel tijd aan het verzorgen van de geluidseffecten. Die moesten buitengewoon spectaculair worden en vergden diverse experimenten met onder andere microfoons en de toongenerators uit het natuurkunde practicum waarop ik beslag had weten te leggen.

De toneel activiteiten stonden overigens volledig los van de lessen en het verdere programma op school. Deelname was vrijwillig, maar de animo was gelukkig groot genoeg. Uit vrijwel al de zes parallelklassen waren er deelnemers die zich hadden aangemeld. Zowel uit de "a" als de "b" richting.

We repeteerden op zaterdag na de ochtend lessen en een korte lunchpauze in de toneelzaal op de begane grond. Feitelijk was ons 'theater' een onderdeel van de kleine kantine en oude gymzaal, die in het oudste deel van het schoolgebouw waren aangelegd. Aan de lange wand van de ruimte bevond zich achter een tweetal gordijnen en beschermd door een houten beschutting die de ballen uit de gymles tegen moesten houden, een verhoging. Erachter was kompleet met boven- en voetlichten, een podium waarop we het stuk gingen spelen. Het 'toneel' stamde uit de tijd dat de school nog uitsluitend een

75

Lyceum met Gymnasium was en had indertijd dienst gedaan om er Griekse tragedies op op te voeren. Er was de laatste jaren niets mee gedaan en het was dus hard nodig dat er eens flink werd opgeknapt. Samen met mijn collega inspecient Bert, die uit een van de andere klassen kwam en met wie ik samen 'de techniek' vormde, hebben we het plafond en de wanden gewit. Eerst moest alles echter grondig gedweild en afgenomen worden omdat het er zo smerig was. De friezen aan zowel de zijden als die voor het bovenlicht hebben we ook hersteld en daarna met textiel verf in een grote teil op het kooktoestel van de grote kantine zwart gemaakt.

Met de hulp van een bevriende elektricien hebben we aan de voorzijde een stel sterke spot lichten opgehangen. Na enig installatiewerk konden we die vanuit de voormalige techniek loge aan de zijkant van het eigenlijke toneel in- en uitschakelen. Door de bundels te richten konden we de nadruk op het podium bepalen. Het kostte ons diverse avonden mikken voordat we het helemaal naar onze zin voor elkaar hadden, maar Bert en ik mochten trots zijn op het door ons behaalde resultaat. Vooral omdat de 'troupe' zich nu beter uitgelicht kon uitleven op het nieuwe verfriste toneel tijdens de repetities, die nu ook 's avonds plaats konden vinden.

We hadden trouwens ook een geluidsinstallatie aan de muren bevestigd zodat daarmee eveneens fratsen mogelijk werden. Het bood meteen al het voordeel dat Bert en ik tijdens schilderen en timmeren een muziekje op konden zetten. Er was op de avonden die we aan het opknappen besteedden toch vrijwel niemand in dat deel van het gebouw aanwezig. Daarom kon de muziek dus lekker hard staan.

Toen we er een keer op werden aangesproken dat we de rust van een van de paters uit het belendende klooster verstoord hadden, konden we ons lawaai verklaren door te wijzen op het 'uittesten van de akoestiek'.

Dat we ons intussen aanleerden om op een bezem de beste gitaarsolo's uit de popmuziek na te spelen, was een bijkomend voordeel. Bert nam plaats in de zaal als ik een liedje van the Who playbackte en ik deed hetzelfde als het zijn beurt was voor de linkshandige gitaristen.

Omdat er op het podium voldoende ruimte voor was ging dat gepaard met de van Pete Townsend bekende maaiende armbewegingen en als extraatje maakte ik er tegelijkertijd de sprongen van Roger Daltry bij, maar helaas zonder het mooie jasje met de lange franjes zoals hij in de Woodstock film draagt.

Bert deed Jimi Hendrixs of Paul McCartney want die houden allebei hun gitaar op z'n kop. Maar bij twijfel maakte het niet uit, links- of rechtshandig, we speelden gewoon na wie we leuk vonden.

Uit de attributen die verder op het podium rondzwierven waren overigens eenvoudig keyboards, een staande bas of een drumstel te improviseren. Na niet al te lange tijd konden we samen desnoods het hele Electric Light Orchestra ten gehore brengen. Zij het uitsluitend de hits die ik thuis van hen op een LP had staan en speciaal voor dit doel op de band had gezet.

Meestal kwam het er niet van om onze zaterdagmiddag activiteiten met Joost nog eens te bespreken. Mijn vriend was er trouwens nog steeds niet over begonnen dat hij met het toneelspelen zou ophouden. Zijn oorspronkelijke enthousiasme had ik nog nauwelijks zien verslappen en het was me dus niet meteen opgevallen dat hij een paar keer niet bij de repetities aanwezig was geweest. Ik had het als assistent van de regisseur gewoon veel te druk om overal op te letten. Het ontwerpen van een goed lichtplan en de samenstelling van de verschillende geluidseffecten was trouwens veel interessanter dan me echt bezig te houden met wat er feitelijk op het podium gebeurde.

Joost en ik hadden in het slot jaar, waarin we na de scheiding gedurende het jaar ervoor weer bij elkaar in dezelfde klas terecht waren gekomen, alweer geen meisjes in de klas. Het was een van de redenen waarom alle parallelklassen aan de opvoering van het toneelstuk mee zouden doen.

Met alleen maar jongens als acteurs zou het er op uitdraaien dat we een soort Kabuki theater moesten gaan spelen. Daar zou onze homoseksuele regisseur uiteraard de voorkeur aan geven, maar het stuk waaraan we werkten was een klassieker uit het repertoire van de Commedia del'Arte. Daarbij zijn vrouwenrollen essentieel. Het was daarom de bedoeling dat er door alle deelnemers een grotere of kleine rol gespeeld zou worden. De Nederlandse leraar, onze regisseur, initiatiefnemer en een van de meest populaire leerkrachten van de school, had daar vanaf het begin op gestaan. Kompleet met prachtige kostuums en professioneel spel van hoog niveau zouden we de school, onze ouders en alle andere belangstellenden versteld laten staan.

Het stuk moest een waardig afscheid worden van niet alleen ons als leerling, maar ook van het oude schoolsysteem. De mammoet wet stond namelijk klaar om ingevoerd te worden, dat maakte ons de aller allerlaatste HBS'ers.

Hierdoor min of meer moreel verplicht deed iedereen mee en door het enorme aanbod aan acteurs werd een aantal van de rollen voor de pauze door andere mensen gespeeld dan erna. Het podium stond dus regelmatig nogal vol, want om zijn keuze voor de rolbezetting te kunnen overwegen liet de regisseur vaak alle spelers tegelijk hun rol spelen. Het maakte de repetities regelmatig tot een hilarische aangelegenheid omdat een scène er nogal snel tamelijk absurd door werd. Meneer Theodoors wilde er echter mee voorkomen dat er slechts halve rollen werden ingestudeerd. Daarom liet hij alle dubbelspelers dus zoveel mogelijk gezamenlijk hun rol oefenen.

Allemaal tegelijk repeteren leverde het resultaat dat er dan weer drie hoofdrolspelers tegenover twee of juist vier tegenspelers stonden. Met de figuranten er vervolgens allemaal in veelvoud omheen werd de chaos al snel kompleet. Maar het kwam de gezelligheid en het saamhorigheidsgevoel in de groep onmiskenbaar ten goede.

Voorafgaand aan de repetities aten we eerst onze boterhammen op. In kleine groepjes verzamelden we ons aan de tafels in het kantinedeel van ons theater. Of we gingen in de banken van het lokaal dat dienst deed als kleedkamer en er vlak naast lag, zitten. Soms maakte iemand een pannetje soep klaar of bakte een ei op de gaspit in de kleine keuken ernaast. Om een uur of een, half twee brak de drukte rond het improviseren en instuderen van de diverse rollen aan. Als de hele groep acteurs en actrices zich uiteindelijk na binnenkomst van de regisseur verzameld had op het podium.

Omdat ik heel veel taken tegelijk moest vervullen en voornamelijk achter de schermen bezig was, had ik het nogal druk. Vooral tijdens, maar ook voorafgaand aan de repetities. Er moest van alles worden klaargezet, want vanzelfsprekend werd er doordeweeks gewoon les gegeven in de toneelzaal. Maar mijn bezigheden vormen maar een geringe verklaring voor de onoplettendheid tegenover mijn vriend. Ze leidden echter wel tot verwarring omdat ik achteraf niet kon begrijpen wat hem bezield had om onze 'poule' te verlaten. De verwijdering tussen ons tweeën ging vooral onmerkbaar omdat die geleidelijk aan, langs een soort natuurlijke weg verliep.

Middelbareschool vriendschappen gingen op zijn tijd verloren of verwaterden als een van de partijen verkering kreeg. Ik zag het bij kennissen en klasgenoten om ons heen regelmatig gebeuren, maar was te verblind om het bij mijzelf op te merken. Vlak voor de kerstvakantie van het eindexamenjaar ging ik steeds vaker om met een meisje uit een van onze parallelklassen. We hadden nooit eerder samen in een klas gezeten, maar elkaar leren kennen op de repetities. Ze speelde een van de zes hoofdrollen. Dat wil zeggen dat zij een van de drie actrices was die de enige vrouwelijke hoofdrol zou vertolken en het maakte haar dus een van de tegenspeelster van mijn vriend.

Artistiek als we indertijd waren, noemden we haar Sjaan, terwijl ze in het echt Jeanette of kortweg Annet heette. Als koosnaam maakte ik naar believen een keuze uit alle drie de variaties.

's Middags na schooltijd wachtte ik op haar. Ook als de meisjes een extra uur, want strikt gescheiden van de jongens, gymles hadden. We gingen dan samen meestal wandelen in het park of zo nu en dan naar de stad om er ergens een kopje koffie te drinken of een boodschap te doen. Door alle drukte die het toneelspelen, het opknappen van het toneel en de werkzaamheden voor het licht en geluid, naast mijn verkering meebrachten, kon het dus pas na een paar weken tot me doordringen dat mijn vriend niet meer aanwezig was tijdens het repeteren voor het toneelspel.

We zagen elkaar elke dag in de klas en ik was zo vol van mijn relatie dat ik mijn vriend liever lastig viel met verhalen over onze urenlange wandelingen, dan eens te informeren naar de beslommeringen waar hij zich mee bezig hield. Mijn omstandigheden en ervaringen besprak ik gewoonte getrouw graag met mijn vriend en op dat moment had ik het dus erg druk met mezelf. De ervaringen die ik opdeed met Sjaan waren allemaal nieuw en alleen daarom al opwindend genoeg om er dagelijks en zeer uitgebreid verslag over aan hem uit te brengen. Daardoor ontging het me dus dat Joost zich binnen het schoolleven langzaamaan wat terughoudender op begon te stellen. Maar onder de les luisterde hij nog steeds met veel aandacht naar me.

Als ik bij Annet was geweest, namen we telkens afscheid in de garage onder hun flat. Ik zette daar mijn brommer neer omdat het naast de ingang een te groot risico zou zijn om 'm daar, tot 's avonds of op zondagmiddag te laten staan. Haar familie woonde op de 2e etage en het was vanuit de huiskamer onmogelijk om toezicht te houden op de plek waar ik hem bij mijn eerste bezoekje nog wel had neergezet. Na school ging ik namelijk regelmatig met Annet meer naar haar huis om daar samen ons huiswerk te maken.

Het draaide er vaak op uit dat haar moeder een kopje thee zette en we in hun huiskamer aan de tafel bleven zitten. De dames genoten duidelijk merkbaar van mijn verhalen. Ik maakte eruit op dat haar moeder mijn gezelschap en gevoelens voor haar dochter op prijs stelde. Al realiseerden we ons dat ze op die manier beter in de gaten houden wat we deden, als ze zich zo gastvrij opstelde. Het voorkwam immers dat we ons zouden terugtrokken op het kleine kamertje van haar dochter. Om kort te gaan, zo lang we in de huiskamer bleven, konden er geen kindertjes van komen.

De ingang van de flat waarin Annet woonde lag aan de achterkant van de flat, daarom had haar vader voorgesteld om mijn brommer voortaan binnen te zetten in hun garage. Vanzelfsprekend vooral omdat hij de verantwoording voor een eventuele diefstal, beschadiging en erop volgende schadeclaim niet aandurfde. Trots had hij me verteld hoe hij vroeger zelf een brommer had gehad. Mijn mooie Puch aan de overkant van de flat neerzetten bood ook geen oplossing want daar bij de winkelgalerij zou zich altijd 'allerlei soort gespuis' ophouden.

Het gebruik van de garage had het onvoorziene voordeel dat we er geleund tegen zijn auto, ongestoord konden 'zoenen'. Sjaan moest immers meelopen om de grote deur voor me van het slot te halen en, als ik weggereden was, weer af te sluiten. In de beschutting van de garage konden we nog even het een en ander met elkaar bespreken. Samen, voordat ik daadwerkelijk vertrok. We werden er namelijk niet gestoord door haar ouders of jongere zusje, die als we op het kamertje van Sjaan zaten, om de haverklap binnen liep om zogenaamd iets te lenen of terug te brengen. Of ze daarbij eventueel werd aangestuurd door haar moeder is me nooit duidelijk geworden.

Dat we de mogelijkheid om uitgebreid afscheid te nemen ruimschoots benutten spreekt voor zich. Het was dus geen uitzondering dat we daar, soms wel meer dan een halfuur, alleen in het schemer van de garage strak tegen elkaar en de auto aangeleund stonden te praten. Haar ouders hebben ons er overigens nooit op aangesproken. Al heeft haar vader ons wel een keer heel nadrukkelijk bedankt voor het grondige uitwrijven van de was op zijn achterspatbord.

Joost had op dat moment geen 'vriendin', desondanks had hij in mijn ogen voldoende ervaring opgedaan met eerdere verkeringen om met hem van gedachten te wisselen over de mijne. We bespraken de uitstapjes die ik met Sjaan maakte dus uitgebreid. Als echte vrienden gingen we soms met zijn drieën en een andere keer eens met een vriendinnetje voor hem erbij, naar een concert of cabaret voorstelling in de Stadsgehoorzaal. Na school vergezelde hij Annet en mij zo nu en dan naar de koffiebar om er gezamenlijk van een espressootje te genieten. Het wandelen in het park was echter exclusief voorbehouden aan haar en mij alleen.

Er waren meer redenen waarom ik een graag geziene gast bij haar thuis was. Het op haar vader na louter uit vrouwen bestaande gezin kreeg met mijn aanwezigheid wat meer balans qua samenstelling. Hij kon met mij immers 'mannen verhalen' uitwisselen. Die begrepen zijn dochters gewoonweg niet en voor een beroepsmilitair zoals hij, leverde dat vanzelfsprekend wel eens een gemis op. Daar deed niets aan af dat ik toen al wist dat ik een beroep op de wet gewetensbezwaren zou gaan doen. Het maakte hem niet uit of ik dienst zou nemen of weigeren, zolang ik lachte om zijn grappen en mijn partij mee blies in stoere verhalen was ik voor hem een voorbeeldige schoonzoon.

De moeder van Sjaan kookte graag lekkere dingen en ook daar genoot ik van. Zo herinner ik me het Kerstdiner dat ze klaargemaakt had op tweede kerstdag nog goed. En ook de hapjes die ze bij de viering van Oud en Nieuw ruimschoots op de tafel had uitgespreid staan mij nog helder voor ogen. Ze bleek fantastisch een blik zalm door een aantal in blokjes gesneden appels en gekookte aardappelen te kunnen roeren. Hoe ze daar vervolgens een mooie berg salade van componeerde door er rijkelijk mayonaise overheen te smeren maakte, samen met de augurken en plakjes tomaat als garnering, dat het resultaat niet onderdeed voor mijn eigen moeder d'r kook kunsten. De snufjes gedroogde peterselie die er kwistig, samen met de klodders ketchup als extra versiering overheen waren gestrooid, maakten dat de creatie er uitermate geraffineerd uitzag.

Mijn eigen moeder was voornamelijk gespecialiseerd in het maken van toastjes met paté of het snijden van blokjes kaas. Soms mochten daar stukjes ananas uit blik, een zilveruitje of een bolletje gember op, maar dan moest het wel 'feest' zijn. Daarnaast waagde ze zich regelmatig aan het opwarmen van diepvries maaltijden. Al had ze ooit eens uit een Allerhande geleerd dat deze voeding persé niet aan de kook mocht komen omdat dan alle vitaminen er zeker uit zouden gaan! Adviezen rond voedselkwaliteit, zeker als die van een zo gerenommeerd adres kwamen, nam mijn moeder zeer ter harte zodat we vanwege haar voorzichtige aard, zulk eten altijd enigszins lauw naar binnen moesten lepelen. Overigens werden deze gerechten uitsluitend en naar ik aanneem vanwege de aanzienlijke prijs, vooral voor 'daartoe geëigende' gelegenheden aangeschaft.

81

Hierdoor leverden zulke maaltijden nogal eens een situatie op waarbij, als ik er aan terugdenk, mijn nek haren overeind gaan staan. Het kwam er namelijk meestal op neer dat er dan gasten of vrienden aan tafel uitgenodigd waren om met het 'speciale dineetje' mee te mogen eten. Die durfden vanzelfsprekend niet over het gebrek aan smaak, de temperatuur of matige gaarheid te klagen.

De later uitgebrachte kritiek van mijn vader en mij werden dus teniet gedaan door het 'succes' dat mijn moeder altijd bij 'de visite' had weten te behalen met haar ontdooi kunsten.

Een keer, misschien was het inderdaad wel op drie koningen zelf, heb ik onder het eten met de uitroep "ik heb 'm" een flink brok niet ontdooide maaltijd van mijn bord gehaald en dit vervolgens "heerlijk spinazie ijs" opgelikt. Hoewel ik aan mijn vader's ogen zag dat hij mijn grap wel op prijs stelde en er wellicht om moest lachen, werd ik naar mijn kamer gestuurd en mocht niet meer mee eten. Mijn moeder heeft later gezegd dat ze "erg verdrietig" was. Zelf heb ik nooit onder de knie gekregen hoe je tegelijkertijd een spinazie à la crème schotel laat aanbranden en toch het binnenste grotendeels bevroren houdt.

Vlak na de laatste opvoering van ons stuk kwam er aan de verkering van Jeanette en mij plotseling een einde. Tijdens het zoenen in de garage mocht ik meestal mijn hand vrij op onderzoek uit laten gaan. Al betekende voor Annet 'vrijen' dat ze met haar handen achter haar hoofd tegen de achterruit van de auto leunde, mij liet ze m'n gang gaan. Soms was het trouwens alsof ik haar moeder op de achtergrond hoorde zeggen dat dit zo hoorde. Veel passie kwam er namelijk op deze manier niet aan te pas al liet ze door geluidjes blijken niet gehinderd te worden door mijn getast tussen haar ondergoed. Dat Annet er wel degelijk van kon genieten maakte ze overigens duidelijk door zich dan steeds strakker tegen me aan te drukken en haar bekken naar me toe te draaien. Alleen moest alle kleding 'aan blijven' en mocht ik hooguit eens de gulp van haar broek eens losmaken om wat meer kruis ruimte te creëren.

Eenmaal heb ik mijn pols zodanig bezeerd aan de rits van haar nieuwe spijkerbroek dat ik mijn moeder desgevraagd moest voorliegen dat ik gevallen was met mijn brommer. Dat die daarbij onbeschadigd was gebleven, kon zeker gezien de krassen op mijn rechter pols een wondertje genoemd worden, maar ze geloofde me zonder voorbehoud en prees uitvoerig mijn geluk.

82

Omdat Annet met de feestdagen en bij speciale gelegenheden, van haar moeder een rok of een jurk aan moest, maakte dat de toegang tot haar geheime plekjes een stuk minder omslachtig. Al zaten bij zulke gelegenheden het nylon van haar eveneens verplichte panty of een dikke maillot tegen de blaasontsteking, wel eens in de weg. Ook die mochten trouwens maar hooguit een beetje, naar beneden over haar dijen geschuierd worden. En mijn nagels mochten niet te lang zijn in verband met het risico op zogenaamde ladders.

Als ik haar in de juiste staat van opwinding bracht, kon ze zich hartstochtelijk kreunend tegen me aan te draaien waarna ze luid zuchtend en hijgend klaar kwam. Vooral als ik na enig zoeken en gewroet het 'nog betere' plekje had gevonden duurde het niet lang of ze poetste de lak van haar vaders' auto tot hoogglans. Zij het slechts plaatselijk, dat weer wel.

Op de avond na de tweede première, de zaterdag voorstelling die speciaal bedoeld was voor familieleden, vrienden en introducés, vond ik dat niet alleen zij een hoogtepunt verdiende. We hadden uiteindelijk ook dankzij mijn geleverde inspanningen een mooie voorstelling gehad en het was niet voor niets dat we opgewonden waren geraakt door het genoten succes. Wel driemaal hadden we een open doekje gekregen en dat kwam niet alleen omdat ik de gordijnen telkens weer open had getrokken, dat was gewoon mijn taak als toneelmeester. Ik had voornamelijk het enthousiasme van het publiek in de zaal bediend en was afgegaan op het applaus dat de spelers ontvingen.

Vanzelfsprekend had ik Sjaan, galant als ik ben, na de voorstelling en het afschminken weer netjes naar huis gebracht. Toen we na het obligate glaasje cola bij haar ouders in de huiskamer weer afscheid stonden te nemen in de garage, durfde ik het aan om haar te vragen of ze mij ook eens wilde bevredigen. Zeker van mijn zaak, frommelde ik behulpzaam mijn zakdoek in haar hand tegen de vlekken.

De volgende dag 's avonds heeft Annet, gelijk na het eten bij mijn ouders, onze verkering uitgemaakt. Na de afwas waren we zoals altijd op zulke zondagavonden, samen naar mijn kamer gegaan. Mijn ouders zouden op visite gaan bij een oom en tante, dus waren ze zich op hun slaapkamer aan het optutten. Uit ervaring wist ik dat ze er geruime tijd mee bezig zouden zijn en ons dus met rust zouden laten. Jeanette was overigens, net zoals ik bij haar thuis, volledig door mijn ouders geaccepteerd als (schoon) familielid. Mijn moeder had zelfs al durven spreken van een verloving en die van haar had het ook nog over een 'vormingsklas' gehad. Ze heeft nog even uitgelegd wat ze daarmee bedoelde ook. Jeanette en ik hielden ons daar echter nog helemaal niet mee bezig. Toen ik naast haar op mijn bed was gaan zitten probeerde ik om haar tegen me aan te trekken. Ik wilde haar nog eens mijn innige genegenheid tonen. Voordat ik er aan toe kon komen sprong ze op en vertelde dat ze me nooit meer wilde zien. Zonder nog afscheid te nemen van mij of mijn ouders stond ze en liep weg. Mij verbouwereerd, eenzaam en verlaten op m'n bed achterlatend.

Hoewel ik dus eerst wat beduusd was van de ontwikkelingen, hebben Joost en ik er een paar dagen later de humor van ingezien. Hij gaf me het advies mijn plannen om psycho- of sociologie te gaan studeren te veranderen in een studie medicijnen. "Toucheren kon ik immers al".

Tussen Jeanette en mij is het niet meer goed gekomen. De periode van examen doen brak kort erop aan en dus moest ik me voornamelijk op studeren toeleggen. Mijn inspanningen voor de toneelclub hadden er namelijk voor gezorgd dat ik bij een aantal vakken wat achterop was geraakt. Daar moest ik dus extra mijn best voor doen. Van nog een keer samen wandelen of uitgebreid naar de stad gaan kon mede daardoor niet veel terecht komen. Daarnaast bleek Sjaan me namelijk letterlijk niet meer te willen zien. Ze draaide in ieder geval telkens haar hoofd weg als ik op haar af dreigde te lopen.

Hoewel ik hem er intussen wel een aantal keren naar had gevraagd, wilde of kon Joost me nooit uitleggen waarom hij plotseling niet meer op de repetities kwam. Voor mij is het daardoor heel lang onduidelijk gebleven waarom hij het toneelspelen er aan heeft gegeven. Al bleef ik wel nieuwsgierig naar de aanleiding waarom hij er zo opeens de brui aan had gegeven.

Oorspronkelijk leek hij het toneelspelen zo leuk te vinden. Al gelijk bij het eerste voorstel van onze leraar had Joost zich vol enthousiasme als een van de eersten opgegeven als vrijwilliger, promotor en acteur. Hij heeft later nog wel de affiches ontworpen en meegeholpen om deze overal door de school op te hangen. Aan het einde van het jaar heeft hij me weliswaar gezegd dat er teveel tijd in het toneelspelen was gaan zitten en dat hij hard had moeten studeren voor zijn eindexamen, maar dat laatste was, gezien de cijfers die hij altijd haalde, een smoesje.

Joost de bolleboos, die vrijwel nooit extra tijd of aandacht aan zijn huiswerk hoefde te besteden omdat hij toch altijd hoge cijfers haalde! De jongen waarvan we al sinds de lagere school wisten dat hij 'met gemak' het Gymnasium had kunnen doen, zou nu opeens moeite

84

hebben met leren en daarom geen tijd hebben voor een paar uur plezier per week? Het ging er bij mij niet in. Omdat ik er wel extra moeite voor moest doen om bij te blijven met de leerstof van het examen, liet ik het zo. Ik moest de keuze van mijn vriend respecteren, al leek het me duidelijk dat er iets meer bij hem moest spelen. Door alle omstandigheden zijn we er niet meer op terug gekomen.

Overigens is ook de eindexamen stunt dat jaar nog door hem bedacht. Joost heeft er zelfs erg veel aandacht aan moeten besteden om de grap tot een goed einde te brengen. Hij moest er met de tekenleraar en onze mentor een paar middagen voor nablijven om alle voorbereidingen te treffen en in alle geheimzinnigheid van dien, de werkzaamheden uit te voeren. Daar kon hij kennelijk wèl de tijd voor vrijmaken.

Het spreekt eigenlijk voor zich dat Joost met lof geslaagd is voor zijn examen en dat hij door de rector werd geëerd in zijn afscheidsspeech omdat hij voor niet minder dan drie vakken de hoogste cijfers van het jaar had gehaald. Naast de vier keer een zeven en drie achten voor zijn andere vakken. Waaronder wiskunde, hoewel hij dat vak dus niet meer van harte volgde na zijn aanvaring met de heer Strik. Voor ons kwam het niet als een verrassing. Wij vonden het allemaal vanzelfsprekend bij hem passen. Maar gelaten heeft Joost alle loftuitingen en felicitaties over zich heen laten komen.

Daarna brak er een tijd aan waarin het contact tussen Joost en mij verwaterde. Voornamelijk omdat we in een periode van eindexamenfeesten en voorbereidingen op onze toekomstige studies aankwamen. De ene keer betekende het dat er een kater op me lag te wachten en ik ternauwernood aanspreekbaar was voor zolang die duurde. De andere keer moest er veel gesjouwd worden en werd er met vrienden of kennissen die over iemand met een rijbewijs beschikten heen en weer gereden om de benodigde spullen te verhuizen naar ons nieuwe adres in de Universiteitsstad waar we ons gingen vestigen. In het geval van Joost lag dit anders omdat hij helemaal naar Düsseldorf toe zou gaan. Al viel zijn verhuizing dan in september omdat de Hochschule aanzienlijk later begon dan de Universiteit.

We hielden elkaar wel op de hoogte, maar Joost onttrok zich wat aan de drukke verwikkelingen. Het leek er vooral op dat ons niet teveel voor de voeten wilde lopen of aanspraak wilde maken op onze hulp als zijn verhuizing aan de orde zou komen. Hoe mijn vriend uiteindelijk naar Duistland is verhuisd heb ik dus niet actief meegemaakt.

Ik was halverwege augustus naar Utrecht verhuisd. Gezamenlijk met twee oud klasgenoten om de kosten enigszins te sparen. Joost en ik ontmoetten elkaar daarna alleen zo nu en dan, als we dat eerst hadden afgesproken. Natuurlijk belde ik hem regelmatig op om te vertellen hoe leuk ik het had op mijn kamertje en hij is inderdaad een keer bij me komen kijken voordat de colleges echt aangevangen waren. Maar hij was druk bezig met zijn eigen voorbereidingen en bleek later, toen ik in Leiden op bezoek was bij mijn ouders en hem opbelde voor een afspraak, al naar zijn nieuwe woonplaats in Duitsland vertrokken. Dat viel me een beetje van hem tegen want ik had hem graag geholpen met inpakken en het inladen van het busje met zijn spullen. Net zoals hij mij en een aantal klasgenoten behulpzaam was geweest, wilde ik hem helpen bij zijn verhuizing.

Joost was overigens verhuisd met alleen een grote tas met kleren en een koffer vol boeken en platen. De flat waar hij in Düsseldorf ging wonen was gemeubileerd en meer had hij dus niet mee willen nemen vanaf zijn kamer thuis. Hij heeft me er later wel iets over verteld, maar het leek mij dat mijn vriend min of meer met stille trom vertrokken was en mij daarbij om de een of andere reden niet nodig had gehad.

Of het dus zijn bescheidenheid is geweest of dat er een andere, wat nijpender reden meespeelde is me toen niet duidelijk geworden. Van het ene op het andere moment was er een nieuwe, opwindende fase in ons leven aangebroken en veel tijd om die op elkaar af te stemmen of de ervaringen te delen bleek er niet voor beschikbaar te zijn.

Gedurende het eerste studiejaar hebben we elkaar alleen zo nu en dan een lange brief geschreven. Van een wederzijds bezoekje kwam het niet in verband met de drukte van onze studie en een chronisch gebrek aan het benodigde geld voor de dure, internationale treinreis. Toch durf ik te stellen dat onze vriendschap er niet onder heeft geleden. Niet veel later pikten we immers de draad zo goed en zo kwaad als dat mogelijk was weer op.

VI

Als ik afga op de verhalen van Joost, gingen zijn ouders intensief met de familie de Woerd om. Het moet daarbij zeker een rol gespeeld hebben dat er een lange historie aan hun vriendschap vooraf is gegaan. Zijn moeder had vanaf vlak voor de oorlog, toen ze eigenlijk net van school af was gekomen, bij de oude meneer de Woerd in de zaak gewerkt. Als jongste administratrice had ze op het kantoor van zijn zoetwaren groothandel gezeten. Naar ik begrepen heb uit zijn verhalen was het haar eerste job, meer een stage misschien, maar er was natuurlijk de dreiging van die bezetting tussen gekomen. Alle mannen waren opgeroepen voor de mobilisatie en het werk moest in hun plaats door de nog wel beschikbare meisjes en vrouwen worden gedaan.

De jongste zoon van meneer de Woerd kon van de algehele oproep vrijgesteld blijven omdat hij als chauffeur onmisbaar was voor de firma van zijn vader. Naar ik aanneem voornamelijk pro forma, reed hij op een van de bedrijfswagens om de bestellingen af te leveren of goederen en grondstoffen op te halen. Omdat ze collega's waren hebben de moeder van Joost en de vader van Sjeffie elkaar dus al jong en in spannende tijden leren kennen.

Vooral vlak voor en ook weer na de oorlog was het rondrijden in zo'n bedrijfswagen natuurlijk heel leuk om je mee bezig te houden, maar tijdens de bezetting zelf was er ook qua administratie niet veel te doen natuurlijk. Het moet voor medewerkers van de firma's voornamelijk zaak geweest zijn om 'buiten beeld' te blijven.

Uit de overlevering is bekend dat de jonge Antoine een enorme grapjas, een echt 'practical joker' was. Naar ik, ook uit de verhalen van mijn ouders over die tijd, begrepen heb was hij in de hele stad een van de meer populaire jongelingen. Wat meegesproken zal hebben is dat hij uit een rijke familie stamde en Leiden geen erg grote stad genoemd kan worden. Mijn moeder heeft me wel eens verlegen verteld dat 'de jongens van de Woerd' knappe verschijningen waren die niet onopgemerkt bleven door de meisjes. Ik stel me dus voor dat de jonge vader van Sjef in staat was om met zijn grappen en grollen, de meisjes van kantoor voor zich in te nemen. De andere zoons van de oude meneer de Woerd studeerden overigens allebei aan de universiteit.

Dit maakte de jongste bij zijn familie tot een buitenbeentje, maar de tegenstellingen moeten grotendeels toegeschreven worden aan de omstandigheden van de oorlog. Jonge Antoine heeft misschien nooit een kans gekregen om zich wetenschappelijk te bewijzen.

Toen we net op de middelbare school zaten heeft Joost me wel eens verteld dat ome Anton, zoals de kinderen hem bij hem thuis noemden, de mond vol had van 'verhalen over neuken'. Voor opgroeiende jongens natuurlijk een reden om aan zijn lippen te hangen, vooral omdat hij verder bleek te beschikken over een uitgebreid repertoire aan 'schuine' moppen. Een heel enkele keer, als hij stoer wilde doen, reproduceerde Joost zo'n mop voor ons. Meestal ontging de clou ons echter volledig. Waarschijnlijk omdat de mop niet helemaal op de juiste manier verteld werd of omdat we er nog te jong voor waren om de juiste voorstellingen bij het grappig bedoelde verhaal te maken.

We hadden overigens wel al door dat we er verstandig aan deden om thuis niet naar een nadere uitleg te vragen. Later had Joost het er over dat ome Anton altijd 'geile praatjes' ophing en die term kenden we toen intussen al wel.

Ik ben slechts een enkele keer bij Joost thuis geweest, maar ik heb me nooit kunnen voorstellen dat zijn ouders zich schuldig zouden maken aan platvloerse zaken of er waardering voor konden opbrengen dat iemand juist daarin gespecialiseerd was. Ik maakte ze wel eens mee op een feestje of een bijeenkomst op school, maar in mijn ogen zijn zijn ouders altijd 'keurige mensen' gebleven. Van Joost zijn vader heb ik, voor zover ik me kan herinneren, nooit een schuine mop of ook maar het minste onvertogen woord gehoord. In mijn ogen is het altijd een tamelijk stille man geweest die zich op de achtergrond hield. Laat staan dat ik dus me kan voorstellen dat hij zich aan net zulke frivoliteiten zou bezondigen als die ome Anton kennelijk deed. De moeder van Joost leek me sowieso te afstandelijk voor dit soort zaken.

Bij nadere beschouwing moet ik vaststellen dat ik haar eigenlijk nooit ergens over heb gesproken. Zeker, ze heeft me ooit gevraagd naar mijn ouders, maar voor zover mijn herinnering het toelaat leek ze zich de volgende keer uitsluitend te herinneren dat mijn vader 'ergens' als 'vertegenwoordiger of zoiets' werkte.

De sfeer bij Joost thuis vond ik 'zeer beklemmend' en daarom kwam ik er niet graag. Zij het dat mijn vriend me ook nauwelijks vroeg om eens langs te komen om bijvoorbeeld samen aan een werkstuk te werken of huiswerk te maken.

Hij heeft mijn uitgesproken oordeel hierover overigens nooit weerlegd, genuanceerd of tegen gesproken. Het beeld dat hij van zijn ouders aan mij voorgespiegeld had en de manier waarop ik vervolgens op zijn thuis situatie reageerde, maakten dat hij zich kennelijk in mijn bevindingen kon vinden. Dat ik niet zo graag bij hem over de vloer kwam heeft onze vriendschap nooit beïnvloed. Bij mij aan huis was hij immers een graag geziene gast.

Als we samen uit school onderweg waren naar huis, ging hij vaak even mee naar binnen. Mijn moeder vond hem namelijk aardig genoeg en ze wilde graag een kopje thee of koffie voor ons zetten.

Na zijn afstuderen aan de Fachhochschule in Düsseldorf heeft Joost een tijdlang in Berlijn gewoond. West Berlijn natuurlijk en dat lag indertijd toch nog echt aan de andere kant van de wereld. Al van voor het inleveren van zijn eindscriptie en het ophalen van zijn Bul was bekend dat hij er een tijdje naar toe zou gaan. We hebben dan ook een aantal keren afgesproken dat ik bij hem en zijn vriendin Irmgard langs zou gaan om er 'als vanouds' te logeren. Ik moest echter zelf ook eerst afstuderen en daar kwam bij dat ik gelijk daarna mijn militaire dienstplicht moest gaan vervullen. Dat duurde korter dan 'dienst weigeren' en leek me praktischer omdat het beter betaalde. Diverse keren was het me echter duidelijk gemaakt dat het niet handig was om connecties aan die kant van Duitsland te hebben.

Je was dan immers vlak bij de communisten en wie weet waar die allemaal toe in staat waren! Bij een officier en ik zou luitenant worden, telde zoiets zelfs dubbel leek het wel. Onwenselijke sympathieën stonden vanzelfsprekend elke carrière of loopbaan in de weg. Achteraf gezien heb ik me door vage verhalen over de BVD en dergelijke laten intimideren. Dat het allemaal niet zo'n vreselijk vaart liep met die lui daar in Berlijn was me op dat moment niet zo duidelijk. Om kort te gaan, het kwam er telkens niet van om de reis te ondernemen. Dan weer had ik net een belangrijk tentamen, liet het weer zo'n reis niet toe of opeens schoten mijn fondsen tekort. Wel schreven we elkaar nog regelmatig lange brieven. Minstens eenmaal per maand lag er een epistel bij me op de mat en ook ik liet me in dit opzicht, zeker later tijdens de saaie weekenden op de kazerne, niet onbetuigd.

We schreven, zoals we elkaar tijdens onze hele studie op de hoogte hielden van onze perikelen, avonturen en vooral de stappen op het pad van de liefde. Alsof we in een soort kroniek deze beslommeringen met elkaar deelden. Onze correspondentie liet het stellen van vragen, zoals over het hoe, wat en waarom van de situatie uit onze school- en studententijd, echter niet toe. Dat was kennelijk een periode die we, al lag die nog zo tamelijk vers achter ons, op dat moment voor afgesloten hielden. In ieder geval op literair niveau, want op 'er' over schrijven rustte een soort van taboe.

Joost kwam trouwens vaak genoeg in Nederland om ons kontakt, ondanks de enorme afstand tussen onze woonplaatsen, warm te houden. Al lieten zogezegd mijn omstandigheden, een tegenbezoek mijnerzijds telkens niet toe.

Joost was die keer speciaal voor het huwelijk van zijn jongere zus naar Nederland gekomen. Omdat hij niet bij zijn familie had willen logeren, was hij wederom bij mij in het studentenhuis komen slapen. Kennelijk in de ban van de gebeurtenissen heeft hij het verhaal over zijn zusje en die vriend Sjeffie nog eens verteld. Al ging het ditmaal in details een stukje verder.

We zaten op mijn kamer en het was buiten net zulk weer als de laatste keer waarop hij over het 'begrafenis ritueel' had gesproken. Ditmaal wat het eind september en er scheen een warme zon. Buiten lokten, net zoals toen en gezien de tijd van het jaar waarschijnlijk voor het laatst, de terrasjes.

Bij mijn terugkomst van college zat Joost, nog slechts gedeeltelijk aangekleed, op de bank een kopje koffie te drinken. Het was intussen het voorlaatste jaar van mijn studie. Als huisoudste woonde ik in de grootste kamer, de voormalige salon op de begane grond. De erg ruime kamer bevond zich aan het einde van de gang naast de kleinste keuken en had als extra luxe twee openslaande deuren naar de tuin.

Toen ik mijn kamer op kwam lopen, sprong Joost gelijk op om voor mij ook 'een bakkie' in te gaan schenken. Praktisch gezien was dat mijn privé keukentje want eten deden we op de eerste verdieping. Daar was veel meer ruimte om te koken en hadden we onze fusie in de op een na grootste kamer van het pand. Deze ruimte lag pal boven mijn kamer en keek eveneens uit op de tuin. Er was zelfs een klein balkon maar daar konden hooguit twee stoeltjes op.

Meteen kwam hij met de vraag of hij niet gelijk een boterham met 'iets lekkers erop' voor me moest maken. Hij drukte me op het hart dat ik op mijn gemak mijn jas uit moest doen en vooral dat ik rustig moest gaan zitten. Vaderlijk riep hij me zijn vraag en instructies toe. Zoals gebruikelijk toonde mijn vriend zich weer de zorgzaamheid zelve.

Voor 's avonds bestond er de afspraak dat we bij de Chinees om de hoek gingen eten. Nu hij "in goede doen was", had Joost er op gestaan om mij eens een 'echte maaltijd' aan te bieden. Hij kende natuurlijk mijn voorliefde voor zoetigheid en specerijen, vandaar het aanbod. Al was hij er zelf natuurlijk ook een liefhebber van.

De volgende dag zou hij met de middagtrein weer naar Berlijn terug reizen. Afgelopen woensdagavond laat had ik hem op station Hoog Catharijne opgehaald. Met hem achterop mijn fiets zijn we slingerend naar huis gereden. Zijn 'nette kleren' wapperden in een speciale zak achter ons aan. Het verschil met de vorige keer zat 'm er ditmaal in dat we deze middag geen boodschappen hoefden te gaan doen. Ook de koelkast was deze keer goed gevuld en sowieso gezien mijn status in het huis zou niemand het meer durven om het laatste biertje voor onze neus in te pikken.

Ik heb net mijn jas over een van de stoelen gehangen en sta mijn boeken nog uit m'n tas te halen toen hij al weer op de bank ging zitten.

De thermoskan met koffie laat hij na het inschenken van een mok voor ons allebei, midden op mijn salontafel staan. Zonder nadere aankondiging of enige aanleiding brandt hij los. "Je weet toch dat Sjeffie en ik in de eerste samen in de klas zaten"?

Ik kan me inderdaad herinneren dat hij indertijd de zesde klas gedubbeld heeft om daarna samen met zijn vriend naar de middelbare school door te kunnen stoten. We hadden er toen nog nooit echt over gepraat, maar ik heb vanzelfsprekend in de loop der jaren wel het een en ander met elkaar in verband kunnen brengen. Joost heeft me ooit min of meer laten doorschemeren dat hij zijn vriendje onder zijn hoede had gekregen. En dat hun ouders zoiets hadden bedisseld.

"Kun je je nog herinneren dat we toen zo'n hele strenge winter hadden"?

Ik begrijp niet zo goed waar hij met zijn verhaal heen wil en maak een vage beweging met mijn hoofd zodat hij er uit op zou kunnen maken dat ik weet waar hij het over heeft. Ik ga in de stoel tegenover hem zitten en wacht af waar hij over wil vertellen. Mijn gedachten zijn eigenlijk nog te veel bij het college van die ochtend. Ik pak zwijgend mijn koffie van de tafel en leun afwachtend achterover.

"Ria en ik hadden vaak ruzie. We konden het meestal wel vinden samen, maar ze kon toen al zo vreselijk zeuren.

Maar daar hadden vooral mijn vader en moeder last van. Ze konden niet tegen haar eindeloze gekibbel en maakten zich kwaad over het eeuwige uitlokken van onenigheid. Ze stuurde altijd aan op ruzie eigenlijk".

Hij pauzeert even om zijn woorden op mij in te laten werken.

"Je kent dat wel. Dat meiden gezeur.

En dan altijd over hoezeer ze achtergesteld werd".

Als enig kind zijnde, ken ik het niet maar weet dat Joost een retorische vraag gesteld heeft. Om de vaart erin te houden, zwijg ik.

"Mijn oudere zus vond dat ook overigens ook vreselijk vervelend.

Ze ging daar nooit in mee".

Mijn vriend kijkt me nadrukkelijk aan. Wil hij kontroleren of ik luister of zien of ik hem begrijp?

"Zij zeurde eigenlijk nooit. Ze was tenslotte al zowat verloofd en had feitelijk niks met ons tweeën.

Voor haar waren we haar kleine broertje en kleine zusje".

Die oudere zus heb ik wel eens ontmoet. Ze was toen al getrouwd en woonde ergens in de buurt van de IJssel aan de andere kant van het land. Ik weet nog goed dat mijn vriend tijdens een les vertelde dat hij binnenkort naar haar oude kamer zou verhuizen. Omdat ze ging trouwen en uit huis vertrok, kwam de kamer leeg. Zo ging dat in die tijd. Hij had als eerstvolgende kind dus het recht op en mocht doorschuiven binnen de woning. We zullen toen in de vierde of vijfde klas van de HBS gezeten hebben.

"Soms kwam ze zomaar mijn kamer binnen lopen. Dan had ze wat nodig. Dat zou dan door mij van haar kamertje mee genomen zijn.

Of onze hulp in de huishouding had het bij mij laten liggen.

Eerlijk gezegd was dat wel eens voorgekomen namelijk".

Peinzend kijkt hij naar de tafel. Kennelijk ziet hij daar de situatie weer voor zich. Ik kan niet uit zijn blik opmaken of de herinnering hem plezierig stemt of juist niet, maar ik weet dat mijn vriend niet gelukkig was thuis en blijf stil wachten op wat er verder komt.

"Mijn bureautje was een handige plek om bijvoorbeeld het strijkgoed even op neer te leggen. Ria had het kleinste kamertje van het huis. Pal boven de voordeur, gelijk naast de trap naar de eerste verdieping".

Intussen heb ik mijn koffie opgedronken. Automatisch buigt Joost zich naar voren om mijn mok nog eens vol te schenken, hij zit het dichtst bij de tafel. Zelf neemt hij het laatste restje uit de kan.

"Als Sjeffiedewoerd bij ons kwam logeren dan werd het bureautje op mijn kamer dwars tegen de muur gezet. Dan paste het logeerbed er precies naast. Dat stond dan strak tegen het mijne aangeklemd."

Ik probeer me er een voorstelling van te maken, maar moet er erg diep voor in mijn eigen herinneringen tasten. Joost woonde een stuk ruimer dan wij thuis, maar zoals hij het nu vertelt lijkt het me allemaal erg krap op zijn kamertje. Toch hebben we er ooit een keer samen huiswerk zitten maken. Hij op het bed en ik aan een tafel, dat weet ik nog. Kennelijk vindt hij dat dat meer een bureautje was.

Hij was toen dus nog niet naar de grotere van zijn zus verhuisd. Daar hebben we wel eens samen een glaasje port zitten drinken en naar muziek geluisterd. In de eindexamenklas, was dat.

"Toen het zo vroor die winter, was de ijsbaan aan de overkant bij ons open. Sjeffie en ik gingen er iedere dag schaatsen. Ik had toen nieuwe Noren gekregen. Net zulke als hij.

Na het ontbijt gingen we gelijk naar de overkant van de weg. Dan even snel lunchen tussen de middag en daarna weer het ijs op tot het donker werd. Vraag me niet wat we de hele dag deden want dat was heus niet hele dag rondjes rijden. Maar we waren op de ijsbaan."

Het begint me te dagen dat er inderdaad een winter was, waarin ik een schaatstocht langs meerdere molens gemaakt heb. Dat was met een groepje jongens uit de omgeving van Alphen aan de Rijn. Ik ging daar toen mee om en herinner me dat we zat toen inderdaad in de eerste of tweede klas van de middelbare school zaten.

"Op een van die avonden kwam Ria iets op mijn kamer opzoeken.

Was ze weer eens iets kwijt. Toen Sjeffie vroeg wat ze zocht bleek het om een bh te gaan".

Zelf heb ik geen zusje, dus ik kan me de de gang van zaken bij Joost thuis niet zo goed voorstellen. Snel reken ik uit dat zij toen een jaar of twaalf hooguit dertien geweest moet zijn. Ik weet niet goed of meisjes dan al borsten hebben waarbij een bh noodzakelijk is.

"Sjeffie begon haar te plagen en probeerde haar hemd op te tillen".

Joost kijkt weer recht voor zich uit. Het lijkt erop of hij de scène voor zich ziet. Aan een kleine glimlach lees ik af dat hij de herinnering waarschijnlijk grappig vind.

"Ik had je toch al eens verteld dat Sjeffiedewoerd nogal kippig was"?

Ik kijk Joost aan en zie dat hij wacht op mijn antwoord. Ik bes er, om heel eerlijk te zijn, vanuit gegaan dat hij weer een retorische vraag gesteld heeft maar geef snel antwoord om het verhaal niet teveel op te houden.

"Ja. Hij zat daarvoor toch op die blindenschool?

Dat heb je me al eens verteld".

Zijn blik laat me weer los. Kennelijk stelt mijn antwoord hem gerust.

"Ze ging een beetje uitdagend tegenover hem staan. Net buiten zijn bereik, deed ze langzaam haar hemdje wat omhoog.

Moet je rekenen, omdat mijn kamertje zo volgestouwd was, zal ze hooguit een halve meter bij hem vandaan gestaan hebben. Sjeffie boog iets voorover om onder de rand door te kunnen gluren, maar toen trok ze het hemd snel naar beneden.

Waar ze niet op gerekend had, was dat er nu aan de bovenkant inderdaad twee kleine tietjes boven het hemdje uit floepten. Ik had mijn zusje nog nooit bloot gezien en nu stond ze zo voor me".

Hij draait zich in mijn richting en buigt vertrouwelijk naar me toe.

"Rietje kon op het hysterische af, preuts lopen wezen. Zelf mijn vader riep ze altijd toe dat hij niet mocht niet kijken.

Als ze onder de douche ging moesten alle slaapkamer deuren gesloten worden. Ze deed daarin echt heel erg fanatiek, want normaal stonden die gewoon half open. Maar zij deed altijd eerst alle deuren omzichtig dicht en ging zich dan pas op haar kamertje uitkleden".

Met een zucht laat mijn vriend zich weer tegen de rugleuning zakken. Hij ziet de situaties zo te zien weer voor zich. Kennelijk kan hij nog steeds geen begrip opbrengen voor het gedrag van zijn jongere zusje.

Ik vraag of zijn ouder zus ook zo gefrustreerd deed.

"Nee hoor, die deed gewoon een handdoek om en liep dan zo naar de douche. Maar daar lette ik niet op. Niemand lette erop hoe we die drie stappen van onze kamer naar de badkamer liepen.

Zoiets doe je toch niet in een normaal gezin"?

Of mijn familie normaal genoemd kon worden wist ik niet, maar bij mij thuis letten we inderdaad niet op elkaar als we onder de douche gingen of ons aan het verkleden waren. Maar ik had het danook een stuk gemakkelijker dan mijn vriend natuurlijk. Bij mij hoefde ik alleen maar rekening te houden met mijn vader en moeder en of die nou erg veel belangstelling voor mij in mijn blote achterste hadden, kon ik me niet zo goed voorstellen.

"Sjeffie had het niet meteen door dat er 'wat' te zien was. Maar omdat ik blijkbaar geschrokken reageerde keek hij omhoog. In een flits stak hij zijn hand uit en pakte een van haar borstjes beet. Ik zag hoe hij met zijn duim en wijsvinger haar tepeltje begon te kneden en was vooral verbaasd dat ze het toeliet. Ze boog zich zelfs een beetje naar hem toe en bood hem dat bobbeltje min of meer aan".

Ik schiet in de lach.

Toen ik me de situatie voor probeerde te stellen had ik vooral een kinderspel voor ogen. Voor me zag ik het kleine meisje uit Joost z'n verhalen. Het was in mijn ogen nog min of meer een kleuter.

En dan die grote jongen met dat colbertje van die oude klassenfoto die haar zit te bepotelen. Zoals ik het voor me zag moest ik er opeens om lachen.

Joost kijkt me eerst verbaasd aan en schiet dan zelf ook in de lach.

"Een tijdje ervoor was Ria een keer mijn kamer op komen lopen. Ik stond toen net een schone onderbroek aan te trekken.

Het was 's morgens vroeg voordat ik naar school ging.

Ze klopte trouwens nooit. Liep altijd zomaar mijn kamer op. Ook als ik mijn deur dicht had gedaan. Ik stond daar dus in mijn blote kont en ze kon het niet laten om naar me te gaan staan kijken."

Hoe gênant Joost de situatie ondervonden moet hebben, kan ik me heel goed voorstellen. Dat hoeft hij niet duidelijker te maken door de intonatie die hij in zijn stem legt. Hij en ik zijn allebei tamelijk verlegen.

Na de gymnastieklessen op school waren er jongens die meteen alles uittrokken om onder de douche te gaan. Wij tweeën waren nooit zo van het 'lullenfeest', hoewel onze leraar er altijd nogal luchtig over deed. Het zou immers 'heel gewoon zijn' en hij benadrukte telkens dat 'we allemaal hetzelfde' waren. Zowel Joost als ik en waren niet de enigen in de klas die terughoudend deden. Er waren meer jongens als wij die liever in een van de aparte hokjes onder de douche gingen. We gingen dus niet in de grote ruimte met de sproeiers aan het plafond staan maar liepen liever door naar achterin de hoek, waar we ons veilig met een deur tussen onszelf en de klasgenoten af konden spoelen.

Als je tussen de andere jongens doorliep was overigens heel goed zichtbaar dat de gymleraar er vreselijk naast zat met zijn opmerkingen. Er waren jongens die een een lange hadden of het juist moesten doen met een korte of hele dikke. Dat er klasgenoten waren die onder die omstandigheden kennelijk opgewonden raakten, is toen nooit tot me doorgedrongen. Door de angst en kou bleef de mijne altijd bescheiden slap hangen.

"Ik liep dus zo snel mogelijk naar mijn kast om die schone onderbroek er uit te pakken. Maar ik moest toen wel langs haar heen lopen. Net of ze geschrokken was sprong ze achteruit, gaf een overdreven gilletje alsof ze aangevallen werd en vluchtte snel mijn kamer af. De deur liet ze daarbij natuurlijk gewoon wagenwijd open staan".

95

Joost drinkt een slokje koffie en zet z'n lege mok terug op de tafel.
"Dezelfde avond deed ze onder het eten heel kinderachtig. Ging ze op zo'n zeurderig toontje 'Joost heeft haartjes op zijn lul' zitten zingen".
We zijn nog niet helemaal uitgelachen van zijn vorige anekdote, maar Joost z'n lol wordt duidelijk wat bitterder. Naar mijn gevoel lacht hij niet meer zo van harte mee als even ervoor, al is het verhaal er natuurlijk niet minder hilarisch om. We zijn snel uitgelachen.
Joost gaat namelijk een beetje gejaagd verder met zijn verhaal.
"Dus Sjeffie zat aan mijn zusje d't tietjes te rommelen en ik zat daar op mijn eigen bed een beetje overbodig te wezen. Opeens begint ze weer over die haartjes op mijn lul en een beetje temerig vroeg ze of hij die ook had.
Nou dat hoefde ze geen tweede keer te vragen, want hij liet zijn broek al zakken voordat ze haar vraag helemaal had uitgesproken. Hij wilde meteen weten of er bij haar ook al 'haar op zat'.
Ria wilde het wel aan hem laten zien, maar dan moest ik ook m'n broek laten zakken. Ze wilde dat Sjeffie zou aangeven wie er 'het meeste' had".
Ik probeer me nogmaals een voorstelling van de situatie te maken.
Het lukt me niet, ik vind het te bizar en kan er ook het belachelijke niet meer van inzien. Ik ben trouwens bang dat ik mijn vriend beledig als ik door zou gaan met lachen.
"Ze drongen erg aan en ik kon niet weglopen, omdat zij met haar rug tegen de deur was gaan staan. Die had ze namelijk toen Sjeffie haar had beetgepakt, snel met haar voet dicht geduwd. Ik stribbelde tegen door te zeggen dat ik daar geen zin in had.
Ze vonden me een 'spelbreker' en ik zou geen 'echte vriend' zijn als ik niet meedeed. Ik hoefde ze 'alleen maar even te laten kijken.'
Om de een of andere onverklaarbare reden had ik intussen ook een stijve gekregen en die heb ik door mijn gulp tevoorschijn gehaald.
Maar dat was niet genoeg. Zij zou haar broekje pas laten zakken als ik de mijne uit deed. Volgens mij hadden we onze pyjama's aan. Het was dus niet zo'n kunststuk geweest dat Sjeffie zijn zakie meteen gereed had voor de tentoonstelling".
Dat mijn vriend te chanteren zou zijn op zijn integriteit was door zijn zusje en die vriend kennelijk heel goed ingezien. Voor mij is hij altijd de meest loyale persoon geweest die ik ooit heb leren kennen. Hem op die manier aanspreken was in feite een slag onder de gordel.
De woordspeling is onopzettelijk.

"Daar zaten Sjeffie en ik dus allebei met onze broek omlaag. Allebei met een erectie. Toen liet zij haar broekje ook een beetje zakken.
Precies tot aan de bovenkant van haar dijen. Ze schoof 'm langzaam omlaag. Maar toen ze eenmaal vond dat ie ver genoeg naar beneden was geweest trok ze 'm snel weer terug omhoog. Ze deed haar hemdje weer goed, pakte met haar andere hand het wasgoed van het bureautje en liep snel mijn kamer af. De deur liet ze open staan, zodat wij ons snel ook weer bedekten. Mijn moeder was immers beneden".
Weer neemt hij even een pauze. Klaarblijkelijk wil hij zijn verhaal op me in laten werken. Ik maak er uit op dat ik zijn schaamte moet begrijpen. Dat doe ik.
"Ik kan me nog goed herinneren dat ik Sjeffie niet aan durfde te kijken. Hij had er trouwens minder moeite mee.
Toen ie zijn broek weer had opgehesen, ging hij weer gewoon liggen lezen. Zonder een opmerking of wat dan ook, pakte hij zijn boek op en ging verder waar hij voordat Ria binnen was gekomen gebleven was. Voor hem was het kennelijk de gewoonste zaak van de wereld. Het zal alles bij elkaar hooguit een paar tellen geduurd hebben. Maar ik zat er mee. Mijn zusje kennend vroeg ik me af wat Ria er nu weer achteraan zou verzinnen".
Ik stel voor om een paar boterhammen te gaan maken. Het is intussen de hoogste tijd om te gaan lunchen. Ik heb trek.
Joost reageert niet op mijn voorstel. Zoals wel vaker zit hij in gedachten verzonken voor zich uit te kijken en heeft me waarschijnlijk niet eens gehoord. Ik aarzel, moet ik het nog een keer vragen?
"De volgende dag zouden we weer gaan schaatsen. Nadat Ria weg was gegaan hebben Sjeffie en ik nog even wat stripboeken liggen lezen.
Toen zijn we gaan slapen. Ik geloof niet dat we nog tegen elkaar gesproken hebben. Sowieso niet over het voorvalletje van even ervoor. Daar ben ik zeker van".
Ik sta op en loop naar de keuken. Joost heeft wel trek in een tosti roept hij me achterna, klaarblijkelijk heeft hij me toch verstaan. Ik maak er een voor 'm klaar. Voor mezelf maak ik een paar boterhammen met een plak ham en erover een gebakken eitje.
Joost wil dat niet, de tosti is voor hem meer dan genoeg. Hij zegt geen zin te hebben in een 'strammer Max'. Ik heb intussen al aan de brood voorraad en de afwas gezien dat hij tijdens mijn afwezigheid wat te ontbijten heeft gemaakt. Omdat ik trek heb in verse koffie pik ik de kan op van de tafel als ik Joost zijn bestelde tosti aanreik.

Hij begint 'm gelijk op te eten. Hij heeft een tijdschrift gepakt waarin hij zit te bladeren. "Ja, hij lustte ook nog wel een vers bakkie".

Als ik de gebakken eieren over de boterhammen heb laten glijden loop ik met het bord weer terug naar mijn kamer. Ik neem plaats aan de tafel. Het duurt even voordat ik mijn uitsmijter op heb. Voor de zekerheid heb ik er bovenop een plak kaas laten smelten en er nog een doorgesneden tomaat op gedaan. Intussen loopt de koffie door.

Even later, toen ik terug in de kamer kwam scheen de zon al weer uitbundig over de tafel. Ik had de borden op het aanrecht gezet en de koffiekan van het apparaat opgepakt.

Joost is met zijn rug naar het raam tegen de armleuning van de bank aan gaan zitten. Zijn benen liggen gestrekt over de kussens. Als hij zo blijft zitten schijnt straks de volle zon in zijn rug. Ik loop nog een keer terug naar de keuken voor schone kopjes.

Weer terug zie ik hoe hij nog steeds in het tijdschrift zit te lezen. Hij laat het tegen zijn intussen opgetrokken knieën aan rusten.

Ik zet zijn volle kop binnen handbereik op de rand van de tafel en laat me in mijn leunstoel zakken. Gedurende de hele procedure hebben we geen woord gewisseld. Dat was niet nodig.

"Als ik het goed begrijp, had die Sjeffie vroeger toch op een kostschool gezeten"?

Joost knikt van ja. Over het tijdschrift heen kijkt hij me aan.

"Hoezo vraag je dat"?

Ik meen altijd begrepen te hebben dat er op kostscholen wat minder privacy heerst. Dat de leerlingen er op slaapzalen liggen en hierdoor veel met elkaar geconfronteerd worden. Een beetje zoals we dat in de verhalen over allerlei Engelse kostscholen geleerd hebben. Ik spreek de veronderstelling uit dat ik ervan uitga dat Sjeffie daarom zo gemakkelijk z'n broek kan laten zakken.

Joost is het niet met me eens.

"Die Sjeffiedewoerd was gewoon oversekst. Net zoals zijn vader had ie het er altijd over. Hij kon bijvoorbeeld nooit eens een gewone mop vertellen. Ze gingen bij hem meestal over hoeren of kerels die naar de hoeren toe gingen. Of er geweest waren.

Het leek wel of dat de meest interessante bezigheid was waar een mens en vooral mannen zich mee bezig konden houden. Echt, altijd verhalen over een 'stijve hebben' en waar je 'hem' allemaal in kon stoppen.

Grapjes over hoe je een hoer aan het klagen kreeg bijvoorbeeld.

En eindeloze verhalen over klaarkomen natuurlijk".

Mijn vriend kijkt me met een gelaten blik aan. "Het was een obsessie, ik zweer het je".

Ik ken het grapje over die klagend hoer niet, kan me er ook geen voorstelling van maken dat er meerdere zouden zijn.

"Zit je nou te overdrijven"?

Hij neemt net een slokje koffie en kijkt me over de rand van het kopje een beetje meewarig aan. Dat zegt me genoeg.

Kennelijk overdrijft hij dus niet. Ik besluit dat ik niet erg veel gemist heb aan de persoon Sjeffie. Al hebben we toch precies een jaar op dezelfde school gezeten, ik kan me hem niet herinneren. Ook de rest van de familie de Woerd lijkt me, afgaande op wat mijn vriend me zojuist verteld heeft, niet de moeite waard. Toch wil ik belangstelling tonen.

"Was de familie de Woerd gisteren ook op het huwelijk van je zusje?"

Mijn vriend neemt niet de moeite om een antwoord te geven. Hij bekijkt me weer op dezelfde manier als zoeven.

Over de rand van zijn kopje zit hij naar me kijken. De vraag is natuurlijk nogal dom, realiseer ik me. Het zijn de beste vrienden van zijn ouders. Die horen er bij alle belangrijke familie gebeurtenissen vanzelfsprekend als vanouds bij.

"En die Sjeffie"?

"Nee die was er niet. Die woont nu in Zoetermeer met zijn vrouw en dochtertje. Hij kon geloof ik niet vanwege zijn werk ofzo".

Joost wil toch graag nog een tosti. Hij staat op om er een te gaan maken in de keuken. Nadat hij weer terugkomt is zijn plekje op de bank intussen veel te warm geworden om er nog op te kunnen zitten. Hij neemt dus op het stoeltje dat bij mijn bureau staat, plaats. Die is nogal wat hoger dan mijn zetel natuurlijk, daardoor kijkt hij een beetje op me neer. Joost heeft de tosti op een bordje gedaan en zit er nu voorzichtig van te genieten. Het duurt hem blijkbaar te lang om 'm even af te laten koelen. Een beetje smakkend met zijn mond half open vanwege de hete hap die hij er in heeft gestoken, gaat hij verder.

"De volgende avond waren mijn ouders gaan kaarten. Er was niks leuks op de tv, dus we verveelden ons een beetje bij ons in de huiskamer. We hadden er geen zin in om te gaan kaarten of om een spelletje te doen".

Ik ken dat soort avonden. Bij mij thuis verbaasden we ons er altijd over hoe het mogelijk was om op twee verschillende netten helemaal niets interessants uit te zenden.

"Ria had onder het eten de hele tijd zitten zeuren. Ze lustte iets weer eens niet. Haar toetje was ook veel kleiner geweest dan die van mijn zus en mij. Ze had zich er zoals gewoonlijk over beklaagd dat 'Ze altijd de kleinste kreeg' en 'telkens het laatste aan de beurt was'.

Mijn oudste zus was, gelijk na het eten naar haar vriend gegaan".

De hete tosti laat Joost even op het bordje rusten. Hij doet het zeuren van zijn zusje overtuigend na. Het klinkt niet alsof het er aan tafel gezelliger op is geworden.

"Sjeffie, Ria en ik zaten ons te vervelen in de huiskamer. Ik kan me goed herinneren dat we die dag trouwens niet meer waren gaan schaatsen. Volgens mij omdat het dooide.

Voor zover ik weet was daarom 's middags de ijsbaan dicht gegaan.

De kantine hadden ze in ieder geval al gesloten".

Als ik mij thuis verveelde dan had mijn moeder altijd de dooddoener dat ik even 'in de kast moest kijken'. Onderin stond een grote doos met 'dingen die nog uitgezocht moesten worden'. Het was hierdoor onmogelijk dat ik me ooit stierlijk kon vervelen. Mijn moeder haalde gewoon de doos tevoorschijn en pikte er een taak uit. Daar durfde of kon ik dan niet tegenin gaan, want ik had dan immers net verteld dat ik verder niks wist om te gaan doen.

Bij de situatie die mijn vriend hier probeert te beschrijven kan ik mij niet zoveel voorstellen. Hij heeft dat blijkbaar door, want gooit zijn verhaal over een andere boeg.

"Op zondagmiddag gingen we meestal met mijn vader in de auto een stukje rijden. Vanwege de gladheid hadden we dat die dag dus niet gedaan. We waren alleen 's morgens nog even aan de overkant geweest. Maar toen was het ijs dus opeens te zacht geworden".

In de grote doos die bij ons thuis onderin de kast stond, zat van alles en nog wat. Snuisterijen die mijn moeder in een winkel ergens bij had ontvangen, als merchandise, nog helemaal komplete puzzels die ze ergens bij had gekregen. Van die kleine spelletjes waarbij je door de schijfjes te verschuiven een spreuk kreeg bijvoorbeeld. Verder diverse pakjes met foto's en gespaarde plaatjes die nog eens uitgezocht en ingeplakt moesten worden. Meestal zat er ook een album bij, dus mijn moeder en ik konden altijd gelijk aan de slag.

Tenminste we begonnen er aan, maar deden na verloop van tijd alles weer terug in de doos. 'Voor een volgende keer' zei mijn moeder dan altijd. Vandaar de we het altijd over de 'voor een volgende keer doos' hadden als eufemisme voor vervelen.

Joost is even opgestaan om zijn mok met koffie van de tafel op te pakken en loopt ermee terug naar de stoel.

"Ria ging na verloop van tijd naar boven. Naar haar kamertje 'om huiswerk' te gaan maken. Terwijl het midden in de vakantie was en ze normaal nooit huiswerk hoefde te maken voor de school waar ze op zat. Ze wilde gewoon weer eens 'interessant' doen".

De laatste toevoeging slaakt hij met een diepe zucht, gelijk als hij weer op de harde stoel gaat zitten. Hoewel ik het verhaal rond zijn oversekste vriend en zusje op dat moment wel door begin te krijgen, lijkt het me dat het mijn vriend enorm oplucht als hij er over kan vertellen. Echt interessant vind ik het eigenlijk niet, het is eerder erg persoonlijk en dat bezwaart me een beetje.

Die ochtend heb ik het laatste college in een lange reeks over 'inzichten' gehad. Omdat ik de stof tamelijk ingewikkeld vind, is de les uitermate inspannend geworden. Ik heb er voornamelijk zin in om me te ontspannen. Even rustig een tijdschrift doorbladeren en er een elpee bij opzetten. Het leek me ideaal toen ik binnenkwam.

"We hadden in de huiskamer thuis een boekenkast staan. Er stonden een paar woordenboeken, een driedelige encyclopedie en wat ander boeken over de natuur in. Er werd bij mij thuis niet zoveel gelezen.

Mijn vader vond boeken duur en ik heb je weleens verteld dat hij niet van verspilling hield".

Dat wist ik niet, maar neem het bij deze gewillig van hem aan. Ook bij mij thuis hadden we niet zoveel boeken. Alleen een paar over stoom machines, enorme gemalen en locomotieven. Verder twee over scheepswerven omdat mijn vader daar belangstelling voor had. Als ik een boek wilde lezen moest ik dat op de bibliotheek halen. Maar dat was bij Joost vroeger ook zo, weet ik.

We gingen tenslotte regelmatig samen na school naar de bieb.

"Het mooiste dat er in de kast stond was een serie boekjes over de natuur. Het waren er drie of vier, dat weet ik niet meer. Er stonden van die Jetse en Itses achtige plaatjes in en ze gingen over het leven in de sloot, tussen het gras van een weiland en dergelijke. Het mooiste ervan vond ik de opdracht die mijn moeder er in een ervan had geschreven.

Ik weet niet meer in welke, maar ze had daar in haar mooiste handschrift 'voor mijn man' ingeschreven. Ze waren toen nog niet getrouwd want er staat 'lente 1940' onder. Ze zijn na de oorlog pas echt in het huwelijk getreden. Die boekjes moet ze dat jaar, nog voor de inval van de Duitsers dus, voor hem gekocht hebben.

Ik ga ervan uit dat ze net afgesproken hadden om dat jaar te gaan trouwen en dat mijn vader haar net ten huwelijk had gevraagd en dat ze met die opdracht voorin zoiets als haar jawoord heeft gegeven".

Joost vertelt me dit met een soort tederheid die ik niet van hem herken. Als hij over zijn ouders spreekt of zijn jeugd ter sprake komt doet hij meestal nogal bitter. Nu laat hij een stilte vallen en kijkt even peinzend voor zich uit. Na een paar tellen herneemt hij zich en verzucht.

"Alleen is die oorlog daar dus nog tussen gekomen".

Mijn ouders zijn een stuk jonger dan die van Joost. Zij hebben elkaar pas in 1948, toen ze allebei een jaar of negentien waren leren kennen. Daarom hebben hebben ze niet net zoals die van hem, hoeven wachten met trouwen totdat de bezetter weer verdreven was. Overigens heb ik van meer leeftijdgenoten gehoord dat hun ouders om diezelfde reden hun trouwdag hadden uitgesteld. Veel studenten uit die tijd hebben ook met afstuderen moeten wachten, al kwam dat ook omdat de universiteit het grootste deel van de oorlog gesloten was.

En het onderduiken heeft er waarschijnlijk ook een rol in gespeeld.

"Sjeffie en ik zaten in die boekjes te bladeren. Hij natuurlijk met zijn bril omhoog en de plaatjes op hooguit 5 centimeter van het oog waarmee hij nog wat kon zien".

Joost pakt het tijdschrift dat hij op tafel heeft gelegd op en houdt het heel dicht bij zijn gezicht om me te laten zien hoe zijn vriend in de boekjes heeft moeten kijken. Hij houdt er zijn neus zowat bij tegen de nietjes in de vouw van het midden, aan gedrukt. Weer krijgt hij die tedere toon in zijn stem. Alsof hij eigenlijk toch een beetje medelijden met die Sjeffie heeft.

"Kijk, wij hadden die platen op school in het groot aan de muur hangen, maar die kon hij natuurlijk niet goed bekijken. Hoewel de afbeeldingen in het boek veel kleiner waren, was daarop voor hem op zijn manier van kijken wel wat meer op te maken".

Om deze verklaring aan zijn verhaal toe voegen draait hij zich een beetje naar mij toe. Hij kijkt me doordringend aan, alsof hij wil controleren of ik wel goed begrijp wat hij vertelt. Of ik me terdege bewust ben van de handicap van Sjeffie. Hij is ervoor naar voren op de stoel gaan zitten. Voorzichtig, een beetje eerbiedig lijkt het wel, legt hij het tijdschrift weer terug op tafel.

Ik ken inderdaad de muurplaten waar hij op doelt. Op de lagere school hingen die in vrijwel alle lokalen en op de gang aan de muur. Aquarellen met voorstellingen uit de geschiedenisles of inderdaad de natuur. Alleen bij de meester van de vierde klas hadden de platen meer te maken gehad met heiligen en martelaren.

"Zoals zoveel dingen zijn die boekjes later naar de familie de Woerd verhuisd".

Joost laat zich weer achteruit tegen de rugleuning zakken. De laatste opmerking maakt hij meer voor zichzelf dan voor mij, als een soort verzuchting, een beetje bitter. Het komt me voor dat de tedere toon weer plaats heeft moeten maken voor cynisme.

"Volgens mijn moeder 'deden wij er toch niets mee'.

Omdat Sjeffie ze zo mooi vond mocht hij ze hebben. Terwijl ze ze als een soort huwelijkscadeau voor mijn vader had gekocht. Het deed er niet toe, de familie de Woerd ging bij ons thuis boven alles".

Hij is onder het praten weer een beetje rechtop gaan zitten. Hij lijkt me fel, opgewonden, misschien zelfs een beetje boos. Gelaten laat hij zich even later weer terug tegen de leuning zakken.

"Wij vonden die boekjes natuurlijk ook leuk, maar dat telde niet, ze had ze weg gegeven. We moesten niet zo inhalig doen.

We konden Sjeffie 'best ook eens wat gunnen'. Alsof we hem ooit iets te kort deden".

Hij schampert de opmerking en schuift nogmaals over de zitting naar voren. Indringend kijkt hij me weer aan.

"Hij zorgde er zelf altijd wel voor dat ie aan zijn trekken kwam.

Ik weet niet of het kwam door zijn handicap of zoals je zegt die kostschool, maar kortzichtig was ie zeker wel".

Joost moet grinniken om zijn eigen grapje.

Mijn vriend kan zich kennelijk nog steeds opwinden over de invloed die er vanuit de familie de Woerd op hun gezin is uitgeoefend. Uit de toon waarop hij zijn verhaal doet, komt in ieder geval een sterk gevoel van verongelijktheid naar voren. Joost moet zich erdoor achtergesteld gevoeld hebben.

"Zo heeft ze bijvoorbeeld ook eens een paar van mijn stripboeken aan ome Anton uitgeleend. Een aantal boeken van Marten Toonder.

Ik weet het nog precies. Twee delen Tom Poes en een serie van drie verhalen over Kappie.

En zonder het me eerst te vragen hoor, gewoon aan hem meegegeven omdat ie geen tijd had om ze bij ons thuis uit te lezen".

Joost maakt zich daar nog steeds boos over. Weer kijkt hij me met dezelfde doordringende blik aan. Met zijn linkerhand wijst hij naar de plank waarop mijn stripalbums bij elkaar staan om aan te geven dat ik zijn gemis waarschijnlijk wel kan begrijpen.

"Die paar originele Kappies van mij zijn door hem later gewoon bij het oud papier gezet hoor. 'Omdat we ze toch al uit hadden' deden ze er niet meer toe. Het is me geeneens gevraagd of ik ze al gelezen had en het kwam niet bij ze op dat je er later nog eens naar zou willen kijken".

Het onbegrip over zulke barbaarsheid straalt nog steeds van hem af.

"Die mensen gaven echt helemaal niks om boeken. Al ging het dan in dit geval om stripverhalen, ze waren wel van mij.

Ik had ze gespaard en was ze aan het lezen. Daarom lagen ze in de huiskamer en had ome Anton ze kunnen pakken.

Nooit heb ik ze meer terug gezien".

Alle lettergrepen een voor een duidelijk articulerend, maakt mijn vriend de laatste opmerking. Nog steeds duidelijk verontwaardigd.

Het is inderdaad onbegrijpelijk. Ik voel met mijn vriend mee, maar daar komen zijn boeken niet meer mee terug natuurlijk.

Onder de opwinding van het vertellen is hij weer wat voorover gekomen, maar na het voltooien van de anekdote laat hij zich weer achterover zakken. Half tegen de rug van de stoel en half tegen de rand van mijn bureau blijft hij even in gedachten verzonken zitten.

Ik had in die tijd al een aardige verzameling stripverhalen opgebouwd. Nog geen honderden, maar toch al ruim anderhalve plank van mijn boekenkast vol. Daarom kon ik me in zijn 'verlies' verplaatsen. Opeens kijkt hij me aan, hij had zichzelf hernomen, richt zich weer op.

"Ik was de eerste die haar opmerkte. Ria had haar nachtjapon aangetrokken en stond in de achterkamer naar ons te kijken. Ze was weer eens op jacht, dat was duidelijk.

Ik had even ervoor voor Sjeffie en mij een zak pinda's uit de kast onder de trap gepakt. Op tafel, tussen ons in, stond een bijna volle fles cola. Sjeffie was daar namelijk gek op. Daarom hadden we er dus altijd een paar flessen van in huis.

'Voor als hij kwam', 'dan was er wat te drinken in huis' en 'neem er nou niet teveel van want dan is er niks meer als Sjeffie komt' zei mijn moeder altijd".

Met een raar stemmetje benadrukt hij de situatie. Door er een belachelijke voorstelling van te maken wil hij kennelijk zijn afkeer aangeven. Het is mij niet duidelijk waarom mijn vriend opeens zo boos en negatief doet over zijn moeder.

Hij heeft het nu toch over zijn eigen gedrag tegenover zijn vriend?

Ik heb kennelijk gemist in hoeverre daar 'een opdracht' van haar tegenover stond of van was uitgegaan. Voor zover ik begrijp had hij er zelf ook profijt van dat hij samen met die Sjeffie cola kon drinken en vrijelijk mocht beschikken over voldoende hartigheid zoals die pinda's. Bij mij thuis behoorden dingen zoals frisdrank en zoutjes bij de extra's, ze waren voorbehouden aan 'speciale gelegenheden' zoals verjaardagen en de feestdagen. Of eens een 'speciaal weekend' zoals aan het eind van de vakantie.

Nog steeds boos schampert hij.

"Het kwam niet bij mijn moeder op dat wij het misschien ook lekker zouden kunnen vinden".

Weer laat hij zich tegen de leuning zakken, berustend. Ik wil mijn vriend opvrolijken. Zoals hij het nu zit te vertellen wordt zijn verhaal nogal negatief en ik wil hem aan het lachen maken. Al weet ik even vlug niet iets leuks of een grapje te bedenken.

"Ze kwam naar ons toe, pakte de colafles van tafel en griste de zak pinda's er ook vanaf. 'Dat lust ik ook'!

Ze verdween ermee naar de gang en we konden horen hoe ze, demonstratief luid stommelend, de trap op ging".

Hij kijkt me even kort aan. Alsof hij nogmaals wil controleren of ik wel op zit te letten.

"Die zak pinda's daar was pas een klein bakje uit hoor, hij moest dus nog voor meer dan de helft vol zitten.

Mijn moeder kocht meestal de voordeel verpakkingen, dus het kan niet anders dan dat er nog veel meer dan nog zo'n bakje in zat. Hoe ze dus dacht dat ze weer eens tekort werd gedaan was me niet duidelijk.

Zij was maar in haar eentje en wij waren met z'n tweeën. Sjeffie en ik begrepen denk ik allebei niet waarom ze niet bij ons was komen zitten. Al moet ik toegeven dat ik nagelaten had haar even te roepen toen ik even ervoor 'het lekkers' tevoorschijn had gehaald".

Hij glimlacht, kennelijk schiet hem iets leuks te binnen.

Omdat de zon er niet meer direct op schijnt is Joost opgestaan van mijn harde bureaustoel en weer op de bank gaan zitten. Niet meer op zijn oude plekje tegen de armleuning, dwars tegenover me en met zijn voeten op de kussens, maar aan mijn kant, gewoon op de zitting en met zijn voeten op de vloer.

Comfortabel zit hij er weer achterover geleund. Ik vind dat dat zo maar even moet blijven, kennelijk ontspant hij zich weer een beetje.

105

Ik probeer me een beeld te vormen van het gezinsleven zoals zich dat bij hem thuis klaarblijkelijk voltrok. Hoe hij met zijn zusje op voet van oorlog leefde, ken ik niet omdat ik zelf nooit leeftijdgenoten of andere gezinsleden buiten mijn ouders in huis heb gehad. Ik mis de ervaring met kinderachtig kibbelen en ruziemaken volledig. Ondanks de beschrijvingen die Joost me er zojuist van heeft gegeven, kan ik mij er daarom nauwelijks iets bij voorstellen. Ik ben daarnaast nooit veel bij vrienden of kennissen thuis geweest.

Tijdens de middelbare school kwamen vrienden meestal bij mij of ik kon me in al mijn verlegenheid afzijdig houden. De enkele keer dat ik eens ergens te gast was, was daarom meestal in verband met een bijzondere gebeurtenis zoals een verjaardag of het slagen voor een examen. Ik kende de gangbare kant van een heleboel gezinszaken dus alleen vanuit mijn eigen ervaring. Die is natuurlijk niet zo uitgebreid en dus beperkt tot eens een waarneming van langs de zijlijn.

In de afgelopen jaren heb ik er wel eens met hem over gesproken dat hij met zijn oudere zus nooit een goed kontakt heeft weten op te bouwen. Hij is onmiskenbaar trots op haar, maar zij en haar man zagen hem in zijn beleving niet staan. Ik heb gemerkt dat het hem wel eens stak. Ze is weliswaar vijf jaar ouder dan hij, maar onmiskenbaar spreekt Joost altijd met meer genegenheid over haar dan dat hij ooit over zijn kleine zusje Ria of de andere gezinsleden van zijn ouderlijk huis deed. De conclusie lag voor de hand dat hij niet met zijn oudere zus in kontakt kon komen omdat ze zich daar kennelijk te oud of volwassen voor voelde en afgaande op zijn opmerkingen, ging hun moeder wel heel erg nauw met haar om. Zo werden Joost en zijn zusje blijkbaar buitengesloten. In een vertrouwelijke bui heeft hij me eens verteld dat zijn moeder in haar oudste meer een zuster of vriendin dan een dochter zag.

Dat hij gedurende onze middelbare schooltijd noch met zijn vader of moeder heeft kunnen communiceren, leek me samen te hangen met de puberteit. Voor vrijwel al onze klasgenoten gold immers hetzelfde.

Mijn ouders bijvoorbeeld waren gedurende de hele derde en het overgrote deel van vierde klas te 'stom om voor de duvel te dansen'. Ze stapelden namelijk fout op fout en begrepen 'geen donder' van wat er in de wereld speelde. Mijn wereld, maar dat zag ik toen niet.

Muziek begrepen ze niet en dat alle rotzooi op aarde door hun generatie veroorzaakt werd, drong ook al niet tot ze door. Altijd dat eeuwige gezever over de tweede wereld oorlog moest ook maar eens afgelopen zijn. Die was toch voorbij? Er was al lang weer een nieuwe aan de hand, om nog te zwijgen van het ijzeren gordijn en de angst voor een atoombom.

Tijdens het eindexamen jaar draaide dat een beetje bij, maar Joost heeft het er ook in zijn studententijd, toen die puber perikelen allang voorbij hadden moeten zijn, nog lange tijd over gehad. Maar het vreemdst vond ik alle mensen die bij hem thuis over de vloer kwamen en er kennelijk erg veel in de melk te brokkelen hadden. Ik heb me wel eens afgevraagd of dat allemaal echt zo was. Zou het kunnen dat al die 'toestanden' alleen maar in zijn hoofd plaats vonden?

Had hij thuis eigenlijk niet een gezinsleven, zoals dat er overal aan toe gaat?

Zijn ruzies en onenigheden niet in alle gezinnen aan de orde?

Of maakte hij dat er zelf van?

Ik kijk naar mijn vriend. Hij zit achteruit geleund op de bank. Op het oog lijkt hij terneergeslagen, misschien is hij zelfs verward. Zit hij eigenlijk niet vreselijk te overdrijven over de toestand thuis?

Maar ik ken Joost niet als iemand die zaken verzint of zich aan zelfbeklag overgeeft. Hij doet nooit iets om zichzelf te vergroten of belangrijk te maken. In alle jaren die ik met hem heb opgetrokken, wist ik hem nooit te betrappen op sterke verhalen of overdrijvingen.

Juist niet eigenlijk. Als Joost een verslag ergens van doet kloppen de feiten altijd exact. Dat was op school al zo.

Je kunt van hem beter zeggen dat hij zichzelf in het kader van zijn perfectionisme en eerlijkheid, eerder zal onder- dan overschatten. Dat is het beeld dat ik ook toen in Utrecht, op mijn studentenkamer, al van mijn vriend had.

Ik zie en zag geen reden om het anders op te vatten.

Uit het verslag dat hij hiervoor over de gebeurtenissen heeft gegeven, begrijp ik dat gevoelsmatig zijn zusje een slag gewonnen had in de voortdurende strijd die ze met hem voerde. Ik weet niet hoe ik de stilte moest verbreken. Mijn vriend zit zijn hart te luchten. De belevenissen van de dag ervoor gedurende het huwelijk van zijn zusje vormen waarschijnlijk hiervoor de 'trigger'.

Het doet me pijn om hem zo verdrietig, verslagen te zien, maar ik weet niet hoe ik hem op kan vrolijken. En of dat verstandig is?

"Sjeffie had al snel daarna zijn glas leeg. De pinda's waren namelijk erg zout en daar kreeg je dus flinke dorst van".

Ik stel dat dat ook de bedoeling is van zoutjes, maar hij hoort het niet. Of wil er niet op ingaan.

"Hij legde zijn boekje dus neer en stond op.

Ik ging ervan uit dat hij naar de wc moest, maar hoorde hem even later de trap op gaan. Daar maakte ik uit op dat hij de cola en pinda's weer terug ging halen".

Hij slaakt een diepe zucht, kijkt gespannen langs me recht voor zich uit. Het lijkt wel of hij in trance en me vergeten is. Kennelijk moet hij zijn verhaal afmaken. Ik wil hem niet onderbreken en zwijg.

"Sjeffiedewoerd kende de omstandigheden bij ons thuis natuurlijk erg goed. Hij wist dus dat Ria er altijd op uit was om ruzie te zoeken.

Omdat hij zowat een gezinslid was moest hij weten dat ze zich ten allen tijde tekort gedaan voelde. Of het nou onder het eten was of op andere momenten, altijd weer zocht ze de confrontatie op.

Nu hij dus een tegenzet ging doen leek het me alleen maar makkelijk.

Ik bleef dus rustig verder lezen. Mijn glas was nog lang niet leeg. Voor mij was er dus geen aanleiding om haar te lijf te gaan.

Het voordeel was natuurlijk dat ik me de volgende dag niet bij mijn moeder hoefde te verdedigen als zij haar beklag ging doen. Dagelijks deed ze immers verslag van het vreselijke onrecht dat haar op wat voor manier dan ook door ons was aangedaan".

Ik probeer me er een voorstelling bij te maken. Het lijkt me ongezellig om in zo'n gespannen sfeer met elkaar te verkeren.

Zou het er werkelijk zo aan toe gegaan zijn bij hem thuis?

Ik vertrouw mijn vriend volledig, maar heb er de nodige moeite mee om me te verplaatsen in zijn beschrijving.

"Als Sjeffie iets uithaalde werd het sowieso altijd 'anders' beoordeeld dan wanneer ik wat deed. Dat heb ik je al eens verteld".

Ik brom een bevestiging, ben nog met mijn gedachten bezig.

Wij hadden thuis ook weleens ruzie en zeker in de puberteit moet het voor mijn ouders weleens ongezellig geweest zijn. Maar bij ons thuis was er altijd wel iemand, mijn moeder, mijn vader of ikzelf die voor de 'lieve vrede' zijn ongelijk erkende. Soms een paar dagen later pas, maar in de tussentijd gingen we nog wel op een gewone manier met elkaar om. Bij ons thuis dus wel.

Joost zit nog altijd voor zich uit te kijken. Hoewel het te vroeg is om naar de Chinees te gaan voor de beloofde maaltijd en we zoals gezegd ook geen boodschappen hoeven te doen, zoek ik naar een reden om naar buiten te gaan. Ik wil weg van mijn kamer en hoop Joost op te laten houden met zijn verhaal. Het vertellen maakte hem steeds bitterder en ik zie hem toch liever vrolijk. Dan is hij op z'n best en kan je met hem lachen. Nu hij zo diep in zichzelf verzonken zit gaat dat helaas niet. Ik voel me er ongemakkelijk onder, weet niet hoe ik mezelf er een houding moet geven. Daarnaast vind ik het wel heel erg persoonlijk worden allemaal.

Ik verdeel het restje, nog redelijk warme koffie over de twee kopjes. Er is voor ons allebei nog een 'Haags bakkie' over. Genoeg voor het moment en geen reden om nog een verse pot te gaan zetten. Joost bedankt me, komt overeind en pakt zijn kopje op. Hij blijft nog even op de rand van de bank zitten.

"Het zal intussen tegen tienen gelopen hebben en Sjeffiedewoerd was al meer dan anderhalve bladzijde boven. Ik wilde intussen ook een nieuw glas cola. En ik lustte ook nog wel een beetje pinda's.

Dus ik liep nieuwsgierig de trap op om te kijken waar hij bleef.

Doordat het boven zo stil was sloop ik bijna. De deur van haar kamertje stond tegen haar gewoonte in halfopen. Ik hoorde er geluiden vandaan komen en maakt eruit op dat Sjeffie bij haar was. Het klonk niet alsof ze ruzie aan het maken waren. Dat viel me op, alhoewel Sjeffie en zij meestal goed met elkaar om konden gaan.

Ik was nog niet eens helemaal boven aan de trap toen ik al zag dat Ria met haar hoofd op het voeten eind van haar bed lag. Dat was een nogal vreemde houding natuurlijk. Het viel me ook op dat ze haar linker been helemaal opgetrokken tegen de muur aan hield. Ik wist niet wat ik zag of te zien zou krijgen als ik verder ging en bleef zonder een geluid te maken staan aarzelen. Ik hoorde ze met elkaar fluisteren. Alleen kon ik niet verstaan waarover".

Hij leegt zijn kopje en gaat weer tegen de leuning aan zitten.

"Ik stond dus een beetje voorover gebogen bijna boven aan de trap en stapte voorzichtig een treetje hoger om te kunnen zien wat ze deden.

Toen zag ik hoe Ria met haar benen wagenwijd gespreid verkeerd om op haar bed lag. Sjeffiedewoerd zat voor mij maar half zichtbaar naast haar bed op de grond. Hij bestudeerde nauwkeurig haar 'onderkant'. Net zoals hij een boekje las, dus hij zat met zijn snuit helemaal tussen haar dijen, dicht in haar kruis".

Om te illustreren wat hij gezien heeft, pakt hij het tijdschrift weer van de tafel op. Hij slaat het blad open ergens bij de middenpagina en houdt 'm heel dicht bij zijn neus. Alsof hij aan de nietjes ruikt. Daarna kijkt hij naar me op. Hij ziet dat ik begrijp wat hij gezien heeft en legt het blad weer terug op de tafel, precies op de hoek, netjes dichtgeslagen met de rug exact langs de rand.

"Ik kon zien hoe ze haar nachtjapon had opgetrokken tot onder haar kin. Toen ik me wat uitrekte zag ik het onderbroekje om haar linker enkel had hangen.

Eigenlijk had ik genoeg gezien. Ik wou er niks mee te maken hebben. Heel stil ben ik weer de trap afgeslopen".

"Waarom heb je niet van onderaan de trap geroepen waar Sjeffie bleef?

Dat was toch wel zo gemakkelijk geweest"?

Ik veronderstelde dat er ook bij hem in het gezin ook wel eens roepend naar elkaar, werd gecommuniceerd. Bij mij thuis had dat altijd perfect gewerkt. Mijn moeder stond regelmatig onderaan de trap om mij of mijn vader iets te vragen. Helemaal de trap op en neer lopen duurde immers veel langer dan even haar vraagje naar boven te roepen.

Wij hoefden dan ook niet van de kamer te komen en antwoordden gewoon vanuit ons bed of stoel. We konden dan gewoon doorgaan met wat we aan het doen waren. Mijn vader lag dan bijvoorbeeld te rusten of ik zat aan mijn huiswerk.

Ook na de geboorte van mijn kleine broertje zijn we ermee doorgegaan. Alleen riepen we wat minder luid als hij lag te slapen. Mijn broertje is bijna dertien jaar jonger als ik en mijn hele middelbare schooltijd is er geen verandering in de gewoonte gekomen. Later, toen hij eenmaal kon praten hebben we met hem net zo geconverseerd.

Om te laten merken dat ik nog steeds naar hem luister, vraag ik wat hij daarna heeft gedaan.

"Toen ik weer beneden was, ben ik in de huiskamer verder gegaan met lezen. Het raarste was eigenlijk wel dat ik mezelf erop betrapte dat ik onderaan de trap, dus toen ik al lang en breed in de gang beneden was, nog steeds sluipend liep. Als ze me op de trap niet opgemerkt hadden, dan zouden ze me beneden in de gang zeker niet kunnen horen".

Op de een of ander manier ziet hij de situatie kennelijk voor zich. Om duidelijk te maken hoe voorzichtig hij gelopen heeft, buigt hij iets voorover. Zijn blik verzacht zich weer, hij moet erom glimlachen.

"Ik ben dus weer in de huiskamer gaan zitten en heb verder zitten lezen in dat boekje. Het vreemdste was echter dat ik me erover zat op te winden, wat er boven gebeurde".

"Omdat je je buitengesloten voelde"?

Ik stel me voor dat hij zich er misschien bij betrokken heeft willen voelen. Het verhaal rond het naspelen van de begrafenis schiet me te binnen. Indertijd, dat kan hooguit twee jaar ervoor geweest zijn, was hij immers nog een deelnemer aan het spel van zijn jongere zus en die vriend van ze geweest.

"Nee, niet zo.

Ik realiseerde me alleen dat ik met een enorme paal in mijn broek zat".

Kennelijk betrapt op zijn eigen grofheid kijkt hij me verlegen aan.

"Dat was precies hoe Sjeffie dat altijd noemde en nu had ik daar zelf opeens last van. Ik kon dat niet zo goed plaatsen.

Ik was me er eigenlijk nog nooit bewust van geweest dat ik zoiets ook zomaar kon krijgen. Als Sjeffiedewoerd er over sprak was er altijd sprake van wijven of tieten. Meestal grote tieten trouwens".

Weer even die blik van verstandhouding, m'n vriend lijkt zich te ontspannen en schenkt me nogmaals een verlegen glimlach.

"En ook weleens 'reuzen tieten' natuurlijk. Sjeffie hield er nou eenmaal van om zijn vader na te praten".

Joost is me aan blijven kijken. Het kopje zet hij terug op de tafel. De hele tijd is hij ermee in zijn hand blijven zitten. Hij laat zich weer terugzakken tegen de rugleuning. Zijn blik neemt hij niet van me weg.

"Die had ik nu toch helemaal niet gezien.

Eigenlijk had ik 'niks' gezien. Gewoon mijn zusje op haar rug met haar benen opgetrokken. Maar ik zal er wel het een en ander bij verzonnen hebben. Ik weet niet wat ik dacht. Alleen dat er iets was dat mijn erectie veroorzaakt moest hebben.

Ik zal je vertellen dat ik erdoor in de war was.

Dat is misschien wel de enige term die er bij past".

Zijn blik is ronduit vragend. Weer kijkt hij me aan.

Alsof ik er een verklaring voor kan geven!

Ik ben nota bene nog bezig om me een helder beeld te vormen van wat hij mij zojuist allemaal heeft verteld. Zou het mogelijk zijn dat hij, aangestoken door de kennelijk immer geile praatjes van zijn vriend opgewonden was geraakt van zijn zusje?

Of lag het aan de bizarre situatie waarvan hij was buitengesloten?

Maar daar raak je natuurlijk niet opgewonden van. Niet zoals hij me zojuist beschreven heeft, in ieder geval. Ik moet hem een antwoord schuldig blijven en kijk zo neutraal mogelijk terug.

"Je werd op dat moment natuurlijk wel geconfronteerd met een, mag ik het zeggen, vreemde situatie.

111

Dat lijkt het mij in ieder geval. Ik weet niet hoe ik zelf zou reageren".

Joost is vanaf de bank naar me blijven kijken. Nog steeds is zijn houding vragend, alsof hij echt een antwoord van me verwacht. Meer dan de ontwijkende opmerking van zoeven. Ik wil hem echter niet lastigvallen met theorieën en voorbeelden uit mijn studie. Vooral omdat ik die helemaal niet paraat heb. De prof heeft al eens gevallen behandeld die met aanranding en misbruik te maken hebben, maar het is me ontschoten welke zaken we er precies bij hebben moeten bestuderen. Het is ook mijn specialisatie niet.

Voor mij zijn die colleges alleen maar een verplicht onderdeel van mijn studie geweest. Het onderwerp heeft mij op dat moment niet aangesproken en daarom is het verhaal rond 'de hoed en de rand' me grotendeels ontgaan. Het leek me toen meer iets voor de collega's die zich meer in de richting van criminaliteit wilden bekwamen.

Die kant heeft mijn belangstelling nooit zo getrokken.

Ik sta op om in de keuken een biertje voor ons te halen. De glazen zijn allemaal nog vies dus het duurt iets langer dan normaal voordat ik weer in mijn kamer terug kom. Joost pakt het glas dat ik voor hem op de tafel neergezet heb, schenkt zichzelf in en drinkt gulzig een paar slokken. Daarna giet hij de rest van het flesje er in leeg. Het schuim loopt net niet over de rand. Het illustreert hoe handig hij in Duitsland geworden is met het inschenken van bier. Ik twijfel, moet ik gaan zitten en hem het verhaal verder laten vertellen?

Kan of moet ik eigenlijk niet eens een ander onderwerp ter sprake brengen?

Iets luchtigs zodat de spanning die er onmiskenbaar in de kamer hangt, gebroken wordt?

Ik kijk rond om een aanknopingspunt te vinden.

"Gelukkig kalmeerde ik snel weer wat.

Ik ben dus verder gegaan in het boek dat ik aan het lezen was".

Hij geeft me geen kans. Nu hij eenmaal zijn verhaal aan het vertellen is wil hij het kennelijk helemaal afmaken. Ik ben nog niet eens gaan zitten of hij gaat er alweer mee verder. Terug in mijn stoel, schenk ik mezelf ook een glas in en neem eveneens een paar slokken. Het is warm op mijn kamer. Toch is het zonlicht in de loop van ons gesprek een stuk minder geworden. De langzaam smaller wordende strook licht valt intussen vlak naast mijn boekenkast op de muur en is nu warm oranje in plaats van het intens felle wit van eerder op de middag.

"Meer dan een halfuur later kwam Sjeffiedewoerd weer naar beneden.

Ik had op mijn horloge gekeken toen ik weer beneden kwam. Het heeft echt zo lang geduurd.

Zonder wat te zeggen ging hij weer op de bank zitten. Precies waar hij altijd zat, dus pal onder de grote lamp die er naast staat.

Hij pakte zijn boek weer op en ging verder met lezen waar hij eerder was gebleven. Alsof hij er net een paar tellen ervoor mee was opgehouden. Ik durfde hem niet te vragen waar de cola en de pinda's waren. Of waarom hij die niet bij zich had.

Hij was zo lang boven gebleven dat ik er eigenlijk vanuit ging dat ze samen alles hadden opgemaakt".

"Je had toch gezien wat ze deden, was daar zelfs een beetje boos over misschien. Waarom heb je hem daar niet op aangesproken"?

Ik kan nog steeds niet begrijpen waarom hij zich zo door het gedrag van zijn zusje en vriend heeft laten intimideren. Hier en nu kan ik, na al die jaren nog steeds, duidelijk uit zijn woorden opmaken dat hij er boos door is geworden. Ik begrijp niet waarom hij zijn vriend niet ter verantwoording heeft geroepen.

Hij kijkt me alleen maar met opgetrokken wenkbrauwen aan.

Kennelijk ziet hij niet waar ik heen wil met mijn voorstel. Zo blijven we even zitten. Om de spanning te breken pak ik mijn glas van tafel, vul het bij met de laatste druppels uit het flesje en drink nog een paar slokjes. Joost volgt automatisch mijn voorbeeld.

In stilte.

"Na een poosje vond ik het welletjes en ben ik opgestaan. Ik heb hem gevraagd of hij ook wilde gaan slapen.

Ik stond dus even te wachten en wilde de lampen uit doen. Maar hij wou het hoofdstuk dat hij aan het lezen was nog afmaken. Hij bood aan om het licht uit te doen als hij ook naar boven kwam. Een beetje terloops voegde hij er aan toe dat ik mocht gaan slapen. Hij was nog niet moe of zoiets en zou stil doen".

Enigszins gejaagd maakt Joost de toevoegingen. Staccato alsof hij opeens haast heeft gekregen. Hij zet zijn glas op tafel terug en weer kijkt hij me aan. Kennelijk verwacht hij een vraag, maar welke moet ik hem stellen?

"Vond je het dan niet vreemd dat hij je niets te vertellen had?

Ik dacht dat jullie altijd van alles te bespreken hadden?

Was het geen uitgelezen gelegenheid voor hem om een stoer verhaal aan je kwijt te raken?

Dat was toch zijn gewoonte heb je verteld".

113

"Nee eigenlijk niet. En ik wist niet goed of ik hem naar zijn belevenissen kon vragen. Als ik ter sprake zou brengen wat ik gezien had, dan zou ik gelijk bekennen dat ik ze beslopen had.

Daar had ik niet zo'n zin in. Hoewel ik me dus ook niet kon voorstellen dat ze me niet opgemerkt hadden".

Ik zie zijn dilemma. Tegelijkertijd kan ik me niet voorstellen dat hij zich zo af heeft laten schepen. Het hele voorval heeft plaats gevonden in zijn huis, met zijn zusje en zijn vriend heeft zich in zijn ogen misdragen. Zo zie ik het voor me en ik kan niet begrijpen dat hij er niet tenminste boos onder is geworden dat die Sjef er zo duidelijk geen belang aan wilde toekennen. Of vergis ik me?

"De volgende ochtend zaten we samen met mijn moeder aan het ontbijt. Op maandagochtend was mijn vader natuurlijk gewoon naar zijn werk. M'n moeder stond er altijd op dat we in de vakantie gezamenlijk zouden ontbijten, maar mijn vader was vroeg opgestaan".

Terwijl hij zit te praten pakt Joost zijn glas weer op van de tafel en schenkt er de laatste druppels uit het flesje in.

"Dus Sjeffie, Ria, mijn oudste zus en ik zaten met haar aan de huiskamer tafel. Ze had net twee boterhammen in de broodrooster gedaan. Opeens maakte Ria een van haar losse opmerkingen.

Ze had namelijk min of meer de gewoonte om zomaar een kreet te slaken. Een losse opmerking die nergens op sloeg meestal. Zomaar een semi interessante waarneming over een onderwerp waar zij op dat moment alleen een beeld van had. Er was vrijwel nooit een echte aanleiding te zien of te horen.

Ze maakte zulke opmerkingen altijd met een zeker aplomb".

Joost kijkt me aan om te zien of ik begrepen heb hoe zijn zusje uit de hoek kon komen, kennelijk iets als 'spuit elf geeft modder'.

Ik kan alleen maar een grimas naar hem trekken.

"Wij moesten er dan uit begrijpen hoe belangrijk, handig, intelligent of slim ze eigenlijk was. Meestal luisterde er niemand naar.

Het draaide er namelijk altijd op uit dat ze weer eens door deze of gene tekort was gedaan.

Ze deed sowieso voornamelijk haar beklag immers".

Joost somt de mededelingen rustig achter elkaar op. Het lijkt op dicteren, dus bijna alsof hij me de gelegenheid wil geven om er aantekeningen van te maken. Maar ik luister vanzelfsprekend met al mijn aandacht naar het verslag dat hij aflegt.

Het verhaal is er verbazingwekkend genoeg voor.

"Terwijl ze bij de broodrooster wachtte totdat de boterhammen eruit naar boven zouden springen, zei ze zomaar opeens 'De jongens en ik hebben een geheim'.

Noch mijn moeder of mijn oudste zus schonken er enige aandacht aan. Haar woorden bleven gewoontegetrouw 'in de lucht hangen'. Daarom zei ze het nog een keer. 'De jongens en ik hebben een geheim'!

Deze tweede keer zei ze het iets luider".

Joost wacht even. Het lijkt erop of hij wil zien of ik hem goed heb gehoord. Of ik nog steeds begrijp wat hij zojuist verteld heeft.

En of ik bij de les gebleven ben.

Ik kijkt hem aan. Met nogmaals een vage glimlach laat ik merken dat hij verder kan gaan.

"Mijn moeder had meestal leuke dooddoeners.

De enige boekjes die ze van voor naar achteren las en waar ze in de loop der tijd een hele serie van verzameld had, waren van die aforismen bundeltjes. Die zaten vaak als bijlage bij de Libelle.

Of daar kon je ze met korting bestellen. Je kent ze vast wel.

'Bronnen van watdanook' want daar is natuurlijk van alles achter te bedenken. Of 'wijsheden uit de waarvandaanse literatuur' met aforismen van beroemde schrijvers uit boeken die niemand meer las.

Voor iedere gelegenheid was er wel een spreuk of citaat in haar boekjes op te zoeken. In de kast in de huiskamer stond een hele rij netjes naast elkaar opgesteld. Als ze zich verveelde, zat ze er in te bladeren. Deze keer reageerde ze door te zeggen dat 'een echt geheim de moeite waard is om erover te zwijgen'.

Regelmatig verbaasde ik me er over hoe ze uit al die nonsens telkens weer een passend citaat of opmerking paraat bleek te hebben".

Glimlachend neemt hij me op. Het lijkt me dat hij trots is op zijn moeder en haar kunstje. Ik ken inderdaad het door hem beschreven soort boekjes, omdat mijn eigen moeder er in de loop der jaren ook een aantal van heeft verzameld. Bij ons in huis stond er zodoende eveneens een rijtje van in de boekenkast. Eerlijkheidshalve moest ik eigenlijk bekennen dat ik er wel eens een aantal van doorgebladerd had en dat ik er de indruk aan had overgehouden dat de boekjes je voornamelijk het doorlezen of bestuderen van allerlei 'grote' werken bespaarden. Voornamelijk omdat ze de illusie wekten dat de samenstellers qua inhoud een verdichting boden van de boeken van meerdere schrijvers en filosofen. Alsof er in die hele kleine bundeltjes met hooguit twee-

115

tot drieregelige teksten per bladzijde, het werk van vele jaren noeste literaire arbeid samengevat was.

"Terwijl ze het zei stond ze op en liep naar de keuken om een nieuwe fles melk uit de koelkast te gaan pakken. Sjeffie had namelijk zijn beker leeg gedronken en doordat hij 'm tamelijk hard op tafel terug zette, had mijn moeder begrepen dat hij meer wilde.

Toen ze terugkwam en haar zitplaats aan de tafel weer innam, zag ik dat ze alleen maar even boos naar mijn zusje keek. Mijn oudere zus had daar waarschijnlijk op gewacht. Ze stond op, stak nog een hap brood in haar mond en zei dat ze wegging.

Ze was trouwens de enige die al helemaal aangekleed aan de ontbijt tafel verschenen was.

Mijn moeder liep al redderend met de borden en bestek tussen de keuken en de eetkamer heen en weer, zij was gekleed in haar nacht japon en de duster. Wij drie hadden onze pyjama's nog aan".

Joost had de situatie uitstekend beschreven. Ik kon mij aan de hand ervan een goede voorstelling maken van het vredige tafereel.

"Ging er dan niemand op dat 'geheime verhaal' van je zusje in?

Reageerde die Sjeffie bijvoorbeeld helemaal niet?

Ik zou verwachten dat hij er wel van zou schrikken als je zusje zou vertellen wat er de avond ervoor gebeurd was. Het lijkt me dat wat jij gezien hebt op zijn minst nogal bizar was. Zelfs voor hem moet het toch, alleen al vanwege de beleefdheid tegenover jouw ouders en jullie, een raar gegeven zijn als jouw zus verslag zou gaan uitbrengen van de gebeurtenissen".

Weer kijkt mijn vriend me met een vragende blik in zijn ogen aan.

Ik schrik er een beetje van omdat hij kennelijk niet begrijpt waar mijn opmerking op slaat. Hij lijkt me vooral verbaasd namelijk.

"Als jij het tenminste goed gezien had natuurlijk".

Ik heb me duidelijk geen goed beeld van de situatie voorgesteld en voeg snel deze verklaring aan mijn vraag toe.

"Ria had altijd van dat soort opmerking zei ik toch. Niemand wist of kon weten over wat voor geheim ze het precies had. Natuurlijk zou ze dat gevalletje met Sjeffie en de avond ervoor kunnen bedoelen.

Maar evengoed zou het om die zak pinda's of de fles cola kunnen gaan".

De gezinssituatie bij mijn vriend thuis bleek voor mij nogmaals totaal onvoorstelbaar te zijn. Ik vroeg me af of mensen echt zo onverschillig konden zijn. Of ze daadwerkelijk in staat waren om volledig langs elkaar heen te leven?

Was het wel normaal dat zijn zusje zo genegeerd werd?

Ik weet niet wat ik hem kan vragen of wat een zinnige opmerking is over alle omstandigheden die bij hem thuis kennelijk normaal worden gevonden. Joost moet mijn vraag echter van m'n gezicht afgelezen hebben. Hij draait zich een beetje naar me toe en spreekt me op een vaderlijke toon toe. Het lijkt er voornamelijk op of hij tegen een debiel kind zit te praten.

"Ik heb je toch al verteld dat Ria altijd in de veronderstelling leefde dat ze te kort werd gedaan. Meestal gaf ze daar lucht aan, door bij alles wat zij deed, gedaan had of ergens bij betrokken was geweest de schijn op te houden dat die dingen allemaal 'stiekem' gingen.

Alsof altijd alles voor haar verzwegen werd of geheim werd gehouden. Dat was haar manier van denken nou eenmaal. Telkens als zij iets om zich heen zag gebeuren, als ze ergens bij betrokken was of zich met een zaak bezig hield, altijd sprak mee dat datgene eigenlijk 'verboden' was. Of ten minste verboden zou moeten worden. Altijd als iemand 'iets deed', was dat 'raar' in haar ogen".

Joost pauzeert even om me de tijd te geven deze informatie te verwerken. Ik kijk hem waarschijnlijk verbijsterd aan, want meteen voegt hij er een toelichting aan toe.

"Bij haar moest je je altijd verdedigen. Alles uitleggen wat je deed. Vertellen hoe je ergens toe gekomen was en waarom je het gedaan had".

Ik realiseer me dat er een term bestaat voor de mensen die deze manier van denken aanhangen, maar kan er niet op komen. Moet of kan ik even opstaan om in mijn studieboek te gaan kijken?

In welk boek het staat, weet ik wel en het is dus geen moeite om het te vinden, maar toch blijf ik zitten. Ik kan me niet voorstellen dat het mijn vriend daadwerkelijk interesseert hoe de 'afwijking' van zijn zus exact genoemd wordt. Feitelijk doet het er ook niet toe. Wat hij zojuist voor mij beschreven heeft, behoort bij het normale doen en laten van zijn zusje. Daar hoeft geen vakterm uit wat voor specialisatie of studie aan te worden toegevoegd. Een naam verandert niets aan het fenomeen en voegt er weinig aan toe of doet er wat aan af. Terwijl ik zit te twijfelen, staat Joost op en loopt de kamer uit. Ik hoor hoe hij naar het toilet in de gang gaat en hoe hij na het wassen van zijn handen, uit de koelkast in de keuken een paar flesjes bier pakt. Even later komt hij er

117

triomfantelijk mee naar binnen. Hij houdt 'de buit' met gestrekte armen voor zich uit. Een brede grijns siert zijn gezicht. Terwijl hij gaat zitten pakt hij de flesopener van de tafel.

Ik ben blij dat mijn vriend weer wat opvrolijkt. Hij maakt voor zichzelf een van de pilsjes open en schuift het andere flesje in mijn richting over de tafel. De opener werpt hij er jolig achteraan.

Klaarblijkelijk is Joost klaar met zijn verhaal.

Hij is er verder, ook later onder het eten bij de chinees, niet meer op teruggekomen en ik wilde hem niet weer in gepeins laten verzinken. Zelf ben ik er dus ook niet meer over begonnen. Waarschijnlijk heeft hij doorgehad dat het eigenlijk meer een privé gegeven betreft. Hij moet mijn oorspronkelijke onbegrip rond de verwikkelingen echter opgemerkt hebben. Wilde hij me er daarom niet verder bij betrekken? Of dacht hij me lastig te vallen met alle informatie over zijn zusje? Waarschijnlijk heeft hij op haar huwelijksfeest te veel oude bekenden gezien. Met het beklag dat er uit het vertellen van de anekdote naar voren is gekomen, kan hij wat van zijn herinneringen opruimen.

In het vierde en vijfde jaar van de middelbare school gingen we zo nu en dan naar oriëntatie dagen en presentaties van de mogelijke vervolg opleidingen die zouden we zouden kunnen gaan volgen na het behalen van ons eindexamen. De meesten van ons hadden door middel van gesprekken met de mentor of het afleggen van een beroepskeuze test al een een beeld gekregen van wat er verder aan mogelijkheden klaar lag of wat ze konden gaan studeren. Voor het verzamelen van de benodigde informatie en ook een beetje voor de gezelligheid, bezochten we dus in groepjes diverse Universiteiten, Academies en Hogescholen waar we werden onthaald met voorlichtingsmateriaal.

Joost nam regelmatig deel aan dit soort excursies, maar hij sprak zich nooit uit over zijn eventuele voorkeur, wensen of keuze. Als wij op de terugweg naar Leiden in discussie raakten over hetgeen we hadden meegemaakt tijdens ons bezoek, deed Joost daar vrijwel nooit aan mee. Hij was natuurlijk ook wel eens enthousiast geworden over een Instituut, maar liet desondanks geen eigen plannen in welke richting dan ook blijken. Soms had hij tijdens ons bezoek aan een stad dingen gezien die hem leuk genoeg leken om er met ons op terug te komen, maar die waarnemingen gingen nooit over de opleiding zelf. Als hij ergens iets bijzonders had gezien dan was dat meestal iets in de binnenstad, de straten of het restaurant waar we hadden gegeten.

Een tijdlang had ik er natuurlijk op gehoopt dat hij dezelfde studie als die van mijn voorkeur wilde gaan volgen. Misschien niet meteen exact dezelfde als ik deed, maar misschien aan dezelfde faculteit of minstens op dezelfde Universiteit. Voorzichtig liet ik zo nu en dan dus aan hem doorschemeren dat we 'samen' een leuke tijd zouden kunnen hebben.

Vooral nadat ik een plekje in Utrecht toegewezen had gekregen en daar ook nog een kamertje om te gaan wonen vond, zag mijn 'mooie tijd' er tamelijk zonnig uit. Ik verwachtte dat er voor hem evenveel geluk weggelegd moest liggen en zag ernaar uit dat hij met me mee wilde gaan.

Ook aan het slot van het laatste jaar leek Joost zich voor geen enkele vervolg opleiding in te willen schrijven. Hij kon z'n keuze kennelijk niet bepalen. Nooit gaf hij aan in welke richting hij verder wilde gaan studeren. Hints en goed bedoelde adviezen liet hij allemaal aan zich voorbij gaan. Dat zijn voorkeur naar de Universiteit in onze geboorteplaats uit zou gaan, leek me vrijwel uitgesloten. We wilden allemaal de grote wereld in en Joost, die indertijd bij voorkeur zo min mogelijk thuis was, moest datzelfde verlangen toch even hartstochtelijk met ons delen. Vanwege zijn resultaten hoefde onze vriend natuurlijk geen haast te maken, iedereen voorzag dat hij hoge cijfers zou gaan halen. Daarom was het voor de hand liggend dat hij overal ingeschreven zou kunnen worden. Als het er ooit eens van kwam tenminste.

Een paar weken na de Paasvakantie, pal voor het aanbreken van de periode van het eindexamen, vertelde hij dat hij zich had ingeschreven voor een studie vormgeven op een hogeschool. We waren daar nooit samen op een oriëntatie bijeenkomst geweest dus vroeg ik hem gelijk naar het hoe, welke, waarom en waar. Vooral dat laatste gegeven verbaasde ons allemaal toen Joost uiteindelijk aangaf dat hij naar Duitsland ging omdat hij zich er had ingeschreven aan de Fachhochschule in Düsseldorf.

Als er een vak was waarin we Joost al de voorgaande jaren de baas waren gebleven, dan was het de taal van onze oosterburen. Hij en de leraar Duits konden elkaar niet luchten of zien. Per definitie haalde Joost bij deze man altijd een onvoldoende. Ook als een vertaling erg gemakkelijk geweest was, had mijn vriend steevast het laagste cijfer van de klas. Om de een of andere, aan ons onbekende reden lukte het hem niet om voor Duits het resultaat te behalen dat overeen kwam met zijn verdere prestaties binnen de school.

Ons aller verbazing over zijn keuze voor die onbekende stad in dat verre, onbekende land, was dus erg groot. Ik was vanzelfsprekend blij dat hij eindelijk een keuze had gemaakt, maar tegelijkertijd deed het me pijn dat mijn vriend en ik zo ver bij elkaar vandaan terecht zouden komen. Het visioen dat we samen een leuke studententijd konden gaan doorbrengen viel erdoor in duigen. Laat ik ervoor uit komen dat Duitsland in mijn ogen heel ver weg lag en dat ik bang was dat we elkaar uit het oog zouden verliezen.

Uit ons eindexamenjaar waren er nog twee jongens die naar Utrecht gingen, maar die kwamen uit parallelklassen en met alleen een van hen had ik in mijn eerste keer de tweede klas samen gezeten. Dat was te lang geleden om nog van een band te kunnen spreken en aan de toneelclub had hij ook niet meegedaan.

Zij hadden zich allebei voor dezelfde studie ingeschreven, maar hun faculteit bevond zich ergens anders in de stad als de mijne. Ze woonden trouwens ook allebei aan een heel andere kant van Utrecht dan ik. We kwamen elkaar dus uitsluitend tegen als we toevallig met dezelfde trein op een neer reisden. Hartelijk bespraken we nieuwtjes en onze wederwaardigheden en een aantal keren reisden we alle drie tegelijk. We spraken vanzelfsprekend telkens af elkaar vaker te ontmoeten, hetzij in onze nieuwe woonplaats hetzij eens in Leiden.

Maar de realiteit bleek weerbarstig, we kropen weliswaar bij elkaar in een coupé voor in de trein en dat werd onze vaste ontmoetingsplek, maar daar buitenom onderhielden we hoegenaamd geen contact.

VII

In het eerste jaar van onze respectievelijke studies hebben Joost en ik elkaar alleen tijdens de feestdagen even heel kort gesproken. In de kerstvakantie stond hij namelijk opeens bij m'n moeder voor de deur. Glunderend bood hij haar een grote bos bloemen aan toen hij zomaar onaangekondigd bij ons langs kwam. Gelukkig was ik ook onderweg naar huis en we hebben even later net zoals vroeger, met z'n drieën aan de tafel in de huiskamer, thee zitten drinken. Samen hebben we nieuwtjes uitgewisseld over een aantal oud medescholieren en onze nieuwe woonplaats.

Zo nu en dan schreven we elkaar een brief om onze wederzijdse omstandigheden door te geven, maar van een daadwerkelijk bezoek op onze nieuwe adressen was nog niets terecht gekomen. Daarvoor was de tijd nog tekort geweest. Nauwelijks vier maanden ervoor hadden we elkaar succes gewenst met onze studies. Die gingen voor elk van ons een paar jaar duren en er was dus helemaal geen haast geboden. Wat telde was dat we het naar ons zin hadden en geen spijt kregen over de beslissing van onze studie. Daar was gelukkig geen sprake van.

Het 'nieuwe' van ons eerste studiejaar vergde grondige aanpassingen, dat kostte inzet en tijd. Bij ons allebei trouwens, want hoewel Joost veel verder van huis weg was gegaan, telde de overgang van 'thuis bij moeder' naar de zelfstandigheid van het studenten leven, even zwaar.

Het was praktisch onmogelijk geweest dat ik eens naar hem of hij naar mij toe was gekomen. Zijn enthousiaste verslagen over het verre Duitsland en de stad Düsseldorf hadden mij echter zeer nieuwsgierig gemaakt naar zijn nieuwe omgeving. Het leek me duidelijk dat Joost het er vreselijk naar zijn zin had.

Nadat ik eenmaal mijn plekje gevonden had in Utrecht wilde ik hem daar graag eens ontvangen. Uiteraard was hij bij mij in huis welkom maar ik woonde op het, op de toiletten na, kleinste kamertje van het huis zodat hij alleen rechtop in de hoek zou kunnen blijven slapen of bij een van mijn huisgenoten op de bank moest. Er was in mijn kamer alleen maar plaats voor een bed. Mijn kast bestond uit een paar bakken die ik er onder had geschoven. De tafel was een opklapbaar werkblad half boven mijn voeteneind. Mijn boeken stonden op een plank die boven mijn hoofdeind aan de muur zat. Daar moest ik het mee doen. In de weekenden ging ik vrijwel altijd naar huis omdat ik daar tenminste mijn benen kon strekken.

Pas in het voorjaar van het tweede studiejaar ben ik voor het eerst bij hem in Düsseldorf wezen logeren. Ik raakte er overweldigd door de impressies die ik er opdeed. Zijn appartement, de stad en de omstandigheden die bij de 'vakschool' aan de orde waren, spraken mij allemaal erg aan. Al was ik heel tevreden met mijn eigen studie en zou persé niet met hem hebben willen ruilen. Ik bleef bijna een week bij hem. Joost liet me tijdens uitgebreide, boeiende wandelingen de Altstadt, de parken en het centrum zien. We zijn ook een paar keer uit geweest in de diverse kroegen. Vooral het Brauhaus in de Oststrasse sprak mij erg aan omdat we over zoiets noch in Leiden noch in Utrecht beschikten. Ik vond het er ontzettend gezellig.

Al tijdens de terugreis miste ik mijn vriend en hoewel we op het perron nogmaals afgesproken hadden dat hij ook bij mij een keer zou komen logeren, was dat praktisch gezien onmogelijk zolang ik niet naar een grotere kamer verhuisde. Daar was pas tegen het einde van mijn tweede jaar uitzicht op. Een van de huisgenoten zou namelijk 'binnen een halfjaar' afstuderen. Het vormde de eerste mogelijkheid om binnen het huis door te schuiven naar een kamer met wat meer ruimte. Ik was overigens de eerste die daarvoor aan de beurt kwam.

In Utrecht was maar weinig gelegenheid om te verhuizen naar een andere kamer. De stad kende, net zoals alle steden met een Universiteit of Hogeschool, een enorme kamernood. De mogelijkheid om in een van de omliggende gemeenten bij een particulier in huis een kamer te huren deed zich zo nu en dan wel voor. Maar ik zag er tegenop om meer dan een halfuur te moeten fietsen nu ik op nog geen tien minuten lopen van de faculteit woonde. De sfeer in ons huis was trouwens prima en dat was me een hoop ongemak waard. Ik moest mezelf sowieso gelukkig prijzen dat ik meteen al in het eerste jaar een kamertje gevonden had. Iedere dag op en neer met de trein zou immers verschrikkelijk geweest zijn!

In de hal van het gebouw van onze sociëteit hing een enorm prikbord aan de muur. Op speciaal daarvoor gemarkeerde delen kondigden medewerkers, maar ook anderen zoals medestudenten of familieleden deden het, aan naar welke plaats ze op welk tijdstip een (dienst)reis gingen maken. Ze stelden er een zitplaats in hun auto mee beschikbaar. Nadat ik er eenmaal achter was dat er een verband bestond tussen onze universiteit en die in de woonplaats van mijn vriend, bleek het dus tamelijk eenvoudig om naar Düsseldorf af te reizen. In ieder geval scheelde het me de kosten van de treinreis heen, al vroegen de mensen met wie ik mee kon tijden wel eens een vergoeding voor de benzine.

Overigens liet ook de rit retour zich op dezelfde manier arrangeren. De medewerkers moesten tenslotte ook weer terug en ik kon altijd een paar dagen bij Joost doorbrengen om daarop te wachten.

De alternatieve terugweg naar Utrecht was eveneens eenvoudig. Het was maar tien minuten lopen naar de Autobahn en daar bleek er altijd wel iemand bereid om je mee te laten rijden. Als ik me door middel van een vlaggetje en een bordje met mijn woonplaats erop, als Nederlander presenteerde, hoefde ik nooit lang te wachten. Diverse keren werd ik al tijdens de wandeling opgepikt. Het viel me op dat het meestal een landgenoot betrof die me welwillend thuis wou brengen. Als ik om een uur of negen op de oprit ging staan, was ik vrijwel zeker al voor tienen onderweg. De rit hoefde hooguit een uur of drie te duren en dat gold alleen als er een trage, slome chauffeur aan het stuur zat. Een keer was ik binnen anderhalf uur in Utrecht maar die bestuurder reed in een sportwagen. Ik vond het eigenlijk een 'patser', maar was wel lekker snel weer thuis.

Joost had in de loop van zijn opleiding kennis gemaakt met een aantal kunstenaars uit de 'artistieke scène' van zijn woonplaats. Ik had uit zijn verhalen al kunnen opmaken dat indertijd alle artiesten in Duitsland erg gewaardeerd werden. Hij vond het een echte eer om 'erbij te horen' en zo erkenning te krijgen. Joost genoot dus zeer van de belangstelling die er voor zijn inbreng werd getoond. Waarschijnlijk geholpen door zijn afkomst, bleek hij in staat om in betrekkelijk korte tijd een zekere reputatie binnen de kring van artiesten op te bouwen.

Door zijn accent en aanvankelijk gebrekkige kennis van de taal was hij natuurlijk snel te identificeren. Duits bleek voor hem toch een lastige taal te blijven. Hij sprak het al na korte tijd vloeiend maar schrijven bleek vrijwel onmogelijk. Hij had daar nog veel ondersteuning bij nodig. Scripties en verslagen moesten niet omdat het verplicht was, maar omdat Joost dat nu eenmaal zo wilde, in correct taal gebruik geschreven zijn. Weliswaar mochten ze namelijk in verband met het internationale karakter van zijn studie ook in het Engels, maar hij vond er links en rechts meestal wel hulp bij van een binnenlandse kennis. Maar aan zijn accent moet hij nog lang 'herkenbaar' zijn gebleven als niet Duitser. Soms verdacht ik hem er trouwens van dit ook wat aan te dikken, maar daarvoor schoot mijn talenkennis te kort. Kennelijk vonden de dorpelingen zijn manier van spreken, charmant. Om eerlijk te zijn, ze verstonden onze moedertaal natuurlijk goed. De stad ligt uiteindelijk op nog geen honderd kilometer van de grens. Toch zijn ze hem altijd 'der Holländer' blijven noemen.

Ik kwam regelmatig bij mijn vriend op bezoek. Niet maandelijks, maar toch minstens zo'n zes tot zeven keer per jaar. Naarmate mijn studie vorderde en ik mijn tijd beter leter kon indelen, was er de mogelijkheid om zo nu en dan een poosje naar Düsseldorf af te reizen. Soms voor een hele week maar altijd minimaal voor twee of drie dagen. Tijdens zo'n bezoekje mocht ik eens met Joost mee naar een van zijn nieuwe vrienden. Wolfgang speelde elektronische drums in een plaatselijke band. Mijn vriend had hem geholpen bij het vormgeven en bouwen van zijn instrument. De muziek die hij en zijn band maakte zou, afgaande op de verhalen 'experimenteel' zijn. Vandaar ook dat ze hun instrumenten zelf vorm gaven en moesten aanpassen naar hun wensen.

Al vroeg in de avond, gelijk na het eten, gingen we er naar toe. Joost ging de laatste hand leggen aan een van de speciaal door hem aangepaste delen van het gevaarte. De muzikanten zouden zich in hun 'studio', dat wil zeggen de ruimte waar ze repeteerden bevinden. Daar werkten ze dus eveneens aan hun instrumenten en ik begreep dat er in de studio, naast de nodige opnameapparatuur ook een echte werkplaats met allerlei soorten gereedschap aanwezig was.

Met een grote doos materiaal achterop onze fietsen gingen we op zoek naar het 'kleurrijke gebouw'. Het moest ergens op een industrieterrein in een lege, voormalige fabriek achteraan aan een weg staan. Het bedrijventerrein lag weliswaar een flink eind rijden van z'n appartement vandaan, maar Joost had geen andere middelen van vervoer. Een taxi zou niet vergoed worden en nu we toch met z'n tweeën waren konden de spullen 'gemakkelijk' op de fiets mee.

Naarmate we verder van het centrum verwijderd raakten, bleken de wijken waar we doorheen fietsten grotendeels te bestaan uit flats. De Hochbau moest vlak na de oorlog gebouwd zijn. De ondergaande zon scheen fel, maar onze fietstocht tussen de immens grauwe gebouwen met hun kleine ramen, was er ondanks dat, tamelijk naargeestig door.

Joost was al een keer eerder in de studio geweest, maar toen waren ze met de auto van een ander lid van het bandje gegaan. De route en ligging van het gebouw had hij alleen maar vaag kunnen volgen, omdat ze op de achterbank voornamelijk over muziek hadden zitten praten. Daarom had hij er niet zo heel goed op gelet. Zig zag reden we daarom door de verschillende straten tussen de pakhuizen en werkplaatsen door. Ik had me nog nooit gerealiseerd dat een pand kon 'roesten', maar alle fabrieksgebouwen zaten onder een bruine aanslag. Omdat het er zo luguber uitzag kon het ook bloed zijn, maar dat leek me iets te ver gaan. Later hoorde ik van een van de jongens, dat er een groot rangeer terrein van de Deutsche Bahn pal achter het terrein lag en dat het dus inderdaad gewoon de aanslag van roest stof was geweest, die ik gezien had.

Aan het einde van de derde straat die we helemaal afgereden waren, stond een oude fabriek. Daar brandde boven de deur een felle lamp. Er naast hing een bord met Kling Klang er op. De ramen van het gebouw waren geblindeerd met gekleurde planken. Het moest de studio zijn waarnaar we op zoek waren. Het licht en de kleurrijke betimmeringen maakten dat het pand er fleurig uitzag. Het viel erdoor op in de naargeestige omgeving. We gingen er vanuit dat we er waren. Weliswaar gedempt, waren er vanuit het gebouw geluiden hoorbaar. Die konden doorgaan voor de 'klingels' en 'klanken' uit de naam van de studio. Het leek na een paar tellen luisteren op muziek, zij het dat die inderdaad aan de 'experimentele' kant was. Voor zover ik daar van wat er van buitenaf hoorbaar was, over kon oordelen.

Gedurende onze middelbare schooltijd spraken Joost en ik vaak over onze muzikale voorkeuren. Soms na, maar vaak ook tijdens, de les als die saai was en we onze gedachten er niet bij konden houden. Hoewel we er allebei nooit voor op les hadden gezeten en ons de techniek van het muziekmaken dus volledig onbekend was, bleken we het er toch graag en regelmatig over te willen hebben. Speciaal als we een nieuwe, voor ons tot dan toe onbekende band of zanger 'ontdekt' hadden, was er aan gespreksstof geen gebrek.

We spaarden ijverig om de nieuwste langspeelplaten van onze favoriete artiesten aan te kunnen schaffen. Als we helemaal in de ban van een band waren deden we erg veel moeite om niet uitsluitend de nieuwste uitgaven te kopen, maar we gingen ook bij vrienden en kennissen langs om ouder materiaal op de kop te kunnen tikken. Voornamelijk vrienden met een oudere broer of zus bleken daar over te beschikken en menig plaat hebben we mogen lenen. Daar maakten we dan op onze bandrecorder een kopie van en op die manier kon het geleende exemplaar altijd onbeschadigd aan de eigenaar retour worden gegeven. Dat leverde de garantie dat we een volgende keer weer bij ze aan mochten kloppen.

Aan het beluisteren en bespreken van de zo opgebouwde verzameling besteedden we vervolgens uitgebreid de tijd. Ik op mijn kamer, onder het huiswerk maken en Joost vaak samen met zijn zussen bij hun in de huiskamer. Ons budget liet het helaas echter niet toe dat we altijd precies de plaat konden aanschaffen die we ons gewenst hadden. Maar verzamel elpees bleken in de praktijk een goed alternatief te bieden. Meestal stond er minimaal een nummer van onze favoriet op en we ontdekten door het verzamelde aanbod, telkens meer nieuwe keuze mogelijkheden. Daar konden we dan vervolgens achteraan jagen. Op die manier had ik een serie platen aangeschaft waar telkens een nummer van ene Walter Carlos op bleek te staan. Het waren versies van concerten en muziekstukken van Johann Sebastiaan Bach.

De stukken vielen niet alleen op omdat ze niet onder de noemer 'popmuziek' vielen, maar het was vooral de manier waarop ze gespeeld werden die ze zo bijzonder maakte. De vreemde klanken en geluiden die hij bij zijn vertolking gebruikte, kwamen volgens de informatie op de hoes, uit een nieuw pas ontwikkeld muziekinstrument. Het bleek te gaan om een zogenaamde 'synthesizer'. In het geval van meneer Carlos ging het om een door Robert Moog ontwikkeld exemplaar. Ik raakte al snel zeer geïntrigeerd door dit tot dan aan toe vreemde instrument.

Als er in een tijdschrift of blaadje iets over geschreven werd, las ik die beschrijvingen. Ik ging bij de instrumenten handelaar langs voor folders en dook in een blad voor elektronica zelfs een geïllustreerde bouwtekeningen op. De enorme hoeveelheid knoppen die er op zaten en de onuitputtelijke instel mogelijkheden die er door allerlei onderlinge verbindingen tussen de verschillende modules geboden werden, leken me duizelingwekkend. Ik bestudeerde de plaatjes en beschrijvingen grondig, zodoende leerde ik het een en ander over de wijze van bespelen, die noot voor noot moest en de manier waarop 'synthetische' klanken tot stand werden gebracht. Ook in diverse andere, niet in muziek gespecialiseerde tijdschriften werd er regelmatig over het nieuwe fenomeen geschreven. Ik kon dus mijn nieuwsgierigheid, uitgebreid botvieren.

Dat ik niet alleen stond in mijn belangstelling werd me duidelijk als ik weer in de platenzaak kwam. Tientallen artiesten bleken zich te wagen aan het bespelen van de Moog of een van de andere merken synthesizers. De bakken met elektronische muziek stonden er in ieder geval vol mee en omdat de platen kennelijk niet al te best verkochten, waren ze vaak in de aanbieding. Dat maakt het dus eenvoudig om regelmatig mijn slag te kunnen slaan. In korte tijd kon ik zo een flinke verzameling opbouwen.

Vaak viel zo'n elpee bij thuiskomst nogal tegen. Helaas bleken er namelijk niet meer dan een reeks piep en knor geluiden op te staan en bewees de muzikant meer dat hij kon spelen dan dat hij of zij het instrument had begrepen. Zo'n beroemde muzikant had dan een aantal liedjes op het instrument gespeeld met voornamelijk de hulp van een programmeur uit de studio. Die zijn van huis uit voornamelijk geïnteresseerd in techniek en minder in muziek. Zulke opnames leverden dus geen speciale, opzienbarende versies van een stuk op. Het bijzondere moest kennelijk komen van de naam en faam van het nieuwe instrument en de betreffende bespeler. Dat maakte de muzikale ideeën die door het gebruik van de synthesizer mogelijk werden, dus vrijwel nihil. Al kocht ik ook een aantal platen die ten minste een of twee nummers bevatten die 'wel aardig' of ten minste 'leuk' klonken. Mijn ouders vonden de platen echter steevast vreselijk. Ze verboden me zelfs om ze op hun dure pick-up af te spelen. "Al die herrie" kon immers niet goed zijn voor hun naald. Om nog maar te zwijgen van de "schade" die er aan de verdere apparatuur door uitgericht zou worden. Mijn genot werd er al met al tamelijk 'exclusief' door.

Joost zijn voorkeur ging uit naar rock 'n roll muziek, daar kon hij volgens zijn zeggen namelijk op 'dansen'. Al heb ik hem dat dus vrijwel nooit daadwerkelijk zien doen. Welwillend luisterde hij desgevraagd wel eens naar mijn platen, maar echt onder de indruk kon hij er helaas niet van raken.

Heel af en toe vond hij een solo 'indrukwekkend' of meende hij te horen dat er 'kosten noch moeite' waren gespaard bij de opname. Maar ik kon nooit beoordelen of hij het voor de grap op merkte of zijn kritiek daadwerkelijk meende. Feitelijk waren het voor een 'betere' of alleen al 'goede' waardering dodelijke opmerkingen. Ik heb hem nooit in de geest van moderne muziek kunnen inwijden.

We kwamen aan in een ruimte waarin meerdere vreemde apparaten opgesteld stonden. Joost en ik waren op het geluid dat er, boven aan de trap achter de deur geklonken had, afgegaan. De zware dozen hadden we, voor het geval we verkeerd waren en ze dus voor niets de hoge trap op zouden sjouwen, in de hal gelijk achter de deur laten staan. Joost wist niet of dit de plek was waar hij eerder was geweest en hoewel hij het toch had afgesproken, was hij er evenmin zeker van of hij wel hier en op dit moment verwacht werd. Zodoende betraden we enigszins aarzelend de studioruimte.

Door het lawaai dat de muzikanten maakten en het feit dat we ze van achteren benaderden, werd onze binnenkomst niet gelijk door een van hen opgemerkt. We bleven vlak na de deuropening staan kijken. De repetitieruimte was met vierkante houtvezel platen, die beplakt waren met lege eierrekjes en grote vellen isolatiedeken van de buitenwereld afgesloten, daarom was het verschil in volume tussen buiten en binnen zo groot. Pas toen we helemaal naar binnen gelopen waren, bleek hoe hard het geluid er stond. Hier, live een paar meter bij me vandaan, hoorde ik de vreemde klanken die ik thuis op mijn elpees zo graag beluisterde. Ik was overdonderd en bleef gebiologeerd staan kijken om te ontdekken hoe deze vier jongens die prachtige geluiden allemaal produceerden. Kennelijk gebeurde dat door de manipulaties die ze op de apparaten waar ze zich achter hadden opgesteld, uitvoerden. Het geluid had door haar repeterende patroon een onmiskenbaar mechanisch karakter, maar ik kon tussen de verschillende instrumenten geen machine ontdekken die het een en ander aan zou drijven. Ze moesten het hier ter plaatse met de hand doen. Of het gebeurde op de een of andere, elektronische en daardoor voor mij onbekende manier.

Dan weer klonk er een donderend geraas en vervolgens hoorde ik subtielere klanken, maar hoe het er precies aan toe ging of waar die verschillende geluiden vandaan kwamen, bleef op het eerste gezicht, duister voor me. De muzikanten waren weliswaar herkenbaar bezig met het produceren ervan, maar een samenhang tussen hun activiteiten en de muziek die ons omringde, liet zich niet eenvoudig opmerken. Na een tijd goed opletten kon ik zien dat bepaalde klanken bij een specifieke handeling hoorden, maar na korte tijd leverden dezelfde handeling weer een heel ander geluid op en moest ik me dus vergist hebben in mijn waarneming.

Het maakte de muziek onvoorspelbaar. Een regelrecht verband tussen hun bewegingen en de geluiden die vervolgens hoorbaar waren, leek er niet te zijn. Met het tegen elkaar aan tikken van stukken buis en metalen plaatjes werd er op de een of andere manier kontakt gemaakt tussen de her en der opgestelde geluidsbronnen en generatoren. Op het oog werden de afzonderlijke geluiden erdoor gestart, versneld of afgeremd en qua klank waarschijnlijk vervormd. Doordat de muzikanten intussen aan regelaars draaiden veranderde continu de opeenvolging van de verschillende geluiden. Het klonk weliswaar als een kakofonie, maar door de ritmische herhalingen ontstond een regelmaat die ik ronduit aangenaam vond om te horen.

De vier muzikanten stonden met de gezichten naar elkaar toe, ieder op een eigen verhoging achter een lessenaar. Geconcentreerd stonden ze gebogen over de apparaten die ze er bovenop, naast en half voor zich hadden neergezet. Er omheen stond bij hen allemaal een eigen stapel geluid boxen. Daaruit klonken de verschillende geluiden want de instrumenten zelf waren ondanks dat ze flink beklopt en geschud werden, onhoorbaar.

Omdat ze telkens maar kleine handelingen hoefden te verrichten om zoveel variatie in het kabaal aan te brengen, leken de bandleden met hun spaarzame en ronduit houterige bewegingen, waarbij ze soms zelfs een tijdlang stil bleven staan om te horen wat de uitwerking was van hun manipulaties, het meest op robots. We bleven gebiologeerd staan luisteren, maar vooral kijken. Het liefst had ik zelf eens zo'n instrument aan willen raken. Helaas zag ik er geen een die ik herkende van de plaatjes die ik thuis in Utrecht van de verschillende modellen synthesizers had verzameld.

Ik zou trouwens niet eens geweten hebben hoe je ermee om moest gaan, maar ik was verrukt. Het waren onmiskenbaar synthesizers, dat had ik eigenlijk meteen van buitenaf al, gehoord.

Waarschijnlijk door de tocht die, omdat we de deur niet achter ons hadden gesloten, door de studio trok, draaide een van de muzikanten zich opeens om en zag ons staan. Meteen hield hij op met spelen en kwam met uitgestoken hand op Joost afgelopen. Ook de anderen hielden nu op met musiceren en de kakafonie verstomde. We werden hartelijk welkom geheten. "Waarschijnlijk wilden we wel een kop koffie"en of we "erbij kwamen zitten".

Rustig pruttelend bleef een van machines uit de verzameling nog een tijdje geluid staan produceren, maar al snel stond een van de muzikanten op om het ding uit te zetten. Het zou voor mij de uitgelezen kans geweest zijn om even met hem mee te lopen en het apparaat nader te kunnen bestuderen, maar hij was al weer gaan zitten toen ik me dat eindelijk realiseerde.

Florian een van de vier, die bij navraag naar zijn sportfiets een voorliefde voor de Tour de France bleek te hebben, reed op de terugweg naar het appartement van Joost een stuk met ons mee. Hij wist een kortere weg dan wij op de heenweg genomen hadden. Als fanatiek fietser vond hij het niet vervelend om de kleine omweg met ons te maken en omdat het was beginnen te regenen kwam dat ons erg goed uit.

Joost en Wolfgang gingen na de koffie meteen aan de slag om de extra's die ze aan de drum machine wilden verbinden, te monteren. Er was intussen nog een vijfde lid van de band binnen gekomen. Die was vooral handig met een soldeerbout. Hij hielp ze met de aanpassingen en zorgde ervoor dat de elektronica op de juiste manier werd aangesloten. Daar was hij kennelijk speciaal voor gekomen, want toen ze later nog even gingen spelen om de nieuwtjes uit te proberen, bemoeide hij zich er niet mee. Nadat alles naar wens bleek te zijn, vertrok hij gelijk.

Ik ben tijdens de verdere repetitie met Joost in de koffiehoek blijven zitten. Het was er erg gezellig en we konden wat in de tijdschriften die er lagen bladeren. Ik durfde overigens helemaal niet naar de muzikanten toe te lopen om de kunst af te kijken. De geluiden die ze maakten interesseerden mij wel mateloos, maar ik wist niet of ik mijn nieuwsgierigheid aan ze kon laten blijken. Alle apparaten en machines had ik graag aan een grondig onderzoek willen onderwerpen, maar het zou me jaren kosten om ze te leren kennen. Laat staan dat ik het ooit onder de knie zou kunnen krijgen om er 'muziek' mee te maken.

Zo nu en dan, als er weer uitgebreid geëxperimenteerd werd om een nieuwe klank te zoeken of de nodige aanpassingen te maken, kwam een van hen even bij ons zitten. Dan konden we alsnog een praatje maken. Ik heb ze dus kunnen vertellen van mijn voorliefde voor synthesizermuziek in het algemeen en de voorkeur voor de Moog in het bijzonder. Of ik er indruk mee gemaakt heb, weet ik niet.

Ik heb van een van hen wel een plaat gekregen die ze een poosje eerder opgenomen hadden. De elpee had de titel "Rücksack" en achteraf gezien was het dom van me dat ik deze toen niet heb laten signeren. Ik heb na onze ontmoeting nog regelmatig bij Joost in Düsseldorf gelogeerd, maar de leden van het bandje ben ik er nooit meer tegen het lijf gelopen.

Mijn vriend is overigens nog een flinke tijd betrokken geweest bij de muziekwereld in Duitsland. Op verzoek van een bevriende technicus heeft hij na zijn verhuizing naar Berlijn, ook daar een tijdje hand en span diensten verleend in zijn studio. Daar heb ik hem helaas nooit kunnen bezoeken, maar ik was er natuurlijk graag bij geweest toen hij meer van mijn helden tegen het lijf gelopen bleek te zijn.

Ten tijde van mijn afstuderen logeerde Joost, die intussen een auto bezat en dus niet meer hoefde te liften, een paar dagen bij me. Terwijl ik in de keuken aan het koken was voor de gezamenlijke avond maaltijd, zat hij een biertje te drinken aan het kleine tafeltje. Zoals te doen gebruikelijk kwam er zo nu en dan een van de huisgenoten naar binnen gewandeld om te kijken wat de pot zou schaffen of om even 'voor te proeven'. Ze bleven dan natuurlijk hangen voor een praatje.

De conversaties gingen nergens speciaal over, maar de sfeer was vanouds ontspannen, gemoedelijk. Alle bewoners kenden mijn vriend van z'n regelmatige logeer partijen bij mij op de kamer. Een aantal van hen kende hem zelfs goed. Hij was een welkome gast in huis en werd er volledig geaccepteerd.

Joost zat op zijn praatstoel en sprak honderduit over zijn soms wel heel erg wonderlijke belevenissen in Berlijn. Zo vertelde hij langs zijn neus weg dat hij ook regelmatig bij zijn vriend in de studio op bezoek ging. Hij vertelde dit overigens niet om te bluffen of interessant te doen, zulke dingen overkwamen mijn vriend gewoon.

Op een van die bezoekjes was hij een 'paar nogal vreemde Engelsen' tegen het lijf gelopen. Ze waren er een plaat aan het opnemen en zouden volgens hem de 'raarste apparaten' gebruiken om er muziek mee te maken. Ik moest onmiddellijk denken aan de speciale avond in die studio in Düsseldorf. Daar hadden we toen toch al het nodige aan instrumenten gezien die aan zijn zojuist geleverde kwalificatie voldeden. Het kwam mij voor dat hij via zijn contacten aan het nodige gewend moest zijn geraakt en dat hij dus een beetje zat te overdrijven.

Na wat gevraag mijnerzijds en later ook van mijn nieuwsgierig geworden huisgenoot, bleek het te gaan om ene 'Brian die uit het bandje Roxy Music was geschopt' en een 'broodmagere roodharige kerel die zich Bowie liet noemen'.

Die was hij dus tegen het lijf gelopen. Voor ons waren dat niet zomaar onbekende grootheden, het waren onze helden. We wisten precies wie hij bedoelde, maar onze vriend kende ze niet eens!

Joost had het onmiskenbaar over onze 'Heroes'. Hij was er dus bij tijdens hun idee omtrent de Berlijnse muur. We vroegen ons af hoe 'Low' hij daarbij kon of moest gaan. Alle gekheid op een stokje, het moge duidelijk zijn dat mijn vriend gedurende zijn verblijf in Berlijn ver buiten de wereld van mijn andere vrienden en mij verwijderd was geraakt. Wij hielden de vinger aan de pols qua muziek en bandjes. Dat ging Joost overduidelijk te ver. Hij vond het een soort 'helden verering' en daar was hij wars van. Het was "zonde van de tijd".

De verloving en zijn relatie met Irmgard brachten daar, ondanks dat zij veel meer interesse voor wereldse zaken toonde, niet veel verandering in teweeg. De verwijdering in onze vriendschap stoorde mij intussen mateloos. Ik vond het vervelend om ons kontakt langzamerhand te zien verwateren, al kon ik er niets aan doen omdat me de fondsen om hem vaker op te zoeken, ontbraken. Het maakte me afhankelijk van zijn goede wil en mogelijkheden, die konden we steeds minder intens met elkaar delen.

Tijdens onze studie hadden we een regelmatig kontakt met elkaar weten te onderhouden, maar toen hij eenmaal was afgestudeerd als vormgever, designer en op zoek moest naar opdrachtgevers of andere 'invloedrijke' personen merkte ik hoe ik steeds verder buiten beeld raakte. Ik begreep wel dat mijn vriend zich op een carrière moest concentreren en dat hij moest letten op met wie hij om ging en met welke personen hij werd gesignaleerd, maar wie van ons in Nederland en ik in het bijzonder kon hem daarbij nou in gevaar brengen?

Joost is na zijn afstuderen nog een tijdlang in Berlijn blijven wonen, maar het moet allengs tot hem zijn doorgedrongen hoe goed hij ook hier in zijn oude vaderland, een mooie loopbaan op kon bouwen. Wellicht kon hij zijn buitenlandse opleiding er zelfs een rol in laten spelen want zoveel aanbod aan goede ontwerpers was er nog niet en die Fachhochschule stond hoog aangeschreven. Ik weet dus niet of alleen Heimweh of een ander motief hem er uiteindelijk toe heeft gebracht om weer naar Nederland terug te komen, maar het werd me wel duidelijk dat Joost er steeds meer aan toe leek om er gevolg aan te geven. Alleen al het toenemend aantal keren dat hij hier naar toe kwam sprak voor zich. Zijn flitsend snelle bezoekje aan mijn afstudeer borrel of zomaar eens een paar dagen ontspanning 'omdat we weer eens nodig bij moesten praten' toonden het allemaal aan.

Toen zijn verloving met die 'Duitse tante' op de klippen was gelopen, werd het langzaamaan duidelijk dat hij er naar toe werkte om zich weer in Nederland te gaan vestigen. Daar was de kennismaking met zijn toekomstige bruid onmiskenbaar ook in grote mate debet aan, maar de beslissing lag bij Joost.

VIII

Eergisteren toen we na zijn vrijgezellen avond nog even zaten na te praten bij mij thuis in de zitkamer, heeft Joost het laatste hoofdstuk van het verhaal over zijn zusje, hun vriend Sjef en hem, verteld. Mijn vrouw had op onze thuiskomst zitten wachten, maar toen we eenmaal op de bank zaten, viel ze bijna in slaap. We hebben nog wel heel even een kort verslag kunnen uitbrengen van de gebeurtenissen die we de voorafgaande avond hadden meegemaakt, maar daarna ging ze snel naar bed. Al voordat we halverwege waren vielen haar ogen namelijk al zowat toe.

Joost had me een lijstje gegeven met personen van wie hij het op prijs stelde om zijn laatste avond als vrijgezel mee te vieren. Met in totaal twaalf man hadden we als startpunt afgesproken in een café ergens in de binnenstad. Vervolgens zijn we naar een gezellig restaurant gegaan. De groep bestond uit vrienden uit onze schooltijd met wie hij contact had behouden en kennissen die hij in de loop van zijn studie en via mij had opgedaan. Geen enkele zakenrelatie en tot mijn verbazing geen mede studenten van hem uit Duitsland.

Zoals gebruikelijk op zo'n avond hadden we Joost de hele tijd 'een stripper' beloofd. Eerst een beetje plagerig en daarna net alsof we daadwerkelijk een blote, misschien zelf wel naakte danseres hadden besproken die haar nummertje zou komen vertonen. Tijdens het diner hadden we het doen voorkomen alsof onze belofte bij het toetje op zou komen treden en hadden hem wijsgemaakt dat de juffrouw net zoals dat in de Lucky Luke strips staat, uit een grote taart tevoorschijn zou komen springen.

We stelden voor en hadden hem er speciaal een envelopje voor in de hand gedrukt, dat hij haar na afloop van het kunststukje een flinke fooi zou geven. Ze zou dan wel even bij hem op schoot blijven zitten. Als zijn bijdrage groot genoeg was, gaf ze hem misschien zelfs een lapdance. Om de illusie compleet te maken zat er in de envelop een stapel papiertjes ter grootte van een bankbiljet, zodat deze hem ervan moesten overtuigen dat het niet aan onze bijdrage zou liggen.

Joost gaf aan 'daar niks aan te vinden' en in Berlijn 'al genoeg tieten' gezien te hebben. Dat moest vanzelfsprekend voorgevallen zijn terwijl hij daar voor een theatergroep gewerkt had. Na het hoofdgerecht gaf hij een beetje kinderachtig aan, liever 'naar huis' te willen en hij had de bediening intussen om een taxi gevraagd.

Tot dan toe hadden we hem voor weten te houden dat het dansje met de taart er daadwerkelijk aan zat te komen. Uitdrukkelijk hadden we meermalen verzocht of hij het envelopje nog in bezit had en hem voorgesteld de inhoud te bekijken zodat hij zijn verwachtingen kon bijstellen. Het doet er niet toe dat het betreffende envelopje slechts gevuld was met briefjes waarop wij onze gelukwensen hadden neer geschreven. De meisjes van de bediening hadden het spel meegespeeld door zogenaamd en passant te komen vragen of de kok de taart al kon gaan decoreren. Ik wist hem uiteindelijk van zijn voornemen af te brengen door te verklappen dat het 'maar een geintje' was. Als brave huisvaders zouden we immers niet eens geweten hebben hoe we aan een 'exotische danseres' hadden moeten komen?

Op weg naar huis dronken we in diverse cafés nog een aantal versnaperingen, maar we waren oud genoeg om te weten dat we ons niet helemaal vol hoefden te laten lopen om er een feest van te maken. Dat lieten we dus aan de rest van ons gezelschap over. In de voorlaatste kroeg al waren we allebei overgestapt op Spa water. Joost wilde Blauwe, maar ik koos Groen, die met de kleinste luchtbellen.

Toen we in de huiselijke rust waren weergekeerd, wilden Joost en ik toch graag nog een 'klein afzakkertje'. Loes was te moe om daarbij te blijven zitten en is dus naar boven gegaan. Ze liet ons samen in de huiskamer achter. Onze keus viel op een slokje vijf sterren cognac die in een karaf in het wandmeubel al op ons stond te wachten.

Zonder dat er een aanleiding toe was, begon hij plompverloren over de gebeurtenissen uit zijn jeugd te praten. Hoewel het ten minste vijf jaar geleden was, dat we er voor de laatste keer over hadden gesproken, ging hij ermee door alsof we het er net even eerder op de avond al over hadden gehad. Het kostte me dus even om te begrijpen waar mijn vriend over sprak. Ik was eigenlijk nog in de weer met de glazen en de karaf, maar het was natuurlijk typisch Joost. Direct en op de man af.

"Ik was dus naar mijn kamer gegaan.

Het licht had ik al uitgeschakeld en ik was net in bed gekropen, toen ik Ria de overloop op hoorde komen. Als Sjeffiedewoerd bij ons logeerde liet ik voor de frisse lucht, de deur van mijn kamer altijd een stukje open staan.

Ik kon daardoor wat er op de overloop gebeurde, heel goed horen".

De glazen en de karaf moesten uit de kast gepakt worden en terwijl ik me daarmee bezig hield, stond ik met m'n rug naar mijn vriend toe gekeerd. Boven hoorde ik hoe mijn vrouw vanaf het toilet daar, naar de slaapkamer liep. De stortbak vulde zich met veel geraas.

Met de twee glazen in mijn ene en de karaf in de andere hand liep ik terug naar de bank. In de tussentijd was Joost dus al begonnen om zijn verhaal verder te vertellen. Hij was in het hoekje van de bank gaan zitten. De lakens, dekens, een hoofdkussen en een sloop lagen over de rugleuning van een van de stoelen klaar. Straks zou onze zitplaats weer eens als bed voor mijn vriend gaan dienen. Waarschijnlijk voor de laatste keer zou hij bij me blijven slapen. Als hij binnenkort, eigenlijk niet eens zo ver bij ons vandaan, in zijn eigen huis ging wonen verviel immers de noodzaak voor het logeren.

Ik nam aan het andere uiteinde, het korte deel van de L-vorm van de bank plaats. Zo kwamen we allebei aan een eigen kant, schuin tegenover elkaar terecht. Joost bleef wachten tot ik was gaan zitten.

"Als Sjeffie bij ons sliep dan schoven we het logeerbed onder het mijne vandaan. Uitgeklapt paste dat net tussen mijn bureautje en eigen bed in. Doordat die twee bedden zoveel ruimte innamen, was er op de vloer bijna geen ruimte meer om je te verkleden.

Ik had dus boven op het bed mijn pyjama aan moeten trekken. Mijn kleren hingen over de rugleuning van mijn bureaustoel. Sjeffie gooide de zijne dan op het kleine stoeltje dat in de hoek stond.

Naast mijn bureau".

Ik vroeg me af waarom ie opeens Sjeffie heette en waar dus zijn achternaam gebleven was. Het leek me niet belangrijk genoeg om zijn verhaal ermee te verstoren, maar het viel me op dat hij nu op een andere toon over zijn vriend sprak dan de vorige keren.

"Ze glipte de wc in, nadat ze eerst even bij mijn deur stil was blijven staan. Ze probeerde door de spleet naar binnen te kijken. Maar het was dus al donker op mijn kamer en ik hield me stil. Al wist ik natuurlijk niet of ze me naar boven had horen komen.

Waarschijnlijk wilde ze alleen maar even, de boel controleren.

Ik hoorde hoe Sjeffie ook naar het toilet ging. In ieder geval hoorde ik de huiskamer deur open en weer dicht gaan. Ik maakte eruit op dat hij naar de wc ging. De deur van het toilet beneden in de gang hoorde ik niet. Maar ik hoorde ook niemand de trap op komen.

Daarom ging ik ervan uit dat dat de enige optie was".

Ik vroeg me af wat alle kleinigheden ertoe deden.

Waarom maakte mijn vriend telkens zo'n punt van al deze in mijn ogen, futiele details?

Ik nipte even aan mijn glas. Daarna draaide ik de drank erin rond.

Cognac dient een beetje lauw, zeg maar handwarm te zijn. Door het glas met mijn hele hand te omvatten kon ik mijn eigen warmte op de drank over brengen. Het zogenaamde walsen maakt het drinken van cognac tot een 'ritueel'. De handeling schenkt rust en wekt een bedachtzame indruk. Ook het voorzichtige drinken, het nippen, hoort erbij. Alleen even de bovenlip bevochtigen met de drank.

En deze daarna dan met de tong voorzichtig oplikken.

Ik zag hoe aan het andere einde van de bank, mijn vriend hetzelfde ritueel volgde. Hoe de situatie of de onderlinge relaties bij hem thuis precies in elkaar hadden gestoken, kon ik me nog steeds niet goed voor de geest toveren. Zoals gezegd ben ik maar een heel enkele keer bij hem thuis geweest.

De eerste maal was toen we nog op school zaten en later tijdens onze studie ben ik er nog eens geweest. Er was mij echter niets dat afweek of speciaal was opgevallen. Ik kwam toen wel eens vaker bij vrienden en klasgenoten thuis, maar bij Joost was de situatie in mijn ogen net zo nieuw of normaal als die elders voor me was geweest. Vooral in grotere soms echt Roomse gezinnen had ik me weleens verbaasd over de gang van zaken daar. Bij mij thuis improviseerden we meer. Wij waren de meeste tijd dan ook alleen maar met z'n drieën eigenlijk. Toen ik het huis uit ging was mijn broertje net vijf of zes jaar oud. Dat is te jong om er 'rekening' mee te moeten houden.

Het verschil in leeftijd was bij Joost en zijn zusjes thuis, veel kleiner dan de twaalf jaar die ik met hem scheelde. Het onderscheid in leeftijd was bij alle andere vrienden in huis niet veel groter dan twee, hooguit drie jaar. Een goed jaar onthouding was kennelijk de gebruikelijke tijd voordat er aan een volgende worp werd gewerkt. Omdat mijn ouders er langer over hadden gedaan, gold er bij mij een uitzonderingspositie.

Toen ik al lang en breed aan de universiteit studeerde, stootte mijn broertje pas van de lagere school door naar het voortgezet onderwijs.

Hij ging net naar de lagere school, dezelfde als ik eerder bezocht had, toen ik in het eindexamenjaar van mijn middelbare school beland was. Omdat ik even in gedachten verzonken was heb ik niet opgemerkt dat mijn vriend verder is gegaan met zijn verhaal.

"Schuiven, noemde mijn zusje dat vroeger. Ze was dan half op haar zij gedraaid op de grond gaan liggen.

Een knie had ze dan zo hoog mogelijk opgetrokken. Als ze eenmaal in een comfortabele positie tegen het uiteinde van het kleed lag, begon ze met haar onderbuik tegen de franjes op te rijen. De rand met de knopen en pluimen had ze dan bovenaan langs haar beentjes tegen haar dij en kruis aan getrokken".

Ik keek hem aan, maar Joost zat in gedachten verzonken voor zich uit te staren. Zou hij weer voor zich zien hoe zijn zusje had liggen masturberen?

Ik kende het van college. We hadden een keer op een video gezien hoe heftig het er aan toe kon gaan bij meisjes. Jongens doen daar als ze klein zijn nog nauwelijks aan, bij hen komt volledige zelfbevrediging pas veel later aan de orde. Als ze gaan ejaculeren en er dus sprake is van een tastbaar product.

"Die franjes mochten we van onze moeder overigens wel eens kammen. Bijvoorbeeld voordat er visite kwam.

Daar had ze een speciale kam voor. Die zat in het stofdoekenmandje".

Er speelde een glimlachje op zijn gezicht. Ik maakte eruit op dat de herinnering aan dat kammen prettig was. Het leek me dat er een huiselijke sfeer vanuit ging. Helaas dus uitzonderlijk bij hem thuis.

"Onder het kleed lag trouwens een harde, ruwe vloerbedekking.

Als je daar onder het spelen overheen kroop dan schaafde je gemakkelijk je knieën. Daar pasten we dus wel voor op als we op de vloer speelden. Bij voorkeur bleven we dan zoveel mogelijk op het kleed. Dat was wel lekker zacht.

Ria moest dat schuiven van haar dus ook tamelijk voorzichtig doen.

Maar ik heb regelmatig kunnen zien dat ze haar dijbeen helemaal rauw geschaafd had. Dan had ze een tijdje door kunnen gaan".

Ik kon me de rode geknoopte kleden die er bij zijn ouders op de vloer lagen, herinneren. Er onder zat inderdaad van dat harde, stugge karpet. Sisal, of zoiets noemden ze dat.

"Mijn moeder vond dat schuiven vreselijk. Als ze het zag, riep ze altijd met zo'n lange uithaal in haar stem, dat Ria er mee op moest houden.

Ze werd zelfs een beetje kwaad als ze daarna niet onmiddellijk stopte.

Als ze het haar dus vervolgens nog eens moest verbieden".

Doordat ik de drank steeds in het glas had laten ronddraaien had die de temperatuur van mijn hand aangenomen. Precies de juiste warmte om een wat grotere slok te nemen dan alleen een nipje.

"Meestal kon ze zo een tijdje liggen rijen voordat mijn moeder het door had. Vaak trouwens, omdat ze een plek op de vloer had

137

uitgekozen waar we haar niet bezig konden zien. Achter de tafel bij de tuindeuren of in de voorkamer, half verscholen achter de bank.

Daar lag ook zo'n vloerkleed. Die was zelfs wat dikker. Waarschijnlijk wist ze al, dat die nog lekkerder was om mee te schuiven".

Joost vond zijn opmerking leuk, de glimlach op zijn gezicht werd in ieder geval breder. Een beetje triomfantelijk keek hij me aan. Ik vulde mijn glas bij en hield de karaf omhoog om te vragen of Joost ook nog een scheutje wenste. Met een forse teug leegde hij zijn glas en hield hem zo dat ik erbij kon.

Ik hoefde er niet voor op te staan.

"Dat was dus al van toen we nog heel jong waren. We moeten nog kleuters geweest zijn toen ze er mee begon".

Mijn vriend ging weer achteruit zitten.

Hij staarde voor zich uit. Het leek of hij naar buiten zat te kijken, door de schuifdeuren naar de tuin. Uit ervaring wist ik dat je jezelf van waar hij zat niet weerspiegeld kon zien in de ruit, dus naar zichzelf zat hij niet te kijken. Het moest zo zijn dat hij zich concentreerde op zijn herinneringen. Waarschijnlijk waren het de eerste beelden die hij heeft onthouden van zijn kleine zusje. Ik ging er vanuit dat hij in de periode waarover hij sprak, al op de kleuterschool met de nonnen zat. In het hartje van de stad.

Zijn zus is ongeveer twee jaar jonger dan hij. Als ze inderdaad nog kleuters waren, kan het niet anders.

Of zijn oudere zus, die ik wel een paar keer ontmoet heb, ook bij deze voorvallen betrokken was, leek me niet belangrijk. Joost had het niet over haar, maar over zijn kleine, jongere zusje. Al leek de oudste hem dierbaarder. Dat was duidelijk merkbaar aan de manier waarop hij meestal over haar sprak.

"Ze was er dus eigenlijk al vroeg bij. Voor zo ver ik me kan herinneren lag ze echt klaar te komen. Ze kreeg dan na verloop van tijd een extatische blik in haar ogen.

Dat wist ik toen nog niet natuurlijk. Ik dacht altijd dat ze boos werd of het heel warm kreeg van dat schuiven".

Weer die glimlach. Hij kijkt me aan.

"Als mijn moeder er niet bijtijds iets van zei tenminste.

En daar zorgde Ria dus voor. Door buiten haar gezichtsveld te gaan liggen".

Joost laat zich weer iets achterover zakken, tegen de achterkant van de bank. Al kan ik me gezien zijn plaats niet voorstellen dat het comfortabel leunen is zo. Het plekje waar hij zit is niet mijn favoriete stukje van de bank. Zelf zit ik liever in een van de stoelen.

"Er waren dagen dat ze wel geobsedeerd leek. Ze moest dan vaak meerdere keren achter elkaar door mijn moeder tot de orde geroepen worden".

Had hij indertijd al de 'lading' van de situatie opgemerkt, of was het de boosheid van zijn moeder geweest die hem vertelde dat het gedrag van zijn kleine zusje 'verkeerd' was?

"Hoe vaak is het schuiven voorgekomen"?

Ik voelde me geroepen om mijzelf bij zijn ontboezemingen te betrekken. Als ik nu geen belangstelling toonde, zou ik te veel op een afstand blijven. We zaten hier samen, het was intussen te laat om nog gestoord te kunnen worden. De doodse stilte in huis maakte dat ik op zijn verhaal moest reageren. Mijn vriend zat zijn hart te luchten.

Het vertrouwen dat hij me hier bij mij thuis in mijn huiskamer schonk, maakt het onmogelijk dat ik me op de vlakte zou houden. Los hiervan wilde ik dat niet. Nu kon ik mijn deel van de vriendschap bewijzen door belangstelling te tonen.

Zonder nieuwsgierig of sensatiebelust te lijken.

"Heel vaak eigenlijk. Ook toen ze al op de lagere school zat, lag ze vaak met het kleed tussen haar benen op de grond. We zijn het trouwens altijd 'schuiven' blijven noemen".

Hij ging verzitten. Onder het praten was hij steeds verder onderuit gezakt. Nu richtte hij zich weer op en ging tegen de rugleuning aan zitten. Niet het beste plaatsje op de bank, ik merkte het al op.

"Ze vond het kennelijk erg lekker om te doen.

Ik vermoed dat ze er rustig van werd. Ze deed het namelijk vooral als ze zich moe voelde".

Ik wilde er niet meteen reageren. Er viel even een stilte.

"Je moeder lette er erg op dat ze het juist niet deed, begrijp ik"?

Joost keek me aan.

"Die was ook toen al, heel vaak weg. Dan was ze naar de stad, bijvoorbeeld. Met de fiets.

We hebben pas een auto gekregen toen ik een jaar of negen was.

Dus reken maar uit".

Dat was niet nodig. Het beeld was intussen duidelijk.

Joost en zijn zusje moeten nog erg jong geweest zijn. Klaarblijkelijk was hun moeder regelmatig weg en dan hadden de kleintjes het rijk alleen in huis.

Ik vroeg me af waar hun oudere zus op zulke momenten was. Zou die dan nog op school geweest zijn, of bij een vriendin?

Trok ze misschien toen al veel met haar moeder op?

Joost en ik moeten toen al samen op de lagere school aan de Potgieterlaan gezeten hebben. Bij mij thuis was ik nog het enige kind en hij was de middelste tussen zijn zusjes.

Uit het nogmaals vollopen van de stortbak in de badkamer, maakte ik op dat mijn vrouw weer naar het toilet geweest was. Het kon ook een van onze dochters geweest zijn. Het bleef verder stil op de trap.

Joost en ik betrapten elkaar erop dat we allebei zaten te luisteren of er iemand naar beneden kwam. Omdat het stil bleef ging hij verder.

"Sjeffiedewoerd had beneden klaarblijkelijk al afgesloten. Hij kwam in ieder geval rechtstreeks vanaf de wc, naar boven. Ik hoorde hoe hij de trap op kwam lopen. Zonder nog de huiskamer in te gaan. Alleen even in de keuken zijn handen wassen".

De situatie leek me duidelijk. Joost moet het erg spannend gevonden hebben. Kennelijk stond er iets te gebeuren of voelde hij aankomen dat er wat aan zat te komen.

"Naast mijn kamer had ik Ria nog niet van het toilet af horen komen.

Sjeffie kwam binnen en deed het grote plafond licht aan. Ik wist natuurlijk dat hij altijd erg veel licht nodig had. Snel was ik dus al met mijn gezicht onder de dekens gegaan. Mijn ogen waren intussen gewend aan het donker. Van al het licht zou ik weer klaarwakker worden. Terwijl hij zich aan het verkleden was ging de stortbak in de douche naast mijn kamer lopen.

Meteen kwam ze binnen. Zonder wat te zeggen sprong ze op het bed.

Sjeffie stond zich in de hoek nog te verkleden. Pas toen hij zijn pyjama broek helemaal had opgehesen, draaide hij zich om.

Ik had tegen het felle licht mijn kop wel onder de dekens gedaan. Maar door de spleet die voor het ademen open had gelaten, kon ik het allemaal goed zien".

Joost moest nieuwsgierig geworden zijn en deze nieuwsgierigheid had hij niet kunnen bedwingen.

"Omdat hij klaar was knipte hij het licht op mijn bureautje aan.

Intussen deed hij met zijn andere hand het grote licht uit. Die lamp stond met de kap op het hoofdeinde van zijn bed gericht. Dan had hij genoeg licht als hij voor het slapen nog even wilde lezen. Daarna kroop hij over zijn hoofdkussen heen op het bed. Het licht was een stuk minder geworden en Sjeffie zat nu tussen de lamp en mij in.

Ik kwam dus met mijn kop onder de dekens vandaan. Ria was op het voeteneinde van zijn bed gaan zitten. Ze had haar babydoll aan.

Dat was zo'n roze, half doorschijnend, nylon, hansop-achtig ding".

Met zijn linkerhand in de lucht wapperde hij om aan te geven hoe luchtig hij het bedoelde.

"Ze was daar heel trots op omdat ie haar 'sexyer' deed lijken dan onze grote zus. Die gaf daar niet zoveel om.

Zij had dus niet zulke 'niemendalletjes'.

Er zat ook een bijpassend broekje bij. Het was een setje tenslotte".

Ik moest glimlachen, herkende zijn cynisme.

Het beeld van foto's van filmsterren uit de zestiger jaren doemde voor mijn geestesoog op. Soms zag je indertijd blaadjes met afbeeldingen van jonge meisjes in minuscule pakjes die in een wulpse houding op een kleedje zaten. Het summum van blootheid werd bereikt als er een stukje buik zichtbaar was en de dames daartoe een los bovenstukje aan hadden. Meestal betrof het zwart-wit plaatjes en vaak niet eens helemaal scherp afgedrukt. Ze hadden de schijn van prikkelende en daardoor verboden beelden, maar in feite was er nauwelijks iets op te zien en kwam het 'opwindende' alleen uit het verbod dat er omheen werd opgehangen. Een blote schouder, dat was al heel wat.

Zo mocht ik die 'sex bladen' van mijn vader persé niet doorbladeren als we samen bij de kapper op onze beurt zaten te wachten. Al vond die het goed dat ik ze inkeek als mijn vader onder handen genomen werd en met zijn rug naar me toe zat.

"Hij boog zich naar voren trok het hemd van Ria omhoog. Ze stak onmiddellijk haar borstjes naar voren en hielp hem zelfs om het tentje omhoog te houden. Toen hij over haar tepeltjes begon te strelen, deinsde ze naar achteren. Ze keek naar mij.

Ik reageerde niet, vond het nogal raar dat Sjeffie zomaar aan haar mocht zitten frunniken. Om eerlijk te zijn schrok ik er vooral van, dat ze van mij leek te schrikken. Ik werd ook een beetje boos.

Voor mijn gevoel wou ze kennelijk dat ik er niet bij zou zijn. Had ze niet op mij gerekend. Ze schaamde zich, dacht ik.

Maar Sjeffie mocht pas weer aan haar zitten als ik ook even had gevoeld hoe 'flinke tieten' ze al had. Uitnodigend draaide ze zich met haar hemdje nog steeds omhoog getrokken naar me toe.

Ik kan me alleen herinneren dat ik me er sowieso over verbaasde dat ze al 'iets' had. Het was me eigenlijk nooit opgevallen dat mijn zusjes zoiets als vrouwelijk vormen hadden. Volgens mij lette je daar niet op.

Daarom had ik er geen zin in om met haar chantage spelletje mee te doen. Ik draaide me om.

Met mijn gezicht naar de muur toe dacht ik veilig te zijn.

Sjeffiedewoerd ging meteen op zijn knieën achter mij zitten en begon als een bezetene aan mijn schouder te rukken. Terwijl hij daarmee bezig was trok Ria de dekens helemaal van mij af.

Uiteindelijk bevond zij zich het dichtst bij het voeteneinde.

Het was vanuit die positie geen moeite".

Ik was de hele tijd geïnteresseerd naar mijn vriend blijven kijken.

Rustig voor zich uit pratend had hij het relaas zitten vertellen. Niet boos of fel, zoals de vorige keer.

"Gewoon een stoeipartij op het bed. Om je te jennen met je verlegenheid. Een soort kussengevecht".

Wederom probeerde ik me in te leven in een situatie tussen broers en zussen. Het leek me dat zoiets normaal was in gezinnen. Op werkweek hadden we in de slaapzaal toch ook een kussen gevecht gehouden? Daar had Joost ook aan meegedaan.

"Nou niet echt hoor. Sjeffiedewoerd zat heel erg hard aan mijn schouders te trekken. Ik probeerde intussen op mijn buik te blijven liggen. Vooral omdat ik niet wilde dat ze zagen dat ik een stijve had gekregen. Van de bobbeltjes van mijn eigen zusje"!

Joost reageerde 'bozig' op mijn interruptie.

Hij draaide zich naar me toe en duidelijk zichtbaar raakte hij geëmotioneerd.

"Sjeffiedewoerd probeerde me op mijn rug te draaien. Omdat ik kwaad begon te worden verzette ik me steeds sterker.

Het werd een echt gevecht.

Wat me nog het meest verbaasde was de felheid van mijn zusje. Ik had mijn benen vrij gemaakt en trapte om mij heen. Daarom trok ze uit alle macht aan mijn broekspijpen".

Hij keek me aan. Ik schrok van zijn blik, het leek wel of hij me radeloos aankeek. Klaarblijkelijk bracht het vertellen, zijn ontreddering van indertijd weer bij hem terug.

Ik moest hem nu de tijd gunnen om zichzelf terug te vinden.

"Kijk we gingen heel veel met elkaar om. Ria en ik.

We waren natuurlijk nogal op elkaar aangewezen. Zoveel vriendjes om mee te spelen hadden we tenslotte niet. We werden bij ons thuis door de meeste mensen met de nek aangekeken. Mijn ouders waren immers 'Leienaars' en dat viel niet zo goed op de dijk.

142

We moesten daarom vaak samen spelen.

Ze vond het leuk om me te helpen. Bijvoorbeeld als ik op zolder met mijn trein bezig was. Of in de huiskamer als ik met mijn autootjes een race naspeelde. Op de rand van de tafel".

Zijn verklaring kon ik me voorstellen, hij had me al vaker verteld van de situatie bij hem thuis. Toch begreep ik niet waarom hij zijn zusje nu opeens in bescherming nam tegen mijn eventuele oordeel.

De stoeipartij was hem niet bevallen. Hij had zich er misschien zelfs bedreigd onder gevoeld. Ze hadden hem pijn gedaan. Maar wellicht was dat mijn professionele kijk op de zaak.

"Toen ze merkten dat ik mijn verzet niet opgaf, lieten ze me los. Ik lag daar in elkaar gekropen op het bed. Half op mijn buik met mijn rug naar ze toe. Ter bescherming had ik mijn armen om mijn hoofd gedaan. Het kussen hield ik strak tegen me aan gedrukt.

Ik hoorde hoe Sjeffie een opmerking maakte over 'iets passen'.

Omdat ik echt helemaal van ze weg gedraaid lag, wist ik niet waar hij het over had. Het kon me trouwens niet schelen. Ik was boos.

Door de manier waarop ik lag, had ik niets met ze te maken. Ik vond dat ze ver genoeg waren gegaan. Hun spelletje moesten ze maar samen spelen".

Joost staarde weer naar buiten. Ik vond het niet prettig dat mijn vriend melancholiek werd. Zou ik hem met een grapje of leuke opmerking kunnen opbeuren?

"Achter me hoorde ik ze praten.

Ria wilde iets niet. Ze klonk angstig leek het wel.

Ze spraken half fluisterend, gejaagd met elkaar en ik kon ze daarom niet verstaan. Maar ik wou het ook niet weten.

Het leek me het beste als ik me dood hield. Zo kon ik afwachten en hoefde me er niet mee te bemoeien. Aan het wiebelen van het bed had ik begrepen dat Sjeffie weer naar achteren was gekropen. Terug op zijn eigen bed. Hij moet midden op zijn kussen hebben gezeten en had blijkbaar iets gepakt".

Joost ziet de scène weer voor zich lijkt me. Hij kijkt recht voor zich uit maar zijn blik is naar binnen gericht.

"Na het gevecht was Ria langs me gekropen, opgestaan van het bed.

Naar ik kon horen, stond ze vlak bij de deur van mijn kamer.

Volgens Sjeffie moest iets zeker passen. Anders kon ze 'die van mij' maar proberen. Ik moet je zeggen dat ik echt niet wist waar ze het over hadden en ging er eigenlijk van uit dat hij iets van mijn bureautje had gepakt. Omdat ze me losgelaten hadden dacht ik dat het veilig was om mijn arm iets op te tillen.

Die had ik namelijk nog steeds over mijn hoofd om me te beschermen. Ik draaide me ook een beetje terug. Zodat ik de kamer in kon kijken.

Vlak naast mijn hoofd zat Sjeffie. Hij had die lul van hem weer eens uit zijn broek tevoorschijn gehaald. Doordat ie 'm onderaan beet hield, wiebelde hij ermee omhoog en omlaag.

Ria stond inderdaad bij de deur.

Op het moment dat ze naar me keek begreep ik dat het sjorren aan mijn pyjama resultaat had gehad. Ik lag daar in mijn blote kont, en voelde dat mijn lul omhoog stond".

Joost had gedurende het hele relaas zijn blik niet van de deuren afgewend. Het leek wel of hij buiten in de tuin iets zag waardoor zijn aandacht volledig in beslag genomen werd. Het huis was stil en eigenlijk wilde ik gaan slapen, maar ik begreep dat mijn vriend zijn verhaal nu echt helemaal af moest maken. Over een paar dagen zou hij gaan trouwen. Het leek me verstandig als hij vooraf schoon schip maakte. Maar daar kon ik me ook in vergissen. Ik wachtte af. Als hij niet verder wilde vertellen zou ik dat vanzelf merken, dan konden we inderdaad gaan slapen.

Joost boog zich iets voorover en zette het cognacglas op de rand van de tafel. Ik rekende er op dat hij zijn bed op wilde gaan maken en kwam overeind. Hij gebaarde dat ik zijn glas moest vullen en ging weer rechtop tegen de rugleuning aan zitten.

"Langzaam liet ze haar broekje zakken en zei 'ok'. Meer niet, alleen een kort oké terwijl ze dus dat dingetje uit begon te doen. Ik draaide me weer terug op m'n buik, hoefde het allemaal niet te zien. Ze kwam op het bed zitten en vroeg Sjeffie hoe het dan moest.

Heel kinderachtig met een onbeholpen stemmetje.

Ze legde de verantwoording ermee bij hem. Alsof niet zij en haar eeuwige gezeur aan de orde waren maar het idee van Sjef".

Weer keek hij met die vertwijfelde blik in mijn richting. Ik wist niet zo goed wat ik er aan kon doen. Moest ik opstaan en hem daarmee de mond snoeren?

Het ging me immers niet aan en ik kon de rest van het verhaal eigenlijk wel raden. Maar ik had gemerkt dat het vertellen hem opluchtte. Ik had tijdens mijn opleiding geleerd dit 'een doorbraak' te noemen, dat ik 'de cliënt' er 'ruimte' bij diende te verlenen. Dat het allemaal erg persoonlijk werd moest ik professioneel voor lief nemen.

"Sjeffiedewoerd duwde me op mijn rug en zei dat Ria 'over me heen' moest gaan zitten. Hij overviel me en liet me niet los. Ik kon me niet meer wegdraaien, werd door hem overrompeld".

Joost liet een pauze vallen. Hij keek naar de tuin. Buiten gebeurde het, daar liet hij zijn blik niet meer van los.

Ik wist nog steeds niet wat ik exact moest zeggen en wachtte af. Als ik nu een opmerking maakte zou 'het moment' verloren gaan. Bewegingloos bleef ik zitten.

Dat nieuwe glaasje cognac moest nog maar even wachten.

"Hoe ze het flikte weet ik niet. Maar voordat ik goed en wel doorhad wat ze van plan waren, had ze zich over mijn lul heen laten zakken en zat ze op me heen en weer te rijden. Ze kreeg dezelfde blik in haar ogen als wanneer ze lag te 'schuiven'.

Ik voelde me net een vloerkleed".

Tot mijn grote schrik schoot ik als reactie op deze laatste opmerking in de lach. Ik kon me niet voorstellen dat ooit iemand over zichzelf dezelfde vergelijking zou maken. In de literatuur was ie vast en zeker nooit voorgekomen, maar het maakte 'm in de geschetste situatie niet minder treffend. Het klonk alleen erg potsierlijk, zoals mijn vriend zich hier tegenover me in alle ernst en oprechtheid zat te vergelijken met zoiets voor de hand liggends als een kleed met franjes.

Joost moest om mijn reactie glimlachen. Kennelijk zag hij eveneens de humor ervan in. Gelukkig werd hij niet boos.

Ik kwam overeind van mijn plekje op de bank om de karaf met drank te pakken. Het leek me een goed moment om een laatste slokje in te schenken. Behulpzaam hield hij het glas weer bij.

Hij zei 'maar een klein beetje' te willen.

De karaf was intussen bijna leeg dus voor ons allebei was er nog slechts een enkel slokje over. Ik moest een stapje achteruit doen om mijn mijn eigen glas te pakken. Op de klok bij de keukendeur zag ik dat het intussen bijna half drie was. De hoogste tijd om naar bed te gaan eigenlijk. Straks moest Joost naar de notaris, maar eerst gingen we zijn aanstaande ophalen op het station. Het sprak vanzelf dat ze mee moest om de koopovereenkomst en hypotheekakte te gaan ondertekenen. Het passeren zou in de voormiddag plaatsvinden.

Haar trein komt al om half elf aan.

Dat liet ons nog krap een paar uur nachtrust.

Nadat ik de slaapkamer binnen kwam heb ik zo snel en geruisloos mogelijk mijn pyjama aan gedaan. Daarna ben ik zonder het bed teveel

145

in beroering te brengen tussen de lakens gekropen. Loes moest al weer vroeg op staan om onze dochters naar school te begeleiden. Ik wilde haar niet wakker maken.

Toen ik mijn plekje op de bank weer ingenomen had, is Joost vrijwel gelijk opgestaan. Nog terwijl hij dat deed dronk ie zijn glas leeg en liep er vervolgens mee naar de keuken om 'm daar op de aanrecht te zetten. Meteen kwam hij de kamer weer in en liep door naar de hal. Vanonder de kapstok pakte hij er zijn tas.

Intussen had ik mijn glaasje ook leeggemaakt en was opgestaan om deze eveneens naar de keuken te brengen. Weer in de huiskamer zag ik hoe m'n vriend zijn toilettas tevoorschijn haalde. Hij viste het ding onderuit zijn weekend tas en liep ermee langs me, op weg naar de keuken. Terwijl hij zijn tanden stond te poetsen ging ik in de weer met de lakens, het sloop en de deken om een bed voor hem te maken op de bank.

Ik had al gezien dat hij de handdoek die Loes voor hem had klaargelegd van onder op de stapel beddengoed mee had genomen. Die hoefde ik dus niet achter hem aan te brengen. Toen zijn slaapplaats gereed was stak ik kort mijn hoofd om de keukendeur en wenste hem een goede nacht. Meer woorden waren er niet nodig, het verhaal was helemaal verteld.

Het kostte me erg veel moeite om in slaap te komen. Zoals meestal na een erg zwaar gesprek, schoten me eenmaal in bed de juiste opmerkingen te binnen. De antwoorden of reacties die ik had moeten geven op het verhaal van mijn vriend tekenden zich opeens duidelijk voor me af maar ik maakte mezelf vooral het verwijt dat het zo lang heeft moeten duren, voordat hij de verkrachting aan me heeft kunnen vertellen. Als ik eerder wat assertiever had weten te reageren zou hij zijn ervaring niet in etappes en met telkens een jarenlange tussentijd hebben hoeven te vertellen. Nu heeft het een vreselijk lange tijd geduurd voordat hij zijn hart heeft kunnen luchten.

Ik stelde me voor dat hij gevoelsmatig heeft geweten dat hij nog voordat hij zich verbindt in het huwelijk, de opgelopen frustratie moest verwerken. Dat er een jarenlange worsteling aan vooraf was gegaan, leek me evident. Joost moest een hele tijd gezocht hebben naar een goede manier om zijn rol in deze zaak weer te geven. Het vertrouwen dat hij me door het allemaal aan mij te vertellen had geschonken voelde aan als vriendschap. Al was ik me ervan bewust dat ik enigszins tekort was geschoten.

Gezien de tijd had het verhaal niet zo veel met mijn professie te maken. Het leeuwendeel ervan had hij me immers nog tijdens mijn studie verteld. In de loop van de tijd waren er alleen maar nuances aangebracht, hij had er een kleur aan gegeven. Ik kon me voorstellen dat het Joost veel moeite heeft gekost om er 'een plaats aan te geven' en 'de gebeurtenissen te verwerken'. Misschien dat de ervaring die ik intussen had opgedaan in mijn praktijk me beter liet luisteren dan vroeger, maar het gesprek van zoeven had weinig met mijn beroep te maken. Daar was het allemaal te persoonlijk, teveel 'Joost en mijzelf' voor en geen sessie of therapie.

Ik twijfelde of de feiten en omstandigheden, zoals hij ze zojuist met me had besproken, een rol hadden gespeeld bij de lange tijd waarin hij vrijgezel was gebleven. Het voerde wat ver om er conclusies aan de verbinden want tot vanavond aan toe waren zijn verhalen anekdotes en niets meer dan dat. De impact ervan op zijn gevoelsleven of relaties was me nooit eerder duidelijk geworden. Daar had Joost mij, of wie anders danook voor zover ik wist, nooit eerder de gelegenheid voor gegeven. Hij was natuurlijk altijd terughoudend en hield zich meestal op op de vlakte, maar dat achteraf toeschrijven aan de vernedering die hem door zijn zusje en vriend was aangedaan ging me te ver. We hadden het allemaal altijd als een karaktertrek van mijn vriend gezien en er niets achter gezocht. Joost was een stille wat teruggetrokken jongen, dat hoorde gewoon bij hem. Zo was hij al voordat het incident voorgevallen was, meende ik me te herinneren.

Ik ben er nog even over blijven piekeren. Opeens vroeg ik me af of op de gastenlijst, die nota bene op mijn kantoor hier naast de slaapkamer op tafel lag, zijn zusje aanwezig was. Dat die Sjef de Woerd er aan ontbrak wist ik vrijwel zeker, maar ik begon te twijfelen of Ria er wel op stond. Zou Joost bot of hard genoeg geweest zijn om haar niet te vragen voor zijn feest?

Zou hij dat aan zijn ouders kunnen verkopen?

Waren zij op de hoogte van het voorval?

De lijst met uitnodigingen was een poosje geleden door Joost en zijn oudere zus samengesteld. Ik had er maar een aantal adressen van overgeschreven toen we de enveloppen gingen versturen. Samen met zijn zus en mijn vrouw hadden we ze hier een paar weken geleden beneden aan de huiskamer tafel zitten schrijven. Alle vier hebben we

147

een deel van de lijst met kennissen, familieleden en vrienden afgewerkt. Al hoefde ik er gezien mijn hanepoten handschrift niet zoveel als de dames te doen.

Ik begon me af te vragen wat het er eigenlijk toe deed of zijn zusje ook kwam. Het lag helemaal niet in mijn vriend z'n aard om rancuneus te zijn. Laat staan dit te blijven. Joost kon dat volgens mij helemaal niet, maar nu ik weet wat er tussen hem en haar is voorgevallen wilde ik een oplossing vinden voor de vraag hoe ik met het gebeurde om moest gaan. Ik wilde hem zonder dat het op hulpverlening zou gaan lijken, ondersteunen. Wellicht kon ik hem eindelijk de vriendelijke hand reiken die hij al die jaren van mij had mogen verwachten.

Het stoorde me echter dat ik haar niet naar een weerwoord kon vragen. Ik zou willen weten wat haar visie op de zaak was. Het interesseerde me plotseling hoe zij zich na het voorval heeft ontwikkeld?

Zou ze gepreoccupeerd zijn geraakt met seks?

Was ze eigenlijk wel op de hoogte van de moeilijkheden die het spelletje uit hun puberteit bij Joost hadden veroorzaakt?

De invloed die het heeft gehad op het leven van haar broer?

Ik wist dat hij de impact niet groter heeft gemaakt. Joost staat helemaal niet bekend om zijn overdrijvingen of Wichtigmacherei, dus ik kon er voorlopig van uitgaan dat hij daadwerkelijk geworsteld moet hebben met de loop die de gebeurtenissen heeft gehad.

Zijn scepsis of cynisme ten aanzien van hun jeugdvriend Sjeffie was er onmiskenbaar door gevoed. Het is wellicht de reden waarom hij zijn naam altijd zo snauwerig, met die achternaam er aan vast, uitsprak.

Loes werd wakker van mijn gewoel. Naast me drukten de elektro motoren van het bed haar matras omhoog naar een gemakkelijkere positie. Ze heeft gevraagd of ik een glaasje water voor haar wilde halen en waarom ik niet kon slapen. Twee vragen waarvan ik er maar een kon beantwoorden. Ik wist waar de waterkraan zich in de badkamer bevond, ik hoefde er alleen voor langs mijn kantoor te lopen. De lijst raadplegen zou er overigens niet voor zorgen dat ik alsnog rustig in slaap kon vallen.

De enige keer dat ik Joost z'n zusje Ria in persoon heb ontmoet, was op een feestje ter gelegenheid van zijn verjaardag. Hij en ik wisten net dat we van de vierde naar de vijfde klas waren overgegaan. We, bijna alle klasgenoten en ik, waren uitgenodigd bij hem thuis op de dijk. Ik herinner me nog dat het op een van de laatste schooldagen voor de

148

zomervakantie moet zijn geweest. Zijn moeder had een gezellig samenzijn georganiseerd om de overgang naar de eindexamen klas en tegelijkertijd zijn achttiende verjaardag te vieren. Joost is namelijk in juli, dus zeer ongunstig midden in de vakantie, jarig.

Door het komende eindexamen was het, omdat Joost altijd hoge cijfers haalde en dus zeker zou slagen, haar laatste kans om zijn verjaardag te vieren met een aantal klasgenoten van de middelbare school. Als daarna iedereen ging studeren, zou ons groepje uiteen vallen.

Zijn zusje, die in de familietraditie omtrent het gebruik van namen Rietje genoemd bleek te worden, was ook op het partijtje aanwezig. Hoewel ik me niet helemaal goed voor de geest kan halen in hoeverre Joost ons had voorbereid op haar gedrag, bleek Ria er inderdaad een opvallende manier van doen op na te houden.

Naarmate het feest vorderde begon het op te vallen dat zij er op uit was om zoveel mogelijk aandacht naar zich toe te trekken. Ook de andere klas genoten ontging dit niet. Het werd allengs zichtbaarder aan hun houding tegenover en reacties op haar.

Haar manier om een gesprekje te openen door verslag uit te brengen over de situatie bij hun thuis was danook ronduit bizar. Kennelijk ging zij er van uit dat we allemaal dagelijks, maar minimaal regelmatig, bij hun thuis over de vloer kwamen. Dit was in tegenspraak met de werkelijkheid en had ook voor haar duidelijk moeten zijn. Ongeacht de gesprekspartner die ze aanklampte volgde er, na enige inleidende opmerkingen, steevast een lange lijst met zaken die zij kennelijk allemaal had moeten ondergaan. Alsof ze zich wilde beklagen voerde ze anekdotes en voorvallen op die zich in een recent verleden hadden voorgedaan. Nooit waren wij daarvan echter op de hoogte gebracht door Joost, maar dat deed er niet toe een uitleg kwam er achteraan.

Gedurende vrijwel de hele avond bleef ze met haar rug naar het midden van de kamer staan. Zodoende kon ze al pratend iemand langzaam maar zeker in een hoek drijven. Telkens als er een nieuwe gast binnen kwam, sprak zij deze als een van de eersten aan. Door een klein stapje naar voren te doen werkte ze hem dan op een sluwe manier naar de buitenkant van de kring waarin we stonden.

Voor de gezelligheid was de huiskamer tafel tijdelijk buiten gezet en stonden de stoelen met hun rugleuning tegen de muur. Wellicht had Joost z'n moeder bedacht dat we ons aan een dansje zouden gaan wagen. De hele klas was uitgenodigd, dus er werden ook een aantal dames verwacht.

149

Het snoer van de huiskamer lamp die oorspronkelijk boven de tafel had gehangen was met een knoop ingekort zodat we ons hoofd er niet tegen konden stoten. Er speelde aan het begin van de avond nog geen muziek en hierdoor was wat er allemaal besproken werd voor iedereen telkens duidelijk te verstaan.

Met opze leek het, sprak Ria tamelijk luid. Dan weer bleek ze overgeslagen te zijn bij het uitdelen van het een of ander en de volgende keer had zij iets minder gekregen dan waar ze kennelijk naar haar gevoel recht op meende te hebben. Zowel haar ouders als de rest van de gezinsleden waren er klaarblijkelijk op uit om haar zoveel mogelijk tekort te doen. Onbeschaamd klaagde ze er luidkeels op los.

Dit dus allemaal terwijl er eigenlijk niemand van ons ooit bij Joost thuis geweest was of er eigenlijk wel eens kwam. De familie woonde gewoonweg te ver weg uit het centrum van onze beslommeringen. Daar kwam bij dat Joost liever zijn heil bij ons aan huis zocht. De hele toestand rond hun afgelegen huis riep trouwens ook niet het idee op dat we er echt welkom waren en Joost wekte nooit de indruk dat hij ons bij zijn thuissituatie zou willen betrekken. Los van een incidentele anekdote vertelde hij vrijwel nooit iets over zijn familie.

De omstandigheden binnen het gezin waren grotendeels onbekend. Op de manier waarop het een en ander tijdens het feestje aan ons werd verteld, was dus geen controle mogelijk. We werden door de opmerkingen van Ria gewoon voor het blok gesteld.

Het in wezen intieme karakter van haar verslagen dwong ons in een positie waarin we geen van allen wilden verkeren. Het bracht ons in verlegenheid tegenover zowel onze vriend als hun ouders. Dat ontging haar echter volledig. Een aantal keren begon ze over haar jeugd en hoe zwaar ze het in die tijd had gehad. Hoewel ze dus feitelijk niemand van ons kende, diste ze telkens allerlei, vaak zeer persoonlijke verhalen op over de soorten van uitbuiting die haar ten deel waren gevallen. Al vanaf toen ze nog heel klein was!

Terwijl ze nota bene ten tijde van het feestje, hooguit een meter vijf en vijftig en dus minimaal een kop kleiner dan wij allemaal, was.

Ria's klaagzangen gingen over verplicht koper poetsen en gelijk uit school naar huis komen in verband met het verrichten van andere huiselijke werkzaamheden, zoals dagelijks koken en in ieder geval heel vaak de afwas moeten doen. Vooral de manier waarop ze hierin achtergesteld zou zijn ten opzichte van haar oudere zus of broer werd

telkens opvallend breed uitgemeten en dat ze hiermee haar familie in
een negatief daglicht stelde, deed haar blijkbaar niets. Voor ons was
dat echter wel merkbaar, Joost liep zich danook zichtbaar te schamen.
Om onze vriend enigszins te ontzien deden we dus onze best om haar
zoveel mogelijk te ontlopen. Hoe hilarisch dit in de praktijk verliep
staat me nog heel duidelijk voor ogen.
Bij de minste of geringste gelegenheid lieten we haar namelijk,
desnoods midden in een van haar verhalen, zomaar staan. Zogenaamd
of in het echt, om een vriend die aan kwam lopen te begroeten, al
hadden we even ervoor nog enige tijd met hem staan praten. Of we
gingen iemand in de rest van het gezelschap, maar in ieder geval aan
de ander kant van de kamer 'even snel' iets belangrijks mededelen.
Vanaf de zijlijn moet het er zo nu en dan op geleken hebben dat ze
daadwerkelijk in gesprek was, maar een paar tellen later stond ze dus
weer moederziel alleen. Doordat ze echter telkens een ander
'slachtoffer' aan wist te klampen werd de situatie steeds vreemder. Op
het onbeleefde af werden de gesprekjes met haar steeds korter. Het
was alsof alleen zij niet in de gaten had dat we haar naarmate de
avond vorderde steeds vaker uit de weg gingen.
Waarschijnlijk was ze er aan gewend of ze zag het inderdaad niet.

Ik heb eigenlijk nooit met Joost over de moeilijke relatie tussen hem
en zijn zusje gesproken. Voor mijn gevoel was de breuk tussen hen
tweeën vooral aan het verschil in hun manier van doen, hun
verschillende opvattingen en houding, te wijten. Joost is tenslotte mijn
vriend en zijn gedrag heb ik altijd goed kunnen plaatsen. De manier
van doen van zijn zusje week daar die ene keer dat ik haar ontmoet heb
zo vreselijk van af dat het tot vandaag een plausibele verklaring voor
hun onderlinge gebrek aan belangstelling leek. Joost heeft hun breuk
trouwens ook nooit toegelicht. Ze gingen opeens niet meer zoveel
meer met elkaar om. Dat was alles.
Tijdens zijn studie is hij trouwens nog wel 'gewoon' met haar
omgegaan. In ieder geval kan ik me geen voorvallen herinneren
waarbij het duidelijk was dat de twee elkaar probeerden te ontlopen.
Ten minste eenmaal is ze, toen Joost in Berlijn woonde, bij hem op
bezoek geweest. Daar heeft hij mij toen zelf over verteld en indertijd is
hij speciaal voor haar huwelijksfeest hier naar Nederland toe gekomen.
Dat heb ik al beschreven. Het glaasje water ben ik toch even gaan
tappen en er bleek inderdaad geen Ria of Rietje op de adressenlijst

voor te komen. Al realiseerde ik me dat ze waarschijnlijk niet meer de dezelfde achternaam als Joost draagt. Ik weet niet hoe haar man heet en of ze inderdaad zijn familienaam heeft aangenomen.

Ik heb de hele lijst twee keer helemaal van boven tot onder doorgenomen om er zeker van te zijn dat ik me niet vergiste. Kennelijk heeft zijn grote zus hun jongste zusje er ook niet op geplaatst.

Het viel me verder op dat er geen enkel lid van de familie de Woerd op de lijst voorkwam. Al realiseerde ik me al tijdens het controleren dat mijn vriend, buiten het verhaal met zijn zusje om, hooguit incidenteel tijdens de middelbare schooltijd maar daarna nooit meer, over hen had gesproken.

Nawoord:

Bioloog *Kees Moeliker* werd enige jaren geleden opgeschrikt door een harde bons tegen de glazen gevel van het *Natuurmuseum Rotterdam*, waar hij werkzaam is als conservator.

Een wilde eend, achtervolgd door een soortgenoot, was in volle vlucht tegen de spiegelende ruit gevlogen. Het dier was daarna twee meter verderop dood neergestort. Hij wilde het verse raam slachtoffer aan de museumcollectie toevoegen en was vervolgens ooggetuige van een opmerkelijk tafereel.

De dode eend werd door zijn achtervolger, een mannetje bestegen en daarna vijf kwartier doorlopend bruut 'verkracht'.

Sectie op het kadaver wees later uit dat het eveneens een woerd betrof.

(bron: N.R.C. Handelsblad)

153

Najaren

Het boshuis

Het blijkt goed van me ingezien dat ik, al gelijk toen we bij de bushalte waren uitgestapt om aan deze tocht te beginnen, even op het bankje ben gaan zitten om mijn laarzen aan te trekken.

Volgens de man van het tuincentrum moesten de van dik groen rubber vervaardigde dingen heel comfortabel en gegarandeerd honderd procent waterdicht zijn. Ter overtuiging liet hij me zien dat hij ze zelf ook aan had. Ik vond ze weinig charmant staan, maar vertrouwde er op dat ze aan de eis om mijn voeten droog te houden, zouden voldoen.

Al het personeel droeg trouwens dezelfde! Als dat geen reden was om ze aan te schaffen dan wist hij het kennelijk niet meer. Ik heb hem niet gevraagd in hoeverre de leverancier het schoeisel ter beschikking had gesteld of hem en zijn collega's wellicht korting verstrekte als ze er zo fanatiek reclame voor maakten. De gedachte speelde door mijn hoofd dat het moederbedrijf van dit tuincentrum wellicht zèlf de importeur van het merk schoeisel kon zijn. Ik ging in mijn overwegingen af op de uniformiteit van het personeel. Ze droegen tenslotte allemaal eenzelfde model groene of bruine jas. Daar zat bij iedereen ter hoogte van de linkerborst gelijk onder het bedrijfslogo een naam geborduurd. Was dat hun eigen naam of werden ze zo genoemd?

Allemaal droegen ze eronder een in diverse stadia van verwassenheid verkerende donkerblauwe broek. Daar was op de rechter kontzak hetzelfde logo geborduurd dat ook op de prijskaartjes en het inpakpapier prijkte. Overigens hing dezelfde ook boven de ingang.

Als niet onbelangrijk argument werd er nog door de verkoper aan toegevoegd dat ze van een over de hele wereld vermaarde fabrikant afkomstig waren. Het bewijs hiervan werd volgens hem geleverd door de Schotse ruit en de in gouden lettertjes afgedrukte merknaam op de voering die tegen de binnenkant geplakt zat. "Echte Wellingtons".

Hoewel dat in het land van herkomst natuurlijk evengoed een soortnaam is. Maar tijdens het passen bleken ze inderdaad zeer prettig te zitten en ook de prijs viel me reuze mee gezien de kennelijk erg hoge kwaliteit die er aan de laarzen moest of kon worden toegekend. Ik wist overigens niet zo goed waar ik er ergens anders in mijn woonplaats voor terecht zou kunnen.

Twee weken geleden, toen ik op vrijdagmiddag terug naar huis reed, ben ik het grote glazen warenhuis binnen gegaan. De kassen had ik onder het langsrijden herkend uit mijn lagere schooltijd. Toen was er een kwekerij in gevestigd en lagen ze halverwege de weg naar mijn school. Ik kon mij uit die tijd herinneren dat er nog flinke open ruimtes tussen de bebouwing waren. Een aantal ervan werden gebruikt voor agrarische activiteiten. Er waren er een paar waar afwisselend bloemen of groenten werden gekweekt en er was er een waar zo nu en dan een paardje stond. Of in het voorjaar schapen met hun lammetjes. Verder langs mijn weg stond toen alleen hier en daar een enkel woonhuis. De term 'tuincentrum' die met grote letters op de gevel stond, had mij nieuwsgierig gemaakt naar wat ik er zoal zou gaan aantreffen. Ik kon me er geen voorstelling van maken, maar had mijn vermoedens.

Mijn auto had ik met enige moeite in een hoekje van het immense parkeerterrein naast het gebouw kunnen neerzetten. Waar nu de auto's stonden, waren vroeger de velden met platte bakken voor de buiten kweek. Dat was me ooit door een klasgenootje wiens vader een van de kwekerijen bestierde, verteld. Intussen zijn er echter aan alle kanten, huizen gebouwd. Er is een hele wijk omheen gekomen met zo te zien dicht opeen gepakte woningen en rechte straten. Wat meer naar de achtergrond staat de bescheiden hoogbouw van een drietal flats. De hoogste heeft maar vijf verdiepingen. De bedrijvigheid van indertijd, met diverse tuinderijen en een enkele boerderij is kennelijk verplaatst naar een plek verder weg, buiten de bebouwde kom. Toen ik er kwam was het erg druk in de winkel.

De laarzen heb ik met het vooruitzicht op het uitstapje van vandaag aangeschaft. Het vreselijke herfstweer van de afgelopen dagen was weliswaar reeds voorspeld, maar het vormde toch een bevestiging van mijn voorgevoelens voor de huidige omstandigheden. Om heel eerlijk te zijn, horen de Nederlandse regen en het onweer natuurlijk wel bij de tijd van het jaar. Al is het jammer dat wij nu door het natte resultaat daarvan lopen te baggeren.

Het pad waarop we lopen is op z'n minst gezegd modderig en er staat nergens een droge bank om het veranderen van schoeisel alsnog zonder schade aan onze kleding of tijdelijk neergezette bagage te volbrengen. Links, dichter bij de bomenrij staat wel een hekje, maar

158

dat is veel te gammel en vies om er even tegenaan te kunnen steunen. Tenzij je inderdaad smerig wil worden van de vieze groene aanslag die er op zit, is het beter om er maar helemaal uit de buurt te blijven. Het is hier ter plaatse kennelijk vaker zo vochtig. Er zitten trouwens resten prikkeldraad boven op de palen en dat maakt het vanzelfsprekend ook allemaal een stuk minder comfortabel om er houvast aan te zoeken, of er zelfs even heel kort op te steunen.

De diepe voren in het zand van de wielsporen, het ruiterpad en hier en daar een grote brede plas water maken onze weg plaatselijk volledig onbegaanbaar. Dat wil zeggen zonder speciaal schoeisel. Telkens moeten we tussen de bomen en de resten van de begroeiing een alternatieve, minder doorweekte, doorgang zien te vinden. Als we ten minste niet onverhoeds tot aan onze enkels of misschien wel knieën in de prut willen wegzakken.

Op de straatweg vanaf de bushalte hier naartoe ging het lopen eerst nog wel. We konden er achter elkaar op een rijtje, in ganzenpas aan de rand van de bestrating lopen. Alleen op de plekken waar de stenen rand kapot gereden was en de klinkers dus schots en scheef lagen, meestal precies bij de overgang naar het gras van de berm, lag hier en daar een hele diepe plas. Daar, bij zulke verzakkingen of als er een put verstopt bleek te zijn, moesten we door het gras gaan lopen of, gevaarlijker, ons op het plaveisel wagen. Al het water is van de regen van vorige week, het afgelopen weekend en de vreselijke hoosbuien die daar in de afgelopen nacht nog eens bovenop vielen. Het kan intussen gewoon niet meer weglopen, de grond is oververzadigd.

Toen we zoeven nog langs de kant van de weg liepen, konden we natuurlijk flink doorstappen. Alleen als er een auto langs moest, hoefden we maar even in de kant te gaan staan. Al bleef het daarbij natuurlijk wel oppassen dat we dan niet onder gespat zouden worden door het door de banden opgeworpen water. Gelukkig bleken de meeste voorbijrijdende automobilisten telkens beleefd genoeg om even voor ons kleine gezelschap af te remmen. Natte, barre omstandigheden verbroederen kennelijk.

Meteen toen we op het bospad aankwamen is de ellende meteen goed begonnen. Vlak achter de slagboom bij het toegangshek was er eerst nog wel sprake van een soort bestrating. Een goede vijftig meter asfaltweg en daarna nog een flink stuk klinkerpad. Maar die luxe eindigde bij een balk die aan kettingen opgehangen tussen twee paaltjes aan weerszijden van het pad hing. Daar gelijk achter, toen we dus daadwerkelijk het bos in gingen, was er alleen nog maar dit modderige pad. Ooit moet de grond hier vast aangetrapt zijn geweest, er staat tenslotte een bord dat je op het pad ook kunt fietsen. Maar nu is alles kletsnat en grondig doorweekt. Verzadigd, zoals ze het gisteravond in het journaal noemden. De hele Veluwe van hier net voorbij Utrecht tot ver in de Achterhoek, schijnt erg modderig te zijn.

Bij de balk, die feitelijk de laatste barrière vormt tussen het bos en de rest van de wereld is op een groot bord aangegeven dat er diverse wandelingen te maken zijn. Staatsbosbeheer, de inrichter van het bos, heeft de routes met korte palen gemarkeerd. De schuin afgezaagde koppen ervan hebben een kleur gekregen die correspondeert met de banen op de kaart. Zo verwijzen ze naar de verschillende mogelijkheden. Er zijn er met een rode, blauwe of gele bovenkant en het spreekt vanzelf dat er vooral bij het vertrekpunt combinaties van dit kleurenspel mogelijk zijn. De meerkeuze palen hebben naast een gekleurde kop ook nog een of twee anderskleurige banden er pal onder gekregen. Wij zijn begonnen met de blauwe wandeling.

Om de hoogtepunten en kennelijke bezienswaardigheden, die er in de omgeving schijnen te zijn allemaal aan te kunnen doen, lopen de routes afwisselend om, langs en door elkaar heen. Als een soort serpentines kronkelen de kleurige lijnen van de routes over de kaart van de omgeving op het grote houten plateau. Op het bord is hier en daar een soort gestileerd, groen geverfd boompje naast de uiteindelijke kaart van de omgeving uit het hout gebeiteld. Om aan te geven dat we daar door een dicht begroeid deel van het bos wandelen kennelijk.

Een schuine curve duidt op een stijging of afdaling, in ieder geval moet het een oneffenheid in het landschap suggereren. Maar er zijn hier natuurlijk helemaal geen bergen en dalen. Daardoor doen de gestileerde heuvels bij nader inzien eigenlijk wat overdreven aan. Het is heel anders dan ik me van mijn vorige woonplaats herinner. De twee heuveltjes die we gepasseerd zijn kunnen namelijk onmogelijk voor echte oneffenheden door gaan. Ik schat dat de hoogste maximaal een meter of acht boven het pad uitkwam. Alleen het zandpad zelf maakt de beklimming zwaarder, maar omdat die nu zo nat is viel het mee.

Met een donkerblauwe lijn wordt water zoals een beek of stroompje bedoeld. Alles is echt heel keurig uitgewerkt, met sprekende, duidelijke kleuren. Door de symbolische illustraties is het landschap er begrijpelijker door gemaakt, ook voor vreemde stedelingen zoals wij.

160

Prominent is het logo van de beheerder rechtsonder in het hout gebrand. Als er meer van die kleuren op een route paaltje zitten, vallen er dus meerdere routes samen op dat stuk pad. Grootvader Joop weet welke kleur wij door het bos moeten volgen om onze bestemming te bereiken. Hij is hier onze gids. Onder zijn leiding volgen we de langste route, die met de blauw gemerkte palen. Er moet volgens de tekst op het bord bij het startpunt, gerekend worden op een afstand van plusminus 7,5 kilometer bij deze specifieke tocht. Als we hem helemaal maken en volbrengen dus. Als rondwandeling is het, zoals er in kleinere letters naast vermeld staat, een loopje van plusminus anderhalf uur. Een graffiti kunstenaar heeft in zijn onbeholpen dienstverlening de lettertjes, om en om met viltstift zwart gemaakt. Hij is niet netjes binnen de contouren gebleven, terwijl een kind met ten hoogste twee jaar kleuterschool dat eigenlijk al moeiteloos kan.
Wij gaan hier echter helemaal niet rond wandelen. We hebben een bestemming. Daar zijn we ondanks alle omstandigheden van het moment, modderend naar onderweg.
Kleine Arie is duidelijk niet voor onze tocht uitgerust, ze draagt namelijk nogal 'stadse' schoentjes. Feitelijk horen die nog het meeste in de zomer thuis. Toen we vanmorgen, nog voor het echte begin van onze trip, aankwamen op het station zat haar roze maillot al tot boven haar knietjes vol met smerige vlekken. Die kwamen van het korte stukje lopen vanaf thuis. Ze had 'm deze morgen toch "echt schoon" aangetrokken vertelde ze. Hoewel haar moeder de meeste viezigheid er, tot haar geruststelling en nadat ze in de trein eenmaal opgedroogd was, af kon vegen, kan het met deze rommel hier in het bos alleen maar smeriger worden. Meteen, al bij het zien van de eerste vlekken, heeft ze er haar ongenoegen over uitgesproken. "Ik wil wel dat je 'm zo gauw mogelijk wast. Het is mijn lievelings maillot".
Overal langs het pad en vooral op onze omwegen tussen het struikgewas door liggen rottende bladen. De modder is er meestal donkerbruin en kleverig door geworden. Deze prut zal beslist wat hardnekkiger vlekken opleveren dan die van het stof in de stad.
De geur van humus die zo nu en dan opstijgt als we weer eens door een diepere plas heen baggeren is niet onaangenaam. Ik vind de lucht, die onmiskenbaar bij de herfst hoort, wel lekker ruiken. Hier en daar zitten er paddenstoelen op de boomstronken. Ondanks de grauwe atmosfeer steken ze soms kleurrijk af tegen het donkere van het bos.

Het ziet er dan zelfs feestelijk uit en het lijkt alsof het bos op die plekken versierd is voor onze passage.

De tochtjes over de zijpaden, soms diep gebukt onder de struiken en takken door, hebben gemaakt dat onze tocht dan het karakter van een expeditie krijgt. Hier en daar moet de voorste deelnemer de onderste uitwassen voor de volgende lopers opzij of omhoog houden. Vooral de lange uitlopers van de bramenstruiken, soms met de vruchtjes er nog aan, houden ons vreselijk op met hun doornen. Het bos lijkt op die momenten het meest op een ondoordringbare jungle.

Nadat we van de gemarkeerde route af moesten wijken om op onze bestemming aan de andere kant van het bos te kunnen komen, zijn we een aantal keren vastgelopen. De weggetjes en smalle paden waarop we intussen zijn beland worden merkbaar minder vaak belopen. Het maakt onze voortgang beduidend moeilijker en wekt voornamelijk de indruk dat het bos hier zijn territorium wil claimen. Soms, als we na een paar meter 'kruip door sluip door' toch niet verder blijken te kunnen, moeten we een stukje terug lopen om een betere doorgang te vinden. Beter bruikbaar, beter beloopbaar en ook begaanbaar voor kleine meisjes met nog maar hele korte benen. Vooral minder nat.

Het schijnt haar echter niets te doen. Arie huppelt opgewekt dan eens een tijdje naast mij, vervolgens weer een stukje naast haar moeder of opa. Op de beter begaanbare stukken loopt ze zo nu en dan zelfs een eindje voor ons allemaal uit. Als een ijverige padvinder op zoek naar een bruikbare doorgang. De hele tijd babbelt en zingt ze er vrolijk op los. Het lijkt wel of haar ogen rechtstreeks met haar mondje verbonden zitten. Als er wat te zien is heeft zij namelijk direct een opmerking of liedje beschikbaar. Ze bezingt wat ze ziet of haar overkomt en voegt er een opgewekte noot mee toe aan de geleden ontberingen. "Daar onder die dikke boom kunnen de kabouters en elven goed schuilen als het weer eens zo heel erg gaat regenen". Of "Al het water hiervandaan stroomt tezamen in steeds diepere en bredere beken.

Daarna gaat het als het allemaal in een meertje bij elkaar is gekomen, door de rivieren naar de zee".

Ze maakt de opmerkingen met een ontwapenende onbevangenheid.

"Heel hoog boven de bomen en achter de wolken daar weer overheen schijnt de zon. Anders was het nu echt helemaal donker. Dan is het het hier zo duister als in de nacht".

Haar beweringen zijn allemaal even stellig. Heel even heb ik de moed gehad om een tegen opmerking te maken en stelde dat er dan in ieder geval nog een maan is, maar ze heeft al duidelijk een heleboel over de kwartieren geleerd want kan me vertellen dat die heus niet altijd helemaal vol is. "En dan is het hier echt heel erg donker hoor".

Met een opgeheven vingertje corrigeert ze mijn domheid. Ik vind haar zekerheid vertederend, dus ik leg haar mijn strikvraag niet verder uit. Het lijkt me dat ze heus wel weet dat ook dat licht oorspronkelijk van de zon komt. Op mijn opmerking over lantaarnpalen gaat ze niet in, ze begrijpt meteen dat ik een grapje probeer te maken.

Als het pad ergens te glibberig wordt of er alleen maar over een grote plas gesprongen kan worden, geeft ze een handje zodat we haar kunnen ondersteunen bij het afzetten, sturen tijdens haar luchtsprong of juist opvangen bij de landing. Meestal holt ze daarna gelijk weer verder. Maar soms blijft ze toch heel even staan om te kijken hoe de anderen het nemen van de hindernis er vanaf brengen.

Arie is heel anders dan haar kleine zusje Bea, die overigens beslist geen Bep genoemd wil worden. "Nee joh, zo zeg je mijn naam niet."

De vrijpostigheid kwam me op een tamelijk ferme schop tegen mijn onderbeen te staan. Dat was tijdens de treinreis hier naar toe. Toen had ik dus mijn laarzen nog niet aangetrokken. Ik was nog niet beschermd en zeker onvoorbereid op het gedrag van kleine meisjes. Het zal wel uitdraaien op een blauwe plek aan de voorkant van mijn scheenbeen. Bij het wisselen van mijn schoeisel zag ik dat er een klein schaaf wondje voorop mijn scheenbeen zat. Ze heeft me op een gemene plek geraakt, maar ik had haar danook niet moeten plagen.

De kleinste van de twee meisjes, Bea dus, loopt de meeste tijd braaf aan het handje van haar moeder. Bij ieder obstakel, grote plas en ook telkens bij beangstigend dicht op elkaar staande struiken, laat ze zich gewillig en zonder te spartelen, optillen. Mama reikt de kleine meid dan aan haar opa of aan mij aan. Met gepaste voorzichtigheid nemen we haar van d'r over. Geen een keer is ze daarna overigens langer dan nodig bij ons blijven lopen. Telkens keerde ze zo vlug mogelijk weer terug naar de beschermende hand van haar moeder. Gelijk, als we ons gehergroepeerd hebben, de bagage weer hebben omgegord en onze weg vervolgen.

Bea is duidelijk overdonderd door het bos. De grote hoge bomen die soms krakend heen en terug buigen onder de druk van de windvlagen, de hier en daar enorme plassen op het pad en ook de jagende wolken hoog boven ons/ Deze hele tocht maakt ogenschijnlijk veel indruk op haar. Terwijl ze toch hele stoere rode regen laarsjes aan heeft.

163

Bij de halte bleek ze daar nog reuze trots op toen opa daar, meteen nadat we uitgestapt waren, een bewonderende opmerking over maakte. Heel parmantig, zelfs een beetje flirterig voor zo'n klein ding, heeft ze ermee voor ons rond het glazen bus huisje gestapt. Omdat ze zich zeer bewust leek van de aandacht die ze met haar actie trok, zag het er heel erg vrouwelijk uit. Ik wist niet dat jonge meisjes zich al zo konden gedragen en vroeg me af of haar moeder haar tot voorbeeld was geweest. Het lijkt me van niet, maar ik weet te weinig van de manier waarop ze haar moederrol speelt.

Om te benadrukken hoe goed de laarsjes waterdicht zijn, is ze er heel even mee stil blijven staan in een plasje aan de rand van de betegeling aan de achterzijde van de halte. De show vond plaats ruim voordat we aan onze expeditie door het bos begonnen. Intussen maakte ik hernieuwd kennis met meneer de Winter. "Ach zeg toch Joop".

Hij had onder de routekaart die er boven het bankje in de halte hing, op onze aankomst met de streekbus zitten wachten. Zoals afgesproken ging hij ons daarvandaan de weg naar zijn boshuis wijzen, we moeten ervoor over deze modderige paden, door het weerbarstige bos.

De twee meisjes zijn bijna negen en net vijf en een half jaar oud. Ik loop hier samen met hun moeder en haar vader naar zijn huis. Dat moet zich ergens, aan de andere kant van het bos bevinden. Voor de allereerste keer in mijn leven zal ik het te zien krijgen. Met ons vieren gaan we er een paar dagen logeren. In het zogenaamde Boshuis bij de vader van Helen.

Er schijnt wel een weg te zijn die er aan die kant van dit woud dichter langs komt, maar helaas bleek daar in deze tijd van het jaar, vanaf het station waar we uit de trein zijn gestapt, geen bruikbare bus verbinding te rijden. Helen heeft thuis, aan de hand van de reiswijzer op het internet, uitgerekend dat de huidige route de kortste moet zijn. Veertien dagen geleden was het wellicht een stuk eenvoudiger geweest om naar het huis toe te lopen, maar de omstandigheden zijn intussen gewijzigd. Het seizoen voor toeristische uitstapjes is voorbij.

De door haar oorspronkelijk beoogde bus bleek in deze tijd van het jaar alleen maar op het hele uur te rijden. Geluk bij een ongeluk dus, dat we die tweede trein net gemist hebben. Nu is de aansluiting met de buslijn die we nu wilden gebruiken, perfect uitgepakt. Zo hebben we nauwelijks in de kou hoeven te wachten. De alternatieve weg via het andere station zou overigens twee maal extra overstappen met de bus kosten en eveneens een wandeling van minimaal een goed kwartier opleveren. Die route loopt overigens langs een veel gevaarlijkere weg dan deze van zoeven. Dat maakte het eveneens minder aantrekkelijk. Uiteindelijk zou het allemaal op meer dan een klein uur extra reistijd uitgelopen zijn, als we die keuze gemaakt hadden. We ondernemen nu deze modderige wandeling, omdat we daarvoor niet zo heel vroeg van huis hoefden te vertrekken. Deze tocht moet vooral de snelste manier zijn om rond lunchtijd bij het boshuis aan te komen. Alleen heeft mijn gastvrouw het huidige, natte en modderige oponthoud tussen de struiken door er vanzelfsprekend niet bij ingecalculeerd. Gebaseerd op de ervaringen van vorige keren zou dit deel van de hele tocht namelijk hooguit een goede twintig minuten tot een klein half uurtje kosten. Dat deze wandeling dan meestal in de zomer en dus onder beduidend betere wandel omstandigheden plaats vindt, is tijdens de planning helaas aan haar aandacht ontsnapt.

Op het moment dat opa kon melden dat we "al bijna" op de helft aangekomen waren, bleken we op mijn horloge intussen ruim dertig minuten onderweg. En het allerergste stuk scheen er toen, volgens de overlevering nog aan te komen. We schieten dus niet zo heel erg snel op, maar het is gelukkig opgehouden met regenen. Al zijn de bladeren nog nat en druppelt het hier en daar nog flink na. Eigenlijk is het wel leuk dat we ons tussen de bomen en struiken door een weg moeten zien te vinden. Het geeft onze wandeling iets avontuurlijks en vooral de meisjes vinden het, nu ze door de beschutting van de bomen niet meer door regenvlagen of langs razende auto's omver geblazen dreigen te worden, reuze spannend.

De naam van Helen dien je op z'n Engels uit te spreken. Dus zonder een duidelijke klemtoon op de eerste of tweede klinker zoals de Fransen dat normaliter gewend zijn. Ik heb haar tijdens onze middelbare schooltijd leren kennen. In de derde klas hebben we een jaar bij elkaar gezeten. Ik kende haar daarvoor als een van de vriendinnen van Anneke, het meisje uit de parallelklas waar ik indertijd verkering mee had.

Helen was niet opvallend knap of lelijk maar omdat ze een klasgenote was hoorde ze bij de meisjes waarmee je persé geen verkering aanging of waar je verkikkerd op mocht raken. Daar had ik me indertijd braaf aan gehouden, mede omdat ik tenslotte met haar vriendin 'al was voorzien'.

165

We kwamen met 'ons groepje', dat wil zeggen de meisjes uit haar vorige klas waaronder dus Anneke, vrienden met 'aanhang' en een aantal mensen uit onze klas, regelmatig na de lessen bij haar thuis bij elkaar. Vanzelfsprekend was ik het jaar ervoor al bij het betreffende groepje betrokken geraakt door mijn verkering.

Helen woonde twee straten van de school verwijderd. Dat was dus nog geen minuutje lopen. Zodoende namen we vaak niet eens de moeite om eerst onze fietsen uit de stalling te halen als we bij haar thuis langs gingen. De stoep zou er alleen maar door versperd raken en onderweg naar huis moesten we toch weer langs het schoolgebouw. Als er een lesuur uitviel en we er geen zin in hadden om dan naar ons eigen huis of de stad te gaan, liepen we meestal even bij haar aan. Overigens waren we bij haar moeder, zelfs als Helen er niet zelf bij kon zijn, altijd welkom. We konden er ten allen tijde terecht. Ik ging er later dus ook wel eens in mijn eentje naar toe. Als Helen gewoon les had en zich alleen bij mijn klas een leraar had afgemeld, of als ik op een andere tijd met de lessen klaar was en verlegen zat om een praatje.

Op onze school hadden de meisjes gescheiden van de jongens hun gymles. Daardoor waren ze dus tweemaal per week een heel uur later uit. Het was mijn gewoonte geworden om dan als ik op Anneke wilde wachten, even een kopje thee drinken bij Helen thuis. Alle meisjes hadden gezamenlijk gym, ze vormden op onze jongensschool immers een minderheid. Het lesuur voor hun gymles viel vanzelfsprekend na de reguliere schooltijd want het week af van het 'gewone'.

Koffie dat was volgens de huisregels bij haar, in ieder geval voor een uur of drie 's middags niet goed voor je. Op de meeste dagen ging de school voor mij al om kwart voor drie uit, dus vandaar het kopje thee dat ik dan van Helen's moeder kon krijgen. In de gewoonte rond mijn bezoekjes kwam trouwens weinig verandering nadat we, doordat we het jaar erop alweer in parallelklassen terecht kwamen, weer gescheiden werden. Weliswaar hadden we elk jaar een in grote lijnen overeenkomstig lesprogramma, maar onze roosters verschilden omdat de paters en ook de 'gewone' leraren en leraressen onmogelijk aan meerdere groepen tegelijk hun stof konden onderwijzen.

Dit ondanks de toch bijna goddelijke status die we op de school aan hen geacht werden toe te kennen. Het maximale aantal leerlingen per klas bleef beperkt tot ten hoogste dertig. Er waren trouwens eenvoudigweg niet meer schoolbanken per lokaal. Vandaar ook de jaarlijkse herverdeling van alle leerlingen over de parallelklassen. Het spreekt voor zich dat we onderling niet te sterke relaties moesten kunnen aanknopen, dus volgens traditioneel Roomse uitgangspunten heerste er op onze school een strikte 'verdeel en heers' politiek.

Wij zagen daar overeenkomsten met de maffia in, maar dat hing waarschijnlijk vooral samen met de films van de 'Peetvader' die toen gedraaid werden.

Iets meer dan twee maanden geleden hebben Helen en ik onze kennismaking hernieuwd. We liepen elkaar namelijk bij toeval tegen het lijf in de hal van het Universitaire Medische Centrum dat zich pal achter het station bevindt. Helen meende me er in het voorbijlopen herkend te hebben.

Wat aarzelend kwam er een knappe vrouw van ongeveer mijn leeftijd op me afgelopen. Ze sprak m'n naam uit en vroeg of ik het was. Ik kon daarop alleen bevestigend antwoorden en tot mijn verbazing wist ik, exact op het moment waarop ze eenmaal vlak voor me stond, dat het Helen was. Haar stem, haar houding, de manier van praten en kijken, het was vrijwel onveranderd gebleven. In de nog geen drie seconden die het haar koste om, nadat ze mijn aandacht had weten te trekken, naar me toe te lopen had ik haar herkend. Later in de auto, toen ik naar huis reed, heb ik me daar nog over zitten verbazen. We hadden elkaar toch meer dan twintig jaar geleden voor het laatst gezien. Misschien waren het er zelfs wel vijfentwintig sinds onze eerste kennismaking. Ik rekende het nog twee keer uit maar kon niet anders vaststellen dan dat het echt zo lang geleden was dat we samen op school zaten.

Helaas hadden we op dat moment alleen even de tijd om snel een afspraak te maken voor de week erop. Ik had namelijk zojuist een uitrij-kaartje uit de parkeer automaat getrokken en stond nog mijn portemonnee op te bergen toen ze me aansprak. Er restte me hooguit tien minuten om naar mijn auto te lopen, in te stappen en naar de slagboom bij de uitgang te rijden. De garage bevindt zich op een ander deel van het immense terrein, dus enige haast is daardoor wel geboden om binnen de gestelde tijd te blijven. We zouden elkaar gaan zien in een lunchroom in de binnenstad.

Ik had de gelegenheid voorgesteld omdat we die nog van tijdens onze schooltijd, moesten kennen. Gelukkig begreep ze meteen welke ik bedoelde zodat we snel afscheid konden nemen. Pas later realiseerde ik me dat ik er niet eens zeker van was of diezelfde zaak nog wel bestond. Ik weet niet waarom ik het dacht, maar ik was er vanuit

167

gegaan dat Helen niet meer in de stad woonde. Ik realiseerde me daarom dat ze wellicht op mijn kennis af was gegaan. En die was natuurlijk zeker niet 'up to date' te noemen. Het maakte me aan het twijfelen over de uitvoerbaarheid van onze afspraak. Even heb ik zelfs overwogen om een en ander te gaan controleren, maar helaas liet de tijd het op dat moment niet toe om snel om te rijden langs de locatie waar de gelegenheid zich vroeger bevond. De hele binnenstad is trouwens afgesloten voor doorgaand verkeer, dus dat maakt het sowieso onmogelijk om met de auto het bestaan van de banketbakker waarachter de lunchroom vroeger lag, nader te onderzoeken. Ik besloot om voor de deur van onze afspraak op haar te blijven wachten. Mocht er inderdaad intussen een andere zaak op het adres gevestigd blijken te zijn dan kon ik haar alsnog opvangen en zouden we samen naar een alternatief kunnen zoeken. Toen ik thuis kwam had ik er geen zin meer in om alsnog even op de fiets te gaan kijken hoe de huidige situatie er voorstond. Hoewel ik daar de rest van de week zeker geen tijd voor zou hebben of überhaupt nog in de buurt van de Breestraat zou komen. Het tentje bestond overigens nog op het oude adres en ook Helen bleek gewoon in de stad, niet eens zo heel ver bij mij vandaan, te wonen. Ik had me weer eens muizenissen in het hoofd gehaald om niks.

Het interieur van de lunchroom was enigszins aan de moderne tijd aangepast, maar ik herkende meteen de oude indeling en vooral de spiegelende rand vlak onder het plafond, die indertijd kennelijk nogal wat indruk op me gemaakt had. Samen met mijn moeder ben ik er vroeger namelijk wel eens een kopje koffie wezen drinken. Dat wil zeggen zij koffie en ik limonade, maar wel met een 'petit fourtje' er bij. Zo noemde ze dat, al wist ik nog niet wat ze daar nou precies mee bedoelde. Het bleek een taartje te zijn en ik vond het lekker. Voor zover ik me kon herinneren zat ik nog op de lagere school. In de tweede of derde klas, als ik het wel heb.

Gelijk toen Helen en ik aan een van de tafeltjes waren gaan zitten vertelde ze dat ze onze ontmoeting in de hal van het ziekenhuis, bij haar vader ter sprake had gebracht. Ze barstte meteen los nadat ik terug was komen lopen van het ophangen van haar jas. Die had ik namelijk galant, toen we eenmaal binnen waren, van haar aangenomen en daarna netjes aan de kapstok opgehangen.

Meteen de "volgende dag al" had ze er met hem over gesproken. Of ze haar vader er speciaal over had opgebeld of dat een en ander en-passant ter sprake was gekomen werd me niet duidelijk. Wellicht belde ze hem regelmatig op en was onze ontmoeting in de conversatie min of meer toevallig ter sprake gekomen. Niet als reden voor het opbellen, maar langs haar neus weg. Helen vertelde dat hij haar, er kennelijk vanuit gaande dat we het niet alleen bij onze afspraak in de lunchroom zouden laten, had voorgesteld dat ze mij eens een keer mee naar hem toe zou meenemen. Ze sprak er over dat hij me graag weer eens wilde zien. Vanzelfsprekend was hij intussen al oud genoeg om met emeritaat gezonden te zijn, maar blijkbaar was hij me niet vergeten.

Overigens vergat ze me te vertellen of ze zijn geheugen eerst nog op heeft moeten frissen en waarschijnlijk uit ijdelheid, heb ik haar er daarom ook niet naar gevraagd. Ik was er eigenlijk een beetje door overdonderd dat haar vader me kennelijk niet vergeten was.

In de laatste twee jaren die ik op de middelbare school zat hadden de vader van Helen en ik het erg goed met elkaar kunnen vinden. Vlak na de paasvakantie in het laatste jaar van mijn carrière daar, had ik een brief thuisgestuurd gekregen waarin werd aangekondigd dat ik het volgende jaar niet meer op school terug mocht komen. Om de een af andere reden waren mijn cijfers en ikzelf niet goed genoeg meer voor de school. Ik kreeg het advies om "uit te zien naar een andere opleiding". Tenzij ik mijn prestaties in de resterende tijd van het jaar nog naar een voldoende niveau op wist te vijzelen. Dat betekende dat ik daar effectief ten hoogste elf weken voor ter beschikking had.

Ongeveer een week lang kon ik dit voor de rest van mijn klasgenoten verzwijgen. Alleen een enkele vertrouweling stelde ik maar op de hoogte omdat hij aan mijn humeur had opgemerkt dat er iets met me aan de hand was. Ik vertelde hem over het gerommel bij mij thuis. Zonder hem exact op de hoogte te brengen van de hoed en de rand of het hoe en waarom van mijn gemoedstoestand. Al kon iedereen aan de hand mijn cijfers natuurlijk wel raden waar de discussies thuis over zouden gaan. Er waren een aantal jongens waarvan de schoolresultaten eveneens tegenvielen, danwel ronduit onvoldoende waren. Geen van hen had echter zo'n zelfde brief gekregen, meende ik. Maar misschien waren zij beter in staat om het onheil te verhullen. Zelf kon ik het aanvankelijk eigenlijk niet zo goed geloven dat ik van school zou worden getrapt en om mezelf enigszins te sparen wilde ik liever niemand meer zien die ermee in verband kon worden gebracht.

Ik nam zo min mogelijk meer deel aan de activiteiten buiten de school om en ging meteen na de lessen de stad in of naar huis. Ik probeerde mezelf af te sluiten. Het kostte me gewoonweg een hele tijd om de brief te verwerken. Doordat ik in die periode niet meer deelnam aan het buitenschoolse leven, leek het er op of ik daadwerkelijk harder studeerde. Van de weeromstuit, ik had toch niks te doen, besteedde ik inderdaad meer aandacht aan mijn huiswerk en mijn cijfers leken zich metterdaad te verbeteren. Maar feitelijk kon ik op mijn klompen aanvoelen dat het een en ander onvermijdelijk was. 'Ze' wilden me gewoon kwijt, ik werd buitengesloten. Mijn wereld was ingestort.

Het kostte me na een poosje, steeds minder moeite om iedereen die mij aan die vreselijke middelbare school kon herinneren zoveel mogelijk uit de weg blijven. Mijn vertrouwen was geschonden en ik kon het hele gebeuren steeds minder begrijpen. Niemand op de hele school bleek in staat om mij uit te leggen waarom juist ík geslachtofferd moest worden. Er waren genoeg andere klasgenoten aan te wijzen die nog 'stommer' waren.

Alleen met de vader van Helen hield ik kontakt. Hem wilde ik nog wel zien. Gewoontegetrouw ging ik zo nu en dan een kopje thee bij hem drinken. Aan hem kon ik op m'n gemak vertellen wat me bezig hield. Kort daarna had ik daarvoor opeens de hele dag, iedere dag, de tijd. In al mijn verbittering meldde ik me namelijk helemaal niet meer voor de lessen op school. Ik ging er vanuit dat het resultaat allang was vastgelegd. Hoe hard ik ook mijn best deed om de onvoldoendes weg te werken, door alle tegenwerking die ik erbij ondervond werd het allengs duidelijk dat het onmogelijk was geworden om me te kunnen handhaven op het 'bolwerk van paters en leraren'.

Toen ik de lessen nog gewoon volgde, heeft meneer de Winter me een aantal keren geholpen met mijn huiswerk. Hij las dan bijvoorbeeld de werkstukken die ik maakte en gaf me tips om ze te verbeteren. Samen hoopten we ermee te bereiken dat ik er dan een beter cijfer voor zou krijgen. Ik had hem ervan weten te overtuigen dat het een en ander vooral afhing van de leraren waarmee ik overhoop lag en dat die mijn cijfers dus kunstmatig laag hielden. Aanvankelijk volgde ik zijn adviezen nog hoopvol op.

Ik mocht regelmatig boeken van meneer de Winter lenen om de leerstof op eens een andere dan de op school gebruikelijke manier door te nemen. Ik zou mijn huiswerk er vast beter mee kunnen onderbouwen of kon me nog grondiger voorbereiden op repetities en proefwerken. Deze andere, betere benadering van de leerstof zou mijn kennis aanzienlijk verbreden en de schoolresultaten moesten er daardoor vanzelf op vooruit gaan.

Met al zijn hulp liet de vader van Helen me zien hoe ik de inhoud van mijn scripties interessanter kon krijgen. Hoe je er bijvoorbeeld details, plaatjes en voetnoten aan toe kon voegen of waar het beter was om deze voor de duidelijkheid juist weg laten. Bijvoorbeeld omdat ze te veel zouden afleiden van de inhoud. Hij vertelde me hoe ik op kon zoeken waar allerlei extra informatie vandaan gehaald kon worden, zonder dat je er daarbij "hele studies aan hoefde te wijden". In het "nu alsnog" doorwerken van alle voorgestelde boeken ging volgens hem teveel tijd zitten. Het zou me alleen maar afleiden van de hoofdzaken. Die tijd had ik naar zijn idee al bijna twee jaar aan allerlei bijzaken verspeeld en daarom probeerde hij me nog snel te leren hoe ik me moest beperken tot hoofdlijnen. Ik mocht bij hem in zijn werkkamer op de eerste verdieping komen zitten, dan kon ik hem eventueel direct om hulp vragen als dat nodig was.

Volgens haar vader waren de dictaten die ik tijdens de lessen gemaakt had bijvoorbeeld, meestal toch wat te summier. Hij sprak soms zijn verbazing uit over hoe het onderwijs op de school georganiseerd was. Hij zei me niet te begrijpen op welk niveau er les werd gegeven, terwijl zijn eigen dochter haar eindexamen toen al had gehaald. Helen had zelfs tamelijk hoge cijfers weten te behalen! Ik zag niet waarom hij zijn vragen over ons onderwijs toen niet al had. Het jaar vóór wat dus mijn laatste werd, had zij immers haar eindexamen gedaan.

Zonder er extra moeite voor te moeten doen was ze geslaagd. Met hetzelfde gemak waarmee ze haar huiswerk ook altijd maakte, had ze de school zonder haperen doorlopen. Volgens zeggen was haar dat gelukt zonder bijles of hulp. Al kon ik me dat gezien mijn ervaringen met haar vader eigenlijk nauwelijks voorstellen. Na haar inschrijving aan de universiteit is Helen vrijwel gelijk in Amsterdam 'op kamers' gaan wonen. Het feit dat ze er bij een tante terecht kon, was door de kamernood die er in de hoofdstad heerste op zijn minst uitzonderlijk te noemen. Het sprak daarom voor zich dat ze het aanbod met beide handen aangreep. Met ons hele groepje waren we het er over eens geweest dat er sprake was van een "uitgesproken buitenkans". Dat die tante in een wijk net buiten het centrum bleek te wonen deed er niet toe. We waren het er over eens dat ze de kans om het huis uit te gaan, ook met zulke ouders als de hare, niet mocht laten lopen.

Bij alle bijlessen en ondersteuning die hij me bood, heeft Helen's vader, toen nog 'meneer de Winter' natuurlijk, me wel eens iets over zijn dochter geprobeerd te vertellen. Maar mijn belangstelling was

171

toen grotendeels weg. Helen was intussen 'student' geworden en daar hadden we er bij ons in de stad meer dan genoeg van rondlopen. Het verschil tussen die lui en ons 'gewone' burgers, zoals in mijn geval een scholier, was indertijd in de stad nog aanzienlijk. Wij deden op school ten slotte niet aan vreemde ontgroeningsrituelen, aten gewoon thuis en dus zeker niet op de mensa of sociëteit. Wij hielden ons ook ternauwernood op in grote groepen, hooguit een paar klasgenoten als 'kringetje' was toch beduidend minder dan met een paar honderd tegelijk. Daar kwam bij dat er in het uitgaansleven een strikt onderscheid gold tussen 'studententen' en 'burgerkroegen'.

De situatie was overigens niet zo dat ik Helen, tijdens de hulp die haar vader me verleende, weleens tegenkwam bij haar ouders. Haar financiën stonden namelijk niet toe dat ze door de week bij hen op bezoek kwam en in de weekenden of vakantie kwam ik niet bij hen aan huis. Met ons groepje gingen we er van meet af aan vanuit dat zij in Amsterdam meer dan voldoende had aan haar studenten bestaan. We namen klakkeloos aan dat ze 'helemaal geen behoefte' meer zou hebben aan Leiden en haar oude vrienden of kennissen daar. Die drang zouden wij, eenmaal zo ver, immers ook niet voelen.

Alleen Anneke had nog weleens kontakt met haar oude vriendin, maar onze verkering was toen al uit en onze omgang was ondanks het "we blijven vrienden" flink in het slop geraakt. Allemaal hadden we het om uiteenlopende redenen, veel te druk met onze beslommeringen rond de school. Helen was buiten beeld geraakt en we namen aan dat het, zolang we niets over of van haar hoorden, goed met haar ging. Ik had haar sindsdien dus nooit meer gesproken, ontmoet of mijzelf op de hoogte gehouden van haar reilen en zeilen.

Helen kwam vanzelfsprekend tijdens een reces naar huis, maar die vielen in dezelfde periodes waarin ik evenmin les had. Voor mij was er dan dus ook geen aanleiding om de omgeving van de school op te zoeken. Of om huiswerk te gaan maken bij haar vader. Op dat fatale jaar na misschien, maar toen heb ik haar evenmin ooit gezien.

Nadat ik uiteindelijk de zekerheid had gekregen dat ik er na de grote vakantie niet meer terug mocht komen, werden de laatste weken op school in beslag genomen door mijn eigen zorgen. Ik kon me er geen voorstelling meer bij maken dat ik ooit zelf nog eens zou gaan studeren. Laat staan dat ik er nog lang bij stil wilde staan hoe iemand anders, bijvoorbeeld een van mijn oude klasgenoten, een vriendin of de dochter van mijn raadsman het ervan af bracht.

Op het voorstel van mijn ouders om bij de paters van de school te gaan soebatten of ik het nog eens mocht proberen, kon en wilde ik niet ingegaan. Ik zou dan namelijk heel onderdanig en op z'n minst allervriendelijkst moeten vragen of ik wellicht nog een 'herkansing' kon krijgen. Dat ging me echter te ver en daarom weigerde ik het dus. Gezien de gewoonte zou dit vast en zeker op mijn blote knieën moeten! Letterijk of overdrachtelijk, het ging me dus te ver, zeker gezien de mogelijkheid dat ze ook nee konden zeggen.

Zo'n afwijzing zat er wel degelijk in omdat intussen ook de nieuwe wet op het onderwijs ingetreden was. De Hogere Burger School hield binnen een jaar op nog langer te bestaan. Mijn teleurstelling en trots waren te groot om overheen te willen stappen. Zo geredeneerd deed ik mezelf er behoorlijk geweld bij aan, als ik me zo ver ging verlagen. Ik zou me gewonnen moeten geven, me moeten conformeren en dat wilde ik helemaal niet. 'Ze' moesten het zelf maar weten in hoeverre er een 'geweldig talent' om zeep werd geholpen.

Ik had op lange fietstochten over de bouwprojecten in de nieuwe wijken Zuid-West, Noord Hofland en de nog zeer prille Stevenshof dichter bij huis, inspiratie opgedaan over wat ik allemaal beter zou gaan doen als ik eenmaal klaar zou zijn met mijn studie. Ik meende te zien wat er mis was in die nieuwbouw. Daar kon het mijns inziens namelijk nooit gezellig zijn en het leek me, al toen de huizen niet eens klaar waren, een gruwel om erin te wonen. Naar mijn idee zou ik dat allemaal veel beter kunnen en om heel eerlijk te zijn stond ik te popelen om de verbeteringen ten uitvoer te brengen. Maar als men dat niet wilde, dan maar niet. Dan ging ik toch niet studeren!

Achteraf moet ik toegeven dat ik me te veel mee heb laten slepen door mijn zelfbeklag, maar voor mijn gevoel werd ik door vrijwel al mijn vrienden, vriendinnen, klasgenoten of ex-klasgenoten, ook die van mijn allerlaatste jaar, waarin ik toch een paar heel gezellige avonden en goede feesten had georganiseerd, in de steek gelaten. Het grootste verraad kwam echter van de leraren en leraressen. Die hadden mij immers gemakkelijk een hoger cijfer kunnen geven. Een paar van hen, vooral die van Frans en Duits waren hun boekje flink te buiten gegaan door mij zo te discrimineren!

De wiskundeleraar, toch een van de personen waarin ik veel vertrouwen had getoond, ging hierin ook niet helemaal vrijuit. Zo nu en dan waren we samen nota bene naar school gefietst. Omdat hij bij mij in de buurt woonde kwam het namelijk wel eens voor dat we elkaar achterop gereden kwamen. We hadden onderweg dan gezellig en heel ontspannen samen gebabbeld, dus waarom had hij mijn prestaties niet een beetje geflatteerd?

Of me gewaarschuwd voor de valstrik van zijn vreselijke collega's?

Onmiskenbaar was er tegen me samengespannen. De leraren, de paters en eigenlijk alle mensen die verbonden waren aan de school hadden gefraudeerd met mijn resultaten. Als ik zelf mijn cijfers optelde kwam ik namelijk op heel andere totalen en dus gemiddelde prestaties uit. In ieder geval flink anders dan er uiteindelijk in mijn laatste rapport terecht was gekomen. Waar op mijn eindlijst een drie of een heel mager viertje stond, had volgens mijn gegevens minimaal een zes, een zes min of desnoods een vijf moeten staan. Afgerond en wel volgens de gegevens die ze bij mijn klasgenoten wèl hanteerden!

Meneer de Winter heeft me er een keer bij geholpen om de cijferlijsten, die we immers zelf in onze school agenda's moesten bijhouden, nog eens grondig na te rekenen. Na ieder proefwerk of repetitie werden we geacht om de resultaten netjes in te vullen en bij te houden in onze agenda. Als ijverige leerling voldeed ik aan die voorwaarde en aan de hand van die lijstjes had ook de vader van Helen mij alleen maar gelijk kunnen geven. Er was geknoeid met mijn cijfers. Hoewel hij vanzelfsprekend uit moest gaan van dezelfde gegevens als waarover ik beschikte en evenmin als ik wist welke aantekeningen en nadere beoordelingen de verdachte leraren gehanteerd hadden bij het vaststellen van mijn eindresultaat.

Helaas was daar, ondanks mijn goede relatie met de rector niet over te overleggen en werd mijn bewijsvoering niet serieus genomen. Voor mij liet de conclusie zich echter eenvoudige uittekenen. De school wilde om de een of andere reden duidelijk van mij af. Maar noch professor de Winter of ikzelf konden begrijpen waarom.

In mijn somberheid voelde het aan alsof mijn toekomst van me werd afgenomen! Voor mij zat de studie bouwkunde aan de TH in Delft er niet meer in. Al die prachtige huizen waarvan ik gedroomd had om ze te ontwerpen, zouden nooit worden gebouwd. Het bewoonbaar maken van die nieuwe buitenwijken en hun op dat moment al zichtbare onleefbaarheid, ook daar zou ik nooit mijn energie aan kunnen gaan wijden. Onze mooie stad zou het voor altijd zonder mijn planologische voorstellen en inzichten moeten stellen, want ook een vervolg studie om daar eens aan toe te komen, zat er natuurlijk niet meer in. Om eerlijk te zijn viel het me zwaar om onder ogen te zien wat ik nog aan mijn situatie kon veranderen. In de groeiende teleurstelling wilde ik niet meer meedoen met de spelletjes die ze 'zo duidelijk merkbaar' met me probeerden te spelen. Daarom heb ik me een tijdlang voor vrijwel iedereen verborgen weten te houden.

Ik ging 's morgens op de gewone tijd van huis, maar zwierf door de stad of maakte een tochtje door de duinen of polder op mijn fiets. De wijken waar ik eerder zoveel inspiratie op had gedaan, vermeed ik om mijzelf enigszins te sparen. Met mijn tochtjes wilde ik het gezichtsverlies bij een eventuele ontmoeting met een kennisje, voorkomen en ze werden danook steeds uitgebreider. Ik ging pas naar huis als het etenstijd was, want ook daar wilde ik zo min mogelijk gezien worden. Alleen de vader van Helen vormde een uitzondering, die wilde uiteindelijk nog wel eens naar me luisteren. Daarom heb ik hem op de momenten waarop ik wist dat hij thuis zou zijn, nog een aantal keren en in een weekend waarin ik vrij was van mijn werk, opgezocht. Voornamelijk om mijn beklag te doen over al het onrecht dat mij was aangedaan waarschijnlijk, maar hij heeft er blijkbaar geen aanleiding in gezien om mij liever te vergeten.

Het getuigschrift, uiteindelijk het diploma waarmee ik mijn verdere carrière moest onderbouwen, heb ik in al mijn stijfkoppigheid ook nooit meer opgehaald. Later is die door de leiding van de school dus naar mijn ouders opgestuurd. Het was voor alle partijen de eenvoudigste, meest gemakkelijke uitweg. Overigens heeft dezelfde 'bevriende' wiskundeleraar later op de HAVO van mijn jongere broer les gegeven. Onlangs heeft die mij verteld dat ik een keer ter sprake ben gekomen. De brave man had zich er, volgens zeggen dus, over verbaasd dat ik voor dat laatste jaar nooit meer terug was gekomen op school. Mijn broer onderbouwde er mijn vermoeden van een complot mee, door te vertellen dat de leraren me 'gemist' zouden hebben.

Wat het onderduiken na afloop van de school gemakkelijk maakte was de omstandigheid dat ik op de maandagochtend, gelijk na mijn laatste schooldag ben begonnen met werken. Dat baantje had ik een aantal weken tevoren gevonden. Al ruimschoots voor de Paasvakantie toen er van mijn school perikelen dus nog helemaal geen sprake was.

De afspraak was dat ik zo snel mogelijk na aanvang van de grote vakantie aan boord zou gaan om te beginnen met een training. Er zou me in verband met de vakanties van de vaste medewerkers aan boord het een en ander worden geleerd, zodat ik voor hen in kon vallen bij de diverse werkzaamheden die zich op het schip voordeden. Dat ik een paar dagen ervoor daadwerkelijk mijn laatste schooldag had gehad was vanzelfsprekend niet voorzien. Ik had de eerste werkdag echter op de oorspronkelijk afgesproken datum laten staan en was niet eerder aan boord gegaan, al had dat dus gemakkelijk gekund. Achteraf gezien speelde ik waarschijnlijk met de gedachte dat de paters, uit zichzelf, op hun dwaling terug zouden komen of dat er een foutje was gemaakt.

Het werk vond plaats op een baggerschip dat heen en weer voer van de Noordzee naar de havens aan de Nieuwe Waterweg. Gedurende de week verbleef ik er in een hut aan boord. De werkzaamheden begonnen heel vroeg, maar in de namiddag als de dienst er om vijf uur weer opzat en na het avondeten, kon ik me bezighouden met over het schip zwerven of in de werkplaats rondhangen. Soms ging ik op de brug zitten genieten van de ondergaande zon of zat weggedoken met een boek in een van de stoelen in de kaartenkamer. Oorspronkelijk zou ik er zes tot zeven weken, gedurende de gehele vakantie totdat de school weer zou aanvangen, gaan werken. Dat werd dus bijna een half jaar omdat ik in verband met de nieuwe omstandigheden niks anders om handen had.

Er waren aan boord voldoende klusjes om mij er wat langer te laten blijven en ik heb links en rechts het een en ander geleerd, zodat ik me ook daadwerkelijk nuttig kon maken op het schip. De stuurman bleek er schik in te hebben om mij, als hij er de tijd voor vond, te laten zien hoe je een bestek maakt. Ik leerde om in de tabellen de stromingen op te zoeken en de waterstanden door te rekenen. Een collega had een echte sextant en nam deze speciaal voor mij mee om me te leren hoe je er een 'sterretje mee kon schieten'. Dat bleek overigens ook overdag heel goed te gaan en toen ik eenmaal wist waarop ik moest letten heb ik me er regelmatig mee bezig gehouden. Ik kon met de verworven wetenschap vanzelfsprekend niet meteen de oceanen bevaren, maar ik maakte wel kennis met hoe het een en ander eraan toeging.

De bezigheden maakten het verblijf aan boord aanzienlijk aangenamer. Ik was er in een klap èn 'het huis uit' èn totaal onbereikbaar door. Het kwam mij onder de omstandigheden allemaal heel goed uit, al moest ik dus nog wel de weekenden weer thuis door zien te komen.

De situatie sukkelde voort tot ik in Antwerpen een betere baan kon krijgen. Het nieuwe werk zou me ook een eigen woonruimte daar verschaffen, zodat ik alleen mijn spullen maar hoefde in te pakken en naar Vlaanderen vertrok. Ik zou er overigens ook meer tijd aan de wal

176

gaan doorbrengen en dat kwam me eveneens goed uit. Door het vele drinken aan boord ondervond ik regelmatig flinke last van zeeziekte en moest mijn werk dan verrichten met een flinke kater. Door die drank inname gedurende de vorige avond stond ik vaak duizelig op dek en moest me draaierig wankelend over de gangboord verplaatsen. Pas na de lunch knapte ik dan genoeg op om, als we klaar waren, weer een biertje met de jongens mee te kunnen drinken. Als 'jongste maatje' was het overigens mijn taak om telkens een verse doos biertjes van 'beneden' aan te sjouwen. Later mocht ik de lege flesjes dan vanaf het achterdek een voor een overboord keilen. 'Over de muur zetten' heette dat en het hoorde bij het voorrecht dat ik genoot.

Het vooruitzicht om naar Antwerpen te gaan verhuizen werd er steeds aantrekkelijker op. Als ik daar eenmaal op mezelf woonde, zou ik kunnen proberen om via een avondstudie of een schriftelijke cursus alsnog een diploma te halen. Er zou daar best een gelegenheid zijn waar ik me aan kon melden en naar ik aannam zou ik er genoeg tijd voor vinden. Ik kende er niemand en was, naast de baan die ik ter plaatse zou gaan vervullen op geen enkele manier gebonden. Het zou er op neerkomen dat niets me zou kunnen afleiden. De contacten met de bootsman, die me al in de eerste week van mijn werk aan boord getipt had voor het baantje, hield ik dus warm.

Ik stelde me voor dat ik dan ook de weekenden niet meer thuis door hoefde te brengen. Daarmee zou ik dus ook gevrijwaard zijn van de controle die er daar plaatsvond. De treinreis naar mijn toekomstige woonplaats werd indertijd nog gezien als een internationale rit en dat maakte het te duur om hem wekelijks af te leggen. Hoewel m'n ouders zich aanvankelijk bereid toonden er wat geld voor over te maken om de grootste kosten te dekken.

Aanvankelijk hadden ze er dus nog op aangedrongen dat ik contact opnam met de de rector van de school. Al meteen nadat ik de dreigbrief had ontvangen, stonden zij er op dat ik mij zou gaan onderwerpen. Ik moest mijn excuses aanbieden en vragen om een herkansing. Omdat ik daar pertinent niet voor te porren bleek, gaven ze hun eisen vlak voor de grote vakantie op.

Overigens zouden ze met de rest van het gezin naar Limburg gaan en de voorbereidingen daarvoor vraten energie. Ik 'ging werken', dus hoefde niet met ze mee. Alsof ik dat gewild zou hebben, maar ik had voor de twee weken die zij verdwenen waren, natuurlijk het rijk alleen in huis.

177

In in die vakantie ging ik eindelijk weer eens bij de familie de Winter langs om er een 'bakkie te doen'. Tot mijn grootste opluchting had ik de hele zomer weten te vermijden iemand van mijn oude kennissen of voormalige vrienden tegen het lijf te lopen. Ik had me verborgen weten te houden, al stak het me dat er anderzijds ook niemand naar mij op zoek leek te zijn. Het bleef eigenlijk verdacht rustig.

Weliswaar had ik uitsluitend aan mijn beste vrienden laten weten dat ik was gaan werken, of waar. En ik had slechts een enkeling verteld over het van school trappen, maar het zou iedereen toch duidelijk moeten zijn dat ik niet 'zomaar' weg was gebleven. Diep in mijn hart streden teleurstelling en enthousiasme over wat me eenmaal te wachten stond als die baan in Antwerpen doorging, om voorrang. Dat wilde ik best met iemand delen.

Als ze niet naar hun huisje in de bossen bij Zorgvliet waren, dan werd er bij Helen thuis op zaterdagmiddag soep gemaakt. Zowel haar vader als haar moeder vonden het altijd gezellig als ik van hun brouwsels een kopje wilde proeven en ze vonden het heel normaal dat ik nooit die ene lekkerder vond dan de andere. Er was verschil in smaak dat was zeker waar, maar ik ben er geen voorstander van om overal een competitie van te maken en zij voerden onderling ook geen strijd.

Tijdens de tweede kop, de 'moedersoep' kwam de aap uit de mouw. Meneer de Winter had een aanstelling aan de universiteit van Utrecht aanvaard. Heel kort daarna, binnen een paar weken eigenlijk al, zijn ze vervolgens naar die stad verhuisd. Toen vond ik het te ver weg geworden om hem nog regelmatig te bezoeken.

Het was me al opgevallen dat er geeneens zo veel meer was om nog over te praten. De verhalen over mijn belevenissen op het schip hadden natuurlijk niet veel inhoud. Het werk was niet erg opwindend en verliep volgens vaste plannen. Die werden aan de wal gemaakt. Afwisselend genoeg als tijdelijk baantje voor een scholier, maar al na korte duur was het een sleur geworden. Het betaalde redelijk en ik kon dus een beetje sparen, maar daarmee was het meeste wel gezegd.

Samengevat hield het werk me van de straat en vlak voor hun verhuizing heeft meneer de Winter me gevraagd hoe het op die boot zat met het verwezenlijken mijn bouwkundige idealen en of ik ze daar kon uitvoeren. Hij bedoelde het niet cynisch maar trapte me er toch mee op mijn ziel. Vanzelfsprekend had hij gelijk dat hij ernaar vroeg, al zag ik niet waarin ik tekort schoot. Toen vond ik nog dat ik er voldoende moeite voor gedaan had om mijn eindexamen af te mogen

178

leggen. Ik kon daarover hooguit mijzelf verwijten maken, maar de echte verandering zou pas komen als ik mezelf eenmaal onder de invloed van thuis uit had geworsteld en in Antwerpen woonde. Dat de boots me wat dat betreft aan het lijntje hield was echter duidelijk. Ik vroeg hem er wekelijks naar, maar telkens was er een andere reden waarom ik nog even wat langer geduld moest tonen.

Slechts een keer ben ik na hun verhuizing op het nieuwe adres geweest. Onaangekondigd ben ik er op zondagmiddag met een grote bos bloemen en een fles oude Tawny Port naar toe gegaan om hun verhuizing luister bij te zetten. Ik was welkom en heb het hele huis mogen bekijken, maar zoals vroeger in Oegstgeest werd het niet. Niet veel later ben ik naar België verhuisd en heb ik het kontakt verder gelaten voor wat het was.

Helen en mevrouw de Winter staken gewoonlijk niet onder stoelen of banken dat ze Joop vaak 'tamelijk lang van stof' vonden. Al kenden zij de meeste van zijn verhalen natuurlijk al, soms ergerden de dames zich openlijk aan de grondigheid die hun vader en echtgenoot bij het vertellen aan de dag legde. Ik vond zijn aanpak daarentegen juist erg leuk, ook als ik eigenlijk al uit de overlevering wist waar hij met zijn uiteenzetting op aanstuurde. Hij vertelde veel en ging inderdaad altijd erg diep op zijn stof in. Maar ik kon de eigen charme die er van al zijn nuanceringen uitging waarderen. Alle vermeende breedsprakigheid ten spijt, het maakte wat hij te vertellen had er altijd interessanter op dan het vrijblijvende geleuter van de leraren op school of bijvoorbeeld het gezever van mijn zwager.

De verkering van mijn oudere zus probeerde me ook wel eens een bijles te geven namelijk. Daarbij was hij echter toch voornamelijk de spreekbuis van mijn ouders. Braaf gaf hij door wat de oudjes ergens van vonden en veel ruimte voor discussie bleef er daarna in de huiselijke kring niet over. Het was me toch al voldoende duidelijk gemaakt wat voor 'onbenul' ik helemaal was, waar moesten we het nog over hebben?.

Soms was ik zo ontzettend kwaad over de laffe onpartijdigheid die hij met zijn opstelling pretendeerde, dat ik hem bij wijze van spreken wel op zijn gezicht had kunnen timmeren. Al is achteraf gezien zijn houding wel te verklaren. Alleen al omdat hij uiteindelijk ruim tien jaar ouder is als ik en verliefd was op mijn zus. Hij kreeg mij er gratis bij en moest gewoon partij kiezen voor de vader en moeder van zijn meisje. Voor mij bleef hij echter, ondanks al zijn goede bedoelingen, een van die 'studentjes' uit de stad. Dat gaf ik hem vervolgens graag met het grootst mogelijke cynisme

179

te verstaan. Zo ging ik toen te werk. Het sloot het beste aan bij mijn leeftijd en de omstandigheden. Slechts eenmaal hebben we daadwerkelijk met gebalde vuisten tegenover elkaar gestaan. Het ging toen om een klein geschilletje dat ontstaan was over een vriendin van mijn zus. Hij wilde het voor de twee opnemen. Ik had wat puberale grapjes gemaakt over grootte van haar borsten en kon naderhand eigenlijk wel respect voor zijn ridderlijkheid opbrengen. Uit de tranenvloed was namelijk op te maken dat ik met mijn plagerijen inderdaad iets te ver was gegaan. Om geen gezichtsverlies te lijden hebben we op het zijpad van ons huis even heel kort gedaan of we echt konden boksen. De nachtelijke uitzendingen met Cassius Clay de latere Mohammed Ali, in de hoofdrol droegen echter niet zo veel bij aan onze vaardigheden qua pugilisme. We hebben het dus kort gehouden.

In het geval van de vader van Helen raakte ik vooral geïmponeerd door de kennis en wijsheid die hem als vanzelfsprekendheid omgaven. Hij had in zijn studeerkamer, "het heiligdom" zoals hij het gekscherend noemde, een schat aan boeken staan en kennelijk had hij die allemaal helemaal of grotendeels gelezen, bestudeerd of er zelfs persoonlijk aan meegewerkt. Ik vond het sowieso dus al een hele eer dat ik er überhaupt mocht komen. Een heel enkele keer mocht ik zelfs een van de folianten lenen om er de inhoud eens beter van te kunnen bestuderen. Voor hem was ik kennelijk niet zomaar een scholier, een willekeurige jongen uit de klas van zijn dochter. Ik voelde me door hem behandeld als een "persoon".

Bij Helen thuis was het vooral gezellig omdat ze er op een, in mijn ogen volwassen manier met elkaar omgingen. Ik maakte dat ook weleens bij andere klasgenoten mee, als ik er aan huis kwam. Thuis bij mijn vrienden vonden er 'onderlinge gesprekken' plaats. Daar kwam het bij ons nooit van. Met mijn oudere zus kon ik geen kontakt krijgen omdat ze zoveel ouder was als ik en met de kleintjes wilde ik niets van doen hebben. Ze waren te klein voor me. Mijn ouders begrepen mij niet en staken dat niet onder stoelen of banken. Ze deden wel of ze belangstelling voor me hadden, maar daar bleef het bij. Bij andere mensen thuis bleek men te 'luisteren' naar wat ze met elkaar te bespreken hadden. Daar nam men elkaar serieus.

Bij mij thuis werd bijvoorbeeld niet aan boeken gedaan. Mijn vader vond elke vorm van ontspanning van huis uit veel te kostbaar, want in zijn ogen moest er gewerkt, stevig aangepakt worden. Carrière maken en heel hard werken waren belangrijk, dat was essentieel!

Boeken, waarmee je je al lezend, soms zelfs enige tijd achter elkaar of zelfs op je gemak, kon verpozen behoorden daar dus niet bij thuis. Ook niet als je de inhoud interessant vond en er wijsheid mee kon vergaren. Papa kon zich alleen ontspannen door flink hard te werken. Even zitten om bijvoorbeeld om een borreltje te drinken en effe bij te praten vond hij een doodzonde. Drank was sowieso taboe, hij lustte het niet. In zijn optiek was tijd geld en dat maakte dat iedere 'beuzelarij' al snel leidde tot verlies. Dit maakte iedere vorm van ontspanning duur en daarom kostbaar. Als we ons bezig wilden houden met ledigheid dan moesten we dat maar op onze kamer doen, waar hij het niet kon zien en zich er dus niet aan hoefde te ergeren.

Hooguit als er eens iemand jarig was kon hij het over hart verkrijgen om zich 'onledig' te houden met even in een stoel zitten en wat praten. Waarom ik wel altijd zijn adviezen en goed bedoelde raad moest opvolgen en hij, ondanks dat hij me toch naar een gerenommeerde school had gestuurd, niet naar die van mij wilde luisteren is me altijd een raadsel gebleven. Maar ach, een anekdote helemaal uitzitten kostte hem al erg veel moeite, laat staan dus eens een gesprek voeren met zijn zoon. Zo duurde een mop die verteld werd altijd weer te lang, was flauw en eigenlijk kende mijn vader de clou al lang voordat die uitgesproken werd. Gelukkig bespaarde hij de verteller wel de afgang door die niet te verraden, maar altijd gaf hij achteraf aan de mop al te kennen. Soms vertelde hij dezelfde grap dan inderdaad op een veel leukere manier, nogmaals. Hij kón het dus wel maar het kostte hem erg veel moeite om zich eraan over te geven.

Een feestvarken moest daarnaast trouwens wel minimaal een volwassene zijn, want kinderen daar hield hij zich ook liever niet al te veel mee bezig. Dat waren zaken die hij aan mijn moeder overliet want daarvoor had hij geen tijd. "Jullie realiseren je niet wat het kost om een gulden te verdienen". Het was een van zijn geliefde uitspraken.

Alleen mijn moeder kon weleens lezend worden aangetroffen. Heel af en toe lag er zelfs een boek op haar nachtkastje. Die hadden we daar dan nog nooit eerder aangetroffen. Maar laat ik eerlijk zijn, meestal lag daar wel wat te lezen. Het was namelijk haar gewoonte om voordat ze ging slapen nog even wat te bladeren of 'iets' door te kijken. Daarom konden mijn zusjes en ik de nieuwste Libelle meestal op de kast met het laatje dat naast het hoofdeind van haar bed stond, vinden. Ze had het abonnement overigens bij mijn vader weten te bedingen met het argument dat het een tijdschrift speciaal voor dames was. Daarnaast was het een uitgesproken Rooms blad, dus daar kon hij sowieso geen bezwaren tegenin brengen, mede omdat er ook bruikbare opvoeding adviezen in moesten staan. Dit periodiek was dus naast het omroepblad van de KRO en het eveneens katholieke dagblad, het enige leesvoer dat er bij ons legaal in het gezin binnen kwam. Helaas zou ik willen opmerken want alle andere tijdschriften, zoals een blad speciaal voor kinderen zoals die bij een aantal vriendjes thuis gelezen werd, waren natuurlijk helemaal uit den boze.

Een enkele keer had mijn moeder een geleend boek naast haar hoofdeind liggen, zo'n boek had dan meestal een aanstootgevende waarde. Dat was namelijk de reden waarom het bij haar onder de aandacht was gekomen. Zo nu en dan werd er een schrijver op de televisie geïnterviewd of werd er in haar damesblad een nieuwe uitgave van een 'moderne schrijver' besproken. Als het boek dan afschuwelijk was bevonden, bijvoorbeeld door de expliciete inhoud, dan won het aan waarde en diende dus gelezen te worden. Vaak was een vriendin van haar Mah-Jong clubje er speciaal voor naar de boekhandel gesneld. Zelf durfde ze dat vanzelfsprekend niet, bang dat ze was om mijn vader met haar onbezonnen aanschaf te schofferen.

Vaak wist hij namelijk al uit de krant of van de meisjes bij hem op kantoor, dat het betreffende boek niet 'echt voor dames' bedoeld was. Mijn moeder hield de schijn vervolgens op door vol te houden dat zij het boek 'toevallig' geleend had bij dat kennisje. Soms speelde ze er zeer verbaasd over te zijn dat die inderdaad "zoiets" las. Om toch "een beetje" bij te blijven, vond zij dat ze dan ook minimaal even "in moest kijken". Vooral 'schunnigheid' zoals die rond de beschrijving van seksuele handelingen, maakten de vriendinnen vooral nieuwsgierig en het vergoelijkte de gedane investering aanzienlijk.

Als het moest deelden ze de kosten trouwens want een boek bleef, ook voor de andere dames, zelfs als je het ècht wilde lezen, een duur ding. Dan maakten vele varkens de spoeling dun. Het huishoudbudget leed overigens niet echt onder deze onbezonnenheid, al was een goed kookboek niet echt weggegooid geld. We kregen altijd wel te eten, maar culinaire sterren werden er niet mee verdiend.

Eerlijkheidshalve moet ik opmerken dat we niet 'leden' onder haar literaire interesse. Heel af en toe kregen we door dat er iets speelde, als de sfeer in huis merkbaar 'anders' was. Als onze moeder na het eten ging rusten of niet gestoord wilde worden op haar slaapkamer omdat ze moe was en "even ongestoord" wilde lezen. Helaas voor haar was zij, omdat ze de oudste van de vriendinnenclub was, meestal als een van de laatsten aan de beurt. Inmiddels was het exemplaar dan soms al letterlijk stukgelezen. Dat had overigens wel als voordeel dat het boek dan door het van hand tot hand gaan, spontaan openviel op de pagina's met de 'ergste' passages. Op de wekelijkse avondjes werd er trouwens door de dames onderling uit voorgelezen, zodat alle 'vreselijkheden' al besproken en van de nodige kanttekeningen voorzien waren.

Voor mijn moeder was de grootste verrassing er dus al af en of de vriendinnen er inspiratie uit opdeden en de inhoud tot experimenten in de slaapkamer aanleiding gaf, is me nooit duidelijk geworden. Een beetje verdacht was het natuurlijk wel dat het verboden was dat mijn oudere zus of ik zo'n boek zouden lezen. Ook niet voor onze boekenlijst op school. Zelfs als de vakleraar Nederlands het ons toch echt had aangeraden en wij dit aan de hand van de literatuurlijst konden aantonen. In zulke gevallen werd de deskundigheid en het didactische inzicht van die malle docent meteen ter discussie gesteld. "Hoe kan die nou goedkeuren dat jullie zo'n boek van juist dié schrijver lezen. Nota bene voor een literatuur lijst"?

Alle eventuele verwijzingen naar viezigheid zoals sex en alles in de richting van twijfel aan God of gebod, waren taboe. Boeken met 'literatuur' erin moesten dus min of meer stiekem van ons zakgeld aangeschaft worden. Met een beetje geluk konden mijn zus en ik ze soms als alternatief van een vriend, klasgenoot of vriendin lenen. De buit moesten we dan angstvallig op onze kamer verborgen houden, tenzij het een oude meester betrof want die kenden de dames uitsluitend van hun straatnaam. Gelukkig was onze moeder iedere vrijdagmiddag afwezig om te winkelen met haar vriendin, dus dan hadden we mooi de gelegenheid om alsnog onze slag te slaan.

Op vrijdagavond vonden de Mah-Jong avondjes plaats. Beurtelings bij de leden thuis en daar moest vanzelfsprekend flink worden uitgepakte met Allerhande recepten om de andere dames te tonen hoe werelds iedereen in feite was. Zowel mijn oudere zus als ik konden het niet laten om bij gelegenheid de stapel tijdschriften en boeken nog eens door te nemen. Zogenaamd waren we dan op zoek naar de Libelle.

Of het kwam door mijn naïviteit of onkunde weet ik niet, maar meestal viel zo'n verboden boek me erg tegen. Ik begreep de opwinding meestal niet en kon daarom het verbod ook niet plaatsen. Daar dan over praten of een vraag stellen was binnen ons gezin onmogelijk. In mijn zus vond ik hierbij geen bondgenoot. In al mijn onbevangenheid vertelde ik wel eens iets over de Nederlandse les en soms werd ik betrapt tijdens het lezen van 'verdorven boekwerken'. Ik liet zo'n buitgemaakt boek namelijk wel eens slingeren op mijn kamer. Dan vergat ik om het netjes terug te leggen bij mijn moeder d'r bed of dat ik het niet mocht lezen. Mijn zus lette daar veel beter op en zorgde ervoor dat ze het boek telkens precies zo terug legde als ze het had aangetroffen. Daarom kon ze dus niet alleen omdat ze vijf jaar ouder is als ik en haar in huis dus meer was toegestaan, in geval van mijn overtreding de vermoorde onschuld spelen. Toch moet mijn moeder doorgehad of tenminste vermoed hebben dat ook zij aan de samenzwering deelnam, want hoe kwam het anders dat zij de inhoud van een boek wèl kon bespreken alsof ze het op school behandeld hadden en hoefde ik me daar niet aan te wagen?

Door zijn werk aan de universiteit in de stad was de vader van Helen meestal al thuis rond de tijd waarop ik uit school kwam. Hij gaf voornamelijk in de ochtend college. Na de lessen ging ik zoals gezegd, graag en regelmatig bij hem langs. Ik kwam er voor advies, hulp bij het wegwerken van de achterstand bij mijn lessen of gewoon voor een gezellig praatje. Meestal dronken we dan een kopje thee of, bij uitzondering, koffie. Koffie vlak na de lunch zou namelijk eveneens slecht zijn voor een mens. Het was alleen maar goed om wakker te worden of juist te blijven, maar voor mij wilde hij zo nu en dan een uitzondering maken. Als hij bijvoorbeeld merkte "dat ik er aan toe was". Zijn geduld betekende veel meer voor me dan de opwinding en gejaagdheid die er rond mijn eigen ouders en hun kennissen hing.
Van meneer de Winter ging autoriteit uit. Die was vanzelfsprekend en hoefde hij helemaal niet met schreeuwen, flauwekul discussies of nonsens af te dwingen. Heel anders dus dan er bij mij thuis gewoon gevonden werd. Bij Helen in huis was het de gewoonte dat je naar elkaar luisterde. Dat je een mening had en deze wilde delen was best, maar je gaf 'm pas ten beste als de ander uitgesproken was. Een opvatting was goed als je hem met argumenten kon onderbouwen, alternatieven wist en open stond voor een andere, nadere of betere inbreng. Daarom moest je elkaar serieus nemen.
Als bij de familie de Winter iets besproken werd, ging Helen d'r vader er vaak toe over om de interessante zaken betreffende dat onderwerp verder uit te zoeken. Voornamelijk omdat hij er dan later nog eens op terug wilde komen. Hij zocht, ook bij onderwerpen die niets met zijn

184

vak te maken hadden, alles tot op de bodem uit. Hij las dan later uit zijn bronnen voor of schreef op waar we zelf verder nog het een en ander konden uitdiepen. Als advies, het was nooit bindend!

Door de onderbouwing bij zijn argumenten was het altijd prettig om met hem van gedachten te wisselen. Alleen daardoor al voelde ik me door hem serieus genomen. Na een bezoekje aan de vader van Helen had ik dus vaak het gevoel dat ik er wijzer vandaan kwam. Ik kreeg inhoudelijke informatie te horen, werd er geholpen bij het zoeken naar onderbouwing van mijn bezwaren, ideeën of voorstellen. Altijd, of hij het nu juist wel of in het geheel niet met mij eens was.

Als hij het nodig vond dat ik een bepaalde kwestie eens wat beter doornam, legde hij een boek of notitie voor me klaar op de rand van zijn werktafel. Als ik er aan toekwam kon ik het een en ander dan zelf verder uitpluizen. Uit het boek of naslagwerk die hij hiertoe voor mij had klaargelegd staken dan altijd kleine briefjes. Deze notities had hij, om aan te geven waar ik moest kijken, voor me tussen de bladzijden gestoken. Op zo'n los velletje had hij dan een kattebelletje gekrabbeld met verwijzingen. Altijd zat er een grapje of opmerking bij die daardoor voor mij een aansporing vormde.

Voor deze conversatie gebruikte hij afgescheurde stukjes van de papieren die er overal op zijn bureau rondzwierven. Bijvoorbeeld een hoekje van een envelop of de achterkant van een brief die hij al behandeld had. Een enkele keer kwam hij er in terug op een onderwerp waarover we het niet eens waren geworden of waar we, zelfs na een verhitte discussie niet uit waren gekomen.

Zijn houding stond dus ook in schrille tegenstelling tot die van de leraren op school. Die waren in mijn ogen vooral gefrustreerd en niet van plan om hun eventuele kennis met ons te delen. Ze maakten de leerstof extra moeilijk te begrijpen, zodat ze hun overwicht konden manifesteren. In mijn ogen worstelden velen met tegenvallende resultaten in hun carrière als wetenschapper, pedagoog of beide. Dit werd voornamelijk geïllustreerd door het feit dat de 'ergste frustraten' geen orde konden houden tijdens hun lessen. Waarom gedroegen zij zich niet zoals de onderwijzer in Ciske de Rat of uit het boek van Thijsse? Bint van Bordewijk was ook goed geweest.

Wij moesten die literatuur toch niet voor niets tot ons nemen, waarom namen zij er dan geen voorbeeld aan?

En waarom was het van dat leuke verhaal van J.D.Salinger trouwens verboden om het op de boekenlijst te zetten?

185

Regelmatig liepen er lessen uit op een pandemonium en gedurende het laatste jaar vonden vele leerkrachten onze klas "lastig". Omdat ik een van de oudsten van de klas was, werd ik vaak als aanstichter van de ellende en dus als "schuldige" gezien. Ik kwam dus regelmatig bij de rector op z'n kamer terecht om uit te leggen wat er nu weer was misgegaan of om mijn verontschuldigingen te maken voor het gedrag van onze klas. Deze pater en ik leerde elkaar waarderen, we konden het goed met elkaar vinden. Hij gaf me in ieder geval de indruk dat hij het wel begreep en toonde belangstelling voor mijn doen en laten. Hij opereerde ermee op de lijn van meneer de Winter, die kon alles ook heel eenvoudig uitleggen en hoefde daar nooit moeilijke toestanden bij te halen. Zoals de meeste leraren dus wel nodig vonden.

Een enkele keer ging ik naar het huis van Helen omdat ik hoopte dat haar vader met mij zou willen luisteren naar een langspeelplaat die ik gekocht had. Zo nu en dan ging ik gelijk na aanschaf van een nieuwe naar hem toe. Die aanwinst had ik dan nog nooit beluisterd, maar ik stelde het op prijs om dat samen met hem te doen, hoewel zijn pick-up in feite al een poosje aan vervanging toe was. We moesten zo'n nieuwe elpee dus heel voorzichtig behandelen.

Meneer de Winter maakte vergelijkingen met de muziek die hij zelf mooi vond en wees me op passages waar ik bij het herbeluisteren nog eens op moest letten. Al had hij de betreffende muziek nog nooit eerder gehoord, dan kon hij me toch interessante wetenswaardigheden melden waar ik speciaal aandacht aan moest schenken.

Een enkele keer wilde hij een bepaald stukje of een mooie song nog eens horen. Hoewel hij eigenlijk niet eens zoveel belangstelling bleek te hebben voor moderne muziek. Hij hield vooral van 'klassiek' en luisterde ook wel eens naar jazz. Zolang deze niet te "modern" of "avant-gardistisch" was, zoals hij het noemde. Ik vond het erg leuk om op met hem van gedachten te wisselen. Hij accepteerde mijn voorkeuren, maar kon eventueel hard zijn in de veroordeling van muzikanten die in zijn ogen, ook na mijn verzoek om nog eens, misschien beter te luisteren, "herrie en kabaal" produceerden. Soms verschilde hij in die mening nauwelijks van mijn ouders, alhoewel die vrijwel alles wat ik aan muziek kocht op voorhand al "vreselijk" en "wat een lawaai" vonden. Vaak al voordat ik mijn plaat had opgezet.

Thuis werd ik voor het beluisteren meestal verbannen naar mijn kamer en eigen platenspeler. Een mono exemplaar met de speaker in de deksel, dus persé niet de HiFi waarbij de kwaliteit wèl volledig aan het licht zou komen. Ik deed het dan maar af als een leeftijdskwestie, of liever de generatiekloof. Joop onderbouwde zijn kritiek tenminste, zodat ik met argumenten mijn muziekkeuze en de muzikanten van mijn voorkeur kon verdedigen. Zijn eventuele afwijzen leek er minder absoluut door, omdat het altijd een nuance bevatte.

Helen heeft me weleens toevertrouwd dat haar vader in mij kennelijk de zoon zag die hij niet had. Ze was erop gekomen toen ze er samen met haar moeder een keer over had zitten praten. Ze hadden die conclusie overigens getrokken zonder er negatief over te worden en we hebben we ons inderdaad wel eens als broer en zus voorgedaan. Maar dat was uitsluitend bij wijze van lolletje, als aardig bedoelde grap. Meestal gingen we tamelijk gereserveerd met elkaar om.
Hoewel we bijna even oud zijn, hebben Helen en ik gedurende de hele middelbare schooltijd slechts een jaar bij elkaar in de klas gezeten. Door mijn zittenblijven raakte zij vanzelfsprekend op mij vooruit. Op zichzelf vond ik de losse omstandigheid tussen haar en mij wel prettig. Het maakte de omgang met haar en ook met haar ouders een stuk gemakkelijker. Er hingen geen speciale verplichtingen omheen. Die bleven me bespaard omdat ik er 'kind aan huis' was. Normaal gingen 'verkering hebben' of 'samen lopen', op de middelbare school met de nodige rituelen gepaard. Vooral jongens die met een meisje van een andere school om gingen, konden daar verslag van doen. Ik vermoed dat het er aan de meisjeskant net zo krampachtig aan toe kon gaan, gezien de moeilijkheden die we ondervonden om in kontakt te komen met de dames van de meisjesschool een paar deuren verderop.
Met Helen ging ik op een hele natuurlijke manier om. Eigenlijk alsof we inderdaad broer en zus, gewoon familie, waren. Onze omgang verliep zonder allerlei verplichtingen en protocollen. Als wij eens 'samen' ergens heen gingen, dan was dat omdat we daar allebei apart ook naartoe zouden zijn gegaan. Aan ons samenzijn zat geen verplichting vast en daarom konden we open met elkaar om gaan.
Vandaar waarschijnlijk de ontboezeming over haar vader.
Als voordeel kwam er uit onze omgangsvorm voort dat ik, als ik weer eens een tijdje zonder verkering zat, haar probleemloos met me mee kon vragen naar een verjaardag of feestje. Op school wist iedereen dat er helemaal geen familieband was en zo niet, soit. Op de maandelijkse klassenavond is ze een aantal keren met me mee gegaan en ik ben eveneens een paar keer op zulke bijeenkomsten van haar klas geweest.

187

Het sloot trouwens beter aan bij mijn leeftijd. Met een aantal van de aanwezigen had ik immers eerder in de klas gezeten. Onze manier van met elkaar omgaan heeft nooit tot complicaties geleid. We waren vrienden en mochten elkaar graag, 'no strings attached'.

Mijn gewone, dagelijkse schoenen heb ik met de veters bij elkaar gebonden. Ze zitten in het plastic tasje waar de nieuwe laarzen eerst in zaten. Dat pakketje kon nog gemakkelijk tussen de elastieken banden voorop mijn rugzak gepropt worden en zit nu naast een van de lege vakjes waar een fles in kan. Als presentje voor de vader van Helen en ook ter aanvulling op het avondeten heb ik thuis een mooie fles Port en twee flessen wijn, een rood en een wit, gekocht. Tegen het rammelen allebei apart en daarna samen dik ingerold in een oude krant zitten ze binnenin de rugzak. Het maakte 'm wel wat zwaarder, maar ik wilde nu eenmaal niet met lege handen staan bij ons weerzien. Vroeger hadden we op zijn werkkamer regelmatig een glaasje Port genoten, dus ik rekende er op dat hij er nog steeds een liefhebber van zou zijn.

We hebben alle vier een eigen rugzak om. Die van ons zitten vol met de kleding en spulletjes voor de komende dagen en de meisjes sjouwen vanzelfsprekend een kleintje. Daar zit alleen het hoogst nodige in voor de komende dagen. Volgens Arie past er in die van haar "echt niks, zelfs geen klein stukje speelgoed" meer bij.

Vanmorgen ben ik naar het huis van de dames gegaan om ze op te halen voor de reis hier naar toe. Eerst dus met de trein naar het grote station van Utrecht, daarna nog een tweetal stations verder met een boemeltje. Na de gelukkig goede aansluiting met de plaatselijke bus was het voor het laatste stukje nog maar een klein half uurtje rijden met weer een volgende. De reis is dus feitelijk heel voorspoedig verlopen en doordat het in zowel de trein als bus lekker warm was, zijn we helemaal opgedroogd aan de wandeling begonnen.

Mijn Porsche was voor onze reis onbruikbaar. Helen en ik hebben samen besloten dat het niet verantwoord was om de meisjes op het kleine bankje achterin te vervoeren. Het is er te lawaaiig, niet veilig en voor een rit zoals vandaag nauwelijks comfortabel genoeg. Er zitten daar trouwens ook geen gordels. Ik heb de auto bij ze voor de deur laten staan. Volgens Helen is er in haar buurt voldoende sociale controle en dus veilig genoeg "voor die paar daagjes". Jammer eigenlijk want deze hele barre tocht zou ons, als we 'm met een auto hadden gemaakt, bespaard gebleven zijn. We hadden later van huis kunnen vertrekken en de reis zou in een mum van tijd verstreken zijn. Zonder afhankelijkheid van het openbaar vervoer en het lopen door de modder. Maar we hebben het ondanks al dat toch naar onze zin.

Nog thuis heeft Helen in mijn rugzak een paar extra handdoeken en nog wat 'reserve' spullen gestopt. Na het herschikken van de inhoud had ze er nog ruimte genoeg voor over. Volgens haar heb ik mijn laptop, dat "computertje" zoals ze 'm noemde, helemaal niet nodig. De rugzakken waar wij mee rondsjouwen zijn niet alleen een stuk groter dan die van de meisjes, intussen verdienen ze hun naam dubbel en dwars. Ik voel me langzamerhand een echte 'back-packer' met die hele voorraad aan spullen op mijn rug.

We hebben vergeten om een flesje water of thermoskan koffie mee te nemen. Ik lust intussen namelijk wel een bakje en heb in ieder geval een nogal droge mond. De meisjes gedragen zich voorbeeldig en hebben nog niet geklaagd, maar Bea wilde een paar minuten geleden iets drinken. Toen bleek dus dat daarin niet was voorzien.

Tijdens de korte wandeling van hun huis naar het station zijn we kletsnat geregend. Ondanks de hele grote paraplu die ik bij me heb en de omstandigheid dat we zo dicht mogelijk bij elkaar zijn gaan lopen. Al met al was het maar een wandelingetje van drie straten en twee keer oversteken over de rondweg, maar we waren bij aankomst op het stationnetje doorweekt. Ook Arie die onder haar eigen paraplu, een hele mooie rode, gelopen heeft. Aan de kust is er dan ook sprake van noodweer. Er waren najaarsstormen en hevige regenbuien voorspeld, opkomend vanuit zee en langzaam het land binnentrekkend. De komende dagen zal ons hier waarschijnlijk, nog het nodige te wachten staan. In de treincoupé hebben we onze jassen over de lege banken kunnen uitspreiden. Zo konden ze uitwasemen. Nu hebben we ze echter weer hard nodig tegen de koude wind en die nare nattigheid.

Meneer en mevrouw de Winter waren heel anders dan mijn eigen vader en moeder, want voor mij was het een overduidelijk gegeven dat die voornamelijk 'burgerlijk' en 'banaal' waren. Met hun Perzische kleedjes op tafel en voor ieder drankje een eigen soort glas met altijd een onderzettertje eronder om toch vooral geen vlekken te maken.

Bij Helen thuis leek alles er veel natuurlijker aan toe te gaan. Ik durfde te stellen dat er bij de familie de Winter in huis meer geleefd werd. Je kon bij hun gewoon een pilsje uit de fles drinken als je daar zin in had en er hoefde nooit zo'n paniekerig coastertje onder als je 'm even op

189

tafel wilde zetten. Ze hadden natuurlijk wel glazen, maar 'de beleefdheidsregels' werden er niet zo stringent gehanteerd. Het zat 'm vooral in de voorspelbaarheid van de omstandigheden. Bij mij thuis was er nooit een verrassing. Er gebeurde niets zomaar of spontaan.

Als ik spreek van gebaande wegen is het duidelijk hoe alles bij ons in huis plaatsvond. Wij hielden ons strikt aan de 'beschaving' en vaak was het alsof er op ieder moment een mevrouw van de Libelle ter controle langs kon komen. Alleen die regels waren mij dus nooit exact uitgelegd. Mijn idee over 'thuis' paste natuurlijk goed bij mijn leeftijd. Uiteindelijk was ik een jaar of 16 en zal de puberteit een woordje hebben meegesproken. Ik vergat wel eens dat ze bij Helen thuis maar met z'n drieën waren. Alleen zij, haar vader en moeder, dat maakte het met elkaar rekening houden, een heel stuk eenvoudiger.

Mijn vijf jaar oudere zus studeerde. Eerstejaars, iets met chemie in combinatie met biologie en ze was verloofd met mijn zwager. Die zou over twee of drie jaar waarschijnlijk klaar zijn met zijn studie farmacie. Dan zouden ze gaan trouwen en kreeg ik de grote kamer aan de achterkant van het huis. Dat was voor mij op dat moment het belangrijkste omdat ik nog een piepklein kamertje naast de douche bewoonde. Daar kon ik feitelijk geen vrienden ontvangen, omdat er naast mijn bed nog maar net een stoel en het bureautje in paste.

Met mijn jongere zusje kon ik niet zo goed opschieten. Door haar handicap vroeg ze meestal erg veel extra aandacht. En hoewel mijn vader zich zo min mogelijk met de kinderen bemoeide kon zelfs hij er, omdat ze altijd eindeloos over van alles en nog wat kon zeuren, niet om haar vragen heen. Voor de harmonie in huis was het fantastisch dat ze 's avonds op tijd naar bed moest. Dit werd gemotiveerd met haar 'zwakke gezondheid', maar het ondersteunde tegelijkertijd haar voortdurende geklaag. Mijn kleine broertje, ons "nakomertje" zoals mijn moeder hem noemde, was te klein om als kameraad te dienen.

Het spreekt voor zich dat ik door al die familieomstandigheden niet graag thuis was. Ik probeerde zo vaak mogelijk iets om handen te hebben en zat daarom in verschillende comités en besteedde veel tijd aan het organiseren van klasse avonden of feesten op school. Ik was hoofdredacteur, journalist, opmaker, drukker op het stencil apparaat en verspreider van de door mij her opgerichte schoolkrant. Gelukkig wel met de hulp van een reeks ook door mij gerecruteerde vrijwilligers.

Dat er met alle buitenschoolse activiteiten veel tijd verloren ging, ontging mij niet maar diende juist mijn doel. Mijn ouders, hun

190

vrienden of nog erger de vele kennissen gingen er vanuit dat 'kinderen' alles altijd gewoonweg 'aan moesten nemen'. Dit overwicht werd in alle voorkomende gevallen uitsluitend gevormd door de leeftijd.

Tegenspraak of twijfel werden vanzelfsprekend niet geduld en dat maakte een discussie of overleg dus onmogelijk. Het simpele feit dat deze mensen ouder waren en, niet te vergeten, de oorlog hadden meegemaakt vormde de dooddoener die alle tegenspraak, nuancering of nadenken bij voorbaat weerlegde. Maar in mijn ogen hadden ze nooit geleerd wat er voor 'goed ouderschap' allemaal benodigd is. En die oorlog hadden zo er toch gewoon gratis bij gekregen? Daar hadden 'ze' niets voor hoeven doen. Als oudste zoon kon ik mijn ouders alleen maar teleurstellen. Het leek zelfs mijn taak binnen het gezin.

We leefden weliswaar in nabijheid van elkaar, we vormden in de ogen van de buitenwereld, misschien een familie zoals alle. Maar een gewone omgang met elkaar, zoals tijdens het incidenteel voeren van een gesprekje, was praktisch onmogelijk. Als ik niet zomaar nog 'te jong' werd bevonden, mocht ik toch niet meepraten omdat ik nog niet studeerde. Ik deed mijn best immers niet op school en daardoor zou ik ongetwijfeld opgroeien voor galg en rad. Alsof studeren niet juist inhield dat je jezelf vaardigheden aanleerde. Die kwamen je heus niet zomaar aanwaaien. Mijn ouders wekten met hun opvatting de indruk dat ze ervan uitgingen dat het domweg binnenlopen van de Universiteit een mens alle benodigde wijsheid verschafte.

Ik moest voor deze 'kennis' ontzag tonen en was eigenwijs als ik er een eigen mening op na dreigde te houden. In de dagelijkse omgang bleken vooral mensen in een witte jas alle wijsheid in pacht te hebben. In mijn ogen kwam het er daardoor op neer dat uiterlijkheden en niet de persoon het aller allerbelangrijkst waren. Graag mocht ik zo nu en dan fijntjes opmerken dat ook een slager zo'n zelfde uniform droeg. Maar artsen, doktoren, specialisten en natuurlijk apothekers, dat waren pas mensen!

Het was bij mij thuis dus beter om over bepaalde onderwerpen niet te spreken. Voor mij kwam daar bij dat ik zaken die de school aangingen, ook maar beter kon verzwijgen. Ik noem als voorbeeld mijn prestaties daar, of beter gezegd het uitblijven ervan. Het moge duidelijk zijn, mijn ouders schaamden zich diep. Ze zagen niet dat hun vrienden en kennissen vreselijk overdreven als die weer eens op zaten te snijden over de vermeende genialiteit van hun eigen kinderen. Maar ook mijn oudere zus, die toch redelijk snel haar school had doorlopen en goede

191

vorderingen maakte met haar studie, voldeed in de verste verte niet aan de idealen die mijn ouders zich gesteld leken te hebben. Dat we naar de exacte voorwaarden moesten raden deed daar overigens niets aan af, maar ik kon er niet tegenop. Of het nou ging over thuiskomen na een feestje, een baantje in het weekend, al dan niet met vrienden, een vriendin of solo winkelen in de stad, alsmede een bezoekje afleggen aan een café of ergens anders bijvoorbeeld zomaar, een biertje drinken. Welke vrijetijdsbesteding dan ook, de meesten waren abject en dienden dus, vooral door mij vermeden te worden.

Zelfs het al dan niet vaak genoeg onder de douche gaan, alles werd gerelateerd aan school en mijn prestaties daar. Dat ik weleens een onvoldoende haalde en dat dat in de loop van mijn schooltijd vaker voorkwam, zou voornamelijk de goede naam van mijn ouders in het geding brengen. Dat ik er uiteindelijk zelf onder leed, deed niet zo ter zake. Het ging zo ver dat mijn vader en moeder zich nergens meer dachten te kunnen vertonen nadat ik weer een keer was blijven zitten.

De situatie zorgde ervoor dat ik een onderwerp waarmee ik mij graag bezig wilde houden, iets waarvoor ik mij echt interesseerde zoals boeken, muziek en bandjes, beter niet kon aanroeren. Daar had ik helemaal geen tijd voor, ik moest me concentreren, presteren! Anders zouden mijn schoolresultaten er nog meer onder lijden. Als ik met al die 'zogenaamde' interesses en activiteiten het aanzien bij de leraren al niet verspeelde. "Was ik trouwens al klaar met mijn huiswerk"?

Wat meneer de Winter voor mij betekende is mijn ouders nooit helemaal duidelijk geworden. Ze begrepen alleen dat hij me zo nu en dan hielp bij het huiswerk maken. Omdat hij professor aan de Universiteit was, zij hem niet voor zijn bijstand behoefden te betalen en mijn cijfers inderdaad omhoog leken te gaan, accepteerden ze het dat ik voor het wegwerken van mijn achterstand op school liever naar hem toe ging. Mijn zwager had het druk met zijn eigen studie en mede omdat er door de aanstaande schoonouders van mijn zus al een schampere opmerking over zijn bijlessen aan mij gemaakt was, kwam het ze dus goed uit dat ik hem hiervoor niet meer tot last was.

Mijn ouders en hun kennissen, die we naar goed Rooms gebruik overigens 'oom' en 'tante' moesten noemen, verschilden in hun opvattingen niet eens zo heel erg veel van de leraren op school. Zowel thuis als daar bleek het namelijk onmogelijk dat mijn vrienden of desnoods ik zelf zich open zouden kunnen of durven stellen voor een kritische blik. Men zat, hoewel de invoering van democratisering en medezeggenschap aan de orde van de dag waren, niet te wachten op veranderingen, ondanks dat de mammoetwet op de loer lag. Iedere 'twijfel' zoals je bijvoorbeeld afvragen of 'iets' wel precies zo was gegaan als altijd werd verteld, lag buiten de mogelijkheden.

Dat de perikelen van de tweede wereldoorlog nog een open zenuw vertegenwoordigden bij mijn ouders en leraren zal duidelijk zijn en dat ik diezelfde oorlog niet heb meegemaakt spreekt, alleen al door mijn geboortejaar, net zo sterk voor zich. Ik kon me bij de omstandigheden waaronder ze die tijd hadden doorstaan, los van een zo nu en dan vertelde anekdote, niets voorstellen. Laat staan dat ik er iets over mocht vragen. Waar haalde ik überhaupt de brutaliteit vandaan om dat strijdperk te betreden? Ik vond het indertijd een aardige pesterij om als de bevrijding ter sprake kwam of als mijn ouders weer eens idolaat waren over iets dat uit Amerika afkomstig was, er op te wijzen dat het toch echt de Canadezen waren die ons land hadden bevrijd. Ze hadden me dat nota bene zelf verteld!

Dat er in mijn ogen steeds meer aan te merken was op de Verenigde Staten en de invloed die er van dat land uitging op het dagelijkse leven aan deze kant van het water, begon ook mee te spreken. Ik had het wel eens over 'imperialisme', maar dat werd niet begrepen en de gruwelen van Wereldoorlog twee in verband brengen met de strijd in het verre Oosten was natuurlijk ook taboe.

De televisie vertegenwoordigde een autoriteit die nog door niemand te evenaren was. Alles was altijd precies zoals het bijvoorbeeld in het journaal of door een actualiteitenprogramma verteld werd. Dat een journalist slechts een opvatting ventileerde, alleen maar door kon geven wat hem was toegestaan en de kijker onmogelijk over alle 'ins and outs' ten volle kon informeren, bleek een niet te nemen obstakel.

Men wilde niet inzien dat een mening maar een mening was en dat 'feiten' controleerbaar waren of dat ooit op een dag zouden zijn. Het ging er bij de generatie van mijn ouders en leraren dus onmogelijk in dat je ergens je twijfels over kòn of misschien mòcht hebben. Of dat je deze zou durven uiten! Ook niet als zo'n journalist toch uitgesproken 'links' of 'rechts' was en er alleen daarom al kanttekeningen te plaatsen waren bij zijn of haar mening. Pas als later overduidelijk aangetoond werd dat deze of gene niet de hele waarheid had gesproken, dan konden de oudjes van het een op ander moment hun volgzaamheid verliezen. Zonder problemen werd er dan een draai gemaakt in hun

193

opvatting. Dat deze 'wijze ouderen' zichzelf dan tegenspraken en er voor mij een overwinning op de loer lag omdat ik "het toch al gezegd had" deed er vervolgens niet toe. Ik was te jong en diende voor alles mijn mond te houden, basta!

In de Verenigde Staten van Amerika lag de toekomst. Alle mogelijke scenario's kwamen daar vandaan en werden thuis klakkeloos geaccepteerd en opgehemeld. Over de zeer oneerlijke strijd die op dat moment in het oerwoud van Vietnam uitgevochten werd, mocht niets opgemerkt of gezegd worden! Ook hierbij werd de dooddoener gehanteerd dat "jij en je vrienden" de tweede wereldoorlog niet meegemaakt hadden. Nogal wiedes, die waren even oud als ik en dus pas jaren na die hele rot oorlog geboren.

Zowel school als 'thuis' maakte indertijd deel uit van een macht die het op mij persoonlijk gemunt leek te hebben. Voor mijn gevoel had ik thuis noch op school recht van spreken, ik voldeed niet aan de verwachtingen en schoot tekort in mijn inspanningen. Hoe goed ik het ook bedoelde of mijn best deed om aardig te zijn of ten minste aardig gevonden te worden. Alleen voor het organiseren van feestjes leek ik geschikt en daarom hield ik me daar enthousiast mee bezig. Een zogenaamde oom of tante die het eens voor me op nam of naar mijn argumenten leek te willen luisteren, werd openlijk voor gek versleten.

Opa heeft zijn spullen al in het huisje staan en draagt de weekendtas van zijn dochter. Ik heb daar vanmorgen mijn CD-walkman in mogen doen. Samen met een paar plaatjes die ik voor de deur even snel uit mijn auto heb gepakt. Ik hoopte dat Helen ze net zo leuk zou vinden als ik. Nadat ze mijn laptop uit de rugzak had gehaald, was er volgens haar ook voor de mappen met papieren geen noodzaak meer. Het mocht dan wel allemaal in de speciale aktetas die nog achterin mijn auto lag passen, ik zag toch op tegen nog een extra stuk handbagage. Meestal probeer ik zo licht mogelijk te reizen, dat wil dus sowieso zeggen alles bij elkaar en niet verspreid over allerlei losse bepakking.

Het leek me inderdaad wel een goed idee om me een paar dagen niet met het werk bezig te houden. Hoewel we vanmorgen de ontberingen van de huidige expeditie, waarbij het dragen van een aktetas op z'n minst gesteld wat onhandig zou zijn, konden voorzien heeft Helen me ervan overtuigd dat het beter is zo. De spullen liggen op haar slaapkamer aan het voeteneinde van het bed en zullen daar volgens zeggen "heus niet" weg lopen. Als we weer terug zijn kan ik verder gaan met werken, nu heb ik een paar dagen vrij. Al is het mij om heel eerlijk te zijn nog steeds niet duidelijk hoe lang de 'paar dagen' zullen gaan duren. Ik heb me er niet zo goed bij kunnen voorstellen wat ik allemaal nodig zou hebben. Nog thuis heb ik naast mijn spulletjes, zoals wat verschoning en mijn nachtgoed, alleen een warme trui en een extra spijkerbroek ingepakt. Vandaag is het dinsdag en ik ben er vanuit gegaan dat ik aanstaande zaterdag of uiterlijk zondag wel weer thuis zal zijn. Samen met mijn hulp heb ik uitgerekend dat voor zo lang mijn bagage toereikend moet zijn. Het papierwerk had ik voor een stil moment ergens op een van de avonden meegenomen. Ik nam aan dat er vast wel een uurtje zou komen, om ze even door te nemen. Maar dat kan volgende week ook nog.

Ik ken de bestemming van onze wandeling uitsluitend van de verhalen die ik er lang geleden over te horen heb gekregen. Helen's vader gaf nog colleges aan de Universiteit. Ze spraken toen bij haar thuis over hun Boshuis. Het was de plek waar ze iedere schoolvakantie, als Joop vanzelfsprekend eveneens geen lessen had, naar toe gingen. Afgaande op de verhalen vertrok het gezin meestal al meteen in de vooravond van zo'n laatste schooldag naartoe en op de laatste dag van de vakantie kwamen ze laat in de namiddag weer terug. Dan gingen ze steevast in de stad uit eten. Mevrouw de Winter had immers niets eetbaars in huis en volgens zeggen at Joop graag bij de Chinees.

Het verhaal rond hun huis in het bos was een vast gegeven in de vriendenkring. Helen was in de vakanties door haar verblijf daar, nooit in de stad. Ze nam dus ook niet deel aan onze tripjes naar het strand op de eerste dag van de vakantie. Weer of geen weer, vaste prik dat wij naar Noordwijk gingen. In de herfst- of kerstvakantie maakten we een strandwandeling. Met de wind mee naar het Noorden of Zuiden en door de duinen terug. Als het weer het toeliet lagen we in de zon. Vaak had een van de vrienden een gitaar bij zich en daarom werd zo'n dagje dan meestal besloten met liedjes en een kampvuur aan de vloedrand. Het hout verzamelden we onderweg of tijdens het zingen en tegen zonsondergang ging de vlam erin.

Zo nu en dan viel een vriendin of vriend het geluk ten deel om mee gevraagd te worden naar Zorgvliet. Dan werd het een en ander later dus vanuit een vers perspectief belicht. Als de ter plaatse beleefde avonturen tenminste ter sprake kwamen in ons groepje. Zelf had Helen het namelijk niet zo vaak over hun verblijf daar. Voor haar was het natuurlijk een vanzelfsprekendheid. Het was gewoon hun tweede thuis.

195

In mijn herinnering werd er bij de familie de Winter altijd met een zekere afstand over 'het Boshuis' gesproken, daardoor heeft het op mij altijd een min of meer 'ontzagwekkende indruk' gemaakt. Het zou ergens ver weg aan de andere kant van het land staan en werd alleen maar aangeduid met die naam. Volgens mij was het de plaatsnaam van het dorp waar het zou staan, die heb ik ooit opgezocht op de kaart.

Een verwijzing naar Zorgvliet vertegenwoordigde voor mij indertijd dus een ronduit mysterieuze wereld. Vanzelfsprekend had ik dikwijls geprobeerd me een voorstelling van het huis te maken. Ik zocht dan naar een beeld dat overeenstemde met mijn idee rond huizen, dorpen en plekken op de heide. Maar alleen de atlasplaatjes en de verhalen boden mij een gelegenheid me er een voorstelling van te maken.

Bij mij in de familie gingen we nooit, hooguit als er eens een hele goede aanleiding toe was, 'met zijn allen' ergens naar toe. Ik kan me alleen een bruiloft voor de geest halen en voorzover ik me kan herinneren ben ik tot aan mijn middelbare schooltijd ieder jaar een week met de padvinderij op kamp bij een boer in Brabant geweest.

In de zomervakanties vermaakten mijn vriendjes en ik ons op de velden en tussen het groen verderop aan het einde van de straat waaraan wij woonden. Overigens ging niemand toen 'gezamenlijk' op vakantie. We spreken over de tijd van de wederopbouw tenslotte. Wij bouwden hutten van pas gemaaid gras tussen de struiken. Als avontuur probeerden we in de slootjes een vis of kikkers te vangen. Bij slecht weer vermaakte ik me door een van de muren van mijn kamer een andere kleur te geven of de deur van een nieuwe beschildering te voorzien. Meestal een cartoon die ik uit een boekje kopieerde. Soms bouwde ik een model van een vliegtuig of klassieke auto. Zulke pakketjes kreeg ik met mijn verjaardag of als ik over was gegaan.

Als het weer het toeliet ging ik wel eens roeien met het bootje van de buren, dat moest ik er dan eerst voor buitmaken. Of we bouwden van vetvrij papier een vlieger die dan met steeds meer touw, zo hoog mogelijk moest worden opgelaten. Bij afwezigheid van de boer gingen we in de hooiberg van de boerderij nog iets verder weg spelen. Maar als hij kwaad was vanwege de rommel die we daarbij maakten, dreigde hij om bij onze ouders te gaan klagen. Dat betekende dat het altijd oppassen geblazen was, want we wilden geen ellende met de "buurt". We leefden uiteindelijk maar in een kleine wijk aan de rand van de stad. Feitelijk kende iedereen, iedereen. Stel dat je op zondag na de mis werd aangesproken op misdragingen! Na school hielp ik die boer wel eens bij het melken. Meestal mocht ik dan de kalfjes voeren en later als we klaar waren met het werk, de melkbussen naar de straatkant rijden in het karretje waar er precies vier in pasten.

Mijn ouders gingen 's zomers meestal met een stel kennissen, een van de ooms en zijn vrouw op reis. Dat waren bijna altijd vrienden uit hun jeugd waarmee ze de banden aangehaald hadden. Zo zijn ze een paar keer naar Spanje geweest met het vliegtuig om in de zon te zitten en soms gingen ze in de winter naar het Sauerland om er door de sneeuw te wandelen. Het was mij en m'n zusjes wel eens opgevallen hoe een bepaalde familie opeens in de smaak leek te vallen.

Die mensen werden dan door onze ouders gestaag 'binnengehaald', zo noemden we dat onder elkaar. Eerst waren ze ome dinges en tante weetikveel, maar na verloop van tijd kregen ze een naam en moesten we ze 'aardig' vinden. Gelukkig duurde zo'n situatie niet zo heel erg lang want meestal raakten mijn ouders en die aardige mensen met elkaar gebrouilleerd. Altijd nadat ze eerst gezamenlijk op vakantie waren geweest. Een keer zijn ze alleen, met hun tweeën naar Frankrijk geweest. Voor twee weken in de nieuwe auto. Dat is ze blijkbaar niet zo heel erg goed bevallen want het jaar erop zijn ze weer met zijn vieren, wederom met een stel 'oude kennissen' dus, vertrokken.

Een keer zijn mijn ouders toen ik op kamp was met de padvinderij naar me komen kijken. Ze waren toen met mijn broertje en jongere zus onderweg naar een pension in het zuiden van Limburg, voor een lang weekend daar. Het welpenkamp was op een boerderij in Brabant en ze kwamen er dus eigenlijk pal langs gereden. Ons buurmeisje, dochter van de buurman z'n nieuwe vrouw, was dat jaar een van leidsters en waarschijnlijk kwamen ze voornamelijk voor haar. Als ik het me goed herinner vond dat kamp ergens in de buurt van Eindhoven plaats.

Het idee dat er ergens, niet eens zo heel erg ver van huis, gewoon in het binnenland op hooguit een paar uur rijden met de auto of zoals nu met de trein, een plek was waar je met het hele gezin naar toe kon gaan maakte op mij indertijd nogal wat indruk. Reizen ver of dichtbij, het was in mijn ogen toch alleen aan de 'happy few' voorbehouden.

Hoewel ik vaak bij de familie de Winter over de vloer kwam, is het er nooit van gekomen dat ik eens werd meegevraagd naar hun huis in de bossen. Niet toen mijn verkering met Anneke uit was gegaan en ik mezelf een soort huisvriend achtte. Ik kwam er toch vaak genoeg op bezoek om eens mee gevraagd te kunnen worden, maar ik wilde

197

mezelf niet opdringen. Een gemeenschappelijke vriend of een klasgenootje van Helen die er wel eens mee naartoe is geweest, heb ik daar altijd om benijd. Zij konden er, eenmaal weer thuisgekomen, niet genoeg verslag van doen. Ik wilde uit hun verhalen op kunnen maken hoe het er daar aan toeging en wat er allemaal te beleven was.

Als het even kon vroeg ik zo subtiel mogelijk het hemd van hun lijf. Toch bleek dan regelmatig dat het verblijf in het verre huis, op de uitverkorene niet evenveel indruk had gemaakt als ik er zelf van verwachtte. Zoiets maakte mijn afgunst dan nog groter natuurlijk. Kennelijk waren ze het helemaal niet waard om met Helen en haar ouders mee te mogen.

Tot vandaag ben ik dus nog nooit in Zorgvliet geweest. Een paar jaar geleden toen mijn partner en ik voor de begrafenis van mijn vader in Nederland waren, hebben we er wel naar gezocht. We waren tijdens de vakantie die we aan ons verblijf hadden toegevoegd, in de buurt.

Alice die dus feitelijk gewoon Els heet maar dat kunnen ze in Amerika niet uitspreken, en ik hebben een speciale zoektocht gehouden, maar uit onkunde zijn we niet verder gekomen dan een doelloze fietstocht. Navraag naar het huis van de familie de Winter bij de plaatselijke antiquair leverde alleen vragende blikken op. De enige andere winkel van het dorp was die middag gesloten. Het was de bedoeling van die week in Drenthe om een poosje zonder verplichtingen te zijn en ik wilde mijn vriendin het vaderland van mij en haar ouders laten zien.

Els was tot op dat moment nog nooit buiten de Verenigde Staten of zelfs New England geweest. Peter, haar vader en ik spraken vaak over Nederland en nu we er toch waren was het tijd om haar er iets van te showen. Vaak genoeg had ze erbij gezeten als we onder het genot van een biertje nostalgisch hadden zitten wezen. Als we herinneringen ophaalden of cynisch een vergelijking probeerden te maakten tussen de beide vaderlanden.

We logeerden een paar nachten op een boerderijtje in de omgeving van Havelte. Ik had die bestemming willekeurig moeten kiezen, want zowel haar vader, moeder als ik kwamen oorspronkelijk uit de Randstad. Maar die omgeving wilde ik haar niet laten zien, al kende ik 'm goed. Daar in Drenthe had het er op de kaart veel leuker en heel groen uitgezien. Daarom verwachtten we er mooie fietstochten te kunnen maken. Het was hartje zomer en hopelijk zou het weer ons niet in de steek laten. Wat meesprak was dat het er vooral vlak zou zijn, niet zo heuvelachtig als bij ons in de buurt van Boston in ieder geval.

De fietsen waren trouwens inbegrepen bij ons verblijf in het pension. Op onze kamer, de oorspronkelijke opkamer vooraan in de verbouwde boerderij, lag tussen de foldertjes een kaart van de omgeving. Erop vermeld stonden een aantal tochten die er rondom Havelte door de dorpen te maken waren. Je kon ze zowel wandelend als op die fietsen afleggen. Alles hoorde bij het arrangement.

De eerste dag al zijn we er achter gekomen dat de fietsroutes van het tafeltje, in ongeveer een uurtje te doen waren. Weliswaar stond er telkens bij hoe lang ze waren, maar in ons tempo bleek een rit van 17 kilometer gemakkelijk binnen het uur te volbrengen. En dan heb ik het over een van de langere tochten, want de eerste twee die we maakten deden we gelijk achter elkaar aan meteen dezelfde middag waarop we aankwamen. Toen we op de landkaart die we van de boerin gekregen hadden, een alternatieve meer uitgebreide route aan het uitstippelen waren, bleek dat Zorgvliet een plaatsje er vlakbij in de buurt was. Het lag dus voor de hand dat we er even naartoe zouden fietsen. Hoe het huis er precies uit zou moeten zien of waar het zich ergens in het dorp zou kunnen bevinden, wist ik niet.

Hoewel ik ooit twee foto's, een kinderfoto van Helen in de tuin en een andere van het gezin bij openslaande deuren, gezien had. Plotseling kon ik me ze herinneren, maar wist me er geen herkenbaar detail bij voor de geest halen waarnaar we op zoek konden. Feitelijk gezien was onze fietstocht dus nogal zinloos. Twee keer hebben we het dorp rondgefietst. We zijn alledrie de straten een aantal maal op en neer gereden, maar hebben het eigenlijke huis nooit aangetroffen. En die winkelier kon ons ook niet helpen.

Deze morgen heeft Helen me verteld dat het wat afgelegen "midden in het bos eigenlijk" ligt. Ik heb niet gesproken over mijn zoektocht, alleen dat ik weleens toevallig in het dorp geweest ben. Ik heb haar bekend dat ik "er eens had willen kijken". Ze is er niet verder op ingegaan want was te druk bezig met het herindelen van de rugzakken. Nu blijkt dus dat ik helemaal niet in Drenthe had moeten zoeken.

Hoewel de bomen hier vrijwel kaal zijn en de heuvels niet eens zo heel erg hoog, heb ik nog nergens een huis of bouwwerk in het bos kunnen onderscheiden. Hier en daar is er weliswaar een doorkijkje met uitzicht op een open plek of stuk heide, daar kan ik wat verder kijken maar er is niets dat kan duiden op bewoning. Voor zover zoiets hier tussen al het struikgewas en die smalle paadjes al mogelijk zou zijn. Intussen begin ik tamelijk nieuwsgierig te worden. Op de achtergrond ruist een snelweg. Het geluid wordt geleidelijk aan steeds sterker, maar ik kan me niet voorstellen dat het Boshuis daar op uit zal kijken. Dat past gewoonweg niet in het beeld dat ik er in al die jaren van heb opgebouwd. Ik weet niet of het links of rechts van het pad zal liggen, alleen dat we er bijna moeten zijn.

Het is trouwens al tien over twaalf en ik heb zo langzamerhand trek in een kop hete koffie, bij voorkeur met een koek erbij want mijn maag begint ook al flink te knorren. In mijn voormalige vaderland zijn dit soort zaken een stuk beter georganiseerd. Daar kan ik op zowat iedere straathoek een verse beker koffie kopen. Zelfs op het station van Utrecht, volgens zeggen toch een van de grootste van het land, heb ik geen Starbuck's vestiging kunnen vinden. En de firma's Douwe Egberts of van Nelle waren ook al niet op het idee gekomen dat iemand trek zou kunnen hebben in 'een bakkie' voor onderweg.

Om bij half een is onze tocht volbracht. Eindelijk hebben we Zorgvliet bereikt. Het laatste stuk van de route is het pad platter en allengs breder geworden. Al een paar minuten nadat we van tussen de struiken vandaan gekropen kwamen, is het overgegaan in een zandweg.

Het huis blijkt grotendeels verborgen in een meer dan manshoge aarden wal te liggen en is vanaf de weg, niet meteen herkenbaar als woning. Al is de weg hier nog steeds meer een zandpad. Het woongedeelte bevindt zich boven, op een verdieping maak ik op. Bovenop de muur die half ingegraven in het duin aan de kant van het pad staat, is een soort zinken of blikken beplating zichtbaar. Daar bevindt zich kennelijk een bewoonbaar deel van het bouwsel.

Direct achter de smalle toegangspoort die links van de muur zit, is een tegelpad dat naar de tuin achter het pand moet leiden. Het loopt meedraaiend met die buitenmuur iets naar beneden af. Al na anderhalve meter vanaf de zandweg verdwijnen de tegels in een grote, minstens dertig centimeter diepe plas. De hele tuin gaat onder een flinke laag water verborgen en is verderop langs het paadje helemaal onzichtbaar. De regen heeft er om de een af andere reden niet uit weg kunnen stromen en de boel staat blank.

Ik heb de kleine meid er, ondanks haar stoere laarsjes van kunnen weerhouden om dwars door het water achterom te lopen naar de plek waar ze kennelijk een alternatieve ingang weet. Opa krijgt het hek voor de trap naar de voordeur namelijk niet open. Het slot zit vol roest en de sleutel is zojuist afgebroken. Toen hij hier afgelopen vrijdag was om ons bezoek voor te bereiden en zijn eigen spullen alvast naar binnen te brengen, werkte het blijkbaar nog goed. Onze bestemming is momenteel helaas niet bereikbaar.

Om bij de toegangsdeur te komen moeten we eerst een trap op en het hekwerk met dat kapotte slot er in, zit ervoor. Over de poort heen klimmen gaat trouwens niet omdat er boven de toegang en rondom de trap een soort kooi aan de muur bevestigd is. Die maakt het onmogelijk om langs een andere route op het platformpje bovenaan te komen. Daar bevindt zich de voordeur. De toegang lonkt op nog geen twee meter boven ons, maar ligt buiten ons bereik. We zullen moeten wachten totdat de poort op een andere manier is opengemaakt, maar er is niemand in de nabijheid die over een reserve sleutel beschikt. Daar zouden we overigens zonder hulp evenmin gebruik van kunnen maken want het slot is onbruikbaar met die afgebroken sleutel er nog in. Ook langs de andere kant is er door al dat water geen mogelijkheid om aan de achterkant te komen. Daar schijnt nog een deur te zitten, maar de vesting is onneembaar omdat Joop daarvan geen sleutel bij zich heeft.

Ik ben onder de indruk van hoe groot het huis eigenlijk is. Ik heb altijd begrepen dat er sprake zou zijn van een 'huisje', maar dit lijkt me op het eerste gezicht toch een flink bouwwerk. Half verborgen in het duin zit een muur die in een bocht lijkt te lopen. Voor zover ik kan zien vormt het de onderkant van het bouwwerk. Links naast ons, in een uitsparing van het duin dat meer een hoge, aarden wal is eigenlijk, zit vastgelast aan de kooi een poort die toegang geeft tot de tuin. Maar die is evenmin toegankelijk door al het water.

Gelijk naast de kooi, rechts ervan, gaat de wal waarin het huis min of meer lijkt opgenomen, steil verder. Er staat een hoog hek halverwege het talud en het is hiervandaan dus onmogelijk om er tegenop of overheen te klauteren. Het hekwerk loopt evenwijdig aan het zandpad dat langs een verderop gelegen bungalow het bos in loopt, richting het geluid van de snelweg. Bovenin de metalen poort zitten tussen twee gebogen staven een aantal letters. Ze vormen het woord "Zorgvliet".

Volgens Helen is er geen andere manier om binnen komen dan via de nu onbereikbare voordeur. Hooguit achterom door de tuin, maar daar staat dus een dikke laag water. Ze schat dat die, zelfs voor mij en mijn nieuwe laarzen, te diep zal zijn om er doorheen te waden. Het paadje loopt verderop nog meer naar omlaag, schijnt het. Zonder sleutel is ook die deur niet toegankelijk.

Een groot deel van het hek, het dak en de bovenverdieping van het huis zijn begroeid met klimop en bramenstruiken. De doornen maken het eventuele beklimmen dus minder aantrekkelijk. Vanuit de verte moet het nauwelijks te zien zijn dat er een huis staat. Maar ook van dichtbij ziet het er niet uit alsof er sprake is van mogelijke bewoning. Zelfs nu ik er vlak voor sta, kan ik me nauwelijks een beeld vormen van wat ik binnen allemaal aan zal treffen. Ik zou er trouwens pal langs gelopen zijn als de meisjes me niet hadden verteld dat we op onze bestemming aangekomen waren.

Helen heeft me de bungalow een stukje verderop langs de zandweg aan moeten wijzen, die is namelijk eveneens met grote moeite te onderscheiden tussen het struikgewas en de naaldbomen. In de zomer, als er weer bladeren aan de bomen zitten en de struiken zijn volgroeid, moet het een en ander helemaal onzichtbaar zijn. Het is dat ik nu weet waar ik moet kijken anders had ik nooit gezien wat er hier verborgen ligt. Het maakt mijn nieuwsgierigheid alleen maar groter, ik wil nu toch wel snel eens zien wat het Boshuis zoal te bieden heeft.

Joop is op zoek gegaan naar een 'buurman' voor gereedschap. Aan het begin van het pad is een weg met naar het schijnt een stuk verderop een benzinepomp. Wellicht kan hij daar een tangetje of misschien wel een ijzerzaag lenen. De bewoners van de bungalow verderop aan de zandweg zijn op vakantie. Helen heeft het over tante Jans en haar man oom Gerard en hoewel er strikt voor noodgevallen over een weer wel de beschikking moet zijn over reserve sleutels, hebben we daar nu niets aan. Boven in een kastje dat in de keuken aan de muur schijnt te hangen, zitten ze namelijk opgeborgen. De fiets van oom Gerard, waarover Joop naar eigen zeggen 'vrij kan beschikken' als hij 'm nodig heeft, staat in de berging naast de garage. Helaas is die zonder de benodigde sleutels net zomin bereikbaar.

We hebben de tas en onze rugzakken aan de voet van de trap tegen de kooi neergezet. Op het hekje aan de overkant van het pad zitten we te wachten op terugkomst van meneer de Winter. Het leek me wat overdreven om met hem mee te lopen. Ik probeer een spelletje te bedenken om de meisjes mee bezig te houden, maar ze vermaken zich kostelijk door over de sporen in het pad heen en weer te springen. Arie doet een paar mooie pasjes en haar zusje moet deze dan precies nadoen. Ze is in het spel de "moeder" begrijp ik. Heel precies let ze erop dat haar zusje, ondanks haar kortere beentjes, evengrote stappen maakt en haar voetjes goed neergezet heeft. Het rulle zand maakt de controle erg gemakkelijk omdat hun laarsjes en schoenen er duidelijke sporen in achterlaten. Ze hebben het erg naar hun zin.

Nadat Joop terug is gekomen heb ik met de hoek van een tegel en een gevonden klinker het hangslot open weten te krijgen. Het was goed dat ik het ding ermee stuk zou maken. We willen immers naar binnen.

Hij heeft bij het benzinestation wel een tang kunnen lenen, maar daarmee komen we niet veel verder omdat de bek te groot is om het restje van de sleutel ermee beet te kunnen pakken. Het ding blijkt ook lang niet krachtig genoeg om er het slot of een van de spijlen mee door te knippen. Na een kort overleg hebben we ervoor moeten kiezen om ons langs gewelddadige weg een toegang te verschaffen. Joop vond het wel "een aardig experiment" om op deze manier eens uit te vinden of het huis inderdaad zo goed beschermd was tegen indringers als dat ze altijd verondersteld hadden. En "of het bastion te veroveren is".

Helen heeft aangegeven dat we op moeten schieten, omdat ze niet nog veel langer wil wachten. Ik maak uit haar kribbigheid op dat ze het oponthoud beu is. Ze heeft opgemerkt dat ze moet plassen en dringt er nogmaals op aan dat we een beetje opschieten. De meisjes vinden het daarentegen een heel spannend avontuur en verdringen zich om de verrichtingen van mij en hun opa van dichtbij gade te kunnen slaan. Joop heeft ze op een veilige afstand neergezet terwijl ik met mijn primitieve gereedschap op het hangslot sta te beuken. Ik krijg zichtbaar steeds meer ruimte in het mechanisme.

Voor de laatste paar klappen heeft Joop het ding met de tang schuin tegen een stang van de kooi aangedrukt gehouden. Ik moet er goed bij mikken om zijn handen niet per ongeluk te raken. De dames zijn dicht om ons heen blijven staan en hebben opgewonden toegekeken hoe wij ons in het zweet werken om die vermaledijde poort naar de trap en deur eindelijk eens open te krijgen.

Gewatteerde winterjassen zijn veel te dik voor dit soort fijnzinnige werkzaamheden. Ze beperken je te veel in je bewegingen, maar vanwege de regen die intussen weer met bakken neer komt gutsen heb ik de mijne niet uit kunnen doen. Het is dus prettig dat Helen de paraplu, voor zover mogelijk, boven ons hoofd heeft willen houden, maar Joop en ik moeten ze toch op enige afstand houden in verband met het getimmer met de stenen. Natuurlijk zijn die een paar keer gebroken, zodat ik weer een nieuw stuk ergens uit de berm moest zien te toveren. De anderen bleven dan onder de paraplu, dichtbij elkaar gepakt, op me staan wachten voordat we verder konden. Na nog een paar fikse, definitieve klappen heeft het metaal zich gewonnen gegeven en konden we eindelijk naar binnen.

Het wachten op de tang en de hele inbraak operatie hebben alles bij elkaar meer dan drie kwartier geduurd. Toen de deur eenmaal open was is Helen op een holletje naar het toilet vertrokken. Ze heeft haar jas vlug, vlug, vlug noodgedwongen midden in het halletje op de grond gesmeten. In het keukentje is Joop begonnen aan het klaarmaken van de lunch. "Jullie zullen intussen wel trek hebben".

De meisjes mogen helpen met het smeren van de boterhammen. Opa doet er het beleg op dat hij uit de koelkast heeft gehaald. Terwijl ze er aan beginnen heeft Helen me meegenomen, de trap af naar de benedenverdieping. Ze heeft me de verwarming aangewezen en is er aan begonnen om de luiken voor de bovenlichten van de kamer die er aan de gang ligt, een voor een open te doen. Ik probeer met wat houtjes een vuur aan te krijgen onderin de kachel.

Uit de verhalen van de mensen die er geweest zijn is bij mij een heel ander beeld naar voren gekomen dan ik hier nu met mijn eigen ogen waarneem. Op die verslagen heb ik mijn voorstelling tot nogtoe gebaseerd, maar in werkelijkheid ziet het er aanzienlijk anders uit.

Inderdaad is er een moestuin die voor de ingrediënten van de beroemde omeletten zou kunnen zorgen. Die tuin is nu weliswaar ondergelopen, maar dat maakt 'm er niet minder om en of de kip nog leeft doet er nu niet toe. Dat deel klopt en ook de kamers kan ik enigszins 'herkennen', maar de ruimte is anders ingedeeld dan ik me ooit heb voorgesteld. In mijn ogen was er meer sprake van een 'zomerhuis' en was dat totaal anders dan het indrukwekkende gebouw dat we even hiervoor veroverd hebben. Voor mijn beeld was het meer een hut met veel hout dan dit stenen gebouw. Over die aarden wal waarin het half verborgen ligt heeft nog nooit iemand me iets verteld en van deze verwarmingsketel is vanzelfsprekend ook nooit sprake geweest. Dat maakt 'm voor mij dus eveneens nieuw. Al zag ik dat ie, volgens het type plaatje aan de zijkant, uit 1955 dateert.

Terwijl ik bezig ben om er een vuur in aan te leggen, bedenk ik dat als Helen iemand mee hier naar toenam, dat meestal in de zomer of voorjaarsvakantie was. Het is een ouderwetse kachel met een grote watertank erboven. Als er eenmaal een vuur is kunnen er kolen op gegooid kunnen, daarna kan de pomp worden aangezet. Helen heeft me toevertrouwd dat, als alles meezit het binnen een uur behaaglijk warm kan zijn in het huis. In afwachting zullen we onze jassen dus moeten aanhouden. Hoewel nat zullen ze nog even bescherming moeten bieden tegen de ijzige kou die er momenteel in het huis hangt.

Boven, direct achter de toegangsdeur is er het halletje. Rechts daarvan is het toilet met ernaast de badkamer. Volgens de meisjes is er daar een "heel groot" ligbad. Aan de andere kant van de hal is de deur naar de keuken met daar weer achter een zitkamer. Door de grote ramen is daarvandaan, tussen de bomen aan de rand van de tuin door, een wijds uitzicht over de zandverstuivingen waar we vandaag omheen gelopen zijn. De kamer wordt door een betimmerde scheidingswand van de keuken gescheiden en ziet er knus, eigenlijk 'heel huiselijk' uit.

Een grote boekenkast neemt de hele wand naast de toegangsdeur in beslag. Tussen de ruggen heb ik de atlassen en de grote encyclopedie serie uit mijn middelbare schooltijd gezien. In de kamer staan ook een paar hoge stoelen en dwars op het raam een grote bank die uitzicht geeft over de tuin en het landschap er achter. De meubels heb ik niet herkend uit het huis van de familie de Winter in Oegstgeest. Gezien hun ouderdom hebben ze hier waarschijnlijk altijd al gestaan. Ze maken de kamer vol maar niet ongezellig. Ik zie ernaar uit om er vandaag of morgen eens lekker in te gaan zitten lezen. De zetels en de bank lokken me, ik had hier gemakkelijk wat werk kunnen verzetten.

In het halletje is een vierde deur, daar zit de trap achter. De trap leidt naar de benedenverdieping. Helen noemde het de kelder en daar staat dus de kachel, half verborgen achter een soort borstwering. Ik loop naar haar toe, ze is in de kamer die zich even verderop in de smalle gang bevindt. Er staan een stapelbed tegen de muur links en een ander, gewoon enkel bed rechts. Ze heeft ze opgemaakt, voor de meisjes. Op deze kamer blijken zich de openslaande deuren van de foto uit mijn eerdere herinnering te bevinden. Ze leiden naar een kleine veranda en zien uit over de tuin. Ik loop er naartoe.

Links kan ik, aan het einde van de muur waartegen aan de andere kant de kooi met de trap erin vast moet zitten, de enorme plas zien staan. Het water loopt nog verder door. Vanaf halverwege het plaatsje dat meteen achter de veranda begint, tot helemaal achteraan in de tuin staat de boel blank. Er moeten plantenbedden zijn want hier en daar steekt er een rij sprieten boven het water uit. Gedroogd loof van planten die er in een rechte lijn zijn neergezet. "Heeft je vader hier wat gereedschap? Een schep en wat andere spullen"?

Ze komt naast me staan, schouder aan schouder kijken we naar de grote plassen die er tussen de plantenbedden staan.

"Wil je in de tuin gaan werken? Nu"?
Ik draai me iets naar haar toe. "Ja natuurlijk. Dat water moet echt weg. We kunnen dat toch niet allemaal aan je vader overlaten".
Ik verbaas me eigenlijk over haar verbazing. "Als we achteraan een paar geultjes graven door dat walletje, kan het water erdoor weg lopen. Ook van de winter, als het allemaal misschien nog slechter wordt. Er zal daar wel ergens een slootje of greppel achter liggen".
Ik gebaar naar de achterkant van de tuin, waar de bomen en wat struiken de overgang naar de zandverstuiving erachter verhullen.
"De meisjes zullen het ook wel een leuke bezigheid vinden".
Ik kijk haar van opzij aan. "Een beetje rommelen in de tuin lijkt me wel leuk. In de loop van de middag, als het droog wordt."

Tijdens de korte rondgang door het huis heb ik me een paar keer afgevraagd waar ik ben ingedeeld. Mijn waarnemingen hebben tot nog toe geleid tot de kamer beneden waar we samen naar buiten hebben staan kijken, nog een hooguit piepklein opberg kamertje ernaast en het stookhok met die ketel van de verwarming. Met al mijn padvinder ervaring heb ik daarin zojuist een vuurtje aan gekregen. Ik ben er vanuit gegaan dat Helen bij haar dochters haar intrek neemt en dat ik op de bovenverdieping op de bank van de huiskamer slaap.
Eenmaal aangeschoven op de lange bank die in de keuken tegen de muur van de zitkamer vastzit, is het me duidelijk geworden dat er achter deze kamer nog een moet zijn. De "kamer van vader en moeder". Uit de toon waarop ze erover spreken maak ik op dat daar ergens evengoed mijn slaapplaats zal kunnen zijn. Ik ben nog steeds onder de indruk van het huis en probeer me telkens voor te stellen hoe groot het feitelijk is. Voorlopig is het mijn conclusie dat de kamer achter me niet zo heel erg ruim kan zijn, maar ik ga af op de schaal qua breedte en lengte van wat ik intussen gezien heb. Vast en zeker wordt mijn beeld verstoord doordat het nog voornamelijk gebaseerd is op de vroegere verhalen. Het huis blijkt intussen namelijk niet alleen aanzienlijk groter, maar ik verbaas me er met name over hoe praktisch alles is ingedeeld.
De boterhammen die Joop en zijn hulpjes in een grote schaal midden op de tafel voor ons hebben klaargezet, smaken goed. De wandeling hier naar toe en de acties rond het openmaken van de toegangspoort hebben niet alleen mij hongerig gemaakt. We vallen er allemaal op aan als wolven. Opa is aan het hoofd van de tafel gaan zitten. De meisjes

zitten op twee stoelen tegenover hun moeder en mij. Zo nu en dan reikt Joop achter zich om de koffiekan, nog wat beleg, een nieuwe boterham of een extra stuk bestek van het kleine aanrecht te pakken. Het is gezellig, zeer huiselijk zoals we er nu bij zitten.

Vooral de meisjes keuvelen de hele tijd lekker door. Tijdens het tafel dekken en hun opa helpen, hebben ze kennelijk weer nieuwe energie opgedaan. Tijdens het wachten voor de poort maakten ze nog een vermoeide indruk. Nu hebben ze het over vogeltjes die langs het raam zijn komen vliegen, planten in de tuin, boodschappen doen in het dorp verderop en de vele avonturen die ze hier eerder, in voorgaande vakanties, beleefd hebben. Als ze aan een nieuwe boterham beginnen en heel even stil vallen, neemt Helen vlug het woord. "Weet je dat er hier in de oorlog onderduikers hebben gezeten"?

Het spreekt voor zich dat ik dat niet weet. Ik hul me in stilte, wacht af wat er verder voor interessante feiten te melden zijn.

Dankbaar voor de voorzet van zijn dochter neemt Joop het verhaal van haar over. "De moffen hebben nooit geweten hoe groot het hier was. Ze hebben het huis van van Doorn hier verderop diverse keren gecontroleerd en in '44 hebben ze het zelfs helemaal leeggehaald, maar hier hebben ze nooit gekeken".

"Het lijkt vanaf het pad natuurlijk vooral op een transformatorhuisje. Was de deur toen ook groen en zat dat gele plaatje er al op"?

Het is me tijdens het inbreken opgevallen. "Ik denk dat ze er daarom nooit bij hebben stilgestaan dat er bewoning mogelijk zou zijn".

Hij gaat er niet op in. Ik weet niets van de geschiedenis van het huis. Was het ooit van zijn ouders?

Buiten is het opnieuw gaan regenen. Het gestage getik op het zinken dak werkt hypnotiserend. Het geluid is niet luid en overstemt ons spreken niet, maar we vallen, desondanks zou ik bijna zeggen, stil.

Ook de meisjes lijken opeens te zijn uitgepraat.

Ik houd mijn mok bij zodat Joop deze uit de kan die op het theelichtje achter hem op het aanrecht staat, vol kan schenken. Helen volgt mijn voorbeeld. Ze reikt me de hare aan zodat ik 'm ook door haar vader kan laten vullen. Als ik 'm voor haar terugzet roert ze er in gedachten verzonken een klontje suiker doorheen. Door het brede raam van de keuken kijken we naar buiten. In stilte, alleen het roeren en de vallende regendruppels zijn hoorbaar.

De warmte van de kachel beneden begint de ruimte te vullen. Klaarblijkelijk slaat die pomp toch automatisch aan want het "halve

207

uurtje" voordat ik 'm aan mocht zetten, kan nog niet voorbij zijn. De buizen die door het huis verspreid naar de verschillende radiators lopen, kraken tikkend onder het uitzetten. Verder blijft het stil.

Op de zandverstuiving buiten, licht zo nu en dan een plek op als de zon er tussen de wolken door een bundeltje stralen op weet te schijnen. Ernaast is de regen dan in striemen zichtbaar in intens donker afgetekende banen. Het is een letterlijk 'clair obscure' en door het wijdse uitzicht vanuit ons keukentje zijn er tot aan de horizon diverse voorbeelden van het lichtverschijnsel waar te nemen. In de hoop er een voor de meisjes aan te kunnen wijzen zoek ik of er ergens ook een regenboog te zien is, maar dat is niet zo. We kijken er de verkeerde kant voor op en er is niet genoeg zonneschijn.

Ik hoop dat het weer in de komende dagen een beetje opklaart. Het lijkt me dat het hier altijd wel mooi kan zijn en zoals het er nu uitziet is het eigenlijk al prachtig, maar een paar dagen met wat zonniger herfstweer lijken me niet te versmaden. Als het droog is kunnen we kijken hoe we de tuin van het overtollige water kunnen ontdoen.

We zullen ervoor moeten zorgen dat de tuin niet meer in een moeras kan veranderen.

1000 en een verhalen

Zoals gezegd zijn Helen en ik elkaar eind augustus tegen het lijf gelopen in de hal van het grote ziekenhuis. Omdat het 's morgens zo regende had ik mijn auto genomen om er te komen. Geheel tegen mijn gewoonte in, want als bewoner van de binnenstad pak ik voor lokale ritjes bij voorkeur de fiets. Of ik ga even lopen. De vreemde gewoonte om voor ieder wissewasje in je voertuig te kruipen wil ik mezelf afleren. Het is tenslotte veel gezonder om te bewegen en de afstanden hier zijn er helemaal niet naar om je gemotoriseerd te verplaatsen. Uiteindelijk staat mijn woning op hooguit tien minuten van het grote gebouw vandaan. De afstanden hier zijn aanzienlijk kleiner dat die in de VS, hoewel mijn vorige woonplaats bij Boston ook geen echte metropool genoemd kan worden. Met het lastige parkeren en vele omrijden vanwege het overal ingestelde eenrichtingsverkeer, duurt een ritje door de stad trouwens altijd beduidend langer dan eigenlijk nodig is. Lopen of fietsen gaat dus overal sneller.

Toen ik iemand mijn naam hoorde roepen, had ik net mijn uitrij kaartje uit de parkeer automaat gehaald. Ik stond er onwennig mee in mijn hand te klunzen en keek om me heen om te zien wie me geroepen had. Terwijl ze vlak voor me stilhield, wist ik meteen dat het Helen was. Hoewel we allebei onmiskenbaar een paar jaar ouder zijn geworden, zag ze er nog net zo uit als vroeger. Al herkende ik vooral haar manier van staan.

Ook indertijd stond ze altijd een beetje voorover geknikt met haar bovenlichaam. Daardoor noemden we haar onder elkaar altijd 'de reiger'. Iedereen had toen een bijnaam en dat was die van haar. Ze gebruikte 'm zelf ook regelmatig. Bijvoorbeeld als ze opbelde, dan meldde ze zich met "hallo de reiger hier". Dan wisten we dus meteen dat we Helen de Winter aan de lijn hadden.

Op het kaartje stond nadrukkelijk vermeld dat deze twaalf minuten geldig zou blijven en al liep de afgestempelde tijd kennelijk een minuutje voor op de echte, er was niet veel van over om nog even met haar bij te blijven kletsen. Ze zei dat ze me "gauw eens" zou opbellen, waaruit ik begreep dat ze mijn nummer in het telefoonboek aan dacht te treffen. Door alle haast was ik eigenlijk al onderweg naar de uitgang, maar ik liep een paar passen terug om haar snel mijn visitekaartje in de hand te drukken. Hier ter plaatse had ik me immers alleen onder onze firmanaam laten vermelden. Die kende ze vast en zeker niet.

We konden nog afspreken voor 'aanstaande woensdag' en zouden elkaar dan in een lunchroom in de binnenstad ontmoeten. 'Haast je, rep je' ben ik er meteen vandoor gegaan. De parkeergarage is nog een flink stuk lopen van het hoofdgebouw en ik wist niet hoelang het zou gaan duren om eruit weg te rijden. Hier in Europa zijn de paden tussen de parkeerplaatsen meestal erg krap en door de soms onhandige plaatsing van de poortjes en de slagbomen staat er vaak een file bij de uitgang. De ruimte is berekend naar de maten van de gemiddelde auto en die zijn beduidend kleiner dan in de VS. Ik had het voorgevoel alle beschikbare tijd hard nodig te hebben, wilde ik niet verplicht zijn om nog een keer te moeten betalen.

Het is dat Helen mij herkend en aangesproken had, anders was ik finaal langs haar heen gelopen. Ik rekende er natuurlijk niet op een bekende van vroeger tegen het lijf te lopen. Laat staan juist Helen of een andere dierbare kennis uit die tijd. Vanzelfsprekend ben ik niet met de bedoeling naar het ziekenhuis gegaan om er te zoeken naar 'oude' vrienden. Ik moest er alleen even een onderzoekje ondergaan en toevallig was m'n vroegere klasgenootje daar op datzelfde moment ook aanwezig.

Bij onze ontmoeting in de lunchroom de week erop, werd het duidelijk dat we na het afleggen van de nodige plichtplegingen, allebei niet durfden te beginnen met de vragen die we in feite aan elkaar moesten stellen. Als mensen elkaar een tijdlang niet hebben gesproken dient een herinnering al snel als ijkpunt en het verhaaltje over haar vader waarmee ze begon, vormde dus een mooie afleiding van die voor mij pijnlijk verlopen tijd. We konden het zo over hem hebben en het kwam goed uit dat we niet gelijk op details uit ons verleden hoefden in te gaan. Zeker mijnerzijds immers geen nostalgie of melancholie dienaangaande.

Ik had me van tevoren, thuis voorgenomen om haar zeker even naar haar vader te vragen, maar ze maaide nu het gras voor mijn voeten weg door zelf gelijk over hem en het gesprekje dat ze kennelijk met hem over onze ontmoeting in het ziekenhuis had gehad, te beginnen.

Gedurende de krappe week waarin ons afspraakje gestaag dichterbij kwam, heb ik mij er steeds minder bij kunnen voorstellen wat Helen en ik elkaar te vertellen zouden hebben. Het leek me dat er intussen erg veel, misschien zelfs wel teveel tijd verstreken moest zijn tussen onze periode samen op school en de situaties waarin we nu verzeild waren geraakt. Het spreekt voor zich dat ik me haar familie en de gezelligheid bij haar thuis nog wel heel goed kan herinneren. Maar die herinnering mag intussen net zo goed geboekt worden onder het hoofdje 'nostalgie'. Het heeft ruim twintig jaar geleden gespeeld en geldt daardoor naar mijn gevoel als geschiedenis. Al heeft de historie onmiskenbaar een persoonlijk kleurtje gekregen door de kanttekeningen die ik er in de loop der jaren aan heb verleend. Misschien is ze er hier en daar ook wat persoonlijker geworden en zijn de scherpste kantjes verloren zijn gegaan.

Ondanks de spanning die ik vooraf dus had verwacht, verliep onze ontmoeting in de lunchroom opmerkelijk vlot. Na de tweede kop koffie, de eerste deden we af met een taartje om 'het' te vieren, bleken we al meer dan een uur met elkaar gesproken te hebben. Helen vond het tijd om onze hereniging enige luister bij te zetten met een glaasje wijn. Op de een of ander manier bleken we in staat om de meest heikele onderwerpen telkens te vermijden. Geen vragen, geen vervelende praatjes over hoe goed we geboerd hebben of hoe geluk en ellende ons pad heeft gekruist.

Onder het spreken viel het me een aantal keren op dat Helen zichtbaar ouder aan het worden was. In ieder geval merkte ik op dat zij er aanzienlijk ouder uitzag dan ik mezelf vond als ik 's morgens in de spiegel keek. Terwijl we toch, op een paar weken na, net zo oud zijn. Vooral aan haar ogen viel het me op. Eigenlijk zag ze er ronduit vermoeid uit, dat kon niet alleen te wijten zijn aan een keer laat naar bed gaan de avond ervoor. Gelukkig bleek ze niets van haar gevoel voor humor of gave voor droge opmerkingen, verloren te hebben.

Mede omdat ze bij het tweede wijntje allengs losser werd en we wat vrijer begonnen te praten, hebben we een paar keer flink gelachen. Onze hernieuwde kennismaking won erdoor aan warmte er kreeg er iets 'vertrouwds' door. We zaten samen echt 'bij te kletsen'. Zij noemde het opeens zo en voor mij voelde het eigenlijk niet anders, al hielden we onze conversatie beperkt tot de oude koeien zoals klasgenoten die we ons nog herinnerden en leraren die de revue mochten passeren. Meer persoonlijke zaken konden we vermijden omdat deze personen heel uitgebreid en met vele anekdotes omringd besproken moesten worden. Gewoon lekker oppervlakkig met een oud klasgenoot bijpraten over de kennissen uit het gemeenschappelijke verleden. De tijd vloog.

Om halfvijf moest ik op een afspraak met mijn advocaat zijn. Toen wederom duidelijk werd dat ik gehaast afscheid moest nemen hebben we een nieuwe afspraak gemaakt. Spontaan stelde ik voor om binnenkort samen ergens uit eten te gaan en liet de keuze van de plaats voor deze ontmoeting aan haar over. Op de een of ander manier voelde ik dat we nog niet uitgepraat waren. Diep in mijn hart was ik nieuwsgierig geworden en ik verwachtte dat ze meer te vertellen had dan zoeven. Ik maakte mijn voorstel dus in een opwelling. Tijdens het afscheid nemen, toen ik haar haar jas aanreikte.

Het restaurant waar we volgens Helen ons diner het beste konden laten afspelen zou van een voormalige klasgenoot zijn. Ze ging er vanuit dat ik het ook wel leuk zou vinden om hem weer eens te ontmoeten. Om eerlijk te zijn had ze het mis, toch bracht ik er niets tegenin, ze overviel me ermee en ik wilde niet gelijk een spelbreker zijn. In verband met de afspraak waar ik nodig naar toe moest, had ik daarvoor trouwens teveel haast. Vandaar onze eigenlijk niet voorziene vervolgafspraak.

Doordat ik zo lang in het buitenland heb gewoond en pas sinds kort weer in mijn geboorteplaats thuis ben, rees bij mij het gevoel dat zij met haar voorstel van dit plaatselijke restaurant een soort van thuiswedstrijd zou gaan spelen. In mijn ogen bood de zaak van onze gemeenschappelijke 'vriend' haar namelijk de veiligheid om op hem terug te vallen mocht onze ontmoeting toch nog pijnlijk worden. Dat gaf haar meer zekerheden dan waarover ik in zo'n geval kon beschikken. Ik zie in dat het wellicht een vreemde opvatting is. Maar nieuwsgierig geworden naar haar verhaal wilde ik haar dit voordeel gunnen. Het maakte dat ik me tamelijk snel gewonnen gaf en geen tegenvoorstel deed. Ik kende overigens niet eens een alternatieve locatie die beter geschikt zou zijn voor onze vervolgafspraak. En bij die 'kennis' wist ik niet eens over wie ze het had.

Mijn voornemen om geen oude koeien uit de sloot te halen en het verleden zoveel mogelijk te laten rusten pikte ze feilloos op. Gelijk toen ik haar bij het binnenkomen een kus op de wangen drukte gaf ze aan dat ze zich nog 'veel te jong' voelde om over vroeger te gaan zitten 'zeuren'. Ze wilde 'graag iets met me gebruiken' en vooral horen hoe 'het tegenwoordig met me ging'. Lieve Helen nog altijd even charmant.

Tijdens onze conversatie in de lunchroom hebben we het onderwerp van ons gesprek weten te beperken tot de keuze aan gebak, ervaringen van ver voor onze schooltijd of juist huidige in de stad. Naast dus die kennissen en leraren die we konden behandelen. Ik heb haar uitgebreid verteld over de keer dat ik er als klein jongetje met mijn moeder was.

Het gedrag met name 't gebrek aan daadkracht van de serveerster had ook meerdere aanknopingspunten geboden om, in geval van een dreigende stilte, ter sprake te brengen. De veranderingen die plaats vonden in de binnenstad of beter, de plannen die ervoor in de maak waren, het bleek

212

allemaal voldoende gespreksstof op te leveren om er de tijd mee te vullen. Dat ik opeens op had moeten stappen, heeft complicaties voorkomen.

Hoewel het er natuurlijk niet toe doet blijkt onze "oud klasgenoot" al drie jaar geleden zijn zaak verkocht te hebben. Nu het ijs gebroken is, kan het me niet veel meer schelen. Al heb ik me inderdaad geprobeerd voor te stellen wie hij was. Alleen maar samen en volledig op elkaar aangewezen, moeten we de avond ook heel goed vol kunnen krijgen. Helen wil weten waarom ik in het ziekenhuis was "die ochtend". Dat is ze "vorige keer" vergeten te vragen, maar ze "is toch benieuwd". Omdat ik niks vreselijks onder de leden blijk te hebben en uitsluitend voor een onderzoekje ter plaatse ben geweest, laten we het erbij.

We hebben op een kruk aan de bar plaats genomen. Een van de meisjes heeft er een drankje voor ons neergezet. Meteen nadat ze is gaan zitten brengt Helen een man ter sprake. Ik maak uit haar toon op dat er 'iets' tussen hen geweest moet zijn of gespeeld heeft maar wil niet even plompverloren, gelijk naar het naadje van de kous vragen. Vermoedelijk zal ze me in de loop van de avond wel op de hoogte stellen, anders brengt ze deze voor haar kennelijk belangrijke persoon immers niet ter sprake.

Mijn geduld wordt niet uitvoerig op de proef gesteld want na een klein slokje gaat ze verder met haar verhaal. Het blijkt dat ze deze Hans in haar studententijd heeft ontmoet. In telegramstijl somt ze snel een korte samenvatting op van haar studie in Amsterdam. Die is klaarblijkelijk niet erg boeiend geweest, maar ze heeft er op de faculteit wel kennis gemaakt met de man van haar leven. Hij heeft haar betrokken in het studentenleven en ze zijn nog voor haar afstuderen met elkaar getrouwd. "Ruim voor mijn 23e verjaardag". Ze voegt het er ietwat stoer en naar ik aannam grappig bedoeld, aan toe.

Er schiet door me heen dat ik ooit geweten heb op welke dag ze precies jarig is. Ik kan me dat nu, net zomin als haar studierichting, herinneren. "Hans was toen al 31".

Kennelijk vindt ze het nog steeds een aanzienlijk leeftijdsverschil, ze zegt het in ieder geval met een zucht. Omdat ze er verder niets meer aan toevoegt en dus stil valt, begrijp ik dat het mijn beurt is om te vertellen. Het lijkt me veilig om te beginnen over de tijd die ik, nadat ik pas van school af was getrapt, heb doorgebracht in Antwerpen. Dat ik daar een paar maanden bij een hospita op kamers heb gewoond en dat ik er in de haven werkte. Ik vertel niet over mijn werk op het baggerschip en ga niet in op het vele sjouwen en vreselijk vroege opstaan waaraan ik mezelf indertijd als een soort straf heb onderworpen.

Ik zeg ook niks over de herrie of de lange uren en laat onverlet dat ik er ziek ben geworden. Ik verzwijg dat ik er ten langen leste mijn ouders heb moeten bellen om mij weer terug te halen naar Leiden. Het zou mijn wederwaardigheden er weliswaar romantischer, aanzienlijk spannender op hebben gemaakt, maar ik kan het extra drama er niet zo goed inpassen. Helen heeft me zojuist en passant verteld dat Hans nog geen halfjaar geleden is overleden. "Zes mei, het was toen buiten prachtig weer. Dat weet ik nog goed".

Een van de meisjes is komen melden dat we aan tafel kunnen. Ze heeft heel gedienstig onze nog half volle glazen op een dienblad achter ons aan gedragen. Eenmaal weer samen, buigen we ons over het menu en de wijnkaart. Het neemt onze aandacht volledig in beslag en schenkt me denktijd voor de rest van mijn verhaal. Toen ik behulpzaam de stoel voor haar achteruitschoof heeft Helen me kort aangekeken. Fluisterend vraagt ze of we niet teveel over "die goeie ouwe tijd" zullen praten. Ik weet sowieso niet waar ik het feitelijk met haar over kan hebben. Haar mededeling dat ze kortgeleden weduwe is geworden, heeft me volledig van mijn stuk gebracht. Voor zoiets is ze inderdaad nog veel te jong!

Over de samenstelling van ons menu worden we het snel eens. Galant laat ik Helen de selectie maken. Eigenlijk vind ik alles dat er de kaart op staat erg lekker, maar het wordt vis. We moeten er volgens haar een witte wijn bij drinken. Voor vooraf stelt ze uiensoep of bouillabaisse voor en daarna wil ze nog een portie slakken als tweede voorgerecht. Daar is ze 'gek' op.

Alhoewel ik nooit een uitgesproken connaisseur ben geworden, laat ze mij de wijnkaart bestuderen. Mijn keus valt op de Pinot Noir omdat ik dat een mooie naam vind voor een druif die witte wijn voortbrengt.

Hoewel het al tegen zeven uur loopt zijn we op een tafeltje van vier na, de enige gasten in de hele zaak. De serveerster brengt ons het benodigde bestek en komt even later met de fles om deze te laten proeven. Het blijkt een goede keuze te zijn. We besluiten er meteen mee te beginnen.

Het interieur van het restaurant biedt weinig aanknopingspunten om een gesprek over te beginnen of voort te zetten. Er staat hier en daar wel een attribuut waar we even over zouden kunnen praten, maar het onvermijdelijke laat zich niet lang meer uitstellen. Het valt me tegen dat we al na zo'n korte tijd niet goed meer weten we wat we moeten zeggen om een gesprek gaande te houden. Maar misschien is het inderdaad het beste om eindelijk eens uit te spreken waar we werkelijk mee bezig zijn geweest in de tijd dat we elkaar uit het oog hebben verloren. Van meet af aan was het duidelijk dat een van ons het hoge woord er een keer uit zou moeten brengen. Natuurlijk wil ik graag weten hoe het met haar is verlopen, alleen zie ik er tegenop om uit te weiden over mijn eigen historie. Ik heb me er niet op voorbereid er een interessant verhaal van te maken en de eerlijkheid gebied me om haar niet allerlei stoere verhalen op de mouw te willen spelden. Ze is tegen mij toch ook oprecht en open?

Ik twijfel erover of ik me hierbij schaam of dat ik bang ben dat het haar allemaal niet zal interesseren. Terwijl de serveerster onze glazen vult en het vis bestek indekt, vraag ik haar hoe ze Hans heeft leren kennen. In de aanwezigheid van de bediening vind ik het niet gepast om in de voltooid verleden tijd of het voorvoegsel 'ex' over hem te spreken. Daarom kies ik voor een neutrale omschrijving. Alsof we het vluchtig over een gemeenschappelijke kennis hebben. Het zal er oppervlakkig beschouwd op hebben geleken, dat we elkaar van vroeger kenden. Zoals het in werkelijkheid is natuurlijk.

"Ik werkte voor mijn studie erg veel op het lab en Hans moest daar ook vaak zijn." Ik grijp de gelegenheid aan om te vragen wat ze studeerde.

Helen heeft al in het jaar voorafgaand aan wat mijn laatste schooljaar zou worden, haar eindexamen gedaan. Daarop is zij meteen naar Amsterdam verhuisd. Maar wat ze daar voor studie gevolgd heeft, is nooit echt tot me doorgedrongen. Binnen ons kringetje waren we nog teveel scholier en vooral bezig met onszelf. Studeren had daarnaast een nogal abstracte betekenis. Meestal wisten we wel waar onze interesses naar uitgingen, maar op welke studie dat uitdraaide en aan welk instituut dat plaats zou gaan vinden, lag bij de meesten van ons nog niet vast. Eerst het examenjaar uitzitten, examen doen en slagen!

In het vijfde en laatste jaar van de opleiding zijn we een paar keer naar open dagen geweest die aan een universiteit of hogeschool werden georganiseerd. Alle opties stonden feitelijk nog open, maar mijn keuze werd voornamelijk bepaald door de onzekerheid rond het resultaat. Zou ik dat laatste examen wel gaan halen? Ik wist toen dus nog niet dat ik er van zou worden uitgesloten.

Op al die open dagen en kennismaking bijeenkomsten was het me duidelijk geworden dat ik betere cijfers nodig had om een vrije studiekeuze te kunnen maken. Voor sommige werden namelijk zware toelatingseisen gesteld en daarvoor moest je dus minimaal 'cum laude' je eindexamen halen. Alleen goede cijfers voor de vakken die belangrijk waren voor de studie van je keuze voldeden niet. Het aanbod aan kandidaat studenten was vaak zo ruim dat een Universiteit of Hogeschool extra eisen kon stellen en bijvoorbeeld wilde dat ook de andere vakken met minimaal een voldoende werden afgesloten. Dat zat er bij mij niet in en als de Mammoetwet zijn intrede maakte waren de voorgaande jaren, feitelijk mijn hele schooltijd, weggegooid. In de loop van dat jaar raakte het kontakt met het 'kringetje', door al die onzekerheid, verbroken. Veel van m'n vrienden hadden al een vervolg keuze kunnen maken en hadden zich al 'ergens' ingeschreven, maar voor mij tekende het onheil zich allengs helderder af.

Via haar vader had ik zo nu en dan informatie over Helen gekregen, maar mijn interesse lag toen voornamelijk ergens anders. Het is daardoor dus nooit tot me doorgedrongen welke studie ze in Amsterdam volgde. Het bleek "chemie" te zijn. Ze noemt het even kort. Ik kan er niet uit opmaken, welke tak ze heeft bestudeerd of waarin ze speciaal geïnteresseerd is geweest. "Hans moest voor zijn geologie praktijk vaak urenlang op het lab zijn. We zagen elkaar dan tussen de middag.

Allebei hielden we ervan om in de grote binnentuin achter het laboratorium gebouw onze boterhammen op te eten. Die maakte de tante waarbij ik in huis woonde, elke dag voor me klaar.

Het pakketje had ze altijd 's morgens vroeg al voor me neergezet. Nog voordat ik van huis ging had ze het voor me gemaakt.

Als ze hoorde dat ik aan het opstaan was, kwam ze gauw uit bed en begon eraan. Tegen de tijd dat ik dan in de keuken kwam had ze een kopje thee voor me gezet. Ze was echt een schat".

Helen moet lachen om haar verzuchting. Kennelijk doet het ophalen van de herinnering haar goed. Ik kan zien dat ze zich ontspant.

"Vaak deed ze er een verrassing bij. Iets lekkers.

Een pennywafel, 'n appel of een mars bijvoorbeeld".

Glimlachend kijkt ze me aan. Ik vind dat ze er blij uitziet, al valt het me nogmaals op dat ze een nogal vermoeide blik in haar ogen heeft.

"Hans was een echte zoetekauw. Hij mocht van mij die reep of koek dan hebben. Je weet dat ik niet zo van zoetigheid hou en hij was er blij mee".

Ik probeer me er een beeld bij te vormen. Me te herinneren hoe ze er in onze schooltijd uitzag. Hoe ze indertijd was. Ik doe een poging me voor te stellen hoe ze er als studente uit moet hebben gezien. Dat ze als eerstejaars onder de indruk is geraakt van een oudere student.

Het lukt me niet.

Ik weet niet meer of Helen indertijd bij de vlotte meisjes met de korte rokjes hoorde, of dat ze meer een 'tutje' was. Die indeling hanteerden we in de jongensklassen namelijk. Als 'kerels onder elkaar' werd van die

216

strikte lijnen ternauwernood afgeweken. Een meisje was òf begeerlijk en dus een 'stuk', òf ze werd heel harteloos buitengesloten. Er bestond wel een middenklasse, de 'normale meisjes' die bij wijze van spreken zo je zusje hadden kunnen zijn, maar daar had Helen zeker niet bij gehoord.

Ik heb haar altijd een bijzonder meisje gevonden. Momenteel kan ik me niet meer precies voor de geest halen of mijn kwalificatie nou positief of juist negatief was. Het wil me helaas ook niet te binnen schieten.

"Mijn tante had geen kinderen. Dus ze vond het maar wat leuk dat ze er iemand was om voor te zorgen. Dat ze iemand had, mij dus, om te verwennen. Trouwens als weduwe, verveelde ze zich de hele dag rot".

Weer schenkt ze me een glimlach. Ik kan geen verband leggen met haar eigen situatie en ga ervan uit dat ze de opmerking onbewust heeft gemaakt, dat ze er geen vergelijking met zichzelf mee bedoelt.

"Ze bracht trouwens wel telkens braaf verslag uit aan mijn ouders. Over wat ik zoal deed als ik geen college of practicum had.

Ik was dan dus meestal in de stad te vinden. Vooral in het praktijkjaar, toen ik alleen zo nu en dan college had en er buiten mijn werk op het lab niet teveel om handen had. Dan vielen mijn gangen niet te controleren".

De herinnering maakt haar hartelijke aan het lachen, maar mij ontgaat de pret nog grotendeels.

"Ik had een hoop om te bekijken in Amsterdam. Een beetje zoals wij vroeger in Leiden veel in de koffiebar in het straatje tegenover de V&D rondhingen. Of bij Albert's Corner bij het station.

Als we weer eens een uur vrij hadden".

Ik weet niet goed wat ik hierop moet zeggen. Inderdaad ging ik vaak naar de stad na schooltijd, maar ik kan me niet herinneren of zij daar ooit bij is geweest. We hebben al met al maar een jaar bij elkaar in de klas gezeten en ik kan me niet herinneren dat er toen erg veel lessen zijn uitgevallen. In de tweede gingen we volgens mij naar het Museum als er eens een les uitviel. We hadden nog niet genoeg zakgeld om ergens anders naartoe te gaan en allemaal verplicht via school een museumjaarkaart.

Aan het einde van dat jaar gingen we regelmatig naar haar thuis, maar in de hogere klassen was ik inderdaad op de adresjes te vinden die ze net noemt. Maar naar ik me herinner is het niet zo heel vaak voorgekomen dat ik daar dan met vrienden of kennissen van school neerstreek. In de weekends spraken we er wel eens af, maar dat was toch vooral met de jongens uit die laatste klas. We werden indertijd niet voor niets 'de samenzweerders' genoemd, tenslotte. Maar Helen studeerde toen toch al?

217

Misschien weet ze dat ik indertijd niet graag thuis was. Ik ben daar altijd tamelijk duidelijk over geweest. Het is ook mogelijk dat haar vader dit aan haar verteld heeft, indertijd of pas onlangs toen ze met hem over onze ontmoeting sprak. Wellicht heeft ze hierdoor voor zichzelf besloten dat ik meestal het liefst in de stad rondhing?

Gaat ze af op mijn toenmalige faam op school?

Ik schrik van haar opmerking, want herinner me plotseling dat ik indertijd met haar vader een discussie heb gehad over mijn gedrag, maar omdat het me voorkwam dat mijn klasgenoten zich allemaal op hun eigen manier wel opvallend gedroegen, was ik er botweg vanuit gegaan dat hij ongelijk had. Het was hem dus niet gelukt om mij ervan te overtuigen dat de leiding van de school, teneinde de andere jongens zoveel mogelijk te stimuleren om hun opperste best te doen, de meest opvallende leerling van de verdere lessen uit zou sluiten. Zijn idee zou zelfs zo voor zichzelf gesproken hebben dat hij teleurgesteld leek dat ik dat niet van hem aan wilde nemen. Ik zou de waarde van die laatste HBS klas, de zogenaamde bezemklas niet hebben willen inzien. Maar ik kon hem domweg niet geloven. We zagen er met onze lange haren en hippiekleren, in de ogen van 'de oudjes' sowieso allemaal tamelijk vreemd uit. En dat we onze mening of opvattingen te pas en te onpas ten beste gaven, was gewoon gebonden aan onze leeftijd. Zo was het mij voorgekomen, we werden niet voor niets 'pubers' genoemd.

Opeens dringt het tot me door dat hij mijn opstelling en gedrag zelfs extreem noemde. Dat heb ik toen dus niet van hem willen aannemen. De herinnering overvalt me omdat ik het betreffende gesprek tot nogtoe kennelijk heb weten te 'vergeten'. Of wil Helen me laten zien dat er overeenkomsten tussen ons zijn?

Toen Anneke en ik verkering hadden gingen we 's middags vaak in het park een stukje lopen. Helen en zij waren toen met elkaar bevriend. Maar we gingen altijd samen wandelen, alleen maar wij twee. We hadden daar helemaal geen pottenkijkers bij nodig.

Als ik niet oppas ontaardt ons gesprek alsnog in geneuzel over die goeie ouwe schooltijd. Ik durf echter nog niet aan haar te vragen waaraan Hans is overleden en wacht liever af wat ze meer te bespreken heeft. Ik ben geïnteresseerd in haar verhalen. Ze vertelt leuk en klinkt vrolijk.

Ik wil graag naar haar luisteren. Voor zover ik uit haar blik en houding op kan maken, vindt ze het prettig om haar geschiedenis met me te delen. Ze verwacht kennelijk niet dat ik de mijne op tafel leg, want zonder verdere aansporing gaat ze verder. "Nadat Hans klaar was met zijn studie zijn we vrijwel meteen naar het Midden Oosten verhuisd.

Eerst ging hij twee maanden naar Londen. Alleen. Om bij te studeren voor het verblijf daar.

Een headhunter had hem namelijk een hele goede baan aangeboden".

Trots op haar man maakt ze de opsomming. "Nog voordat hij goed en wel zijn bul had opgehaald hadden ze kontakt met hem opgenomen.

We hadden nog niet eens zijn afstuderen goed en wel gevierd. Dat hebben we dus later gecombineerd met ons huwelijk. Het Midden Oosten en ongetrouwd samenwonen, dat gaat niet.

Het bedrijf had dat subtiel aan hem voorgespiegeld. Nou wilden we toch al trouwen, maar we hadden geen haast.

Ik heb ook mijn studie niet meer afgemaakt. Er was geen tijd te verliezen als ik met hem mee wilde".

Ze heeft een blik in haar ogen gekregen die ik niet thuis kan brengen.

"Ik heb 'm niet af kunnen maken, dus eigenlijk".

Het klinkt spijtig, maar ze lijkt me er niet verbitterd onder. Haar blik straalt iets anders uit, al kan ik niet thuisbrengen wat precies.

Een opmerking over emancipatie brandt op mijn lippen, maar ik hou mijn mond. Ze zit op haar praatstoel en ik wil geen discussie met haar voeren, alleen maar luisteren. Mijn nieuwsgierigheid is gewekt en zolang zij aan het woord is hoef ik niets te vertellen. Ik pak mijn glas op, maar zet 'm zonder wat te drinken weer terug. Helen heeft ook nog niets gedronken.

"Vooral in Dubai mag je als vrouw niet zoveel en we waren het er hier al over eens geworden dat ik net zo goed daar een studie kon gaan doen.

Schriftelijk, maar als we terugkwamen kon ik het dan altijd weer aan de universiteit oppikken".

Het klinkt inderdaad logisch. Ik kan me hun beweegredenen voorstellen. Indertijd kreeg ik ook regelmatig het advies om schriftelijk mijn school af te maken. Dat zou allemaal heel eenvoudig zijn en ik heb het zelfs een poosje overwogen omdat het me heel plausibel voorkwam. Eigenlijk was het zelfs heel goed in te passen met mijn werk aan boord van het schip. Ik verveelde me er genoeg voor, maar ik ben er nooit aan toegekomen. Het doet me goed om aan haar toon te horen dat dit bij haar waarschijnlijk ook het geval is.

"Oorspronkelijk kreeg hij een contract voor anderhalf jaar, met de uitloop op hooguit nog eens een halfjaar. Een periode die te overzien was en het geld was ook erg goed". Ze voegt het laatste er even vlug aan toe, alsof ik haar ergens op zou kunnen aanspreken. Ik probeer me een voorstelling te

219

maken van Helen in het Midden Oosten. Misschien dat ik daarom een beetje streng naar haar zit te kijken. Het kost me namelijk nogal wat moeite.

Veel te lang geleden heb ik haar voor het laatst gezien. Ik zit hier met een volwassen, zogenaamd rijpe vrouw aan tafel en niet tegenover een meisje van rond de twintig dat even ervoor aan een avontuur begonnen is samen met een voor mij volslagen onbekende echtgenoot. Ik heb er al genoeg moeite mee om me haar te herinneren zoals ze er indertijd als klasgenoot uitzag of hoe ze toen deed.

We krijgen een mandje stokbrood samen met een bakje kruidenboter.

Het intermezzo levert een pauze in haar verhaal op. Ze besmeert een plakje voor me. Zelf neemt ze er daarna ook een.

"Je zou overigens moeten weten hoeveel vrouwen dat daar proberen te doen. Vrouwen van westerlingen bedoel ik".

Ze neemt een hapje stokbrood.

"Maar er is altijd gezeur met de post daar. Het kwam nogal eens voor dat de pakketten open waren gemaakt, of dat ze helemaal niet aankwamen.

Of veel later, dan had ik de lessen van de ene maand binnen en had ik die van de maand ervoor nooit ontvangen. Als ik dan probeerde om zo goed en zo kwaad mogelijk het huiswerk toch te maken, dan bleken die andere lessen er opeens bij de volgende zending weer bij te zitten.

Vreselijk vervelend omdat je dan feitelijk helemaal opnieuw moest beginnen. Daarom liet ik het er na een poosje maar bij zitten".

Ze buigt zich vertrouwelijk naar me toe.

"Die lespakketten bleven vervolgens, de meeste nog ongeopend, in de zaal van de gemeenschappelijke cabin liggen. Je zou een hele bibliotheek met alle lessen en cursussen kunnen vullen. Een internationale.

Engelse cursussen, Franse, Amerikaanse en met de mijne erbij ook Nederlandse".

Ze trekt er een grimas bij alsof ze zwaar onder die omstandigheden heeft geleden, maar een glimlachje rond haar mondhoeken verraadt dat ze niet helemaal serieus is. Ze zit duidelijk te overdrijven.

"Overal, op alle compounds, trouwens. Niet alleen in Saoedië.

Naar ik begrepen heb, geldt hetzelfde voor Koeweit en Dubai".

Ze kijkt me aan en steekt de rest van het stukje brood in haar mond.

"Het kwam er dus niet zo van om al die studies ook daadwerkelijk te volgen of om het huiswerk dat er bij kwam te maken".

Ze merkt het kauwend, opeens weer fel op. Alsof ze mijn gedachten over het invullen van vrouwenrollen aanvoelt. Ik wilde inderdaad een opmerking maken, maar door de blik in haar ogen stel ik het uit. Hoewel ik ze alweer heel lang geleden heb gehoord, is de teneur van de verhalen over die streek bij me naar boven gekomen. Ik kreeg ze van de zeelui waar ik mee heb gevaren opgedist en inderdaad waren hun ervaringen meestal negatief.

"Vooral in Dubai was het vreselijk. Daar hebben we op wel drie verschillende plaatsen gewoond. Altijd was er wel iets aan de hand.

Dan zaten wij daar op dat kamp opgesloten en maar afwachten.

Die kerels, vrijwel allemaal net na hun afstuderen en met de mooiste vooruitzichten naar het Midden Oosten gelokt, willen er vooral carrière maken. Zogenaamd hun studie in praktijk brengen en in korte tijd veel geld verdienen. Maar het is voornamelijk erg hard werken".

Het lijkt er op dat ze zowel aan me duidelijk wil maken dat haar man hard moest werken, als dat hij onder de sociale druk geleden heeft.

"Ze nemen trouwens vaak de leukste baantjes van elkaar over.

Er wordt zonder scrupules van consortium gewisseld. Als het de heren beter uitkomt verhuizen ze desnoods binnen een paar dagen van de ene locatie naar de volgende. Vaak wisten wij als echtgenotes trouwens niet eens waar ze precies zaten. Meestal zaten ze ergens off-shore en was dat alles wat we wisten.

Hans kwam alleen thuis als het werk het toeliet".

Met een brede glimlach kijkt ze me aan. Waarschijnlijk om te laten zien dat ze het allemaal, ondanks de bozige toon waarop ze heeft zitten praten, niet zo kwaad meent.

Of om te kijken of ik wel goed genoeg naar haar luister.

"Als vrouw verveelde je je daar dus helemaal dood.

Je komt nergens toe. Er mocht niks, je kon dus niks en er was ook nog helemaal niks te doen".

Even stilgevallen besmeert ze een paar plakjes met de boter. Daarna houdt ze vriendelijk het mandje voor me omhoog. Ik heb gehoord over de toestanden in het Midden Oosten. Nogmaals probeer ik me Helen voor te stellen met een sluier voor en zo'n lange, wijde, alle vrouwelijke vormen verhullende jurk aan. Het is het beeld dat ik van de streek heb, maar ik ben er nooit geweest. Ik kan me haar niet bijpassend voor ogen krijgen.

"Woonde je daar in een huis 'n hotel of in een kamp"?

Ik probeer me voor te stellen hoe de dames er woonden. Was dat in een tent of misschien een container die omgebouwd was?

Leefden ze met elkaar samen of hadden ze een eigen plek?

"Meestal op een stuk land van de company. Daar hadden we dan nog een redelijke vrijheid. Ze noemden dat dan een company ground. Als we het snel zeiden klonk het als compound.

Het was weliswaar altijd midden in de woestijn, maar we konden ons er, als we binnen de afscheidingshekken bleven en geen aanstoot gaven, min of meer vrij bewegen".

Ze leunt achterover en kijkt me met een strakke blik aan.

"Overigens konden ze in alles een belediging zien. Dus alles, ook wat we privé deden moest onzichtbaar voor de buitenwereld plaatsvinden.

Op de binnenplaats in de zon zitten, aangekleed.

In de keuken een incidenteel glaasje wijn of eens een blikje bier, stiekum.

De bedienden klepten namelijk van alles aan de bewaking door en van buiten het kampement af werden we continue in de gaten gehouden.

Ja zag dan de glazen van de verrekijkers waarmee ze stonden te loeren schitteren. Alsof we exotische dieren waren die zo grondig mogelijk bestudeerd moesten worden.

Nooit wisten we overigens waar vandaan er precies opgelet werd. Het was dus vanzelfsprekend dat we meestal binnenshuis bleven. Afscherming of niet, altijd was er de kans dat ze iets waargenomen hadden.

En het was buiten veel te warm".

Er zijn nog vier schijfjes stokbrood over. Ik vind dat het mijn beurt is om ze te besmeren, pak er een uit het mandje en schraap de laatste restjes uit het bakje. Zo eerlijk mogelijk verdeel ik de boter over de plakjes en schraap er de laatste restjes voor uit het bakje.

"Als we van het kamp af wilden moesten we een chauffeur en de een of andere plaatselijke begeleiding regelen. Vaak bewapend, want die lui denken echt dat ze met westerlingen alles kunnen uithalen.

De company moest dat dan allemaal regelen. Maar even ergens naar toe gaan was hierdoor natuurlijk onmogelijk.

Als er al iets was waar we naartoe konden, maar het gaat om het idee".

Ze moet weer glimlachen om haar eigen interruptie.

"Vrouwen mogen er niet zelf autorijden. We mochten niet eens afrekenen in een winkel. Overal moesten we bedienden en bewakers voor inhuren.

Dat is overigens nog steeds zo hoor".

Ik vraag me af of de oorlogen die er altijd in het Midden Oosten gaande zijn, intussen geen verandering in die praktijk gebracht zullen hebben, maar wil er niet over beginnen. Blijkbaar heeft Helen een vaststaande mening. Ik maak uit haar manier van praten op dat daar nogal wat frustratie bij te pas komt. Ik wil er geen discussie met haar over aangaan.

Daarvoor weet ik er te weinig van af en wellicht zal de sfeer erdoor verpest worden. Het is me er momenteel te gezellig voor. Zij spreekt uit ervaring en kan zich zo te zien nog steeds boos maken op de onderdrukking die ze heeft ondergaan.

"Op de compound organiseerden we vaak bijeenkomsten.

Dan weer had de ene iets te vieren. Vervolgens vond een ander het belangrijk om ons bij elkaar te roepen. Alles natuurlijk om de verveling een beetje te verdrijven.

De mannen kwamen maar eens in de zoveel weken en bleven dan hooguit 'n paar dagen op het kamp".

Ze buigt iets naar voren om een plakje stokbrood van me aan te pakken.

"Er was eigenlijk altijd wel iets wat we konden vieren. Een verjaardag van iemand of het een of andere nationale feest. Dat kon dan van in ons vaderland zijn, maar ook van ergens anders.

Desnoods vormde een feestdag van daar ter plaatse een aanleiding.

Alles bij elkaar genomen zijn er natuurlijk nogal wat speciale dagen en daar maakten we dankbaar gebruik van. Vaak hingen die van daar samen met de Islam en moesten ze door ons in eerbied door worden gebracht".

Ik onderbreek haar even snel. "Of misbruikt dus eigenlijk".

Ze glimlacht, maar laat zich niet van haar stuk brengen. "Wij mochten geen religieus getinte feesten vieren, dat sprak vanzelf".

Het laatste stukje stokbrood is voor haar. Ze moeten intussen toch eens met die soep komen, vind ik.

We hebben volgens mij allebei trek gekregen.

"Een heel klein beetje Kerstmis mocht nog wel. Maar zeker geen Pasen.

Dat was Joods en die feestdagen waren natuurlijk taboe.

Heel soms als uitzondering dus een Christelijke. Maar alleen als er iets aan te verdienen viel voor de 'locals'. Dan konden die nog wel.

Maar feestjes moesten altijd binnenskamers. En daar in die warmte was uitbundigheid natuurlijk onmogelijk. Ook in december".

Ze laat weer een stilte vallen. Ik weet niet of ik onder de indruk moet zijn van haar verhaal. Is ze werkelijk zo eenzaam geweest of heeft ze zich juist kostelijk vermaakt met de andere dames?

Ik weet dat je met Amerikanen heel goed plezier kunt maken.

"We noemden zulke feestjes dan een beetje kinderachtig onze 'partijtjes' al klinkt 'party' in het Engels vanzelfsprekend natuurlijker. De Nederlandse groep was trouwens maar heel klein hoor en er waren ook nauwelijks kinderen op de compound. Daarom zijn Hans en ik er ook zo laat aan begonnen.

We hadden er namelijk geen zin in om ze naar een kostschool te moeten sturen. Dat deden de meeste collega's namelijk nogal eens.

Dan zagen ze hun kinderen alleen als ze verlof hadden. Thuis, even drie weken of hooguit eens een maand. Tussen alle bezoekjes die je dan moest afleggen door.

Of daar, als ze ze over lieten komen tijdens de vakantie".

Ik probeer me intussen een dennenboom voor te stellen. Hij staat in een grote lichte kamer met een koepelvormig plafond en er rondom hangen witte, wapperende gordijnen. Ik zie hoe die daar dan in het midden van de ruimte op een verhoging, met lichtjes en vol zilveren ballen is neergezet. Daarnaast een air conditioner, die staat vanzelfsprekend op volle toeren te loeien. Wat daar nog Christelijk aan zou kunnen zijn, ontgaat me.

"De kosten waren het probleem niet.

Hans kreeg al in het tweede jaar dat we er zaten, een vorstelijk salaris.

Maar ik had als snel door dat ik niet een paar jaar met kleine kinderen op die compound wou rondhangen.

Om ze als ze een jaar of vijf, zes zijn, weg te sturen naar een heel ver land dat ze dan nauwelijks hebben leren kennen"?

Haar open vraag kan ik niet beantwoorden.

"Vrouwen die dat wel deden, waren daar echt niet blij mee.

Zelfs die Amerikaanse tantes niet en neem gerust van mij aan dat die daar een stuk makkelijker in zijn dan een Europeaan".

Onder de soep kan ik hetgeen ze me zojuist verteld heeft, op me laten inwerken. Als ik het zo bekijk heeft Helen nogal wat van 'de wereld' gezien. Afgaande op haar informatie moet ze in een paar jaar tijd vrijwel het hele Midden Oosten hebben doorkruist. Hans en zij hebben er aanzienlijk langer gezeten dan de oorspronkelijk geplande twee jaar. Zover is duidelijk.

Ik heb de serveerster nog een mandje stokbrood en wat boter gevraagd.

Straks bij de slakken kunnen we daar dan het restje van op eten.

Nadat ik uit Antwerpen was teruggekomen en weer grotendeels was hersteld, ben ik vlakbij Leiden bij een bedrijf gaan werken dat zich met transporten bezighield. Het was rustig werk en ik zat er voornamelijk op kantoor. De huisarts had aan iedereen duidelijk gemaakt dat 'geen spanning' en regelmaat onontbeerlijk voor me waren. Omdat ik weer thuis woonde, zorgde mijn moeder voor me. Mijn ouders waren natuurlijk flink geschrokken van de situatie zoals ik die in betrekkelijk korte tijd had laten ontstaan. Als bijkomend voordeel, vielen ze me nauwelijks meer lastig met vragen over mijn toekomst of studie.

Helen heeft aan haar tijd in het Midden Oosten kennelijk geen vriendinnen overgehouden. Ik maak het op uit de manier waarop ze aan de andere dames refereert. Ze lijkt me er een beetje verbitterd onder.

Wellicht was ze indertijd eenzaam.

"Heb je, toen jullie daar zaten wel eens iemand hiervandaan op bezoek gehad?

Je ouders, familie van Hans, een studievriend of vriendin"?

Ik stel me voor dat met het ruime salaris van Hans zoiets mogelijk moet zijn geweest en haar omstandigheden daar, met alle afzondering en de vermoedelijke eenzaamheid, zouden het rechtvaardigen.

"Je moet je van die landen niet voorstellen dat je daar iemand naar toe wilt uitnodigen. Het is er saai, saai en nog eens saai".

Terwijl ze het zegt tikt ze bij iedere keer 'saai' met haar vinger op de rand van de tafel. Ik moet er om lachen. Ze lijkt er opeens streng en wat schooljuffrouw achtig door. Het ziet er koddig uit, 't past niet bij haar.

Ze reageert niet, maar vervolgt ongestoord haar betoog.

"Je kunt daar niets ondernemen. Niet als er niet ten minste een, maar zeker meer bewakers bij zijn. Voor je eigen veiligheid alleen al, moesten het er meer zijn.

In ieder geval, altijd en overal buiten het hek ten minste een bewaker".

Weer tikjes om haar verhaal te benadrukken.

"Dat is best lastig te regelen. Vooral als de maatschappij feitelijk niet mee wil werken. Alle vervoer is daar vreselijk duur. Vergeet niet dat de compounds erg afgelegen lagen, soms middenin de woestijn en die lui schroeven hun prijs steeds verder op. Je bent dus altijd minimaal met meerdere personen, ook omdat de firma graag combinaties maakt.

Die bewaking, altijd Arabieren, jurkenmannen meestal, mogen niet gewoon met je mee. Niet in dezelfde wagen, in ieder geval. Het is dus altijd een hele stoet auto's die moet worden georganiseerd. Je moest altijd volledig bedekt zijn en een lange sjaal over je haren. Als vrouw alleen is het nogal gevaarlijk om buiten de compound te zijn. Dus, telkens meerdere taxi's bestellen of van die hele grote limo's.

Plaats voor zes of zeven vrouwen tegelijk. Ook altijd een Arabische, die mee moest als begeleiding.

Altijd, bij alles wat we deden, waren we dus met een hele groep. Maar als er een reden was om van de compound af te gaan wilde iedereen mee. We waren soms wel met wel twintig vrouwen tegelijk onderweg.

Dan reden daar de nodige wagens van de bewaking nog omheen. In van die jeeps. Dat vinden die kerels fantastisch stoer. Zo hard mogelijk scheuren over nauwelijks begaanbare wegen die vol stenen liggen. En die mannen dan maar rechtop staan in de bak achterop.

De oliemaatschappijen betalen weliswaar een vorstelijk salaris, maar de secundaire voorwaarden zijn vreselijk. Zeker dus voor de meegekomen echtgenotes. Nooit kon je eens iets persoonlijk regelen. Alles vond altijd plaats in groepen. En als dan alles met zoveel mogelijk gezamenlijk gaat, verlies je gauw de lust om eens iets te ondernemen.

Ook al omdat je soms dagenlang kwijt was aan de hele organisatie".

Het meisje komt de tafel afruimen, ze heeft het mandje brood bij zich.

"De kosten spreken ook altijd een belangrijke rol. Die moeten vanzelfsprekend gedeeld en dus verantwoord worden bij de verschillende contractors. De meeste mannen werden namelijk door allerlei vage onderaannemers ingehuurd. Het draaide dan om aansprakelijkheid en dergelijke.

De hiërarchie was trouwens ook vreselijk. Hoe langer je ergens had gezeten, hoe meer er was toegestaan.

Alles werd na verloop van tijd gezien als een privilege, maar de functie van je man speelde ook een heel belangrijke rol".

Om het personeel niet te hinderen, is Helen achteruit op haar stoel gaan zitten. Nadat het meisje is weggelopen buigt ze zich weer naar voren.

"Al verveelde ik me er dus rot, dat wilde ik niemand aan doen. Zeker niet iemand die me dierbaar was. Mijn studie genoten en vriendinnen waren trouwens allemaal druk. Die waren net afgestudeerd en bezig met hun eigen carrière of begonnen intussen aan kinderen".

Ik kan begrijpen waarom de werkgever van de mannen niet geneigd was om te voorzien in allerlei escapades. De echtgenotes zaten op deze manier opgesloten in het kamp en waren eenvoudig onder controle te houden.

Alleen al onder het mom van hun veiligheid, want of 'die Arabieren' zoals Helen ze schamper noemt, nou echt zo gevaarlijk waren, lijkt me sterk.

De onderlinge controle had waarschijnlijk ook zijn keerzijde. Dat de organisatie van eenvoudige zaken die buiten het eigenlijke werk om gingen, zoals het ontvangen van bezoek, kostbaar en dus onwenselijk was begrijp ik ook. Al vind ik het wel wreed tegenover de mensen die het aanging. Het komt allemaal een beetje middeleeuws op me over. Ik prijs me in stilte gelukkig dat mij zulke dingen bespaard zijn gebleven.

Tijdens het weghalen van de soep kommetjes valt er een lange stilte. Ik weet niet zo goed hoe ik belangstelling voor haar verblijf in het Midden

Oosten kan blijven tonen. Het is me intussen duidelijk geworden dat ze er niet zo'n fijne tijd heeft gehad. Het lijkt me ook dat ze het vervelend zal vinden om langer aan die nare tijd herinnerd te worden. Er moet dus een ander gespreksonderwerp komen.

Juist als ik haar wil vragen waarom ze terug naar Nederland zijn gekomen, komt de bediening met de bakjes met slakken aangelopen.

Uitstel en bedenktijd dus want hoewel goed heet, zijn ze de moeite waard om snel op te eten. Het begint al wat later te worden en daarom is onze trek groot. Een van de serveersters wil haar bijna lege glas bijvullen. Ze sputtert wel tegen dat dat armoe brengt, maar de dorst wint het van haar bijgeloof. Snel neemt ze de laatste slok en houdt het glas gedwee bij.

"In het begin hebben we iets meer dan vijf weken in een hotel gewoond.

In Dubai stad was dat. Het duurde namelijk even totdat onze spullen aangekomen waren. Die zaten in een container en die kwam met de boot. Daarna konden we naar de compound verhuizen".

Ze heeft haar glas nog in haar hand gehouden en neemt snel een klein slokje voordat ze 'm weer naast haar bord zet. "Bij dat hotel moet je je trouwens niet teveel voorstellen hoor. Gewoon een hotel en niks vijf sterren of weelde. We hadden er een flinke kamer, dat wel.

Maar er stond alleen een groot bed, twee stoelen en een soort bureau. Klaarblijkelijk was het de bedoeling om daaraan te werken.

Op het terrein erachter was een zwembad en het winkelcentrum. Een stuk of acht winkeltjes met dure spullen in een hal naast de receptie.

Vanzelfsprekend zaten er uitsluitend westerlingen. Allemaal strak in het pak, als ze zich door de openbare ruimtes bewogen. Snelle zakenmensen dus. Ik kon me er niet thuis voelen en was er al snel uitgekeken.

Overigens mochten we ook daar nooit in bikini, badpak of wat voor luchtige kleding dan ook rondlopen. De armen en benen bedekt. Al was het er meer dan veertig graden in de schaduw.

We moesten ons sowieso volledig bedekken. Dat werd ons vanaf de eerste de beste dag op het hart gedrukt. Dat zwembad had dus weinig zin. Die was maar een paar uur per week open en dan was het me er te vol.

Ik kon er maar moeilijk aan wennen, het verschil tussen mijn studie in Amsterdam en die schijn luxe daar in de woestijn, was erg groot".

Om duidelijk te maken hoe menens het was, pauzeert ze even.

"Met naaktloperij zouden we de sjeik beledigen. Dat die vent voornamelijk in Frankrijk of Engeland bij zijn kinderen en hun kostschool rondhing, deed er niet toe. Het mocht niet en je kon rekenen of een fikse boete als je het toch deed.

Dat stond ook op allerlei plekken in het hotel aangegeven. In de hal, meerder plekken op de kamers, in de gangen en in de lift".

Het valt me op dat ze deze keer geen nadruk op haar woorden legt.

"Als er een overtreding werd waargenomen.

Dan was je de pineut".

Alsnog twee tikjes op de rand van de tafel. Ik sta nog steeds verbaasd over haar gedrag. Ik heb deze strengheid niet van haar verwacht.

"Er werd overigens vanuit alle hoeken en gaten op iedereen gelet. Continu".

Wee drie korte tikjes, voor ieder lettergreep een.

"Iedereen kon van de politie zijn en rapport uitbrengen".

Het is me intussen duidelijk dat Helen zich erg vergist moet hebben in de omstandigheden ter plaatse. Dat ze zich er aan heeft geërgerd dat ze zo nadrukkelijk in de gaten werd gehouden. Ik vraag me af of ze misschien aan den lijve een conflict heeft ondervonden, maar wil er niet naar vragen. Als ze iets aan me wil vertellen dan komt dat vanzelf. De overgang van Amsterdam naar het Midden Oosten zal haar overvallen hebben want zoals ik me intussen kan voorstellen, is het allemaal erg snel gegaan.

Ik vraag me af of Hans er ook bij is geweest. Of dat hij toen al aan het werk was gegaan?

"Meestal bleef ik dus op onze kamer.

Of ik ging bij een andere nieuwkomer op bezoek. Voornamelijk om te vervallen in roddelen natuurlijk. Wijven onder elkaar tenslotte.

En, ik moest er nog wegwijs worden gemaakt".

Ze kijkt me er guitig bij aan. Waarschijnlijk wil ze me uitleggen dat de omstandigheden ook een leuke kant hadden. Snel reken ik uit dat ze indertijd hooguit vierentwintig zal zijn geweest. Het moet gemaakt hebben dat de andere, waarschijnlijk oudere vrouwen haar als een 'prooi' konden behandelen. Ze moeten haar hebben kunnen kneden tijdens het bijpraten en informeren over alle nieuwtjes en wetenswaardigheden.

Zoals het vrouwen eigen is zullen ze haar op de hoogte hebben gebracht van alle intriges en achterklap. Ik begrijp uit haar grappig bedoelde blik dat ze dit zelf ook moet hebben ingezien.

Ze heeft er misschien zelfs wel aardigheid in geschept de andere vrouwen, tegen elkaar uit te spelen. Naar ik begrijp waren ze voornamelijk Engelstalig omdat de meesten uit de V.S. of Engeland afkomstig waren.

"De airco hoog en de glazen goed gevuld met limonade".

Het laatste voegt ze alsnog snel aan haar verhaal toe. Ik kan me Helen niet voorstellen in badkleding. Of eigenlijk dus meer half naakt of gehuld in 'een gebrek aan deugdelijke bedekking' zoals ze het zelf zojuist heeft uitgedrukt.

In onze schooltijd gingen we, als er een vakantie aanbrak, naar het strand van Noordwijk. We, dat was ons groepje klasgenoten met verkering uit de parallelklassen. De groep had geen vaste samenstelling, wie mee wilde ging mee of kwam spontaan in de loop van de ochtend opdagen. We troffen elkaar in een tentje halverwege de boulevard of als het weer het toeliet op het strand. Zonder dat we dat van tevoren hoefden af te spreken. Het ging vanzelf omdat dat nou eenmaal de traditie was. Op de eerste maandag van de vakantie gingen we er altijd naar toe. Weer of geen weer en telkens iedere vakantie.

Helen was er nooit bij in verband met hun verblijf in Zorgvliet. Daar gingen zij, even vaste prik als in ons geval, altijd met haar ouders naartoe. Ik ken haar alleen van de keren waarin ik haar op school, thuis of naar een feestje waar we samen waren, meegemaakt heb. Dat was dan in haar alledaagse outfit of in een 'feestelijk kleedje'. Daarmee heeft ze geen speciale indruk op me achtergelaten. Dat maakt het dus lastig om me haar voor te stellen zoals ze daar bruingebrand en luchtig gekleed in dat luxe hotel rond moet hebben gehangen samen met de andere dames. Omhuld door luxe en zeer mondain, stel ik me voor.

Helen zit met smaak van de slakken te eten. Ze zijn inderdaad zeer de moeite waard. Stil genietend soppen we allebei met een stukje stokbrood de gesmolten kruidenboter uit de holtes in de bakjes. "Op een gegeven moment bleek ik zwanger te zijn".

Ze schuift het lege bakje van zich af en gaat achteruit zitten. Het maakt de melding tamelijk plompverloren. Ik kan geen verband zien tussen het opeten van slakken en zwangerschap. Mijn blik zal verbaasd zijn.

"Al die ander vrouwen bleken dat altijd precies te kunnen plannen. In verband met verlof terug naar huis bijvoorbeeld. Zodat ze daar konden bevallen. Met de familie in hun nabijheid. Of dat ze niet in die vreselijke hitte heel erg zwanger hoefden te zijn.

Maar ik was gewoon opeens zomaar zwanger. Net toen er voor Hans een nieuwe contractperiode op weer een nieuwe rig was ingegaan".

Om de kruimels weg te spoelen, neemt ze een forse teug uit haar glas. Ze laat zich voldaan weer tegen de rugleuning van de stoel zakken.

"We wilden wel aan kinderen beginnen hoor en ik was tijdens ons laatste verlof hier in Nederland al gecontroleerd of ik wel gezond genoeg was. Maar die zwangerschap was dus niet gepland. Nog niet".

229

Ze houdt haar lege glas bij zodat ik deze opnieuw kan vullen.

"Overigens was het Hans dus wel bespaard gebleven dat hij op speciale dagen thuis moest komen. Om raak te komen schieten".

Ze kijkt me aan. Ik begrijp dat ze een grapje maakt en wil zien of ik door heb wat ze ermee bedoelt. Met een knikje laat ik zien dat ik geluisterd heb en schuif mijn lege slakkenbakje ook naar het midden van de tafel.

"Zo bleken die kerels dat onder elkaar te noemen.

Bij ons was de kinderwens nog niet zo nijpend".

Ze schiet er zelf van in de lach.

"Voor ons geen gedoe met een thermometer en dergelijke. Gewoon zomaar van de een op de andere dag, anderhalve maand over tijd en iedere ochtend misselijk of ziek. Nou ja, bij wijze van spreken dan. Maar toen wist ik natuurlijk wel hoe de vlag erbij hing.

Je zou eens moeten weten hoe die kolonie onder elkaar bezig kon zijn met zwanger worden. En zwanger zijn".

Ze pakt haar glas op en blijft er midden in de lucht mee zitten.

Alsof ze in gedachten verzonken is.

"Over die landen kun je zeggen wat je wilt, maar de gezondheidszorg is er abominabel. Als je jong bent kun je dat misschien nog wel aan, maar zorg er in Godsnaam voor dat je geen ziekte of iets vreselijks oploopt".

"Of dat je zwanger wordt"?

Ze kijkt me even aan en moet glimlachen. Eindelijk neemt ze een slok en zet haar glas weer neer.

"Nou zwanger worden gaat vanzelfsprekend nog wel. Maar je moet er voor zorgen dat je dat kind niet krijgt in die contreien".

Ze zegt het zo beslist dat het grappiger klinkt dan haar bedoeling zal zijn.

We schieten in de lach.

"Alleen al omdat er dan Koeweit, Saoedië of Dubai in het paspoort wordt aangetekend. Als dat je geboorteplaats is dan achtervolgt je dat je hele latere leven".

Om de ernst te benadrukken blijft ze me weer even aankijken.

"Dus toen zijn jullie terug naar Nederland verhuisd"?

"Nou ja, we hadden nog meer dan een halfjaar de tijd voor de geboorte.

Het was nog maar net duidelijk aan het worden dat we een kind kregen.

En ik zei toch al dat Hans z'n contract net was ingegaan.

Maar als hij die daarna niet verlengde, dan liep het een paar maanden na de bevalling af. Louter formeel konden we die tijd nog wel uitzitten".

Ik kan me er een voorstelling van maken, begrijp ook de verwikkelingen rond de keuzes waarvoor ze gesteld werden. Naar ik aanneem moesten ze het in het Midden Oosten intussen ook wel gezien hebben. Vrijwel gelijktijdig nemen we een slokje wijn. Ze zet bedachtzaam haar glas weer terug bij haar bord.

"Je moet niet vergeten dat we hier in Nederland helemaal niets hadden".

Ze gaat wat meer rechtop zitten en pakt haar glas weer op. De mijne heb ik nog niet neergezet. Onze blikken ontmoeten elkaar.

"Toen Hans klaar was met zijn studie zijn we binnen een paar weken getrouwd. Daarna zijn we vrijwel meteen verhuisd naar Dubai.

Nog voor de twee weekjes die onze huwelijksreis zou gaan duren, moesten we alles wat we wilden meenemen, inpakken en zorgen dat het aan boord van dat schip kon. De paar spulletjes van mijn kamer in het huis van mijn tante en alles van die van hem".

Ze slaakt een zucht en gaat weer achteruit zitten tegen de leuning.

Als ik het goed begrijp is het inderdaad te snel gegaan. Waarschijnlijk had ze het prettiger gevonden als ze meer tijd had gekregen om de veranderingen te verwerken, om wat meer volwassen te worden wellicht.

"Hans woonde toen al een tijdje in de grote flat. Daar had hij intussen het nodige verzameld natuurlijk".

Ik heb er geen idee van over welke flat ze het heeft, maar neem aan dat hij er ruim bij zat. Voor een student waren de verwachtingen qua kamer niet zo heel erg riant natuurlijk.

"Alles bij elkaar genomen was het eigenlijk helemaal niet zoveel. We konden trouwens veel spullen uit zijn studenten tijd opruimen.

Nu hij afgestudeerd was, had hij een heleboel rotzooi niet meer nodig.

Er mocht dus al meteen het nodige worden weggegooid. Die flat moest leeg, dus erg moeilijk was het allemaal niet. We hadden hier in Nederland nooit samen iets opgebouwd. We zijn allebei apart blijven wonen".

Weer blijft ze me even aankijken.

Terwijl ze over haar inpakken vertelt, ben ik afgeleid door de mensen die net binnen zijn komen lopen. Het meisje heeft ze naar een tafeltje in de hoek bij het raam gebracht. Ik heb de hele actie gevolgd onder het luisteren, maar nu ze stil is gevallen kijk ik pas weer in haar richting.

Direct vervolgt ze haar verhaal.

"Het was dus uitgedraaid op een paar kisten met boeken en wat platen.

Alleen wat we persé wilden meenemen hadden we ingepakt. Een grote stoel waarvan hij geen afscheid kon nemen. En een tafeltje en een kast die ik van mijn ouders had gekregen, als enige meubels. De company zorgde weliswaar voor de verhuizing en we hadden een hele container tot onze beschikking, maar we hadden gewoon niet meer dat we mee wilden nemen. Die container met onze spullen ging mee op een van de schepen".

Ze glimlacht. Ik maakt er uit op dat de herinneringen aan hun 'verhuizing' kennelijk toch wel prettig zijn.

De verhuizing naar Antwerpen komt me voor de geest. Mijn hele hebben en houden paste toen gemakkelijk achter in een bestelwagen. Er was zelfs nog plaats over. Ik herinner het me nog goed hoe ik samen met een kennis er naar toe ben gereden. Zelf had ik indertijd nog geen rijbewijs.

"We begonnen daar in een gemeubileerd, volledig ingericht huis van de company en kwamen hier zo van onze studenten kamertjes".

Ik kan me min of meer voorstellen hoe dat gegaan moet zijn. Ooit ben ik net zo, ook vrijwel zonder bagage, naar de Verenigde Staten vertrokken. Als je jong bent dan heeft er nog niet zoveel hechting met spullen en prullaria plaats kunnen vinden. Alles is dan nog vervangbaar door zaken die je later op je weg tegenkomt of ter plaatse aan kan schaffen. Ik herinner me alleen dat ik in het begin mijn platen erg miste en mijn Nederlandse boeken.

"Toen ik eenmaal zeker wist dat we zwanger waren en we besloten hadden dat we naar Nederland terug gingen, hebben we vlak bij Delft een huis gekocht. We hadden mijn vader gevraagd om voor ons uit te kijken. Dat huisje was volgens hem een ideaal begin".

Ze pauzeert weer even, maar kijkt voor zich op tafel naar de lege bakjes van de slakken. Ik wil haar peinzen niet verstoren.

"Even vlug toen we hier voor het een af andere feest toch twee weken op verlof waren, hebben we de papieren in orde gemaakt.

Dat het huis nogal oud was en er nog een hele hoop aan opgeknapt moest worden, namen we voor lief. Het leek ons praktisch gezien alleen verstandiger dat ik hier bleef. Voornamelijk om de rompslomp rond de verbouwing te regelen.

En om het een en ander in de gaten te houden natuurlijk".

Het komt me inderdaad voor dat dit een praktische oplossing was.

Heel rationeel. In het Midden Oosten verveelde ze zich en hier was het beter mogelijk om de juiste begeleiding bij haar zwangerschap te vinden.

"Ik had het daar intussen ook wel gezien natuurlijk, maar Hans heeft er de rest van mijn zwangerschap nog wel gezeten.

Hij heeft dus de geboorte niet meegemaakt".

Omdat ze weer een teugje neemt, valt er nogmaals een stilte.

Snel vul ik die op.

"Kwam de bevalling te vroeg"?

232

Het blijkt dat hun oudste gewoon na negen maanden geboren is. Het contract heeft echter niet toegelaten dat de vader daarbij aanwezig kon zijn. Het hoofdkantoor in Londen heeft het extra verlof dat hij ervoor op had moeten nemen, gewoonweg niet toegestaan. Het is me onduidelijk of er sprake was van kinnesinne over het ontslag dat hij had genomen of dat dit allemaal onder de term zakelijkheid viel, maar wil het nu niet vragen.

Het beeld van de jonge sterke vrouw die, zwanger en wel, een huishouden op komt zetten, vind ik wel bij haar passen. Helen straalt zoals ze hier tegenover me zit, het kordate dat me ervoor nodig lijkt, in meer dan voldoende mate uit. Het zit in haar woordkeus en houding. In de hele manier waarop ze haar verhaal zit te vertellen. Hoewel ze soms een beetje cynisch lijkt en er dan een bittere toon in haar woorden komt, heeft ze zich nog geen moment beklaagd. Terwijl ze zo te merken, toch niet alleen maar rozen op haar weg is tegengekomen. Ik respecteer haar steeds meer en ben verbaasd over de tegenslagen die ze allemaal heeft overwonnen. Ze is duidelijk niet zomaar uit het veld te slaan.

Intussen wordt ons hoofdgerecht opgediend, vanzelfsprekend samen met een portie patat en meerdere soorten groenten. De meisjes moeten er drie maal voor naar de keuken heen en weer lopen om alles bij ons op de tafel te krijgen. De vis smaakt goed en ligt, zoals beloofd in het menu, mooi opgemaakt op een bedje groenten. Omdat de fles leeg is, heb ik gevraagd of ze er nog een willen brengen. De eerste was heel erg lekker en zo'n vis moet natuurlijk kunnen zwemmen.

"Toen ik een paar jaar later weer zwanger raakte werd Hans voor het eerst ziek. Ik was ongeveer in mijn derde maand en had de ergste misselijkheden net achter de rug toen het bij hem begon".

Ik bereid me voor op een lang relaas over een vervelende ziekte. Haar inleiding heeft er lang genoeg voor geduurd. Ik ken de afloop al, maar ze heeft die alleen summier toegelicht. Dat ze weduwe is geworden doet aan de inhoud van het verhaal eigenlijk niet veel meer toe of af. Natuurlijk interesseert het me wel en ik wil graag luisteren naar wat ze er meer over te vertellen heeft, maar ik sluit me liever af voor verhalen over onheil en narigheid. Het is niet sympathiek, ik weet het.

"Het huis van zijn ouders hier in Leiden kwam na verloop van tijd leeg. Ze waren aan de beurt gekomen voor een aanleun flat in Oegstgeest. Zelf zagen ze er erg naar uit, maar ze hadden dan ook meer dan drie jaar op een wachtlijst voor die woning gestaan. Hans en ik mochten voorlopig in hun lege huis trekken. Ze hadden geen haast met de verkoop.

233

Het argument was dat Hans dichter bij het ziekenhuis zou zijn als hij weer het een of andere onderzoek moest ondergaan. Na verloop van tijd werd hij er vaak, soms wel twee- tot driemaal per maand voor opgeroepen. Dan ging hij heen en weer en was Delft eigenlijk geen goede optie meer. De ene keer waren ze al na een uurtje met hem klaar, maar meestal moest hij wat langer blijven. Bij heel erge pijn of als er complicaties optraden of te voorzien waren, moest hij er ook 's nachts blijven. En soms moesten we er halsoverkop naartoe.

Dan is die rit van Delft naar Leiden en weer helemaal terug, nauwelijks te volbrengen. Ik zat met een kleintje thuis en de volgende was onderweg. We hadden wel een auto tot onze beschikking. Maar ik kon met die dikke buik niet meer rijden. Dan moest ik midden in de nacht een buurman uit z'n bed gaan bellen".

Even neemt ze een adempauze. Naarmate het verhaal vordert, komt het steeds meer staccato een beetje hijgerig uit haar mond, tussen de hapjes eten door. Nu gunt ze zich even de tijd voor een slokje.

"Er was ook niet altijd op stel en sprong een oppas voorhanden.

We kenden in Delft eigenlijk niet veel mensen. Alleen een paar buren, die ik gedurende de verbouwing had leren kennen. We hadden dus niets om op terug te kunnen vallen, als het nodig was.

Zijn collega's kwamen eigenlijk allemaal uit Rotterdam. Dat is de andere kant op natuurlijk".

Ik reken uit wat de afstand is tussen Leiden en Delft en schat dat het iets van vijfendertig à veertig kilometer moet zijn. Ik tel er een paar straten bij op. Hoewel ik het juiste adres niet ken kom ik uit op een rit van minimaal een halfuur à drie kwartier. Als het dus niet druk is op de snelweg en er in een keer, haastig misschien, doorgereden kan worden. Gelukkig zijn er hier bijna geen tol wegen, die houden ook flink op.

Ik reik haar het mandje stokbrood aan. Ze neemt het laatste schijfje.

"Eerst zouden we tijdelijk in dat huis van zijn ouders gaan wonen. Als een pied à terre. Totdat het weer beter met hem zou gaan en we terug konden.

Maar na twee en een halve maand werd het duidelijk dat we er beter aan deden om hier maar helemaal naar toe te verhuizen.

De meeste van onze spullen stonden er trouwens al. Hans was een deel van zijn werk nog vanuit huis blijven doen en ik had elke keer uit Delft wel het een of ander meegenomen. De ene keer iets voor onze dochter, dan weer iets dat Hans nodig had of wat voor mijzelf. Het was toen zomer en soms konden we, als hij zich er goed genoeg voor voelde, 's avonds of in de namiddag een uurtje op uit trekken. Naar het strand of zoiets".

234

Omdat hun dochter na de zomer naar de kleuterschool zou gaan had het hen praktischer geleken om dan maar in Leiden een goede plek voor haar te zoeken. Het klonk weer niet als een klacht. Helen had er kennelijk vrede mee om geleefd te worden door de omstandigheden.

"Het huis in Delft hebben we gelukkig voor een mooie prijs kunnen verkopen. Kennelijk hadden we het goed genoeg opgeknapt".

Stralend, met een brede glimlach deelt ze de conclusie met me.

"We konden Hans z'n ouders bij de overname van hun huis dus een redelijke prijs betalen. Weliswaar iets minder dan ze oorspronkelijk bij een vrije verkoop hadden willen vragen, maar gezien de omstandigheden vonden ze het voldoende.

Ook in de ogen van zijn zusjes en broers".

Ik begrijp dat de harmonie in de familie bewaard is gebleven. Dat er geen onenigheid is ontstaan over de financiën, zoals dat wel eens gebruikelijk lijkt bij dit soort transacties. "Kon je toen je hier weer terug was in Nederland je studie niet oppakken?

Of had je daar geen zin meer in?"

"Nee joh, daar zou toch niets van terecht gekomen zijn".

Ze heeft intussen haar bord leeg en schuift 'm voldaan een stukje van zich af. Haar glas moet ook worden gevuld, dus ze leunt iets naar voren om 'm bij te houden. Ik giet ook nog een scheut in mijn glas.

Met een paar laatste frietjes heb ik mijn bord netjes schoongeveegd.

We zitten allebei achteruit geleund.

"In het begin had ik het echt vreselijk druk met het werk dat er in het opknappen van ons huisje ging zitten. Ik moest vrijwel elke dag tussen Utrecht en Delft op en neer reizen omdat ik daar de eerste tijd nog logeerde. Tijdelijk was ik namelijk bij mijn ouders ingetrokken.

Zeker in het begin, toen in Delft zowat alle vloeren open lagen kon ik er nog niet blijven slapen. Mijn ouders, en ook die van Hans, vonden dat trouwens niet goed".

Ze ziet klaarblijkelijk de situatie voor zich en moet er om glimlachen. Weer begrijp ik dat ze blije herinneringen aan die periode koestert. Intussen reken ik uit dat ze toen rond de een- of tweeëndertig zal zijn geweest. Hun eerste kind op komst en een man die thuiskomt.

"En ik moest na meer dan tien jaar hitte, aan de kou hier wennen. We hebben het over januari tenslotte en het was een strenge winter".

Ze ontspant zich. Waarschijnlijk vindt ze het prettig om haar verhaal aan me te vertellen. Het hele verhaal, want ze gaat grondig te werk. Ik luister er geduldig naar want het wordt steeds interessanter.

235

Ik stel haar leeftijd bij, ze was dus een jaar of vijfendertig.

"Toen Arie eenmaal geboren was, bleef er helemaal geen tijd meer over voor studie en dergelijke. Fulltime was ik bezig met haar verzorging.

Wat later de voorbereidingen voor de terugkomst van Hans en tussendoor moest ik het verfwerk nog afmaken".

Ik moet verbaasd naar haar hebben gekeken, want ze schiet in de lach.

"Ja er zijn meer mensen die Arie een jongensnaam vinden, maar het is toch echt een meid hoor. Je moet binnenkort maar eens bij ons langskomen. Dan kun je haar en d'r zusje zelf eens zien".

Haar man had het een ideale naam gevonden. Ze heeft zich er niet tegen willen verzetten omdat hij al zoveel van haar zwangerschap had moeten missen. Het leek ze gemakkelijker om niet twee verschillende namen te hoeven te verzinnen. Als het een jongetje was geworden dan hadden ze dezelfde naam voor hem kunnen gebruiken.

Ik vraag of het 'huisvrouwen bestaan' haar is tegengevallen.

Uit haar relaas heb ik opgemaakt dat ze in het Midden Oosten meestal over een schare aan bedienden en huismeisjes heeft kunnen beschikken. De dames op de compound hadden die met elkaar gedeeld, besproken en uitgewisseld immers. Voor zover ze al niet in hotels gewoond had.

In Delft moet ze er toch voornamelijk alleen voor hebben gestaan want ik kan me niet voorstellen dat ze met een nieuw huis, een nieuwe baan voor Hans en naar ik aanneem een hypotheek, het ook nog breed genoeg hebben gehad voor uitspattingen qua personeel. De vraag valt niet goed, ze blijft even stil en bestudeert aandachtig de inhoud van haar glas.

"In het Midden Oosten was het wel aardig. Maar ik had het er eigenlijk alleen maar vreselijk druk met helemaal niks. Pas toen ik hier weer in Nederland was, realiseerde ik me dat we daar hele dagen hadden gevuld met alleen maar ledigheid. Vrijwel elke dag alleen maar kleppen en helemaal niks te doen. Niks kùnnen doen!

Niks nuttigs, zoals ik hier opeens wèl moest doen".

Ik ben blij dat ze me even aankijkt. Haar reactie laat me schrikken. Ik heb haar niet van streek willen maken en weet niet hoe ik met haar plotselinge houding om moet gaan. Die heb ik niet voorzien. Ze gaat, hoewel nog steeds zeer beschaafd, tekeer tegen me. Maar de gespannen blik die ze er aanvankelijk bij in haar ogen had, trekt gelukkig snel weer weg.

Ze neem een slokje wijn en komt weer tot rust.

"Vrouwen zijn echt heel vermoeiend als ze onder elkaar zijn hoor.

Alleen als we een tijdje in een stad zaten en daar dan bijvoorbeeld in een hotel verbleven, hadden we met zijn tweetjes een soort van privé.

236

Dan werkte Hans tijdelijk aan de wal en kwam hij 's avonds thuis. We konden dan gewoon lekker samen eten bijvoorbeeld.

Dan waren we in de gelegenheid om eens te praten. Gewoon een beetje met elkaar optrekken, een videofilm kijken of gewoon samen op de bank een boek lezen.

We hadden dan genoeg aan elkaar, genoten ervan om samen te zijn. In het Nederlands met elkaar praten en niet dat eeuwige steenkolen Engels. Brits of Amerikaans het maakt niet uit". Indringend kijkt ze me aan.

Ze weet natuurlijk niets van mijn ervaring met dit soort omstandigheden. We hebben nog niet besproken dat ik de afgelopen jaren iets soortgelijks heb meegemaakt. Dat ik in de VS gewoond heb is nog helemaal niet aan de orde geweest. Helen kan dus niet bevroeden hoe ik begrijp dat het spreken van een andere dan je moedertaal je na verloop van tijd tegen kan gaan staan. Ik had helemaal geen hekel aan het Amerikaans of de Amerikanen, maar ik begrijp precies wat ze bedoelt.

Omdat het bedrijf waar mijn nicht was gaan werken het concert zou sponsoren, hebben ze mij op een avond meegenomen naar de Symphony Hall van Boston. Het was een nogal officiële toestand, omdat we werden verwacht in Black Tie. Ik had alleen de kleren bij me waarin ik overdag ook werkte, dus erg netjes kon ik me er niet voor aankleden. Maar daar hoefde ik me gelukkig geen zorgen over te maken, er werd een net pak voor me gehuurd en volgens mij was ook het kostuum waarin Buzz, de man van Anne aantrad niet van hemzelf.

Het boek van Desmond Morris heb ik weliswaar nooit gelezen, maar de titel had niet toepasselijker kunnen zijn dan op het gezelschap dat op het concert was afgekomen. Alle genodigden zagen er keurig uit daar valt weinig op aan te merken, maar al trek je de werkster een mooie jurk aan, het wordt nooit een lady. Dat ging helaas voor het merendeel van de concertgangers op. Naar ik al begrepen had houden Amerikanen nogal van opsmuk en verkleedpartijen, maar ik vond dat iedereen er nogal potsierlijk uitzag en ik geneerde me dat ik eraan mee moest doen.

Hoewel op de kaart maar een paar straten van de wijk en hun woning verwijderd, waren mijn nichtje en haar man niet op mijn voorstel ingegaan om naar het concertgebouw te gaan lopen. Ze verbaasden zich er zichtbaar over dat ik het had voorgesteld. Kennelijk gingen ze ervan uit dat ik me in de goede drie maanden die ik er intussen zat al zodanig had aangepast dat ik ook voor elke verplaatsing de auto zou nemen. Ik had toen overigens pas een nieuwe fiets gekocht dus die had ik eventueel ook kunnen pakken voor het ritje.

237

Op het programma stond dat ze de Vuurvogel van Strawinsky uit zouden gaan voeren. Dat stuk had ik weliswaar op een plaat staan maar die lag in Nederland. Overigens werd het op die elpee uitgevoerd door de Japanner Iaso Tomita en die bespeelde er uitsluitend elektronische instrumenten bij. Ik had de muziek dus nog nooit gehoord terwijl het 'live' werd gespeeld door een echt orkest met echte, klassieke muziekinstrumenten.

Dat had me nieuwsgierig gemaakt want ik vond het, hoe danook een prachtig stuk muziek. Waarschijnlijk speelden de verwachtingen van al het moois dat me te wachten stond een rol in de beoordeling van mijn omgeving, maar ik had gedurende mijn schooltijd maar twee keer een concert meegemaakt en de toestanden die daar in die Hall gemaakt werden kon ik me er niet van herinneren. Wij gingen na de laatste les van de middag, met de hele klas naar de Stadsgehoorzaal en daar kregen we een concert. We moesten stil zijn en mochten pas klappen als het hele stuk, dus alle delen achter elkaar, gespeeld waren. De dirigent draaide zich dan om en nam namens het orkest ons applaus in ontvangst. Pas toen het enthousiasme hoorbaar begon af te nemen had hij de muzikanten gemaand om ook even op te staan. Toen moesten we harder klappen. Het ritueel had op mijn een nogal malle indruk gemaakt, maar ik was er wel van onder de indruk. Ik begreep er uit dat het zo hoorde te gaan bij de mensen in de grotemensenwereld!

In de krant had ik gelezen dat het concert heel speciaal was omdat de componist in het verleden een band met dit orkest had gehad en daarom, zeer nationalistisch natuurlijk, een 'band' met Boston zou hebben. Ik vond het gedrag van de Amerikanen nogal tegenvallen. Op de eerste plaats vond ik ze, ondanks mijn gewenningsperiode ter plaatse, erg luidruchtig en ten tweede leek het wel of ze helemaal niet door hadden dat er iets moois, iets met Cultuur aan zat te komen. Het leek wel of ze het speciale van de gelegenheid helemaal niet doorhadden. Iedereen stond op een kluitje door elkaar te schreeuwen en ook eenmaal in de imposante zaal nam het lawaai ternauwernood af. Toen even later de musici op het podium verschenen waren er een aantal mensen die begonnen te schreeuwen. Het leek wel of ze de spelers, alsof het sportlui betrof, aan begonnen te moedigen. Maar de mannen en vrouwen speelden zich alleen even in of warmden hun instrumenten op. Pas toen de dirigent, de eveneens Japanse Seiji Osawa dus dat stemde me gerust, op het podium aankwam en de muzikanten tot stilte aftikte, verstomde ook het lawaai in de zaal. Een aantal aanwezigen bleven nog wel wat heen en weer roepen maar na een paar tellen wachten werd het uiteindelijk stil.

238

In de Vuurvogel komt een indrukwekkende solo voor en omdat ik die op synthesizers al prachtig vond, zag ik ernaar uit deze eens op klarinet of een viool te horen. Mijn verwachtingen waren zoals opgemerkt hoog gespannen. Ik was niet de enige want toen dat deel van de suite op het punt stond te beginnen en ik een van de muzikanten ervoor op zag staan om 'm uit te gaan voeren, waren er een aantal mensen in de zaal die eveneens opsprongen Ze bleven tijdens de solo staan en het leek erop of ze de solist met hun gebaren en enthousiasme wilden aanmoedigen nog mooier te spelen. Wat ik het allervreemdst vond was dat ze na afloop van de solopartij het niet konden laten om luid te juichen. Aarzelend barstte de halve zaal los in applaus en het duurde even voordat het tot ze doordrong dat er nog meer kwam. Pas toen Sieji even over zijn schouder had gekeken verstomde het kabaal. Ik schaamde me over al de barbaren die om me heen zaten en wist niet goed waar ik met goed fatsoen nog naar kon kijken. Ik heb me in alle jaren in de Verenigde Staten nooit meer zo sterk een buitenlander gevoeld, als op dat moment.

Ook tijdens de andere stukken die er gespeeld werden was het publiek soms 'openlijk begeesterd' en lieten ze zich niet remmen door schaamte of zoals ik het wilde noemen, 'beschaving'. Ik vond het gedrag om me heen nogal primitief en soms ronduit kinderachtig. Op die momenten had ik het gevoel in een kleuterklas verzeild te zijn geraakt en ik wil toegeven dat ik me nog regelmatig aan dat soort Amerikaanse gedrag heb lopen ergeren.

Hoe ik dat op mijn gesprekspartner over kan brengen is me niet duidelijk, maar ik reken erop dat het binnenkort eens ter sprake zal komen. Om de een of andere reden heb ik plotseling het idee dat we het niet bij alleen maar dit diner zullen laten.

"Op de compounds waren we vrijwel altijd, alleen met vrouwen. Omdat er verder niets te doen was, liepen we bij elkaar in en uit. Continu, dus ook als de mannen er waren. Er was dus nooit eens een momentje privé. Eigenlijk is het dan toch niet zo vreemd"?
Ze stelt me de vraag, maar ik voel dat ik geen antwoord hoef te geven.
We drinken onze glazen leeg en ik verdeel het laatste restje wijn.
"Als ik heel eerlijk ben, moet ik toegeven dat ik in al die bijna elf jaren daar, nauwelijks aan iets ben toegekomen".
Weer kijkt ze me indringend aan.
"Altijd een krant van tenminste een week oud. Vaak ook nog, met door de censuur slordig uitgeknipte foto's. Lastig lezen hoor als halve kolommen tekst zijn weggevaagd en het hele verhaal dus onleesbaar is geworden.

Vaak hadden we er dus geen idee van waar een artikel over ging en was het nieuws sowieso niet actueel".

Haar blik verzacht zich weliswaar weer een beetje, maar ik begrijp dat we snel aan de herinneringen die samenhangen met die vreselijke tijd moeten afstappen. Ik zoek naar een opmerking waarmee ik iets anders ter sprake kan brengen. Maar ze is nog niet klaar met haar tirade. Bij mij is niet zo snel een ander onderwerp opgekomen om ter sprake te brengen.

"Op het kamp was er wel radio en tv, maar daarop werden uitsluitend van die Arabische of Indiase soap series uitgezonden. Daar valt voor ons dus niets van te begrijpen.

Flodderige flut verhalen en een hoop gehups in wijde jurken".

Ze moet lachen terwijl ze er kennelijk weer aan terugdenkt. Ik ken die series niet, kan me er dus geen voorstelling van maken wat zij voor zich ziet. Ik heb er uitsluitend ooit iets over gelezen.

"Van wat we nu CNN noemen, krijg je trouwens ook heel snel genoeg hoor. Zelfs als die maar voor een paar uurtjes per week doorgegeven wordt. Eigenlijk alleen als ze het over Arabische hotels hebben.

Maar ja, dan zit je weer naar allerlei jurken en gewaden te koekeloeren".

Met een flinke teug slaat ze het restje wijn uit haar glas achterover.

In gedachten verzonken blijft ze met het lege glas boven haar bord hangen. De herinneringen die ze voor me op heeft zitten halen lijken niet allemaal even plezierig te zijn. Ik vind het gezellig om naar haar verhalen te luisteren maar kennelijk is ze er langzamerhand niet helemaal gerust op of ze de juiste toon heeft gekozen.

Door mijn onbevangenheid is bij haar waarschijnlijk de indruk ontstaan dat ik de ernst van haar verhaal niet begrepen heb. Het lijkt of haar stemming van aanvankelijk ingetogen zelfs vrolijk, ineens om dreigt te slaan in overbezorgdheid. Het lijkt alsof ze nadrukkelijk wil uitleggen hoe de omstandigheden haar tegen zijn gaan staan. Voor zover ik weet heb ik me weerhouden van kritische, lastige of erg indringende vragen. Haar ongemak kan dus niet door mij veroorzaakt zijn. Ze hoeft zich voor mij helemaal niet te verantwoorden.

Ik heb begrepen dat ze het in het Midden Oosten zeker in het begin, naar haar zin heeft gehad. Het is me ook duidelijk dat het haar later tegen is gaan staan en dat dit samenhangt met het idee dat ze zich voornamelijk heeft moeten aanpassen aan haar man z'n omstandigheden. Dat het dus niet haar keuze is geweest om daar te zijn of zich telkens opnieuw een nieuwe verblijfplaats eigen te maken. Ze heeft er van moeten maken wat er van te maken was. Volgens mij is ze daar redelijk in geslaagd.

Ik weet niet hoe ik haar zo gauw van al mijn begrip kan overtuigen. Terwijl we zitten te zwijgen worden onze borden afgeruimd. We hoeven dus even niets te zeggen en kunnen de stilte die tussen ons is gevallen, zonder dat het de stemming zal verslechteren, even laten voortduren. Het kan geen kwaad. Helen is duidelijk genoeg geweest.
Ik kan dat bewijzen door even niet op wat ze gezegd heeft te reageren.

Allebei hebben we geen trek meer in een toetje, maar we willen wel graag een kopje sterke koffie. Het meisje hoeft het menu niet voor ons bij het buffet op te halen, tweemaal een kopje espresso is voldoende. Ik pak mijn glas. Omdat ook de tweede fles intussen helemaal leeg is wil ik er een scheutje uit in de hare schenken, maar ze slaat het af. Ze heeft genoeg gehad. Om het te benadrukken legt ze haar hand op haar glas en schudt even licht met haar hoofd.
"Hans knapte kort voor de bevalling van Bea op. Het leek zelfs dat hij misschien weer de oude zou worden.
Daar konden ze het namelijk op het ziekenhuis niet over eens worden. Hij is een paar weken later, toen de eerste kraam drukte voorbij was, weer aan het werk gegaan".
Nogmaals blijft ze even peinzend voor zich uitkijken. Ze hervindt zichzelf nu sneller. Als het meisje onze kopjes op de tafel heeft neergezet gaat ze meteen verder. "Eerst halve dagen op kantoor en de rest thuis. Na een goede maand werkte hij alweer fulltime op het kantoor in Rotterdam.
De medicijnen sloegen heel goed aan. Hij knapte ook zienderogen op".
Om duidelijk te maken hoe goed alles ging krijg ik weer die indringende blik toegeworpen. Ik kan er niet helemaal uit opmaken wat ze ermee van me verwacht. Het lijkt er vooral op dat ze er een soort vertrouwen mee wil uitdrukken.
"Als hij verwachtte dat het laat ging worden. Of als hij al heel vroeg 's morgens op kantoor moest zijn ging hij zelfs alweer met de auto".
We lusten nog een tweede kopje koffie en als ik beloof dat ik haar straks thuis zal brengen, wil ze er graag een likeurtje bij. Ze is met een taxi naar het restaurant gekomen, maar heeft geen er zin in om er straks weer een te laten bellen. Ze vindt dat teveel rompslomp geven en het is te duur.
"Maar mijn auto rijdt ook niet op water hoor" .
Ze glimlacht beleefd om mijn flauwe grapje. Het komt me voor dat ze een deel van haar vrolijkheid weer terug aan het vinden is. De somberheid en de spanning die er onmiskenbaar gedurende het eerste kopje koffie hingen, maken weer plaats voor de ingetogenheid die er heerste bij de

241

voorafjes en het hoofdgerecht. Haar hele geschiedenis intrigeert me langzamerhand steeds meer. Eerst leek het me een verhaal uit velen en ben ik, voornamelijk uit beleefdheid naar haar blijven luisteren. Zoals ik me oorspronkelijk had voorgenomen eigenlijk. Intussen is het er, door de vele details die ze me toevertrouwt, steeds persoonlijker op geworden.

Het meest tot de verbeelding sprekende zit er vooral in dat we ooit dicht bij elkaar hebben gestaan en mekaar toch volledig uit het oog zijn verloren. Dit komt dus niet uitsluitend voort uit mijn vluchtgedrag, daar kan ik hooguit mezelf verwijten over maken en die zijn me indertijd al voor de voeten geworpen. Het blijkt dat de vrienden en kennissen waar ik me eerst zo door verlaten heb gevoeld, zelf hun eigen omstandigheden door moesten maken. Dat ze me niet bewust in de steek hebben gelaten komt echter als een verrassing, het past niet bij mijn eigenbeeld dat indertijd dus voornamelijk vervuld werd door zelfmedelijden.

Bij mijn terugkeer in Nederland heb ik me er min of meer op voorbereid in een vergelijkbare situatie als nu, terecht te kunnen komen. Ik heb me er zelfs tegen bewapend met het vaste voornemen om nooit op uitnodigingen voor bijvoorbeeld een receptie bij 'kennissen van toen' in te gaan. Ik zou me op die manier nooit laten verleiden om oude koeien uit de sloot te halen. Mijn isolement wilde ik zoveel mogelijk bewaren.

Op de ontmoeting met Helen was echter geen enkele voorbereiding mogelijk. Haar ervaringen stellen mijn avonturen, hoe interessant ik ze bij tijd en wijle ook mag vinden of zou kunnen maken, in een totaal ander daglicht. Door alle beslommeringen is haar verhaal de vervelende grootspraak kwijtgeraakt waarmee mensen elkaar op bijvoorbeeld reünies lastig staan te vallen. Wat zij me zojuist vertelde, heeft een geheel eigen, persoonlijke inhoud. Omdat ze me ook van haar tegenslagen op de hoogte heeft gebracht, heb ik inzage gekregen in haar beleving. Tegelijkertijd realiseer ik me dat zij nog in een proces verwikkeld moet zijn rond het verlies van haar man. Dat ze nieuwe uitdagingen aan zal moeten gaan.

Het doet me goed dat ze me erbij betrokken heeft en me kennelijk een rol gunt. Al is het me niet duidelijk wat ze precies van me verwacht. Ik voel me niet uitverkoren en weet dat ons weerzien toevallig tot stand gekomen is. Toch maakt het me trots dat ze me niet wil vergeten.

Onze ontmoeting had eenvoudig bij een oppervlakkige hereniging kunnen blijven. Dat was mijn uitgangspunt tenslotte, maar alle details, haar toevoegingen en persoonlijke ontboezemingen hebben Helen veel interessanter gemaakt dan bij een gewoon weerzien. Bij voorkeur wil ik nu ik het begin te horen heb gekregen ook de rest van het verhaal te weten komen. Niet uit nieuwsgierigheid of sensatiezucht, maar omdat ze weer de oude vertrouwde vriendin van vroeger aan het worden is.

Zoals we vroeger voor broer en zus konden doorgaan, wil ik de draad oppakken. Ik wil de vertrouwde weg bewandelen en de vriendschap herstellen. Tegelijkertijd wil ik echter voorkomen dat ik haar van haar stuk breng. De afstand heb ik door slechts oppervlakkige vragen te stellen in eerste instantie weten te bewaren, maar nu mijn interesse gewekt is moet ik die ook durven tonen. Maar dan zonder dat het te gretig wordt of erg nieuwsgierig staat.

Nadat de koffie gebracht is, laat ze de likeur in haar glaasje heen en weer walsen. Om voorzichtig te beginnen nipt ze een klein slokje. Ze doopt eigenlijk alleen haar bovenlip even in de drank. "In het begin van de vorige winter werd hij opeens heel erg ziek. Weer een longontsteking zeiden ze eerst, maar het was zichtbaar erger dan de keren ervoor.

Hij had het veel benauwder. De medicijnen die ze hem gaven, leken helemaal niks uit te halen. In nog geen drie weken tijd viel hij ruim vijf kilo af. Het was geen gezicht".

Ik kan me er geen beeld bij vormen, omdat ik niet weet hoe hij er oorspronkelijk uitzag. Hoewel veel dames meestal een mapje foto's bij zich hebben in hun tas, had Helen me nog niets laten zien. Geen trouwfoto met haar in een mooie jurk of plaatjes van de kinderen.

Ik ken Hans niet, heb hem nooit ontmoet.

"Zomaar opeens terwijl hij net weer een beetje begon aan te komen".

Ze neemt nu een flinke teug, kijkt even naar de drank die in haar glas over is gebleven en drink daarna het restje op.

"Dat ongezonde, de grauwe waas die hij de laatste keer opgelopen had, was net aan het wegtrekken. Natuurlijk had hij nog niet in de zon gezeten, het was toen uiteindelijk winter, maar hij begon toch weer een beetje een kleur te krijgen. Veel patiënten krijgen ook van die vlekken en wondjes in hun gezicht, maar daarvan had Hans nog helemaal geen last. Pas nadat hij opnieuw was opgenomen, zette dat door".

Haar glaasje is leeg, ze staart ernaar. Ik stel voor er nog een te bestellen, overweeg er zelf ook een te nemen.

"Ik dacht eerst dat het door de verandering in zijn medicijnen kwam.

Maar dat was uitgesloten zeiden ze. Hij kreeg er later zalf voor, tegen de jeuk. Die was echt vreselijk.

Ook als wij op bezoek waren bleef hij zich vaak eindeloos krabbelen. Hij kon dan de hele tijd onrustig in zijn bed liggen te draaien. Arie wilde hem toen opeens geen kusje meer geven als we weggingen na het bezoekuur.

Ze was vies van haar eigen vader en liet dat ook duidelijk merken".

Ze blijft over mijn schouder even kijken naar het personeel. Achter mij staan ze voor mij uitsluitend hoorbaar, te rommelen met glazen en bestek.

"Dat doen kinderen natuurlijk gewoon, maar zij was toen net zes jaar. Ze had ontzag voor haar vader moeten hebben. Hem onvoorwaardelijk moeten vertrouwen. Zoiets als een mengeling van God, Onze Lieve Heer en Sinterklaas. Zoals in dat liedje".

Maar het lied dateert kennelijk uit de tijd waarin ik in de VS zat. Ik ken het niet, begrijp niet welke ze bedoelt. Haar er nu uitgebreid naar vragen voert te ver. De informatie doet er niet toe, ik begrijp zo ook wel dat er een liedje moet zijn over vaders en dochters. Ik ken eigenlijk alleen die van die mooie Pinksterdag.

"Arie wilde soms ook niet meer mee naar het ziekenhuis en Bea was sowieso te klein natuurlijk.

Ze wilde dan opeens liever bij de oppas blijven. Hing ze een flauw smoesje op over iets dat ze op de tv wilde zien. Terwijl ze daar voor zijn opname eigenlijk nooit iets om gegeven heeft".

Ik maak uit de toon van haar opmerking op dat ze hun dochters zoveel mogelijk zonder tv hebben opgevoed. Dat ze ze er niet verslaafd aan hebben gemaakt. Ik hoop in ieder geval beduidend minder dan ik in de Verenigde Staten meegemaakt heb bij de kindertjes van mijn nicht of de buren. Daar stond zo'n apparaat meestal de hele dag door te blèren. Later zelfs meerdere tegelijk toen er naast die in de huiskamer, ook in de keuken en slaapkamers een was neergezet. We willen niet nog een kopje koffie, of een likeurtje en besluiten om af te rekenen.

Het is al bijna kwart over tien. Het restaurant kan elk moment gaan sluiten. We zijn de laatste gasten. Tijdens onze vorige koffie is de zaak al helemaal leeggelopen. Na het afrekenen bij het credit card apparaat, als we naar de garderobe lopen, blijkt het personeel al grotendeels klaar te zijn met het indekken van de tafels. Alles staat al weer keurig klaar voor de volgende dag. Ook de tafel waar zij aan zaten. Ik vind het niet zo gastvrij staan, maar kan de haast begrijpen. Personeel wil altijd zo snel mogelijk naar huis. Het indekken is collegiaal bedoeld voor de ploeg die de volgende dag moet beginnen.

Naar de auto hoeven we maar een korte wandeling te maken. Ik heb 'm namelijk neergezet op het grote parkeer terrein aan het andere einde van de winkelstraat. Eenmaal buiten geeft ze me een arm. Ze zegt wat wankel te lopen op deze hakken en het komt dus persé niet door de drank inname dat ze een steuntje nodig heeft. We lachen er om.

Ik vraag me af wat korter is. Nu gelijk naar haar huis doorlopen of eerst, de andere kant op naar de parkeerplaats wandelen. Door het geldende eenrichtingverkeer is het een flink stuk omrijden voordat we bij haar huis zullen aankomen. Op de terugweg moet ik dan nogmaals helemaal om het centrum heenrijden voordat ik weer in mijn eigen buurt aankom. Mijn voorkeur gaat uit naar de wandeling richting haar huis. Weliswaar betekent het dat ik later weer helemaal terug moet lopen, maar het lijkt me een leuke wandeling. Ik zie er niet tegenop en stel het aan haar voor.

Allebei de kanten op is het een klein kwartiertje lopen, maar Helen heeft er al voor gekozen dat we met de auto gaan. Ze wil in stijl thuisgebracht worden en duwt me de winkelstraat in. Hoewel het nog zomer is waait er een frisse wind door de straat, maar het is droog en het ziet ernaar uit dat dit nog wel even zo zal blijven. Eenmaal op gang en ongestoord door verdere acties van restaurantpersoneel, gaat ze verder. "Toen Hans erg ziek werd, kwam er steeds minder bezoek.

In het begin was het namelijk echt een komen en gaan. Alle vrienden en kennissen kwamen. Ik kon het dan meestal zo inkleden dat er vrijwel ieder bezoekuur iemand bij hem langs ging. Vaak volstond ik ermee om aan het einde even m'n kop om de deur te steken.

Maar het was soms gewoonweg te druk. Hoewel hij vrijwel altijd alleen op een kamer lag, moesten ze toch op de gang wachten om bij zijn bed te kunnen komen".

Omdat de wind van achteren komt, kunnen we flink doorstappen.

"Oud collega's die even op verlof waren in Nederland kwamen altijd even bij hem kijken. Er waren Engelse en Amerikaanse vrienden die soms speciaal de omweg via Nederland maakten om hem even te kunnen zien".

We moeten om een kuil in de stoep heen, ernaast ligt nog een slordige hoop stenen. Om niet te struikelen verstevigt ze haar grip op m'n arm. We gaan vanwege de modder even op de straat lopen.

"Maar alle mensen bleven een voor een weg.

Ik vond het weleens gênant om alweer een smoesje op te moeten hangen teneinde de stilte te verklaren. Hans wist namelijk verdomde goed wanneer er iemand langs had kunnen komen of in de buurt was.

Ook toen hij ziek was, is hij altijd erg betrokken gebleven bij zijn werk".

Kennelijk wil ze me duidelijk maken dat Hans populair geweest is en dat hij heel veel vrienden en relaties had. Ik neem van haar aan dat hij heel veel 'commitment' moet hebben getoond.

"Toen hij jarig was hebben we dat nog geprobeerd te vieren.

Min of meer dan.

Hij lag toen al een tijdlang alleen op een kamer en er was geen bezwaar tegen dat hij ook buiten het bezoekuur, eens iemand op zijn kamer had".

Ze heeft zich met allebei haar handen aan mijn arm vastgeklampt toen we op straat liepen, maar die stevige grip is niet meer verslapt. Ook niet nadat we eenmaal terug op het trottoir zijn gestapt. Ze loopt inderdaad wat onvast op deze hakken, al telt het ook dat het plaveisel hier en daar tamelijk onregelmatig is teruggelegd. We moeten soms echt steun zoeken aan elkaar om niet te struikelen en er voorzichtig onze voeten neerzetten.

"Dat was overigens wel heel gezellig hoor. Soms kon ik zomaar de hele avond bij hem blijven. Ik plande dan dat er een oppas was voor de meiden. We konden dan bijvoorbeeld samen een film kijken op de tv.

Die hing boven zijn voeteneinde. Dan hadden we even heel knus met alleen ons tweeën een avondje voor onszelf.

We deden het hoofdeind omhoog en konden samen naast elkaar zitten".

Ze laat me met een kneepje in mijn arm weten dat ze tussen de winkels door wil blijven lopen. Dat we niet de kortere weg langs het water nemen. Ik stel me voor dat zowel Helen als Hans geweten moeten hebben dat een bezoekje aan de bioscoop er op dat moment niet meer in zat.

"Op de avond van zijn verjaardag kwam er bijna niemand. Het werd dus niet het feestje, zoals ik me dat had voorgenomen. Hans moet toen al geweten hebben dat het zijn laatste kon zijn. Maar hij begreep niet dat niemand hem nog wilde zien. Desondanks misschien".

Ze houdt even stil voor een etalage. Het is er donker. Met moeite kunnen we onderscheiden dat het een mode winkeltje betreft. In de reflectie van het glas merk ik dat ze naar me kijkt. Alsof ze even wil controleren of ik nog wel luister. Ik voel me betrapt want ik heb inderdaad geprobeerd om naar de uitgestalde handel te kijken.

"We hadden de situatie overigens nog met niemand besproken, maar begrepen dat het een aflopende zaak aan het worden was.

Maar Hans wilde er niet aan. Nog niet, hij hoopte erop dat de medicijnen hem meer tijd zouden geven".

Met een klein duwtje, meer een por in mijn zij met de hand die ze aan mijn arm houdt, geeft ze aan verder te willen lopen. Ze slaakt een diepe zucht. Ik probeer haar aan te kijken, maar het is er te donker voor om te kunnen zien hoe haar blik staat. Het wordt me niet duidelijk of ze hijgt van het snelle lopen of dat het door emoties komt.

Met nog een zucht gaat ze verder. "Ik had een paar flessen wijn meegenomen en thuis wat hartige hapjes klaargemaakt.

Je kent het wel, toastjes met salade, filet, paté of gewoon leverpastei.

246

Stukjes worst en blokjes kaas met een zilveruitje erop of een plakje ham ingerold met een augurk op een schaaltje".

In het licht van een volgende etalage kijkt ze even naar me op. Haar blik staat tamelijk neutraal, dus waarschijnlijk is ze inderdaad een beetje buiten adem. We moeten maar wat minder snel doorlopen.

"En dan natuurlijk wat Franse kaasjes en plakjes stokbrood. Voor de zekerheid. Maar ja, mensen zijn bang voor besmetting. Er hangt een enorm vooroordeel over natuurlijk. Al moet ik toegeven dat Hans er intussen ook niet echt appetijtelijk meer uitzag".

Ik kan mezelf ervan weerhouden haar naar verdere details te vragen, hoef het eigenlijk niet te weten. Het lijkt me respectloos en er niet toe doen. Hans was ziek en de ziekte zelf doet er niet toe. Al heb ik wel een idee in welke richting ik moet denken. In mijn vorige woonplaats, in de hele VS eigenlijk, werd vaak erg zenuwachtig gedaan over AIDS. De symptomen die ze me beschreven heeft komen grotendeels overeen met wat ik er daar over gezien, gelezen en gehoord heb. Of men dat nou wilde of niet, we werden er in de media genoeg mee geconfronteerd om het beeld hier en nu in te kunnen passen.

Vlak bij de hoek aan het einde van de winkelstraat staat ze weer even stil voor een etalage. Dit keer om er echt even in te kijken. Het biedt ons de gelegenheid om 'even op adem te komen'. Langs de rest van de route naar het parkeerterrein zegt ze niets meer. Het verhaal is blijkbaar verteld.

Aangekomen bij mijn auto hebben we er inderdaad iets meer dan twintig minuten over gedaan om de weg tussen het restaurantje en hier af te leggen. Inclusief het afrekenen bij het loket naast de slagboom en het zoeken naar het bonnetje en de sleuteltjes.

Helen heeft nog nooit in een Porsche gezeten. Ze wil dus precies weten waar alle knoppen, controle lampjes en schakelaars voor dienen en merkt op dat er een stuk meer in zitten dan in haar 'midden klassertje'. Geduldig leg ik het haar uit. Dit is uiteindelijk alweer mijn derde en voor mij is de nieuwigheid er dus al vanaf. "Jammer dat het geen cabrio is".

Ik vind het een beetje zelfingenomen staan om haar nu te vertellen van de prachtige sportauto's die ik in de Verenigde Staten allemaal gereden en bezeten heb.

"Lijkt me inderdaad leuk. Net als Lucy Jordan met de wind in je haar door de avondzon rijden.

Al is die nu al grotendeels onder gegaan".

Met een brede grijns zit ze in mijn richting te kijken.

247

Ik weet niet of ze het over een bekende van haar heeft. Al ken ik het liedje van Marianne Faithfull wel, het is me even ontschoten dat dat de naam van de persoon uit die ballade is, maar plotseling valt bij mij de munt.

"Je hebt gelijk".

Ik glimlach terug en start de motor. Hoewel ook op een soort wad in de rivier ontstaan, is Leiden geen Parijs en de Rijn niet de Seine. Alleen dat van die leeftijd zou ongeveer kunnen kloppen. Ter compensatie van het dichte dak doe ik, als de motor eenmaal goed loopt, de raampjes helemaal open. Het zal de wind vrij spel geven om door haar haren te blazen.

We gaan een stukje over de rondweg. Het is natuurlijk niet de kortste route naar haar huis, maar zo kan ik Helen wat langer laten genieten van het ritje. Ik geniet er zelf ook van om samen met haar in de auto te zitten. Het is leuk om op te merken hoe ze zich zo duidelijk op haar gemak in het kuipstoeltje naast me genesteld heeft. De zetel past haar goed. Nog even snel een stukje over de snelweg scheuren, lijkt me iets te ver gaan.

"Ik was natuurlijk nog erg jong toen we aan ons avontuur begonnen. En ik kwam daar tussen allerlei vrouwen terecht die al jaren achter hun man aan trokken. Ze volgden zogenaamd lijdzaam de carrière van hun partner maar lieten het zich intussen wel lekker aanleunen.

Daar moest ik erg aan wennen.

De luxe die je bij gelegenheid over jezelf kon afroepen, was in het begin nogal overweldigend. Het werd me soms weleens te veel.

Dan verbaasde ik me erover dat de dames niet echt leken te genieten van de weelde. Klaarblijkelijk vonden ze het allemaal heel normaal.

Sommige vrouwen konden zo blasé doen. Soms.

Ik was natuurlijk nog erg naïef".

Hoewel we helemaal niet snel gaan, moet ze hard spreken om boven het geraas van de rijwind uit te komen. Het levert telkens een korte pauze op tussen haar opmerkingen. Het maakt dat ze dan even op adem kan komen, haar gedachten ordenen. Ik wijs haar de knopjes op het middenconsole. Als ze wil kan ze er de raampjes dicht mee doen, maar dan is haar balladegevoel dus weg..

"Hans was helemaal niet bezig met carrière maken. Lekker streberig doen en dergelijke. Zoals veel van die andere kerels op zijn werk dat deden.

Hij wilde gewoon zijn studie in de praktijk brengen. Toen we er net kwamen wilde hij zich alleen maar nuttig maken.

Praktisch bezig zijn en verder niks eigenlijk, dat was genoeg".

Ik stel me voor dat het leven zoals zij mij beschreven heeft ook voor hem tamelijk nieuw moet zijn geweest.

Dat hij misschien ook wel naïef is geweest. Het zijn haar eigen woorden, ik herhaal ze alleen.

"Nou ja, uiteindelijk had hij er meer dan acht jaar voor aan de Universiteit gezeten. Hij wilde eenmaal klaar, er ook iets mee gaan doen.

Dat zul je intussen wel begrepen hebben".

Ze kijkt weer even opzij, glimlacht vriendelijk. Mijn reactie had ik ertussen geworpen en terwijl ik 'm uitsprak had ik er spijt van, maar ze vat het sportief op. Ze is er niet door aangeslagen. We wisselen een korte blik van verstandhouding. Ik herken mijn vriendin van vroeger. Zoals ze hier naast me zit, is er dezelfde manier van kijken, de licht ironische, enigszins verbaasde blik van de Helen die ik bijna was vergeten.

Voor de deur van haar huis aangekomen geeft ze me een vlugge zoen op mijn wang. Ze moet er half voor over het middenconsole heen klauteren, maar eerst krijgt ze de veiligheidsgordel niet los. Ik moet haar wijzen waar de knop zit.

"Je bent altijd welkom, maar ik kan je nu niet binnen vragen".

Ik stap snel uit om om de auto heen te lopen. Ik wil haar helpen bij het uitstappen. Instappen in een sportwagen gaat meestal wel, maar voor een beetje elegant tevoorschijn komen is dit soort auto's toch te laag. Vooral als er, zoals in deze, ook nog eens kuipstoelen gemonteerd zijn. Daar zit je feitelijk helemaal vast in opgesloten, dat is tenminste de bedoeling.

Ik bied haar nogmaals mijn arm aan om haar naar het hek en de voordeur te begeleiden. Dat ze wat onzeker op haar benen staat kan ik begrijpen. Ze heeft het meeste van de wijn opgedronken. Het waren kleine flesjes dat wel, maar daarna is er ook nog dat likeurtje achteraan gegaan en het ritje in de auto heeft haar misschien ook wat draaierig gemaakt. Ik voel me niet bezwaard, de drank heeft haar helpen ontspannen. De spanning die er onmiskenbaar rond onze reünie hing is erdoor gebroken.

We blijven staan bij het hekje van haar voortuin. Even, heel kort kijkt ze me aan, aarzelend alsof ze iets tegen me wil zeggen.

Toen we stil stonden omdat ze het hekje open moest maken, heb ik even mijn hand op haar schouder gelegd. Ik voelde hoe ze 'm heel kort heeft opgehaald. Alsof ze zich wilde verontschuldigen, het leek me een soort van huivering. Ik besluit dat nog een kort kneepje en die vluchtige zoen op mijn wang eerder in de auto, voor het moment moeten voldoen.

"Jammer, een volgende keer misschien".

Na nog een vlugge kus op mijn voorhoofd, loopt ze snel door het hek het paadje naar haar voordeur op. Door haar hoge hakken kon ze er gemakkelijk bij. Ze hoefde alleen maar even op haar tenen te gaan staan.

Iets voorover leunen doet ze altijd al, dus het kostte haar geen extra moeite. Als ze op platte schoenen zou lopen, zijn we vrijwel even lang.

Ik ben bij het hekje blijven staan, die paar meter naar haar deur kan ze best alleen af. Zonder struikelen komt ze er inderdaad aan. Direct steekt ze haar sleutel in het slot en draait zich daarna half om, zwaait nog even kort en gaat snel naar binnen.

Ook nadat ik weer op mijn stoeltje ben geklauterd en me vast heb gesnoerd, heeft ze in huis nog geen licht aangedaan. Na nog heel even wachten, start ik de motor en rijd weg. Bang dat het lawaai de buren wakker zal maken, wil ik zo kort mogelijk blijven staan en niet wachten tot er wel licht is. Ik trek de conclusie dat ze gelijk naar de wc. of haar slaapkamer is doorgelopen. Die ligt vast en zeker ergens aan de achterkant van het huis en niet waar ik het vanaf de straat kan zien.

Pas later realiseer ik me dat ze vanzelfsprekend de oppas niet wakker heeft willen maken. Wellicht is ze nog even op de kinderkamer gaan kijken, maar in het donker om niemand tijdens z'n slaap te storen.

Ik heb voor mezelf, gelijk toen ik binnenkwam na het parkeren van de auto, een glas whisky ingeschonken. Mijn colbertje mocht voor even over een eetkamer stoel, opruimen in de klerenkast komt later wel. Ik was toe aan een borrel. Eerst de ijsblokjes in de keuken in een glas en dan in de huiskamer de drank erbij. Het tinkelende geluid van de eerste scheut over de ijsblokjes, dan het geluid van de scheurtjes die er in ontstaan, maken telkens dat ik me thuis voel komen. Het ritueel ontspant me.

Ik kan me niet zo goed concentreren, voel me wat gejaagd. De afgelopen avond moet ik even op me laten inwerken. Uit alle verhalen die Helen me onder het eten heeft verteld, probeer ik voor mezelf een beeld te destilleren van de situatie waarin zij en haar man in het Midden Oosten verkeerd hebben. Ik ben overdonderd.

De door haar terloops gemaakte opmerkingen en vooral de vaak gepufte toevoegingen die ze er dan ter illustratie bij maakte, hebben veel voor me duidelijk gemaakt. Ik kan me daarom voorstellen hoe haar man tijdens zijn geïsoleerde werkzaamheden op de platforms wel eens last moet hebben gehad van eenzaamheid. In ieder geval is het me uit haar anekdotes duidelijk geworden dat er veel van zijn collega's waren die daar heel veel last van ondervonden. Dus waarom Hans niet?

Om het makkelijker te maken, probeer ik het te vergelijken met de situatie gedurende m'n verblijf in Antwerpen. Hoewel de afscherming door de Arabieren en de kennelijk eindeloze verveling die er rondom zijn verblijf gehangen moeten hebben, de vergelijking compliceren. Om het een beetje te kunnen begrijpen kan ik me echter niet veel anders voor de geest halen. Daarvoor mis ik een beter bruikbare ervaring. Op de bank heb ik gepoogd een stukje van de krant te lezen. Ik wou mijn geest verzetten en aan iets anders dan het verhaal van Helen denken. De whisky moet me helpen om wat te ontspannen, maar de vele indrukken die ik die avond heb opgedaan vergen meer dan goed voor me is.

Net nadat ik eindelijk op mijn gemak zit, gaat de telefoon. Ik word door een zakelijke kennis van me opgebeld. Voor hem is het nog middag, maar toen ik na ons gesprek naar bed wilde gaan, was het op de wekker intussen kwart over twee. Het vervelende tijdverschil maakt wel vaker dat ik pas heel laat aan slapen toekom. Om de aantekeningen die ik tijdens het gesprek van zoeven heb zitten maken, op te bergen loop ik naar mijn kantoor. De volgende dag moet ik er nog wat gegevens bij zoeken zodat ik verder op zijn vragen en opmerkingen in kan gaan. Als ik er even voor achter mijn bureau ga zitten, blijkt Helen op de antwoord machine een bericht achtergelaten te hebben. Ze zegt er in dat ze het erg gezellig heeft gevonden en vraagt of ik haar even wil opbellen als ik thuiskom.

Nadrukkelijk heeft ze haar verzoek nog eens herhaald, voordat ze de verbinding verbroken heeft. Ik begrijp dat ze op mijn telefoontje zal blijven wachten, naar voor zoiets is het intussen te laat. Ik neem me voor om haar meteen in de ochtend op te bellen. Dan kan ik uitleggen waarom ik niet op haar verzoek in heb kunnen gaan. Als eerste in de morgen zal ik het doen. Nog onder het tanden poetsen neem ik me voor om haar eerst een uurtje uitslapen te gunnen. Later zie ik in dat het daar, met kleine kinderen in huis, waarschijnlijk niet van zal komen.

Hoewel ik dus alweer opgeslokt word door zakelijk beslommeringen, kan ik ons etentje van die avond niet loslaten. Ik wil me kunnen inleven, me voorstellen hoe het er in het Midden Oosten aan toeging. Door een gebrek aan overeenkomstige ervaringen rond verwijdering en onbereikbaarheid, kan ik me helaas alleen mijn eigene ervaringen voor de geest halen. Door haar beeldende verhalen is Helen echter te veel voor me tot leven gekomen. Ik ben in haar omstandigheden geïnteresseerd geraakt en kan alle impressies niet meer loslaten. Alles moet op een rijtje gezet en mag niet losgelaten worden. Ik blijf in bed nog een poosje liggen piekeren.

Klaarblijkelijk werden de technici op de 'plants' en 'rigs' blootgesteld aan allerlei soorten verleidingen. Zo duidelijk kwam dat wel uit de verhalen van Helen naar voren en Hans had daar kennelijk open en eerlijk met haar over gesproken. Misschien was hij er zelf net zo goed verbaasd over geweest. Zeker in het begin, stel ik me voor, toen hij er nog min of meer als student en slechts aan dat leventje gewend, was gaan werken.

Ik kan me niet voorstellen dat Helen mij daar tijdens ons dinertje eerder op de avond, het een en ander over op de mouw heeft willen spelden. Het is voor mij vast komen te staan dat er, zeker op de offshore plekken een 'macho cultuur' geheerst moet hebben. Dat was ik tijdens het varen en het werken in de haven immers niet anders gewend. Ik kan die manier van met elkaar omgaan alleen vergelijken met hoe ik daar zelf indertijd mee geconfronteerd werd. Ik was weliswaar een stukje jonger dan hij toen het mij overkwam, maar vooral tijdens het meer dan halve jaar dat ik heb gevaren, heb ik het nodige te verduren gehad.

Onder mijn omstandigheden zaten we eveneens met alleen maar mannen op elkaar gepakt in een beperkte ruimte. Zelfs al was ons schip dan iets meer dan bijna 70 meter, veel leefruimte was er voor de bemanning in verband met alle eisen rond de productie niet uitgespaard.

De geile praatjes in de messroom waren, vooral vlak na een verblijf aan de wal hoe kort danook, niet van de lucht. Regelmatig had ik er versteld van gestaan hoe er onderling over, zeker voor mij nog, precaire zaken gesproken werd. Seksueel expliciet getinte uitlatingen waren niet van de lucht. Daar was ik niet op voorbereid. Ik kwam toen net van school en vriendinnetjes waren uitsluitend om ermee te lopen. Heel voorzichtig eens met mijn hand onder een truitje glijden was tot dan aan toe mijn enige 'avontuur' geweest op het erotische vlak. Zoals die kerels echter over het omgaan en behandelen van vrouwen konden spreken, leek het nog het meeste op een vleesmarkt. "Heb jij een vriendin"?

We stonden aan de reling op het achterschip. Het was uitgelopen op een vroege afvaart in verband met wat moeilijkheden tijdens het lossen de vorige middag. Ik stond samen met de bootsman in het zog te staren. Moe en met een katterig gevoel omdat het de vorige avond weer eens veel te laat voor een gezonde nachtrust was geworden. We hadden in een kroegje wat zitten drinken. Eerst na het eten een kop koffie, maar uiteindelijk zaten we om halfacht al aan ons eerste bier. Ik had het op mijn horloge gecontroleerd en wist ook dat ik niet voldoende geld op zak had om een taxi te laten komen. Alsof het vanzelfsprekend was werden er iedere keer verse, volle, vreselijk grote, Duitse glazen voor ons neergezet.

Een rondje voor allemaal en omdat de anderen wachtten tot ook ik mijn glas leeg had, was ik verplicht om in hun tempo mee te drinken. Hoewel we om bij elven, dus 'op tijd' weer met de taxi naar het schip waren gegaan, had ik dus weer erg veel gedronken. Mijn collega's gingen in de messroom verder met zuipen, maar ik vond met moeite mijn hut en ben daar met mijn kleren nog aan, als een blok in slaap gevallen.

De bootsman was naast me komen staan toen ik nog een beetje suf en moe van het vroege werk over de reling was gaan leunen. Ik stond ervan te genieten hoe Hamburg langzaam in de ochtendmist verdween. Daar was ergens de plek waar de Beatles hun carrière waren begonnen. Als ventjes waren ze toen nog jonger dan ikzelf op dat moment was.

In alle eerlijkheid moest ik hem antwoorden dat ik, toen ik nog op school zat weleens verkering had gehad, maar dat ik momenteel alweer een poosje vrijgezel was. Hij liet me niet uitspreken. "Had ze een beetje een goed inkomen"?

Verbaasd keek in naar de man naast me. Onze boots moest een jaar of vijftig zijn en ik had toch werkelijk van hem verwacht dat hij wist dat er bij scholieren niet echt sprake was van geld verdienden. Laat staan zoveel dat je kon spreken van een heleboel. Naar ik me herinnerde had hij wel eens over zijn eigen dochter verteld. Die moest ongeveer van mijn leeftijd zijn of misschien een paar jaar ouder. Maar hij was onmiskenbaar van mijn vaders' leeftijd.

"Of moest je heel erg duwen?

Was ze erg nauw"?

Ik zag de grap van zijn opmerking niet in en deed er het zwijgen toe.

Als mannen onder elkaar spreken over vrouwen, worden die meestal heel stoer als 'wijven' of met nog grovere benamingen aangeduid. Mijn toenmalige collega's lieten zich daarin zeker niet onbetuigd. Zelfs als ze over hun geliefden of echtgenotes spraken werd er niet op hun woordkeus gelet. Meestal waren de toevoegingen over bijvoorbeeld de grootte van borsten, dan vanzelfsprekend als 'tieten' omschreven, heupen, billen of andere lichamelijke kenmerken verre van kies. Waartoe vrouwen in staat werden geacht of kennelijk zelfs in staat waren, overtrof mijn stoutste voorstellingsvermogen. Op de jongeling die ik eigenlijk nog was, kwamen de beschrijving vaak over als misvormingen en de aangehaalde manier van omgang leek me regelmatig nogal ingewikkeld.

Het wekte vanzelfsprekend de lachlust op als ik vervolgens mijn verbazing aan mijn maten liet blijken. Ik kon me namelijk meestal niet voorstellen dat er echt personen met zulke uitzonderlijke kenmerken bestonden. Zelfs niet in de buurten bij de havens waar hun verhalen zich vaak afspeelden. Deze speciale buurten lagen, hoewel ik op de hoogte was van de exacte locaties, op plekken van de stad waar ik vanzelfsprekend nooit kwam. Laat staan dat ik er ooit geweest was.

Ook niet in Antwerpen waar ik er blijkbaar maar een paar straten vandaan bleek te wonen. Alleen al vanwege mijn leeftijd werd ik natuurlijk nooit meegevraagd als de heren er na het lossen in Hamburg heen gingen.

Ik was er in het gesprekje met de bootsman weer eens ingevlogen, maar voelde me niet bezwaard. Ik had eigenlijk voornamelijk medelijden met het beperkte voorstellingsvermogen van dat soort kerels. Al had ik het van deze baas eigenlijk niet verwacht of dus aan zien komen.

Verwijzingen naar geslachtsdelen en de geslachtsdaad in het bijzonder leken vrijwel onbeperkt. Vooral als een van de mannen door had dat ik niets van hun uitlatingen begreep, leidde dat steevast tot grote hilariteit. Ik was toen waarschijnlijk net zo naïef als Helen in de auto over zichzelf verzucht had. Al wist ik niet of zij uitbundig deel had genomen aan het studentenleven, mijn eigen ervaring was in die tijd tamelijk beperkt.

Ik had begrepen dat veel van haar lotgenoten slechts tijdelijk in of op de compounds aanwezig waren. Dat de dames dan weer voor een korte of soms langere tijd naar hun eigen land vertrokken. Die hadden daar dan beslommeringen rond de kinderen en familie. Naar ik ook begreep waren de dames er voornamelijk voor het verrichten van hand en spandiensten voor de heren ingenieurs en academici. Helen had uiteindelijk niet verteld dat ze er ooit een eigen taak te vervullen had gehad.

Omdat ze nog geen kinderen hadden, was Hans in een bevoorrechte positie geweest, Helen had daardoor immers nooit een reden gehad om ook voor een korte of langere tijd te vertrekken. Dat dit ook financieel aantrekkelijker voor ze was, leek me duidelijk. Ze had trouwens laten doorschemeren dat vreemdgaan op de compounds niet zo heel erg vreemd gevonden werd. Afgaande op haar verhalen, was Helen een van de weinigen geweest die al die jaren haar echtgenoot trouw gevolgd had en in zijn nabijheid was gebleven. In een kamp of incidenteel een hotel. Ze had altijd bij Hans in de buurt willen blijven. Of dat een kwestie van vertrouwen, misschien juist een gebrek daaraan, of alleen haar naïviteit en gebrek aan afleiding was geweest, kon ik me niet voorstellen.

Mijn eigen situatie was altijd heel anders geweest. Ik kon me de beproevingen die haar en haar man ten deel waren gevallen, dus niet zo heel goed voorstellen. Los van mijn eigen terughoudendheid en vluchtgedrag was ik nooit het slachtoffer geweest van bewaking of gegluur. Daardoor was er ook ooit sprake van zogenaamde sociale druk. Daarvoor was ik nog te jong en niet opgenomen in de groep. Ik was altijd een buitenstaander gebleven eigenlijk en daarom, of ik dat nou wilde of niet, ben ik nooit ergens 'bij' opgenomen.

Wellicht had Hans niet onder kunnen doen voor zijn oudere en meer ervaren collega's. Hoewel het waarschijnlijk was dat in zijn geval het leeftijdsverschil kleiner was, dan waar we bij mij over moesten spreken.

Ik ben aan boord altijd het jongste maatje gebleven. Dan ben je min of meer de voetveeg en door die positie had ik me aan allerlei verplichtingen kunnen onttrekken. Ik ben daardoor nooit actief bij mannenzaken, zoals die aan boord voorvielen betrokken geweest. Ik heb nooit hoeven vechten om mijn mannelijkheid te bewijzen, noch ben ik er mee lastig gevallen. Kennelijk moet Hans een keer bezweken zijn voor de verleidingen van het Midden Oosten. Ik stel me voor dat dat is geweest toen Helen hier in Nederland zwanger en wel, aan hun huisje in Delft werkte. Hoewel ik me realiseer dat dit een iets te romantisch gekleurde voorstelling zal zijn. Ze heeft tenslotte ook verteld dat hij nog regelmatig hiervandaan voor korte of langere tijd naar het Midden Oosten en of het hoofdkantoor in Londen, ook een havenstad uiteindelijk, is geweest.

Dus ook nadat ze zich hier al blijvend hadden gevestigd kan hij blootgesteld zijn aan allerlei verleidingen. De kwestie laat me niet los. Het roeren in mijn herinneringen aan mijn bij nader inzien niet helemaal tegengevallen periode in België, en het aanhalen van mijn betrokkenheid bij deze oude vriendin, maken dat ik niet in slaap kan komen. Omdat ik voorzie dat ik nog wel een poosje over de kwestie zal blijven door piekeren, loop ik naar beneden om nog een glas Whisky in te schenken. Deze keer met alleen een scheutje water.

Ik ga er als vanzelfsprekend van uit, dat hij daar de een of andere besmetting moet hebben opgelopen. Wat zijn kwaal is geweest heeft ze me weliswaar niet exact verteld, maar het lijkt me de enig plausibele verklaring. Dat ik uitga van het ergst mogelijke lijkt me even voor de hand liggend. Uiteindelijk is hij er toch aan bezweken?

En dat hij er erg onder geleden heeft, is me ook verteld. Ik heb Hans niet gekend, maar uit de verhalen van deze avond is hij bij mij toch als een sympathieke vent naar voren gekomen. Het lijkt me dat we, als hij nog geleefd zou hebben, goed met elkaar hadden kunnen opschieten. Hij de echtgenoot van mijn jeugdvriendin en ik als belangstellende huisvriend.

Het liefst zou ik willen weten hoe het allemaal in elkaar stak. Hoe ze het eerst daar, maar later ook hier in Nederland met elkaar samen hebben gehad. Naar ik begrepen heb zijn ze gelukkig geweest. Ik kan er door het gebrek aan informatie niet uitkomen, maar had het misschien toch wel van dichtbij willen meemaken. Niet om er een rol in te spelen, maar als getuige aan de zijlijn.

Nadat ik van de keuken weer op de slaapkamer terug ben gekomen, blijf ik nog op de rand van het bed zitten. Het glas heb ik, zo met allebei mijn voeten stevig op de grond, tamelijk snel leeg. Daarna heb ik 'm op het nachtkastje gezet en ben in bed gekropen. De drank zal me hopelijk snel in slaap laten vallen. Op de wekkerradio staat dat het half vier is, veel te laat voor een gezonde nachtrust dus het is de hoogste tijd om te gaan slapen. Ik moet ophouden met vragen te stellen of me voorstellingen te maken. Als ik meer van haar wil weten moeten we nog eens afspreken.

Helen heeft tijdens onze hernieuwde kennismaking meer bij me los gemaakt dan ik me er eerst bij heb kunnen of willen voorstellen.

De beelden zijn door mijn hoofd blijven spoken. De hele nacht zijn er herinneringen, vaak tot in de details die ik in de voorgaande jaren naarstig geprobeerd heb weg te stoppen, boven komen drijven. Ik kon er niet van in slaap komen, schrok telkens wakker als me weer een andere anekdote of voorval uit onze middelbare schooltijd, haar vader of het varen en Antwerpen te binnen schoot. Het was een erg onrustige nacht en ik blijk me dan ook vreselijk verslapen te hebben.

Pas om een paar minuten over half elf ben ik wakker geschrokken. Op dat moment leek het me niet meer gepast om haar, zoals ze me de vorige avond nadrukkelijk gevraagd had, op te bellen. Ondanks dus mijn voornemen om dit meteen na het opstaan te gaan doen. De tijd ervoor is me overigens meer niet vergund omdat ik een lunchafspraak heb met mijn advocaat in Haarlem, Ik moet me haasten om er op tijd aan te komen.

Na de lunch ben ik gelijk naar de bloemenstal aan het einde van de Witte Singel gereden en heb er een mooie bos laten samenstellen. Onder andere met witte en roze rozen, en een aantal eucalyptus takken heeft het meisje er een mooi boeket van gemaakt. Ze heeft er ook een aantal kleurige lintjes omheen gedaan. Vervolgens draaide ze er nog een groot vel cellofaan omheen. Intussen heb ik er op rand van de tafel een kaartje voor geschreven. Die kaartjes hangen aan een rekje op de toonbank. Ik heb een leuke uitgekozen. Eerst schreef ik: "Vond het gezellig, moeten we vaker doen". Meer niet. Het leek me in eerste instantie genoeg. Ik ging ervan uit dat zij wel zou begrijpen wat mijn bedoeling was, maar vlak voordat het meisje de ruiker af wilde sluiten door de bovenkant dicht te nieten, heb ik snel een nieuw kaartje gemaakt.

De laatste regel moest krachtiger. Ik veranderde mijn oorspronkelijke tekst door er "…, doen we nog eens" aan toe te voegen, dat leek me toepasselijker. Het extra kaartje is me niet berekend. Het meisje keek me

256

alleen even 'begrijpend' aan en heeft het afgekeurde exemplaar in de prullenbak gegooid. Ik zag dat ze het tersluiks las toen ze het met nog een paar extra linten aan het cellofaan vastmaakte. Toen ze ermee klaar was haalde ik mijn fiets van het slot. Het meisje liep met me mee en pas nadat ik opgestapt was, heeft ze me de bos aangereikt. Het was intussen een hele flinke geworden en haar assistentie was daarom niet overbodig. Ik had trouwens niet gerekend op zoveel begrip en gedienstigheid.

Nog geen kwartier later ben ik bij het huis van Helen aan komen fietsen. Er blijkt, ook nadat ik na een poosje wachten nog een tweede keer gebeld heb, niemand aanwezig. Na nog even dralen heb ik de bloemen tegen haar voordeur gezet. De bos heb ik met het kaartje naar de voorkant gedraaid zodat ze het meteen kan zien zitten. Terwijl ik ermee bezig was bleek er op de achterkant nog plaats genoeg om erbij te schrijven dat ik haar zou opbellen. Op mijn hurken krabbelde ik dat er nog even op. Haar nummer had ze gisteravond al ingesproken. Het berichtje is nog niet gewist.
Wat dieper in de bos stak ik mijn business kaartje erbij want plotseling, terwijl ik al weer naar mijn fiets terugliep, realiseerde ik me dat ik mijn naam er helemaal niet op had gezet. Niet eens de eerste letter van mijn voornaam. Ik kon er weliswaar van uit gaan dat ze niet elke dag een bloemenhulde tegen de deur aan zou treffen, maar wilde toch iedere twijfel voorkomen. Dat ik de bos ook bij een buurvrouw links of rechts van haar huis af had kunnen geven, kwam pas later bij me op.
Ik had haar vanzelfsprekend het liefste zelf even gesproken, al wist ik niet precies wat ik tegen haar zou moeten zeggen. Duizend excuses natuurlijk voor mijn nalatigheid, maar zou ik de moed hebben gehad om haar voor een vervolgafspraak uit te nodigen?
En wat als een van haar dochters de deur open had gemaakt?
Na nog een keer controleren of ik de bos zo kon laten staan ben ik op mijn fiets gestapt. Het is me niet duidelijk of ze haar eigen achternaam weer heeft aangenomen of die van Hans gebruikt. Die weet ik niet en er stond ook niets op de deur. Geen naambordje of een plakkertje bij de bel. Dat had in de gauwigheid zelf gezien. Hoe ik haar bij zo'n buurvrouw had moeten aanduiden is me dus, nu ik er over nadacht een raadsel. Alleen maar haar voornaam leek me niet voldoende. Ik zou niet geweten hebben wat ik daaraan vooraf had moeten laten gaan. Mocht ik haar een oude vriendin noemen?
Dan zou deze grote bos van zomaar 'die oude vriend die blijkbaar toevallig in de buurt was', een beetje 'overdone' zijn, lijkt me. Ik was dan

waarschijnlijk ook vergeten om nog iets aan mijn kaartje toe te voegen en dat had de verwarring er alleen maar groter op gemaakt. Ik mocht niet verwachten dat ze mijn handschrift na al die lange jaren nog zou herkennen. Onmiskenbaar schreef ik nog steeds even onduidelijk. Alleen al daardoor was er geen plaats meer over geweest om aan wat er al stond, veel toe te voegen.

Hoewel ik het tijdens het dralen nogmaals een keer geprobeerd heb, is na nog een laatste keer aanbellen de voordeur nog steeds niet opengegaan. Ik ben langs de kortste route die ik weet, weer terug naar huis gefietst.

Memories

Joop is samen met zijn kleindochters naar het dorp vertrokken om er bij de plaatselijke supermarkt inkopen te gaan doen. Na ampel beraad is er eerder vanmiddag besloten dat ik vanavond zal moeten koken. Hij heeft van mij dus een lijstje meegekregen met mijn noden, wensen en verlangens qua ingrediënten erop.

Omdat het langzamerhand steeds behaaglijker was geworden in het keukentje, konden na niet al te lange tijd de jassen uit. Joop is opgestaan om die van hemzelf uit te doen en daarna de jasjes van zijn kleindochters aan te pakken. Ik heb die van Helen en mij meegenomen en ben achter hem aangelopen naar de kapstok die in de hal bij de voordeur aan de muur zit. Zorgvuldig hangt hij ze een voor een aan de haakjes. "Ik heb gehoord dat jij tot voor kort in het buitenland hebt gewoond".

Zo ken ik hem weer. Vanmorgen bij de bushalte, later in het bos onder het lopen en zojuist tijdens de lunch heb ik al de indruk gekregen dat hij iets aan me wilde vragen. Zo nu en dan is hij even naast me komen lopen. Dan begon hij over koetjes en kalfjes te praten, maar ik merkte dat hem kennelijk iets op het hart lag. Zijn keuvelen was merkbaar een opmaat naar een vraag en die wist ik telkens flauw maar handig te ontwijken. Bijvoorbeeld door even wat sneller te gaan lopen om zijn kleindochter behulpzaam te zijn of zelf een nieuw, ander onderwerp dan waar we het zojuist over hadden, aan te snijden. Daarnet onder het eten heeft hij me opnieuw een aantal keren vragend aangekeken. Alsof hij op een opening zat te wachten om z'n vraag te kunnen stellen. Telkens is er iets tussen gekomen of kon ik het nogmaals ontwijken door over het eten te beginnen. Het heeft nu lang genoeg geduurd. "Dan heeft ze niet gejokt. Maar ik ben inderdaad sinds half april weer terug in Nederland".

Ik heb geen zin om hier even snel op mijn wederwaardigheden van de afgelopen jaren in te gaan en hoop dat deze informatie, hoe summier ook, voorlopig genoeg is. We kunnen er altijd later wat verder op ingaan. Misschien vanavond, bij dat goede glas wijn dat hij me beloofd heeft of een glaasje Port uit de fles in mijn rugzak.

"Heb je de afgelopen jaren onafgebroken in België gewoond? Of ben je er toen definitief naar toe verhuisd"? Ik geef hem een vertrouwelijk tikje op zijn schouder. Door een stapje terug te doen laat ik hem voorgaan terug naar het keukentje. "Nou ja als het definitief was dan stond ik hier niet".

Vanuit de deuropening klinken geluiden waar we naar toe terug moeten. Terwijl we erheen lopen, corrigeer ik hem. "Ik heb de afgelopen drieëntwintig jaar in Amerika gewoond. In een plaats vlakbij Boston. Dat ligt aan deze kant van Amerika".

Het laatste voeg ik er uit gewoonte aan toe, omdat het me de afgelopen maanden regelmatig is opgevallen dat veel mensen, als ik over mijn voormalige woonplaats vertel, er vanuit gaan dat alle plaatsen buiten New York en Washington in Californië liggen. Soms weet een gesprekspartner dat Chicago ergens in het midden van de VS ligt, maar dat is toch een uitzondering. Voor bijna alle Nederlanders ligt Amerika voornamelijk aan de Stille Oceaan. Op de bekende steden die aan deze kant van het land liggen en de staat Florida na dus. Het zal wel door al die tv-series komen die hier worden uitgezonden. Dat Boston aan deze kant van het land ligt voeg ik er dus uit gewoonte aan toe.

We gaan terug aan de keukentafel zitten. Helen kijkt me vragend aan.

Nog voordat ik goed en wel weer op mijn stoel zit vraagt ze. "Wat deed je daar dan, in Boston"?

Zo te zien heeft ze er op zitten wachten om me naar mijn geschiedenis te vragen. Waarschijnlijk voelt ze zich zekerder en beter opgewassen tegen mijn pantser, nu ze haar vader in de buurt heeft. Ik vertel dat ik er in een restaurant heb gewerkt, voeg eraan toe dat ik daar kok was. Het moet voldoen als informatie. Het heeft geen zin om hier uitgebreid mijn verhaal te doen, daar is nu geen tijd voor. Al hebben ze er natuurlijk wel recht op. Ik voel me hier bij hen thuis en opgenomen in hun kringetje.

De vragen overvallen me, ik vind het vervelend om in het middelpunt van de belangstelling te staan. Joop, Helen en ik moeten er maar eens onder wat aangenamere omstandigheden op terug komen, als we wat meer privé zijn. Ik heb het gevoel dat ik ze inderdaad wat uit te leggen heb, maar ik wil daar de tijd voor nemen. Op een moment dat er geschikt voor is.

Helen merkt mijn terughoudenheid op en brengt het gesprek op mijn bezigheden daar. Direct nadat ik ze verteld heb dat ik er kok ben geweest, hebben mijn reisgenoten gestemd. Besloten is dat ik vanavond het eten moet klaarmaken en hoewel ik me wel tegen de beslissing verzet, telt de tegenstem niet mee. De uitslag is hierdoor unaniem en bij acclamatie wordt dus vastgesteld dat ik mijn kook kunsten moet vertonen.

Mijn protest was trouwens vooral pro forma. Door de vriendelijkheid die ik vandaag heb ontvangen voel ik me te zeer vereerd. Het lijkt me dat ik die het beste kan beantwoorden door ze vanavond een mooie maaltijd voor te zetten. Bijkomend voordeel is dat ik alles "heus niet" helemaal alleen hoef te doen.

Arie en Bea hebben door rond de tafel rondjes te gaan lopen en in hun handjes te klappen, hun standpunt benadrukt. Luidkeels hebben ze gescandeerd dat ik vanavond moest gaan koken. Door er ritmisch bij te stampen hebben ze hun voorkeur nog duidelijker gemaakt. De optocht trok tussen opa en de aanrecht door, langs hun lege stoelen achter Helen en mij om. Waar ze plotseling de energie voor hun drukke actie vandaan haalden is me niet duidelijk. De wandeltocht van vanmorgen was toch lang en koud genoeg om ze minimaal uit te putten. Waarschijnlijk hebben de boterhammen die hun grootvader heeft gemaakt, ze weer helemaal opgepept. Overigens heeft hij ze wel opgestookt voor hun actie.

Door hun op deze manier uitgeoefende zachte dwang is me niets anders overgebleven dan een lijst te maken met alle benodigde kruidenierswaren er op. Alles wat me voor het echte diner, precies zoals me dat intussen voor ogen staat, benodigd lijkt. Vanzelfsprekend heb ik om de diverse mogelijkheden af te tasten, eerst even goed rondgekeken in het keukentje. De vereisten moesten zo kompleet mogelijk op het lijstje terecht komen tenslotte. Ik wil straks bij de bereiding niet blunderen vanwege missende ingrediënten of een gebrek aan potten, pannen en keukengerei. Ook de dames hebben hun voorkeuren mogen aangeven. Die wensen hebben Joop en ik verwerkt in de uiteindelijke lijst voor de boodschappen. De benodigde spullen is hij nu wandelend op en neer naar het dorp iets verderop, aan het halen.

Op mijn korte inspectie voordat ik het menu ging samenstellen leek er in de diverse kastjes het nodige aanwezig aan specerijen, kruiden en andere, bruikbare spullen. Zo stond er in de kast onder de trap een heel regiment aan pannen en keukenapparaten. Ik maakte eruit op dat de woning heel geschikt is om er ook permanent te verblijven. Het is dus niet uitsluitend een vakantiehuis. Ik had altijd al begrepen dat het zowel in de zomer, maar ook in de andere jaargetijden redelijk vertoeven was in het huisje, maar het valt me alleszins mee wat ik hier aantref en val eigenlijk van de ene verbazing in de andere. Ik had me er al een voorstelling bij gemaakt, maar moet deze steeds meer bijstellen.

Volgens zeggen lusten de meisjes alles, als ik het maar niet te scherp of uitgesproken bitter maak. Dat betekent geen witlof salade, al maken de partjes mandarijn deze toch een stuk milder en is het er de tijd van het jaar voor. In het reclameblaadje van de supermarkt stond dat de groente deze

261

week in de aanbieding zou zijn en hier in het dorp moet er een zijn van dat concern. Daarom had Helen de folder in haar bagage gestopt.

We zijn al overeen gekomen dat de meisjes me zullen helpen. Ze mogen straks slagroom kloppen, wellicht kunnen ze wat groenten klein snijden en in de pannen roeren als ik bezig ben. Met het juiste toezicht is het niet gevaarlijk en hebben ze daar, alledrie mee ingestemd. Zonder dat ik er echt op heb hoeven aandringen gingen ze akkoord en lachend van de voorpret hebben ze onder elkaar al een aantal taken verdeeld.

Als voorafje zal ik een heldere soep gaan maken, daar kan men geen buil aan vallen tenslotte. Iedereen moet die, zelfs in de meest eenvoudige keuken, kunnen bereiden. Daarom was het mijn eerste voorstel. Toen ik me even later wat meer heb kunnen verdiepen in de mogelijkheden, konden mijn plannen worden uitgebreid.

De voorkeur voor het hoofdgerecht is na grondig overleg uitgegaan naar een schotel van gebraden kip met kruiden en knoflook gebakken samen met krielaardappeltjes. Voor de bijgerechten heb ik het een en ander aan mijn verlanglijst kunnen toevoegen. Joop heeft beloofd dat hij daarnaar zal uitkijken en als extraatje op zoek gaat naar lekkere toetjes. "Niet te machtig maar wel smakelijk en gezond".

De kleintjes zullen erop toezien dat hij alleen verse spullen van de beste kwaliteit zal aanschaffen. Hoe Arie aan de termen komt is me nogmaals onduidelijk. Ik ga ervan uit dat ze er op school zo over spreken en sta wederom verbaasd over haar woordenschat en taalgebruik. De kleintjes mogen zelf ook het een en ander kiezen, maar opa heeft ze verteld dat deze supermarkt niet al te groot is en dus lang niet zo'n uitgebreid assortiment heeft als bij hun thuis in de stad en de folder.

Helen en ik zullen gedurende hun afwezigheid de bedden opmaken en de kleren in de kasten opruimen. Indien nodig zal ik nog wat kolen op het vuur in de kachel gooien en kan ik haar daarna een handje helpen in de slaapkamers. Indien mogelijk begin ik alvast met de voorbereidingen in het keukentje. Al zie ik in dat er nog weinig te doen zal zijn omdat de koelkast op een fles rosé en twee met witte wijn na, helemaal leeg is.

Helen heeft haar vader beloofd dat ze zal stofzuigen, er liggen volgens haar overal stofnesten. Hier en daar dwarrelen die inderdaad om onze voeten als we rondlopen. Qua organisatie lijkt het er op of dit team al jaren met elkaar om gaat. Alsof ik niet, vanmorgen nog, als vreemdeling tegenover hen stond. Nu stelt iedereen als vanzelfsprekend z'n taken voor. De harmonie overvalt me, maar past goed. Langzaamaan dringt het tot me door dat ik nog moet wennen aan Hollandse huiselijkheid.

262

Boven is er een stofzuiger aan het ronken. Het ding rammelt luidruchtig over de planken van de vloer. Het lawaai moet in de kamer vreselijk zijn dus ik blijf nog even beneden. Een gesprek of overleg voeren is toch onmogelijk. Ik weet niet wat ik meer kan doen dan nog eens een extra kolenkit vol scheppen. Dan staat die alvast klaar voor later vanavond of morgen vroeg. De kachel heb ik zojuist helemaal tot bovenin afgevuld en ook het vuur is wat getemperd. Ik weet natuurlijk niet hoeveel het ding verbruikt, maar voor zover ik het kan inschatten moeten we voorlopig met dit voorraadje vooruit kunnen. Ik ben begonnen met eerst een paar zakken van bruin, stevig papier leeg te gooien in de kolenkist. Die is er in de hoek tenslotte voor neergezet. Antraciet nr.2 staat er op de zakken gestempeld en er lag een hele stapel in de hoek van het stookhok klaar.

De kachel lijkt me overigens tamelijk oud. Het cv systeem dat er aan gekoppeld is, is ook niet al te nieuw natuurlijk maar het werkt allemaal nog goed want het is intussen ronduit behaaglijk in het huis. Misschien dateert de installatie wel van ver voor de oorlog, toen werden er nog oerdegelijke materialen gebruikt en was techniek er voor de eeuwigheid.

Onderweg naar beneden heb ik de kleine rugzakken, die van de meisjes, meegenomen. Helen ging ermee aan de slag en begon met het opmaken van de bedden in hun kamer. Het is het dezelfde waar we eerder samen naar de tuin hebben staan kijken en ze hebben er ieder een eigen bed. Het bovenste deel van het stapelbed kan dienen om de lege tassen en de meegenomen schone kleren op te leggen. Er is namelijk alleen maar een klein kastje in de hoek naast de deur. Daar is volgens Arie hooguit genoeg ruimte om er "een paar piepkleine meisjes onderbroeken en een stapeltje kinder t-shirts" in neer te leggen. Deze oplossing is dus het gemakkelijkst en kan voor de tijd die we hier doorbrengen voldoen. De meisjes kennen hier goed de weg, want ze hebben er vaker gelogeerd.

De taalvaardigheid van Arie vind ik fenomenaal. Haar ronduit parmantige manier om d'r zegje te doen heeft me vandaag al meerder keren verbaasd. Voor zover ik het kan vergelijken met wat ik eerder van meisjes van haar leeftijd heb meegemaakt, want die spraken dan Amerikaans.

Naast de kamer van de meisjes blijkt er verderop in het gangetje nog een andere ruimte aanwezig. Helen heeft er intussen een luik voor het raam opengedaan. Die had ze eerder vanwege de kou nog dicht gelaten, dus nu is de kamer niet langer meer in het duister verborgen. Het is er niet erg groot, maar er staat wel een tweepersoonsbed in. Ik stel me voor dat het de kamer van haar vader en moeder was als ze hier met het gezin hun vakanties doorbrachten. Helen bleek overigens verbaasd dat ik, nadat we

263

alleen in het huis achter waren gebleven en aan ons werk begonnen, mijn rugzak boven naast de deur in het halletje had laten staan. Ze sommeerde me kortaf om het ding alsnog te gaan halen. "Je komt toch hier op de kamer slapen, bij mij?

Of wil je liever bij mijn vader in bed"?

Ik was er inderdaad van uitgegaan dat ik ergens anders in het huis zou moeten slapen. Wellicht op een van de twee banken in de huiskamer. Het idee stamt van voordat ik begrepen had dat er naast de zitkamer nog een kamer zat, de werk tevens slaapkamer van Joop. Ik ben er eerst vanuit gegaan dat Helen bij haar dochters zou slapen en verbaas me nogmaals over de ruimte die er in het huis aanwezig blijkt. Minimaal die twee kamers beneden en naast het keukentje, de huiskamer en blijkbaar ruime badkamer op de bovenverdieping nog een andere kamer. Ik vraag me af of er meer verrassingen aan zitten te komen of mogelijk zijn.

Overigens leken die banken me groot genoeg om als slaapplek te kunnen dienen. Ik zou het dus geen probleem gevonden hebben om er op te moeten liggen en had er nog helemaal niet bij stil gestaan dat het anders zou zijn, alleen gezien dat een van de banken in de huiskamer, degene die tegen de muur aan staat, uitklapbaar is. Het zou al met al een mooi logeerbed voor me geweest zijn.

In de de zojuist verworven wijsheid ben ik dus nog een keer de trap op en neer gelopen. Beneden in de kamer heb ik mijn rugzak op de stoel in de hoek, naast de openslaande deuren gezet. Het bed stond er al, opgemaakt en wel, voor ons klaar. Helen heeft deze kamer blijkbaar zojuist als eerste in orde gemaakt. Waarschijnlijk toen ik nog samen met haar vader in de keuken bezig was met het samenstellen van de boodschappenlijst. Zowel de luiken van het bovenlicht als degenen die voor de deuren zaten, staan er tegen de wand. Het verklaart meteen waarom ik alleen die twee kleine rugzakken nog maar naast de mijne bovenaan de trap aantrof.

Het huis begint, nu ik er intussen een paar keer doorheen gelopen ben, contouren te krijgen. Langzamerhand groeit het inzicht in de indeling van de verdieping en de ligging van de kamers eronder. Aan drie kanten is het gebouw vrijwel helemaal dicht. De wanden bestaan uit grotendeels kaal, ruw metselwerk. De muur die over de volle breedte op de begane grond loopt, zit bijna helemaal verborgen in het zand van de heuvel. Daarom kunnen er aan die kant van de onderbouw vanzelfsprekend nergens ramen zitten. De gang loopt er langs de volle lengte van het gebouw en biedt toegang tot de kamertjes. Aan het einde is er een scherpe bocht naar links en daar zit de deur die via een soort halletje toegang geeft tot de tuin. Het is een van de alternatieve ingangen die de dames tijdens onze inbraak activiteit kenden. Maar die was toen door alle waterplassen in de tuin dus helaas onbereikbaar.

De lange gang maakt een flauwe bocht omdat het hele huis eigenlijk in een boog met het duin meeloopt. De overal tot boven borsthoogte met cement bepleisterde buitenmuur is er koud en heeft op een aantal plaatsen wit uitgeslagen plekken van vochtdoorslag. In het midden, waar erboven de huiskamer ligt en de deuren naar onze slaapkamers zitten, is het er wat breder. Het licht op de onderste verdieping komt door de ramen die boven de deuren naar de slaapkamers zitten of zoals toen we net aangekomen waren, van twee kale peertjes die er aan het plafond hangen.

De kamers zijn zowel via de gang als van buitenaf, vanuit de tuin door dubbele openstaande deuren, bereikbaar. Aan het einde links en aan de rechterkant van de onderbouw, dus aan de beide uiteinden van de gang en het berghok dat nog naast de stookketel half onder de trap blijkt te liggen, zit een kleine hal met elk een eigen toegangsdeur. Daar zitten geen luiken of bovenlichten overigens, er zijn alleen metalen spijlen voor de ruiten.

Voor de hele beneden verdieping steken de keuken en het woongedeelte van het huis een stukje uit tot in de tuin. Door het gebouw en de zandwal waarin deze zich dus grotendeels bevindt, wordt de tuin in min of meer een halve cirkel omsloten. Ik kan me er de noodzaak van voorstellen dat deze verdieping helemaal met luiken afgesloten wordt als er niemand aanwezig is. Het huis ligt tamelijk afgezonderd van de buitenwereld en enige extra bescherming tegen indringers lijkt me dus op zijn plaats. De beschutte ligging achter het duin, de struiken en de omhulling door het gebouw, het maakt van de tuin meer een patio.

De bovenverdieping loopt minder scherp in de rondte dan de kamers op de begane grond. De ruimtes hangen, omdat ze aan allebei de uiteinden zijn uitgebouwd tot boven de tuin, zowel aan de kant van het huis waar de hal en het keukentje zitten als aan de kant waar de werk-/slaapkamer van Joop moet zijn, een stukje uit tot boven het groen. Het zal er vanuit de verte uitzien als een soort vleugels. Aan beide kanten steken ze namelijk ongeveer een meter of anderhalf uit. De vloer van de overhang vormt het afdak boven de veranda die boven de openslaande deuren van de kamers beneden zit. Voor de deuren van de berging en het halletje beneden, is er samen met de steunmuur een soort portaaltje door ontstaan.

In tegenstelling tot de onderbouw, die vooral in de gang duidelijk in een bocht loopt is de bovenverdieping redelijk rechthoekig. Al heeft die dus aan beide uiteinden die twee kleine uitbouwen omdat de achtermuur van de benedenverdieping aan de kant van de tuin wat meer rechtdoor loopt dan aan de kant van het duin. Het maakt dat de beschutting van de tuin groter lijkt als je erop neerkijkt vanuit de huiskamer. Het kleine terras dat er middenin ligt, is betegeld en heeft een gemetselde afscheiding van de stroken beplanting erachter. Het water staat helemaal tot dat muurtje en reikt tot achteraan waar de afscheiding met de heide gevormd wordt door het aarden walletje dat ik vanuit de meisjeskamer zag.

Om de trap met de kooi naar de voordeur te dragen gaat de muur aan die kant van het huis een flink stuk verder de tuin in. Het geheel vormt op deze manier een goede van de weg afgeschermde toegang. Vooral dus omdat je eerst een trap op moet om jezelf een entre tot het eigenlijke interieur te kunnen verschaffen. Door de constructie is vanaf het zandpad niet precies te zien hoe groot het bouwwerk is. Het zit vrijwel geheel verscholen in het duin. Aan de kant van het pad en aan de korte zijde, heeft het gebouw alleen de gekooide deur als gat in de muur. Dat het onopgemerkt is gebleven gedurende de oorlog ligt dus voor de hand.

Het bijna platte, met zinken platen bedekte dak steekt aan de tuinzijde uit boven de ramen van de bovenverdieping. De goot vormt daar, via de twee uitbouwen aan de uiteinden, een gebogen lijn. Ik zag van beneden af hoe het er, zeker vanuit de tuin sierlijk uit moet zien. Aan de kant van de zandweg, vanuit het duin, groeien er bramenstruiken en klimop overheen. Tussen de bomen die langs het pad staan en het andere, omringende groen van het bos, valt het huis dus totaal niet op. Tenzij er in de werkkamer van Joop een venster is, zitten er voor zover ik het heb kunnen bekijken en los van de toegangsdeur, uitsluitend aan de kant waar de tuin en de veranda uitsparingen in de muren. Maar dat doet er niets aan af dat het huis vanaf de buitenkant niet als zodanig herkenbaar is.

De ramen van de huiskamer komen tot op de vloer en lopen schuin omhoog. De grote ruiten die al meteen bij de dakrand beginnen, geven vanaf een willekeurige plek in de ruimte, zowel op de tuin er gelijk onder als op het landschap erachter met de zandverstuivingen, de bomen en struiken, een prachtig wijds bijna panoramisch uitzicht. Het maakt het verblijf in de kamer niet alleen groots, maar het is er voornamelijk erg licht en open. De kamer steekt op het niveau van de vloer niet net zover uit de achtergevel als het plafond. De kamer van de meisjes heeft hierdoor niet dezelfde beschutting boven de veranda en het kleine terrasje er vlak naast, als die van ons. Door het stookhok, ligt hun kamer namelijk iets meer naar het midden van de onderste verdieping.

De veranda beslaat onder de overhang van de bovenverdieping de volle breedte van de binnenplaats. Daar achter ligt het echte terras. Het moet er bij mooi weer prettig zijn om er van de zon te genieten, maar nu regent het weer even hard als een paar uur geleden. Wie weet kunnen we het een dezer dagen nog eens proberen. Het terras ligt, afgaande op het licht, richting het zuiden en is zeer beschut zo tussen de bomen en de muren van het huis. Er staan een aantal stoelen rond de tafel opgesteld, maar die zijn ingeklapt en leunen er schuin tegenaan. Het ziet eruit alsof ze wachten op betere tijden. Alleen pal achter het huis, vlak voor he openslaande deuren dus, zijn de tegels redelijk droog. Ook op het terras zag ik even hiervoor een paar flinke plassen. Tussen de voegen van de tegels komt hier en daar begroeiing omhoog.

De foto die er vroeger bij de familie de Winter thuis aan de spiegel in de gang hing, komt terug in mijn herinnering. Het plaatje moet voor de deuren van de slaapkamer, die van ons waarschijnlijk, geschoten zijn. Op de foto ziet Helen eruit als een jaar of twaalf, dertien. Ik ga ervan uit dat het indertijd haar kamer hier in huis was. Ze heeft er op aangedrongen dat ik mijn kleren in de kast hang. Ze vindt dat ik ze niet in die rugzak kan laten zitten om ze er pas uit te halen als ik iets nodig heb. Dat is volgens haar "armoedig". Al zie ik er voor "die paar dagen" geen bezwaar in, ik pas me aan en maak braaf mijn tas leeg.

Vanaf het bed is er uitzicht op de tuin en helaas staat die momenteel nog grotendeels vol met water. Aan die overlast gaan we morgen zeker wat doen. Een soort afwatering maken tussen de struiken aan de achterkant van de tuin door, dat moet te volbrengen zijn. In het halletje naast de kamer zag ik het een en ander aan tuingereedschap staan, in ieder geval een schep en een hark. Aan de achterkant van de tuin is er alleen die lage zandwal met daar weer achter, tussen de struiken en eerste rijen bomen door, het uitzicht op de grote heide en de zandverstuivingen. Daar een geultje naartoe graven lijkt me een haalbare taak. Ik moet dat zonder hulp kunnen doen.

Vanuit de keuken hebben we dat stuk natuur ook al kunnen zien, maar op de begane grond is het uitzicht natuurlijk niet zo breed en beduidend minder uitgestrekt. De begroeiing maakt ver wegkijken onmogelijk. De tuin zal vijfendertig meter diep en tien meter op z'n breedst zijn. Geschat vanaf de achtergevel, via het terras en muurtje tot aan de zandrand naar de heide en vanaf de beide zijden. Omdat die afscheiding aan de achterkant ook min of meer in een bocht loopt en zowel links als rechts aansluit op de aarden wal, lijkt de tuin dus het meest op een binnenplaats.

Buiten is het nog niet opgehouden met regenen. Zo nu en dan waait er een vlaag grote druppels of hagel tegen de ramen en tot vlak voor de tuindeuren kletteren de plenzen water dan neer op de veranda. Overigens is dat maar een strook tegels van ruim anderhalve meter breed die iets hoger ligt dan het terras. Ik stel me voor dat het er bij iets beter weer al prettig verblijven moet zijn. Beschut genoeg tegen een licht buitje en zonder deze harde wind heel aangenaam om er te zitten lezen.

Als de achterkant van het huis zoals ik het heb inschat inderdaad op het zuidwesten ligt, moet hier vlak voor onze kamers en hartje zomer, in de namiddag een schaduw van de dakrand beginnen. Daar in de koelte van de vroege avond een glaasje drinken, het lijkt me er ideaal geschikt voor. Ik neem aan dat op het grote terras verderop in de tuin de zon vrijwel de gehele dag, hooguit gefilterd door de blaadjes van de bonen, zal branden. Omdat de tegels daar geen groene aanslag vertonen, zullen ze inderdaad meestal in de felle zon liggen. Nu ziet het er echter troosteloos uit.

De wind jaagt de donkere wolken die vanaf pal rechts, uit het westen aangewaaid komen, over ons hoofd heen in de richting van het zandpad aan de ander kant van het duin, achter ons. De stormvlagen komen van over de heide. Daar ergens moet zich ook de snelweg bevinden die ik vanmorgen op onze tocht hiernaartoe, meende te horen.

Om de paar minuten klinkt er ergens in huis een tik. Het geluid komt van de verwarming. Het opgewarmde water dat door de pijpen en de radiators stroomt maakt dat het ijzer uit begint te zetten. De stilte die er als boven de stofzuiger even verstomt, verder in het huis heerst, wordt er hoorbaar door. De atmosfeer krijgt dan bijna iets tastbaars. Er is geen ander geraas, alleen de doodse stilte en heel af en toe ergens in het huis een duidelijk te plaatsen geluidje. Je hoort hier geen laag vliegende, opstijgende of juist aan een landing begonnen vliegtuigen. Noch is er het lawaai van sirenes die langs razende ambulances of brandweerauto's met zich meebrengen. Niemand is hier onderweg. In ieder geval niet hoorbaar. Daarvoor moet je toch vooral in de stad zijn.

Het gerommel boven mijn hoofd is nog niet definitief gestopt. Het lawaai van de stofzuiger is zojuist weer begonnen en heeft zich verplaats naar het plafond van de kamer hiernaast. Ik ben nog niet klaar met het opruimen van mijn bagage en blijf nog even wachten in de rust van de slaapkamer tot de stilte is teruggekeerd. Mijn broek heb ik op een hangertje gehangen en m'n andere verschoning is in de lade gegaan. Nu hoef ik alleen mijn trui en shirts nog maar op een plank te leggen. Helen heeft er is in de kast meer dan voldoende ruimte voor overgelaten. Twee planken voor haar spullen, twee voor mij en de bovenste lade is ook nog helemaal leeg. Mijn rugzak heb ik onderin de kast gezet, naast de lege van mijn gastvrouw.

Pas twee weken na ons diner in de stad, hebben we elkaar weer aan de telefoon gehad. Eerder kwam het er niet van. De afwikkeling van mijn zaken aan de andere kant van de oceaan en het behandelen van allerlei verwikkelingen hier in Nederland maakten dat ik er iedere dag opnieuw niet aan toekwam om haar daadwerkelijk eens op te bellen. Ondanks dat ik met mezelf had afgesproken dit zo spoedig mogelijk te doen na het achterlaten van de bos bloemen op haar stoep. Iedere keer kwam er een afspraak die ik dringend na moest komen tussendoor, of werd mijn agenda zo gehusseld dat het geschikte moment verstreken was voordat ik 'm kon benutten.

Gewoon een kort gesprek om te bevestigen dat ik het dinertje ook gezellig had gevonden of dat ik even aan haar en onze ontmoeting had zitten denken. Een luchtig, vriendelijk en openhartig gesprekje had het moeten worden, maar helaas kwam het er telkens niet van. Een keer was het door het tijdverschil al ruim over elven toen ik er eindelijk even de gelegenheid voor had. Maar dat vind ik te laat om nog iemand op te mogen bellen. Voor mij is het ver na de uiterste beleefdheidsgrens, naar mijn idee ligt die hier namelijk op negen uur 's avonds, uiterlijk. Later kwam het niet uit omdat ik er pas aan dacht om haar op te bellen toen ik binnen een uur in Utrecht bij een nieuwe vestiging of in Haarlem bij de advocaat moest zijn. Om de een of andere reden vond ik dat ik er meer dan slechts een paar vluchtige minuten voor beschikbaar moest hebben en die waren er dan dus niet meer.

Een paar keer is het voorgekomen dat ik er onderweg in de auto aan dacht dat ik haar op moest bellen. Later, als ik dan weer lang en breed thuis was gekomen vergat ik om er even rustig voor te gaan zitten, of het was er intussen alweer ruimschoots te laat voor. Ik wilde er mijn volle aandacht aan schenken, maar kon er gewoonweg de tijd niet voor vinden.

Het kwam voornamelijk door de zakelijke beslommeringen hier en in de VS. Alle 'business' liep teveel door elkaar heen. Maar ik moet toegeven dat ik me daarnaast nog steeds geen voorstelling kon maken van de situatie waarin ik verzeild was geraakt. Het werd me langzamerhand duidelijk dat mijn terugkeer naar Nederland anders verliep dan hoe ik dat thuis in Amerika had bedacht. Hoewel ik me er op had voorbereid om geconfronteerd te worden met 'het verleden', had ik niet voorzien dat het onder deze omstandigheden zou verlopen.

Intussen zag ik niet duidelijk welke keuzes ik had. De zaken in de VS liepen door en die moesten tot in de details behandeld worden, wilde ik er in de toekomst ooit verder mee kunnen. Maar het afrekenen met het verleden via het herstel van de vriendschap met Helen en de terugkeer naar Leiden, tekende zich eveneens af aan de horizon.

Maar ik was bang dat ik door mijn plotselinge entree, haar leven en dagelijkse omstandigheden teveel verstoorde. Zelf ging ik gelijktijdig op in twee werelden en de complicaties die daardoor teweeg gebracht werden, wilde ik mezelf, maar zeker Helen besparen. De verdeling tussen nu, hier, het buitenland, rouw, vroeger en misschien meer moesten niet teveel invloed uit gaan oefenen. Ooit was de vriendschap oppervlakkig geweest en er nu meer aan verbinden leek me niet gepast. Ik wilde mijn oude vriendin tot steun zijn als zij daar prijs op stelde, maar het ontbrak me aan het initiatief en inzicht om tot een nader, in de juiste proporties gevat gesprek met haar te komen. Heel laf stelde ik het opbellen dan dus nog een keer uit. Het moest er vanzelf van komen, maar na bijna twee weken uitstel vond ik het uitstel gênant worden. Ik ben voor het gesprek op mijn kantoor gaan zitten. Niet alleen omdat daar haar telefoonnummer lag, maar ik zat er rustig en de omgeving was zakelijk.

Helen bleek niet eens verbaasd of boos over mijn lange dralen en in ieder geval liet ze er niets van merken als dat wel zo was. Geen enkel verwijt of vraag waarom ik zo lang gewacht had met opbellen. Nadat we onze beleefdheden hadden uitgewisseld en ik mijn excuses had mogen maken, viel ze met de deur in huis. Ze nodigde me uit voor deze trip naar het boshuis. Blijkbaar had meneer de Winter, gelijk nadat ze hem van onze ontmoeting had verteld, zijn belangstelling uitgesproken. Ze vertelde dat hij er "heel erg naar uit zag om mij weer eens te ontmoeten".

Dat ik ook nieuwsgierig geworden was naar haar doen en laten, kon dus buiten beschouwing blijven. Ik had opgemerkt dat er, sinds het etentje samen, telkens meer dingen in mijn geheugen op waren komen borrelen. Sowieso over de schooltijd die we samen hadden doorgebracht staken allerlei herinnering hun kop op, maar ik betrapte me erop dat ik onderweg door mijn woonplaats, op plekken kwam waar herinneringen aan verbonden zaten. Het waren kleine voorvallen die me te binnen schoten, maar regelmatig zorgden ze ervoor dat ik in mijmeringen verviel. De afstand met zulke herinneringen had ik tot voor kort nog tamelijk groot geacht, vooral omdat ik ze in al mijn bitterheid, zelfbeklag en medelijden had proberen te verdringen. Maar ik kon niet meer alleen de tijd of de kilometers een rol bij mijn afstandsbesef toekennen.

Dat Helen net zoals ik vele jaren buiten onze geboortestad had gewoond en omdat er voor mij ook een andere, tenminste warmere kleur aan die mijmeringen vastzat, verwachtte ik dat zij de aansluiting eveneens zou kunnen missen. Het sprak me aan dat ik bij nader inzien, gedurende mijn schooltijd toch minimaal een paar prettige dingen had meegemaakt. Een aantal ervan bleek zo langzamerhand toch de moeite waard om te bewaren en ze leken me ook aardig genoeg om met iemand te delen.

Helen ging er trouwens zonder nadere toelichting vanuit dat ik haar vader eveneens weer zou willen ontmoeten. Enthousiast vertelde ze me dat hij "van alles" over mij had willen weten en er daarom dus "vreselijk naar uitzag" om me binnenkort weer te zien. Alsof ze me over de denkbeeldige streep wilde trekken voegde ze er het argument aan toe dat hij me, als ik inging op de uitnodiging, "het allemaal zelf zou kunnen vragen".

Tussen neus en lippen door vertelde ze dat ze erg had uitgekeken naar het gesprek, maar mij niet op durven bellen omdat "ze wel begreep hoe druk ik het had". Mijn telefoonnummer en functie binnen het bedrijf stonden op het visitekaartje, maar de optie dat zij het initiatief zou hebben kunnen nemen was niet tot me doorgedrongen. Ik had toegezegd om kontakt met haar op te nemen en dat zij dit dan van mij overgenomen zou kunnen hebben, was niet bij me opgekomen. Maar misschien dacht zij er toch hetzelfde over als ik en had ze dus ook bedenkingen gehad bij het aanhalen van de vriendschapsbanden.

Heel summier en slechts kort aan het begin van onze tweede ontmoeting had ik verteld dat ik bezig was om hier in Nederland een vestiging van onze Amerikaanse zaak op te zetten. Niet exact wat voor vestiging of waar die moest komen. Ik had haar de details van ons moederbedrijf bespaard, in het midden gelaten wat mijn titel betekende en wat ik ermee van doen had. Alleen dat ik om die reden vaak onderweg was. Het bood me voldoende alibi om mijn drukke bezigheden te verklaren. Ik moest telkens met allerlei partijen over vanalles en nogwat onderhandelen.

De informatie had ik overigens tot het uiterste minimum moeten beperken omdat er nog teveel onzekerheden aan vast zaten, maar ik merkte dat zij er toch de kern uit had weten te halen. Ze ging er zonder nadere toelichting vanuit dat ik ergens druk mee was en daar nog geen uitsluitsel over kon verschaffen. Ik stelde haar begrip op prijs en overdonderd durfde ik niet meteen naar haar moeder te vragen, maar zelf sprak ze ook niet over haar. We beperkten ons gesprek tot haar vader. Daarom ging ik er vanuit dat mevrouw de Winter overleden zou kunnen zijn. Uit piëteit liet ik verdere vragen achterwege. Ik wilde niet té nieuwsgierig zijn.

271

Hoe stel je zo'n vraag overigens? Kun je botweg aan iemand voorleggen of een dierbare nog leeft en wat is dan je reactie als het antwoord tegen valt? Of als de vraag choqueert, wat doe je dan?

Ik had in de VS nooit met dit bijltje hoeven hakken en daar zijn de omgangsvormen ook nog eens heel anders dan hier. Maar of ik er zo'n zelfde vraag wèl had weten te stellen weet ik niet. Ik moest 'm dus vooralsnog open laten.

Nadat meneer en mevrouw de Winter naar Utrecht verhuisd waren, had ik in Leiden geen plek meer om naar toe te vluchten als het me thuis teveel werd. Nergens wist ik nog waar ik mijzelf veilig en ver uit de buurt van mijn ouders, op kon houden.

Het leek meneer de Winter, in Oegstgeest al, erg veel tijd te kosten om zich in te werken op zijn nieuwe faculteit aan de nieuwe Universiteit en later ook zijn nieuwe woonplaats. De hele overgang er naar toe had opmerkelijk veel voeten in de aarde. Het viel zelfs mij op, al zag ik hem dan niet meer vrijwel dagelijks zoals dat eerder toen ik nog op school zat wel heel gewoon was. Toen ik op een vrije zaterdagmiddag met mijn ziel onder m'n arm en min of meer uit gewoonte bij hem langs ging, gaf hij aan dat hij het vreselijk druk had.

Ik mocht bij hem op zijn werkkamer komen zitten en heb er even wat gelezen, maar van een gesprek kwam niets terecht. Hij werd teveel in beslag genomen door zijn werkzaamheden en zat continu paperassen door te nemen en uit te zoeken. Omdat hij zodoende maar met een half oor naar me kon luisteren voelde ik dat ik hem stoorde. Het leek me duidelijk dat mijn aanwezigheid teveel was en ik kon hem nergens behulpzaam bij zijn, daarvoor was de chaos die hem omringde te groot.

We hebben later nog wel gezamenlijk soep gegeten, beneden in de huiskamer. Ik heb mevrouw de Winter even geholpen met het roeren in die van haar. Onder het lepelen beklaagde hij zich erover dat het heen en weer reizen hem veel teveel tijd kostte. Hij kon langzamerhand de mede reizigers op het boemeltje tussen Leiden en Utrecht vice versa, niet meer velen. Het tegen elkaar aangedrukt zitten en de vele vertragingen die het reizen feitelijk tot een gok maakten, hadden er voor gezorgd dat hij een enorme hekel had gekregen aan het forensen. Ook als hij een eerste klas kaartje had gekocht bleven hem deze ergernissen niet bespaard. Het iets ruimer kunnen zitten woog niet op tegen de andere ongemakken en de dagelijks terugkerende onzekerheid. Daarbij vond hij dat eersteklas te duur en het paste eigenlijk helemaal niet bij hem.

Aan autorijden had hij een hekel.

Het kostte hem teveel moeite, verveelde gauw zodat hij afgeleid werd en dan geen aandacht meer had voor het andere verkeer. De optie bood dus geen uitkomst en het zou trouwens nog veel meer tijd kosten.

Ik ben vergeten of hij oorspronkelijk wel van plan was om na het aangaan van de nieuwe werkkring, het heen en weer reizen vol te houden. Ik had me alleen afgevraagd of hij het voor lief zou nemen dat hij er een groot deel van zijn onafhankelijkheid mee op ging geven. Al bij mijn volgende bezoekje een paar weken later, kreeg ik het nieuws te horen dat zij naar een andere woning gingen. Het eerste semester schoot intussen aardig op, zodat er de nodige haast bij de verhuizing geboden was wilden ze nog op een gunstig moment over kunnen. We spraken al over eind oktober en het zoeken naar een vervangende, beter bij de nieuwe situatie passende woning had flink wat voeten in de aarde gehad.

De aankondiging sloeg bij me in als een donderslag bij heldere hemel. Ik moest er aan wennen dat iets dat zo vast stond als de verbinding tussen de middelbare school met alle 'ups and downs' en de familie de Winter, minder degelijk verankerd lag dan ik daarvoor ooit had kunnen denken.

Dat ze onverrichter zake, tijdens hun vakantie vanuit het zomerhuis de omgeving van Utrecht en meerdere gemeenten in de directe omgeving hadden doorkruist, verbaasde me overigens niks. Hun huis in Oegstgeest leek me niet eenvoudig te vervangen. In hun eerste zoektocht was de druk om te verhuizen er niet omdat meneer de Winter nog aan zijn nieuwe baan moest beginnen en die reiservaringen niet had opgedaan. Ik kende de ligging van hun zomerhuis toen overigens niet en daardoor was me de samenhang tussen de diverse plekken en plaatsen niet opgevallen.

Het had bij mij grotendeels de indruk gewekt dat die verhuizing niet zo'n vaart liep omdat ze diep in hun hart toch liever dicht in de buurt van Leiden wilden blijven wonen Die eerste zoektochten waren daarom niet serieus te nemen. Het uitgangspunt was immers nog dat hij gemakkelijk heen en weer zou kunnen reizen en dat die verhuizing "er ooit nog wel eens van zou komen". De criteria op hun tochtjes waren meer gericht geweest op wat ze hadden in plaats van op wat ze zochten en ik maakte uit de voorlopige verslagen op dat ze voornamelijk waren gaan kijken naar een woning die zou voldoen aan hun idealen.

Het praktische hadden ze nog niet ter hand hoeven nemen. De praktijk wees pas na verloop van tijd anders uit en daarom moesten ze alsnog hals over kop en dit keer serieus op zoek naar een andere woning. Het belangrijkste criterium werd dat zo'n huis dichterbij het nieuwe werk stond omdat het dus duidelijk was geworden dat het reizen met de trein

273

niet voor meneer de Winter was weggelegd. In Leiden verplaatste hij zich op de fiets of hij wandelde naar een van de gebouwen in de binnenstad als hij daar zijn lessen moest geven. In Utrecht lag dat allemaal anders.

Tijdens het voorbereiden van de verhuizing, die helaas nog een tijdje in het verschiet moest blijven tot het moment waarop de nieuwe woning gereed zou zijn, heb ik ze een aantal keren geholpen bij het inpakken en klaarzetten van de allergrootste spullen. Ik verrichtte die hand en span diensten tussendoor, in mijn vrije tijd aan wal en handelde ermee zoals het een goede huisvriend in mijn ogen betaamt. Het sjouwen gaf me de gelegenheid iets terug te doen voor alle keren dat ik in Oegstgeest bij hen welkom was geweest. Ik kon ermee laten zien dat ik, al was het maar voor praktische, fysieke inspanningen, inzetbaar was. Dat ik me wel degelijk ook verdienstelijk kon maken en niet alleen kwam om te zeuren.

Helen moest toen college lopen, in Amsterdam. Het was haar tweede studiejaar en het echte studeren was aangebroken. Mijn werk op het baggerschip liep in die periode op zijn einde. Er zou een grote klus beginnen die plaats ging vinden voor de kust van Brazilië. Er was mij in de messroom uitgebreid verteld dat ze er voor minimaal een jaar, maar wellicht langer, naar toe moesten. Dat leek me niet alleen veel te lang, maar het was me ook veel te ver weg. Ik had er totaal geen zin in om voor zo'n uitzichtloze periode nog mee te blijven varen en had er ook de papieren niet voor omdat ik nooit een monsterboekje had gekregen. Het werk aan boord had ik intussen trouwens ook wel gezien. Het enig aantrekkelijke aan het avontuur leek me het voor een weekje verlof, eenmaal per drie maanden terug naar Nederland vliegen.

Niet alleen begon het werk me fysiek te zwaar te worden, ik vond het ook nogal geestdodend. Natuurlijk vond ik het leuk om met de maten samen te werken, maar het beperkte repertoire aan grappen en anekdotes begon me steeds meer tegen te staan. De opmerkingen over dames of zogenaamd heel 'normale', 'huiselijke' omstandigheden werden steeds vaker herhaald en ze misten door hun platvloersheid ieder niveau. Stoere praatjes zijn als je negentien bent reuze aardig, maar ze verliezen hun aantrekkingskracht als ze voorspelbaar worden in woordkeus en inhoud.

Thuis kon ik met de aangeleerde vocabulaire fantastisch mijn ouders op de kast krijgen, dat spreekt voor zich. Pappa en mamma verwachtten dat hun zoon keurig sprak en zich niet bediende van vulgaire termen. Voor hen was ik nog een middelbare scholier, maar mijn opmerkingen vielen ook bij andere ontmoetingen aan de wal steeds minder in goede aarde. Ik paste me te gemakkelijk aan aan het stoere deel van het zeemansleven.

Door deze verwikkelingen droste ik eind oktober. Ik was trouwens in dienst getreden als practicant en dus nooit als zeeman. Niet qua functie noch qua mogelijke inzet. Het maakte dat de tijdelijke stage aan boord, me lang genoeg had geduurd en er was het uitzicht op dat baantje dat ik in Antwerpen had weten te regelen. Maar daar zou ik op zijn vroegst eind november of pas half december aan de slag kunnen. Ter overbrugging van de werkloze periode, waarin ik dus persé niet thuis wilde gaan zitten, heb ik een baantje aangenomen via een uitzendbureau. Ze stuurden me ervoor naar een groot bedrijf in de directe omgeving van de stad.

Het was helemaal niet moeilijk om mijn diensten bij de familie de Winter thuis aan te blijven bieden. De ene week was ik om drie uur klaar met het werk op de fabriek en de week er opvolgend hoefde ik me pas rond die tijd te melden. Aan ploegendiensten was ik op het schip gewend geraakt en volgens het meisje van het 'buro' betaalde het beter dan "gewoon fabriekswerk". In mijn geval ging het om eenvoudig productiewerk waarbij ik niet hoefde na te denken. Op de werkvloer moest je er eigenlijk alleen voor oppassen om niet ondersteboven gereden te worden door heftrucks of de karren die gebruikt werden voor het interne transport.

Vanwege de extra vergoeding voor ploegendienst en zo nu en dan gemaakte overuren betaalde het inderdaad redelijk. De wedde van het baggerbedrijf liep ook nog drie weken door omdat ik daar vakantiedagen tegoed had en toeslagen uitbetaald kreeg. Allemaal kompleet nieuw voor mij als scholier. Ik voelde me letterlijk de koning te rijk.

Omdat het maar tijdelijk zou zijn, was ik vol goede moed aan het uitzendwerk begonnen. Het leek me dat ik de inspanningen gemakkelijk vol zou kunnen houden want in de dikke vier maanden op het schip had ik er de nodige training voor gekregen. Alle nieuwe arbeidsomstandigheden boden me kortom de gelegenheid om doordeweeks een paar keer mijn handen uit de mouwen te steken bij Helen thuis. Ik kon me namelijk niet voorstellen dat haar moeder al het inpakwerk, sorteren van de enorme hoeveelheden spullen en het gesjouw alle trappen af met de dozen, alleen had moeten doen. Haar man had de hele dag zijn werk, was onderweg of zat te wachten op de trein.

Door de dagelijks terugkerende woordenwisselingen thuis wilde ik daar niet meer zijn. Ik probeerde dus, om me zo min mogelijk in de buurt van mijn ouders of de rest van het gezin op te houden. Mijn jongere zusje verviel bij voorkeur in allerlei, al dan niet verzonnen maar altijd 'verkeerd te interpreteren' praatjes over mijn gedrag of de dingen die ik gezegd zou hebben. Met verve bracht zij daar verslag van uit om de onrust gaande te

275

houden. Mijn oudere zus of haar man konden soms nog weleens sussend optreden of de verschillende standpunten enigszins verzachten, maar mij werd het snel teveel. Papa en mama gingen er vanuit dat wie zijn mening het luidst wist te verkondigen automatisch gelijk had en mijn broertje was voor dit alles nog te jong. Iedere dag opnieuw een ongelijke strijd leveren begon me vreselijk de keel uit te hangen. In de redelijkheid van allerlei argumenten of beter gezegd juist het gebrek eraan, kon en wilde ik me niet meer verdiepen. In een poging om boven het tumult uit te komen vroeg ik me hardop af waarom iedereen me met zijn frustraties lastig viel? Voor mij was het duidelijk dat ik mijn en leven heel goed zelf en zonder advies of hulp kon leiden. Iedereen kon toch eenvoudig zien dat ik daar heel goed toe in staat kon worden gesteld?

Iedere dag opnieuw leverde ik immers het bewijs! Maar dan weer lag ik eens te lang in bed na een late shift en de andere keer had ik mijn huisgenoten wakker gemaakt als ik op moest staan voor een vroege. Dat het een en ander samenhing met mijn werk ontging ze klaarblijkelijk en dit toelichten ging me te ver.

Dat ik bij thuiskomst uit een late dienst trek had en dus graag nog iets wilde eten, werd bijvoorbeeld uitermate storend gevonden. De afwas was immers al gedaan en nu maakte ik alles weer vies. Inderdaad misschien wel een hele steelpan en tenminste een bord met al het bestek dat nodig was voor mijn persoon. Onmiskenbaar hadden ze dus gelijk, maar ik kon die extra afwas toch heel goed de volgend ochtend even nat maken en weer afdrogen. Dat het om het idee ging, ging me boven de pet.

Ter voorkoming van dit soort onenigheid nam ik na een late dienst een portie patat met iets erbij mee of, als die nog open was, een Chinese maaltijd. Ik kwam onderweg naar huis toch door de binnenstad en hoefde dan niet echt iets klaar te maken of tevoren mijn eigen boodschappen te doen. Meestal at ik het intussen lauwe voedsel dan op mijn kamer op en was daarbij vrijwel niemand tot last. Ze konden het wèl ruiken en steevast kreeg ik danook de opmerking dat het stonk.

In het begin had ik het dus een keer aangedurfd om het eten even op te warmen in de keuken. Ik had toen eerst even snel gedoucht en me verkleed, want het regende pijpenstelen en ik was doorweekt van de fietstocht. Dat ik het pannetje vervolgens had laten staan was echter onvergeeflijk. Het draaide er op uit "dat ik beslist niet in een hotel woonde". Ik wierp daar wel op tegen dat ik dan ten minste van de "room service" had kunnen genieten, maar dat werd niet grappig gevonden.

Om kort te gaan, het werd me voornamelijk kwalijk genomen dat ik "mijn excuses niet was gaan aanbieden". Dat was bij iedere schreeuwpartij weer het ultieme argument. Maar welke excuses? En.... bij de paters?
Had ik me ervoor moeten verontschuldigen dat ik ben die ik ben?
Maar het kwam er dus op neer dat ik mijn ouders tekort had gedaan. Bij iedere gelegenheid die ze ervoor konden aangrijpen lieten ze weten dat ik hen 'te kakken' had gezet. Ze voelden zich door mij op de een of ander manier "ronduit te schande gemaakt". Vooral bij hun omgeving want ook de 'vrienden en kennissen' bliezen hun partij in het onderhouden van de tweedracht, hartstochtelijk mee. Ze deden het overigens ongevraagd en zonder directe uitnodiging, maar de overgave droop ervan af en het deed zich bij iedere mogelijkheid voor. Er zat geen echte houdbaarheid aan mijn wandaden want soms kreeg ik na meer dan een week alsnog de ergste 'argumenten' voor mijn voeten geworpen. Het zorgde er allemaal voor dat ik zoveel en vaak mogelijk de benen nam.
Bij uitzondering kwam m'n toekomst, de kans op het eventueel vervolgen van mijn opleiding, het kiezen van een beroep of begin van een carrière ter sprake. Maar tijdens een van de ruzies riep mijn vader dat "zijn kinderen geen kunstenmaker worden". Het was zijn antwoord op de door mij uitgesproken wens dat ik "eventueel wel naar de filmacademie wilde". Ik was daar tijdens een open dag, helemaal in mijn uppie omdat geen van mijn klasgenoten er iets voor zichzelf in zag, gaan kijken. Ik had er inlichtingen ingewonnen en daarom lag er al sinds de paasvakantie een inschrijfformulier op het dressoir klaar om ondertekend te worden.
Maar er kwam niets van terecht omdat papa het niet op zich wilde nemen of borg voor me wilde staan. Ik moest me trouwens heel goed realiseren dat ze van een van hun kennissen te horen hadden gekregen dat er op 'zulke opleidingen' heel veel homo's zaten. Daar wilde ik toch zeker niet bij horen of had ik ze misschien wat te vertellen?
Plotseling deugden de vroegere vriendinnetjes wèl. Opeens kwamen ook de namen, al was ze maar een keer huiswerk bij me komen maken, boven water. Terwijl zo'n vriendin eerder, alleen omdat ze op me viel of aardig leek te vinden, voor vanalles en nogwat was uitgemaakt. Zelfs als de dame maar van een "hele eenvoudige afkomst was" of uit een buurt kwam waar je "beter niet gezien kon worden", werd ze nu opeens de hemel in geprezen. Nadrukkelijk werd ik dan nogmaals op gewezen dat ik mijn kansen voorbij had laten gaan.
Maar meestal moest ik daar hartelijk om lachen omdat ik me voor de geest kon halen hoe mijn moeder er telkens angstvallig op had toegezien

277

dat er "niets gebeurde". Ik mocht een meisje niet eens aanraken. Zelfs voorzichtig een zoentje of knuffelen was een taboe dat met haar vriendinnen 'besproken' moest worden. Ik had dit namelijk eens "zomaar openlijk" laten gebeuren. Maar het moet gezegd, van een 'verloving' is nooit iets terecht gekomen en daar was blijkbaar echt naar uitgekeken.

Het vormde nog een voorbeeld van wat ik ze had ontnomen!

Ook met de vader van Helen had ik over de academie gepraat. Hem had het een "passend vervolg" geleken. Volgens hem kon ik er mijn talent ontwikkelen en zou het kans bieden op "inzicht in mijn mogelijkheden".

Hoewel ik indertijd nog niet wilde toegeven dat mijn HBS opleiding op niets uit dreigde te lopen, was ik niet blind voor de tekens die op mijn weg kwamen. Het voordeel van de filmopleiding zat er vooral in dat ik daar met uitsluitend een getuigschrift zou kunnen worden aangenomen. Ik hoefde alleen nog een gesprek te voeren waarin ik mijn beweegredenen om de opleiding te doen, moest motiveren. Dat leek me gezien mijn belangstelling voor vorm, beweging en geluid niet lastig om over te brengen. Ik keek bij voorkeur naar mooie tv programma's en fotograferen deed ik ook graag. Ik dacht er dus vanuit te mogen gaan dat ik vrijwel zeker toegelaten zou worden. De vader van Helen had ten overvloede aangeboden om een aanbeveling voor me te schrijven. Dit alles maakte de opleiding steeds aantrekkelijker en daarbovenop kwam dus nog het expliciete verbod dat erover was uitgesproken.

De borgstelling van mijn ouders was noodzakelijk omdat de apparatuur waarmee we gingen werken nogal duur zou zijn. Maar ik kreeg die dus niet omdat ze al genoeg "schande" van me ondervonden en niet nog "dieper wilden zinken" in de ogen van hun vrienden. En of ik wat aan "zo'n opleiding" zou hebben bleef voor hen ook de vraag. Iedere discussie werd zinloos want toen ik van boord kwam waren de scholen en de filmacademie alweer begonnen. Ik moest aanvaarden dat ik het eerste jaar waarin ik aan een afronding van mijn opleiding had kunnen beginnen, voorbij had laten gaan. Doordat ik er geen zin in had gehad om telkens opnieuw 'allerlei nonsens' voorgeschoteld te krijgen, had ik er al snel geen argumenten meer tegenin gebracht en mijn kop in het zand gestoken.

Boven mijn hoofd is het stil geworden. Ik hoor Helen al een poosje niet meer heen en weer lopen en kan niet plaatsen waar ze precies is. Ze zal wel op de kamer van haar vader met iets bezig zijn. Ik heb haar net de kant van de huiskamer of verderop op horen gaan, maar die kamer is te ver weg om te kunnen horen wat ze er uitvoert.

Het werken bij Helen thuis was vrijblijvend, maar haar moeder had telkens wel iets dat versjouwd moest worden en meestal kon ik haar daar dus bij behulpzaam zijn. Als ik echter zo nu en dan eens een paar dagen weg bleef was dat totaal geen bezwaar. Op de middagen na een vroege dienst had ik zodoende wel iets te doen. Ik ging een paar uur naar het huis van de familie de Winter of hing rond in de stad. Ik kocht dan ergens een boek of tijdschrift en ging het met een kopje espresso erbij, zitten lezen in mijn stamkroeg. Op donderdag of vrijdagmiddag, zo tegen het einde van de week, was ik echter te vermoeid om erg veel te kunnen ondernemen. De zware lichamelijke inspanningen, de continue stress thuis, het koude najaarsweer en het onregelmatige werk begonnen hun tol te eisen.

Ik ging nooit vroeg slapen, ook niet als ik de volgende morgen om zes uur weer moest beginnen, en leefde in de veronderstelling dat je aanpassen aan je werk iets was voor 'oudere generaties'. Die van mij had veerkracht genoeg. Daarom meende ik er ook vanuit te kunnen gaan dat op tijd rust nemen 'overbodig' was. Het is me helaas een paar keer overkomen dat ik boven een bakkie troost, in het koffie tentje waar ik tijdens mijn schooltijd vrijwel iedere middag al kwam, zomaar in slaap viel. Dat werd ook daar natuurlijk niet op prijs gesteld en daarom was het beter om, zeker aan het einde van de werkweek, direct naar huis te gaan.

Nadat ze het me gevraagd had, heb ik de moeder van Helen een keer op een ochtend geholpen, voordat ik naar mijn werk moest. Maar we bleken allebei geen ochtendmens zodat we voornamelijk koffie hebben zitten drinken. Mijn hulp leverde die dag dus geen 'substantiële vorderingen' op bij het pakken en sjouwen, maar ik kon dat na het weekend goedmaken.

Naarmate november vorderde sliep ik ondanks alle bezwaren van het hotel, liever uit. Al was het maar om m'n krachten te sparen. Het werken in de late ploegendienst kostte namelijk, mede door de naderende feestdagen en de drukte die dat op de fabriek met zich meebracht, nogal wat energie. Ik kwam er laat van thuis en was dan nog té wakker om meteen naar bed te gaan. Mijn ouders gingen vrijwel altijd rond de tijd waarop ik thuis kwam, naar bed. Ik wist dus dat ik zo stil mogelijk moest zijn om ze niet teveel te storen in hun nachtrust en het sprak vanzelf dat ik, met mijn vieze werkkleren aan, niet naar de kroeg kon om er nog even een biertje te drinken. Onderweg naar huis een afzakkertje halen zat er dus meestal niet in, maar eenmaal thuis en helemaal schoon geboend, was ik te wakker om gelijk te gaan slapen.

Ik bleef dan nog wat zitten lezen op mijn kamer en vaak dronk ik daar dan een flesje bier of een glas port bij. Doordat ik dan lekker zat en door helemaal niemand werd gestoord, kon het wel eens 'vroeg' worden. Maar ik hoefde de volgende middag pas om drie uur weer op mijn werk te zijn en had eigenlijk dus 'alle tijd'. Ik kon 's morgens nog rustig een tijdje blijven liggen om alsnog aan een goede nachtrust te komen en doorstond alle protesten die daarbij mijn deel werden.

Als ik in de vroege ploeg meeliep, probeerde ik een zo 'gewoon' mogelijke dagindeling te handhaven. Ik zorgde ervoor op tijd thuis te zijn om het avondeten mee te genieten met het gezin. De afwas werd vaak door mijn zusje gedaan dus kon ik, als we alles op hadden, meteen naar mijn kamer boven. Regelmatig vertrok ik nog voor de koffie de stad in om bijvoorbeeld een film te bekijken in de bioscoop. Soms dronk ik als toegift een biertje in m'n stamkroeg. Ik probeerde telkens wel om rond de tijd terug te komen waarop ze thuis gingen slapen, maar het werd vaak later dan verstandig genoemd werd. Dus naarmate de weken vorderden begon het tekort aan nachtrust merkbaar te tellen. Daarom deed ik het overdag allengs wat rustiger aan en nam zo min mogelijk hooi op mijn vork. Het sjouwen en slepen beperkte ik tot hooguit tweemaal per week. Bij voorkeur op maandag- of dinsdagmiddag.

Ik was in die periode trouwens opvallend vaak verkouden. Dat kon ik eerst nog toeschrijven aan het slechte weer. Tenslotte kwam ik regelmatig kletsnat geregend thuis uit mijn werk. Maar het verklaarde niet waarom ik ook overdag vaak moe en hangerig was. Niet beroerd genoeg om me ziek te melden op het werk, maar allengs moest ik ook de weekenden voornamelijk op bed doorbrengen om weer enigszins op krachten te komen voor de komende week. Ik raakte langzaamaan uitgeteld en was zelfs niet in staat om op zaterdag 'even een paar boodschappen' voor mezelf te doen. Ik lag uitgeteld in bed en kwam er alleen uit om te eten.

Mijn moeder wilde eventueel wel iets voor me meenemen uit de supermarkt, maar ik wilde dat gezien de sfeer die er in huis heerste, niet aan haar vragen. Uiteindelijk werd mij dat verhaal over "altijd uitslapen" of laat in de avond nog iets "uit de muur eten" en mijn "hotel waardige" verblijf te vaak voor de voeten geworpen.

Daarom wilde ik liever niet om privileges vragen. Binnen niet al te lange tijd zou ik naar Antwerpen verhuizen en met dit vooruitzicht in mijn achterhoofd waren de omstandigheden thuis precies uit te houden.

Alleen als ik me zo beroerd voelde dat ik er niet eens van uit mijn bed kon komen, zag ik in dat de argumenten die mijn ouders tegen mijn levensstijl inbrachten niet helemaal ongegrond waren. Kon ik de koppijn en mijn ongerief meestal nog afdoen als een kater, diep in mijn hart moest ik ze gelijk geven. Ik was niet erg verstandig met mijn gezondheid bezig.

Toen Joop en ik, na het ophangen van de jassen in het halletje, weer bij het gezelschap aan de keukentafel waren gaan zitten, heeft Helen eerst gevraagd waarom wij over Boston spraken. Ik heb even kort verteld over mijn werk als kok daar. Het hele verhaal over de aanleiding en de exacte voorgeschiedenis wilde ik ze besparen, maar ik wist natuurlijk dat er vragen over zouden gaan komen. Dat ik op dat moment alweer ruim tien jaar niet meer daadwerkelijk had gekookt deed er eigenlijk niet toe.
Een paar weken geleden, tijdens ons dinertje samen in de stad heb ik haar in de waan gelaten dat ik naar België was verhuisd. Daarmee ging ik niet tegen de waarheid in, maar haar verhaal leek me op dat moment interessanter dan het mijne en daarom ben ik niet verder op het vervolg in gegaan. Ik wist de vragen die ze er over stelde te ontwijken en Helen was beleefd genoeg om niet aan te dringen. Ik ging er nog vanuit dat we onze kennismaking slechts oppervlakkig aan het hernieuwen waren.
We zaten aan het voorgerecht en ik veronderstelde dat we het bij dat ene etentje samen zouden laten. 't Verhaal rond het overlijden van haar man en de perikelen die ze had ondervonden in het Midden Oosten leken me vervolgens een stuk interessanter als gespreksonderwerp dan mijn avonturen in de Verenigde Staten. Het kwam er later op de avond niet meer van om er toch wat nader op in te gaan en oorspronkelijk had ik ons gesprek zo luchtig mogelijk willen houden. Om eerlijk te zijn is 'ons gemeenschappelijke verhaal' gestopt toen zij in Amsterdam ging studeren. Letterlijk is er een einde aan gekomen toen ik naar Antwerpen ben verhuisd want daarna kruisten onze paden zich niet meer. De informatie over de VS heb ik er verder dus bij kunnen laten.
Van mijn nicht die in de Verenigde Staten woont, heb ik in het najaar dat ik van het schip droste de vraag gekregen om te komen helpen bij het opknappen van haar nieuwe huis. Haar man Bernard had een andere functie gekregen binnen de firma waar hij werkte. Ze moesten ervoor uit Philadelphia verhuizen en hadden in de buurt van zijn nieuwe werkplek een woning aangeschaft. Heel Amerikaans natuurlijk, al was de afstand tussen de nieuwe en oude werkplek minimaal een halve dag reizen met de auto en reed er geeneens een directe trein. Vliegen was voor iedereen duur en kon dus buiten beschouwing blijven. Haar man moest de contracten uitdienen en zou daardoor geen tijd hebben om vóór de feitelijke verhuizing het huis aan hun wensen aan te passen.

Positief vonden ze het wel dat hij op de nieuwe plek bij Boston voor ten minste vijf jaar gevestigd zou kunnen blijven. Vandaar dus hun 'nieuwe woning' en de opknapwoede om deze 'geheel eigen' te maken.

De verhuizing zou in de loop van april of misschien al in maart plaats moeten vinden. Een poosje in het weekend op en neer reizen of gescheiden op twee adressen wonen vormde geen probleem, maar het moest niet te lang gaan duren. Het nieuwe contract ging per 1 mei in en de oude liep tot 20 april. Er was er geen sprake van verhuis- of opgespaarde snipperdagen, laat staan van coulance of compensatie voor de moeite die ze voor zijn overplaatsing moesten doen. Niks daarvan, dat was allemaal veel te Europees. Vanzelfsprekend wilden ze er, doordat ze zich al zo goed aan hun nieuwe vaderland hadden aangepast, ook niet aan om er kostbare, zelf betaalde vrije dagen aan op te offeren.

Mijn nichtje noemde het 'Amerikaanse toestanden', maar ze sprak er geen afkeuring bij uit, eerder berusting. Zij en haar man keken op tegen de rond het op twee adressen verkeren en ze hoopten oprecht dat ik haar behulpzaam zou willen zijn. Om de een of andere reden ging ze er vanuit dat ik eigenlijk niet zoveel 'omhanden' had en tot mei beschikbaar was.

Op dat moment woonden ze in een appartement aan de zuidkant van het centrum van Philadelphia. Ze gingen van die grote stad over naar een vrijstaand huis in Allston. Een plaatsje niet ver van weg 20 die Bernard op en neer naar Marlborough Airport zou kunnen berijden. De woning staat daar iets ten westen van Boston in de buurt van route 90 de Massachusetts Turnpike. Naar Amerikaanse begrippen is de plaats Allston meer een buitenwijk van die stad eigenlijk, niets meer dan een wat groter uitgevallen dorp en het maakt op zichzelf al onderdeel uit van Brighton. Ook alweer meer een buitenwijk dan een echte stad of dorp.

Tegen kost en inwoning zou ik er een tijdje kunnen werken. Het nieuwe huis hadden ze namelijk al per 1 februari gekocht en dan moest het opknappen zo snel mogelijk ter hand genomen worden. Overigens moest ook Anne eerst haar contract nog uitdienen. Zij werkte bij een groot advocatenkantoor in de binnenstad van Philadelphia, maar haar contract liep tot 6 maart. Daarna was er het plan dat ze in haar nieuwe woonplaats wel zou zien wat er eventueel voor werk op haar weg zou komen.

Het merendeels houten huis moest sowieso aan de buitenkant opnieuw worden geschilderd en daarnaast waren er nog verschillenden andere werkzaamheden die ook noodzakelijk waren. Anne sprak vooral over veranderingen en aanpassingen om de woning volledig naar hun persoonlijke wensen aan te passen. Mijn nicht en haar man mochten dan al een aantal jaren in de Verenigde Staten wonen, ze waren nog teveel Europees om zo'n ander huis te nemen voor wat het was. Ze wilden er, omdat het hun eerste 'echte' huis zou worden en dus niet zomaar een huur appartement, zonder persoonlijke aanpassingen niet intrekken. Het moest hun eigen stempel gaan dragen, want ook heel Amerikaans vond het een en ander met het oog op 'de eeuwigheid' plaats. Forever and ever!

Anne rekende erop dat ik op de bouwvakkers die het grove werk kwamen uitvoeren, 'toezicht zou kunnen gaan houden'. Begin maart kwamen de schilders, dus dan was het zeker noodzakelijk dat er dagelijks en van vroeg tot laat toezicht zou zijn. 'Misschien kon ik' intussen zelf een aantal klusjes ter hand nemen, zoals bijvoorbeeld het schilderwerk aan het exterieur. Waarschijnlijk zou ik het ook wel leuk vinden om op de zolder een kinderkamer te timmeren. Alvast, voor de toekomst.

Of mijn tante, waar Anne tijdens haar verblijf in Nederland logeerde, bij het aanbod van haar dochter een rol heeft gespeeld is me tot op de dag van vandaag nooit duidelijk geworden. Al kon ik ervan uitgaan dat zij door mijn moeder op de hoogte gebracht was van de gespannen sfeer die er bij ons heerste. Het voorstel klonk aantrekkelijk en ik wilde mijn nicht graag behulpzaam zijn, maar het doorkruiste mijn plannen om naar Antwerpen te verhuizen volledig. Ik zou daar binnenkort naartoe gaan en ik had me er op voorbereid om daar van mijn vrijheid te gaan genieten.

Mijn toekomst zou in België beginnen. Per 1 december zou ik eindelijk een monsterboekje krijgen. Weliswaar een Belgische, maar daarmee kon ik me evengoed bij het scheepvaartbedrijf aanmelden. Ik zou namelijk echt gaan varen. Nog niet het grote werk op de oceaan of wereldzeeën, maar het was een begin en 'n collega van het baggerschip had er in het huis van zijn jongste zuster een kamer voor me weten te regelen. Al meteen toen er sprake van was dat ik naar Antwerpen zou gaan had hij de oplossing voor me weten te arrangeren. Als ongehuwde moeder zou ze een extraatje goed kunnen gebruiken, maar dat wist ik toen nog niet.

Alle collega's, ook degenen die niet op het dek werkten maar bij andere disciplines aan boord zaten, hadden me met raad en daad terzijde gestaan. Dit soort saamhorigheid was op het schip voor mij altijd als een warm bad geweest. Het verschilde aanzienlijk van het scholieren bestaan en had me zeer aangetrokken als een toekomstig perspectief. Dat je op een schip nu eenmaal samen zit opgesloten en dus alleen daarom al op elkaar bent aangewezen, was wel bij me opgekomen, maar ik had nog nooit eerder zoveel solidariteit ervaren en wilde er niet aan af doen. Op mij kwam het over alsof er bij van alles en nog wat, onderling overleg werd gepleegd.

283

Per negenentwintig november, dus vlak voor het vieren van Sinterklaas, kon in het kamertje in Antwerpen mijn intrek nemen. De spullen die mee moesten had ik al klaar staan om ze, als het eindelijk zo ver was, meteen te kunnen verhuizen. Volgens plan ging dat samen met een collega uit de ploegendienst gebeuren. Hij kon er een busje van zijn zwager voor lenen zodat ik alleen de benzine behoefde te betalen.

Mijn stripverhalen, leesboeken, stereoapparatuur en platen, alles had ik al ruim tevoren geordend en stevig ingepakt klaargezet. Ik had de dozen ervoor bij het boodschappen doen uit de supermarkt meegenomen. Bananen dozen bleken het stevigst en daar keek ik dus telkens naar uit om ze te pakken te krijgen. Ook mijn moeder had er een paar voor me buitgemaakt. Als ik in die tijd een plaat wilde draaien zocht ik die op in zo'n doos en zette 'm na het beluisteren weer netjes terug op het plekje waar ik 'm vandaan had gehaald. Dat door mijn inpak ijver het draaien van een plaat in de huiskamer plaats moest vinden, deed er niet zoveel meer toe. Het was tijdelijk en er zou spoedig een oplossing komen.

Niet alleen ik keek reikhalzend uit naar mijn vertrek. Ook bij mijn ouders meende ik, naarmate de verhuizing naar België dichterbij kwam, een groeiende opluchting te bespeuren. Toen het voorstel van mijn nichtje er tussendoor kwam veranderde er niets aan deze situatie. Het was een alternatief, maar de keuze lag vast. Het spreekt voor zich dat zij er vooral naar uitkeken dat de rust in huis zou terugkeren.

Ik heb negentien keer de trip naar Hamburg op en neer gemaakt. Op maandag vertrokken we als het laden klaar was, vanuit de haven van Antwerpen. Omdat we met stukgoed voeren was het laden de ene keer vanzelfsprekend vlugger gedaan dan de andere. Het kwam er op neer dat we dan weer al aan het einde van de morgen, of anders in de loop van middag vertrokken. In de vroege ochtend van de volgende dag, als alles snel was gegaan of als de stromingen meevielen en we dus sneller opschoten al 's avonds heel laat, kwamen we in Duitsland aan. Daar hielp ik bij het lossen en opnieuw laden van het ruim. Vervolgens voeren we indien mogelijk nog dezelfde avond, 's nachts of anders al heel vroeg de volgende morgen weer terug naar België. Het liggeld in de haven was te hoog om er langer dan noodzakelijk te blijven.

De trip maakten we tweemaal per week. In Antwerpen herhaalde de procedure zich namelijk. De kapitein deed zijn best om op vrijdagavond, al werd het nog zo laat, terug te zijn. Meestal was de lading op die dag niet zo groot en hoefde deze pas op zaterdag, eventueel met wat overwerk gelost worden. Als we pech hadden kwamen we in de nacht aan, maar dan begon het lossen er zo snel mogelijk achteraan. Het betekende dat ik zo nu en dan pas in de loop van de zaterdagmiddag klaar was met mijn werk en dan nogal vermoeid thuiskwam. Maar in het weekend kon ik in het bed op mijn eigen kamer slapen.

Door de week verbleven we continu aan boord, het loonde zich namelijk niet om na het werk in Antwerpen naar huis te gaan en in Hamburg was dat natuurlijk sowieso onmogelijk. Er werd op onze aanwezigheid gerekend met zowel het eten als het bij nacht en ontij weer vertrekken. We leefden voor het werk en de rederij, dat sprak voor zich. Ook de getrouwde maten bleven trouwens allemaal aan boord.

Tijdens het varen waren er altijd de nodige klusjes te verrichten. Ik hoefde me aan boord dus niet te vervelen. Aan dek moest er geschrobd, roest gebikt en geschilderd worden, in de werkplaats kon ik helpen bij de reparaties die nodig waren aan de machines en soms was er een werkje in de kombuis waarbij mijn hulp welkom was. Dat laatste leverde dan een paar momenten op waarin ik eindelijk wat rust kon vinden van alle zware inspanningen. De kok schoof graag wat restjes in mijn richting, als dank voor mijn diensten.

Omdat ik het jongste maatje aan boord was, werd ik continu bezig gehouden. De zeelui hadden er onmiskenbaar schik in om mij als een soort slaafje te gebruiken, al zag ik er vanzelfsprekend de lol niet zo van in. Het kostte me net zoveel moeite om de maten zowel te vriend te houden als om ze duidelijk te maken dat ik het werk 'vreselijk' zwaar vond. Maar mijn puffen en klagen werd voornamelijk grappig gevonden. Ze zagen de ernst er niet van in. Dat ik serieus zou kunnen lijden onder alle inspanningen leek gewoonweg niet bij ze op te komen en als ik in beeld kwam, dan werd me een taak toegewezen. Het 'ga even dit' of 'doe even dat' waren niet van de lucht en omdat ik het vooral in het begin aan boord lastig vond om de rangen en standen van elkaar te onderscheiden was iedereen mijn baas of opzichter.

In korte tijd werd ik er een meester in om mij op gezette tijden te verschuilen. Telkens weer die klusjes van 'even een uurtje' en dan erop volgend nog eentje van een dag of twee, werden me weleens teveel. Het laden en lossen kwam er namelijk tussendoor en mocht hooguit gevolgd worden door een uurtje uitblazen in de messroom. Ook 's nachts.

Regelmatig zocht ik een plekje op waar ik ongezien en in alle rust een niet al te zwaar werkje kon gaan zitten doen. Even een halfuur schilderwerk verrichten in een hoekje waar ik me onbespied wist bijvoorbeeld. Hoewel ik inzag dat dit feitelijk ongepast was, werd het me na verloop duidelijk dat ook de echte zeelui zich aan dit gedrag schuldig maakten. Zo bleek het de gewoonste zaak van de wereld dat je na het middagmaal ergens uit 't zicht, een plek vond om er een dutje te doen. Niet op kooi in de hut, daar konden zich altijd collega's ophouden, maar bijvoorbeeld in de zon op een van de sloepen of ergens verscholen tussen de lading. Desnoods kroop je er bij regen onder een zeil. Als je er voor zorgde dat niemand het zag werd het oogluikend toegestaan. Mij kostte het enige tijd om de gang van zaken door te krijgen, maar ook het assisteren van de kok bood me dus zo nu en dan een leuke afwisseling.

Door de onregelmatige aankomst- en afvaartijden maakten we lange dagen. Als bijkomstigheid werd ik iedere keer zowel op de heen als terugweg, min of meer ter hoogte van de Waddeneilanden zeeziek. Het scheen te maken te hebben met de stroming die er daar heerste. Dat het hooguit een uur duurde en dat het het beste was om gewoon door te gaan met het werk, werd me ook duidelijk gemaakt. Er waren aan boord meer lui die er last van schenen te hebben. Het klonk dus allemaal niet onaannemelijk en de problemen gingen inderdaad na betrekkelijk korte tijd weer over. Dat ik er de meeste last van allemaal bij ondervond, moest ik wijten aan mijn onervarenheid. Toch kon ik me er door het collegiale begrip, manmoedig door het ongerief heen slaan.

De Kerstdagen vormden een lang weekend en viel er eenmaal heen en terug uit. Toch heb ik maar zeventien keer achter elkaar de reis op en neer volgehouden. Toen was ik 's maandags zo beroerd dat ik me 's morgens vroeg moest laten afmelden door mijn hospita. Nadat ik een week later weer enigszins was opgeknapt lukte het me om nog twee keer mee te varen. Tijdens de laatste trip was ik er zo slecht aan toe dat de stuurman het nodig vond om, nog voordat we de thuishaven waren binnengelopen via Scheveningen radio mijn ouderlijk huis op te bellen. Hij bleek ze verteld te hebben dat hij vreesde voor mijn sterven.

In het Belgisch klinken bepaalde opmerkingen vaak anders dan in ons harde Nederlands, maar helemaal onterecht was zijn angst niet. Ik was ongelofelijk ziek en eraan toe dat – het geeft niet meer wie – , zich over me ontfermde. Bij voorkeur liefdevol en zorgzaam.

Uit voorzorg werd besloten dat mijn spullen, waarvan ik de meeste nog niet eens had uitgepakt en die daarom dus nog in de oorspronkelijke dozen waarin ze vanuit Leiden waren meegekomen op mijn kamer stonden, mee terug te nemen. Papa kon alles stouwen op de achterbank naast me, in de ruimte bij de voorbank aan mijn moeder's voeten en in de kofferbak. Maar ik heb dat allemaal niet voor de volle honderd procent meegemaakt. De reis terug naar huis verliep grotendeels in een roes. Ik herinner me dat ik kokhalzend op de achterbank zat van mijn vader z'n auto. Weggedoken in het hoekje dat was vrij gebleven. En hoe blij ik was toen de witte boog van de toen nog enige van Brienenoordbrug, aan de horizon verscheen.

Na bijna drie weken verpleging mocht ik van mijn moeder weer voor hele dagen uit bed komen en me ook weer aankleden. Toen pas hadden zij en mijn zusjes me met vele koppen soep en zo nu en dan een geroosterde witte boterham weer volledig op de been geholpen. Om er een dokter bij te halen, hadden ze overigens te duur gevonden dus wat ik nou precies mankeerde is nooit duidelijk geworden. Ik was oververmoeid, dat had mijn moeder meteen in Antwerpen al gezien.

Het sprak natuurlijk mee dat ik niet meer voor ziektekosten verzekerd was. Ik had me uitgeschreven en nog niet de gelegenheid gehad om me in België weer opnieuw in te laten schrijven.

Het leven in Antwerpen was niet echt begonnen. Ik moest nog goed kennismaken met de stad en me er thuis gaan voelen. Daar had ik mezelf weliswaar wat tijd voor gegund, maar het werk was er telkens tussendoor gekomen zodat ik onvoldoende aandacht aan had kunnen schenken.

Uit de verhalen op het baggerschip wist ik hoe gezellig de stad zou zijn en hoe boeiend de architectuur er was. Maar los van de zoektocht naar een supermarkt in de buurt of een nachtje verdwaald zijn omdat ik op zoek was naar een kortere route naar mijn kamer, had ik Antwerpen nog niet op de juiste manier leren kennen. Papa en mama hadden zeer voortvarend de huur van mijn kamer ook gelijk maar opgezegd. Omdat ze toch mijn spullen meenamen leek het ze niet nodig dat ik huur zou blijven doorbetalen voor een leegstaande ruimte.

Aan mijn avontuur in België kwam op deze manier een nogal roemloos en tamelijk abrupt slot. Helaas beschikte ik niet over de tegenwoordigheid van geest om dit in te zien en ontbrak het me aan de kracht om me ertegen te verzetten.

Onder het motto dat mijn ouders geen hotel exploiteerden, had ik ze met betrekking tot mijn werk op het baggerschip voor kunnen houden dat ik geen kostgeld hoefde te betalen. Uiteindelijk was ik er aan begonnen als een baantje voor alleen de zomervakantie. Ik zou het jaar er opvolgend immers eindexamen gaan doen. Ook toen ik eenmaal terug was gekomen zag ik de noodzaak van een bijdrage nietin, hoewel op dat moment mijn status nog aanzienlijk verschilde met de rest van het gezin.

287

Financieel gezien dan. Mijn oudere zus deed een studie en de twee kleintjes zaten allebei nog op school. Mijn broertje was net begonnen aan de eerste klas. Alleen daarom al was het voor hen vanzelfsprekend dat zij thuis nergens aan mee hoefden te betalen, zij hadden helemaal geen inkomen. Het door mij tijdens eerdere vakanties verdiende geld, had ik altijd zelf mogen houden. Het werd me gegund om ervan te kunnen kopen waarvoor ik aan zo'n baantje begonnen was en dus spaarde. Mijn zus had 't met oppassen verdiende geld ook telkens naar eigen inzicht besteed.

De doorbetaalde wedde en de rest van het opgespaarde loon dat ik in de weken voor mijn vertrek naar België bij het uitzendbureau in Leiden had verdiend, waren toereikend om me eind februari een ticket naar de Verenigde Staten te verschaffen. De rest van mijn geld wisselde ik in voor travellercheques' cheques. Het moest er voor zorgen dat ik ook wat zakgeld te besteden had als ik in Amerika was aangekomen.

Op het moment van vertrek ging ik er vanuit dat ik hooguit een week of zes, zeven weg zou blijven. Voor het verblijf overzee had ik alleen een koffer met wat kleren, presentjes voor mijn nicht en het hoognodige aan verschoning meegenomen. Alle kleding die teveel versleten leek of nog lag te wachten om gewassen te worden, had ik thuisgelaten. Als ik ergens behoefte aan zou krijgen kon ik dat zeker en vast aan de andere kant van de oceaan ook wel bemachtigen. Anders moest ik het maar een tijdje zonder uitzingen of bij hoge nood van mijn nicht of haar man lenen.

Ik droeg dus alleen een tas met handbagage, die had ik samen met mijn moeder ingepakt. In een ander, plastic tasje zaten de boeken die ik op Schiphol nog even snel in de kiosk gekocht had. Zo arriveerde ik op zondagmiddag op Philadelphia International Airport. Mijn nichtje en haar man stonden samen klaar om mij te verwelkomen. We hoefden in de ontvangsthal alleen nog maar even op mijn nieuwe, speciaal voor de reis aangeschafte koffer te wachten.

Me niet bewust van de weersomstandigheden aan de andere kant van de oceaan was ik, in alleen mijn Nederlandse jasje, tegen de kou van dat moment niet voldoende aangekleed. Er heerste in Philly een blizzard. Langs de ramen joegen sneeuwvlagen horizontaal in de storm voorbij. De witte wereld zag er indrukwekkend uit, maar ik had er niet aan gedacht om een extra dikke jas of tenminste een wollen sjaal en een paar handschoenen bij mijn bagage in te pakken. Mijn constante bibberen maakte de kennismaking met de man van mijn nicht een beetje sullig.

In Nederland was het de laatste dagen voor mijn vertrek ronduit zonnig en achter glas prettig zitten geweest. Nog geen weer om al op een terrasje te kunnen genieten maar aangenaam, bijna voorjaarsachtig weer en warm genoeg om slechts door een trui of vest beschermd naar buiten te kunnen lopen. Je kon voor een boodschap volstaan met een omgeslagen sjaal zonder daardoor gelijk te bevriezen, zoals dat dus in Philadelphia wel het geval bleek. Toen we eindelijk bij de auto van mijn nicht en haar man aan waren gekomen, was ik tot op mijn botten verkleumd.

De afstand tussen de uitgang van de luchthaven en de parking was veel te groot om te voet af te leggen. We hebben er dus een rit met de shuttlebus voor moeten maken. Snel hollen vanaf de buitendeuren naar de bus en later langs een zo kort mogelijke route snel wandelend tussen de auto's door naar die van hun. Alle moeite ten spijt had ik het er niet warmer door gekregen. Tijdens het wachten op de bus hadden we in een ruime hal gestaan, maar ook daarbinnen bleek het enige graden te vriezen.

Fahrenheit in plaats van Centigrade, maar dat maakte gevoelsmatig geen verschil. Ik was in de rij de enig aanwezige die zich niet voldoende had bewapend tegen de koude omstandigheden en in de wachtruimte was er hierdoor eigenlijk geen behoefte aan verwarming.

Iedereen liep erbij in de toen nog nieuwerwetse hele dikke, gewatteerde jassen, maar ik liep voor gek in mijn spijkerjasje. Weliswaar betrof het een gloednieuw exemplaar dat ik de week ervoor pas had aangeschaft zodat ik enigszins op een Amerikaan zou lijken, maar zelfs origineel denim bleek niet warm genoeg bij de barre omstandigheden die er in de boze buitenwereld heersten. Gelukkig had Anne in de bagageruimte van de auto een plaid liggen. Die kon ik onderweg naar huis om me heen slaan tegen de kou en ergste rillerigheid. Ze stelde voor dat ik de volgende dag maar ergens een winterjas moest gaan kopen. Bernard bleek twee koppen groter dan ik en daarom zat tijdelijk een jas van hem lenen er niet in. Mijn nicht en ik zijn weliswaar even groot, maar een damesjas zou me zelfs onder deze omstandigheden 'iets' te ver gaan.

De auto was tijdens het meer dan anderhalf uur durende wachten op mijn aankomst, flink afgekoeld. Helaas had het namelijk zowat een eeuw geduurd voordat mijn koffer over de bagage band de aankomsthal binnen was komen waggelen. Er had zich in de tussentijd een dikke laag sneeuw op het dak en de ramen gevormd. Bernard moest de auto dus eerst even schoonmaken, voordat we daadwerkelijk konden vertrekken. Na een korte blik op mijn horloge rekende ik uit dat het op dat moment bijna vier uur plaatselijke tijd moest zijn. De warme maaltijd aan boord, feitelijk alleen een miniem stukje gedroogde kip, twee lauwe aardappels en wat suf gekookte, bijna grijze boontjes, had me niet echt verzadigd. Van de drank was ik, wijs geworden door de ervaringen in de afgelopen maanden afgebleven. Op een enkel biertje na, maar dat moest geen kwaad kunnen als ik het daarbij liet.

Nadat hij de auto gestart had zag ik op het klokje op het dashboard dat ik er maar één uur naast zat. Ik realiseerde me dat we in een andere tijdzone zaten dan ik eerst had gedacht, maar ondanks dat was ik vanaf de voordeur thuis tot aan hier in Philadelphia Penns een dikke zeventien uur onderweg geweest. Voor mijn biologische klok was het al ver na middernacht en daar kwamen de ontberingen die ik, eenmaal in de Verenigde Staten aangekomen had moeten ondergaan, nog eens bovenop. Eindelijk op de achterbank gezeten voelde ik me volledig uitgeblust, helemaal leeg en werd bekropen door bedenkingen of ik de hele onderneming nog wel wilde voortzetten. Weliswaar leek het me niet aantrekkelijk om dezelfde reis meteen weer terug af te leggen, maar het onbekende trok me niet meer zo heel erg aan. Nadat we eindelijk wegreden en de kachel in de auto zijn werk begon te doen, ben ik onderuit gezakt tegen het zijraampje. Zo viel ik als een blok in slaap. Al met al geen aardige binnenkomer en ik had me de kennismaking met de man van Anne zeker beter voorgesteld, maar het ging niet anders.

Bernard had ik nooit eerder ontmoet. Ik wist van hem eigenlijk alleen dat hij 'gekleurd' zou zijn. Zo noemde mijn moeder het altijd als iemand een niet helemaal blanke huid had. Of hij zwart, bruin of alleen maar licht of donkerder getint was, wist ik tot een uurtje hiervoor dus niet. Daarom had ik met zeer veel belangstelling naar de wederwaardigheden van mijn buurman in het vliegtuig zitten luisteren. Ik wist tot anderhalf uur geleden alleen dat Bernard oorspronkelijk uit Suriname afkomstig was en dat maakte in mijn ogen elke kleurnuance mogelijk.

Bij nader inzien bleek hij heel erg donkerbruin. In plaatselijke termen zouden ze het waarschijnlijk zwart noemen. Hoewel ik er naar uit had gezien om met hem kennis te maken en graag de tijdens mijn overtocht opgedane inzichten wilde delen, bleek de beroemde man met de grote hamer sterker. Al voor we van het parkeer terrein afreden, viel ik in slaap en van de rit naar naar hun appartement heb ik niets meegekregen.

Tijdens de vlucht naar New York zat ik naast een Amerikaanse man. De tussenlandingen eerst in Londen en daarna in IJsland duurden overigens nauwelijks meer dan een kwartier. Zo kort dat de passagiers, zelfs degenen die zoals ik al in vertrekpunt Amsterdam waren ingestapt, geacht werden tijdens het oponthoud te blijven zitten. Van de plaatselijke omstandigheden kon ik daardoor niet zoveel waarnemen. Het zag er door de patrijspoort precies uit zoals ik me dat thuis al van een luchthaven had voorgesteld, maar het was de eerste keer van mijn leven dat ik met een vliegtuig reisde dus voor mij was alles nieuw en opwindend.

Toen we voor de derde keer geland waren voelde ik me al een echte globetrotter. Zo snel gaat dat kennelijk en het kwam goed uit dat ik daadwerkelijk in een wereldstad was aangekomen. Al heb ik ook van New York niet veel meer gezien dan de binnenkant van de aankomsthal, de douane faciliteiten en de 'gates' van la Guardia airport. Mijn ervaring met het minuscule toilet aan boord wil ik zo snel mogelijk vergeten.

De plaatselijke tijd op IJsland moest volgens mijn ticket, bijna half negen zijn maar het leek me door het raampje gezien, een aanzienlijk stuk vroeger. Het was nog volop licht buiten en 't zag er in al z'n helderheid overweldigend uit. Het tijdverschil met Engeland wist ik wel, dat was maar een uur en of ze er last hadden van Noorderlicht had ik nooit geleerd maar het leek me niet voor de hand liggen. De hele vlucht naar Londen had overigens niet veel om het lijf. Even opstijgen en toen waren we er al. Het tripje duurde inclusief het taxiën hooguit drie kwartier en het viel me als luchtdoop een beetje tegen.

Toen ik een paar uur later naar Keflavik airport zat te turen nam naast me een vriendelijke maar reusachtige kerel plaats. Nadat we weer opgestegen waren en hij zich helemaal op zijn gemak had geïnstalleerd, heeft hij me gezellig keuvelend het een en ander over zijn vaderland zitten vertellen. Met merkbare trots voorzag John me van een reeks wetenswaardigheden over het dagelijkse leven in de United States of Amerika. Zo nu en dan voegde hij er wat historische details aan toe die mij onbekend waren uit de geschiedenislessen op school. Ze gingen over recente zaken en die waren in de vierde nog niet behandeld. De segregatie was wel aan de orde gekomen tijdens maatschappijleer, maar alleen summier besproken omdat we niet te 'krities' mochten worden geïnformeerd over onze bevrijders.

Zelf kwam hij uit de Big Apple, maar hij drukte me op het hart dat mijn verblijf in Philly of binnenkort Boston, niet al teveel zou afwijken van het leven zoals hij me dat probeerde voor te spiegelen. Hij vertelde over wonen, werken en eventueel het verkrijgen van een plaatselijke vriendin. Met een porretje in mijn zij en een schalkse blik voegde hij dat laatste eraan toe. Volgens hem vielen meisjes in Amerika als een blok voor jongens zoals ik. Al werd het me niet duidelijk of het dan ging om mij persoonlijk of mijn Europese herkomst. En in hoeverre hij daar als man kijk op had begreep ik ook niet.

291

Hij had het trouwens de hele tijd over de USA. Vanzelfsprekend sprak hij de letters met zijn Amerikaanse accent een beetje zangerig, bijna slepend met de klanken uit. Zoals hij het zei, klonk 't als joe-es-eej.

Als ik zijn woorden niet meteen leek te begrijpen, legde hij me overigens omstandig uit wat hij precies bedoelde. Of hij herhaalde nog eens wat hij zojuist had verteld. Geduldig legde John "just call me Joe" uit hoe ik me diverse termen en handigheden ter plaatse eigen zou kon maken. Omdat hij regelmatig op en neer vloog tussen Europa en zijn vaderland wist hij haarfijn hoe lang de reis ging duren en hoe uitgebreid hij zijn betoog kon maken. Het maakte mijn overtocht wel zo relaxed omdat ik erdoor afgeleid werd van de voorstellingen die me voorgespiegeld waren over het reizen met een vliegtuig. Het maakte de trip lang niet zo 'vervelend' als wel eens werd beweerd, al was de beenruimte inderdaad krap en had ik vlak voordat we boven Amerika aan kwamen opeens een flinke kramp in mijn linkerkuit gekregen. Even hinkelen over het gangpad had daar trouwens goed tegen geholpen. Thanks to Joe!

Ik had in de afgelopen maanden aan boord zo nu en dan wel eens wat Engels moeten spreken. Bijvoorbeeld als we in de Hamburgse haven waren. Maar ik zat qua spreekvaardigheid nog voornamelijk vast aan wat ik er gedurende de lessen op school van had opgestoken. Door de conversatie met mijn eerste Amerikaanse vriend deed ik echter een hoop ervaring op, al was het me aan zijn opmerkingen en verhalen opgevallen dat hij telkens erg veel nadruk legde op het feit dat hij een zwarte huid had. Dat had ik zelf natuurlijk ook al gezien, maar bij de impact van zoiets kon ik me niet zo heel veel voorstellen. Vanzelfsprekend was ik me nog niet bewust van de situatie die ik eenmaal op mijn bestemming aangekomen aan zou gaan treffen en onmiskenbaar wilde Joe me met al zijn nadrukkelijkheid een duwtje in een bepaalde richting geven.

Het voorlopige resultaat was dat ik me voornam om vooral toch kritisch te blijven. Ik zou me niet overgeven aan of mee te laten sleuren in, de door hem uitvoerig beschreven vormen van discriminatie. Daar zou overigens in mijn nieuwe omgeving niet veel sprake van zijn, omdat ik tenslotte niet naar de Zuidelijke Staten zou gaan. En ik zweeg vanzelfsprekend over mijn gastheer, want die kende ik nog uitsluitend uit de overlevering.

Het eerste vliegtuig waarin ik mee vloog, moest om even na drie uur opstijgen. Daarna zou ik een paar keer overstappen, maar echt fysiek van het ene toestel naar het andere lopen hoefde pas in New York. Daar ging de reis verder als lokale vlucht, bij een plaatselijke maatschappij.

Mijn reis had ik op nogal korte termijn moeten regelen. De route was niet de snelste, maar de meest betaalbare geweest. Het alternatief, een directe lijnvlucht van Amsterdam naar mijn bestemming, zou ik overigens niet eens hebben kunnen betalen. Mijn nicht had me gelijk vanaf haar eerste voorstel al duidelijk gemaakt dat ik mijn verblijf bij haar voornamelijk moest zien als een vakantie. De overtocht zou dus helemaal voor eigen rekening zijn en daar was nooit twijfel over geweest. Ik had ik er zelf ook uitsluitend tegenaan gekeken als 'een uitstapje'.

De retourvlucht had ik open mogen laten. Die hoefde slechts binnen een jaar na vertrek te vallen. Tegen die tijd zou de verbouwing ruimschoots gereed zijn en als de werkzaamheden naar wens verliepen had ik mooi de gelegenheid om er nog een paar weekjes vakantie aan vast te knopen. Wie weet kon ik zelfs helemaal naar de West Coast en dan kon ik evengoed ook daarvandaan terug naar Nederland reizen. Ik wist natuurlijk niet hoe duur het leven in de VS zou zijn, maar zoals het er naar uitzag kon ik met die travellers' cheques best een eindje komen en wie weet zou ik door zo nu en dan een baantje aan te nemen zo'n reis kunnen bekostigen.

Als ik in het najaar meteen op haar uitnodiging was ingegaan, had ik misschien een voordeligere vlucht kunnen boeken. Dan zouden Anne en ik samen hebben kunnen reizen en had ik die vakantieplannen in de tegenovergestelde volgorde kunnen uitvoeren. Ze had me dan bij mijn luchtdoop terzijde kunnen staan want nu verliep de reis aanvankelijk nogal verwarrend en kreeg ik alleen van mijn nieuwe vriend een ruggensteuntje. Maar die bleek ik eigenlijk niet echt nodig te hebben.

Volgens mijn moeder had ik er 'het vreemde gedoe met Antwerpen' niet tussen moeten laten komen. Het arrangeren van mijn reis was er door alle haast inderdaad een stuk chaotischer geworden, maar ze heeft me met mijn broertje erbij voor de gezelligheid, met de auto naar Schiphol gebracht. Ander vervoer reed er trouwens niet. Een taxi leek me overdreven, maar voor op de fiets was het te ver.

Door alle haast en onzekerheid kwamen we al om kwart over twaalf in de vertrekhal aan. We waren vooral bang dat ik te laat zou komen voor het inchecken. De juffrouw op het reisbureau had er namelijk zowel over gesproken dat ik me 'anderhalf uur van tevoren', als 'twee uur voor vertrek' moest melden. Om er zeker van te zijn dat er niks misging rond het inchecken of eigenlijke opstijgen, hadden we de gulden middenweg gekozen en waren op tijd van huis gegaan. Onderweg naar Schiphol deed zich ternauwernood oponthoud voor waardoor we dus al zo vroeg de hal

293

binnen kwamen wandelen. Ook op het parkeerterrein was namelijk meer dan voldoende plaats voor het Volkswagen Kevertje.

Toen ik eenmaal door de douane was moesten mijn familieleden ergens tussen de andere uitwuivers in de grote hal staan. Ik kon ze in de massa echter niet ontdekken. Omdat mijn moeder had beloofd dat ze er zouden staan heb ik toch maar even gezwaaid in de richting waar ik verwachtte ze aan te kunnen treffen. Stom genoeg had ik niet opgelet en onthouden wat voor kleur jas ze aan had getrokken en mijn broertje ging door zijn lengte helemaal verloren in de massa.

Nadat we met een uurtje vertraging opstegen was mijn avontuur eindelijk begonnen. Toch was ik door het lange zitten en de minimale beweging die ik had kunnen genieten, bij aankomst in New York verstijfd en op zijn zachtst gezegd, tamelijk vermoeid. Ondanks het korte slaapje dat ik had gemaakt omdat Joe na het eten boven de Atlantische Oceaan toch nog even stil was gevallen.

Het was er vroeg in de voormiddag plaatselijke tijd en buiten de hal scheen een pril voorjaarszonnetje, maar het voelde aan alsof ik al heel erg lang onderweg was. Daarmee zat ik er niet zover naast natuurlijk, maar qua dagverdeling was ik net na de lunchtijd aangekomen en dat was dus ook het moment waarop ik in Leiden van huis was vertrokken.

De gevoelstijden sloten niet helemaal goed op elkaar aan en er kwamen een opkomende hoofdpijn en de zeurende pijn in mijn spieren nog bij. Het kwam allemaal door het in een verkrampte houding hangen in de veel te krappe stoel. Overigens was het op de luchthaven alleen maar koud, er was ter plaatse geen spoortje sneeuw zichtbaar.

Ik had voornamelijk last van mijn humeur en daarom had ik te snel afscheid genomen van mijn nieuwe vriend. Door alle haastigheid realiseerde ik me te laat dat ik niet wist hoe ik eventueel weer met hem in kontakt kon komen. Hij had me verteld dat hij John heette, maar verder had ik geen aanknopingspunten. Het drong pas tot me door dat ik hem een kaartje had kunnen geven toen ik hem al door de uitgang weg zag lopen. Ik had ze nota bene speciaal voor dit soort gelegenheden laten maken op een verveelde middag bij 'n drukker in Hamburg. Ik zou me ermee kunnen legitimeren leek me en ik had er "arch. in opl." achter mijn naam laten zetten. Dat zou Joe waarschijnlijk niet begrepen hebben, maar het deed er niet meer toe. Er zaten er een stuk of vijftien in mijn binnenzak en de rest lag bij mijn ouders op mijn kamer. Het zou trouwens de eerste keer zijn dat ik er een aan iemand uitreikte en ik realiseerde me later dat mijn adres in Antwerpen er op stond. Daar woonde ik niet meer.

De eerste indruk die ik bij de de man van mijn nicht gemaakt heb, kan niet heel erg positief zijn geweest. Hoewel ik me toch echt voorgenomen had om vrolijk en opgewekt te doen. Maar dat lukte me na al die lange uren niet meer zo goed. Bernard, die om voor mij onduidelijke redenen door iedereen 'Buzz' of 'the Buzzer' genoemd werd, bleek een sportieve vent die me gelijk dezelfde avond al mee had willen nemen naar een 'game' in een van de 'ovals' in de buurt. Ook hij had ernaar uitgezien om 'kennis te maken'. Gelukkig begreep hij dat ik meer toe was aan een bed waarin ik me kon uitstrekken en hij zag in dat ik van een echte maaltijd een flink stuk op zou knappen. Bij voorkeur genoot ik dat van een echt bord, met echt bestek en iets te drinken uit een echt glas. Zonder dat je er eerst om moest vragen en vervolgens lang op zou hoeven wachten.

Hij is trouwens helemaal geen echte Amerikaan. Al mijn van tevoren gerepeteerde zinnetjes in het beste middelbare school Engels bleken overbodig. Als Nederlander van Surinaamse afkomst, sprak hij gewoon onze moedertaal en ik kon dus zonder er extra moeite voor te hoeven doen met hem converseren.

Ambities

Het geloei van de stofzuiger is opgehouden. Door het hele huis was het apparaat zeer overweldigend waarneembaar, maar nu kan ik horen hoe Helen boven mijn hoofd in het keukentje ergens mee bezig is. Met de bombarie van vallende slangen en slepende geluiden van waarschijnlijk het snoer over de vloer, heeft ze de lawaaimachine rechts boven mijn hoofd opgeruimd of neergezet. Maar de motor is stilgevallen. Er loopt een waterkraan en ik hoor haar boven mij, ter hoogte van waar het fornuis staat, heen en weer schuifelen. Zo te horen steekt ze er een pit aan en rommelt ze met spullen uit de een of andere kast. Afgaande op deze geluiden en de tijd zal ze wel thee aan het zetten zijn. Ze loopt een paar keer op en neer tussen de plek van de kastjes en ergens middenin de ruimte. Ik vermoed om kopjes neer te zetten of om de tafel alvast voor het avondeten in te dekken. Haar vader zal zo wel thuis komen met de twee meisjes. Ik besluit om ook nog even de rest van mijn rugzak in de kast te stoppen. Daarna kan ik naar haar toe gaan. Het mijmeren hier beneden heeft lang genoeg geduurd. Intussen moet ik eens in actie komen.

Meteen toen ik mijn kleren van de rugzak naar de kast verplaatste, heb ik een andere broek aangetrokken. De spijkerbroek die ik vanmorgen nog schoon heb aangedaan zit immers onder de vlekken. Hij hangt nu over de stoel bij het raam zodat ie kan drogen. Morgen kan ik de modder er waarschijnlijk gewoon afborstelen. Ik heb Helen verteld dat ik de afgelopen "dikke twintig jaar" in de Verenigde Staten, in Massachusetts heb gewoond. Hoe ik er ben gekomen, heb ik er alleen summier aan toegevoegd. Ik vond het voldoende om haar te vertellen dat ik tijdelijk bij een nichtje ben gaan wonen. En dat ik er vervolgens ben blijven hangen. Twee dagen geleden, toen we aan de telefoon zaten om de precieze tijd voor deze trip met elkaar te bepraten, vroeg ze me plompverloren. "Waar was jij na school eigenlijk opeens gebleven"?

In een slappe poging om geestig te zijn ging ik daar direct op in. "Ik ben natuurlijk gelijk naar huis gegaan. Om mijn huiswerk te maken".

Op een strenge toon, waar ik verder geen weerstand aan wilde bieden, stelde ze haar vraag nog eens, nadrukkelijker dit keer alsof ze geen uitvluchten meer accepteerde. Niet geschiedkundig juist, maar wel volgens de grote lijn heb ik haar wat meer over mijn belevenissen verteld.

Ik was nog te zeer onder de indruk van de verhalen over haar tijd in het Midden Oosten. Het leek mij daardoor dat mijn avonturen, voor zover je ze al zo kunt benoemen, daarbij grotendeels in het niet moesten vallen. Zoveel interessante dingen had ik feitelijk niet meegemaakt in de Verenigde Staten en omdat ik me door haar vraag enigszins overvallen voelde, wist ik niet hoe ik mijn verslagje er leuker of spannender op kon maken. "Nadat ik van school was getrapt ben ik na een tijdje maar bij een uitzendbureau gaan werken. Ik wist niet zo goed wat ik anders kon gaan doen en voelde me voornamelijk gesjeesd.

Iedereen uit de klas was nog eindexamen aan het doen. Of zoals jij al aan het studeren. Ik wilde niet de hele dag in mijn bed blijven liggen. Je weet hoe het er bij mij thuis aan toeging".

Ik wist niet of zij er van wist dat ik een tijdje op een baggerschip had gevaren, maar ik vond het niet nodig haar hierover nader in te lichten. De extra informatie deed er niet toe omdat het niets toevoegde. Het ging erom dat ik het huis uit was gegaan. Net zoals zij dat het jaar ervoor al gedaan had. De omstandigheden deden er niet toe. Het ging mij er alleen om om haar te vertellen dat ik het leven indertijd niet leuk vond.

"Mijn vader heeft indertijd nog een paar keer geprobeerd kontakt met je op te nemen. Hij heeft je een aantal keren thuis bij je ouders opgebeld".

Daar hoorde ik van op. Mijn moeder had me er nooit in over geschreven of verteld, ondanks dat ze toch regelmatig aan had gegeven, "het kontakt met me te willen bewaren". Ik kon niet zo goed plaatsen wanneer meneer de Winter opgebeld zou kunnen hebben. Wat had hij trouwens aan me willen vragen, wilde hij wat met me bespreken?

Ik kon haar niets anders zeggen dan dat ik na een tijdje naar Antwerpen was vertrokken, maar het stond me bij dat haar vader dat wist. Volgens mijn herinneringen had ik hem dat indertijd uitgebreid verteld. De exacte gang van zaken schoot me tijdens het gesprek niet te binnen, maar ik wist vrijwel zeker dat ik hem ooit op de hoogte had gebracht. Anders moest het wel een keer of wat aan de orde zijn gekomen toen ik haar moeder aan het helpen was met hun verhuizing. Ik was er indertijd nogal enthousiast over geweest, meende ik. Alleen wist ik me de juiste toedracht niet meer voor de geest te halen. Door haar directe gevraag overviel Helen me. Om geen stilte te laten vallen, volstond ik met een korte samenvatting en vertelde dat ik na de tijd in Antwerpen verhuisd was naar de Verenigde Staten. Geheel naar waarheid dat ik naar een nicht was gegaan om haar en haar man te helpen bij het opknappen van hun nieuwe huis.

297

We zijn er op dat moment niet verder op in gegaan. Het telefoongesprek kreeg door de tijd die ik elke keer toch nodig bleek te hebben om goed na te kunnen denken, te lange pauzes om nog vlot te verlopen. Ze moet eraan gemerkt hebben dat ik me overvallen voelde. Daarbij kwam dat ik me niet kon voorstellen dat ze na al die jaren nog echt zou willen weten hoe het in dat rampjaar met mij was vergaan. Het stond allemaal niet in verhouding tot wat ze tijdens ons etentje over haarzelf had verteld.

De vraag kwam bij me op wat het er toe deed. Helen moest toch begrijpen dat mijn ergste kwaadheid of misschien beter gezegd de teleurstelling, over de afloop van onze schooltijd, voorbij moest zijn. Ik mocht er toch van uitgaan dat er intussen voldoende water door de Rijn gestroomd was om het verleden te begraven. Zelf had ik de laatste jaren nauwelijks meer aan die vreselijke tijd terug gedacht omdat ik me bezig had gehouden met mijn nieuwe omstandigheden. Het leven was verder gegaan en dat gold toch voor ons allebei?

Vanmorgen in de trein bracht ze mijn verblijf in Amerika zogenaamd toevallig, ter sprake. Langs haar neus weg, wilde ze weten wat ik "al die tijd daar" had gedaan. Hoewel ik er intussen op verdacht was dat ze me deze dingen zou gaan vragen, overviel het me toch opnieuw. Ik zat ontspannen naar de meisjes te kijken en was er niet op voorbereid dat mijn historie bij haar leefde. Later bedacht ik dat ze zich kennelijk wilde voorbereiden op het weerzien dat ik met haar vader zou hebben.

Uit haar manier van vragen maakte ik op dat ze er misschien vanuit ging dat ik aan haar een andere interpretatie zou geven dan ik aan haar vader zou gaan vertellen. Het leek me of ze ze op een persoonlijke toon dacht te stellen, hoewel ik niet precies kan vertellen waar die indruk precies op gebaseerd is. Maar het kwam mij voor de de twee misschien gesproken hadden over wat ik haar verteld had en dat ze op voorhand een aantal onduidelijkheden wilde wegnemen.

Arie had de hele tijd in het tijdschrift van de spoorwegen zitten bladeren en Bea zat op haar knietjes naar buiten te kijken. Braaf als twee goed opgevoede, lieve, rustige kinderen. Geen zeur partijen, lastig gedrag of het gevraag om aandacht waarmee kleine kinderen zo vervelend voor hun ouders en omgeving kunnen zijn. In de VS spraken we in zo'n geval niet voor niets van een 'nuisance'. Deze kleintjes waren niet eens een beetje gaan lopen door de coupé, hoewel die toch verder onbezet was.

Ik had me er al over verbaasd dat Helen niet op dezelfde vreemde manier met haar dochters omging als ik de afgelopen weken hier in Nederland regelmatig had opgemerkt bij andere ouders. Als ik die bijvoorbeeld in de supermarkt of tijdens het wachten bij de apotheek bezig zag. Het was me opgevallen hoe nadrukkelijk kleine kindertjes hier vaak worden aangesproken. Alsof de ouder in kwestie aanspraak wilde maken op een gevoel van verantwoordelijkheid van het kind. Het verbaasde mij dan dat de kleuter daartoe al in staat scheen te worden geacht. Zo'n vader of moeder sprak altijd op een overdreven luide toon, duidelijk articulerend en daardoor vooral goed verstaanbaar voor de omstanders.

Ik had er de indruk bij opgedaan dat dit een specifiek Nederlandse vorm van opvoeden was. En vanwege het gebrek aan spontaniteit dat eruit naar voren kwam, hield ik er een tijdschrift of tv programma verantwoordelijk voor, want het leek me geen natuurlijke manier van doen. In de VS heet het 'peer pressure' en zoiets moest onmiskenbaar ook hier voorkomen.

Maar in mijn ogen zag het er vooral tegennatuurlijk uit. Gevoelsmatig leken de ouders geen eigen inbreng te hebben bij hun gedrag. Het kwam op me over alsof ze zo handelden om er 'punten mee te scoren' in de omgeving. Alsof ze wilden roepen; "Kijk mij eens mijn stinkende best doen bij het goede ouder spelen"! Er werd een rol gespeeld en iedere betrokkenheid of spontaniteit ontbrak er daardoor aan. Overigens sprak het smoeltje van een kind als die zo werd toegesproken weleens boekdelen. Ik heb er diverse keren om moeten lachen omdat ik dat in de VS nog nooit zo had gezien. In Amerika vindt de opvoeding voornamelijk achter de voordeur plaats of wordt volledig aan derden zoals hun school overgelaten. Kinderen tonen daardoor maar weinig gevoelens aan de buitenwereld, ze kunnen zich feitelijk volledig afsluiten. Zeker van de wereld van de volwassenen. Ik vond de open houding van de kindertjes hier dus verfrissend, al verbaasde het krampachtige gedrag van de ouders me dus telkens weer opnieuw.

Helen reageerde ook niet zo overdreven toen haar jongste dochter mij tegen m'n scheenbeen schopte in de trein. Op een heel normale toon heeft ze haar alleen maar even terzijde genomen en verteld dat dat zo echt niet kon. Haar correctie ging niet om mij, mijn ouder zijn of zoiets onbenulligs. Eigenlijk mocht ik de verwijten die ze haar dochter maakte niet eens horen. Die waren exclusief voor haar. Er was totaal geen sprake van verhalen over verantwoordelijkheid, respect of een andere vorm van onderscheid. Woorden die een kleintje van haar leeftijd immers toch niet zou begrijpen. Argumenten liet Helen bij haar terechtwijzing compleet achterwege, Bea werd alleen even 'nader opgevoed'. Er werd een kind door haar moeder gecorrigeerd. Even apart, privé. Het incident verschafte me wat bedenktijd en precies op het moment dat ik de vraag naar mijn

299

Amerikaanse avonturen wilde beantwoorden, kwamen we in de buurt van Utrecht aan. De meisjes moesten dus snel, snel, snel in hun jasjes worden gehesen. Mijn antwoord kon ermee naar een later tijdstip worden uitgesteld en in de bus kwam ze er niet nog eens op terug. Pas toen we een uur geleden onze lunch op hadden en nog wat na zaten te tafelen hierboven in het keukentje, stelde ze haar vraag nog eens.

"Ik ben nadat het huis van mijn nicht klaar was in een restaurant gaan werken. Eerst voornamelijk als hulpje. Later als kok".

Mijn opmerking levert de huidige verplichting op en die moet ik straks gaan vervullen door het diner van vanavond klaar te maken. Weliswaar heb ik mezelf alleen kok genoemd. Toch zijn ze er klakkeloos vanuit gegaan dat ik klaarblijkelijk goed genoeg moet zijn om een hele maaltijd te bedenken en klaarmaken. Helen wilde alleen nog weten hoe ik aan dat baantje gekomen ben en Joop vroeg waarom ik in de VS was blijven hangen. Ze interesseren zich er kennelijk voor.

"Mijn nichtje, meer haar man eigenlijk, had gehoord dat de eigenaar van het restaurant op zoek was naar een betrouwbare hulp.
Peter was eveneens van Nederlandse afkomst. Dat schiep feitelijk meteen al een band".

Zijn naam heb ik op z'n Amerikaans, meer als Pieter dus, uitgesproken. Ik reken er op dat dit genoeg informatie voor ze is, maar zowel Joop als zijn dochter zijn me vragend aan blijven kijken. Ze willen kennelijk meer van me horen. Toch weet ik niet wat ik er aan moet toevoegen. Wat kan ik er meer van maken, zodat het interessant voor ze wordt?

Hun afwachtende houding en de stilte die ermee gepaard gaat, maken me zenuwachtig. Ik krijg de indruk dat vader en dochter samen een complot gesmeed hebben. De ondervraging waaraan ze me daar aan het tafeltje onderwerpen, moet voortkomen uit een eerder gemaakte afspraak. Maar wat wil ik aan ze kwijt zonder dat ik mezelf tekort doe of ga overdrijven? Kan ik iets bedenken dat mijn verhaal de moeite waard maakt? Hier ter plaatse mijn geschiedenis interessant genoeg maken? Eigenlijk komt het me voor dat ze een verdeling hebben gemaakt en ik begrijp dat Helen in dit spel de woordvoerder is.

"In de keuken had ik uitsluitend Amerikaanse collega's. Tijdens het werk bij mijn nichtje in huis had ik trouwens al aardig wat ervaring opgedaan.
Met de taal natuurlijk. Maar ook hoe je jezelf tussen Amerikanen kunt bewegen. Intussen was dat steeds duidelijker aan het worden".

Ik kijk nog steeds tegen twee vragende gezichten aan.

"Ze zijn beleefd en lijken altijd heel vriendelijk natuurlijk. Maar dat is vooral om afstand te bewaren. Ondanks de meestal oppervlakkige gesprekken kun je wel tot ze doordringen".

Ik meen bij Joop een sprankje begrip op te zien flikkeren. Helen kijkt nog altijd vol verwachting naar me op.

"Ze zijn onze Hollandse openheid trouwens niet gewend. Maar ik heb veel met de bouwvakkers opgetrokken en ze hebben me een hoop geleerd. Vooral slang en een hele hoop platte opmerkingen. Dat wel".

Ik moet glimlachen om mijn eigen gevatheid, maar wil er geen voorbeelden van geven. Dat lijkt me met de kleintjes en opa erbij niet zo gepast. Waarschijnlijk moet ik er immers een uitleg bij verstrekken.

In aansluiting op mijn eerdere opmerkingen heeft Joop zijn kleindochters voorgedaan hoe je uit een oude krant een koksmuts kunt vouwen. Hij heeft het resultaat op zijn hoofd gezet en nu proberen ze er voor zichzelf ook een te maken. Hij verdeelt nu zijn aandacht over mijn relaas en de vorderingen die ze met hun knutselwerkje maken.

"Mijn nicht ging drie weken nadat we waren verhuisd al aan het werk. Ze had meteen toen ze in Allston was aangekomen een baan aangenomen.

Bernard woonde nog in Philadelphia natuurlijk, omdat ie zijn contract uit moest dienen. Maar zij was alvast over gekomen om samen met mij de verbouwing te begeleiden. Ik kon natuurlijk niet alle beslissingen alleen nemen. Het was hun huis. Meestal moesten er ter plaatse en aan hun persoonlijke smaak verbonden besluiten worden genomen".

Ik pauzeer even. Voornamelijk om te zien of ze begrijpen dat mijn nichtje mij achterna is verhuisd naar de nieuwe woonplaats.

Dat mijn verblijf in Philadelphia maar heel kort heeft geduurd, moeten ze er ook uit opmaken. Het lijkt me niet zo interessant om alle details nader uit te leggen. Even in korte tijd meer dan twintig jaar samenvatten, zonder dat het vervelend wordt lijkt me nogal een opgave. Dat ik voor langer dan slechts een paar weken naar Amerika verhuisd ben, hebben ze vast allang ingezien. Ik kan er verder niet zoveel meer over zeggen. Het is mij uiteindelijk ook allemaal gewoon overkomen. "Bij haar nieuwe baan hadden ze gevraagd of ze een paar dagen eerder kon beginnen en natuurlijk konden ze ook het geld goed gebruiken.

Echt Amerikaans allemaal, maar toen liet ze de hele verbouwing dus grotendeels aan mijn toezicht over".

Mijn gehoor begrijpt dat ik een hele verantwoording op me heb genomen. Ik zie het aan hun blik. Ze zijn minder nieuwsgierig geworden en zitten niet meer zo vragend naar me te kijken. "Om een uur of half zeven 's

301

avonds kwam ze thuis. En voor halfacht in de morgen ging ze weg. Het werk verliep goed en Anne had er genoeg vertrouwen in om het aan mij over te laten. Overigens zou nee geen optie geweest zijn hoor".

Ik voeg het laatste er aan toe, om aan te geven dat ik mijn nicht niets kan of wil verwijten. We zijn het er snel over eens dat er in Amerika heel hard wordt gewerkt en dat de arbeidsvoorwaarden daar totaal anders zijn. Ten overvloede heb ik het nog even over de vaak hele hoge eisen die er aan personeel worden gesteld. Of ze begrijpen dat ik vooral over mijn positie spreek of juist over die van de bouwvakkers of mijn nicht maakt niet uit.

"Ze moest veel van haar werk thuis voorbereiden. Daarom kreeg ik vrijwel volledig de vrije hand en kon ik zelf uitmaken wat ik deed".

Ik pauzeer weer even kort om mijn woorden te laten bezinken. Het lijkt me dat ze intussen door zullen hebben dat ik het er, doordat ik op deze manier aangesproken werd, erg naar mijn zin heb gehad. Dat vooral de plotselinge vrijheid en de verantwoording mij erg hebben aangesproken.

"Op vrijdagavond deden Anne en ik samen boodschappen. We gingen dan met de auto die ze overigens meteen na haar verhuizing aangeschaft had, naar een reusachtige mall in de buurt.

Maar in de rest van de week stond ik er voornamelijk alleen voor. Anne at onderweg even snel iets of bleef ervoor op haar werk. Maar in het weekend heb ik een paar keer voor ons samen gekookt. Wat daarvoor nodig was, had ik hier en aan boord al opgestoken".

Ik probeer aan te geven dat mijn nicht en ik er de moeite voor deden om het samen gezellig te maken. Dat we heus niet alleen maar aan het werk waren of ons uitsluitend daarmee bezig hielden. Ik neem aan dat ze nu wel zullen begrijpen dat ik me thuis begon te voelen in Allston.

Of ik ze ook moet vertellen over mijn fietstochten in de buurt en dat ik door mijn omzwervingen de omgeving steeds beter leerde kennen, is denk ik overbodig. Het lijkt me vanzelfsprekend.

"Er moest op de zolder een kamer getimmerd worden. En in de basement wilde Buzz een eigen *den* hebben. Daar wilde hij ter zijner tijd met zijn zend en ontvangst apparatuur gaan knutselen. Hij zou die ruimte later zelf wel verder afwerken. Als ik er maar de voorbereidingen voor trof.

Uitsluitend het grove, voorbereidende werk".

De meisjes hebben hun mutsen klaar en komen ze trots aan ons laten zien. Die van Bea moet nog iets worden aangepast omdat ie tot helemaal voor haar oogjes zakt. Joop staat op en loopt naar zijn werkkamer om er een paperclip voor op te zoeken. We wachter er even op tot hij terug komt.

302

Intussen bedenk ik dat de meisjes het misschien wel een leuke anekdote zullen vinden als ik ze vertel over het behalen van mijn rijbewijs. Als ik ze erbij betrek vinden ze het waarschijnlijk gezelliger. Ik realiseer me dat ze natuurlijk niet weten dat ik toen negentien was, of dat je in de VS. al met je zestiende een rijbewijs moet hebben. Bij nader inzien bedenk ik dat ze mij, sowieso gezien hun leeftijd al, erg oud zullen vinden. Voordat ik er over kan beginnen vat Helen de draad op. Joop is teruggekomen met een nietjes tang en nog voor hij weer is gaan zitten, wil ze weten waarom ik zo vaak aan de telefoon zit en waarmee ik het zo druk heb. Als excuus voor het uitblijven van mijn terugbel actie heb ik het zelf zo aan haar gepresenteerd, maar ik wil de chronologie in het verhaal niet verbreken.

"Peter, mijn baas dus, liet steeds meer dingen aan mij over.

Omdat ik een landgenoot van hem was kon ik bij het andere personeel al tamelijk snel een soort autoriteit opbouwen. Voornamelijk omdat ik zijn taal verstond natuurlijk.

En onderling konden we in het Nederlands met elkaar praten".

Ik kijk of ze het een interessante wending vinden.

"Vaak dachten ze bijvoorbeeld dat hij liep te schelden of ruzie had met zijn vrouw. Maar dat kwam vrijwel nooit voor. Peter was echt een hele toffe vent".

Ik kijk Joop aan. Zal hij begrijpen dat Peter de rol die hij hier voor me speelde van hem overgenomen heeft?

"We konden het al meteen erg goed met elkaar vinden. Die studentjes begrepen hem soms gewoonweg niet".

Dat we in het restaurant voornamelijk met studenten konden werken moeten ze van me aannemen. Het doet er niet toe dit verder uit te leggen. Ik ga er vanuit dat ze wel weten dat Boston een universiteitsstad is.

"Die jongens konden zijn opmerkingen soms niet plaatsen. En om eerlijk te zijn klinkt Nederlands wel een beetje rauw natuurlijk".

Zowel Joop als Helen beamen mijn opmerking door even te knikken. Het doet me goed dat ze aandachtig naar mijn verhaal luisteren. Hun belangstelling lijkt me echt.

"Ik kon meestal min of meer vertalen waar hij het wèl over had.

Dan stond ik er tussenin als een soort bemiddelaar.

Of het aan dat onbegrip lag weet ik niet natuurlijk. Maar er was een enorm verloop aan hulpjes en serveersters. Meestal studenten dus want daar woonden er erg veel van in de buurt.

Ook bij ons in Allston, meer Brighton eigenlijk dus".

Ik merk op dat ik het leuk vind om ze te vertellen over mijn werk in het restaurant. Van de omstandigheden en de verantwoordelijkheid die ik allengs op mijn schouders gelegd kreeg.

"Toen ik er goed en wel iets meer dan vijf maanden werkte kon ik de zaak al zonder zijn aanwezigheid draaiende houden".

Mijn opmerkingen zijn blijkbaar boeiend genoeg om er nog een tijdje voor aan de tafel te blijven zitten. Ze zitten aandachtig naar me te luisteren. Joop laat zich niet meer afleiden door zijn kleindochters, ze zijn in stilte naar de andere kamer afgedropen. Hij heeft zijn thee opgedronken en zet zijn kop terug op de tafel.

"Die Amerikanen werken weliswaar erg hard. Maar ze zijn niet bijster trouw. Als ze voor een paar centen meer of betere omstandigheden ergens anders naar toe kunnen, doen ze dat in een mum van tijd.

Opzeggen kennen ze niet. Alleen een telefoontje dat ze niet meer komen moet voldoen. Bijvoorbeeld als er gemakkelijker werk een paar minuten dichter bij hun woning is. Maar het sprak ook vaak mee dat het niet uitkwam met hun studie. Al was het werk meestal 's avonds, dan hadden ze overdag toch de hele tijd om te studeren".

Ik hoop dat ze ondanks alles begrijpen hoe eenvoudig ik me aangepast heb aan de omstandigheden in mijn nieuwe woonplaats. En dat me het geen moeite kostte omdat de omstandigheden zo snel wisselden.

"Op advies van Anne ben ik een cursus gaan doen. De verbouwing was uiteindelijk vrijwel klaar. Op en paar kleine klusjes na waren de veranderingen allemaal grotendeels gereed.

Ik ben aan de lessen begonnen toen de aannemer tijdelijk weg was. We moesten wachten tot hij terugkwam. En Bernard was intussen eveneens naar Allston verhuisd".

Ik pak de theepot om aan te geven dat ik nog wel een keer voor ze wil inschenken. Helen legt haar hand op die van haar en Joop wil alleen worden bijgevuld, voor mezelf schenk ik de mok helemaal vol.

"Voor mij was er al een poosje niet zo heel veel meer te doen. Zonder de aannemer kon ik alleen de kleine klusjes aan, maar hij was vrijwel klaar en kwam alleen nog zo nu en dan even langs om nog wat af te werken. Alleen van schilderen was nog niet zoveel terecht gekomen".

Ik wil ze wel vertellen over het slechte weer dat ons dat voorjaar plotseling ten deel is gevallen, maar laat het erbij. Ik roer wat suiker door mijn thee en leun achterover. Ik ben klaar met vertellen.

"Al voordat ik bij dat baantje buitenshuis werd aangenomen hadden we afgesproken dat ik nog een tijdje bij ze mocht blijven logeren. Ik hoefde er maar een klein beetje voor te betalen. Meer een compensatie voor het stroom verbruik en verwarming eigenlijk. Ik zou eraan voldoen met het schilderwerk en de zomer zat eraan te komen.

Het deed er niet toe hoe lang ik er over zou doen".

Ze zullen wel begrijpen dat de arbeidsomstandigheden in de loop van de tijd wat veranderd zijn. Toen ik pas was aangekomen, werd ik immers niet betaald voor mijn werkzaamheden. Dat waren we hier in Nederland, nog voordat ik goed en wel vertrokken was, al overeen gekomen. Het zou oorspronkelijk een soort vakantie zijn, waarbij ik me tussen neus en lippen door verdienstelijk zou maken. Maar omdat ik dit dankzij allerlei veranderingen in de plannen en het uitvoeren van extra werk letterlijk had weten te maken, leverde ik langzamerhand op meerdere manieren een uitgebreide besparing voor ze op.

Dat was ook de Amerikaanse bouwvakkers al opgevallen en ze hadden Anne en Bernard er diverse keren op gewezen. Daardoor hadden de twee besloten dat het realistisch was dat ze me zouden gaan betalen of zouden ondersteunen bij eventuele verdere plannen. Ze lieten het aan mij over, maar het kwam natuurlijk het beste uit als het ze zo min mogelijk geld zou kosten. Daardoor ging het dus in natura.

In het begin was het er voornamelijk om gegaan dat ik hen zou kunnen vervangen. Mijn aanwezigheid telde, maar later bleek ik handig genoeg om daadwerkelijk ingezet te kunnen worden. We waren er echter niet uitgekomen wat redelijk zou zijn. De oplossing waarbij ik dus met wat schilderwerk in een huisvesting gedurende mijn studie kon voorzien, bood ons alle drie een uitkomst. Het lijkt me dat ik al deze details nu niet verder hoef te verklaren. Over het hoe en waarom komen we, als ze ooit het naadje van de kous mochten willen weten, nog weleens te spreken.

"Samen met mijn nicht heb ik me aangemeld voor de cursus. Zij en haar man moesten borg staan voor de financiën. Ik had ook nog geen eigen vervoer. En, als buitenlander was ik natuurlijk niet te vertrouwen".

Ze kunnen om mijn grapje lachen.

"Het geld dat ik nog aan traveller's cheques over had was trouwens ruim voldoende voor de borg en het inschrijvingsgeld. En omdat hun reserves waren opgegaan aan de verbouwing kon ik ze eenvoudig terug betalen.

Ze konden dus wel borg staan omdat dat moest. Maar het was helemaal niet nodig. Het ging meer om het idee".

Ik wil vooral benadrukken dat ik zelf de verantwoording heb genomen over mijn opleiding maar zie, terwijl ik 'm maak, niet in wat ik ermee aan mijn verhaal toevoeg of wat het er aan af doet. Het is alweer heel lang

305

geleden en ik kan me eigenlijk niet voorstellen dat Joop of Helen zich voor de geest kunnen halen, hoe het er indertijd met mij voorstond.

"Op de cursus ging ik leren koken. Ik kon er mijn vakpapieren voor in de keuken en het voeren van een restaurant behalen".

Ik laat een stilte vallen, mijn toelichting wil ik even laten doordringen.

Dat ik met die Amerikaanse papieren hier in Nederland of überhaupt in Europa, niet zoveel aan kon vangen, moeten ze zelf maar bedenken. Joop zal vast wel weten wat een vakopleiding uit Amerika hier waard is en naar ik aanneem weet Helen dat ook vast wel. Ze heeft me kortgeleden zelf zitten vertellen hoe haar vriendinnen uit het Midden Oosten, het juist om dezelfde reden zinloos vonden om een studie af te maken, of er zelfs een te beginnen. De dames zouden immers nooit weten waar ter wereld ze via het werk van hun echtgenoot terecht zouden komen. Het was volgens haar een mooie reden voor ze geweest om zoveel mogelijk te ontspannen, daar had ze zich vreselijk aan geërgerd.

Wat het niveau van de door mij daar genoten opleiding is, kunnen ze niet weten. Ik laat het in het midden. "Vanzelfsprekend mocht ik niet zomaar dat restaurant bestieren. Daar waren allerlei regels aan verbonden. Eigenlijk net zoals hier".

Ik wil niet verder over de opleiding uitweiden, dat ik er kok geworden ben is voor dit moment voldoende informatie. Ik vertel dat de universiteit waar de lessen werden gegeven, in het stadsdeel Cambridge ligt en dat ik dus evengoed kan stellen aan die universiteit afgestudeerd te zijn.

Voor de grap en met enige nadruk laat ik het woord Harvard een paar keer vallen en spreek het nadrukkelijk 'deftig' uit. Niet op z'n Amerikaans, maar meer Engels. De faam van het instituut is tenslotte niet voorbehouden aan de Verenigde Staten, ook hier is het een tamelijk bekende, gerenommeerde naam. Het bevalt ze.

Helen is erdoor in de lach geschoten.

"Niet zomaar een opleiding dus. Een echte academische".

Ze is opgestaan om de meisjes te helpen bij het aantrekken van hun jas. Haar vader gaat de boodschappen doen en wij moeten nodig eens aan de slag in het huis. In het langslopen tikt ze me even op mijn schouder. Ik zie niet of ze het met opzet doet. Kan ik het zien dat ze me ermee aanmoedigt, begrip wil tonen of is het louter toeval?

Buiten is het opgehouden met regenen. Er waait nog wel die sterke wind, maar in ieder geval is het nu droog. Joop is haar naar de hal achterna gelopen om er zijn eigen jas te pakken. Uit de kast tovert hij een tas op wielen tevoorschijn. "De bejaarden tas".

Triomfantelijk heeft hij het inderdaad nogal rare ding even schuin voor zich omhoog gehouden. Ik sta ook op en zet de lege mokken en de bordjes op de aanrecht. Aangestoken door overwegingen die te maken moeten hebben met de Hollandse zuinigheid, schenk ik het laatste restje thee voor mezelf in. Het praten heeft me natuurlijk ook dorstig gemaakt, maar ik wil de paar slokjes die nog over zijn, niet zomaar weggooien. Ik laat de gootsteen vol lopen met warm water en begin aan de afwas.

Met veel tumult stommelt het gezelschap de deur uit en de trap af. Helen roept ze nog wat na, maar dat kan ik niet verstaan. Het lopende water en de tocht die het raam laat rammelen, overstemmen hun stemmen. Als ze de keuken weer binnen komt, vraagt ze me of in "daar" misschien ook getrouwd was. Ik maak uit haar opmerking en de toon waarop ze het me vraagt op dat ze ervan uitgaat dat ik gescheiden, of net zoals zijzelf misschien, weduwnaar ben. Ze gaat achter me aan de tafel zitten.

"Mijn baas Peter, iedereen sprak dat op z'n Engels uit natuurlijk, had een dochter. Die heet net zoals haar moeder Els. Alleen kunnen ze dat daar niet zeggen, dus iedereen zei Alice. Toen ik net bij hem kwam werken zat Els nog op de middelbare school.

Zij zat op Cambridge college en ik deed nog dat werk bij mijn nicht".

Ik kijk even over mijn schouder en probeer aan haar gezicht te zien of mijn antwoord voldoende is. Klaarblijkelijk houdt het haar bezig wat ik in de Verenigde Staten heb uitgevoerd, maar ik kan me niet voorstellen dat ik haar met allerlei details moet vervelen. Bij nader inzien kan ik me overigen niet veel herinneren dat nu en hier interessant genoeg kan zijn om over te vertellen. De jaren daar zijn aan me voorbij gevlogen. Ik heb er wel wat meegemaakt natuurlijk, maar is het de moeite waard om erover uit te wijden? En beantwoordt het dan de vraag die haar bezig houdt?

"Toen ik aan de kooklessen begon ging ik met de bus en moest ik daarna nog tien minuten lopen, maar later kon ik met haar meerijden naar school. Omdat ik zelf nog geen rijbewijs had. Het was, ondanks de omweg om de Massachusetts Turnpike te omzeilen, maar een ritje van hooguit twintig minuten. Ik had toen nog geen fiets en liep eerst naar hun huis.

Het was eigenlijk pal om de hoek bij Anne, ook zo'n tien minuten lopen. Al vindt men dat daar al een heel eind".

Ze zit nog steeds in een afwachtende houding, achterover geleund op de stoel, naar me te luisteren. Ik zie het als ik me weer even omdraai om een schoon en afgedroogd bord op de tafel voor haar neer te zetten. "Els en ik hebben elkaar langzamerhand wat beter leren kennen. Ze bleef meestal namelijk een tijdje op me wachten tot ik klaar was met mijn lessen op de HBS. De Harvard Business School".

Snel verbeter ik me. Hierdoor klinkt het klaarblijkelijk nogal grappig, want Helen schiet in de lach om mijn onbedoelde grapje.

"Meestal had ze dan in de auto of de cafetaria van het hoofdgebouw op de campus aan haar huiswerk zitten werken. Als ik klaar was zagen we elkaar daar dan weer. Ik was altijd later klaar dan zij, maar 's ochtends was ik meestal veel te vroeg. Dan wandelde ik een tijdje over het campus terrein naar het gebouw waar ik les had.

Toen die cursus begon was het er prachtig. Mooie tuinen vol met uitlopende struiken in allerlei kleuren".

Ik draai me om en kijk naar het troosteloze uitzicht buiten. Ze zal wel begrijpen dat het daar toen veel mooier was dan nu hier. Het hele begrip 'Indian spring' is hier nauwelijks bekend. Er is nu voornamelijk sprake van een 'terrible autumn', als ik naar buiten kijk.

Het onderscheid tussen de jaargetijden is in New England toch aanzienlijk mooier met alle kleuren van de verschillende bomen. Er staan daar meer verschillende soorten door elkaar dan die paar types naaldbomen die we hier een bos durven te noemen. Meer soorten struiken ook, er is gewoon ontzettend veel verscheidenheid. Ik ga bij haar aan tafel zitten. De afwas is bijna klaar, ik hoef alleen onze mokken nog maar te doen. Ik pak de mijne op en drink 'm leeg.

"Soms liep ze voordat we naar huis gingen even met me mee om uit te leggen wat ik 's morgens hier of daar gezien had. We raakten bevriend en het liep na een poosje uit op een soort verkering".

"Zoals je op school vaak met Anneke ging wandelen?

Hoe oud waren jullie toen"?

Ik moet er even over nadenken, doe dat hardop.

"Els is bijna twee jaar jonger dan ik. Ze zal op dat moment dus net of bijna achttien zijn geweest".

Ze kijkt voor zich uit. Ik ga er vanuit dat ze nu voor zichzelf uitrekent wat zij toen aan het doen was. Ik sla ook aan het rekenen. Helen is op een paar weken na net zo oud als ik. Al weet ik niet meer of ze ouder of juist jonger is en wat dus de juiste verhoudingen zijn waarmee ik rekening moet houden.

Zij moet als ik het goed heb, net aan het einde van haar tweede jaar in Amsterdam hebben gezeten.

"Die Peter bond dus eigenlijk de kat op het spek?

Door jullie samen naar school te laten gaan"!

Ze voegt het er snel aan toe, alsof ze zichzelf wil corrigeren, maar zo heb ik er nooit tegenaan gekeken. "Misschien wel maar je moet niet vergeten dat hij mij wel een goede partij vond.

Ik denk dat ik 'm een beetje aan thuis, aan Nederland deed denken.

En, hij was altijd erg tevreden met me. Zeker zakelijk gezien.

Je moet trouwens niet vergeten dat Amerikaanse kinderen veel sneller volwassen zijn dan wij hier. Ze zijn al veel jonger op zichzelf aangewezen en moeten al jong voor zichzelf op komen.

Els was op die regel geen uitzondering. Ze had werkende ouders die bijna nooit thuis waren als zij er was. En ze moest toen ze een jaar of twaalf was al een flink stuk reizen naar haar college.

Niet zoals hier lag haar school pal om de hoek tenslotte".

Ze heeft niet in de gaten dat ik haar met mijn toevoegingen probeer te plagen. Ik kan haar opmerkingen namelijk niet zo goed plaatsen. Zit ze hier nu opeens jaloers te zijn? Zo klinkt het namelijk wel.

"Vaak stond hij er op dat ik na het werk nog even met hem mee naar zijn huis ging. Even wat drinken of een klein hapje eten bij hem in de keuken".

"Woonde je toen nog bij je nicht"?

"Eerst nog wel. Toen het duidelijk werd dat het met die baan en mijn studie wat zou worden ben ik op zoek gegaan naar een eigen kamer. De verbouwing aan hun huis was intussen ook al klaar tenslotte. Ik hoefde alleen nog maar een deel van het hek buiten in de tuin, te verven.

Dat kon ik ook later in het jaar nog wel doen. In de herfst of aan het einde van de zomer. Als ik mijn course afgerond had".

"Wilde je dan niet terug naar Nederland"?

Ik verbaas me een beetje dat ze het vraagt. Het moet haar toch duidelijk zijn dat ik het in de tijd voor mijn vertrek naar Amerika niet naar mijn zin had thuis. Ze moet dat toch op zijn minst uit de verhalen van haar vader op hebben kunnen opmaken. Ze beroept zich erop dat ze met hem over me heeft gesproken. Dan moet mijn wanhoop uit die tijd toch minimaal een keer ter sprake zijn gekomen. Het verbaast me dat ze niet inziet dat ik, als ik toch opnieuw moest beginnen, zoiets net zo goed in de V.S. kon doen. Daar lagen voor mij intussen meer kansen dan in Nederland.

Als ik terugkwam dan zou ik twee jaar hebben verspeeld. Het valt me tegen dat ze niet inziet dat ik, sowieso gevoelsmatig, mijn schepen achter me verbrand had. En wat had ik trouwens met dat diploma, waar ik toch hard voor aan het werk was om dat te halen, moeten aanvangen? Dat ik er hier niet veel mee kon aanvangen, moet ze toch ook inzien?

Ik drink mijn mok leeg en zet 'm op tafel. "Hoewel mijn nicht zo'n beetje bij Peter's restaurant om de hoek woonde, vond ik een appartement een paar straten verderop met twee kamers en een keukentje.

Een hele grote op de hoek van het gebouw met aan twee kanten ramen en daarnaast nog een iets kleinere kamer parallel aan het gangetje. Je kent het vast wel uit allerlei Amerikaanse films. Je valt er zogezegd met de deur in huis. Dat is heel gewoon, veel mensen wonen daar zo.

De kleinste van de twee liet zich perfect inrichten om er te kunnen slapen. Naast het tafeltje paste de klerenkast die ik van Bernard en Anne had gekregen er precies naast mijn bed. En dan kon er nog een stoel bij.

In de grote kon ik studeren, op vrije dagen een beetje rondhangen en naar de tv kijken, die had ik ook van ze gekregen".

Allemaal niet te vergelijken met de luxe die zij meegemaakt moet hebben tijdens hun verblijf in het Midden Oosten, maar het was onmiskenbaar beter dan het standaard studenten kamertje in Nederland waar veel van mijn oud klasgenoten naar alle waarschijnlijkheid op terecht waren gekomen. Of hoe zij erbij gezeten zal hebben bij haar tante in huis.

"Ik mocht van mijn nicht een hoop spullen meenemen. Dingen die ze toch niet meer gebruikte. Die stonden in het kamertje dat ik voor Buzzer had gemaakt in de weg en hij was er reuzeblij mee dat er ruimte vrijkwam in zijn werkplek".

"En was je nicht Anne niet blij dat je op jezelf, in je eigen appartement met die grote en een kleinere kamer ging wonen"?

Ze valt me in de rede met de termen die ik zelf gebruik, imiteert mijn toon van spreken. Het klinkt grappig.

"Ze had zich ten opzichte van het thuisfront natuurlijk wel de zorg voor haar neef op de hals gehaald. Oorspronkelijk zou ik slechts een paar weekjes bij haar blijven. Ik zou er alleen maar een poosje gaan logeren en intussen zat ik er al meer dan vier en een halve maand".

Om te benadrukken welke impact ik op het leven van mijn nichtje en haar man uitoefende, laat ik even een stilte vallen.

"Ik was overduidelijk niet van plan om binnen afzienbare tijd gebruik te gaan maken van mijn retourticket. Het werd daar steeds mooier weer en ik zat op school voor een baan die me leuk leek.

Ik begon me in Allston zeg maar Brighton of nog beter groot Boston steeds meer thuis te voelen. Ik kreeg er steeds meer aanspraak".

Het lijkt me dat Helen nu wel door moet hebben dat mijn situatie er anders uit heeft gezien dan die van haar. Ik sta op om mijn lege thee mok in de gootsteen te doen. Ik spoel 'm om in het sop dat er nog staat en laat het dan weglopen. De vaatdoek maak ik nat met het weglopende water.

Daarna spoel ik 'm na. Met de vochtige lap maak ik de tafel en het aanrechtblad schoon. "Als ik in het weekend ergens naartoe wilde kon ik meestal wel met iemand mee rijden.

Maar ik vond het niet erg om zo nu en dan het stukje te fietsen".

"Dat vonden ze zeker wel een beetje raar"? Braaf tilt ze haar ellebogen op om me de natte lap eronderdoor te laten halen. Ik vertel dat er meer Nederlanders in de buurt woonden, maar laat doorschemeren dat ik het feitelijk een rare opmerking vind.

Het is in de omgeving van Boston tamelijk plat en ook Amerikanen fietsen natuurlijk wel eens. Korte ritjes dat wel, maar evengoed is een fiets echt niet zo'n vreemd vervoermiddel als veel Nederlanders weleens denken. Zeker niet nu de sport manie toegeslagen heeft. Ik blijf even bij het aanrecht staan, met mijn rug naar haar toe. Door het raam erachter kijk ik naar buiten. Helen zit nog steeds aan tafel.

Ze wacht kennelijk op wat ik haar nog meer te vertellen heb, maar we moeten aan de slag. Ik weet niet hoe lang Joop nodig heeft voor de boodschappen en vraag me af of Helen dat stofzuigen nog gaat doen. Ze had het toch aan haar vader beloofd?

Toch wil ik het verhaal wel aan haar vertellen. "Peter kreeg twee maanden nadat ik als kok afgestudeerd was, kanker.

Hij had al een tijd lopen klagen over buikpijn, maar natuurlijk was hij niet meteen naar de dokter gegaan. Pas toen de pijn steeds erger werd, ging hij eindelijk. Vooral omdat Els, zijn vrouw, het hem gebood".

Ik draai me om. "Na een aantal onderzoekjes al stond het vast.

Hij moest geopereerd worden. Als ie tenminste geen uitzaaiingen had.

Dat moesten ze dus eerst nog onderzoeken".

Ik heb me met mijn billen tegen de rand van het aanrecht aan laten zakken. Het is nog een heel stuk dat ik verder moet, als ik haar het hele verhaal wil vertellen. Ze zit een stukje lager dan ik, zodat ik op haar neer moet kijken. Het geeft me overwicht, maar ik vind dat niet prettig. Als ze me wil aankijken moet Helen haar hoofd iets achterover houden. Het maakt haar blik nieuwsgierig, haar houding extra vragend.

Ik besluit haar de details over Peters' ziekte te besparen. Het doet er niet toe en zal me waarschijnlijk in een sombere stemming brengen. Hij is me erg dierbaar geworden en nu ik over hem sta te vertellen dringt het tot me door hoe erg ik hem mis. Ik kan mijn verhaal dus beter over een andere, meer algemene boeg gooien.

311

"Het restaurant was eigenlijk nogal on Amerikaans. Peter had het vernoemd naar zijn vrouw, Els. Uiteindelijk was zij er oorspronkelijk mee begonnen. Toen hij nog bij een baas werkte, was zij in een van de voorkamers van hun huis een snackbar met eraan vast een lunchroom begonnen. Dat maakte het oorspronkelijk háár zaak natuurlijk.

Later hebben ze samen een ruimte in het centrum gehuurd. Dat is het eerste restaurant geworden. Maar de naam Alice's Restaurant was natuurlijk ontleend aan dat liedje van Arlo Guthrie. Dat kennen bijna alle Amerikanen wel. Het is bijna een *standard*.

En het was vanzelfsprekend een leuke woordspeling op haar naam".

Ik voel hoe de kou en de vochtigheid van de rand van het aanrechtblad door mijn broek heen beginnen te dringen. Het zit niet lekker, maar ik wil mijn verhaal niet nogmaals onderbreken. "We voerden een min of meer Europese kaart. We hadden bijvoorbeeld zuurkool en worst voor de Duitsers. Onze pannenkoeken waren voor de Russen en Nederlanders. Alles naar origineel recept en we hadden ook een aantal streekgebonden gerechten op de kaart.

Dat was oorspronkelijk het idee van Els. Om niet alleen klassiek Engelse dingen op de kaart te hebben. Die zijn in de omgeving natuurlijk erg populair, naast het obligate Amerikaanse voer".

Ik probeer zoveel mogelijk ironie in mijn toon te leggen en hoop dat ze het grapje van mijn toevoeging inziet. Ze wil weten of het restaurant zich in een "houten loods" of in "een echt gebouw" bevond.

Wat het ertoe doet, is me niet duidelijk. Ik reageer kortaf op haar vraag en vat samen dat het restaurant te vinden was in een tamelijk ruim gebouw dat net buiten het blok met de grote shopping mall stond. Dat het op de hoek van twee belangrijke straten lag en inderdaad van steen was. Dat er aan de straatkant ook een terras aan vastzat lijkt me duidelijk maar voor de zekerheid vermeld ik het toch, om het beeld kompleet te maken.

"Het was Peter en Els's droom om Amerikanen te laten zien hoe er in Europa, los van de bekende Franse of Italiaanse gerechten, gekookt werd. Pizza tenten en een soort bistrootjes waren er natuurlijk wel".

Ik vraag me af of ze Boston of de omgeving kent. Weet ze hoe de stad er uitziet? Of New England in het algemeen? Ze moet aan de hand van de plaatsnamen die ik genoemd heb, begrepen hebben dat deze voornamelijk verwijzen naar oorspronkelijk Engelse plaatsen. In de gauwigheid kan ik me geen film herinneren die er speelt en duidelijk kan maken hoe de invloed van de universiteit er overal merkbaar is. Ik weet trouwens niet eens of zij zo'n film dan ook gezien heeft en dat maakt de afstand tussen onze werelden opeens vreselijk groot. Kan ze zich voorstellen hoe de stad er eigenlijk heel Europees uitziet en hoezeer die in de historie van de Verenigde Staten verankerd ligt?

En moet ik dat nu aan haar gaan uitleggen?

Het lijkt me niet van pas komen, we moeten gauw eens wat gaan doen en kunnen hier niet de hele middag aan deze tafel blijven kletsen. Trouwens ik merk dat de aandacht bij ons allebei begint af te nemen. Futiliteiten zijn aardig en je kunt er natuurlijk eindeloos over uitweiden, maar ze moeten niet gaan overheersen.

Dat van die 'Tea Party' zal ze nog wel van school weten.

"Toen Peter steeds minder in de zaak kon zijn, nam Els de leiding over. Maar de dagelijkse rompslomp liet ze grotendeels aan mij over.

Ik stelde toch meestal de kaart al samen. Allengs kreeg ik de volledige verantwoording. Dan hoefden we daar niet meer over te overleggen.

Els, de moeder van mijn Els die daarom Alice werd genoemd dus, had er eigenlijk niet zoveel kaas van gegeten. Ze liet de dagelijkse gang van zaken altijd zoveel mogelijk over aan Peter. En daarna dus vooral aan mij. Daar kwam nog bij dat ze na verloop van tijd vaker met haar man mee ging naar het ziekenhuis. Daar stonden Els en ik intussen namelijk op.

Vooral omdat hij steeds zieker leek te worden.

Hij kon het niet meer aan om alleen te gaan".

Ik sta op en doe een paar stappen naar de deur van de hal. Het is in het keukentje intussen aangenaam warm geworden. Geen temperatuur voor alleen een t-shirt, maar genoeg om in actie te komen.

"Eerst ging ik elke avond even bij ze langs. Om de zakelijke gegevens door te nemen.

Als ik niet zelf hoefde te werken, haalde ik bij het restaurant de bonnen er even voor op. En ik nam de omzet mee uit de kas want die moest in de kluis op hun slaapkamer worden opgeborgen".

Ik ben halverwege het aanrecht en de deur blijven staan en heb me weer in haar richting omgedraaid. Helen is aan de tafel blijven zitten. Ik heb haar nodig om mij wegwijs te maken in het huis. Daarom blijf ik op haar wachten, maar ze staat niet op.

"Later nam ik ze als ik klaar was gewoon mee naar mijn appartement. Zo lang Peter de verantwoording niet zelf kon dragen, wilde ik voorkomen dat de zaak aan slecht beleid ten onder zou gaan. Zijn dromen moesten uitkomen, leek me".

Ik maak een stap terug naar de tafel en pak een van de stoelen bij de rugleuning. Door 'm eronder te schuiven wil ik aangeven dat we aan de slag moeten. Ik schuif ook de andere stoel aan en blijf staan achter degene waarop zij zit. "Meestal werkte ik echter laat. Dus dan konden Alice en ik onder het genot van een biertje of een glas wijn samen de boekhouding voor haar ouders bijwerken. We deden dan ook gelijk de bestellingen. Die spraken we in op het antwoordapparaat van de leverancier. Dat was toen nog heel modern hoor.

Els had intussen door dat haar dochter en ik veel beter voor het restaurant konden zorgen dan zijzelf. Ze trok zich meer en meer terug. Al vermoed ik dat haar man bij die ontdekking ook van invloed is geweest".

Ik heb de stoelen, behalve die waar zij op zit, al vertellend in het gelid rond de tafel geschoven. "In het weekend, als hij wakker was en zich er goed genoeg voor voelde, besprak ik met hem de lopende zaken. We deden dat samen aan de keukentafel. Eigenlijk zoals dat tot aan zijn ziekte ook al ging".

Helen is ook opgestaan. Ze schuift haar stoel aan en komt achter me aangelopen. We zijn eindelijk onderweg naar de benedenverdieping.

Terwijl we de trap af gaan probeer ik haar te vertellen hoe we plannen maakten voor een tweede zaak die Peter wilde gaan openen. Hoe we daar meer exclusieve gerechten zouden gaan serveren. Vooral veel meer verse dingen en allemaal pas vlak voor het opdienen toebereid.

"Er moest een gezellige, wat meer Europese ambiance komen. Onze eerste zaak had toch vooral de tl-verlichting en geplastificeerde, formica tafeltjes zoals je die in Amerikaanse films wel eens ziet.

Of op dat schilderij van Hopper, met die bijna lege cafetaria erop".

Ik heb de rugzakken van de meisjes opgepakt en draag ze samen in mijn linkerhand de trap af. Helen blijft intussen vlak achter me lopen, kennelijk wil ze niets missen van wat ik zeg. Haar nieuwsgierigheid is nog niet bevredigd. Half over mijn schouder vertel ik dat we er een leuke sfeer met netjes ingedekte tafels, kaarsen en peper molens erop wilden creëren.

Hoe Peter er graag een soort bistro van wilde maken zonder een expliciet Franse uitstraling. Ik laat haar voorgaan de kamer in waar ze de bagage wil hebben. "Ik was daar overigens nog nooit geweest en kende zo'n Frans sfeertje dus eigenlijk helemaal niet".

Ik zeg het terwijl ze zich langs me door de deuropening de kamer in wurmt en maak me er zo dun mogelijk voor. Ze blijft even vlak voor me op de drempel staan.

"Toen was je dus net twintig en je bestierde een heel restaurant"?

Verbazingwekkend dat ze zoiets ongelofelijk vindt. Ik doe een stapje achteruit en blijf op de gang wachten. Bang iets kostbaars om te stoten

314

loop ik niet achter haar aan de nog veel te duistere kamer in. Het dringt tot me door dat zij op dat moment misschien net derdejaars was en dat ze nog grotendeels onder de hoede van thuis verkeerd moet hebben. Misschien kende ze Hans al, maar dat wil ik niet aan haar vragen. Ik weet niet wanneer de practica beginnen in haar studie.

Ze haakt in de kamer de luiken, die nog voor de bovenlichten zitten, los en zet ze naast de kast tegen de muur aan. Ook de luiken voor de ramen in deuren haalt ze er nu vanaf. Netjes zet ze ze tegen de andere aan. Er is precies genoeg ruimte voor uitgespaard tussen de deur en de klerenkast.

"Het was zomer toen Peter voor de eerste keer opgenomen werd. Zoals je weet ben ik in juli jarig. Ik was toen dus inderdaad twintig".

Ze is terug de gang opgekomen en gaat de kamer met de stapelbedden in.

"Toen heb ik een tijdje de leiding helemaal op me genomen. Els kon het op dat moment niet meer aan. Dat sprak vanzelf. Ze had toen al bijna twee maanden zowat dagelijks met haar man op en neer gereden naar het ziekenhuis aan de andere kant van Boston.

Een enkele keer moesten ze twee keer op een dag".

Helen knipt een lichtje aan en doet een van de rugzakjes van haar dochters open.

"Dan moesten ze er eerst naartoe voor een onderzoek.

En later nog eens voor de uitslag".

Ik kijk hoe ze de inhoud op een van de bedden uitschud. Ze maakt ook de andere open en draait zich naar me toe. Ze wacht af of ik verder ga met mijn verhaal en blijft ermee in haar handen staan. Ik zie hoe ze ook deze leeg schudt op het bed.

"Omdat ze hun dochter niet alleen thuis durfde te laten ben ik toen voor de tijd die het zou gaan duren bij haar ingetrokken. Dan hoefde ze 's avonds niet alleen te zijn in het grote, lege huis. Els mocht namelijk in die spannende tijd bij Peter in het ziekenhuis blijven logeren".

Helen heeft hier ook het andere luik voor de bovenlichten weggeschoven en de gordijnen open gedaan. Ik ben de hele tijd in de deuropening blijven staan. Zij staat bij het raam en kijkt me daar vandaan met een verbaasde blik aan. Door het licht dat intussen de kamer gevuld heeft, kan ik haar duidelijk zien en de verbaasde blik waarmee ze kijkt valt me op.

"Netjes in de logeerkamer hoor.

Heus niet wat jij denkt".

Allebei tegelijk schieten we in de lach. We staan hier als volwassenen tegenover elkaar maar het lijkt erop of we elkaar nu plotseling weer net zo preuts als vroeger, verantwoording afleggen voor zaken die meer dan

315

eenentwintig jaar geleden zijn voorgevallen. Gelukkig kunnen we er allebei de humor van inzien. Op datzelfde moment dringt het tot Helen door dat ik mijn rugzak boven aan de trap heb laten staan. Ze legt me uit dat het in haar bedoeling ligt dat ik samen met haar op de kamer verderop in de gang slaap. "Tenzij je liever bij mijn vader of in de huiskamer op de slaapbank wil liggen".

Toen ik haar vader vanochtend weer zag was het vanzelfsprekend een hele tijd geleden dat we elkaar voor het laatst gezien hadden. Toch paste hij bij het beeld dat ik me de afgelopen dagen in mijn hoofd van hem had voorgesteld. Vanzelfsprekend was hij ouder geworden en ik moest daarom toch nog even een tweede keer kijken toen de bus bij de halte aankwam. Maar het gezag en de eruditie die ik altijd zo in hem had gewaardeerd omringden hem nog onmiskenbaar. Daar stond weer precies de wijze persoon die ik me bij hem had voorgesteld en herinnerde.
Nieuwsgierig had ik uitgekeken naar dit weerzien, maar anderzijds was ik er toch een beetje bang voor geweest. Hij had indertijd ontegenzeggelijk erg veel voor me betekend en ik had me zo nu en dan afgevraagd of ik door m'n vertrek in zijn ogen misschien was weggelopen. Vooral in de tijd toen ik pas in Antwerpen zat, heb ik me wel eens afgevraagd of hij misschien vond dat ik was "gevlucht voor de realiteit". Zo heeft hij het indertijd tenslotte weleens tegen me genoemd.
Gelijk toen de bus stopte bij de halte stond er een man op van het bankje, deed een stap naar voren toen we waren uitgestapt en gaf me een stevige hand. Pas daarna begroette hij Helen en zijn kleindochters. Ze vlogen hun opa om de hals en waren zichtbaar blij hem te zien. Ik liet ze hun gang gaan en zette de rugzakken in het bushokje op de tegels neer. Daarna heb ik op het bankje mijn laarzen aangetrokken. Toen alle verplichtingen achter de rug waren, stelde hij voor om vanavond eens fijn bij te praten. Ik moest hem trouwens maar 'Joop' noemen, daar hadden we allebei de leeftijd voor bereikt. In het huis zou er een flesje mooie wijn klaar staan. "Voor vanavond als de meisjes slapen".
"Alledrie, of mag Helen er bij zijn"?
Hij most even glimlachen om mijn opmerking, wachtte tot iedereen zijn bepakking had omgegord en ging met zijn kleindochters aan weerszijden van hem in de berm lopen. Joop, zoals ik meneer de Winter dus vanaf dat moment mocht noemen, nam onmiskenbaar de leiding van de expeditie op zich. Vlug heb ik dus mijn rugzak weer dicht gemaakt en omgehangen. Ik was weer op het bankje gaan zitten om er even snel mijn schoenen in te

316

doen. Gehaast was ik Helen behulpzaam met die van haar. We moesten er snel achteraan. Joop heeft alleen maar even vluchtig over zijn schouder gekeken of we er al aan kwamen. Ik heb niet kunnen zien wat zijn reactie was op onze gezamenlijke actie, of hij vond dat we treuzelden en wat sneller op moesten schieten bijvoorbeeld.

Toen ik beneden kwam met mijn rugzak heeft Helen me ermee naar onze slaapkamer gestuurd. Ik moest er mijn kleren in de kast doen. Zelf was ze klaar en daarom is ze naar boven gelopen om daar aan de slag te gaan. Het duurt even voordat mijn kleren netjes opgeborgen zijn. Vanwege het lawaai heb ik me er niet bij gehaast. Op de verdieping is het nu stil geworden. Helen is kennelijk in de andere, wellicht de voor mij nog onbekende studeer en slaapkamer van haar vader, met iets bezig. Ik ga op de rand van het bed zitten. Buiten regent het intussen weer vreselijk.
In de kamer is het er schemerig door geworden, de atmosfeer is zelfs een beetje somber. Aan allebei de kanten van het hoofdeind van ons bed heb ik een klein lampje gezien. Verder is er alleen de grote bolvormige verlichting die aan het plafond hangt. Ik laat het zo, het is te omslachtig om er een aan te doen. Ik weet helemaal niet eens waar de schakelaars zitten. Van buiten komt nog meer dan genoeg om mijn weg hier in de kamer te vinden en om eerlijk te zijn, ik zit hier goed.
"Zo je hebt je dus hier verstopt"?
Helen staat achter me in de deuropening. Het licht van de peertjes in de gang komt van achter haar dus ik kan haar gezicht niet onderscheiden en zie alleen haar silhouet. Ik schrik ervan op want heb haar niet aan horen komen, ze heeft 2 mokken bij zich.
"Ik vroeg me al af of je misschien een dutje aan het doen was".
Voorzichtig om haar vingers niet te branden, zet ze de dampende mokken een voor een op het tafeltje dat bij de tuindeuren staat. Het dienblad waarop ze ze bij zich had, zet ze op z'n kant tegen de poten neer en dan gaat ze een stukje van me af op de rand van het bed zitten. We zeggen allebei niets, kijken naar de regen buiten in de tuin en hoe die na een paar minuten overgaat in druppelen. Langzaamaan wordt het een beetje lichter in de kamer. Als er na verloop van tijd ook nog wolken zichtbaar worden tegen de blauwer wordende hemel, hebben we nog steeds niets gezegd.
Ik probeer om voor haar langs een van de mokken op te pakken. Gelijk geeft ze me er een aan, de andere laat ze staan. Er zit thee in. Op het moment dat ik een eerste slokje neem, verbreekt ze de stilte. "Waarom ben je eigenlijk uit Amerika terug gekomen?

317

Je woont nu toch weer hier, of is dat maar tijdelijk"?

Ze vraagt het alsof ze er een tijdje op heeft lopen broeden hoe ze het aan me moet voorleggen. Toch gaat het snel achter elkaar, staccato alsof ze haar vragen in een adem kwijt moet.

"Ik ben terug gekomen, maak je geen zorgen".

Ik leun een beetje naar haar toe en stoot even kameraadschappelijk met mijn schouder tegen de hare. Ze kan er om lachen, kijkt kort in mijn richting. Ik ga weer rechtop zitten, neem voorzichtig nog een slokje. De thee is gloeiend heet. "Op dit moment moet ik nog een aantal dingen regelen. Hier en in Amerika, het loopt een beetje door elkaar heen maar dat moet binnenkort afgelopen zijn.

Daarom moet ik dus ook weleens bij nacht en ontij werken".

Ik kijk naar haar. Ze zit recht voor zich uit naar buiten te kijken, naar de tuin. Ze heeft een verbaasde blik in haar ogen. "Vanwege het tijdverschil? Ben je daarom zo moeilijk bereikbaar en vaak moe"?

Het is mijn beurt om verbaasd te zijn. Ik moe en slecht bereikbaar?

Hoe komt ze er op?

Waarom zegt ze zoiets en hoe komt ze eigenlijk aan die wijsheid?

Ik weet niet wat ik hier op moet antwoorden en blijf stil. De thee is te heet om te drinken dus ik kijk naar waar haar blik op rust. Ik omsluit de mok met mijn handen en voel de warmte.

"Ik ben vaak tot diep in de nacht bezig ja. Maar dan sta ik ook weer laat op natuurlijk. Het tijdverschil werkt twee kanten op, eigenlijk".

Ik blijf naar buiten kijken, wil niet zien of ze me serieus neemt. Er breekt nog geen zon door, maar het is wel duidelijk merkbaar dat de wolken dunner worden. De wind waait ze steeds verder uit elkaar. Samen kijken we ernaar, maar ook weer niet. De stilte om ons heen lijkt wel tastbaar.

"Toen mijn vader en moeder vijf en twintig jaar getrouwd waren, hebben ze je uitgenodigd voor het feest dat ze gaven.

Maar toen was je blijkbaar al in Amerika".

Ik weet niet wanneer het partijtje gevierd is, maar weet evengoed dat haar berekening moet kloppen. Mijn eigen ouders hadden indertijd ook hun zilveren trouwdag. Daar ben ik niet voor terug gekomen.

De situatie liet dat nog niet toe. Ik had het op dat moment te druk met mijn werk en studie. En ik miste de middelen om de reis te kunnen financieren. Ik heb volstaan met een mooie kaart en een lief bedoelde brief. Niet om alsnog excuses te maken of een verklaring te geven, maar om te laten zien hoe een welwillende zoon ik feitelijk was.

"Ze hadden er op gerekend dat je ook kwam.

Els, Marijke, Winnie en Anneke waren er ook. We hadden ons er allemaal op verheugd om je weer te zien. Mijn vader had het zelfs min of meer aan iedereen beloofd. De meesten hadden naar je gevraagd, maar je kent mijn vader. Hij is er natuurlijk zelf ook over begonnen".

Ze pauzeert. Ik voel dat ze naar me kijkt. Ze zal wel willen zien hoe ik op haar verhaal reageer, maar ik blijf zo neutraal mogelijk voor me uit kijken. Ze overvalt me met de namen. Ik kan me inderdaad herinneren dat we heel lang geleden met elkaar omgingen. Zelf zou ik niet meteen aan juist deze personen hebben gedacht of ze ter sprake hebben gebracht. Het boek is voor mij te lang gesloten gebleven. Waar de vanzelfsprekendheid rond haar vader vandaan komt is me evenwel een raadsel.

"Er waren overigens ook een paar van jouw oude vrienden gekomen".

Ze denkt even na en noemt de namen van een paar oud klasgenoten. Niet uit mijn laatste klas, maar wel namen die ik herken. Jongens waarmee ik inderdaad wel eens om ben gegaan. De klank in haar stem is verongelijkt zoals ze het rijtje namen opnoemt. Ze lijkt wel teleurgesteld. Het klinkt of ze me mijn afwezigheid indertijd, alsnog wil verwijten.

"Ik wist nergens van.

Mijn moeder heeft er in ieder geval nooit een bericht over gestuurd".

Ik vertel haar niet dat ik na mijn vertrek naar de VS het kontakt met thuis vrijwel helemaal heb laten verwateren. Al zal ze inzien dat ik via Anne vanzelfsprekend wel eens iets over de thuissituatie te horen kreeg.

Mijn tante stuurde haar dochter, ondanks de emigratie die al jaren ervoor had plaatsgevonden omdat ze toen in de VS afgestudeerd was, nog bijna elke week een brief. Heel af en toe kreeg ik dan via die weg een aan mij gericht berichtje van mijn moeder. Dat had ze dan per adres aan mijn nicht gestuurd of ingesloten bij zo'n brief van haar zus. Maar ik heb het nooit nodig gevonden om er op te reageren. Soms, als mijn broertje jarig was bijvoorbeeld, stuurde ik eens een ansichtkaart of een pakketje met een cadeau er in, maar daar is het in die tijd grotendeels bij gebleven.

Omdat ik wist dat mijn vader het vast en zeker te duur zou vinden om naar Amerika te reizen, heb ik ze geen bericht gestuurd met mijn nieuwe adres erin. Toen ik naar mijn appartement verhuisde. Ze moeten evenwel via Anne gehoord hebben dat ik op mezelf ben gaan wonen. En misschien ook dat ik intussen aan een studie was begonnen. Voor de tamtam immers belangrijke informatie en dus de moeite waard om door te geven.

Mijn vader kon het altijd, ook toen ik nog thuis woonde, ternauwernood opbrengen om eens belangstelling te tonen. Zo heeft hij dus nooit geweten waar ik mij mee bezig hield of wat mij bezielde. Hij wist niet aan welke sport ik deed of wat voor muziek ik leuk vond en graag naar luisterde. Dat wilde hij helemaal niet weten. Hij kon en wilde er het belang niet van inzien. Zelf vond hij een heleboel dingen niks aan en dus waren die voor mij ook onbelangrijk.

Mijn vader vergeleek de omstandigheden die hij op zijn weg tegenkwam, altijd met wat 'iemand anders' was overkomen. Meestal was dat een willekeurige persoon, maar die had dan alles veel beter opgelost, gedaan of kon het gewoon beter. Dat zo iemand feitelijk meer geluk had ondervonden dan hijzelf of zijn kinderen, kwam in zijn overwegingen nooit bij hem op. Zoiets liet zich eenvoudigweg niet rijmen met zijn beleving. Altijd waren er "de andere mensen" en die brachten het er steevast beter af dan hijzelf. Ze konden de dingen gewoon beter dan wij of hijzelf, want daarin spaarde hij zichzelf niet. Het wordt niet voor niets een minderwaardigheidscomplex genoemd. Zijn benadering betekende overigens dat ik meestal het idee kreeg dat ik dus niet meetelde. Niet als persoon in ieder geval en door zijn opstelling kwam het erop neer dat ik hem vrijwel altijd teleurstelde. Ik voldeed immers nooit aan zijn eisen.

Hij besprak die voorwaarden overigens nooit en we konden er dus alleen naar raden. Mijn vader was kennelijk niet in staat om genegenheid voor mij of iemand anders in zijn naaste omgeving te voelen en hij kon deze zeker niet tonen. Hetzelfde ging op voor mijn broertje of zussen, maar we hebben dit helaas nooit met elkaar kunnen bespreken.

Om kort te gaan leek het hem pijn te doen om zijn waardering eens te laten zien. Als ik al eens iets gepresteerd had, kostte het mijn vader zichtbaar de grootste moeite om trots op me te zijn. Heel incidenteel kon er eens een complimentje vanaf. Gelukkig voor hem kwam dat tijdens de middelbare schooltijd in mijn geval dus niet zo heel vaak meer voor, maar ook voor de andere gezinsleden kon hij maar heel weinig belangstelling opbrengen. Mijn vader volstond altijd dat het niet genoeg was.

Het maakte ons functioneren een beetje vrijblijvend en daar heb ik nooit met hem over kunnen spreken. De afstand tussen ons is altijd te groot gebleven. Op het moment dat ik door begon te krijgen hoe de vork in de steel zou kunnen zitten, was hij al ziek, lag op sterven, zat ik in de VS en was ik alleen even overkomen om hem goedendag te zeggen. Het heeft me erg veel tijd gekost om de teleurstelling rond deze hele gang van zaken en de omstandigheden die ze met zich mee brachten, te kunnen plaatsen. Mede door deze gegevens is het nooit bij me opgekomen dat ik, zeker niet toen ik me in Amerika eenmaal aan het settelen was, nog terug naar Nederland zou willen afreizen. Ik voelde me in mijn werk, mijn woning en de nieuwe omgeving beter thuis dan ik me ooit eerder ergens anders had gevoeld. Antwerpen was inderdaad een valse start, maar die was door de ontwikkelingen bij Anne in huis, mijn Amerikaanse studie en het nieuwe werk daar, ruimschoots gecompenseerd. De vooruitzichten die zich erdoor geopend hadden, zagen er allemaal veel aantrekkelijker voor me uit dan ik ooit ervoor had gezien.

Hoe ik dit allemaal even snel aan haar uit kan leggen zie ik niet. Met al die vragen stelt ze me voor een voldongen feit. Hoe zij erover spreekt, zo is het nooit eerder bij me opgekomen. Me inleven in de geschiedenis en haar erin laten delen, kost me moeite. Zonder de stilte te verbreken neem ik een slokje van mijn thee. Helen zit naast me en doet hetzelfde.

"De berichtjes die ik incidenteel van mijn moeder ontving beperkten zich tot de gang van zaken in de familie. Ze schreef dan over hoe het met haarzelf, een van hun kennissen, mijn zussen, vader of broertje ging maar voor zover ik het me kan herinneren ging het nooit over de vrienden waar jij het over hebt. Of over je ouders.

Ik kan aan jouw mededeling over hun huwelijksfeest niet echt een waarde toekennen. Het verloop van de gebeurtenis kan ik niet zo goed in een perspectief plaatsen.

Toen ik in het huis werkte, had mijn nichtje de gewoonte ontwikkeld om naast de tweewekelijkse briefwisseling met haar moeder ook aan d'r tante mijn moeder, zo nu en dan een berichtje te zenden. Dat ging gewoon door nadat ze eveneens in het nieuwe huis in Allston getrokken was en onze betrekkingen zich mengden. Ik woonde er toen al 'n paar weken tenslotte en was er al grotendeels thuis aan het raken.

In die periode had ik na het werk en in het weekend een aantal wandeltochten door de omgeving gemaakt. Daarbij was een serie foto's ontstaan van de streek. Gezien het vakantieachtige idee achter mijn trip naar de VS. had ik vanzelfsprekend mijn camera ingepakt en van de best gelukte exemplaren heeft Anne later wat kopietjes aan onze moeders gestuurd. Voornamelijk om te laten zien hoe haar nieuwe, en dus ook mijn woonplaats, er uitzag.

Om eerlijk te zijn gaven de foto's een mooi beeld van de omgeving, maar ook de gebouwen die in Boston mijn aandacht hadden getrokken stonden er prachtig op. Ik was er dus trots op dat ik in de fotozaak complimenten had gekregen over het resultaat. Al was ik er op dat moment nog niet aan gewend dat ze in Amerika altijd zo met elkaar omgaan. Ze menen er feitelijk niks van, maar de loftuitingen hadden mijn ego gestreeld".

Ik kijk naaste me of m'n verhaal over komt.

321

"Anne is, toen ze zestien was en in de vijfde klas van het Gymnasium zat, op een student-exchange plan naar de Verenigde Staten vertrokken. Met een grote oceaanstomer vertrok ze voor een zomer met de uitloop van hooguit 'n maand of twee drie, vanuit Rotterdam.

In mijn herinnering hebben we met een delegatie bestaande uit mijn moeder, zusje en oma, vanaf de dijk bij Hoek van Holland het schip van de Holland Amerika Lijn staan uitzwaaien. Langzaam kwam het reusachtige gevaarte langs en ik weet nog dat ik me afvroeg of ze ons, ondanks dat we aangekondigd waren, heeft opgemerkt. Mijn familie heeft dolenthousiast staan roepen en schreeuwen dus daaraan kan het niet gelegen hebben dat ze ons eventueel over het hoofd heeft gezien".

Helen luistert aandachtig naar wat ik vertel. Ik vraag me af of ze voor zich ziet hoe we daar op die kade hebben gestaan.

Hoe we ons er als idioten hebben gedragen.

"De bedoeling van haar reis was dat ze, als voorschot voor na het examen Gymnasium, ten minste een semester aan een van de betere universiteiten zou gaan studeren. Mijn oom had daar waarschijnlijk het idee bij dat ze dan de smaak te pakken zou krijgen en zijn dochter op een goede manier een start zou hebben bij een briljante toekomst. Erg ver zal hij in zijn opvattingen namelijk niet verwijderd zijn geweest van die waar ook onze ouders zich schuldig aan maakten.

Nadat ze twee jaar later haar schooldiploma had gehaald, is ze voor het afmaken van die studie naar Philadelphia terug gegaan en vervolgens is ze er dus gebleven. Naast het behalen van haar titel aan die Universiteit heeft ze er namelijk een werkkring, relatie en carrière opgebouwd".

Of haar ouders indertijd net zoals de mijne dachten over het nalopen van een carrière en het behalen van een titel, is me niet duidelijk. Maar ik stel me voor dat ik niet ver naast kan zitten omdat alle ouders van al mijn klasgenoten er min of meer zo over dachten. Het was de tijdgeest.

"Anne is trouwens ruim vier jaar ouder dan ik. Als ik eens een mededeling aan 'thuis' kwijt wilde gaf ik dat aan haar door. De brieven die ze schreef las ze namelijk aan me voor en ik kon er dus eventueel toevoegingen op maken of nuanceringen in plaatsen mocht ik dat willen.

Het is nooit bij me opgekomen dat ze er daarna wellicht zelf nog iets aan toevoegde of mijn bewoordingen nogmaals aanpaste. Ik vertrouwde haar en heb nooit een reden gezien om dit in twijfel te trekken".

Ik ben tijdens mijn opmerkingen naar haar blijven kijken en zie dat ze zich er een voorstelling van probeert te maken. Omdat ik even ben stilgevallen kijkt ze naar me. "De berichtjes gingen voornamelijk over de verwikkelingen die we ondervonden bij de verbouwing of de vorderingen die we ermee maakten. Er was dus wat mij betreft nauwelijks een reden om er wat aan toe te voegen.

Dan weer was er een oponthoud door de een of andere stagnerende levering of we schoten opeens een paar dagen achter elkaar heel snel op omdat de werkzaamheden voor een klusje mee bleken te vallen.

Daarover schreef ze omdat ze er natuurlijk trots op dat we vorderingen maakten met het opknappen. Overall ging het namelijk tamelijk snel, de deadline van eind april zouden we gemakkelijk gaan halen. Voorzien was dat dan toch de eigenlijke verhuizing plaats moest hebben gevonden.

De datum stond vast omdat hun appartement in Philadelphia rond die tijd helemaal leeg opgeleverd moest worden. In verband met een mogelijke schadeclaim als het later mocht worden, zou Bernard de laatste dagen daar in een hotel verblijven. Of het huis waar wij waren, dan al klaar was deed er niet toe. Dat maakte het ook heel Amerikaans".

Weer kijk ik even of ze nog steeds luistert.

"De brieven van Anne en mij gingen dus over de kleuren die we op de muren gesmeerd hadden of de vorderingen die ik maakte met de bouw van Buzzer z'n den. Daar viel niet zoveel aan te veranderen, maar met haar bulletins kon Anne, eventueel tussen de regels door, het thuisfront op de hoogte houden natuurlijk. Daar was mijn inbreng niet bij nodig.

Toen ik vast bij Peter en Els ging werken heeft ze het er eveneens in verwerkt. Daar had ik vrede mee. Ze had eerder al beschreven hoe ik ooit was begonnen aan mijn opleiding.

Zodoende hoefde ik dat allemaal niet te doen. Later, toen ik op mezelf ben gaan wonen, had ik geen tijd meer voor flauwekul. Ik was toen veel te druk bezig met het inrichten en schilderen van mijn eigen appartement".

Dat er veel tijd is gaan zitten in die opleiding en het werk in het restaurant zal Helen wel begrijpen. Ze zal inzien dat alles bij elkaar genoeg energie opslokte. Dat hoef ik haar gezien de ervaringen in Delft niet te vertellen.

Ik heb er geen zin in om al die ouwe koeien uit de sloot te gaan halen en sta op. Ik zet mijn mok op het tafeltje naast die van haar. Het heeft geen nut om hier en nu te gaan vertellen van mijn starre houding indertijd. Ze zal intussen doorhebben dat ik er liever niet over praat.

Vlakbij het raam, met de hele kamer zo ver mogelijk achter me, ga ik naar buiten staan kijken.

"Zou je trouwens gekomen zijn?

Als je het wèl geweten had, bedoel ik.

Of was je toen nog boos en teleurgesteld"?

323

Helen heeft er kennelijk een opening in gezien om het wel degelijk over 'oud zeer' te hebben. Ik blijf met mijn rug naar haar toe staan, het liefst zou ik er het zwijgen toe doen. Kan ik langs haar lopen om ergens in het huis een boek te gaan lezen?

Ik krijg er spijt van dat ik geen nee heb gezegd tegen deze onderneming.

Ze moet toch weten hoe mijn laatste schooljaren zijn verlopen?

Dat haar vader mij er bijles voor heeft gegeven en dat ik door mijn ouders op de huiswerkbegeleiding van Pater Prefect ben gestuurd, of hoe mijn zwager die toen nog apotheker aan het worden was, mij zo goed en zo kwaad als dat ging hielp bij mijn wis-, schei- en natuurkunde vakken?

Dat ik er extra inspanningen voor heb geleverd lijkt me voor de hand liggen en dat kan haar niet onbekend zijn als ze met alle 'oude vrienden' kontakt heeft onderhouden. Die hebben haar vast op de hoogte gehouden.

Ik vraag me af of de belangstelling voor mijn toestand pas nadat we elkaar tegen het lijf gelopen zijn bij haar is boven komen drijven of dat die er 'altijd' al geweest is. Desnoods sluimerend.

Kan ik haar alsnog duidelijk maken dat iedere keer weer, ondanks de inspanningen en strijd die het me kostte, de cijfers tegen bleken te vallen?

Ik wil graag uitleggen dat er sprake moet zijn geweest van manipulatie en dat die 'sturing' vooral merkbaar was als we de resultaten van mijn klasgenoten met die van mij vergeleken. Zal ze dan begrijpen dat zo'n door mij gemaakt proefwerk naderhand nauwelijks afweek van wat die erbij gepresteerd hadden?

Vaak waren die immers net zo goed of slecht.

Ook zij zat indertijd in een klas waar de leerlingen van ongeveer gelijk niveau bij elkaar waren gezet. Dat was de gewoonte bij ons op school.

Maar weet ze ook hoe de andere jongens meestal een aanzienlijk hogere beoordeling bleken te hebben? Zelfs bij vakken waar het resultaat van de opgaven eenvoudig achteraf na te rekenen was?

Haar vader en ik hebben dat diverse keren zelf kunnen zien en narekenen.

Moet ik hier aan haar uitleggen dat het uiteindelijke cijfer dan niet af bleek te hangen van een objectieve interpretatie door de leraar?

En kan ik vertellen dat het voor mij toen steeds duidelijker was geworden dat de school van me af wilde? Dat zowel mijn zwager, haar vader en de rector het daar zelf en na overlegging van mijn bevindingen, mee eens waren geweest. Had ik eigenlijk niet een beetje het recht om kwaad te zijn op mijn klasgenoten en zogenaamde vrienden?

Ik vraag me af of Helen mijn teleurstelling over alle onverschilligheid zal kunnen inzien, kan ze het rechtvaardigen?

Hadden al die vrienden me nu wel of niet als een baksteen laten vallen?

Ik wil er eigenlijk niet meer over praten. Niet hier en niet nu met Helen in ieder geval. Als er een persoon uit die tijd is die er eigenlijk volledig buiten staat, dan is zij dat wel. Hoewel mijn genegenheid voornamelijk komt door de sfeer bij haar thuis en door de houding die haar ouders ten opzichte van mij aan namen. Beter gezegd, haar vader.

"Ik ben nooit boos geweest hoor".

Ik zeg het tegen het raam, want draai me niet om.

"Misschien heb je wel gelijk dat ik teleurgesteld was. Maar ik kan je niet precies zeggen waarin. Het verliep nu eenmaal zo.

Ik kan klaarblijkelijk niet anders".

Ik draai me om, probeer haar aan te kijken, maar ze heeft haar blik naar omlaag gericht. Ze kijkt langs mijn voeten naar ergens bij de tegels vlak voor de deuren, buiten in de tuin. Om mijn beweging te rechtvaardigen pak ik de mok die het dichtst aan mijn kant op het tafeltje staat. De inhoud is intussen op een drinkbare temperatuur. Ik neem een paar slokjes, draai me weer om en kijk naar de tuin. Het lijkt wat op te klaren.

"Heeft Amerika je veranderd"?

Hoe krijgt ze het toch voor elkaar om telkens weer precies de vraag te stellen waarop ik geen antwoord paraat heb? Ik draai me terug in haar richting. "Of ik milder geworden ben"?

Ze kijkt me aan. "Zou je dat willen?

Ik denk eigenlijk meer aan afstandelijker".

Ze aarzelt even, maar blijft me aankijken. Ik kan niet uit haar blik opmaken waar ze op aanstuurt. Ze kijkt me vooral nadrukkelijk aan en heeft haar ogen een beetje toegeknepen. Ik realiseer me dat ik met mijn rug naar het licht sta.

Ze zal mijn ogen, mijn gezicht waarschijnlijk niet goed kunnen zien.

"Je was vroeger overal zo bij betrokken. We vonden je altijd tamelijk emotioneel. Je liet je telkens door van alles en nog wat meeslepen.

Daar hadden m'n vader en ik het laatst nog over. Hoe jij altijd alles wilde weten. Zonder dat je nieuwsgierig was. Je toonde altijd je belangstelling".

Ik stap iets naar opzij, aarzel of ik weer naast haar moet gaan zitten.

Ondanks dat het buiten wat lichter wordt zal ze mijn gezicht nog steeds niet kunnen onderscheiden. Ze blijft langs me heen de tuin inkijken.

"Ik kan me nog herinneren hoe we met de vriendinnen over je spraken.

We konden je altijd in vertrouwen nemen.

Bij jou was een woord veilig, je was er niet altijd op uit om een van ons te versieren. Jij leek oprecht geïnteresseerd.

Vaak meer en dieper dan wij dat eigenlijk waren. Je ging meestal serieus op allerlei problemen in en zocht mee naar een oplossing. Zonder dat je er dus zelf beter van wilde worden of bij ons in het gevlei wilde komen".
Ze neemt een diepe teug adem. Het lijkt of ze naar woorden zoekt.
"We zijn allemaal wel een keer verliefd op je geweest".
Terwijl ze uitademt komt het eruit. Het klinkt als een verzuchting.
In gedachten neemt ze de andere mok van het tafeltje. Automatisch brengt ze hem naar haar mond, neemt voorzichtig een slokje, proeft of ze de thee al drinkbaar vindt.
Hier tegenover me herken ik mijn oud klasgenoot. Haar trekken zijn weliswaar veranderd, we zijn onmiskenbaar ouder geworden, maar zonder moeite kan ik me herinneren hoe ze vroeger was. Ik kan me alleen niet voor de geest halen wat ze me zojuist geprobeerd heeft te zeggen.
We waren vrienden en gingen intensief met elkaar om, dat is juist. Maar ik heb nooit gemerkt dat Helen speciale gevoelens voor me koesterde. Dat heb ik ook nooit bij de andere meisjes die ze net noemde gezien.
Het is eigenlijk een verrassing dat ze me kennelijk aardig vonden, want ik merkte daar nooit zoveel van. Ik had meestal het idee dat de meisjes me niet zagen staan of een hekel aan me hadden. Soms deden ze eigenlijk nogal vreemd tegen me. Was dat dan die verliefdheid?
"Ik kan me alleen van Megan herinneren dat ze zoiets tegen me gezegd heeft. Toen we verkering kregen heeft ze gezegd dat ze al een tijdje verliefd op me was".
Ik zie hoe ze me aankijkt en niet begrijpt waar ik het over heb. Ze denkt na en kan zich waarschijnlijk niet meer herinneren over wie ik het heb. Mij verbaast het trouwens ook dat ik me dit plotseling herinner.
"Je weet wel dat meisje met die Engelse moeder. Ze had van die rossige haren en haar hele gezicht zat onder de sproeten. Johnny de leraar Engels plaagde haar er vaak mee. Dan zei hij dat ze er stereotiep Brits uitzag".
Om haar geheugen op te frissen leg ik het even uit. Haar ogen lichten op. Klaarblijkelijk valt bij de munt.
"Oh ja, die. Ik heb nooit met haar in de klas gezeten, maar ik kan me haar herinneren van de gymles. Jullie hebben niet zo heel erg lang verkering gehad toch"?
"Tot het einde van de vierde, toen ik bleef zitten heeft ze het uitgemaakt. Ze schaamde zich geloof ik voor haar vader. Die gaf wiskunde".
"Ja we hebben hem in de tweede gehad, want hij gaf alleen aan de HBS a en Gymnasium alpha leerlingen les. Later heb ik dus nooit meer les van hem gehad. Toen zaten we toch bij elkaar in de klas"?

326

Ons gesprek krijgt weer iets teveel een nostalgische lading. Ik draai me om naar het raam en ga naar buiten staan kijken. Waarom ben ik erover begonnen, ik heb nooit geweten of een meisje me aardig vond of verliefd op me was. "Mijn klasgenoot Anton die drie jaar naast heeft gezeten gaf me weleens een tip. Dan zei hij dat een meisje op 'n 'speciale manier' naar me had gekeken en dat ze dan verliefd op me was".

Ik vind het onbeleefd om met mijn rug naar haar toe te blijven staan, draai me om, pak mijn mok weer op van het tafeltje en kijk naar haar.

"Of hij had gemerkt dat een klasgenootje mij aardig vond en spoorde me dan aan om er werk van te maken. Maar hij heeft me nooit kunnen overtuigen omdat hij niet uit kon leggen waar hij zijn informatie vandaan had of hoe hij aan zijn wijsheid was gekomen.

Zelf was ik regelmatig onder de indruk van een meisje, maar die durfde ik dan niet eens aan te spreken. Waarschijnlijk zou ik ze trouwens pas na enig aandringen herkennen. Als ze me net zoals jij in het ziekenhuis een paar weken geleden, als eerste aanspraken".

Helen kijkt recht voor zich uit. Ze is in gedachten verzonken en het lijkt of ze me niet eens heeft gehoord.

"Wij interesseerden ons wel voor muziek en bandjes en politiek en voor van alles, maar daar was altijd een grens aan verbonden. Die overschreed jij doordat je op de een of andere manier altijd beter op de hoogte leek te zijn. Het was altijd net alsof jij ergens veel meer vanaf wist.

Alsof je je er terdege in had verdiept".

Ze zet de mok weer op het tafeltje, gaat rechtop zitten en kijkt me eindelijk even aan. "Jij wist altijd wie er in welke band meespeelde en waar die persoon dan eerder aan had meegewerkt bijvoorbeeld".

Om te zien of ik haar kan volgen pauzeert ze even, kijkt me aan en richt dan haar blik op de tuin achter me. Intussen probeer ik me een voorstelling te maken bij wat ze me zojuist heeft gezegd.

Ik kan me herinneren dat ik inderdaad zoveel mogelijk probeerde te volgen over allerlei zaken die zij zojuist noemde. En dat de klasgenoten die meestal minder belangrijk vonden weet ik ook nog goed. Maar mijn vrienden en de anderen uit ons kringetje hadden elkaar toch juist in die voorkeuren gevonden. Vaak genoeg spraken we er samen over tenslotte.

Alleen al wat betreft de bronnen moet ik concluderen dat we die deelden. Mijn zakgeld stond het helemaal niet toe om al de bladen die ik las, alleen voor mijzelf aan te schaffen. Ik moest ze vaak lenen en leende die van mij ook uit, zo deelden we ze gebroederlijk. Dat die zogenaamde kennis louter de mijne was, lijkte me dus sterk. Ik ben naar haar blijven kijken,

327

maar weet niet of ik de stilte moet verbreken. Ze heeft mijn opmerking van zojuist, inderdaad niet gehoord.

"Jij was altijd zo fantastisch goed op de hoogte. Ik vond het altijd knap van je dat jij aan de muziek kon horen wie er als gast meespeelde. Dat je een gitarist bijvoorbeeld, herkende aan zijn eigen geluid.

Jij wist ook altijd wie er zong in een band. Dat hoorde je ergens aan, maar voor ons klonk het allemaal hetzelfde. Ook bij andere dingen kwam dat vaak aan het licht. Die vonden wij dan maar terloops interessant.

Maar jij was telkens vreselijk goed geïnformeerd".

Helen slaakt nogmaals een zucht. Ik maak er uit op dat ze het me graag heeft willen zeggen. Ik proef een soort waardering in haar opmerkingen en kan mezelf er in herkennen. Inderdaad was ik vaak nogal fanatiek bezig met muziek en bandjes. Ik wilde altijd minimaal weten hoe de leden heetten en welke instrumenten er bespeeld werden.

En ik deelde mijn kennis inderdaad graag.

"Volgens mijn vader was dat jouw sympathiekste eigenschap".

Dat ik vooral geïnteresseerd was in de kameraadschap binnen zo'n groep en feitelijk minder in de vaardigheden van de muzikanten, kan ik haar niet uitleggen. Ik nam het voor lief als iemand een instrument goed kon bespelen, maar het deed er niet zo toe of het de Stones, Beatles, Kinks, Who, het geeft eigenlijk niet wie het waren die er speelden. Het ging mij om de verrassing en muzikaliteit die ik te horen kreeg. Voor mij telde het plezier dat de leden samen hadden, daar ging mijn grootste belangstelling naar uit en dat wilde ik bij voorkeur ook nog kunnen horen.

Het stond me tegen als een band uitsluitend werd beoordeeld op zijn goede faam en het ergerde mij als een nieuwe plaat allereerst gekoppeld moest worden aan een beroemde artiest, voor iemand er een oordeel aan wilde verbinden. Voor mij gold allereerst dat er goede muziek moest worden gemaakt. Goed overigens naar mijn eigen maatstaven en die wisselden natuurlijk wel eens.

Het ging mij er nooit om of een band of een van de leden 'wereldberoemd' was, er moest leuke muziek gemaakt worden. Waar de leden woonden, vandaan kwamen of waar ze voor waren opgeleid deed er wat mij betreft niet toe. Ik wilde zelf ook met wat vrienden iets leuks doen, iets maken dat de moeite waard was. Daarom zag ik het als een ideaal om ooit zelf in een band te kunnen spelen. Al kon ik geen enkel instrument vasthouden, er geluid mee maken of eentje bespelen en ontbrak het me aan de kennissen die dat wel op een acceptabel niveau zouden kunnen. Het zag er vanaf een afstandje altijd erg gemakkelijk uit, maar dat de praktijk lastiger was wist ik omdat ik weleens in de buurt van een piano was geweest. Daar kreeg ik dus geen muziek uit en ook het orgeltje van de godsdienst pater is altijd geheim voor me gebleven. Alleen zingen leek me wel wat, al kon ook drummen niet zo heel erg moeilijk zijn.

Het ging me eigenlijk voornamelijk om het gezamenlijk iets creëren of ergens resultaat gericht mee bezig zijn. Ik meende namelijk te kunnen horen of de jongens er onderling plezier aan beleefden. Dat zag ik aan de foto's en daar las ik over in de bladen die ik kocht of mocht lenen. Niet gelijk het ruige Rock 'n Roll leven trok me aan, maar waar ik naar zocht was dat ik met mijn vrienden samen ergens aan kon werken. Dat we iets 'moois' zouden maken waar mensen plezier aan konden beleven.

Het was de basis onder mijn begeestering voor de popmuziek en voedde mijn belangstelling voor de verschillende muzikanten. Ik wilde ook vrienden hebben zoals Pete, Brian, Roger, John, Paul, George en Ringo. Desnoods voldeden Charlie, Mick en Keith of hoe de andere leden van al mijn favoriete bands ook mochten heten, als vriend. Ik wilde net zoals de Bonzo's lol trappen en daar met de maten aan samenwerken.

Helen buigt zich voorover om haar mok van het tafeltje te pakken, ze drinkt er niet uit. Het is meer een handeling om aan te geven dat ze gezegd heeft wat ze wilde zeggen. Een aansporing dat ik de stilte moet verbreken, maar ik weet niet hoe ik op haar opmerkingen zal reageren.

Moet ik er op ingaan? Ik voel me gevleid, maar kan haar liefdesverklaring niet plaatsen. Er gaat in feite ook een soort kritiek van uit. Waarschijnlijk heb ik me in haar ogen indertijd niet volgens de normen opgesteld en ben ik daar dus op de een of andere manier van afgeweken. Ik probeer me een voorbeeld voor de geest te halen, een voorval waaruit blijkt dat ik inderdaad anders was dan mijn klasgenoten en vrienden.

Ik zoek een illustratie waaraan voor me af te lezen is hoe ik buiten de boot gevallen ben, misschien biedt het een uitleg waarom ik zomaar van school ben getrapt en ligt er een verklaring in waarom ik van het ene op het andere moment door iedereen buiten gesloten werd. Het lukt me niet, met zulke ogen heb ik er nooit tegenaan gekeken. Zeer zeker heb ik me op school vaak een buitenbeentje gevoeld, maar dat kwam toch voornamelijk omdat ik klaarblijkelijk lastig te begrijpen was. Het leek er daardoor weliswaar op dat ik weleens gediscrimineerd werd, maar ik heb het tot nog toe kunnen toeschrijven aan mijn puberteit. Ik ben er altijd vanuit gegaan dat mijn leeftijdgenoten net zulke ervaringen hebben gehad en heb het nooit met ze willen of kunnen bespreken. Helen neemt een slokje thee, daarna kijkt ze weer de tuin in.

329

Achter me hoor ik geen storm meer waaien. Afgaande op de schaduwen die achter haar op het bed vallen, moet de zon zo nu en dan voorzichtig door de wolken breken. Ik drink de laatste paar slokken uit mijn mok en zet 'm leeg terug op het tafeltje. Het lijkt me beter om haar niet langer aan te staren en ik draai me om.

"Mijn vader vond je leuker dan de vriendjes waar ik mee thuis kwam".

Ik hoor hoe ze ook thee drinkt en dan de beker terug zet.

"Voor hem was jij een soort ijkpunt. Iedere keer prees hij jou. Jij was stukken beter dan wie ook.

Ook toen ik allang in Amsterdam studeerde en het huis uit was".

Ze slaakt nogmaals een diepe zucht. Het moet haar hoorbaar van het hart, maar of het erover praten een opluchting is kan ik er zo met mijn rug naar haar toe niet uit opmaken. Ik wil me niet omdraaien, de afstand tussen ons is goed. "Ook toen mijn prestaties tegen bleken te vallen?

Toen ik in tegenstelling tot die vrienden zo vreselijk slecht presteerde"?

Terwijl ik het zeg heb ik me toch naar haar toegedraaid. Ik kan mezelf wel voor mijn kop slaan. Tijdens het stellen van de vraag heb ik een iets te felle toon aangeslagen. Mijn opmerking is er harder door geworden dan in de bedoeling lag. Ze zal wel denken dat ik hier schaamteloos naar een complimentje sta te bedelen! Enigszins bedremmeld draai ik me weer terug met mijn gezicht naar het raam.

"Op het bruiloftsfeest viel telkens weer jouw naam. Iedereen, echt alle mensen uit ons vroegere groepje waren benieuwd hoe het met je ging.

We keken er naar uit om je weer te zien en op de een of ander manier leek het alsof je ieder moment inderdaad binnen zou kunnen komen lopen.

Zelfs Hans was benieuwd naar je. Terwijl die eigenlijk pas kort ervoor voor het eerst van je gehoord had. Maar hij werd steeds nieuwsgieriger naar je. Omdat je telkens weer ter sprake kwam, denk ik".

Onwillekeurig haal ik mijn schouders op. Ik weet nog steeds niet hoe ik op haar opmerkingen moet reageren. Moet ik blij zijn, wellicht meegaan in haar nostalgie of dien ik me te schamen voor mijn afwezigheid?

"Het leek er op alsof iedereen dacht dat een van de anderen wel wist wat je op dat moment aan het doen was. Pas naarmate het feest vorderde werd het echt duidelijk dat je niet zou komen.

We stonden een beetje bij elkaar geklit te wachten op wat er verder ging gebeuren. We wachtten niet speciaal op jou, maar ons groepje was duidelijk niet kompleet".

Ik kan me niet voorstellen hoe het er aan toe is gegaan, heb er geen ervaring mee om op dat soort bijeenkomsten rond te hangen.

"Mijn vader gaf pas later toe dat hij geen bevestiging van je had ontvangen. Of van je moeder. Hij had nog geprobeerd haar op te bellen vertelde hij. Maar dat was pas toen we aan tafel gingen voor het diner".

Gelukkig heeft ze mijn schaamteloze actie niet gehoord of begrijpt ze dat ze er beter niet op in kan gaan. Ik ga weer met mijn rug naar de deuren staan, kijk naar haar. Zouden ze voor me gedekt hebben?

Was dat het moment geweest waarop Helen en de vrienden gemerkt hadden dat ik niet zou komen? Ze blijft langs me heen de tuin in turen.

Ik verzamel moed en stap naar voren, ga weer naast haar zitten op de rand van het voeteneinde van het bed.

"We volgden toen allemaal een studie of werkten aan een carrière.

Doordat jij er niet was en niemand iets van je bleek te weten, werd het opeens duidelijk dat geen van ons de moeite had genomen om met je in contact te blijven. Dat jij dat wel of niet had gewild, kwam bij niemand op, maar onafhankelijk van elkaar vertelde iedereen hetzelfde.

Geen van allen hadden we ooit nog iets van je vernomen en iedereen was er vanuit gegaan dat je alleen met de anderen kontakt had onderhouden.

Dat je gewoonweg was verdwenen, merkten we pas op het feest. Daarom was het merkbaar dat we je misten.

Vooral omdat niemand dus bleek te weten waar je uithing".

Ze gunt zich een pauze en neemt een klein slokje uit haar mok. Ik begrijp dat ik net zo goed dood en begraven had kunnen wezen. Daar moet ik toch wel een beetje om glimlachen, maar het is er te donker voor dat ze dat zal opmerken.

"Ik hoopte er stiekem op dat je toch nog kwam. Dat je onaangekondigd binnen zou komen lopen. Zomaar als verrassing omdat je niet op tijd had kunnen komen. Ik hoopte erop dat mijn vader over je gejokt had want ik zag ook dat hij net zo teleurgesteld was als wij".

Opeens voel ik me heel erg oud. Alles wat Helen me vertelt, is heel erg lang geleden gebeurd. Het bruiloftsfeest is kennelijk een soort van reünie geweest. Ik probeer me voor te stellen hoe het er tijdens de festiviteiten aan toe moet zijn gegaan. Ze zullen met een glaasje in hun hand in een kringetje hebben gestaan. Waarschijnlijk zijn er verhalen uitgewisseld over hun studenten bestaan of anekdotes over het werk waaraan een enkeling al was begonnen. Ik kan me niet voorstellen dat ze me echt gemist zullen hebben zoals helen me hier probeert te vertellen.

We hebben in ons restaurant ook veel van zulke feestjes gehad, dus het kost me geen moeite om me er iets bij voor te stellen. Deze bijeenkomsten zijn universeel en daardoor onafhankelijk van wie ze houdt of waar ter wereld ze plaats vinden. Goed beschouwd vind ik het niet erg dat ik er niet bij ben geweest. Ik haat het gebral op zulke reünies en was er na afloop telkens blij mee dat ik er nooit aan een had hoeven meedoen. Het op moeten bieden in sterke verhalen en overdrijven over prestaties is gelukkigerwijze aan me voorbij gegaan.

Zo moet de bijeenkomst in hun geval ook verlopen zijn en dus kan ik haar verwijt over mijn afwezigheid niet plaatsen. Om wat bedenktijd te winnen sta ik op. Ik neem mijn plekje bij de deuren naar de tuin weer in. "Nou ja. Het spijt me, maar ik hoor er nu voor het eerst van. Je weet dat het tussen mijn ouders en mij indertijd niet zo goed ging".

Het klinkt onverschilliger dan ik bedoel maar ik haal er onwillekeurig mijn schouders bij op. Uit een luidruchtige slik die ze slaakt, meen ik op te maken dat ze emotioneel aan het worden is. Ik pas er echter voor om tranen te gaan stelpen, haar te moeten troosten voor iets waar ik geen verantwoording voor voel. Ik vraag me af wat ze gedaan zou hebben als ik wel op was komen dagen. Hoe zou ze me bijvoorbeeld aan haar man hebben voorgesteld?

"Daarnaast zat ik natuurlijk ook tamelijk ver weg".

Ik wil het idee rond mijn onafhankelijkheid, vrijheid en ongebondenheid voor haar in stand houden. Dat ik me indertijd niets meer aan Nederland gelegen liet liggen doet er feitelijk niet toe. Dat moet intussen duidelijk zijn geworden en zo niet, dan is het jammer. Ik heb er geen zin in om er veel woorden aan vuil te maken. De overgang van de goeie ouwe tijd naar het nieuwe is wat mij betreft voorbij en ze heeft daar part nog deel aan gehad. Uitleg is overbodig.

"Volgens mij zwierf ik op dat moment rond door de Verenigde Staten. Ik moet toen nog bij mijn nicht gewoond hebben. Of misschien was ik me al aan het installeren op mijn appartement in Boston".

De exacte details doen er niet toe. "Ik denk dat mijn moeder het me niet heeft doorgegeven omdat ze op dat moment mijn adres niet had".

Toen mijn eigen ouders hun vijfentwintig jarige bruiloft vierden zat ik al bijna een jaar in de Verenigde Staten. Helen en ik zijn even oud. Van ons allebei zijn de ouders vlak na de oorlog getrouwd en voor zover ik me herinner die van haar iets eerder dan de mijne. In ieder geval hadden veel mensen van hun generatie niet onder Duitse bezetting willen trouwen. Ze hebben er om die reden mee gewacht tot na de bevrijding.

Ik schat dat het bruiloftsfeest van haar ouders daarom in dezelfde tijd als dat van die van mij plaats gevonden moet hebben. Misschien heeft er een paar maanden verschil tussen gezeten, maar meer dan hooguit een half jaar lijkt me onmogelijk. De jonge stellen die onder de oorlog niet hadden willen trouwen, hebben dat en masse na de capitulatie gedaan. Ze hebben dat uitstel immers allemaal zo kort mogelijk willen houden. Het wachten had lang ze genoeg geduurd en iedereen verkeerde in 1945 in een soort bevrijdingsroes. Een half jaar lijkt me genoeg marge.

Ik reken uit dat ik in de tijd van die uitnodiging al een poosje full-time bij Peter in het restaurant gewerkt moet hebben en dat hij omstreeks die tijd al heel erg ziek was. Misschien woonde ik toen wel bij Alice in huis.

Als ik het goed inschat moet mijn moeder in de uitnodiging, als zij die inderdaad ontvangen heeft, toch een uitgelezen kans hebben gezien om het contact met mij te herstellen. Ze heeft mijn gang naar de ouders van Helen weliswaar nooit helemaal kunnen plaatsen, maar moet begrepen hebben dat ik er graag kwam. Ik weet niet meer of ik haar toen al een brief had geschreven en twijfel of ik Helen moet vertellen dat m'n nichtje, op mijn uitdrukkelijke verzoek, de verhuizing naar mijn appartement een tijdlang verzwegen heeft.

Het doet me goed dat nu blijkt hoe Anne daarin solidair met me is geweest. Mijn oorspronkelijke vertrouwen blijkt zij dus gelukkig waard, al ging zij er naar alle waarschijnlijkheid nog vanuit dat mijn verhuizing naar dat appartement slechts voor tijdelijk zou zijn. Ze heeft kennelijk wel ingezien dat ik het liever nog wilde verzwijgen voor het thuisfront.

Oorspronkelijk was het de bedoeling dat ik er bleef wonen tot ik een grotere woning had gevonden of weer terug zou gaan naar Nederland. Dat kon natuurlijk op zijn vroegst pas plaatsvinden na het afronden van mijn studie. Er stond nog niets vast en de verdere ontwikkelingen moesten nog op gang komen.

Dat mijn moeder blijkbaar nooit iets, dus ook die uitnodiging niet, naar mijn nicht heeft doorgestuurd verbaast me. De buitenkans om zich met me te bemoeien zal ze niet zomaar aan zich voorbij hebben laten gaan.

Helen stelt geen vragen meer. Het is buiten nog niet donker genoeg om in de spiegeling van de ruit te kunnen zien wat ze doet, maar ze zegt niets.

Ik blijf naar buiten kijken en verwacht dat zij, langs mij heen, hetzelfde doet. De ondergaande zon kleurt de randen van de nu donkerpaarse wolken van fel oranje en diep rood. De lucht ziet er prachtig uit zo.

Ik wacht af of ze nog meer pijlen op haar boog heeft. Het is me nu wel duidelijk dat ik het verzet om over mijn verleden te praten, beter kan laten varen. Toch vind ik het nog steeds vervelend om me over te geven aan nostalgie. Helen is echter te dichtbij gekomen om haar nog langer af te wijzen. Ongetwijfeld zal ze het naadje van de kous willen weten dus om me niet weer te laten overvallen, neem ik het initiatief van haar over. "Om heel eerlijk te zijn, heb ik eigenlijk nooit meer over jullie nagedacht.

Ik had het gedoe in België. En later waren er mijn bezigheden in de Verenigde Staten. Eerst nog rond het werken in het huis van mijn nicht en d'r man, maar vlak erna begon ik in het restaurant. Toen kwam al vlug die opleiding en nog weer later speelde de gezondheid van Peter een steeds grotere rol. Alles nam telkens al mijn aandacht in beslag".

"En Els natuurlijk. Of was dat niet serieus"?

Ik moet glimlachen om haar opmerking en draai me naar haar toe. Ze kijkt in mijn richting maar ondanks de opklaringen en de ondergaande zon die intussen tussen de bomen door wat licht naar binnen schijnt, moet ze m'n gezicht weer niet kunnen zien. De kamer is er te schemerig voor.

Ik kan haar trekken ook niet goed onderscheiden.

Het lijkt me dat ze een gespannen, wellicht enigszins stuurse blik in haar ogen heeft. Ik herinner me dat ze vaak zo kijkt, maar ik zou ervoor naar voren moeten buigen, uit het licht achter me moeten stappen om haar goed te kunnen bekijken. Of ik moet verderop de kamer in lopen en een van de lichtjes aan doen. Ik wil uitzoeken wat haar dwars lijkt te zitten aan mijn Amerikaanse vriendin en waarom ze telkens op haar terugkomt.

Waarom noemt ze haar trouwens Els als ik haar naam toch iedere keer duidelijk uitspreek als Alice? Ze kan toch onmogelijk jaloers zijn?

"Toen Peter eenmaal weer wat was opgeknapt zijn we begonnen aan ons tweede restaurant. Dat moest in het centrum komen. Zeg maar in de binnenstad van Boston. Ik had de eerste cursus toen afgemaakt en daarom ging het opeens allemaal tamelijk eenvoudig".

Ik wil duidelijk maken dat ik het te druk had om me bezig te houden met Nederland. Dat teruggaan voor mij steeds minder een optie aan het worden was. "Peter en Els hadden al een halfjaar ervoor, eigenlijk net voordat hij ziek werd, het pand waar we het een en ander in gingen verwezenlijken gekocht".

"In Boston"?

"In het oude centrum van de stad, ja. In Amerika is een gebouw al antiek als het honderd jaar oud is, maar dit was inderdaad een tamelijk oud pand. Een voormalig tegel fabriekje, op Beacon Hill vlakbij het centrum.

Ik ben er kort nadat we het begonnen te verbouwen gaan wonen. Op de bovenste verdieping in een van de vrije kamers. Het was een van de voormalige kantoor ruimtes en als keukentje gebruikte ik de voormalige kantine er vlak naast. Anders zou het maar leeg staan want we hadden vanzelfsprekend niet alle verdiepingen nodig voor opslag. Het bespaarde me niet alleen de huur van mijn appartement, maar ik hoefde natuurlijk ook niet telkens meer op een neer te rijden".

"Dus toen kon je weer eens gaan opknappen en verbouwen. Was je toen al helemaal klaar met schilderen bij je nicht"?

"He hallo, let op ja.

Toen ik eenmaal op mezelf ben gaan wonen heb ik mijn nicht niet meer zo vaak bezocht. Alleen een paar keer om inderdaad dat schilderwerk aan de buitengevel af te maken. Dat was een ereschuld tenslotte, maar kort daarna ben ik echt meer dan full-time bij Alice's gaan werken.

Je moet niet vergeten dat ik het er erg naar mijn zin had. Ik vond het werk leuk en voelde me nodig in het restaurant. Toen Peter ziek werd, ging het geleidelijk aan om steeds meer uren.

Anne was trouwens intussen zwanger en daar was ze nogal intens mee bezig. Ik vond dat ik haar en Bernard teveel stoorde als ik er vaker langs zou gaan. We hadden uiteindelijk niet zo'n heel erg sterke band en het werk was klaar, dus daarvoor hoefde ik niet meer naar ze toe.

Na mijn werk bleef ik trouwens meestal nog een poosje in de keuken of zomaar achter het buffet hangen. Vooral omdat ik voor mijn studie nog dingen moest uitproberen. Het ging vooral om recepten en het oefenen van kooktechnieken, maar zo maakte ik naast het werk dus nog flink wat extra uren in het restaurant. Vooral in de keuken, maar ik bleef er ook graag om wat klusjes op te knappen.

Ik begon met experimenten uit te voeren. Peter stelde dat erg op prijs en hij vond het zijn taak om mij er zoveel mogelijk bij te helpen. Hij wilde me in de gelegenheid stellen mijn techniek te verbeteren".

Terwijl ik het sta te vertellen dringt het tot me door hoe Peter een soortgelijke rol voor mij speelde als haar vader indertijd heeft gedaan. Joop vond het ook altijd prettig om mij bij van alles en nog wat behulpzaam te zijn. Allebei vonden ze het een goed idee om mij mijn gang te laten gaan en me erbij te steunen. Ik aarzel, schrik er eigenlijk een beetje van. Zou het bij me horen?

Trek ik zulke behulpzaamheid aan en waarom heb ik mijn eigen vader nooit zover kunnen krijgen?

"In de weken dat hij in het ziekenhuis lag en vlak daarna toen hij aan het herstellen was, werkte ik meer dan negentig uur per week in de zaak.

Dat was dan dus echt aanpoten, maar ik deed het graag.

En.... ik had natuurlijk niet zoveel anders te doen".

Ze ontspant zich. Ik zie hoe ze haar schouders laat zakken.

"Nadat Peter uit het ziekenhuis kwam hebben we eerst orde op zaken moeten stellen. Om überhaupt aan dat tweede restaurant te kunnen beginnen alleen al.

In Amerika gaan een heleboel zakelijke dingen een stuk eenvoudiger dan hier, maar vergis je niet. Als je iets laat liggen dan blijft het liggen totdat je het weer oppakt. Het maakt niet uit waar je je bevindt.

Je kent die opmerkingen rond een zaak en het duwen van een kruiwagen waarschijnlijk wel".

Ze humt. Ik ga ervan uit dat ze inderdaad weet hoe je door moet gaan om een zaak in beweging te houden. Al heeft ze zelf dus nooit zoiets aan de had gehad als een eigen bedrijf of er een gaande hoeven houden.

"Alice's twee was Peter z'n zaak. Els en ik hadden een heleboel zakelijke dingen moeten laten liggen totdat hij weer in staat was om zich eraan te wijden. We hebben op hem gewacht tot hij voldoende hersteld zou zijn.

Hij moest eerst helemaal thuiskomen. Het ging om zaken waar zij totaal geen overzicht over had of in zijn plaats beslissingen bij wilde nemen.

Ik was intussen trouwens clandestien in de VS. Hij moest dus ook wat dat betreft het nodige corrigeren toen het zo ver was".

Ze draait haar hoofd in mijn richting. Waarschijnlijk kijkt ze me vragend aan want ik realiseer me dat ik niets verteld heb over mijn status.

"Toen ik pas bij Peter in de zaak kwam werken had ik eigenlijk geen werkvergunning. Ik mocht een halfjaar op een tijdelijke permit bij hem werken. Hij heeft opgegeven dat ik een familielid van hem was. Dat ik voor de vakantietijd een poosje bij hem in de zaak zou komen werken.

Ik bleef daardoor dus onder zijn hoede en verantwoording. En het was maar voor een korte, overzichtelijker periode.

Zo ben ik aan een tijdelijke werk vergunning gekomen. Die moest maandelijks worden verlengd, maar gedurende zijn verblijf in het ziekenhuis verliep die. Peter moest er namelijk zelf voor naar het gemeentehuis en de politie. Ik heb nog wel een tijdje op een uitzonderingsvergunning mogen werken. Door de omstandigheden met zijn ziekte en de familiebanden enzovoort.

Om die andere zaak op te kunnen zetten moest ik eerst afstuderen, want intussen was ik een vervolgopleiding gaan doen".

"Je moest dus eerst een echte greencard verkrijgen".

"Ja, die is echt groen hoor.

Maar die kreeg ik nogal eenvoudig omdat ik intussen dus officieel de 'neef' van Peter was. En dat Amerikaanse diploma waarvoor ik studeerde, sprak ook aanzienlijk mee".

336

Ze kijkt weer naar me. Ze heeft haar wenkbrauwen opgetrokken, drukt er haar verbazing mee uit. Ik kan haar gezicht weer zien omdat buiten de zon heel even doorbreekt.

"Klopte dat"?

"Nee niet echt, het was alleen voor die papieren".

Ze spreekt alsof ze me aan het overhoren is. Er klinkt een verwijt in door dat ik niet kan plaatsen. Het verbaast me dat zij na al die jaren opeens verongelijkt lijkt over ons eventueel clandestiene gedrag. "Ik was ooit toevallig bij Peter en Els in de zaak terecht gekomen.

Via mijn nicht Anne, of eigenlijk beter gezegd via kennissen van Bernard. Nederlanders in het buitenland zoeken elkaar, netzoals alle vreemdelingen dat als ze in het buitenland zijn overal doen, snel op. Hoewel ze pas heel kort in de omgeving woonden hadden ze tamelijk snel, via de kerk geloof ik, kennis met Els en Peter gemaakt.

Vandaar dat ze wisten dat zij op zoek waren naar een hulp in de zaak".

"Het was toch geen Hollandse zaak"?

"Nee, het was een echt fast-food restaurant, zei ik je toch. Al hadden we vooral Europese gerechten op de kaart, of in ieder geval gerechten met een on-Amerikaans tintje.

Maar we hadden er wel heel stereotiep, tl-lampen aan het plafond. En natuurlijk een lange bar om aan te zitten. We hadden van die plastic stoelen en formica tafeltjes. Die stonden bij de ramen. Verder waren er vooral met skai, namaak leer, beklede banken. We konden een brede kaart voeren omdat er veel buitenlanders in de buurt zaten. Ik weet trouwens weer hoe dat schilderij van Hopper heet. Nighthawks maar hoe je dat een beetje netjes vertaalt kan ik je niet vertellen.

Overigens verkochten we voornamelijk 'fries and hamburgers'.

Veel klanten kwamen alleen maar voor de 'take-aways'. Als een van de weinige zaken in de omgeving maakten we namelijk alles vers voor iedereen klaar.

Peter, de kok of later ik deden dat pal achter die lange bar. Dus de klanten konden 'live' op onze handen komen kijken hoe hun eten werd gemaakt. Vrijwel alles gegrild eigenlijk. Intussen werd het wachten overgoten met sloten slappe koffie. Volgens goed Amerikaans gebruik werd die gratis verstrekt".

Ik pauzeer even, wil kijken wat de uitwerking van mijn verhaal is.

Vanzelfsprekend weet ik niet of Helen bekend is met Amerikaanse gewoontes, maar ik stel me voor dat ze in het Midden Oosten zulke zaken ook wel gezien zal hebben.

Ik kan me niet voorstellen dat ze niet weet wat ik bedoel. "Vandaar ook dat we dat nieuwe tentje wilden beginnen.

Daar wilden we meer een Europese aangelegenheid van maken. Niet uitgesproken Hollands, Duits op anders, maar meer een echt restaurant met sfeer, gezelligheid en huiselijkheid".

Buiten zijn de wolken nog donkerder rood geworden. Ze steken steeds feller af tegen de donkerder wordende lucht. Ik zie het in de spiegeling van het glas dat voor het schilderij boven het hoofdeinde van ons bed zit. Het hangt er een meter boven ons kussen, aan de muur.

"Dus jij bent vervolgens die zaak gaan runnen"?

"Nou niet echt. Pas toen Peter voor de tweede keer het ziekenhuis indraaide heb ik het heft in handen genomen. Maar op het moment dat we ermee begonnen deden we het nog samen. Alles werd vormgegeven naar zijn idee. Al deed ik wel het meeste werk omdat ik doordeweeks niet meer in Alice's werkte en boven het restaurant woonde. Peter wilde persé dat ik me er full-time mee bezig hield.

Maar hij kwam bijna elke dag even kijken. Dan stelden we onze plannen bij of bespraken wat we er nog meer aan wilden doen".

Het heeft geen zin om uit te wijden over zijn langzamerhand slechter wordende conditie. Hoe hij maar langzaam genas en dus noodgedwongen het meeste werk aan mij moest overlaten. Ik vertel vluchtig hoe hij niet lang na de opening steeds zieker werd en nogmaals opgenomen moest worden. Voor een paar dagen, dus niet eens zo lang, maar toch.

Onder het vertellen ben ik weer naast haar gaan zitten op de rand van het bed. Ik heb mijn rechtervoet op mijn linkerknie gelegd en vouw mijn handen eromheen. Het zit niet gemakkelijk maar stelt me in staat om iets naar achter te leunen. Ik kan haar nu beter zien in het weinige licht dat zo nu en dan van het restje zon naar binnen schijnt.

"Ben je toen hij in het ziekenhuis lag weer ingetrokken bij die Els"?

Ik schiet in de lach en probeer haar zo min mogelijk verbaasd aan te kijken. De schemering staat toe dat we elkaar net aan in de ogen kunnen zien. Ik zie hoe ze me glazig aankijkt. Het lijkt erop alsof ze mijn verbazing niet helemaal kan begrijpen. "Dat had je de eerste keer toch ook gedaan".

Ze ziet kennelijk niet in dat we intussen meer dan drie jaar verder waren.

Ik heb haar inderdaad nog niet verteld dat Els afgestudeerd was. Of dat ze intussen was begonnen aan een vervolgstudie en niet meer in Boston woonde. Ik kan haar verbazing dus wel begrijpen maar vraag me nogmaals af welke claim ze eigenlijk op me wil leggen. Ik probeer me voor de geest te halen waar zij zich indertijd mee bezig moet hebben gehouden. Ze zal toen niet meer gestudeerd hebben en was waarschijnlijk al met haar man mee naar het Midden Oosten vertrokken.

Ze vertelde net dat ze op het bruiloft feest van haar ouders al met Hans om ging. Het lijkt me dus een rechtvaardige conclusie dat zij al keuzes gemaakt had met betrekking tot haar toekomst. Ik weet vanzelfsprekend niet zeker of ze inderdaad al verloofd waren of nog trouwplannen hadden, maar begrijp haar gevraag naar Els niet. Waarom zou ik me moeten verantwoorden voor wat er indertijd allemaal met me gebeurd is?

Het spijt me dat ik niet op het feest van haar ouder aanwezig was. Ik vind het jammer dat ik al die oude zogenaamde vrienden en kennissen nooit meer heb ontmoet. Zeker nu ik van haar te horen heb gekregen dat ze me niet vergeten waren. Maar mijn omstandigheden hadden een heel andere wending genomen. Ik zat nota bene aan de andere kant van de wereld. Het laat zich vaststellen dat onze levens in die periode niets meer met elkaar van doen hadden. Waar komt dus de verantwoording vandaan?

Toen mijn oude vrienden hier in Nederland aan een carrière begonnen of bezig waren die op te bouwen, deed ik exact hetzelfde aan de andere kant van de Atlantische Oceaan. Alleen het traject verschilde. Ik had onderweg wat oponthoud gehad en op dat moment was ik me helemaal niet bewust dat mijn leven iets begon voor te stellen. Het ging voor mijn gevoel gewoon verder. Zoals leven altijd gewoon verder gaat. Ik heb me nooit door een blauwdruk of plan laten leiden. Life is what happens when you're busy making other plans, zong John Lennon al. Hij mag dan een dromer zijn, we staan niet alleen in deze opvatting.

Ik ben er verbaasd over dat Helen jaloers lijkt op Alice. We hebben het nog helemaal niet over onze relatie gehad. Ik heb haar nog niet uit kunnen leggen hoe gecompliceerd die in elkaar stak. Hoe Els en ik heel hecht met elkaar om gingen, maar samen nooit 'iets' hebben gehad zoals waar zij kennelijk vanuit gaat. Ze heeft recht op een uitleg, maar ik wil er niet teveel over uitweiden en weet ook niet precies hoe ik eraan zal beginnen.

We hoeven er niet geheimzinnig over te doen, maar ik verbaas me er over dat ze telkens nogal vreemd reageert als Alice ter sprake komt. Het klinkt een beetje agressief, alsof ze jaloers is en ik begrijp dat niet.

Voordat ik mijn verbazing aan Helen uit kan leggen, horen we hoe de meisjes de trap aan de andere kant van de buitenmuur opklauteren. Ze kletsen vrolijk en stampen flink op de metalen treden. Het geluid galmt lang na door de lege gang achter ons. Ze houden stil op het platform bij de voordeur en we horen hoe de sleutel in het slot wordt omgedraaid.

339

Morgen zal ik met Joop de schade aan de poort gaan herstellen. Hij heeft er al wat zwarte verf voor klaargezet, die heeft hij ervoor opgezocht nadat we onze lunch op hadden. We blijven nog even op de rand van het bed zitten. Naast elkaar, schouder aan schouder horen we hoe het gezelschap boven onze hoofden de deuren open maakt en naar binnen komt. Zonder overleg of startsein staan we gelijktijdig op. Helen pakt de lege mokken van het tafeltje.

Ik laat haar voorgaan door de deur naar de gang. Ze blijft voor me lopen naar de trap. Het is in de gang, ook met de lampen aan tamelijk donker, zodat we ons meer op de tast dan het zicht een weg moeten zien te vinden. Helen is hier thuis dus ik blijf dicht bij haar. Er is bij de trap geen lichtpunt waarop ik me kan richten, het maakt de gang extra lang.

Zou het niet beter zijn als een van ons tweeën even beneden blijft?

Zullen ze vragen stellen over waarom we zo weinig hebben gedaan?

Er is niets terecht gekomen van mijn 'mise en place' en hoewel het er boven beslist een stuk schoner op geworden zal zijn met al die stofzuiger actie van Helen, zullen de kleintjes of Joop daar niet meteen op letten.

Ik stel me voor dat ze verwacht zullen hebben dat er voor hun ook een kopje thee klaar zal staan en vraag me af of Helen boven het licht al had aangedaan. Toen ze eerder vanmiddag naar beneden kwam was er buiten nog redelijk veel licht tenslotte.

Gelukkig is het niet koud meer in huis, dus die kachel heb ik merkbaar goed verzorgd en in ieder geval brandend gehouden. Ik kan nu nog wel even controleren of er wat kolen bij moeten, maar het lijkt me teveel opvallen als een poging tot vertraging. Als twee betrapte scholieren lopen we de trap op. Helen wacht halverwege even tot ik vlak achter haar ben en bijna bots ik tegen haar op, maar ze begint precies weer te lopen als ik inderdaad vlakbij haar achterwerk aangekomen ben.

Ik vermoed dat zij dezelfde gedachten heeft als ik.

Zacht zing ik "Wake up little Suzie. Wake up!".

Ik neurie de melodie van waar af ik de woorden niet meer weet en ga met een lange uithaal verder waar het leuke deel me te binnen schiet.

"Wèhell what are we gonna tell your daughters, what are we gonna tell your pap?

What are we gonna tell our friends, when they say ooooh lala".

Ze schiet in de lach en valt vrolijk in. Zo komen we zingend door de deur het halletje binnen gelopen.

Slot

De kleintjes hebben na het uitpakken en opruimen van de boodschappen even mogen assisteren bij het snipperen van de uien en de andere groenten die ze met Joop gehaald hebben. Vanzelfsprekend moesten ze het echte snijwerk met het scherpe mes aan mij overlaten. Met open mond hebben ze mijn vaardigheden staan bewonderen. Ik heb om de show kompleet te maken, al de verschillende ingrediënten in kleine stukjes gesneden. Ze vonden het prachtig hoe alles er daarna à Juliènne bij lag en hebben trots hun moeder uit de huiskamer erbij geroepen om hun bewondering met haar te delen.

Ze hebben samen de sla klaar gemaakt. Eerst heb ik ze eerst geleerd hoe ze de bladeren netjes uit de krop konden trekken en daarna voorgedaan hoe ze ze vervolgens gereed konden maken voor het wassen. Dat was een veilig klusje en hoewel ze er bij de gootsteen een spektakel van maakten, woog dat niet op tegen de pret die we erbij hadden. Vrolijk heb ik met het restje water dat in het loof van de wortels zat, naar ze terug gespetterd. Het schudden met de shaker voor de dressing leverde ook het nodige lawaai op en daarna mochten ze er schaaltjes mee vullen. Ik vond het goed dat ze als garnering een paar augurkjes klein sneden en ook wat stukjes tomaat maakten. Niet met het scherpste mes maar wel heel voorzichtig.

Nadat ze met de werkjes klaar waren, hebben ze met hun moeder en opa de tafel gedekt. Joop heeft voor de gezelligheid een paar kaarsen uit een van de kasten tevoorschijn gehaald. Ze mochten in twee grote kandelaars aan weerskanten van het réchaud op de tafel staan.

De kaarsen waren "nog van de Kerst". Terwijl Joop het zegt, dringt het tot me door dat ik nog steeds niet naar zijn vrouw heb durven vragen. Zijn dochter en hij hebben het eigenlijk nog geen moment over haar gehad. Niet in de verleden tijd noch op een manier waaruit ik op heb kunnen maken dat ze, bijvoorbeeld thuis, in Utrecht zit.

Gezamenlijk hebben ze alles op de tafel, tussen de rest van de spullen een plaats gegeven. Eerst een mooi kleed erover. Verder de gave borden, alle glazen, een waterkan, de pepermolen en vervolgens echt zilveren bestek met de bakjes sla als bekroning er naast. Het is allemaal heel anders dan hoe we vanmiddag al improviserend van een paar plankjes op de kale tafel hebben geluncht. Toen waren we nog grotendeels verkleumd, moe en nat van de tocht naar het boshuis. Nu ze ermee klaar zijn ziet het er allemaal heel erg feestelijk uit. Het belooft een hoop. Het ziet eruit als een stemmig gedekte diner tafel. Ze kunnen terecht trots zijn op het resultaat.

In de tussentijd is Helen even bij me in de pannen komen loeren. Helaas voor haar viel er nog niet zoveel te 'proeven'. De kip lag rauw klaar om op de grillpan te gaan en ik was met een pan heet water voor het schillen van de tomaten, bezig met de voorbereidingen voor de soep. Nadat ze onverrichter zake terug moest naar de huiskamer is ze even later met een glas witte wijn naar me toe gekomen. Onderweg terug kon ze het niet laten om alsnog snel een plakje winterpeen van mijn snijplank te pikken. Samen met haar vader is ze in de andere kamer aan de lage tafel gaan zitten. Bij mij in de keuken spelen de meisjes in de hoek naast de deur op de vloer. Ze hebben het speelgoed dat ze vanmorgen van thuis hebben meegenomen uit hun rugzak gehaald en vermaken zich met nog wat rommeltjes die ze hier in de kamers hebben aangetroffen.

Bij het controleren van hun slaapkamer beneden, hebben ze hun tevredenheid geuit. Arie vond dat alles er "keurig" bij lag en ze waren het erover eens dat de bedden "heel erg netjes" waren opgemaakt.

Joop heeft niet alle ingrediënten voor mijn oorspronkelijke diner kunnen vinden en heeft dus wat geïmproviseerd. Maar we nemen genoegen met verse tomatensoep als voorgerecht. Hij heeft voor de zekerheid ruim anderhalve kilo mooie dieprode, peervormige vlees tomaten, volgens het label Italiaanse pommodories, gehaald. Ik zal ze straks als ze eenmaal goed gaar zijn gekookt in de soep met de staafmixer klein maken. Een incidenteel pitje mag uiteindelijk geen bezwaar zijn. Het zijn er meer dan genoeg om er ook voor de salade een paar te bewaren. Gelukkig heeft hij er aan gedacht om er gelijk een pot met een basilicum plantje bij aan te schaffen.

Voor het hoofdgerecht hoef ik alleen maar de kip te grillen. Het is geen ingewikkeld recept dat ik zal klaarmaken, alleen moet ik 'm daarna even de tijd gunnen om een beetje af te koelen. Warme salade is natuurlijk niet lekker, een beetje lauw is beter. In het vriesvak van de koelkast heb ik een bakje met ijsblokjes zien staan. Daar kan ik de kip, als ie eenmaal gaar is, snel koud op laten worden. Het zal me de gelegenheid geven om straks in de zitkamer een paar minuten bij Helen en Joop te gaan zitten.

Bij de salade eten we in plaats van de oorspronkelijk geplande kriel aardappeltjes die ik zou bakken, stokbrood. Die ben ik nu in de oven aan het afbakken zodat die straks ook afgekoeld op tafel kunnen.

Voor zijn afdeling, het toetje, heeft Joop twee soorten vla en een spuitbus slagroom gehaald. Dat vonden de meisjes namelijk erg lekker. Voor op de tomatensoep zal ik een toefje van die room pikken. Nog een beetje fijn gehakte basilicum erover en de soep zal volmaakt zijn. Volgens Joop kan de rest van de struik in de tuin gezet worden. Hij zal er straks een handvol blaadjes van afplukken.

De botersla is gewassen en druipt nu uit in het handige mandje dat de meisjes herkenden van hun oma. Ze voelen zich hier overduidelijk erg thuis en weten me te wijzen op de plekjes waar hun oma de apparaten of haar handige hulpjes opgeborgen heeft. Omdat Helen met haar vader in de andere kamer zit geeft ze haar dochters de kans om te excelleren. Ze zijn hier thuis en weten de weg. Ik weet niet hoe ik ze uit kan horen over de moeder van Helen, de kleintjes geven me namelijk ook geen aanwijzingen naar haar omstandigheden.

Ik heb de komkommer in de lengte doorgesneden, Arie heeft de helften met een theelepeltje ontpit en er daarna met het botste mes dat ik kon vinden kleine halvemaantjes van gesneden. De in partjes gesneden gele paprika staat klaar in een apart schaaltje, die heb ik straks nodig. Van de rode heb ik tijdens mijn showtje eerder, hele dunne repen gemaakt. In een pannetje koken nu een aantal eieren. Acht minuten en dan komen ze straks als garnering boven op de salade, samen met de drie pommodories die ik er speciaal voor bewaard heb en een paar reepjes paprika.

De vinaigrette maak ik pas als ik straks de afgekoelde kip in plakjes heb gesneden. Het moet vers zijn en de ingrediënten hangen af van wat ik nog in huis heb. Joop heeft een hele lekkere Doesburgse mosterd in de kast staan. Die kan ik er heel goed bij gebruiken.

Ik bak intussen in de grote pan op laag vuur wat blokjes spek uit in een scheut olijfolie. Daar kunnen dan vlak voordat ze knapperig worden de uienringen bij. Die moeten langzaam glazig gebakken worden. Een deel van de rode paprika, de blokjes winterpeen en later een nog paar stengels selderij in grove plakken, mogen er straks ook bij. Daarna kan het vuur helemaal laag gedraaid worden.

De tomaten komen als laatste aan de beurt. Ik heb de meisjes laten zien hoe je er, nadat ze kort in heet water gedompeld zijn, de kroontjes en velletjes afhaalt. Een kunstje waar ze van opkeken. Ze liggen nu in een pan met koud water en hoeven alleen nog maar in kwarten gesneden. Of ik de pitten er nog uit haal laat ik afhangen van hun vlezigheid. Ik wil bij voorkeur een soep met body. De tomaatjes mogen allemaal tegelijk in een andere pan op een laag vuur in wat bouillon langzaam gaar koken. Dan,

343

als ze eenmaal helemaal gaar zijn, kunnen ze gemalen worden. Vervolgens beslis ik of het blikje puree er nog bij moet. Het hangt er allemaal vanaf of de smaak optimaal naar mijn zin is, maar het is attent van Joop dat hij er een heeft meegenomen. Het stond niet op mijn lijst.

Als in de keuken alles naar mijn zin reilt en zeilt loop ik even op en neer naar de andere kamer om mijn glas te vullen. Helen leest een tijdschrift en vraagt, voornamelijk uit beleefdheid denk ik, of ze ergens bij kan helpen.

Ik zeg dat ik bijna klaar ben en kondig aan dat ik er "straks als alles klaar is en gaar staat te worden" even bij kom zitten. Joop richt zich op en zegt dat hij dat "heel gezellig" zal vinden. Ook hij zit te lezen.

Toen ik binnen kwam dacht ik oorspronkelijk dat hij een dutje zat te doen, maar ik heb me vergist. Hij zat met zijn hoofd voorover gebogen en wekte daardoor de indruk dat hij sliep, maar hij is klaarwakker. Hij moet gezien hebben hoe ik zijn dochter, even plagerig over haar haren gestreken heb toen ik mijn glas kwam vullen.

Het diner is zeer geslaagd. Da tafel stond met die bakjes sla bij ieder bord, de schaal met salade, mandje stokbrood, wijnglazen, karaf en wijnfles wel erg vol maar dat staat deftig, vinden ze. De kaarsen heb ik voordat we gingen zitten, aangestoken. We waren toch bezig en het maakte de tafel af. Na onderling overleg hebben we het grote plafondlicht uitgedaan en heeft Joop een paar extra waxine lichtjes aangestoken. Hij heeft ze met telkens een stuk of drie bijelkaar over de ruimte verspreid. Buiten is het al vrijwel donker, maar hier binnen wordt het door de diep rode wolken en donkerblauwe luchten achter het raam steeds gezelliger. De in het midden vrijwel zwarte wolken steken minimaal af tegen de diep grijsblauwe lucht, alleen hier en daar verderop naar het westen, is nog een vleugje rood te bespeuren. "In het binnenland hier een daar een opklaring" was er voor vanavond voorspeld. We hebben de hele dag nauwelijks zonneschijn gezien, maar de wind is grotendeels gaan liggen.

Volgens Joop en Helen had er een beetje meer knoflook in de soep gekund, dat had 'm wellicht wat pittiger gemaakt. Juist voor de meisjes heb ik het echter bij een enkel teentje en maar twee draaien met de pepermolen gelaten. Zwijgend heb ik ze de pepermolen aangereikt.

Verder waren er geen aanmerkingen op mijn kookkunsten. Wel heb ik er gewoontegetrouw tijdens het eten op gelet of de disgenoten vaak het zout doorgaven. Of dat ze juist erg dorstig werden. Het is me mee gevallen, alleen Helen schonk haar glas een keer bij. Haar regel omtrent het bijvullen van een wijnglas en de invloed ervan op eventuele armoede of rijkdom, gaan onder huiselijke omstandigheden klaarblijkelijk niet op.

De pepermolen en het zoutvaatje bleven overigens vrijwel onaangeroerd en de kipsalade vind ik zelf erg goed gelukt. Het grootste compliment kwam van de meisjes die, toen ze eenmaal hun bordje braaf leeggegeten hadden "erg graag" nog een keer opgeschept wilden worden.

Het stokbrood had ik na het afbakken trouwens nog even met wat knoflookboter bestreken. Daarna heb ik 'm nog een paar tellen na laten bakken in het oventje zodat ik het warm op kon dienen, met de boter er half gesmolten ingetrokken. Ook dit viel bij iedereen in de smaak en dat we dus uit onze mond zullen stinken lijkt me duidelijk. Knoflook wordt indien even aangebakken een beetje zoetig en hierdoor kunnen ook de grootste haters, deze lekkernij nauwelijks weerstaan. Jammer dus dat ze het in de soep enigszins gemist hebben, maar ik heb me ruimschoots gerevancheerd met het brood.

Met zijn toetje heeft opa hoge punten bij de meisjes gescoord. Vooral door de Haagse bluf die hij er als derde smaak bij gemaakt heeft, is het namelijk heerlijk zoet en daar houden kleine kinderen van. Alleen Helen en ik hebben niet voor een tweede keer opgeschept.

Terwijl Joop bezig was om het eiwit met de limonade en, let op geheim recept, een paar schepjes jam, op te kloppen, heb ik een begin gemaakt met de afwas. Tegelijkertijd zet ik een pot koffie. Extra sterk dat vind ik extra lekker na het eten. Helen heeft gelijk toen het apparaat was uitgelopen een kop voor haar vader en mij ingeschonken. Zij "deed het tweede kopje wel mee", als we in de huiskamer zouden gaan zitten, "straks na de afwas". We hebben er een bonbon bij genomen, daar deed ze alvast wel aan mee.

Joop heeft nog een paar soorten likeur in huis. Hij haalt de flessen op in de andere kamer. Ze staan in de kast waar eerder de kerst spullen ook uit tevoorschijn kwamen. Helen staat even op om er passende glaasjes voor uit de kast te pakken. Ze heeft onder het eten niet zoveel gezegd. Het smaakte haar allemaal "erg goed", dat wel. Nadat ze een glaasje likeur ingeschonken heeft gekregen, lust ze ook wel een kop koffie. Ik sta op om er een voor haar te halen. De rest van de koffie verdeel ik over de koppen van Joop en mijzelf. Als de meisjes klaar zijn met eten zullen ze samen met Helen de rest van de afwas doen.

En ook het aanrecht zullen ze "helemaal" schoonmaken. Het afval hoeft morgen pas naar buiten gebracht dan komt namelijk in de namiddag de reinigingsdienst langs om de vuilnisbak te legen. De rolcontainer staat nu nog naast de achterdeur in de tuin, dus we zullen ervoor moeten zorgen dat voor die tijd eerst het water weggelopen is.

Joop en ik gaan, terwijl de dames aan het poetsen beginnen, in de andere kamer onze koffie opdrinken. We nemen plaats in de twee leunstoelen. Helen komt even later binnengelopen, ze zet de kan met verse koffie op de tafel midden tussen ons in. Bijna wilde ik mijn voeten op de rand van het lage tafeltje leggen, maar kon me net op tijd inhouden. Domme gewoonte van me. In deze omgeving volkomen ongepast.

"Helen vertelde me dat je getrouwd bent".

Gelijk van wal steken dat ken ik van hem, al liet hij me vroeger als ik een 'moeilijk onderwerp' met hem wilde bespreken altijd als eerste beginnen. Hij stuurde dan niet, maar luisterde, wachtte af. Waarschijnlijk rekent hij zijn vraag niet tot die categorie. Ik vermoed dat hij het van zijn dochter aan me moet vragen. "Ja en nee eigenlijk. Omdat ik bij die cafetaria ging werken, moest er tussen mijn baas en mij een soort familie relatie zijn.

Ik had namelijk geen werk permit".

"De beroemde green card"?

"Die is ook echt groen, maar die had ik dus niet. Ik moest zo langzamerhand wat gaan doen.

Bij mijn nichtje in huis waren we bijna klaar. En ik wilde wel eens verderop rondkijken. Werken of zoiets. Als ik bij Peter en Els bleef werken zou ik mijn studie kunnen afmaken en er een vervolg op gaan doen. De werkzaamheden in het restaurant spraken me aan en iemand moest er borg voor me blijven staan.

Dat was echt verplicht, overmijdelijk".

Ik leun naar voren om mijn kopje van de tafel te pakken. Ik wil niet weer mijn grapje over mijn buitenlanderschap maken. Helen moest er vanmiddag wel om lachen, maar ik vind eenmaal genoeg.

"Intussen wilde ik eigenlijk ook helemaal op mezelf gaan wonen".

"Had je geen plannen om weer hier naartoe, terug naar huis te komen"?

Het lijkt me duidelijk dat ik hier geen antwoord op hoef te geven. Ik ga weer achterover zitten, neem een slokje van de koffie en vraag hem of hij nog wat likeur wil. Onderweg naar deze kamer hebben we namelijk alle nog niet helemaal lege flessen bij elkaar gezet en meegenomen op een dienblad. Ik bedien mezelf met een puntje Grand Marnier. "Ik kon niet ver van de zaak een ruime verdieping krijgen.

En het werk was eigenlijk heel erg leuk. Alles was daar wel heel anders, maar ik voelde me er thuis".

Joop buigt voorover naar het tafeltje en schenkt een glaasje Cointreau voor zichzelf in. Zorgvuldig draait hij de dop weer op de fles. Door de laag suiker die er omheen gekoekt zit kost het wat moeite en pas bij de derde keer mikken lukt het hem.

"Helen heeft je zeker verteld dat ik er aan de Harvard Business School in Cambridge studeerde"?

Hij moet glimlachen om het grapje. Toen ik nog op school zat hadden we het wel eens gehad over de studies die ik zou gaan volgen. Ik had dan meestal opgegeven dat ik naar 'Delft' wilde. Dat ik daar dan architect en vervolgens stedenbouwkundige zou gaan worden. Het was mijn vaste antwoord en we hadden er indertijd vaak over gesproken wat mij er allemaal bij voor ogen stond. Hoe ik "de ideale woning" zou gaan ontwikkelen en hele wijken met dat soort huizen zou ik gaan bouwen.

De bewoners zouden er vanzelf gelukkig zijn omdat ze er plezierig konden wonen en hoe er tegelijkertijd een hele mooie sociale samenhang ging ontstaan. We hadden daar soms urenlang over zitten discussiëren. Vooral over de missers die er in mijn ogen gedurende de heropbouw jaren na de oorlog waren gemaakt, kon ik hem flink doorzagen. Ik verwacht dat hij nu terug zal willen komen op mijn oorspronkelijke ideeën. Maar hij blijft achterover geleund van zijn drankje genieten.

Kennelijk wacht hij tot ik verder ga met het verhaal over mijn avonturen in de VS. "Officieel was Peter dus een soort oom van me. Dat konden we daar met behulp van een dominee regelen. De papieren om het een en ander te bewijzen waren niet nodig".

"Was dat ook een Nederlander"?

De toon waarop hij de opmerking maakt bevalt me niet. "Als je het zo zegt doe je het voorkomen alsof er sprake zou zijn van een soort Hollandse maffia".

Ik heb de afgelopen tijd vaker opgemerkt hoe er hier in Nederland op zogenaamd 'Amerikaanse toestanden' wordt neergekeken. Enerzijds belijdt men dat daar alles in alle grootsheid en hoogst overtreffende trap mogelijk is, maar aan de ander kant wordt er klakkeloos van uitgegaan dat er een benepen dorpse sfeer heerst. Ik vind dat ronduit aanmatigend.

Amerika is erg uitgestrekt en er zullen dus best voorbeelden te vinden zijn waarbij dat idee opgaat, maar zoals men er hier in Europa over durft te spreken heb ik het niet leren kennen of ooit meegemaakt. Overigens bestaat het land, zoals ze het hier noemen uit meer dan vijftig staten en het is dus onmogelijk om die allemaal over een kam te scheren. Soms wordt er hier namelijk over systemen en omgangsvormen gesproken alsof die, vooral buiten de grote stad, niet zouden werken. Deze kritiek wekt de schijn alsof er alleen maar achterlijke mensen kunnen wonen en er door iedereen gedacht wordt vanuit een boerse, plattelands mentaliteit. Ik zie het als een soort arrogantie en het stoort me.

Bij de meest baarlijke nonsens durf ik me zelfs boos te maken, tenslotte heb ik langer in de Verenigde Staten gewoond dan in het zogenaamd perfecte Nederland. Dat maakt het toch een beetje mijn tweede vaderland, al ben ik dan nu weer terug in het eerste.

"Dat kon allemaal omdat er een birth certificate geproduceerd kon worden waaruit het een en ander bleek. Een soort leugentje om bestwil eigenlijk.

Maar het werd er heel veel gedaan hoor. Je moet niet vergeten dat ze best wel blij waren met een noord Europeaan.

En Peter en Els namen de verantwoording over mij op zich.

Dat hielp ook natuurlijk".

"Maar, als ze wilden konden ze je er dus zo weer uitgooien".

Ik begrijp niet helemaal wie hij met "ze" bedoelt. Heeft hij het over de autoriteiten of gaat het over Peter en Els? Ik denk niet dat hij de laatsten voor ogen heeft en durf hem uit te dagen.

"Maar ze wilden mij heel graag als personeel hebben. Ik bedoel dan voornamelijk de autoriteiten daar. Daarom deden ze er niet zo moeilijk over. Ze waren best op de hoogte dat er door die Hollanders een beetje de hand mee werd gelicht".

"Kende je die Peter en Els eigenlijk al.

Of ben je ze zomaar tegen het lijf gelopen"?

Ik heb er geen zin in om nog een keer de hele kennismaking met ze te gaan uitleggen. Het moet volstaan dat het kennissen van mijn nichtje en haar man waren. Mede Nederlanders in de Nederlandse omgeving.

Dat ze mij als geboren Nederlander graag in hun Hollandse kringen daar wilden opnemen. Dat ze elkaar inderdaad toevallig via de kerk hebben leren kennen, zegt meer over hen en de Amerikaanse manier van leven van de Hollanders, dan over hen als persoon. Ik betwijfel of Joop voldoende op de hoogte is van de plaatselijk zeden om de kennismaking op waarde te kunnen schatten en licht summier de relatie toe.

Tijdens ons gesprek heeft het lawaai uit de keuken zich via de badkamer bovenaan de trap, verplaatst naar de benedenverdieping. Het tumult is langzaam overgegaan in rust. Niet zo heel veel later horen we hoe Helen de trap op loopt. Ze komt op de bank bij ons zitten. "Ze liggen erin".

Joop schenkt het restje koffie in haar kopje en vraagt of ze er iets bij wil drinken. Hij houdt er uitnodigend een van de likeurflessen bij omhoog.

Met een diepe zucht en een korte wenk met haar hoofd maakt ze duidelijk dat ze er geen zin in heeft. Ze buigt naar voren en pakt het kopje van het schoteltje. Zo blijft ze even zitten en zakt dan weer achterover, terug in een wat gerieflijker positie.

"We hadden het net over zijn verblijf in Amerika.

Over hoe hij daar tussen de landgenoten zat".

Hij zegt het vriendelijk, zonder cynisme.

"Oh, alweer. Daar hebben we het vanmiddag ook al de hele tijd over gehad. Zijn er belangrijke dingen die ik nog moet weten"?

Ze richt zich glimlachend naar mij en neemt een overdreven afwachtende pose aan. Ze voert een stukje op, weet zich met het onderwerp, net zomin als ik eigenlijk, geen raad. Ik krijg het idee dat ze mij voor zichzelf wil houden, me niet met haar vader wil delen. Ze moet vanmiddag inderdaad opgepikt hebben dat ik liever niet over vroeger en de goede oude tijd wil praten. Ik voel me weliswaar verplicht om haar en haar vader op de hoogte te stellen, maar niet zo. Niet als ondervraging, alsof ik verhoord word en ik een verklaring af moet leggen. "Tja, je vader wil weten of ik me wel keurig aan alle conventies heb gehouden".

Ik laat een stilte vallen, wil ze laten merken dat ik me niet heb voorbereid op een verhoor en me niet wil laten betrekken in een spelletje.

"Eigenlijk moet ik jullie teleurstellen. Alice en ik zijn nooit getrouwd.

Dat kon natuurlijk ook niet omdat we officieel familie van elkaar waren.

Alleen voor het feest hebben we een trouwerij gevierd.

In de achtertuin van mijn zogenaamde schoonouders".

Ik sta op, loop de kamer uit en ga naar het toilet. Naast dat ik intussen echt heel nodig moet plassen, wil ik wat bedenktijd om mijn verhaal netjes en spannend te kunnen vertellen. Ik wil ze laten weten hoe trots Peter zijn dochter aan me heeft uitgehuwelijkt.

Maar ook dat de meeste gasten ervan op de hoogte waren dat we samen een soort verkering hadden. Hoewel we ontzettend veel met elkaar optrokken, waren we voor hen ook neef en nicht. Maar ik wil ook vertellen hoe Els een mooie pastel kleurige jurk heeft aangeschaft en dat ik als aanstaande schoonzoon in een gehuurd pak ben aangetreden. Hoe we ons huwelijk, hoe onecht feitelijk gevierd hebben en hoe alles precies is verlopen zoals dat daar behoort te gaan. Ik in een lichtblauwe 'tuxedo' met een bijpassende glanzende buikband. Zoals ze het wel eens gezien zullen hebben in een speelfilm waarschijnlijk, want ze zijn tenslotte reuze trots op hun tradities en leggen die graag aan anderen voor. Ik zal er aan toevoegen dat alle vriendinnen en vrienden van Els, van vroeger maar ook van haar High School, uitgenodigd waren en dat de meisjes allemaal dezelfde kleur jurk aan hadden. Hoe ze, ook helemaal Amerikaans, een ereboog en een prieeltje in de tuin hadden opgebouwd. Alles kompleet met papieren bloemen, rijen stoelen en een grote tafel vol met eten.

Alleen hadden wij er, in tegenstelling tot in die Hollywood films, geen aparte kant voor de bruidegom of bruid bij, want de vier 'vrienden' van mijn opleiding en de twee collega's waarmee ik regelmatig ging fietsen, staken samen met Bernard en Anne wat armzalig af tegen de tientallen gasten die er voor Els gekomen waren. Ik moet vertellen dat we voor het gemak dus in een grote, echt Nederlandse kring waren gaan zitten. Met het orkestje schuin achter dat prieeltje en dat het prachtig, zonnig weer was geweest. De beroemde Indian Autumn.

Ik wil ze vertellen dat alles precies zoals in de film is verlopen, zonder dat het sentimenteel wordt. Ik moet ze ervan doordringen dat we vrijwel allemaal wisten dat het spel gespeeld werd omdat Peter zo ziek was en Alice en ik nou eenmaal niet gewoon konden gaan samenwonen. Zoals dat hier dus kennelijk wel heel erg gewoon gevonden werd.

In de zitkamer heeft Joop een langspeelplaat opgezet. Niet te hard vanwege de kinderen, maar luid genoeg om een gesprek overbodig te maken. We luisteren naar een stuk met veel strijkers en zo nu en dan blazers. Afwisselend hard en zacht. Zo te horen een lyrisch werk.

Helen heeft tijdens mijn afwezigheid de koffie boel naar het keukentje gebracht. Ze maakt net een fles witte wijn open als ik de kamer weer binnen kom. Ze schenkt voor ons een glas in. Dat vraagt ze niet eerst, ze doet het gewoon. Niemand protesteert.

Het is een kort stuk, want al na een minuut of tien is het afgelopen en keert de rust weer terug. De afwisseling tussen het twinkelend herhaalde thema van de fluitisten en het meer gedragen deel van de strijkers en koperblazers had iets verkwikkends over zich. Het is geen echte klassieke muziek, maar ook geen jazz. Joop staat op en bergt de plaat weer op.

"Herken je hier wat van"?

Ik kijk hem vragend aan omdat ik niet weet of hij mij de vraag stelt en wat ik eraan zou moeten herkennen, maar hij verlost me.

"Het is van Copland. Apalachian Spring, ik vroeg me af of het je aan zou spreken".

Ik begrijp niet zo goed waar hij heen wil. Moet ik deze muziek herkennen? Van vroeger misschien?

Bijvoorbeeld uit mijn schooltijd?

"Tenslotte heb je een flinke tijd in die streek gewoond".

Ik schiet in de lach, slimme Joop heeft toch weer een draai gevonden om het gesprek naar zijn hand te zetten. "Het is toch alleen maar de titel van het stuk"?

Ik citeer nu letterlijk wat hijzelf altijd opmerkte als ik weer eens een lied erg mooi vond en ervan uit ging dat hij er ook maar eens naar moest luisteren. Hij maakte deze opmerking altijd netzo. Vooral als ik weer eens erg aan zat te dringen. We wisselen een blik van verstandhouding. Hij weet natuurlijk dat het zijn opmerking is die ik hier herhaal.

"Ik ken eigenlijk alleen die Fanfare van hem.

En dan nog voornamelijk in een moderne bewerking".

"Maar Aaron Copland is een recente componist hoor.

Die is op zichzelf al heel modern".

"Ik bedoel de bewerking van Emerson Lake and Palmer. Met synthesizers en nogal wat bombast. Dat vond jij toen in ieder geval.

Daar hebben we ooit nog een tijdje over geredetwist. Ik vond hun muziek namelijk altijd erg mooi. De schilderijen tentoonstelling van Mussorgsky bijvoorbeeld".

Ik gebruik de dure term omdat ik ermee aan Helen duidelijk wil maken dat ze in de maling wordt genomen. Dat haar vader en ik een geintje met elkaar aan het uithalen zijn. Ze is echter teveel verdiept in haar wijn. De grap dringt niet tot haar door. Hoewel het pas kwart over negen is, zie ik hoe Helen hard toe is aan haar bedje. Ze kan haar ogen nauwelijks open houden. Vanuit mijn ooghoek zie ik hoe Joop op zijn dochter en mij zit te letten. Met een glimlach zit hij vertederd, maar ook nieuwsgierig naar haar te kijken. Hij let nauwlettend op hoe wij op elkaar reageren en glimlacht betrapt als hij merkt dat ik het zie.

"Joop ik denk dat we morgen maar eens wat aan die watermassa in de tuin moeten doen. Dan praten we wel verder. Als we weer fris zijn".

Nog voordat ik uitgesproken ben staat hij op en blijft zo staan om te wachten tot wij ook zover zijn. Helen kijkt naar haar vader. Ze gaat recht zitten op de bank en zet haar glas op de tafel. Het lijkt er wel op dat ze opeens klaarwakker is. "Jij bent daar dus met die Alice getrouwd.

Hoe zit dat dan nu?

Waarom zit zij daar en jij hier? Zijn jullie gescheiden"?

Daar heb ik nog niets over gehoord. Dat ik gescheiden zou zijn is voor mij nieuw. "Ik zei toch dat we nooit officieel in de echt verbonden zijn.

Dan kun je dus ook niet scheiden, lijkt me".

Ik stoor me aan de term "die Alice". Ik kan nog steeds niet plaatsen waar haar vijandigheid ten opzichte van Els vandaan komt.

"We hebben dan wel een ceremonie gehouden en die zou, ook hier in Nederland kunnen doorgaan voor een huwelijk, maar het gaat er in het echt natuurlijk anders aan toe. Hier moet je toch ook voor de wet trouwen om het een en ander officieel te maken?

In de tuin bij Alice thuis hebben we met Peter, die er toen steeds slechter aan toe was, inderdaad een trouwerij gehouden".

Ik realiseer me dat Joop niets van Peter z'n ziekte weet en vraag me af of hij mijn verhaal wel kan volgen. Helaas houdt het te veel op om hem nu helemaal van de hoed en de rand te gaan vertellen. Ik vertrouw erop dat hij zelf de losse eindjes wel aan elkaar kan knopen.

"Leuk voor de familie en vrienden maar niet meer dan dat. Bijna iedereen was op de hoogte van de omstandigheden. Daar was helemaal geen geheimzinnigheid of wat dan ook me gemoeid. Peter wilde, bij leven en welzijn nog, zijn dochter uithuwelijken. En daaraan werkten we mee.

Zo eenvoudig was het".

Ik kijk of ze begrijpen dat het een toneelstukje was. Vooral van Helen wil ik graag dat ze inziet dat het maar om spielerij ging.

"We speelden het spel mee. Alice en ik zagen het zelf ook zo.

We zagen het hooguit als een verlovingsfeest. De belofte dat we ooit, later eens samen verder zouden gaan. Uiteindelijk gingen we veel met elkaar om. En dat we elkaar erg graag mochten sprak voor zich. Maar we wisten allebei dat we nog te jong waren voor een huwelijk.

Alice ging was na de zomervakantie begonnen aan haar studie aan de University en omdat het dichtbij was, is ze boven het restaurant komen wonen. Omdat echt samenwonen ongepast werd gevonden in de VS, maar we wel een adres deelden, speelden we het spel".

Helen is voorover gaan zitten, ze heeft haar glas in haar hand vergeet eruit te drinken. Joop is op de leuning van een stoel gaan zitten.

Ze wachten af en zijn zo te zien nieuwsgierig naar de aap die ik uit mijn mouw tover. "Een echt feest hebben we dus wel gehad.

Maar toen Alice na de zomer erop economie ging studeren, kregen haar moeder en ik het erg druk met de zaken. Zoals ik al verteld heb, hadden we er intussen twee. Al moest die in het centrum nog officieel geopend worden. We draaiden er alleen in de weekends een aantal uren.

Om uit de kosten te blijven en onze vergunning niet te verspelen. Peter werd steeds zieker en kon niet zoveel meer zelf doen. Hij kreeg wel bestraling en chemokuren, Maar om eerlijk te zijn ging het niet goed met hem. We waren in die tijd nog een derde zaak aan het overnemen".

Ik neem mijn glas van de tafel en drink een slok. Helen volgt mijn voorbeeld, automatisch. Joop komt iets naar voren om een scheutje wijn in zijn glas te gieten. Ik wacht tot hij ermee klaar is.

"Die andere zaak was van een vriend van Peter en Els. Die wilde verhuizen naar een plaatsje aan de westkust. We hoefden er geeneens zo heel erg veel voor te betalen. Je kon dus spreken van een buitenkans want die zaak liep eigenlijk erg goed.

Het lag ook op een mooi punt. Met veel aanloop en we konden er in de toekomst, net zoals onze nieuwe zaak, een echt restaurant van maken. Peter wilde het trouwens erg graag.

Nog een vestiging van Els's restaurant en tegelijkertijd een vriend van hem kunnen helpen. We schreven Els op z'n Nederlands, maar spraken dat Amerikaans uit. Zoals in het liedje van Arlo Gutrie, dus".

Ik voeg het toe omdat ik aan Joop z'n gezicht zie dat hij de draad kwijt raakt. Door mijn korte uitleg wil ik hem bij het onderwerp betrekken.

Ik heb mijn glas leeg en buk me voorover om de fles van tafel te pakken. Joop zit er dichter bij en staat op. Hij giet mijn glas vol, drinkt de zijne leeg, vult 'm weer en ook die van zijn dochter.

"Het werd dus een hele keten zo"?

Omdat hij bezig is stelt hij de vraag terloops. Het brengt de rust terug in mijn verhaal. Ik kan er even door op adem komen.

"Na een tijdje wel ja. We hadden zoveel succes met onze zaken dat anderen het ook zo gingen doen. Dan zit je natuurlijk goed in de Verenigde Staten. Zo konden we onze formule deponeren.

En er rechten over gaan berekenen. Daar leerde Alice intussen van alles over op haar studie".

Helen is weer wat achteruit gaan zitten. Ze lijkt nu meer ontspannen.

Ik vraag me af of ze doorhebben dat ik op dat moment nog niet eens zo heel erg lang in de Verenigde Staten was. Zal ik dat erbij vertellen?

Uitweiden over Thanksgiving en mijn eerste kerstperiode daar?

Ik denk dat het verstandiger is om het verhaal zo kort mogelijk te houden. Helen ziet er moe uit.

"Tegen de tijd dat Alice afstudeerde hadden we vijf zaken onder ons eigen beheer en acht waarvoor we een franchise hadden uitgegeven. Dat zette natuurlijk de nodige zoden aan de dijk.

Zowel qua werk als qua financiën".

Ik probeer zo bescheiden mogelijk te kijken, maar wil laten merken dat ik daar voornamelijk de verantwoording voor heb gehad. Dat het weliswaar als uitgangspunt af had gehangen van Peter en Els's geld, maar dat het mijn inspanningen waren die de formule vorm hadden gegeven. Dat het ons de kans had geboden om er wat van te maken.

"Na het overlijden van Peter werden Els en ik volledig partners. Zakelijk dan, want zij kon het nooit helemaal alleen bestieren. Het dagelijkse, zakelijke deel moest ze steeds meer aan mij over laten. Daarom heeft Peter toen hij nog leefde me in de directie opgenomen".

Joop is weer in zijn stoel gaan zitten en veert nu op, hij schuift naar voren. "Hoe kon dat dan met die werkvergunning. Had je die intussen"?

Ik leun helemaal naar achteren in de stoel. "Ik was op dat moment al meer dan zeven jaar in de Verenigde Staten. Mijn papieren waren intussen dik in orde. Anders had ik ook die opleiding daar niet kunnen afmaken".

Helen verdeelt het restje wijn over de glazen van mij en haar vader.

Ik kijk toe en wacht even met verder vertellen. Als ze weer ontspannen achterover op de bank zit vervolg ik mijn verhaal.

Ik vertel hoe ons imperium uitgegroeid is en hoe we ruim een jaar geleden op negentien zaken zaten. Het lijkt me beter om over te slaan dat Peter al na korte tijd helaas is overleden en probeer om zo onverschillig mogelijk op te merken dat dochter Els op de universiteit kennis had gekregen aan een leuke vent. Overigens een van haar leraren.

Dat ze toen al niet meer op de verdieping boven me in 't gebouw van ons restaurant woonde, maar op een flatje in de stad doet er ook helemaal niet toe. Ik laat eveneens in het midden dat John advocaat was en dat hij part time 'law' les gaf. Dat hij negen jaar ouder is dan zij, kan ik gezien het verhaal tussen Helen en Hans ook maar beter achterwege laten.

Ik vertel wel hoe hij Els anderhalf jaar geleden, nadat zijn scheiding was uitgesproken, ten huwelijk heeft gevraagd. Tussen neus en lippen voeg ik er aan toe dat ik toen hier was om de nalatenschap van mijn ouders af te handelen. Ik vraag me af of ik er nog aan toe moet voegen dat ik nu in mijn ouderlijk huis woon omdat ik het iets meer dan vijf jaar geleden voor ze gekocht had. Opeens vind ik het wel genoeg zo. Ik heb er geen zin meer in om nog verder in detail te treden. Ik volsta met de mededeling dat Alice, Els en ik als goede vrienden uit elkaar zijn gegaan. Niet alleen menselijk, maar ook op zakelijke gronden. No strings attached.

"We zijn momenteel verwikkeld in het proces van uitkopen.

En van de nodige compensaties". Ik leg nog snel uit dat we het erover eens zijn dat ik mijn bijdrage heb geleverd aan de opbouw en de groei van de zaak en dat ik voor de afwikkelingen van alle beslommeringen niet in de Verenigde Staten hoef te blijven.

"Of ervoor naartoe terug hoef te gaan".

Helen, Joop en ik hebben na mijn laatste opmerking een tijdje voor ons uit zitten kijken. In stilte hebben ze mijn relaas verwerkt en verzonken in onze gedachten drinken we de wijn op. Aan de mooie fles Port die ik voor vanavond mee heb gesjouwd zijn we niet toegekomen. Net zomin als we Joop z'n fles 'goede wijn' nodig hebben gehad om de geschiedenis te bespreken. De witte 'slobberwijn' zoals Helen het noemt heeft daar even goed voor voldaan.

Ik ben de laatste die zijn glas helemaal leeg heeft. Als ik 'm terug zet op de tafel staan ze op, gedwee volg ik hun voorbeeld. Joop loopt naar de deur die naar zijn slaapkamer leidt. Die ligt achter de kamer waar we net hebben zitten praten. Hij blijft in de deur opening wachten tot wij door de andere deur de kamer uitgaan en doet het licht achter ons uit.

De kaarsjes die de meisjes na het eten heel voorzichtig bij ons in de kamer hebben neergezet, zijn een voor een vanzelf uitgegaan. Helen en ik hebben de lege flessen en de glazen opgepakt en nemen ze mee naar de keuken. Ze wil ze nu niet "even snel" nog afwassen al blijft ze even in de deuropening naar de hal wachten tot ik ze heb afgespoeld en op de aanrecht zet. Op z'n kop zodat ze kunnen uitlekken. De flessen doet ze in een blauwe korf, die ervoor naast de deur klaar staat. Ze gaan morgen naar de glasbak.

Ik volg haar, nadat ik eerst het licht heb uitgedaan in de keuken. Zachtjes, bijna sluipend gaan we in ganzenmars de trap af. De meisjes slapen en we willen ze niet wakker maken. Door de deuropening van hun kamer schijnt een klein lichtje. Ik kan in de duisternis van de gang de kamer met ons bed vinden. Het is maar een stukje verder dan de kamer van de meisjes en daar is Helen naar binnen gegaan. Ik pak de tandenborstel uit mijn toilet tas en loop terug de gang door naar de badkamer, bovenaan de trap. In het langslopen hoor ik hoe ze zachtjes tegen de kleintjes praat. Ik vermoed dat ze ze aan het instoppen zal zijn.

In de badkamer heeft Helen een paar handdoeken klaargelegd. Ik pak de bovenste en hang 'm na het afdrogen aan de rail die boven de inderdaad zeer grote badkuip, aan de muur bevestigd zit. Om de een of andere reden krijg ik opeens haast en verricht alle handelingen alsof ik word opgejaagd. De badkamer heeft overigens nergens ramen in de wanden. Er zit alleen een bovenlicht in het plafond. Ik zie tussen de bladeren die er voor het glas zitten, hoe donker het buiten is. Zelfs als ik er even recht onder ga staan zie ik geen sterren, maar dat kan ook komen omdat de lamp boven de spiegel net teveel licht geeft. Ik zie alleen mezelf gereflecteerd in het glas en dat het buiten stikkedonker is. In de zitkamer had Joop na de koffie de gordijnen dichtgedaan, maar de duisternis liet zich raden en de stilte verbaast me ook al niet. Er druppelt niet eens een kraan en ook het tikken van de radiator pijpen is opgehouden.

Ik sluip de hal terug in en doe het licht, dat van buiten de badkamer aan en uitgeschakeld moet worden, uit. Door de immense stilte wil ik geen geluid maken en doe dus zo geruisloos mogelijk. De koelte die in het halletje hangt, maakt dat ik me wakker begin te voelen. Ik zou nu best nog even een half uurtje willen lezen en heb er spijt van dat ik me mijn laptop heb laten afnemen. Het gesprek van zoeven heeft me nauwelijks vermoeid en omdat ik eraan gewend ben geraakt om niet zo vroeg te gaan slapen had ik best nog een paar stukken door kunnen nemen.

Toch sluip ik de trap af en ga naar de slaapkamer. Het is buiten inderdaad erg donker, in de tuin is in ieder geval niets te zien en daarom kruip ik in het bed.

Epiloog

Terwijl Helen bij de meisjes is, ben ik in bed gekropen. Schuin boven mijn hoofd is het toilet en ik heb kunnen horen hoe ze haar dochters er een voor een heeft laten plassen. Ze moet ermee gewacht hebben tot ik weer beneden ben gekomen. Kennelijk heb ik het aangevoeld en ligt er de verklaring in voor mijn plotselinge haast. Ik moet glimlachen om de gedachte, betrap mezelf op de huiselijkheid ervan.

De deur van onze kamer heb ik open laten staan. Door om het bed heen te lopen heb ik allebei de nachtlampjes aan ons hoofdeind ingeschakeld. Er zitten verschillende wattages in want de ene geeft beduidend meer licht dan de andere. Ik kies die met de sterkste lamp en ga aan die kant onder de deken liggen. Dan doe ik met het koordje het grote licht aan het plafond uit. De kamer is nu, ondanks de ingeschakelde bed lampjes nog maar schaars verlicht. Het is te weinig om erbij te kunnen lezen en daarom leg ik het boek dat ik er vanmiddag op de kast voor had klaar gelegd, onder het bed op de grond.

Ik hoor hoe ze verderop de gang de trap op en af gestommeld komen en hoe Helen de kinderen weer terug in bed legt. Het valt me op dat ze haar dochters zachtjes, moederlijk en continu blijft toespreken. Het zijn kloek achtige geluidjes die ze erbij maakt. Ik ben erdoor vertederd.

Nadat ze ermee klaar is komt Helen de kamer op. Snel verkleedt ze zich bij het voeteneind van het bed. In de reflectie van de ramen zie ik hoe ze even kijkt of ik op haar lig te letten. Als ze haar nachthemd van het bed pakt houd ik kuis mijn ogen dicht en doe of ik al een flink end op weg ben naar dromenland. Meteen nadat ze in het bed is geklommen richt ik me even op om mijn bedlampje uit te doen. Aan haar kant heeft ze 'm al uitgeschakeld voordat ze is ingestapt. Ze heeft beduidend meer routine in de huiselijk handelingen hier dan ik.

De afgelopen middag is het me opgevallen dat het bed weliswaar voor twee personen bedoeld moet zijn, maar dat het meer een twijfelaar dan een tweepersoonsbed of lits-jumeaux betreft. We liggen strak tegen elkaar aangedrukt. Er is gewoon niet meer plaats. Nu we er samen op liggen blijkt het matras evenmin helemaal nieuw te zijn. Er zit een kuil in het midden waarin we tegen elkaar aanzakken.

Ik heb me er de afgelopen weken, maar vooral vandaag, een paar keer over verbaasd hoe weinig ik eigenlijk van Helen afweet. In de voorgaande

357

jaren is er nauwelijks een moment geweest waarop ik speciaal aan haar heb moeten denken. Kennelijk heb ik haar samen met alle andere herinneringen aan mijn middelbare schooltijd verdrongen. Al waren de jaren in de Verenigde Staten natuurlijk opwindend genoeg om er nooit meer op terug te hoeven komen. Ook niet toen ik daar met Alice of andere vrienden optrok. Terwijl we toch onmiskenbaar ook over onze schooltijd verhalen moeten hebben uitgewisseld. Veel meer verleden heeft een mens op die leeftijd tenslotte niet om met vrienden en kennissen te delen.

Alice heeft me wel eens gevraagd hoe mijn laatste paar maanden op school zijn geweest, maar dat was naar aanleiding van een moeilijke tijd die we samen doormaakten ongeveer een jaar nadat haar vader was overleden. Ze was toen voornamelijk op zoek naar een mogelijke verklaring voor de neerslachtigheid waar ik op dat moment het slachtoffer van was en ging er vanuit dat ik waarschijnlijk heimwee had. Maar omdat het de eerste keer was dat we een echt gesprek over mijn schooltijd en verleden hadden, kon ik het onderwerp grotendeels afdoen als niet relevant. Ik kon haar duidelijk maken dat ik het niet belangrijk vond.

Alleen de anekdote over dit Boshuis, samen met de fijne herinneringen aan de omgang met Joop, zijn in de loop van de tijd wel eens naar voren gekomen. Maar of zijn dochter, die hier naast me ligt, ooit ter sprake is gekomen lijkt me onmogelijk.

Alleen in de tijd dat Peter net was overleden hebben we het er dus eens over gehad, maar dat was vooral omdat hij de rol min of meer van Helen d'r vader over had genomen. Ik wilde er vooral mijn waardering mee benadrukken en aan Els duidelijk maken dat haar vader ook heel veel voor mij heeft betekend. Niet eens zoveel later, tijdens ons verblijf hier in Nederland, hebben we het huis immers opgezocht. Toen dacht ik notabene nog dat de naam verwees naar een plaatsje in de buurt van ons logeeradres en voor zover ik het me voor de geest kan halen was het Alice die er toen over is begonnen. Ze zal begrepen hebben dat mijn middelbare schooltijd niet helemaal verloren is gegaan, maar dat ik er liever niet over wilde spreken. Ze is wijs genoeg om in te zien dat ik hooguit aan iets goeds, prettigs wilde worden herinnerd.

Voor mij is Helen een van de vrienden en vriendinnen uit het clubje waarmee ik in mijn schooltijd vaak optrok. Ze is daar nooit om een speciale reden uitgesprongen. We hadden nauwelijks gemeenschappelijke dingen of zaken die speciaal te noemen waren en die de moeite waard zijn gebleken om in stand te houden. Aan het einde van het verhaal heeft ze me evenals alle anderen, in de steek gelaten. Zij het dat zij toen al studeerde en zich eigenlijk niet bewust van me heeft teruggetrokken. Zij heeft eigenlijk nooit het onderlinge kontakt moedwillig verbroken. Daar was tussen ons ternauwernood sprake van en later heeft zich nimmer een noodzaak voorgedaan om iets te herstellen. Buiten nu dus.

Zelf heb ik nooit aan die tijd terug willen denken. Ik heb de herinneringen verdrongen omdat ze me pijn deden. De afgelopen weken hebben ze echter wat kleur gekregen en is het tot me doorgedrongen dat er niet uitsluitend vervelende voorvallen zijn geweest.

Helen en ik liggen dicht tegen elkaar aangedrukt. Het veel te smalle, oude bed smeedt ons bij de schouders en heupen aaneen. In het huis is de stilte hoorbaar. Soms kraakt of tikt er ergens iets, maar verder is het helemaal stil. Ook buiten is er geen enkel geluid hoorbaar. Het regenen is vanavond om een uur of acht opgehouden zodat er niets meer druppelt of druipt.

Er sluipen, of kruipen geen dieren om het huis die de rust verstoren. Voor vogels is het te donker buiten, al kunnen de ramen natuurlijk te dik zijn om ze langs te horen vliegen of hun roepen door te laten. Naast me ligt Helen rustig te ademen.

Ze kan onmogelijk al slapen, tenzij ze een van de weinigen is die als een blok in slaap valt als hun hoofd het kussen raakt. Ik luister naar haar, bij mijn schouder voel ik haar warmte. Ik verschuif een beetje zodat ik wat gemakkelijker kom te liggen.

"Wil je vrijen"?

Publicaties van **D.F.Verplancke**:

eerder verschenen:

W 1x kort 2x lang(er)

Een drietal verhalen (1 korte en 2 lange pips vormen de morse code voor de letter W) waarmee de schrijver onder de knie heeft willen krijgen wat er komt kijken bij het voorbereiden, opmaken en geschikt maken van zijn teksten voor publicatie.

In 2007 gepubliceerd bij internet uitgeverij Lulu. Het boek kan direct via http://stores.lulu.com/dfverplancke of Amazon.com besteld worden.

in voorbereiding (gepland voorjaar 2011):

Bundel nummer 2 (werktitel)

Een verzameling verhalen. Met eigenwijze en humoristische visie geschreven verslagen, anekdotes en opmerkingen. Beschreven worden een aantal perikelen die de hoofdpersonen, soms lijken zij op de schrijver zelf, in hun leven tegen komen.

eveneens in voorbereiding:

(Nog zonder titel)

Een roman waarin verslag wordt gedaan van het leven en welzijn van de architect Mol van Egteren (voorlopige naam/functie). De schrijver beoogt het intrigerende levensverhaal van deze fictieve man te beschrijven en wil er in weergeven hoe deze ogenschijnlijk in het leven geslaagde persoon, ertoe komt er een einde aan te maken. Is het ziekte, tegenslag, scheiding of spreken er andere motieven mee?

www.ingramcontent.com/pod-product-compliance
Lightning Source LLC
Chambersburg PA
CBHW051132030726
47504CB00004B/828